雨野原传奇 ②

THE RAIN WILDS CHRONICLES

巨龙隐地

DRAGON HAVEN

罗宾·霍布／著　　李 镭／译

上海社会科学院出版社
SHANGHAI ACADEMY OF SOCIAL SCIENCES PRESS

目录 CONTENTS

巨龙隐地

出场人物

守护者和龙

埃鲁姆 浅色皮肤，银灰色眼睛，耳朵非常小，鼻子几乎是扁平的。他的龙是亚布克，一头绿色和银色的公龙。

博克斯特 凯斯的亲戚。古铜色眼睛，矮个子，身材壮实。他的龙是橙色的公龙斯克力姆。

红铜 一头无人守护的、病弱的褐色龙。

格瑞大特 最年长的守护者，身上的雨野原印记也最浓厚。他的龙是蓝黑色的卡罗，体型最巨大的公龙。

格雷索克 巨大的红龙，第一头离开结茧地的龙。

哈里金 如同蜥蜴一般修长。他要比大部分其他守护者都更年长。莱克特是他的义兄弟。他的龙是兰克洛斯，一头有着银色眼睛的红色公龙。

洁珥德 一位金发碧眼的女性守护者，身上带有很重的雨野原标记。她的龙是维拉斯，是一头母龙，深绿色的身体上有金色的条纹。

凯斯 博克斯特的亲戚，有一双古铜色的眼睛，身材矮壮，肩膀很宽，肌肉发达。他的龙是橙色公龙多提恩。

莱克特 七岁时成为孤儿，被哈里金的家庭收养。他的龙是塞斯梯坎，一头巨大的蓝色公龙，有着橙色鳞片，脖子上有小尖刺。

诺泰尔 一名很有能力、很有野心的守护者。他的龙是浅紫色的公龙火绒。

拉普斯卡 一名身上标记非常浓厚的守护者。他的龙是红色的小母龙荷比。

银 有一条受伤的尾巴，没有守护者。

希尔薇 一个十二岁大的女孩，最年轻的守护者。她的龙是金黄色的默尔柯。

刺青 唯一一个出生时是奴隶的守护者。他的脸上有一匹小马和蜘蛛网图案的刺青。他的龙是最小的母龙，绿色的芬提。

赛玛拉 十六岁，应该是指甲的地方生着黑色的爪子，家在树林中。她的龙是一头蓝色的母龙辛泰拉，也被称为天空之喉。

婷黛莉雅 一位成年母龙，她帮助其他长蛇沿大河上溯，以前往结茧地。她已经有多年未曾出现在雨野原了。

沃肯 一名身材很高、四肢修长的守护者。他的龙是巴力佩尔，一头红色公龙。

缤　　城

艾丽斯·金卡罗恩·芬波克 来自一个贫穷但很受尊敬的缤城商人家庭。龙类专家。丈夫为诏谕·芬波克。灰色眼睛，红色头发，有许多雀斑。

诏谕·芬波克 一名相貌英俊，信誉卓著，富有的缤城商人。

塞德里克·梅尔达 诏谕·芬波克的秘书，从孩提时代就是艾丽斯的朋友。

柏油人号的船员

贝霖 甲板水手，斯沃格的妻子。

大埃德尔 甲板水手。

卡森·羽跃 探险猎手，莱福特林的老友。

戴夫威 卡森·羽跃的猎手学徒，大约十五岁。

格里格斯比 船上的猫，橙色的。

轩尼诗 大副。

杰斯 受雇的探险猎手。

莱福特林　船长，身材健壮，灰色眼睛，褐色头发。

丝凯莉　甲板水手，莱福特林的侄女。

斯沃格　舵手。他在柏油人号上已经超过丨五年了。

柏油人号　一艘河上驳船，现存最古老的活船。母港位于崔豪格。

其余人物

艾惜雅·维司奇　缤城的典范号的大副，麦尔妲·库普鲁斯的姑姑。

贝佳斯提·柯雷德　恰斯国商人，秃头且富有，诏谕·芬波克的贸易伙伴。

贝笙·特瑞尔　典范号的船长。

乐符　典范号上的小男仆，曾经是名奴隶。

黛托茨　崔豪格的信鸽管理人。

恰斯大公　恰斯国的独裁者，年迈多病。

艾瑞克　缤城的信鸽管理人。

麦尔妲·库普鲁斯　古灵“女王”，居住在崔豪格，丈夫为雷恩·库普鲁斯。

典范号　一艘活船。护送海蛇沿河流上溯至结茧地。

瑟丹·维司奇　一名年轻古灵，麦尔妲的弟弟，艾惜雅的外甥。

辛纳德·亚力克　恰斯商人，和莱福特林达成了一笔交易。

祷月第五日

商人联盟独立第六年

来自艾瑞克，缤城信鸽管理人
致黛托茨，崔豪格信鸽管理人

一封商人约尔登寄给崔豪格雨野原商人议会的信函，内容是瑟维利餐具的订单。请告知商人议会，出乎意料地，此种货物不幸发生数量短缺，导致价格大幅度上涨。

黛托茨：

你好！ 王鸽的飞行速度和寻家能力都很令人失望，不过它们的高繁殖率，以及迅速成长的丰硕体型，让我开始考虑是否有可能繁育出一种适合在雨野原繁育的食用禽类。你觉得如何？

艾瑞克

序章

人类都悸动不安。辛泰拉感觉到了他们四处飞蹿、如同尖刺的意念，就像是一群叮咬她的小虫子。辛泰拉好奇：无法管束住自己思绪的人类是如何生存下来的？ 让她感到讽刺的是，尽管这些人类总是不加掩饰地四处挥洒掠过脑海的一切意念，但他们却没有智慧去感觉身边的同伴在想些什么。他们踉跄着走过短暂的一生，不停地相互误解，也几乎误解了这个世界上的其他所有生灵。当辛泰拉第一次意识到人类只能够通过口中发出的噪音彼此沟通，还不得不从对方响应的噪音中猜测对方的意思时，她真的是大吃了一惊。当然，人类称这种行为为“交谈”。

片刻之间，辛泰拉不再阻挡那些人类意识的尖叫，她想要确定到底是什么刺激了那些巨龙守护者，今日就像往常般，那些人类的关注点并没有什么逻辑上的一致性。有几个人在为病弱的红铜龙担忧，其实他们已经无法再对红铜龙做些什么了。辛泰拉不明白他们为什么还要聚在那头小龙周围，而不是承担起他们对于其他龙的责任。现在辛泰拉已经很饿了，没有人为她带来任何食物，就连一条鱼也没有。

辛泰拉无精打采地在河岸边徘徊着。她在这里什么都没有找到，只能看见一片碎石、泥巴、芦苇和几棵细瘦的树苗。阳光落在她的背上，却没有让她感觉到多少温暖。这里没有任何野兽。河中也许会有鱼，但捉住一条鱼需要耗费的力气，远远超过吃掉它所带来的愉悦。

如果能有人给她带一条鱼……

辛泰拉想叫赛玛拉过来，要那个女孩为她打猎。听守护者们的议论，他们会一直留在这片荒芜的河滩上，直到红铜龙完全恢复或者死去。辛泰拉思考了片刻。如果红铜龙死了，第一个过去的龙就能吃到一顿大餐。她苦涩地想到，那个位置已经被默尔柯占据了，那头金龙正紧盯着红铜龙。辛泰拉感觉到金龙怀疑红铜龙遭遇了某种危险，不过默尔柯现在紧守着自己的思维，不让其他龙和守护者们知道他在想些什么。只是这一点就足以让辛泰拉感到警觉了。

如果不是还在生默尔柯的气，辛泰拉一定会直接问他在担心什么样的危险。默尔柯毫无缘由地就将辛泰拉的真名告诉了守护者们——如果只是赛玛拉和艾丽斯知道她自己的真名，就已经够糟糕了。实际上，默尔柯将辛泰拉的真名用铜号般的声音吼了出来，仿佛那只是金龙自己的真名一样。现在默尔柯和其他大部分龙都已经将自己的真名告诉了他们的守护者，但辛泰拉从没有过这样的打算。如果其他龙那么愚蠢地信任人类，那也是他们的事。辛泰拉从不会干涉默尔柯和他的守护者之间的事。为什么默尔柯会如此放肆地打破她和赛玛拉之间的关系平衡？ 现在那个女孩知道了她的真名，辛泰拉只能期望女孩不知道如何利用此优势。如果有人用真名要求一头龙陈述事实，或者正确地利用真名问一头龙问题，那头龙就不可能说谎。当然，龙还可以拒绝回答，但就算是说谎，龙也无法违反用真名达成的协议和契约。寿命和鱼相当的人类竟然能拥有这样的力量，这实在是很不公平。

辛泰拉找到一片开阔的河滩，倒卧在被太阳晒暖的石块上，闭起眼睛叹息了一声。她应该睡觉吗？ 不，在这种寒冷的地方休息，一点也不合她的胃口。

她不情愿地再一次张开意识，想要了解一下那些人类到底在计划什么。有一个人因手上沾了血而感到哀怨——辛泰拉那个年龄比较大的守护者，正陷入情绪的风暴中，因为她不知道是应该回到家里和她的丈夫度过沉闷的一生，还是和那个船长交配。辛泰拉厌恶地哼了一声，这种问题根本不值得一想。让艾丽斯忧心如焚的事情实在是太微不足道了。其实她无论怎样做都没有关系，就像一只苍蝇无论落在哪里也都没有关系一样。人类存活的时间短促得可笑。也许正是因为如此，他们才要在活着的时候发出那么多噪音。或许只有这样，他们才能相互表明自己的重要性。

确实，龙也会发出声音，但龙不需要依靠声音来传达自己的想法。嗓音和某些声音，可以压制人类嘈杂的想法，或是吸引另一头龙的注意。人类往往需要先听到一头龙的声音，才会集中注意力接受龙要传达给他们的意念。其实如果人类只会用那种叽叽喳喳的尖叫传递想法，而不会同时胡乱投射出他们的意念，也许辛泰拉还不会如此厌烦人类。有时候，人类这两种烦乱不堪的表达方式，简直让辛泰拉想要吃掉他们，让世界彻底清静下来。

她低声咕哝了一阵，放松了全身。这些人类没用又可厌，但命运却强迫巨龙不得不依靠他们。当群龙离开茧壳，从海蛇变化为龙形的时候，他们发现醒来后的世界，和他们的记忆完全不符。巨龙上一次行走在这个世界上已经不是数十年前，而是许多个世纪以前的事情了。这些脱出茧壳的龙甚至不能飞翔，和真正的巨龙比起来，他们更像是一些拙劣的模仿品，被困在一片沼泽河岸上，周围是他们无法穿越的丛林湿地。人类吝啬地为他们提供了一些帮助，用野兽尸体喂养他们，容忍他们的存在，等待他们死亡或生出足够的力量离开。数年之间，他们挨饿受苦，得到的食物只能勉强维持生存。森林和大河仿佛变成了他们永远无法离开的牢狱。

默尔柯却在此时构想出一个计划。他先捏造了许多关于克尔辛拉的故事。尽管对于那座城市和居住在那里的古老族群，这些刚出茧壳的龙也只保留着非常模糊的记忆，他们仅知道那是一座古灵城市，城中的许多楼宇为了方便巨龙使用，都建造得格外宏伟高大，但这并不妨碍人类相信那里有正在等待挖掘的巨大宝藏。如果需要用虚构的宝藏来当作诱饵，鼓励人类帮助他们，那也不失为一个好办法。

圈套就这样被设下了。谣言迅速传播，等待了足够久的时间之后，人类主动提出要帮助群龙找到古灵城市克尔辛拉。一场远征就此拉开序幕。人类准备了一艘驳船和许多小艇，有猎人为龙群捕杀猎物，有守护者照顾每一头龙的所需，护送龙群前往上游，回到他们曾经只会在梦中呼唤的城市。控制城市的那些肮脏的小商人当然不会为龙群提供最好的帮助——只有两名真正的猎人受雇为十几头龙提供食物。商人们选择的“守护者”，大多只是些刚到青春期的人类，更是人类族群中的异类。这些人本身就很难在他们的聚落中生存下来，甚至连交配生育都不可能。他们的身上布满了鳞片、赘生的肉和变异的肢体。普通雨野原人根本就不愿看到他们。仅有“驯服”可以称为他们的优点，在照料群龙的工作中表现得很是勤勉，但他们都没有祖先的记忆，只能在短暂的人生中搜集到一点自身周围的渺小智慧。辛泰拉本就没有打算和这样的人进行睿智的对谈，但即使是和他们进行普通的交流也很困难。一个“给我拿肉来”的简单命令，往往会让他们不住地抱怨寻找猎物是多么困难，甚至会提出一些奇怪的反问，比如：“难道你不是几个小时以前刚吃过东西吗？”就好像这样的话能够让辛泰拉改变自己的需求一样。

在群龙之中，只有辛泰拉有足够的远见，招募了两个守护者作为她的仆人。那个名为艾丽斯的人类更加年长，在狩猎上没有什么用处，但她很愿意为辛泰拉清洁身体，尽管她在这方面也做得不是很好。另外，她一直对辛泰拉保持着正确的恭敬态度。另一名更加年轻的守护者赛玛拉是守护者中最优秀的猎人，但性格粗鲁，不守规矩。不管怎样，至少在这两个守护者短暂的生存时间里，辛泰拉的大部分需求都能够得到满足。辛泰拉希望这段时间最好维持得久一些。

在接近一个完整的月亮循环里，龙群一直沿河岸上行，在靠近密林河岸的浅水中跋涉。这些遍布河岸的丛林太过茂密，树干上缠绕着太多粗大的藤蔓，伸展出的气根形成过多的阻碍，龙根本没有行走的空间。他们的猎人总是走在前面很远的地方，守护者则划着小艇跟随龙群。走在最后的则是活船柏油人号。那是一艘身躯很长的浅水驳船，散发出强烈的龙和魔法的气息。默尔柯对那艘所谓的活船很感兴趣。大多数龙，包括辛泰拉在内，都因为这艘船感到不安，甚至是敌意。这艘船的船壳是用“巫木”拼接而成的。那其实根本不是木材，而是死去海蛇的茧。用这种“木材”制作的船板非常坚硬，而且丝毫不会遭受风雨侵蚀，是人类极为珍视的材料。对龙而言，它时时刻刻都散发出巨龙骨肉和回忆的气息。海蛇在蜕变为龙的时候会编织茧壳保护自己，用唾液和记忆混合这条河中特殊的黏土，让它们在肠胃中充分融合，再反刍出来作为结茧的原料。这样的材料有它自己的感情。在柏油人号船头上绘出的一双眼睛，仿佛洞悉了太多事情，这让辛泰拉感觉很不舒服。在这一路上，这艘船逆流而上，却远比大多数船只行驶得更加轻松。辛泰拉一直在躲避这艘驳船，不要和那位船长有任何对话。那个男人显然也不愿意和龙打交道。片刻之间，一个念头插进了辛泰拉的意识里。那个船长避开龙群是不是有什么特殊的理由？ 他似乎并不像某些人那样害怕龙。

而且他也不是厌恶龙。这让辛泰拉想起了塞德里克。她不由得鄙夷地哼了一声，那个尖酸挑剔的缤城男人一直跟着她的守护者艾丽斯，为她携带纸笔，为龙画像，并记录下艾丽斯告诉他的所有信息。那是一个大脑迟钝的家伙，甚至听不懂龙对他说话。在他的耳朵里，辛泰拉的语言只是“野兽的吼声”。他甚至用牛叫声与辛泰拉相比！ 不，莱福特林船长和塞德里克完全不同。他能听懂龙的语言，而且显然不认为龙是不值得他关注的野兽。那么，为什么他还是会有意躲避龙？ 他有什么不可告人的秘密吗？

如果他真的以为能够在龙的面前隐瞒什么，那他就是个傻瓜。辛泰拉抛开了自己短暂的担忧，龙能够轻松地解读一个人类的意识，就如同乌鸦拨开一堆粪便。如果莱福特林或其他人类要在心里隐藏什么秘密，就随他们去吧。人类的生命太过短暂了，根本不值得费力气去了解一个人。曾几何时，古灵才是配得上巨龙的同伴。他们的生命要比人类长很多，而且非常聪明，足以撰写诗歌颂扬巨龙。他们以高度的智慧营建起各种公共建筑。一些古灵的恢廓住宅甚至能够用来招待巨龙客人。辛泰拉早先的记忆让她知道在寒冷的冬季，巨龙们能够获得肥硕的牛和温暖的宿处。古灵们还会用香油为巨龙沐浴，除去鳞片间的瘙痒，还有其他种种充满巧思的舒适服务。可惜的是，古灵从这个世界消失了。这实在是太可惜了。

辛泰拉试着将赛玛拉想象成古灵，但这是不可能的。她年轻的守护者缺乏对龙的正确态度。她行事无礼，脾气糟糕，而且太过于执迷她自己那萤火虫般的人生。她有旺盛的精力，却总是无法正确地使用。而那个年长的守护者艾丽斯就更不合适了，辛泰拉还能够感觉到她心中的犹豫和悲哀。女性古灵必须拥有巨龙女王的果决和炽烈性情。难道这个娇弱的女人能有这样的潜质？ 辛泰拉对此充满怀疑。她是否应该刺激一下这两名守护者以测试她们的勇气？ 这样的测试又会给她带来怎样的后果？ 有没有必要耗费力气给予她们试炼，看看她们到底是什么做成的？

有什么东西硌到了辛泰拉。她不情愿地睁开眼睛，抬起头，翻身站起，抖动了一下身子，又躺倒下去。当她重新将头放在地上的时候，高草丛中的一点动静吸引了她的注意力。是猎物？ 辛泰拉凝神望去。不，不过是两个守护者离开河岸，向森林中走去。她认得他们。其中一个是名叫洁珥德的女性，维拉斯的守护者。在人类女性中，绿龙维拉斯的守护者个子算是高的，有一头金发。赛玛拉不喜欢她——辛泰拉知道这一点，但并不是很清楚原因。走在洁珥德身边的是格瑞夫特。辛泰拉从鼻孔中轻轻喷出一口气，她和这个卡罗的守护者没有什么关系，格瑞夫特也许是在照料那头高大的蓝黑色龙，能让他的鳞片闪闪发光，但就连卡罗也不信任他。所有龙都对他有怀疑。赛玛拉看到他的时候，眼神里总是同时流露出兴趣和畏惧。格瑞夫特尝试吸引着赛玛拉的注意，但赛玛拉痛恨这种行为。

辛泰拉嗅了嗅风，捕捉到那两个离开的守护者的气味，然后她就半闭上了眼睛。她知道他们要去哪里。

一个颇为有趣的念头出现在她的脑海中。她似乎找到了一个能够测试自己守护者的办法。但她值得费这番力气吗？ 也许值得，也许不值得。她再一次在温暖的岩石上伸展身体，模模糊糊地希望自己身下是被太阳烤热的沙粒河岸。她等待着。

祷月第五日

商人联盟独立第六年

来自艾瑞克，缤城信鸽管理人
致黛托茨，崔豪格信鸽管理人

此印封信函为贸易商鲍隆·梅尔达致塞德里克·梅尔达的信，以确定他一切安好，并询问他的回程日期。

黛托茨：

一些缤城人正在为他们访问卡萨里克的亲人担忧。只是那些人似乎已经不在卡萨里克了。今天两对忧心忡忡的父母来找我，允诺如果能够快速得到回信，就会给我一笔奖金。我知道你和卡萨里克的信鸽管理人关系不算很好，但也许这一次你能够利用和他的同行情谊，看看他是否能搞到一些关于塞德里克·梅尔达和艾丽斯·金卡罗恩·芬波克的讯息。那位姓芬波克的女子来自一个富有的家庭。如果能有好讯息以安慰她的父母，也许我们能够得到一笔丰厚的奖金。

艾瑞克

第一章　中毒

湿黏的灰色泥泞拖住她的靴子，减慢了她的速度。艾丽斯看着莱福特林从她面前走过，向簇拥在一起的巨龙守护者们走去。她则只能一次次努力挣脱地面的束缚，追赶在船长身后。“就像我的生活一样。”她一边激动地喃喃说着，一边坚定地迈着步子。片刻之后，她才想到就在几个星期以前，她还觉得在河岸边行走不仅是有一点冒险，而且还相当吃力。今天，她走过一片泥地，却并不觉得有多么困难。“我在改变。”她对自己说。她忽然感觉到天空之喉的赞同，不由得吓了一跳。

你一直能听到我的想法？ 她问那头龙，却没有得到任何回音。这头龙是否知道她对莱福特林的态度和她不快乐的婚姻的种种细节——她不由得开始猜测，她几乎是立刻就决定要保护好自己的隐私——为此，她就不能再想这些事情，但她很快就意识到这完全是徒劳的。*怪不得龙是如此鄙视我们，他们能够洞悉我们每一个人的想法。*

*我向你保证，你脑子里绝大多数的事情对我来说都很无聊，我们甚至懒得对那些事有任何看法。*天空之喉的回应飘进了艾丽斯的脑海。然后，那头龙又带着一股苦涩的味道对艾丽斯说，*我的真名是辛泰拉，也许你已经得到它了。默尔柯把它吼入风中，其他所有人都已经知道了。*

这种意识对意识的交流实在是太令人兴奋了，而且和她对谈的还是如此神奇的生物。艾丽斯试着向辛泰拉表达自己的赞美之意：*非常高兴终于能得知你*

的真名，辛泰拉。这个充满光辉的名字很适合美丽的你。

她的意念却碰到了一片岩石般的沉默。辛泰拉并没有无视她，而是给了她一片空无。艾丽斯只能尝试用一个问题缓和僵硬的气氛：那头褐色的龙出了什么事？ 他生病了吗？

红铜龙从茧中出来的时候就是那种样子，她活得够久了，辛泰拉麻木地回答。

她？

不要再给我念头了！

艾丽斯拦住自己即将向辛泰拉表达的歉意，她相信继续想下去只会让那头蓝龙更加恼火，而且她已经快要追上莱福特林了。守护者们原本都聚集在褐色小龙的周围，现在他们正渐渐散去。当艾丽斯来到莱福特林身边的时候，守在褐色龙身边的，只剩下了那高大的金龙和他有粉红色鳞甲的小守护者。金龙抬起头，用一双光华闪烁的黑眼睛盯住了艾丽斯。艾丽斯感觉到了金龙目光的“推力”。莱福特林也突然转向她。

“默尔柯希望我们离开这头褐色龙。”船长对艾丽斯说。

“但……但是……这头可怜的小龙也许需要我们的帮助。有没有人发现他出了什么问题？ 或者……也许是她？”艾丽斯不知道辛泰拉是说错了，还是嘲讽着她。

金龙直接对艾丽斯说话了，这是他第一次这样做。他铜钟般的浑厚声音在艾丽斯的肺叶里引起了共振，他的意念充满了艾丽斯的脑海：“寄生虫正在从芮普妲的体内吃掉她，又有一头猛兽攻击了她。我正在看护她，以确保所有人都记得龙是属于龙的。”

“一头猛兽？”艾丽斯惊恐地问道。

“走开，”默尔柯严厉地对她说，“这不关你的事。”

“我们走吧。”莱福特林也有些急切地说道。船长伸手想要握住艾丽斯的手臂，却突然缩回了手。艾丽斯的心沉了下去。塞德里克的话已经起了作用。毫无疑问，塞德里克认为他有责任提醒莱福特林船长，艾丽斯是一位已婚女士。是的，他的指责对船长造成了伤害。现在他们两个之间再不会有那种轻松融洽的气氛了。他们不会再忘记应有的礼仪。就算是艾丽斯的丈夫诏谕突然出现，站在他们两个中间，艾丽斯也不认为他的存在感会比现在更强烈。

而艾丽斯也不会比现在更恨他。

这让艾丽斯感到震惊。她恨自己的丈夫？

艾丽斯知道诏谕伤害了她的感情，忽略她，羞辱她。她完全不喜欢诏谕对待她的态度。但她恨诏谕吗？ 她以前还从不曾允许自己以这样的方式去评价诏谕。

诏谕相貌英俊，受过良好的教育，行为举止彬彬有礼，充满魅力——对他人一直都是如此。艾丽斯能够随心所欲地使用他的财富，只要不对他造成妨碍。艾丽斯的父母认为她的婚姻很美满。她认识的绝大多数女人都羡慕她。

而她在恨诏谕。事实就是如此！她在莱福特林身边默默地走着。终于，船长清了清喉咙，打断了她的思路。她立刻反射性地向船长道歉："很抱歉，我走神了。"

"我想，我们大概做不了什么事。"船长哀伤地说。艾丽斯点点头，将船长的话契合到自己混乱的心绪中。但船长随后的话，才让艾丽斯明白了他说的是什么事，"我们没办法帮助那头褐色的龙。是生是死，只能看她自己了。我们要留在这里，直到她做出最后的决定。"

"虽然很难将她看作是一位女性，但看到一位女性陷入这样的危难，我更感到加倍的哀伤。龙群中的女性本来就非常少了。所以我不介意。我是说，我不介意一直留在这里。"她希望船长能将手臂递给她。她相信自己一定会挽住他的手臂。

河岸和河水并没有清晰的界线。他们脚下的泥泞变得越来越湿滑，并逐渐形成水洼。他们在流水旁边停住脚步。艾丽斯能感觉到自己的靴子正在沉下去，"我们面前已经没有路了，对不对？"莱福特林说。

艾丽斯向身后瞥了一眼。那里是低矮的河岸和被踩平的草地，更远处是堆积着陈旧浮木的高草丛，随后便是真正的森林了。看上去，那片森林完全无法穿行。“我们可以去树林里看看。”她说道。

莱福特林轻笑了一声，但他的笑声中没有半点快意。“我说的不是这个。我说的是你和我。”

艾丽斯目不转睛地看着船长。她非常惊讶莱福特林竟然会如此直接地说出这件事。然后她想到，也许塞德里克干预此事的唯一好处，就是让他们能够诚实地对待彼此了。现在他们已经没有任何理由否认对于彼此的吸引。艾丽斯希望自己有勇气握住莱福特林的手。但她只是抬起头看着他，希望他能够读懂自己的眼神。他可以，所以他重重地叹了口气。

“艾丽斯，我们要怎么做？”这个问题其实回避了许多问题，但艾丽斯还是决定回答。

他们又走了二十几步，艾丽斯才找到了自己真正想要说的话。莱福特林一边走一边看着地面。艾丽斯只是看着他的侧脸，放弃了对自己世界的一切控制：“我想要做你想做的所有事情。”

她看到这些话落在莱福特林的心中。她本以为自己的话是一种祝福，但莱福特林却好像将它们视作一种负担。他的面色变得非常凝重。这时他抬起双眼——他的驳船就停泊在他们面前的河岸边，仿佛正在以同情的目光与船长对视。当莱福特林说话的时候，他的对象更像是那艘船，而不是艾丽斯：“我必须做正确的事，”他的声音中充满悔恨，“为了我们两个。”随后，他就紧紧闭住了嘴。

“我不会收拾行李回缤城去！”

一抹微笑扭曲了船长的嘴唇，“是的，亲爱的，这一点我很清楚。没有人会让你收拾行李去任何地方。你完全可以自己决定要去哪里，以及不去哪里。”

“看来你明白这一点。”艾丽斯竭力让自己的声音显得充满了力量和主见。她握住了船长生满老茧的手，紧紧握住它，感觉到那手心的粗糙和手指的力量。莱福特林小心地握了握她的手，然后放开了她。

天色很昏暗。塞德里克紧紧闭住眼睛，然后又将双眼睁开。没有用。他一直在感到头晕。他发现自己不得不伸手扶住自己房间的墙壁。驳船仿佛正在他的脚下摇摆，但他知道，其实这艘船还停靠在河岸边。该死的门把手在哪里？他看不见。他靠在墙上，短促地吸着气，努力不呕吐出来。

“你还好吗？”一个浑厚的声音在他的身边响起。一个他并不熟悉的声音。塞德里克努力让自己的意识恢复清醒。是卡森，那个留着姜黄色大胡子的猎人在和他说话。

塞德里克小心地吸了一口气。“我不确定。现在天色很奇怪吗？ 我觉得好昏暗。”

“今天是大晴天，先生。太阳太亮，我没法盯着河面看太长时间。”猎人的声音中带有关切的意味。为什么？ 塞德里克甚至不认识这个猎人。

“我觉得天色很阴沉。”塞德里克想要以正常的方式说话，但他的声音仿佛是从很远的地方飘过来的，听起来格外微弱。

“你的瞳仁就像针尖一样小。来，扶着我的胳膊。我帮你坐到甲板上。”

“我不想坐到甲板上。”塞德里克虚弱地说。但就算是卡森听到了他说话，也完全没有理会他的意愿，这名大汉扶住他的肩膀，轻柔但坚定地把他移到了肮脏的甲板上。一想到这些粗糙的木板会把他的长裤磨成什么样子，塞德里克心中便生出一股怨怼之情，而且整个世界丝毫没有因为他坐下来而减小晃动的幅度。塞德里克头枕在自己房屋的墙壁上，闭起了眼睛。

“你看上去像是中了毒，或者吃了什么药。你的面色就像河水一样苍白。我帮你拿点喝的，马上就回来。”

“好的。”塞德里克虚弱地说。这个人在他眼前就像是昏暗世界中一个更加阴暗的影子。他感觉到猎人踏在甲板上的脚步声，就连那些微弱的震动也让他感到恶心。猎人走了，塞德里克又感觉到另一种震动。那种震动更微弱，也不像脚步那样有节律。伴随着一阵阵恶心的感觉，塞德里克意识到那甚至不是真正的震动。但它的确是存在的——是某种可怕的东西，而且正针对他而来。那东西知道他对褐色龙所做的事情，并因此而恨他。某种古老、强大而且黑暗的东西正在审判他。他紧紧闭住眼睛，但这只让那个恶毒的东西更加靠近他了。

脚步声回来了，变得越来越响。塞德里克感觉到猎人向他俯下身，“给你，喝吧，它能让你振作起来。”

塞德里克双手接过温热的杯子，嗅到了很糟糕的咖啡气味。他将杯子捧到唇边，抿了一口，感觉到混在咖啡中的莱姆酒的强烈刺激。他努力含住这口液体，不把它吐到自己身上，哽咽着咽下了它，然后一边咳嗽，一边吃力地喘息着，睁开了满是泪水的眼睛。

“好些了吗？”那个该死的虐待狂问他。

“好些？”塞德里克气恼地反问道。他听见自己的声音变得更有力量了。他眨掉眼中的泪水，终于能看见卡森正蹲在他面前的甲板上，姜黄色的大胡子比那一头乱发更明亮一些。这名猎人的眼睛不是褐色的，而是罕见得多的纯黑色。他正向塞德里克露出微笑，稍稍向一侧歪着头。*就像是一只翘尾巴的狗*，塞德里克恶毒地想道。他开始在甲板上挪动靴子，想要将双脚挪到身子下面。

“我带你去厨房吧，好不好？”卡森从塞德里克的手中接过杯子，然后抓住他的上臂，轻而易举地把他拽了起来。

塞德里克感觉自己的头在脖子上来回摇晃。“我到底是怎么了？”

“我怎么会知道？”猎人和蔼地问他，“你昨晚喝得太多了？ 你也许在崔豪格买了些不干净的饮料。如果是在卡萨里克买的酒，那几乎肯定会让你喝坏肚子。卡萨里克人在造酒的时候，会拿一切东西来发酵——树根，水果皮。靠着我，别挣扎。我还知道有个家伙曾经尝试用鱼皮来酿酒，甚至整只鱼都不用，只是鱼皮。他相信这能行得通。这边，小心你的脑袋。你应该坐到厨房的桌子边上，吃些东西。食物能吸收掉你喝下的液体，帮你把它排出体外。”

塞德里克意识到卡森比他要高一头，更要强壮许多。猎人扶着他走过甲板，进入船舱，让他坐到厨房的餐桌旁，仿佛一位母亲将闹别扭的孩子强拉到他的座位上。卡森的声音深沉浑厚，如果不在意他的笨拙举止，他的话语几乎能让塞德里克感到一些安慰。塞德里克将手肘撑在黏腻的桌面上，把脸枕在手掌中。这里的油脂味、烟火味和陈旧的食物气味，让他的感觉更加糟糕了。

卡森在厨房里忙活了一段时间，将一些东西放进一只碗里，又从壶中向碗里倒了一些热水，用勺子又戳又碾，然后将碗放到餐桌上。塞德里克抬起头，看着碗里的一团烂烂糊糊的东西，突然打了个嗝。黑红色的龙血气味又涌进他的嘴里和鼻子里。他再一次觉得自己要晕过去了。

“吃下它会让你觉得好一些，”卡森很有自信地说道，“来，吃吧，它能让你的肚子平静下来。”

“这是什么？”

“硬饼干泡热水。在肚子里会像海绵一样。如果一个人肚子不舒服，或者是想要快些醒酒以应付一天的工作，就应该吃这个。”

“看上去很恶心。”

“是的，你说得没错。吃吧。”

塞德里克已经很久没吃东西了。龙血的味道一直停留在他的嘴里和鼻腔里。他觉得现在无论是什么味道都会比那股味道更好。他接过大勺子，搅拌着碗里的糨糊。

猎人的儿子戴夫威走进船舱问：“出什么事了？”他的声音中流露出一种急迫感，这让塞德里克感到困惑。塞德里克将一勺泡烂的硬饼干放进嘴里——饼干的口感很粗糙，没有任何味道。

“不需要你担心，戴夫威。”卡森严厉地对那个男孩说道，“你还有事情要做。修补好这些网。我打赌，我们今天大概都不会移动了。我们可以在急流中下网，这样也许能捞上一网鱼，也许还能捞上两网来。但首先要把渔网修补好。快去干吧。”

“他怎么了？为什么是这副样子？”男孩的声音中突然带上了指责的语气。

“他病了。这和你无关。你赶快去干活，不要来打扰你的长辈了，我们比你更懂得该如何处理我们的事情。出去。”

戴夫威在离开厨房的时候没有摔门，但他关门的力量的确比平时大了一些。“小孩子！”卡森气恼地吼了一声，“他们总是自以为知道想要什么，但如果我把他要的给他……看着他，他只会发现他根本还没有准备好。我相信你一定明白我的意思。”

塞德里克将嘴里那一口恶心的东西咽进肚子里。硬饼干的确吸收了龙血的味道。他又吃了一大勺，然后才意识到卡森正在看着他，等待他的反应。“我没有孩子，也没结婚。”他一边说，一边又吃了一勺。卡森是对的。他的肚子舒服多了，头脑也清楚了许多。

“我不认为你结婚了。”卡森露出微笑，仿佛是听塞德里克说了个笑话，“我也没有。但我觉得你像是有对付戴夫威这种男孩的经验。”

“不，我没有。”塞德里克现在有些感激卡森对他粗陋的治疗，但他只希望结束和猎人的对话，就此走开。他的脑子里充满了各种令人头晕目眩的思绪，他需要时间来理清它们，而不是再往脑子里填进去各种礼貌的对话。卡森刚才提到了毒药，这让塞德里克一直感到惴惴不安。他那时到底在想什么？ 竟然把龙血放进嘴里？ 他已经记不起自己当时的冲动心情由何而起，只知道自己那样做了。他本来只想取得那头野兽身上的血和鳞片。龙的血肉能换得大笔财富。他想要的只有财富。他并不为自己所做的事情感到骄傲，但他不得不这样做。他别无选择。只有当塞德里克拥有了足够多的财富，他和诏谕才能一起离开缤城。龙血和龙鳞能够换来他一直梦想的生活。

当他从驳船上溜下来，在那头生病的龙身上获得他所需要的一切时，竟是那么简单。那头野兽显然就要死了。塞德里克从它身上取走几片鳞又有什么关系？ 当他用玻璃瓶去接流下来的龙血时，瓶子在他的手中显得格外沉重。他要将这瓶血卖给恰斯大公，以治疗大公的老迈和全身病痛。他从没有想过自己会喝龙血，甚至不记得自己曾经有过这样的欲望，更不要说下这种决心了。

龙血以非同寻常的治疗能力而著称。但也许就像其他药料一样，它也具有某种毒性。他真的让自己中了毒？ 他能够恢复吗？ 塞德里克希望自己能找知道的人问一问。他突然想起，艾丽斯可能会知道。艾丽斯对龙进行了那么多研究，肯定多少会了解一些龙血对人体的影响。但他该怎样问出这个问题？ 他有什么办法编造出一种不会让自己受到怀疑的说法？

“那碗面糊让你的胃好些了吗？”

塞德里克一下子抬起头，立刻又为自己的这个动作而后悔不已。眩晕感涌入他的脑海。不过他很快就清醒过来。“是的，是的，好些了。”猎人坐到他对面，注视着他。那双纯黑色的眼睛紧盯住了他的眼睛，仿佛是想要看进塞德里克的脑子里。塞德里克低头看着自己的碗，强迫自己又吃了一口面糊。这种食物的确对他的胃有好处，但他一点也不喜欢面糊的味道。他又抬头瞥了一眼盯住他的猎人，“谢谢你帮忙。我不想再打扰你了。现在我好多了。就像你说的，我也许是喝了或者吃了什么不干净的东西。所以你不必再为我担心了。”

“没关系，你没有打扰我。”

猎人依旧只是坐在他的对面，就好像在等待塞德里克说些什么。塞德里克感到有些无所适从。他再一次低头看着自己的“食物”。“那么，我没事了，谢谢你。”

猎人仍然没走。但塞德里克已经拒绝再从碗上抬起头了。他一小口一小口地吃着面糊，努力装作自己的全部注意力都在碗上。猎人的关注让他不知所措。当卡森终于在餐桌对面站起身的时候，塞德里克努力压抑住一阵宽慰的叹息。卡森从塞德里克身后走过，将一只沉重的手按在他的肩膀上，俯下身在他的耳边低声说：“我们应该找时间谈谈。我猜我们之间的共同点要比你以为的更多。也许我们应该信任彼此。”

*他知道。*这个念头刺穿了塞德里克的镇定，让他差一点被满嘴泡软的饼干噎住。“也许吧。”他努力说道，同时感觉到握住自己肩膀的手收紧了一下。猎人笑了一声，松开他的肩膀，走出了船舱。当舱门在猎人身后被牢牢关住的时候，塞德里克将碗推开，把头埋进手臂里。*现在该怎么办？*他向眼前的黑暗问道，*现在该怎么办？*

褐色的龙看上去已经死了。赛玛拉很想靠近过去仔细看看她，但守在红铜龙身边的金龙让她感到害怕。从赛玛拉离开他们身边之后，默尔柯几乎没有动一下，他那双闪闪发光的黑色眼睛一直盯着红铜龙。默尔柯没有说话，但赛玛拉能感觉到金龙精神力量的排斥。“我只是为她感到担忧。”赛玛拉高声说道。希尔薇正靠在金龙的前腿上打着瞌睡。听到赛玛拉的声音，她睁开眼睛，带着抱歉的神情看了默尔柯一眼，然后望向赛玛拉。

“他感到怀疑，”小女孩对赛玛拉说，“他认为有人故意伤害了这头褐色龙，所以他在保护她。”

“是为了保护她，还是等到她死去时第一个吃掉她？”赛玛拉努力让自己的声音中不带有任何指责的情绪。

希尔薇并没有觉得受到冒犯。“是为了保护她。自从离开茧壳之后，他已经见到了太多的龙死去。他们之中的雌性太少了，所以就算是智力和身体都发育不良的雌龙，也必须受到保护。”小女孩以一种奇怪的方式笑了笑，然后又说道，“就像我们一样。”

“什么？”

“就像我们守护者一样。我们之中只有四名女性，其余的都是男性。默尔柯说，无论我们这些女性是多么畸形，男性都必须保护我们。”

希尔薇的话让赛玛拉无言以对。她不假思索地抬手到自己的脸上，摸了摸下颌和颧骨上的鳞片。但她立刻又想到金龙这番话背后的意思，便粗鲁地说道：“希尔薇，我们不能结婚和交配。也许默尔柯不知道规矩，但我们全都知道。在我们出生的时候，雨野原就给我们留下了标记。我们全都知道这意味着什么。我们的生命会非常短暂。就算我们怀孕，我们的孩子几乎也都无法活下来。依照习俗，我们之中的大部分人在出生时就应该被弃之荒野了。我们全都知道自己为什么会参加这场远征，这绝不是因为我们能照顾龙，而是卡萨里克要抛弃我们。”

希尔薇久久地盯着她，然后才低声说道：“你说的都是实话，或者对我们而言曾经是实话。但格瑞夫特说我们能够改变那些规矩。他说，当我们到达克尔辛拉的时候，那就会变成我们的城市。我们将和我们的龙在那里共同生活。我们会制定我们的规矩，关于一切事情的规矩。”

看到这个小女孩竟然如此容易被哄骗，赛玛拉不由得感到一阵惊骇。“希尔薇，我们甚至不知道克尔辛拉是否还存在。它有可能已经被深埋在淤泥中，就像其他古灵城市一样。我从没有真心相信过我们能到达克尔辛拉。我认为我们最好的希望，就是能找到一个可以让龙群活下去的地方。”

“然后呢？”希尔薇问，“我们将他们留在那里，回家去？ 回到崔豪格？去做什么？ 回去生活在阴影和羞耻中，为了自己的存在而心怀愧疚？ 我不会这样做，赛玛拉。许多守护者都明确说过他们不会这样做。无论我们的龙会在哪里安居，我们也会居住在那里。我们会有一个新的家园与新的规矩。”

一阵响亮的声音突然惊扰了赛玛拉。她和希尔薇全都转过头，看到默尔柯正在伸展身躯，完全展开了一双金色的翅膀。让赛玛拉吃惊的不仅是这对翅膀的尺寸，还有它们像孔雀羽毛一样布满了眼状花纹。就在赛玛拉的注视中，金龙再一次用力扇动它们，鼓起一阵强风，裹挟着龙的气味扑向赛玛拉。赛玛拉又看着他笨拙地收起双翼，仿佛挪动它们是一项很陌生的任务。不过金龙还是稳稳地将翅膀折回到背上，继续全神贯注地看着褐色龙。

赛玛拉突然意识到，默尔柯和希尔薇之间刚刚进行了一次交流。金龙没有发出一点声音，但赛玛拉就算无意探查也能心有感应。希尔薇带着抱歉的神情向赛玛拉问道：“你今天要去狩猎吗？”

“应该会去。反正今天我们应该不会再赶路了。”赛玛拉竭力不去思考那个再明显不过的事实——除非褐色龙死掉，否则他们就全都被困在这里了。

“如果你能猎到一些鲜肉……”

“我会尽力分享的。”赛玛拉立刻回答道。她只能尽量不去为这个承诺感到后悔。辛泰拉需要肉，病弱的红铜龙和神智暗弱的银龙也需要肉。为什么她会自告奋勇照顾他们？ 她甚至还没办法好好喂饱辛泰拉。而现在她又承诺会为希尔薇的金龙带肉回来。她只希望那些猎人也能认真工作。

自从这些龙第一次捕杀猎物之后，他们已经学会了自己进行狩猎和捕鱼。毋庸置疑，他们都是掠食猛兽。但巨龙应该凭借翅膀狩猎，而不是拖着笨重的身躯在地面追逐猎物。不管怎样，这些无法飞行的龙还是赢得了一些胜利。而且自从能吃上刚刚捕杀的新鲜野兽和鱼之后，他们几乎全都发生了改变。他们的身材变得消瘦，但肌肉增多了。当赛玛拉大步走过龙群的时候，她细看他们，这才惊讶地意识到，现在这些龙和她在各种古灵宝物上见到的巨龙形象更加相似了。赛玛拉不由得站定脚步，注视了他们许久。

亚布克是一头银绿色的雄龙，正在河边浅滩蹚着水来回行走，不时伸头钻入水中。他这样做多半是为了让他的守护者埃鲁姆高兴。埃鲁姆跟在他身边，手中举着鱼枪。实际上，在水中嬉戏的绿龙早已将所有猎物都赶走了。在赛玛拉眼前，亚布克伸展开双翼。和绿龙的身体相比，那对翅膀长得简直有些荒谬，但他还是扇动它们，拍起一片水花落在埃鲁姆身上。他的守护者高声呵斥他。绿龙停住了动作，困惑地站在水中，弯曲的翅膀不断滴落下河水。赛玛拉看着埃鲁姆，陷入一阵沉思。

突然间，她转身去找辛泰拉。*辛泰拉，不是天空之喉*，她激动地提醒自己。当她知道有些龙从不曾向自己的守护者隐瞒真名的时候，她为什么会感到自己的尊严受到了伤害？ 洁珥德可能在第一天就知道了她的龙的名字。希尔薇也是。赛玛拉紧咬住牙关。辛泰拉比她们的龙都要美丽。但为什么她却是这样难以相处？

赛玛拉发现她的蓝龙正闷闷不乐地俯卧在一片生满了芦苇和高草的泥滩上，头枕着前爪，盯着流动的河水。她没有抬起头，也没有任何操作表示她知道赛玛拉就在身边，而是突然说道："我们应该前进，而不是留在这里。用不了多少天，冬季的暴雨就要来了。到时候河水会变得更深更急。我们应该利用这段时间找到克尔辛拉。"

"那么你认为我们应该丢下那头褐色的龙？"

"芮普妲，"辛泰拉回答道。一点怨恨的味道从她的思绪中流露出来，"为什么我的真名已经尽人皆知，而她的真名还要被保密？"辛泰拉抬起头，突然伸出前肢，张开两只爪子，"而且，如果她得到了适当的照料，你就能看出来她是红铜色的，不是褐色。现在看看这里，我的爪子裂开了，都是因为我在水中的石块上走了太久。我需要你用麻线把它绑紧并包扎好，再用你包裹银龙尾巴曾经用过的那种柏油，再把它包裹住。”

“让我看看。”这只爪子因为在水中浸泡了太久而被磨损，已变得柔软了。其中一根爪趾已在末端裂开。不过幸运的是，裂痕还没有深及嫩肉，“我会去问问莱福特林船长是否有麻线和柏油。让我再看看你的其他爪子，它们都还好吗？”

“它们全都有一点变软了。”辛泰拉承认。她将自己的另一只前爪伸过来。张开爪趾。赛玛拉咬住嘴唇，仔细查看这只爪子。爪趾末端全都有轻微的磨损，就像是坚硬的浮木终于被潮湿所侵蚀。想到木头，赛玛拉有了一个也许可行的方法，“我在想，是否能给它们刷一层油，将它们与河水隔绝开？”

龙爪猛地抽了回去，差一点将赛玛拉碰倒。辛泰拉仔细审视了一番自己的爪子，很不情愿地说：“也许吧。”

“请站起来，挺起身子，我需要查看你的身体有没有脏污和寄生虫。”

龙低吼着发出抗议，但还是慢慢服从了命令。赛玛拉在她身边缓步绕行。她此前完全没想到辛泰拉会发生这么大的改变。蓝龙的身体瘦了很多，但肌肉变得更加发达。长时间在河水中浸泡对她的鳞片显然没有好处。但逆流行走对她是一种很有效的锻炼。“请张开你的翅膀。”赛玛拉又提出要求。

“我可不愿意。”辛泰拉拘谨地说。

“你想让寄生虫孳生在翅膀的皱褶里吗？”

蓝龙又吼了一声，但还是抖动一下翅膀，张开了它们。翅膀上的皮肤黏在一起，就像是在潮湿的环境下存放太久的阳伞。赛玛拉还从这对翅膀上嗅到了一股令人不快的气味。蓝龙的鳞片看起来很不健康。皮翼边缘泛起白色，就像是堆栈在一起的发霉树叶。

“看起来不太好，”赛玛拉懊恼地说道，“难道你从不洗涤它们？ 或者扇动以锻炼它们？ 你的皮肤需要阳光，还需要好好刷洗一番。”

“它们没有那么糟。”辛泰拉低声说道。

“不，这些皮翼的皱褶里，都因为过于潮湿而发臭了。你要张开它们，让它们接触空气，保持这个姿势，至少要等到我找到东西回来治疗你的爪子。”

赛玛拉完全不顾及辛泰拉的尊严，直接抓住蓝龙支撑皮翼的一根指尖，将她的翅膀完全拉开。蓝龙想要收起翅膀，但赛玛拉顽固地拽住了她的指尖。要拉开她的翅膀非常容易，这一点很不正常，龙的肌肉应该比人类更强壮才对。赛玛拉竭力想要找到一个合适的词汇形容这种状况——萎缩。辛泰拉的翅膀肌肉因为长期缺乏使用而萎缩了。“辛泰拉，如果你不听我的话，好好照顾你的翅膀，你很快就再也无法举起它们了。”

“想也别想！”蓝龙向赛玛拉嘶声说道。她猛力一拍翅膀。赛玛拉没能抓住她的指尖，跪倒在泥地里。她向蓝龙抬起头。辛泰拉已经气愤地收起了翅膀。

“等等，等一下，那是什么？辛泰拉，再张开你的翅膀。让我看看它下面。看上去好像那里有一条锉刀蛇！”

蓝龙愣了一下。“什么是锉刀蛇？”

“生活在树冠层的一种蛇，像小树枝一样细，却特别长。它们发动攻击的时候速度极快，而且它们的嘴唇上有一颗像卵齿一样的牙，锉刀蛇只要咬住猎物就不松口，会把头一直钻进猎物的身体里面，随后就一直挂在猎物的身上，吃猎物的血肉。我见到过身上挂了许多锉刀蛇的猴子——那种猴子就像是有一百条尾巴。被锉刀蛇寄生的生物通常会在蛇头的周围发生感染，最终会因为感染而死。锉刀蛇非常脏。打开你的翅膀，让我看看。”

在蓝龙的翅膀下面果然挂着一条细长的肮脏生物。当赛玛拉伸手碰到那东西的时候，蛇身子突然剧烈地抽动起来。辛泰拉因为疼痛而尖叫了一声。“那是什么？把它拽下来！”蓝龙叫喊着，将头伸到翅膀下面，咬住了那只寄生虫。

“不要！不要咬它，不要拽它。如果你硬要把它拽下来，它的头就会被扯断，留在你体内，造成严重的感染。放开，辛泰拉。放开它，让我来对付它！”

辛泰拉的眼睛闪烁着，如同两只旋转的红铜圆碟。但她还是服从了命令。“把它从我身体里取走。”蓝龙用紧张而激动的声音说道。赛玛拉惊讶地在辛泰拉的愤怒深处感觉到了她的恐惧。片刻之后，辛泰拉又用低沉的嘶吼声说，

“快一点。我能感觉到它在动。它想要钻到我身体里更深的地方，藏进我的身体里。”

“莎神拯救我们！”赛玛拉惊呼了一声。她感到一阵阵反胃。她在竭尽全力回忆父亲告诉她的去除小锉刀蛇的方法，“不能用火，不。如果碰到火，它们只会钻得更深。要用别的东西。”赛玛拉拼命搜寻自己的回忆，终于找到了，“威士忌。我必须去找莱福特林船长要威士忌。不要动。”

“快一点。”辛泰拉恳求着。

赛玛拉向驳船跑去。她看见船长和艾丽斯正在一起散步。于是她改变路线，径直冲向他们，一边还高声喊道：“莱福特林船长！莱福特林船长，我需要你！”

随着她的喊声，船长和艾丽斯转过身，也向她跑过来。等到他们会合的时候，赛玛拉已经跑得上气不接下气了。莱福特林立刻担忧地问她：“出什么事了，孩子？”赛玛拉连一句完整的话都说不出来：“锉刀蛇。在辛泰拉身上。从没有见过那么大的。钻进了她的胸部，就在她的翅膀下面。”

“该死的东西！”船长喊道。赛玛拉非常庆幸自己不必再做解释了。

终于喘过一口气之后，她立刻说道：“若是我的父亲，会使用酒精将它们逼出来。”

“是的，嗯，松节油的效果更好。相信我。我曾经不得不将一条锉刀蛇从我的腿里弄出来。来吧，孩子，我的船上有一些。艾丽斯！如果一头龙身上有锉刀蛇，可能其他龙也会有。告诉守护者们，让他们查看所有龙的身体。还有那头倒下的褐色龙。也要仔细查看她。要查看她的肚子，那里很柔软，锉刀蛇很容易咬穿那里钻进去。”

看着莱福特林转身向驳船跑去，艾丽斯虽然不知道什么是锉刀蛇，但心中也感到一阵急迫。她快步跑到河边，找到一个又一个守护者，向他们发出警告。格瑞夫特几乎立刻发现一条蛇身子悬挂在卡罗的肚子上，只是一直被他的后腿遮住了。塞斯梯坎的身上有三条。当塞斯梯坎的守护者莱克特发现三截很短的蛇身突出在他的龙的下半身时，艾丽斯觉得他几乎要晕过去了。艾丽斯严厉地训斥莱克特，让他摆脱自己的恐慌，指示他带着他的龙到辛泰拉旁边，在那里等待莱福特林。那个男孩似乎很惊讶艾丽斯竟然能用如此严厉的语气说话。他吃力地咽了一口唾沫，恢复镇定，服从了艾丽斯的命令。

艾丽斯也放下心中对自己同样的惊讶，又迅速行动起来。她来到希尔薇和守护肮脏的褐色龙的金龙身边，不得不停顿片刻，重新鼓起勇气。她不想现在去面对那头金龙，只想立刻转身离开。她用了一点时间才说服自己，这并不是因为她的懦弱，而是金龙在用自己的威势驱赶她。她端起肩膀，向金龙和他的守护者走去。

“我来查看这条褐色龙的身上是否有寄生虫。另外几头龙的身上发现了锉刀蛇，你的守护者应该对你进行全身检查，而我会查看这头褐色龙。”

片刻之间，金龙只是盯着她。一双如此漆黑的眼睛，怎么能放射出这样令人胆寒的光芒？

“锉刀蛇？”

“一种会钻进生物身体的寄生虫。赛玛拉说她在树冠层见过它们。但她认为河水中也有这样的寄生虫。而且河里的锉刀蛇还要比树冠层的大许多。这种蛇会咬穿生物的皮肤，钻入其体内，以宿主的血肉为食。”

“真是可恨！”默尔柯说道。金龙立刻站起身，展开翅膀，“一想到会有这种寄生虫，我就浑身发痒。希尔薇，立刻检查我的身体。”

“我今天刚刚为你擦洗过全身，默尔柯。如果有这种寄生虫，我应该不会看不到。不过我这就再看一遍。”

“我必须查看这头褐色龙，看她的身体是否正常。”艾丽斯坚定地说。

她以为默尔柯会表示反对。但金龙似乎已经被自己可能被毒虫寄生的事情搞得心烦意乱了。

艾丽斯向一动不动的红铜龙走去。红铜龙趴伏在地上，若要检查她的腹部肯定非常困难，甚至是不可能的。希尔薇说她遭到了攻击，艾丽斯现在看到了切实的证据——覆盖在她身上的淤泥非常平整，几乎像是有意涂抹上去的。必须先剥掉这一层泥壳，才能确认红铜龙的身体状况。

艾丽斯无能为力地看了希尔薇一眼。但那个小姑娘正忙着查看默尔柯。而艾丽斯立刻又为自己的气馁感到羞愧。她在想什么？叫那个雨野原孩子过来清理这头龙的身体，然后她再轻轻松松地看一遍这头龙，让自己的双手始终干干净净？这个想法是多么傲慢？多年以来，艾丽斯一直自称为巨龙的专家，现在她第一次有机会亲手照料一头龙，却在因为一点泥巴而缩手缩脚？不，艾丽斯·金卡罗恩不能这样。

就在距离红铜龙不远的地方，有一片粗糙的芦苇还没有被踏倒。它们随风摇曳的穗子大概有艾丽斯的腰那么高。艾丽斯抽出自己腰间的小匕首，割下五六根芦苇，将它们结成一个草团，然后回到红铜龙身边，开始刷洗她身上的泥巴，并从肩部开始仔细审视这头龙的皮肤。

干凝的河泥很容易就剥落了。艾丽斯的草刷擦净了红铜色的龙鳞，让这头可怜的龙散发出一种美丽的光晕。芮普妲没有发出任何声音，但艾丽斯感觉这头倒卧的龙正向她表达一种微弱的谢意。她加了一把劲，沿着龙的脊骨一直擦拭过去。这头龙的巨大体型让她感到惊叹，但也为芮普妲的肌肉带来了沉重的负荷。要擦干净这么大片的鳞甲，这让艾丽斯突然想到了船员们擦洗驳船甲板的繁重工作，但芮普妲只是一头小龙。艾丽斯回头瞥一眼闪闪发光的默尔柯，比较他和那个有粉红色头皮的女孩，想着女孩每天晚上是怎样完成她的工作？

希尔薇仿佛感觉到了艾丽斯的目光。她对艾丽斯说："默尔柯全身每一寸都很干净，没有蛇。我帮你看芮普妲。"

艾丽斯的高傲，让她很想说自己完全有能力处理好眼前的事情，但她听到自己真心实意地说了一声："谢谢。"女孩朝着她一笑。在那一瞬间，她的嘴唇上亮起了一道太阳的反光。她的嘴上也有鳞片了？艾丽斯急忙将自己的视线转开，继续擦洗龙鳞，从芮普妲的臀部擦下一片片细碎的尘土，洒落在脚下潮湿的地面上。她第一次见到希尔薇的时候，这个女孩的身上还没有那么多鳞片。她也在像这些龙一样迅速发生着改变吗？

希尔薇来到艾丽斯身边，手中也拿着一团芦苇"刷子"。"这真是个好主意。以前我都是尽量用松树枝，没有松树枝的时候就用树叶。但这个好多了。”

“如果我有时间将茎和叶编在一起，我相信它会更好用，不过现在这样应该也够了。”艾丽斯在用力擦拭龙鳞的时候，几乎没有力气再说话了。她在诏谕家中居住的这几年，让她变得更加孱弱。还是女孩的时候，她一直都会完成家中的各种清洁工作，她的家庭雇不起许多仆人。现在她能感觉到汗水已经浸透了脊背，她的手上也开始磨出水疱，肩膀更是传来一阵阵酸痛。好吧，就这样吧！ 一点辛苦的工作不会有什么坏处。当她看到被自己擦洗得干干净净的红铜龙，不由得感到了一阵骄傲。

“这是什么？ 这是什么？ 一个蛇洞吗？”希尔薇的声音中充满了恐惧和哀痛，这种情绪似乎也感染了她的龙。默尔柯走过来，低垂下他的大头，仔细端详红铜龙脖子上的一个小孔。

“它看上去像是什么？”艾丽斯小心地靠近神情专注的金龙。

“一个小窟窿。”希尔薇说，“它周围的泥巴是潮湿的，也许是因为渗进了血液。她现在已经不流血了，但……”

“有什么东西刺伤了她，”默尔柯说道，“亲爱的，这不是‘蛇洞’。这里的血腥气很强烈，她一定流了不少血。”

艾丽斯终于理清了思路。“我不认为那种蛇能够钻出一个洞爬进去。我觉得它们只会将头钻进生物体内吸血。”

默尔柯的身子突然一僵。他的头还低垂在红铜龙身前，黑色的双眼闪闪发光——艾丽斯总是感觉那双眼睛里有色彩在缓缓转动。默尔柯似乎离开了他们。突然间，金龙抖动了一下身子，全身的鳞片都被甩了起来，那种样子让艾丽斯觉得此时的金龙更像一只猫，而不是一头爬虫类巨兽。转瞬之间，艾丽斯又感觉到了金龙的意识。她不由得暗自感到惊叹。金龙在集中精神的时候，对她造成很巨大的影响，如果不是默尔柯暂时离开了她们，她绝不会明白的。

“我不知道被称作‘锉刀’的蛇，不过我听说过你描述的这种寄生虫。很久以前，它们被称作‘钻头虫’。它们会钻进生物体内很深的地方，也许它们要比另外那位守护者所说的锉刀蛇，更加危险。”

“莎神垂怜。”希尔薇低声说。她静静地站了一会儿，手中还拿着临时制作的草刷子。然后，她突然走到红铜龙身边，用力去推红铜龙。“芮普妲！”她高声叫喊，仿佛要叫醒昏迷的龙，“翻过身来，我要看看你的肚子。翻过身来！”

让艾丽斯惊愕的是，那头病弱的龙真的有了动作。她虚弱地在泥泞中蹬着后腿，摇摇晃晃地抬起头，睁开眼睛。但她的头很快又落回到地上。“让开，”默尔柯粗横地命令道。两名女子立刻服从了命令，向后跳开，为金龙让出空间。默尔柯将头探到芮普妲的身子下面，努力想把她掀起来。芮普妲发出虚弱的抗议，不停地蹬着腿，仿佛这个动作让她感到痛苦。

“他在吃她吗？我觉得她还没有死！”抗议的声音来自突然跑过来的另一名巨龙守护者。是拉普斯卡，艾丽斯心中想道。这是他的名字吗？虽然有着怪异的雨野原标记，但他还是一个非常英俊的小伙子。他粗硬的黑头发，生出黑色爪子的双手，与他浅蓝色的眼眸和天使一般的微笑，形成了非常怪异的对比。他的龙也和他一同跑了过来。那是一头身材短粗的红龙，四肢都很短小，但她的全身鳞甲都放射出一种明艳的光彩。当拉普斯卡停下脚步注视红铜龙的时候，他的小红龙便亲昵地将头靠在这名年轻的守护者身上，差一点把拉普斯卡挤倒。“不要这样，荷比。你已经变大了许多，也更强壮了！自己站好。”拉普斯卡的声音中的爱意要比责难更浓。他推了红龙一下，红龙也开玩笑地推了他一下。

“默尔柯不是要吃她，”希尔薇气愤地解释说，“他正要将她翻过来，让我们能查看她的肚子上是不是有寄生虫。有一种蛇一样的寄生虫……”

“我知道。我刚刚看他们为塞斯梯坎除掉那种虫子。看那种虫子从肉里退出来的时候，我差一点就要吐了。莱克特几乎要哭了。他不停地责备自己。我以前从没有见过他那样崩溃过。”

“他们已经将那些虫子捉出来了？”

“是的。他们把虫子捉出来了。不过那一定很痛。当身体里的虫子退出来的时候，那头大蓝龙像老鼠一样不停地尖叫。我不知道莱福特林船长配制了什么药剂。他们把那种药剂涂在锉刀蛇钻进去的洞口周围，锉刀蛇立刻就开始抖动尾巴，然后就退出了龙的身体，每逼退一条蛇，都会流出许多血和黏液。天哪，那股气味可真臭！ 那些蛇一掉在地上，刺青就会跳上去用斧头把它们砍碎。幸好我每天都会从头到脚查看荷比。对不对，荷比？”

小红龙喷了一声鼻息作为响应，又推了拉普斯卡一下，让那个男孩踉跄了一下。拉普斯卡的讲述让艾丽斯感到有些恶心。但希尔薇却想到了另一件事。“拉普斯卡，你能让荷比帮帮默尔柯吗？ 我们要让这头红铜龙翻过身来。”

“嗯，当然可以。我和她说一下，她肯定会答应。荷比！ 荷比，看这里，看着我，荷比，听我说。听话，女孩。帮默尔柯把这头红铜龙翻过来，明白吗？帮他把她翻过来？ 你能做到吗？ 我又大又强壮的龙能为我做到这件事吗？ 她肯定可以。来吧，荷比，把你的鼻子放到这下面，就是这里，就像默尔柯一样。这才是我的女孩。现在，抬起头，往前推，荷比，抬头往前推！”

小红龙用力蹬起四足。艾丽斯看到她短粗的脖子上一根根隆起的肌肉。用尽全力的小红龙发出一阵阵低吼。突然间，芮普妲开始挪动了。她因为疼痛而长声尖叫。但默尔柯和荷比都没有理会她的哀鸣。他们气喘吁吁地用力推着，终于将红铜龙翻了过来。红铜龙的四条腿只能在半空中无力地来回晃动。“撑住她荷比。这才是我的女孩。把她撑稳！”听到拉普斯卡的喊声，小红龙蹬直四条腿，用头抵住红铜龙。她的颈部肌肉根根紧绷，但守护者的高声赞扬让她的金色眼睛里旋转着喜悦的光彩。

“看这里！”默尔柯说道。艾丽斯惊恐地瞪大了眼睛，许多蛇从红铜龙满是污泥的肚子上伸出尾巴，因它们的宿主被翻动，至少有十几条锉刀蛇不停地抖动并翻转着。希尔薇用双手捂住嘴，向后退去，一边摇着头，一边透过指缝说道：

“她从没有让我给她清洁过肚子。我曾经试过，我真的试过！ 她总是躲开我，自己在泥巴里蹭肚皮。她想要除掉它们，对不对，默尔柯？ 她不让我清理她的肚皮，因为那很痛。”

“她的意识不够清晰，不明白你能够帮她，”默尔柯带着沉重的语气说道，“没有人能责备你，希尔薇。你已经为她尽了力。”

“她死了吗？”听到喊声，所有人和龙头转过头。赛玛拉和刺青小跑步过来了。莱福特林船长紧跟着他们。辛泰拉则以更加庄重的步伐走在后面。他们身后还有另外六名守护者和他们的龙。

“还没有！但她身上的寄生虫很多。我不知道我们还能不能救她。”希尔薇的声音变得沙哑了。

“试试看。”默尔柯严厉地发出命令，然后他又将头垂到希尔薇身边，轻轻喷出一阵鼻息。那真是很轻柔的一股气，但希尔薇却摇晃了两下。让艾丽斯感到震惊甚至害怕的则是希尔薇随后的变化。希尔薇从一个几近歇斯底里的孩子，突然变成了一名冷静的女子。她挺直了身子，抬头看着自己的龙，向他露出微笑。

“我们会救她。”她转头向艾丽斯说道，“首先，我们要用草刷尽可能清理掉她身上的污泥。荷比，你必须将她撑住，让她这样躺好。她不会喜欢我们要做的事，但我相信我们必须先清理她的伤口，然后才能对她进行治疗。”

“有道理。”艾丽斯表示同意。她不知道希尔薇怎么会有这样泰然处之的心态。是因为默尔柯对她施加了影响吗？艾丽斯拿起草刷，露出它比较干净的一面，小心地向红铜龙走去。和其他龙相比，这头红铜龙也许很小，也很虚弱，但只要她的腿轻轻一踢，就足以把一个人踢飞。如果她挣扎着翻过身来正好压住一名守护者，那肯定会造成重伤。

赛玛拉停住脚步，盯着艾丽斯。片刻之间，这个缤城女人仿佛完全变成了另一个人。她正在擦洗红铜龙的肚子，完全不在乎落在自己长裤和靴子上的灰尘泥土。她的脸上也全都是尘土，女式上衣在肘部以下已经脏污不堪，就连她浅色的睫毛上都能看到细灰，而她的表情显得格外坚毅，甚至可以说她在因为自己所做的事情感到快乐。她是什么时候从一个精致高雅的缤城女士变成现在这种样子的？她纤尘不染的美丽衣装和令人望尘莫及的高贵姿态去哪里了？赛玛拉的心中不由得生出一点不情愿的赞赏之意。

荷比低垂着红色的头，努力顶住红铜龙，保持住她腹部朝上的笨拙姿势。拉普斯卡站在荷比身边，骄傲地拍着小红龙的肩膀，不停地说着赞扬她的话。默尔柯俯视着所有忙碌的人们。希尔薇成了这次治疗行动的指挥者。赛玛拉觉得这个女孩也和原来不一样了，不过她还没有看清楚希尔薇具体发生了哪些变化。

赛玛拉又向红铜龙靠近两步，不由得感到一阵心寒。那些锉刀蛇在红铜龙的肚子上几乎只露着一小截尾巴。赛玛拉吃力地咽了一口唾沫，看到这种寄生虫翻腾着从辛泰拉的身体里退出来的时候，她已经感到够糟糕的了。辛泰拉被寄生的时间并不长，那条锉刀蛇的大部分身体还露在蓝龙体外。莱福特林将气味浓烈的松节油涂抹在蛇洞周围的时候，锉刀蛇的身子先是瘫软了一下，紧接着就突然开始疯狂地甩动。辛泰拉高声呼痛，赛玛拉则匆忙走过去，抓住了拼命抽打的蛇尾。“抓紧。我还要涂些松节油！”莱福特林警告她。

船长第二次在蛇身上涂抹松节油之后，锉刀蛇变得更加狂暴。它开始扭动着退出辛泰拉的身体。随着越来越长的蛇身退出来，赛玛拉不得不尽力将它抓紧，以免它会重新钻进蓝龙体内。蛇身在她的手掌中蜿蜒滑腻，辛泰拉用越来越响亮的声音吼出自己的痛苦，其他的龙和守护者都向她聚拢过来。随着最后一段蛇身滑出蓝龙的身体，那条蛇猛地甩过头，喷了赛玛拉一脸血——它想要攻击抓住它的生物。被血水喷到的赛玛拉将蛇摔在地上。刺青已经做好准备，正握着短柄斧等在她身边。锉刀蛇立刻就被砍死了。赛玛拉只是麻木地站立着，和她的龙一同颤抖着，分担着她的疼痛。她抬起手臂，用袖子抹了一下脸，却只是将浓稠的血液涂得满脸都是。这些血全都是龙的气味。直到现在，她已经将龙血洗净，但黏滞的血腥味还是充满了她的鼻腔，看起来她是无法摆脱这股味道了。随后，莱福特林向伤口中灌了一些莱姆酒，又用一些柏油把伤口封住，以免酸性的河水让伤口形成溃疡。船长一边工作一边说，“以后你们必须每晚都查看你们的龙。这些蛇能分泌出让身体麻痹的东西。就算它钻进你们的身体里，你们也感觉不到。曾经有一条小锉刀蛇钻进我的腿里。我直到离开河水才发现它。”

在艾丽斯和希尔薇工作的时候，红铜龙也在一阵阵微声呼痛。赛玛拉蹲到红铜龙的身边，看着她的脸。但红铜龙已经闭起了眼睛。赛玛拉不知道芮普妲的意识是否清醒。她只得缓缓站起身。“至少我们知道了她的身上有什么问题。如果我们把锉刀蛇都除掉，再清理和封闭好她的伤口，不让河水进去，也许她还能有机会活下来。”

“我们已经清理掉了她身上的许多泥土。现在该把这些蛇揪出来了。”希尔薇说。

赛玛拉和其他围观者站在一起，带着一种战栗又不舍的情绪观看红铜龙被救治。当莱福特林提着一只罐子，拿着刷子走上前的时候，她转过了身。自从被辛泰拉的血喷到脸上之后，她的鼻子里和舌头上一直都只有那股血的味道。今天她已经不想再看到更多这样的情景了。她看见辛泰拉正在人群外面等着她，便挤出人群，来到自己的龙面前。“我不想再看那种事了。”她用低沉的声音对辛泰拉说，“看到一条蛇从你的身体里出来，已经够可怕了，况且那条蛇在你身上寄生的时间还要短得多。我已经看不下去了。”

辛泰拉转过头看着她的守护者。那双红铜色的眼睛不停地旋转着。突然间，赛玛拉觉得那双眼睛仿佛熔化了，变成两池铜水，是她如天青石一般闪耀的鳞甲上的两个漩涡。龙的魅力。赛玛拉竭力警告自己，却完全无法在意自己的警告。她任由自己被拽入那道凝视中，感到自己因为被巨龙垂青而变得重要。在她心中，还有一点愤懑的声音嘲讽地问自己，被一头龙看重就真能变得重要吗？ 但赛玛拉完全不在乎。

“你应该去打猎了。”辛泰拉对她说。

赛玛拉不愿意离开自己的龙。从那道辉煌的红铜色目光中离开，就像是在一场暴风肆虐的寒冷夜晚离开温暖舒适的营火。她沉浸在巨龙的凝视中，拒绝相信她的龙要她离开。

“我饿了。”辛泰拉轻声说，“难道你不去为我找食物吗？”

“当然会。”赛玛拉立刻做出回应。辛泰拉的意志征服了她。

辛泰拉的声音变得非常轻柔，仿佛那不过是吹过赛玛拉耳边的微风。“格瑞夫特和洁珥德在不久之前进树林去了。也许他们知道哪里有好的猎物，也许你应该跟着他们。”

这句话刺痛了赛玛拉。“我是比格瑞夫特优秀得多的猎人，”她对她的龙说，“我不需要跟着他。”

“胡说。我认为你应该跟他走。”辛泰拉坚持说道。突然间，赛玛拉觉得这不是一个坏主意。一个想法在她的意识边缘骚动。如果格瑞夫特已经猎到一头野兽，也许她应该给自己也争取一份，就像格瑞夫特抢走她的猎物。直到现在，她都还没有找格瑞夫特讨还这笔债。

“去吧。”辛泰拉催促她。她出发了。

守护者们都习惯将自己的物品放在小艇里。为拉普斯卡收拾胡乱堆放的物品，已经成了赛玛拉的日常工作。每想到此，她就觉得第一天的随机选择实在是很不公平，得到这样一个同伴也真是倒霉透顶。其他守护者现在都会规律性地更换同伴，但拉普斯卡对于这种换同伴的行为毫无兴趣。赛玛拉也怀疑就算是能说服拉普斯卡试着找新的同伴，也不会有人想要他。他实在是太古怪了。不过他的确很英俊，又也很会划船。而且一直都是个无可救药的乐天派。赛玛拉回想了一下他什么时候和自己吵过嘴，却发现一次都没有。她不由得自顾自地微微一笑。拉普斯卡的确很奇怪，不过是一种她能够接受的奇怪。她将拉普斯卡的行李袋推到一旁，拉开自己的行李袋，从里面找出狩猎工具。

离开辛泰拉的凝视之后，赛玛拉就能够比较容易地思考自己的举止与心理状态。她意识到蓝龙对她施加了一些魅惑，就算是心中清楚那头龙在做什么，她也不可能完全抗拒这种影响。不过她现在也没有更加紧急的事情需要去做，龙是需要肉的，龙永远都是需要肉的。那头红铜龙被清理掉身上的锉刀蛇之后，一定也需要吃一些肉。默尔柯当然同样在饿肚子。但是当赛玛拉将背包挎到肩头时，她仍然不知道自己会不会只是在寻找一个更容易接受的理由，让她能够乖乖听从蓝龙的话。她对这种无用的怀疑耸了耸肩，便向森林边缘走去了。

雨野原河的每一片河岸都不一样，又都没有什么不同。某些日子里，河道两旁会是一排排针叶和蕨形叶片的常绿乔木，但到了第二天，深绿色的树林又会渐渐变成白色树干和浅绿色树叶所组成的无尽树海，而所有这些大树上都垂满了藤蔓，藤蔓上遍布晚季花朵和正在成熟的果实。今天他们所在的是一片宽阔的芦苇草地，一排排顶着蓬松穗子的长草茎在风中不停地摇曳。这片河岸完全由淤泥和细沙组成，只是一片暂时的淤积地带，也许下一次洪水泛滥的时候就不复存在了。更加远离河道的地形稍有抬升，灰色树皮的巨树在那里伸展开粗长的枝条，形成密林，它们下方的地面永远被凄冷的阴影所笼罩，像赛玛拉的腰一样粗的藤蔓，从那些大树枝上垂挂下来，如同囚笼的围栏，困住了巨树下方的空间。

穿过沼泽草地、一路追踪格瑞夫特的脚印，是非常容易的。他的一些靴子印已经被涌出的积水注满。洁坩德赤脚的脚印就不那么明显了。赛玛拉几乎没有去注意那个女孩的足迹。现在她脑子里只是想着龙。距离辛泰拉越远，摆脱那头龙的魅惑时间越久，赛玛拉的意识就越清醒。为什么辛泰拉让她来狩猎？这个问题很容易回答。龙永远都会感到饥饿。而且赛玛拉在今天本来就有狩猎的打算，她也不会介意服从蓝龙的驱使。真正让她感到困惑的是：那头龙为什么突然认为她比先前更重要了？

一个念头如同随风飘动的芦花，轻轻落在赛玛拉的脑海中。“也许她以前并不能使用自己的魅惑能力。也许克服了这一路的种种艰难之后，她在许多方便都变得更强了，而不仅仅是在肉体上。”

赛玛拉悄声说出了这个猜想。这是她自己的想法吗？还是她刚刚短暂地碰触到了另一头龙的思绪？这个问题就像这个念头本身一样让她感到困扰。辛泰拉真的获得了更多只有传说中的巨龙才拥有的力量？那么其他龙呢？如果他们都和辛泰拉一样，他们又会如何使用这些力量？他们的守护者是否会盲从于他们的魅惑，成为只会向他们摇尾乞怜的奴隶？

“它的作用并不在于此。那更像是一位母亲怜爱自己任性的孩子。”赛玛拉再一次说出了这样的话。她在树荫的边缘停下脚步，用力摇摇头，甚至让她黑色的发辫抽在了自己的脖子上。装饰在发辫上的小护符和珠子敲痛了她的脖颈。“不要这样！”她悄声对侵入自己意识的力量说道，“不要来烦我。”

这可不是明智的选择，不过这毕竟是你的选择，人类。

如同一片薄纱从赛玛拉的头和肩膀上被掀起，那种异样的感觉消失了。“你是谁？”赛玛拉问道。但那个潜入她意识的存在已经消失得无影无踪。默尔柯？她有些怀疑是那头金龙。“我应该先问问他是谁。”她自言自语地嘟囔一句，就走进了茂密的森林。森林里的光线变得异常昏暗，格瑞夫特的足迹不再那么好追踪了。不过格瑞夫特还是留下了不少痕迹。赛玛拉又向前走了不远，就不再担心自己会找不到格瑞夫特。她听到了格瑞夫特的声音。格瑞夫特的话语很模糊，然后又有另一个声音响应了他。洁珥德，赛玛拉心想。他们一定在共同狩猎。赛玛拉的脚步变得更慢、更轻。没过多久她便停步不前了。

辛泰拉一直坚持要她跟踪那两个人。为什么？赛玛拉突然感觉自己非常笨。如果她突然出现在他们面前，他们会怎么想？洁珥德会怎么想？格瑞夫特是否会由此认为赛玛拉承认了他是更优秀的猎手？赛玛拉爬上一棵树，开始从一根树枝攀越到另一根树枝。她很想看看格瑞夫特是否已经猎到了野兽，猎到了什么野兽。但赛玛拉不想让他们知道她就在附近。他们的声音变得更清晰了。赛玛拉已经能听到一些零星的字句。洁珥德说她“不明白”，而且洁珥德的声音中带着怒意。格瑞夫特的声音更加深沉而严厉。赛玛拉听到他说：“猎人杰斯不是一个坏人，即使他……”然后他的声音就轻微得无法听到了。赛玛拉在粗树枝之间移动，向那两个人又靠近了一些，感谢莎神，她的黑色爪子在光滑的树皮上抓得很牢。突然间，她发现洁珥德和格瑞夫特就在她下面。

他们并没有在狩猎。赛玛拉怀疑他们进入森林的目标根本就不是猎物。她用了不短的一段时间才搞清楚自己看到了什么——那两个人赤身裸体，躺在一条毯子上。他们脱下的衣服就扔在旁边的草丛上。蓝色的鳞片覆盖了格瑞夫特的大片皮肤，面积远比赛玛拉想象的要大。他正从洁珥德面前转过头，斜倚在毯子上。在幽暗的丛林中，他看上去就像是一条寻找阳光的大蜥蜴，但只有一点光亮落在他臀部延伸到大腿和膝盖的修长曲线。

洁珥德趴在毯子上，用手撑着下巴，看着格瑞夫特，她一头浓密的金发比平时更显散乱。格瑞夫特一只手按在她赤裸的肩膀上。她的身体非常修长，绿色鳞片沿着她的脊背一直向下延伸。赛玛拉突然觉得那道鳞片非常美丽。在微弱的光线中，它熠熠生辉，就像是一条翡翠的小溪在洁珥德的背上流淌。洁珥德弯曲双腿，覆满了鳞片的小腿和双脚在半空中轻轻晃动。这时她正在对格瑞夫特说："你怎么能说这种话？ 这完全违背了我们的承诺。"

格瑞夫特耸了耸一只赤裸的肩膀，让光线在他背后如同蓝宝石一般的鳞片上流动。"我可不这么看。没有守护者宣布拥有那头龙。没有人和她建立关系。她就要死了。其他龙会在她死亡的时候吃掉她，得到一些营养和一点记忆。那头红铜龙完全不能说话。她可能根本就没有多少记忆。但如果我们能说服群龙让我们处理她的尸体，哪怕只是一部分尸体，猎人杰斯都能将它变成一笔很大的财富，那将对我们所有人都有利。"

"但那不是……"

"等等，先听我说。"格瑞夫特将一根手指放在洁珥德的嘴唇上，阻止了她的反对。洁珥德显得很生气，将头转向一旁，不让他碰。但格瑞夫特只是咯咯地笑了起来。赛玛拉看着他们，不知道是什么事更让自己震惊——他们的裸体还是他们交谈的内容。他们只可能在做一件事，一件被禁止的事。洁珥德显然很不高兴，几乎要冲格瑞夫特发怒了。但她还是那样自然地紧贴着格瑞夫特。格瑞夫特用手指支起洁珥德的下巴，将她的脸转向自己。洁珥德向他露出牙齿，他却更加放肆地大笑起来。

"你有时候还真是个孩子。"

"你刚才可没把我当孩子对待！"

"我知道。"格瑞夫特的手沿着洁珥德的颈侧滑下去，探到她的身下。他在抚摸洁珥德的乳房。龇出牙齿的洁珥德改变了表情，脸上露出一种特别的微笑。她还挺直腰，用身体磨蹭格瑞夫特的手心。惊骇和一种怪异的战栗感涌过赛玛拉的全身。她的呼吸哽在了喉咙口。那种事就是这样吗？ 赛玛拉一直以为"性"只属于成年人，只属于那些幸运地拥有正常身体的人。现在她正看着洁珥德在迎合格瑞夫特的抚摸，一种奇怪的羡慕情绪在赛玛拉体内苏醒了。洁珥德显然是主动这样做，或许这是格瑞夫特开始的？是他欺骗或者逼迫了洁珥德？不，洁珥德看着格瑞夫特的表情已经说明了一切。一种令人不安的热流正在赛玛拉的体内奔淌。她甚至没办法将视线转开。

格瑞夫特似乎完全忘记了自己刚刚说过的话。突然间，洁珥德一拧身子，离开他的手掌并质问道："你到底是什么意思？在我看来，你要把龙出卖给肮脏的恰斯人，而且还在为这种事找理由。"

格瑞夫特的喉咙里发出一点声音。他的手也被收回到身侧。当他再说话的时候，他的声音显得格外强硬："我想要说的是，如果我为我们构建的梦想能够成真，我们就需要钱。我并不真的在乎钱是从哪里来的。我只知道怎样做没办法挣到钱。缤城和雨野原的贸易商都不可能帮助我们建立一座属于我们自己的城市。那些人只把我们当作异类。我们离开崔豪格让他们很高兴，更让他们高兴的是我们把龙也都带走了。他们从没有想过我们会回去，甚至不相信我们能在这场远征中活下来。"

"如果我们真的找到克尔辛拉，你认为他们能够尊重我们，承认那座城市是属于我们的吗？不，洁珥德，如果我们找到克尔辛拉，而那里真的有古灵留存下来的宝物，我可以和你打赌，那些商人一定会将它们占为己有。我见到过莱福特林船长在地图上标注出我们行走的路线。他这样做只有一个理由。如果我们找到任何有价值的东西，他就能返回崔豪格，向贸易商们报告。那时他们就能知道如何来找到我们，从我们手中夺走那座城市。我们将再一次被赶出家门，成为流亡者，被人群排斥。即使我们只找到了一大片足以让龙群生存的土地，我们是不安全的。一直以来，那些贸易商不都在寻找适宜耕作的土地吗？他们会将土地也从我们手里夺走。所以我们必须预先做好打算。我们全都知道，卡萨里克和崔豪格的生存命脉是对外贸易，他们挖掘古灵珍宝，透过缤城贸易商向外出售。他们没有能自给自足的粮食产出。没有了古灵珍宝，那两座城市在多年以前就不复存在了。而我们能从这种交易中得到什么？什么都得不到。如果我们能找到坚实的土地，我们也许就能为我们和我们的孩子建造起一片家园。但就算是种植庄稼，我们也需要种子和农具。我们还需要为自己建造房屋。我们需要钱，实实在在的钱，这样我们才能买到所需要的一切。”

赛玛拉感到头晕目眩。格瑞夫特是在谈论一座属于守护者和巨龙的城市吗？一个属于他们的未来，一个与崔豪格和卡萨里克完全无关的未来？他们会在那个未来中拥有孩子？丈夫和妻子？这是不可想象的，是不可思议的。赛玛拉下意识地在树枝上伸展身体，向那两个人又靠近了一些。

“无稽之谈，”洁珥德轻蔑地说道，“你能找到的城市位置肯定在遥远的河上游。谁会去那里和我们做交易？”

“洁珥德，你有时候真是个孩子！等等，不要这样瞪我。这不是你的错。除了雨野原以外，你什么都不知道。我也只走出过雨野原一两次，但至少我看到过外面的世界是什么样子。那位猎人是一个受过教育的人。洁珥德，他有想法，而且他看事情很清楚。他说的话都很有道理。我一直都知道，我们一定有完全不同的另一种生活，但我只是看不到。杰斯说这是因为长久以来，我只是不断被告诫要遵守各种规矩，却看不到那些规矩也都只是人制定的。如果人能制定规矩，那么就会有另一些人能够改变那些规矩。我们能够改变它们。我们不必被‘向来如此’束缚住。我们能够打破那些规矩，只要我们有勇气。”

“看看我们的龙。他们记得世界过去的样子。那时他们还统治着这个世界，他们认为世界应该变回成那样。但我们不必将那种权力给他们。当那头龙死去的时候，那些龙就不需要它了。那具尸体对他们来说只是肉，而我们已经给了他们足够的肉。所以，从某种角度来说，他们欠我们的。特别是当你想一想那具尸体对于我们可能意味着什么。有了利用龙尸得到的财富，我们就能为我们所有人建立一个更好的生活基础，这对其他所有的龙也都有好处！我们应该有勇气改变规矩，做出对我们最有利的变化。”赛玛拉几乎能看到格瑞夫特的想象在各种可能性上翱翔。他脸上冷酷的微笑似乎正预示着克服一切旧日羞辱和错误的胜利，“杰斯说，只要我们有了钱，所有人都会和我们做交易。如果我们在偶然间得到某种稀有的商品，一种其他任何人都没有的东西，就一定会有人愿意来找我们，无论这一路有多么艰难。他们会来的，而且他们会接受我们的价格。”

洁珥德稍稍翻过身面对着格瑞夫特。在阴晦的树冠下方，她眼睛里的银色光泽显得更加明亮了。看上去，她感到很不安。“等等，你说的是我们以后还要出卖龙的身体？ 不只是现在？ 不只是出卖可能会死去的红铜龙，而是在未来继续出卖他们？ 这样不行，格瑞夫特。如果我说要卖掉你的血和骨头，你会怎样？ 如果那些龙打算养大你的孩子来作为食物，你会怎样？”

“不会有这种事！ 我们也不必这样。你总是在想最糟糕的可能。”格瑞夫特的手再一次落到洁珥德的身上，轻轻抚摸她，从她的肩头一直滑到臂肘，再滑回去，又滑到她的脖颈上，又慢慢移到她的胸部。赛玛拉看到洁珥德的胸部随着激烈的呼吸而起伏。“那些龙会明白的。几片鳞，一点血，一根爪子尖。这对他们不会有什么害处。也许在很少一些时候，我们需要的会多一些，也许是一只牙齿，或者一只眼睛，从就要死去的龙身上取下来……这样的情况肯定不多，肯定不会成为常例。这对所有人都没好处。”

“我不喜欢这样。”洁珥德用僵硬的声音说道，并躲开了格瑞夫特摸过来的手。“我也不认为龙会喜欢这样。卡罗会怎么想？ 你有没有把你的计划告诉你的龙？ 他又有什么反应？”

格瑞夫特耸耸肩，承认道：“他不喜欢这样。他说在发生这种事以前，他会先杀了我。但他每天都会不止一次威胁要杀我，只要事情不合他的意，他就会这样说。他知道他的守护者是最优秀的，所以不管他怎么威胁我，他都会容忍我。我相信只要给他足够时间，就算是他，也会明白这个主意是多么有道理。”

“我不这么认为。我相信他会杀了你。”洁珥德的声音中没有任何情绪。她是认真这样说的。她挺起身子，低头看了一眼自己的乳房，拨弄了一下左侧的乳头，仿佛是想要抹去上面的什么东西。格瑞夫特的眼睛跟随着她的手，他的声音变得更加低沉了。

“也许永远都不会发生这种事，”格瑞夫特做出了让步，“也许我们会找到克尔辛拉，发现那里堆满了古灵宝物。如果我们能够在那里找到一座宝藏，我们就必须让所有人都承认那是属于我们的。可以确定，崔豪格一定想要将那个宝藏据为己有。缤城肯定想要成为交易这些宝物的独一市场。他们还会对我们说，这些事‘向来如此’。但你和我，我们都知道这些并非向来如此。我们必须做好充分准备，保卫我们的未来，挡住那些伸向我们的贪婪之手。”

洁珥德将垂到脸上的金发拨开。“格瑞夫特，你编织了一张非常漂亮的梦想之网。在你的口中，我们好像有成百上千的人，正在寻找一个安身之地。但实际上我们只有十几个人。你说要‘保卫我们的未来’，但那是什么样的未来？ 我们的人数太少了。我们能想的，只有给自己找一个更好的生活。通常我都很喜欢你的想法，喜欢听你谈论新的生活、新的规矩。但有时候，你就像是一个玩弄木头玩具的小孩子，宣称那些玩具就是你的王国。”

“这有错吗？ 我想要成为国王有错吗？”格瑞夫特向洁珥德侧过头，薄嘴唇上露出一丝微笑，“而且国王会需要王后。”

洁珥德对他说话的声音轻蔑而又严厉：“你永远也不会成为国王。”但她的双手告诉了赛玛拉，她的驳斥其实是一句谎言。赛玛拉惊愕地看着洁珥德用双手抓住格瑞夫特的肩膀，将他的身子扭过来，拖到自己的身体上。“话说够了。”洁珥德一边说，一边伸手按住格瑞夫特的后颈，把他的脸向自己拉过去。

赛玛拉看着树冠下的那一幕。

她并不想看这些。她立刻就决定要离开。但她的爪子紧抠住树皮，把她固定在树枝上。她盯着下面，皱起双眉，完全不在意咬人的小虫子嗡嗡乱叫。

赛玛拉见到过动物交配，见过雄鸟骑在雌鸟背上，只是扇动几下翅膀，抖抖身体，雄鸟就结束了，有时候雌鸟仿佛都没有注意到雄鸟做了什么。她的父母从没有和她讲过交配的事，像她这样的人，这件事本来就是一种禁忌，对于这种事的任何好奇心都是被严厉禁止的。就连她挚爱的父亲也警告过她：“你也许会遇到想要占你便宜的人，要知道，他们想做的事情是被禁止的。如果一个男人在和你搭讪的时候，想要碰你除了双手以外身体其他的地方，千万不要相信他，立刻离开他，并把你的遭遇告诉我。”

赛玛拉一直都相信父亲。他养育她成人，永远都在为她着想。没有人会向她提出婚约。所有人都知道，如果受到雨野原严重影响的人怀了孩子，那个孩子或者会长成彻头彻尾的怪物，或者根本就活不下来。这让交配对于她而言变得毫无意义。在怀孕的时候，她将无法狩猎和采集，只能白白消耗食物。她的身体所孕育出的孩子很可能难逃一死……不。雨野原的一切物资都是稀缺的，这里的生活一直都是艰难的。没人有权利只消耗而不生产，这不是商人的方式。

只是她的父亲已经破坏了规矩。他给了赛玛拉一个机会，一个拥有自己人生的机会。而她正在很努力地实现自己的人生。所以，也许那些规矩并不总是对的……那么格瑞夫特会是正确的吗？ 任何由人制定的规矩都可以由另一些人来改变？ 那些规矩并非像她一直以来相信的那样不可动摇？

下面的那两个人似乎根本不在乎那些规矩。他们交配的时间要比鸟长得多，而且他们还不停地发出各种声音。那些热切的声音不是很大，却让赛玛拉的脊背涌过一阵阵战栗。当洁珥德向后昂头，格瑞夫特长久地亲吻她的胸脯，赛玛拉的整个身体发生了让她感到困窘和惊讶的反应。那两具肉体的鳞片上反射出的光芒有节律地摇动着，格瑞夫特用自己的身体撞击洁珥德，仿佛在惩罚她，他身下的女人迎合地挺起身子，突然又抓住他的臀部，让他更加猛烈地撞击自己，同时还发出一阵模糊的呻吟。

片刻之后，格瑞夫特瘫软在洁珥德的身上。很长一段时间里，他们缠绕在一起。格瑞夫特剧烈的呼吸渐渐平复下去。他抬起头，将自己的身子稍稍从洁珥德身上抬起来。又过了一会儿，洁珥德抬起一只慵懒的手，将汗涔涔的头发从眼睛上拨开，看着压在自己身上的格瑞夫特，一抹微笑慢慢在她的脸上绽放开来。突然，她瞪大了眼睛。她的目光越过格瑞夫特，盯住了赛玛拉的眼睛。然后她尖叫一声，徒劳地伸手去抓被她丢开的衣服。

“出什么事了？”格瑞夫特一边问一边从她的身上翻下去，也抬头向上观望。但这时赛玛拉已经在两棵树以外，而且正在迅速跑远。她从一根树枝跳向另一根树枝，就像是一只飞蹿的蜥蜴。她听到身后洁珥德在气愤地抱怨。格瑞夫特随后发出的笑声，让她的心感到一阵灼痛。“也许她也就只敢看看。”格瑞夫特故意提高了声音。赛玛拉知道，格瑞夫特是故意要让她听见。泪水刺痛了赛玛拉的眼睛。在她逃走的一路上，她的心一直狠狠撞击着她的肋骨。

塞德里克一个人站在柏油人号的甲板上，向河岸望过去。今天他们完全没有继续赶路的迹象。莱福特林正提着一只冒热气的桶来回奔忙，似乎是在为那些龙进行治疗，塞德里克见状，急于想要知道聚集在红铜龙周围的那些人和龙，到底在干什么。红铜龙一直俯卧在原地。那不是他的错，他第一次见到那头龙的时候，那头野兽就生了病，他只是担心自己是否在那头龙身边留下了任何蛛丝马迹。他并不想伤害那头龙，只想拿一些他迫切需要的东西。“我很抱歉。”他悄声说道，但他也不知道自己是在向谁道歉。莱福特林已经挤进了聚集在红铜龙周围的守护者中间。塞德里克看不见他们正在做什么。那头龙死了吗？ 守护者和龙形成了一道墙壁。他们到底在那里做什么？

塞德里克突然低呼一声，猛地向前弯下身体。如同撕裂一般的可怕痉挛绞缠住了他的内脏。他跪倒下去，又侧身倒在甲板上。剧痛是如此强烈，让他甚至无法开口呼救。就算是他能发出声音也无济于事，除了他以外的所有人，都到岸上去救治那些龙了。他的肠子就像是从他体内被扯走了。他紧紧捂住自己的肚子，却无法挡住那种剧痛。他闭起眼睛，感觉到整个世界都在他的周围盘旋。随后他一下子就失去了知觉。

祷月第七日

商人联盟独立第六年

来自黛托茨，崔豪格信鸽管理人
致艾瑞克，缤城信鸽管理人

今日发出的结婚请柬，是贸易商戴尔芬家族的，由三只信鸽各携带一份，另外还有一份封锢密函，其中列出了需要邀请的缤城宾客。如果有信鸽没能把信送达，请务必将复制的邀请函送到每一位宾客手中。

因为婚礼即将举行，迅速传达此信是非常重要的。

艾瑞克：

一定要确保这些邀请函都能迅速送达，否则我害怕那些被邀请的家庭在来参加婚礼之前，就会收到庆祝孩子出世的邀请函了！ 现在崔豪格已经不像以前那样重视传统了，有人将此归罪于那些纹身者，但这对夫妻可是土生土长的雨野原人！

黛托茨

第二章　乱流

诏谕站在塞德里克身边，俯视着他，一丝冷笑扭曲了他英俊的面孔。他不以为然地摇摇头：“你失败了，因为你不够努力。当时机到来的时候，你却总是在挑战前退却。”在这个阴暗的小房间里，诏谕似乎比平时更加高大。他赤裸着胸膛，双肩宽阔，保养良好的身体上遍布肌肉棱线，胸前蜷曲的毛发形成了一个黑色的倒三角。他的腹部平坦，被剪裁精良的长裤裤腰包裹住，显得格外坚实有力。塞德里克如饥似渴地看着他。诏谕知道他的目光，便发出一阵笑声。那声音短促，低沉而且丑陋。他摇了摇头。“你真是又懒惰，又软弱。你从来都无法跟上我。我真的不知道为什么会容忍你。也许只是因为可怜你。那时你站在那里，既羞怯又自作多情，下嘴唇不停地颤抖着，只想着你永远都得不到那个人。而你甚至都不敢问他一次！ 于是我起了兴致，想给你一点味道尝尝。”他又发出一阵刺耳的笑声，“你真是浪费了我不少时间。现在你已经没有任何挑战可言了，塞德里克。我已经没有任何东西可以教你，你也从没有什么东西是值得让我学习的。你一直都知道这一天会到来，对不对？ 它真的来了。我厌倦了你，厌倦了你和你的呜咽，厌倦了支付你不配得到的薪水，厌倦了你像水蛭一样寄生在我身上。你厌恶雷丁，对不对？ 但告诉我，你又比他好在哪里？ 至少他拥有自己的财产。至少他能为自己买单。”

塞德里克翕动着嘴唇，想要说出话来，想要告诉诏谕，他已经做了一件非常重要的事情。龙血和龙鳞将会让他获得巨大的财富，而且他很愿意和诏谕分享这笔财富。不要放弃我，他努力说道，不要现在就结束这一切，和别人在一起，至少让我有机会改变你的想法。他不停地动着嘴唇，他的喉咙紧紧绷住，但他没有发出任何声音，只有一滴滴龙血从他的唇边落下。

一切都太晚了。雷丁就在那里。那个有着一双淫荡的丰满小嘴唇的雷丁，还有他那些短粗的手指、油腻的金色发卷。雷丁就站在诏谕身边，将一根手指的指背轻轻在诏谕赤裸的手臂上来回滑动。诏谕微笑着转向他，眼睑以一种塞德里克非常熟悉的方式低垂下去。然后，仿佛一只收翅俯冲的鹰，他一下子扑上去，亲吻雷丁。塞德里克看不见诏谕的脸，但他能看见雷丁的双手如海星一样紧紧吸附在诏谕肌肉发达的脊背上，将他向自己拽过去。

塞德里克想要喊叫。他拼命用力，直到自己的喉咙疼痛难忍，但他没有发出任何声音。

他们伤害了你？ 我应该杀死他们吗？

“不！”这个声音突然从塞德里克的口中爆发出来。他猛然醒来，发现自己正趴在自己浸透了汗水的床上。他窄小的舱房里充满了汗味。在他的周围，一切都显得黑暗而且模糊。没有诏谕，没有雷丁，只有他自己。还有一头小红铜龙正坚持不懈地推弄着他的意识墙壁，他依稀感觉到了她的询问，她迟钝的心智对他的担忧。他紧紧闭住双眼，把脸埋进被他当作枕头的包袱里，试图抛开她的探询。只是一个噩梦，他告诉自己，只是一个噩梦。

但这个噩梦太像真的了。

在一个人的时候，他曾经想过诏谕也许早就想要摆脱他了。也许正是他为艾丽斯的辩护，让诏谕得到了一直都在寻找的理由，从而能将他赶走。

他还能回想起他们的第一次是怎样开始的，虽然回忆那个时候也需要他鼓起勇气。诏谕的镇定和力量吸引了他。在他们独处的时候，在诏谕强壮的臂弯里，他感觉到自己终于找到了安全的港湾。只要想起这个港湾，他就会变得更强壮、更大胆。就连他的父亲也看出了他的变化，他认为让自己的儿子变成了一个男人，这是值得骄傲的。

他根本就什么都不知道！

诏谕的力量在什么时候不再是他的庇护所，而是成了一座牢狱？它什么时候不再是舒适的保障，而是成了对他的威胁？他怎么能对事情的变化如此一无所知，完全没有察觉到诏谕对他的改变？不得不承认，他的确是完全没有察觉到，尽管他早就知道了。他只是踉踉跄跄地盲目前行，为诏谕的残忍和对他的忽视寻找各种理由，责怪自己做得不好，装作一切都会回到原来的样子。

一切真的能那么好吗？或者那只是他给自己营造的一个梦？

他翻了个身，将脸埋进枕头，闭上眼睛。他不会再去想诏谕，再去想他们之间的每一件事。他不会再去计较他们的关系变成了什么样子。现在，他甚至无心去想象他们之间会有更好的未来。更美好的梦是一定会存在的，塞德里克只希望自己能想到那是什么样的梦。

“你醒了？”

塞德里克一直在昏睡，但他现在的确是醒了。一道光线从敞开的门口落进他的房间里。一个人影站在门外的逆光中。当然，那一定是艾丽斯。塞德里克叹了口气。

仿佛这一声叹息是对她的邀请。艾丽斯走进了房间。她没有关闭身后的屋门。长方形的阳光大部分还落在地板上，照亮了被扔在地上的衣服。“这里太暗了，”艾丽斯带着歉意说，“也太压抑了。”

艾丽斯指的是这里的气味。塞德里克几乎已经连续三天没有走出过房间了。就算他出去，也不曾与任何人说话，而且总是一有可能就缩回到他的房间里。猎人的学徒戴夫威负责将三餐送到他的房间里，将空碗碟拿走。一开始，塞德里克因为饥饿而受了不少苦，而现在，他已经沮丧得不想吃什么东西了。

“戴夫威认为你好些了。”

“没有。”艾丽斯为什么一定要来烦他？塞德里克不想和她说话，不想向任何人吐露自己的问题。戴夫威已经够麻烦了，那个小子总是不知疲倦地用各种问题来纠缠他，还不停地向他讲述自己那平平无奇的人生经历。一个十五岁大的男孩，怎么会以为自己做过让其他人可能感兴趣的事情？塞德里克只觉得这个男孩的各种乱七八糟的故事，完全不知所云，而这个男孩似乎也不明白自己在讲些什么。塞德里克怀疑卡森是在利用这个男孩刺探他。他有两次醒过来的时候，发现那名猎人就安静地坐在他的床边。有一次他从噩梦中惊醒，睁开眼却发现蹲在床边地板上的是另一个猎人杰斯。为什么这三个猎人都对他如此关注。他不知道。除非他们都猜到了他的秘密。

至少他还能够命令那个男孩离开他的房间，男孩会服从他的命令，但他怀疑艾丽斯不吃这套。他突然决定试一试："出去吧，艾丽斯。等我觉得好一些能和人见面的时候，我会出去的。"

艾丽斯只是走进房间，坐到了他的鞋凳上。"我不觉得你这样一个人待着是好主意，尤其是我们还不知道是什么让你这样病弱不堪。"她的手指在膝头缠在一起，看上去就像是一些绞缠的蛇。塞德里克将头转向一旁。

"卡森说是因为我吃了不好的东西，或者是喝了什么。"

"这话有些道理，只是我们的饮食都和你一样，但其他人都没生病。"

但有一种饮料，只有塞德里克尝到过。塞德里克将这个念头推到一旁。*不要有任何有罪的想法，不要让这种怪异的念头回到你的脑海里。*

塞德里克没有回应她。她则只是低头看着自己的双手。她说话的时候，每一个字都仿佛是从牙齿缝里挤出来的一样。"很抱歉将你一直拖到这里，塞德里克。很抱歉我在那一天跑去救治龙，没有认真听你说话。你是我的朋友。很久以来，你一直都是我的朋友。现在你生病了，而真正的医生却远在天边。"艾丽斯停顿了一下。塞德里克能看出来，她在竭力压抑住泪水。奇怪，他对这些完全不在意。也许，如果艾丽斯知道他真正面对的危险，并且因此而难过，对他有所愧疚，也许他也会对她有多一些同情。

"我已经和莱福特林谈过，他说现在还不算太晚。他说哪怕我们行进到了更遥远的上游，在秋季结束之前，卡森应该还是可以用一条小船将我们平安带回卡萨里克。这不会很容易，而且我们要一直在露天宿营。不过我已经说服了卡森。"艾丽斯又停顿一下，因为情绪过于激动而哽咽，然后她用因为喉咙过度绷紧而变得尖细的声音说："如果你想要我带你回去，我会的。如果你这样决定，我们今天就离开。”

如果他这样决定。

现在已经太晚了。即使是在他要求艾丽斯和他一起回去的那个上午也太晚了，尽管他那时还不知道。“太晚了。”看到艾丽斯的反应，塞德里克才意识到自己悄声说出了这三个字。

“莎神垂怜，塞德里克，你病得这么重了？”

“不。”塞德里克急忙拦住了艾丽斯的话头。他真的不知道自己病得有多重，或者自己现在算不算是“生病”。“不，我说的不是这个意思，艾丽斯。我只是说，现在想要乘一条小船返回卡萨里克已经太晚了。戴夫威早就多次警告过我，秋雨很快就会落下，当大雨降临的时候，我们前往上游的行程将会变得更加艰难。也许到那时，莱福特林船长会认识到我们的任务有多么愚蠢，让驳船掉头回去。不管怎样，我不想在倾盆大雨中乘着一条小船在激流中穿行。这个季节肯定也不适合在野外露宿。”

塞德里克几乎找回了自己正常的语调和声音。也许，如果他显示出正常的样子，艾丽斯就会离开了。“我很累了。如果你不介意的话……”他突然说道。

艾丽斯站起身，看上去没有一点吸引力。她的长裤只是更加凸显出女性肿大的臀部，她的上装已经显示出了磨损的痕迹。塞德里克能看出她洗过这身衣服，但她使用的水只让这身衣服变成了灰色，而不是原先的雪白色。太阳也在她的脸上留下了很重的烙印，让她的雀斑颜色更深，满头红发褪色成胡萝卜一样的橘黄色，并且她发夹周围的头发全都被磨坏了。以缤城人的标准，她从来都不是一个美女。阳光和河水更是损耗了她的容颜。塞德里克不知道诏谕是否还愿意接纳她。一个貌不惊人的妻子是一回事，一个看起来会吓到人的妻子就是另一回事了。塞德里克很怀疑艾丽斯是否想过这种可能——当她回去的时候，诏谕也许已经不会再接受她了。这是有可能的。艾丽斯从小受到的教育让她相信，生活都有既定的道路，就算是所有事实都和这种观念完全相反，她也看不出这其中的差别。她从不曾怀疑塞德里克和诏谕之间的关系，并非只是好朋友那么简单。对艾丽斯而言，塞德里克依然是她童年时代的好友，是她丈夫的秘书，现在暂时成为她的助手。这个世界都是由她所遵循的规矩为依归的，她是那样坚定地相信，却看不出就放在她眼前的现实。

她带着温和的微笑对塞德里克说："休息一下吧，亲爱的朋友。"然后就在身后轻轻关上了门，将塞德里克关进这只超大号的木板箱里，只剩下黑暗和他自己的思绪。

塞德里克翻过身面对着墙壁。他感到颈后一阵瘙痒，便用力搔了搔，立刻发觉指甲缝里多了一些干皮。艾丽斯不是唯一被太阳毁了容貌的人。他的皮肤也变干了。他的头发一定像马尾巴一样干燥散乱了。

他希望自己能将一切罪责都归到艾丽斯身上，但他不能，是诏谕驱逐了他，让他成为艾丽斯的旅伴。塞德里克则抓住了这趟旅程能给予他的一切机会。是他自己谋划着要趁机收获一块龙肉、一片鳞或一滴血。为了保存收获物，他做了精心的准备。贝佳斯提·柯雷德正在等待他的讯息。想必作为中间人将这种禁忌商品献给恰斯大公时，那个商人一定也能发一笔财。

在自己的白日梦里，塞德里克回到了缤城，向诏谕展示了他的收获物。诏谕则帮助他为自己的商品谈了一个最好的价格。在那些梦里，他们卖掉了那些商品，再也没有返回缤城，而是在恰斯国过着富足的生活，或者是在遮玛里亚，或者海盗群岛，甚至也许是更加遥远的地方，在那个几近于神话的香料群岛。在另一些梦里，塞德里克将自己新获得的财富隐藏起来，直到他在一个遥远的地方建立起奢华的隐居生活。还有一些梦里，他和诏谕趁夜乘船悄悄离开，一同去寻找新的生活，不再需要任何谎言或伪装。

而最近，塞德里克又有了其他的白日梦。它们更加苦涩，但也带着更加锋利的甜美。他想象自己返回缤城，发现诏谕用那个该死的雷丁取代了他。在那些梦里，他只是自己一个人带着财富居住在恰斯国，在很久之后才让诏谕知道他本可以得到些什么。如果他能更珍视塞德里克，如果他的心更真诚一些，他也能得到这样的生活。

现在，所有这些梦看上去都是如此愚蠢而浅薄，简直是一些青春期的妄想。塞德里克拽起令人发痒的羊毛毯子，盖住肩头，更用力地闭住眼睛。“我也许永远都不会再回缤城了，”他开口说道，他想要强迫自己面对这个问题，“即使我回去，我可能也不再是个神志清醒的人了。”

片刻之间，他放开对自己的束缚，不再努力告诫自己是塞德里克。芮普妲立刻就站在了一直没到臀部的冷水中，迎着冰冷的急流跋涉前进。他感觉到她的肚子上被莱福特林的柏油堵住的伤口，感觉到她在模糊地向他摸索，向他乞求陪伴和安慰。他不想给她这些。但他从来都不是一个铁石心肠的人。当她侵入他的意识，向他哀求的时候，他不得不予以回应。你比你以为的更强壮，他对她说，继续前进，跟着其他龙，我的红铜美人。你很快就会有更好的生活了。但现在，你必须强大起来。

一阵温暖的感谢淹没了他。沉浸在其中是如此容易。但他只是让这股暖流自行退去，并继续鼓励她将那可怜的一点心智集中在吃力的步伐上。在他心中仍然只属于他的一个角落里，他开始思考，是否有办法能够摆脱这种他不想要的共感？ 如果那头红铜龙死了，他会为她感到哀伤吗？ 还是只有夺回自由的美妙感受？

艾丽斯回到厨房的餐桌旁，在莱福特林的对面坐下。船长的手中还是拿着一杯黑咖啡。在他们周围，船员们正努力让驳船向前行驶，就像蜂巢中的蜜蜂一样不停地来回奔忙。舵手紧握着舵柄，撑篙手迈着稳定的步伐在船舷边前后走动。透过舱室的窗口，艾丽斯能看到轩尼诗和贝霖正在右舷进行这种没有尽头的循环。船上那只橙色的小猫格里格斯比，正趴在船栏杆上看着水面。卡森已经在黎明之前起身，前往上游去执行日日不辍的狩猎工作。戴夫威还留在船上，这个男孩似乎格外关心塞德里克，他甚至不允许其他人为生病的塞德里克准备饭食或是服侍这位病人。这样在粗野环境中长大的孩子，竟然会如此倾慕一个精致优雅的年轻贸易商，这让艾丽斯感到可爱却又烦恼。莱福特林曾经两次低声反对过这件事，但艾丽斯摸不准船长这样抱怨时的真实心情，于是就只能对此视而不见了。

通常在这个时候，厨房中只会剩下她和莱福特林两个人，他们能够共同享受一段单独相处的平静时光。但今天，猎人杰斯也留在厨房中。虽然他几乎一言不发，但在这艘驳船上还是一个非常恼人的存在。无论艾丽斯去哪里，都会看见他就在附近。昨天艾丽斯有两次一抬头就发现他正在盯着自己。他甚至还看着艾丽斯的眼睛，意味深长地点了点头，仿佛他们之间已经达成了某种协议。艾丽斯觉得自己一辈子都不会明白他到底有什么打算，为此艾丽斯还和莱福特林讨论过，不过杰斯似乎又总是潜伏在能够偷听他们说话的地方。

这个猎人让艾丽斯很不舒服。她已经习惯了雨野原在莱福特林身上留下的印记，将这些当作他的一部分坦然接受，只有当阳光在他眉间的鳞片上映出反光的时候，她才偶尔会注意到。不过那并不让人反感，反而别有一种情趣，而杰斯身上的印记给艾丽斯的感觉完全相反。看到他，艾丽斯不会想到一头龙，甚至不会想到蜥蜴，而是只会想到一条蛇。他的鼻子扁平地贴在脸上，鼻翼变成了两道狭缝。他的眼睛分得很开，仿佛是想要生在他的头侧，而不是脸上。艾丽斯不会以相貌评判一个人，她对此总是引以为傲，但她没办法在看到杰斯的时候感觉心情愉悦，更不要说认真和他交谈了。

所以，当杰斯在场的时候，艾丽斯就只会聊一些无伤大雅的日常话题。她故作轻松地说："嗯，塞德里克今天看起来好一些了。我问他是否想要乘小船返回卡萨里克，但他说不想那么做了。我相信他是觉得那样的旅程过于危险，毕竟秋雨就要来了。"

莱福特林抬起眼睛看着她，"所以你们两个都会继续参加这次远征，无论我们还要走多远？"艾丽斯从他的声音中听出了一百个问题，她试着回答所有这些问题。

"我想，我们会的。我知道我很想看到这趟旅程的终点。"

杰斯放声大笑。他正靠在厨房门口，看上去是在眺望河面。他没有向他们转过头，也没有说一句话。艾丽斯的目光再次扫过莱福特林。莱福特林看着她的眼睛，但对于那个猎人的怪异举动，船长似乎没有任何反应。艾丽斯觉得自己也许是反应过度了。于是她改变了话题。

“你知道吗？ 在我来到这里以前，我完全不知道在这里建立起城镇的雨野原人要面对着什么样的环境。我一直都以为，在如此宽广的河谷中，人们总能找到一些干燥的地面。但这里完全没有牢固的地面，对不对？”

“只有沼泽、水塘和湿地，”莱福特林确认了她的猜测，“就我所知，全世界都不会再有这样的地方了。最早来到这里的定居者绘制了一些这里的地图。他们曾经尝试探索这一地区。在他们留下的一些地图上显示，上游地区有一片大湖。据说那片湖根本望不到边际。另一些地图上绘制了超过一百条支流汇入到雨野原河中。一些支流很小，另一些则相当大。它们的河床都蜿蜒曲折。一些年份中，两条支流会合并在一起；一年之后，这一股大支流又会变成三条小溪；再过两年，那一整片地方都会变成沼泽，根本无从分辨溪水或河流。

“有时候森林中的地面看起来是牢固的，有时候人们会找到一片他们以为是干燥地面的地方，在上面盖房安居。但那种所谓的‘干燥地面’越是平坦，也就会越快消失。地下水很快就会穿透地表，让那里迅速变成沼泽。”

“但你认为在上游的某个地方，会有真正干燥的地面供龙群定居？”

“我和你都是这样猜的。我相信一定有这样的地方。水总是向下流淌，所有这些水肯定都来自某个地方。问题是，我们能走那么远吗？ 会不会不等我们接近这条河的源头，一切就都已经变成了沼泽？ 我相信再不会有一艘船能比我们向上游走得更远了。柏油人号能够到达其他船舶都无法深入的地方，但如果河水浅得连柏油人号也无法通过了，我们的旅程肯定就结束了。”

“嗯，我希望我们至少能够在今晚找到一片不错的河滩扎营。赛玛拉一直在为龙的脚爪担心。长时间浸泡在河水中对他们非常不好。她说辛泰拉的一根爪趾已经开裂了，她不得不为她将那根爪趾修剪并绑扎好，并用柏油包裹住她的爪子。也许我们应该对所有龙的爪子都这样处理，以免他们受伤。”

这个主意让莱福特林皱起了眉头。“我没有那么多柏油。我想，我们只能希望今晚能够有一片更加干燥的地面宿营了。”

“我们应该修剪他们的爪子。”杰斯突然说道。他闯进了舱室和他们两个的交谈之中，将桌子一端的凳子抻出来，重重地坐在了上面。“好好想一想，船长，我们将那些龙的爪尖削下来，涂上柏油。听我的，这样对大家都有好处。”他的目光从莱福特林转向艾丽斯，又转回来，向他们两个咧嘴一笑。他的牙齿很小，稀疏地分布在一张大嘴里，那种像是婴儿一样的天真笑容出现在一个男人的脸上，看起来非常诡异，甚至让艾丽斯感到一阵不安。莱福特林似乎也有着和艾丽斯同样的反应。

“不。”船长明白地说出这个字，意味深长地眯起眼睛，“不，杰斯。这是我最后的回答。不要再鼓动这件事了。现在不行。不要再和我们说，也不要去和守护者们说。”

杰斯向后靠住舱壁，将穿着靴子的脚搭在面前的凳子上，带着一丝洞悉隐秘的笑容问莱福特林：“是因为迷信吗？ 我一直都认为你是个能在这个世界里拿得起放得下的男人，一位船长不会被那些古老的雨野原教条束手束脚，没想到你会这样偏狭。我们需要因形势制定一些新的规矩了，已经有守护者明白这件事了。”

莱福特林慢慢站起身，将双拳杵在桌子上，指节抵住桌面，肩膀绷紧，探头逼向那名猎人，用低沉的声音说：“你就是个混蛋，杰斯。一个混蛋和蠢货。你甚至不知道自己在说些什么。为什么你不去干你收了酬金应该干的事？”

莱福特林的身体挡在了杰斯和艾丽斯之间，仿佛是在保护艾丽斯。尽管一直心怀忐忑，但艾丽斯还是对船长充满了感激。她从没有见到过船长如此清晰地表现出怒意，却又如此强有力地克制住自己。这让她感到害怕，却又让她的心中涌起了一股强烈的爱意。她突然间明白了，这才是她一生都在渴求的男人。

尽管莱福特林气势汹汹，杰斯却似乎还是不为所动。“去做我收了‘酬金’后应该做的事？ 我们现在不正在谈这件事么，船长？ 我们都收了酬金。而且迟早我们应该坐下来好好谈谈该如何把我们的事情做好。”他歪过身子，绕过莱福特林，向艾丽斯投来一个别有深意的微笑。艾丽斯感到一阵惊骇。他在说什么？

“这没什么可商量的！”莱福特林的声音震得窗户直响。

杰斯的日光猛地回到了莱福特林身上。他的声音突然压低了，其中充满了警告的意味，“我可不打算被蒙在鼓里，莱福特林。如果她也想分一份，那就一定要通过我。我不会任由你招揽新的合伙人，只为了你自己的一点甜蜜交易就让我吃亏。”

“出去。”莱福特林的声音从咆哮又减弱到几近耳语的程度，“现在给我出去，杰斯，去狩猎。”

也许杰斯能看出来，莱福特林已经被他逼到了极限。船长并没有说出任何威胁的话，但杀意已经明显弥漫在空气中。艾丽斯感觉自己的每一次心跳，都如同雷鸣一般撞击着她的全身。她感觉无法呼吸。随后可能发生的事情让她惊恐万分。

杰斯将脚甩到甲板上，靴子和木板发出响亮的撞击声。他不慌不忙地站起身，就像猫要伸一个懒腰，才在一条恶狗面前转过身。“我会去的，”他轻松地说，“这事下次再说，”他一边说，一边向门口走去。当他绕出门口，但话音还能传进屋里的时候，他说道，“我们全都知道，会有下一次的。”

莱福特林身子探过餐桌，伸手抓住门边，用力将门摔上，震得桌子上的杯子全都跳了一下。“这个杂种，”他吼道，“这个没良心的杂种！”

艾丽斯发现自己正在用双臂紧抱住身子，不停地颤抖。她说话的时候，声音也在打颤，“我不明白。他在说什么？ 他想要和我谈什么？”

莱福特林一辈子都不曾这样愤怒过。在盛怒之下，他知道那个该死的猎人也唤醒了他心中的恐惧，他害怕的不是杰斯错误判断了艾丽斯的身份，而是杰斯的猜测有可能彻底毁掉他在艾丽斯眼中的好形象。

他不敢回答艾丽斯的问题，只能让这个问题悬挂在他们之间。但他知道，这个问题会像锋利的匕首一样将他们两个切成碎片。于是他选择了唯一安全的方式。他向艾丽斯说了谎：“没有事，艾丽斯。一切都会好起来的。”

不等艾丽斯问什么没有事，什么会好起来，莱福特林已经用他唯一可能的方式止住了她的话语。他将艾丽斯拉起来，把她抱进怀中，紧紧地抱着她，向她低下头。这一切都是错的。他看见她那一双柔嫩的小手按在他粗糙肮脏的衬衫上。她的发丝间飘散出芳香的气息，那一头红发是如此纤细绵软，轻轻摩擦着他留有胡茬的下巴。他能感觉到她有多么娇小、多么精致。在他手里的女上装显得格外轻柔。她皮肤上的暖意慢慢渗进他的手心里。从任何角度讲，她都站在他的对立面上。他没有权利碰她，完全没有权利。即使她不是一位已婚女士，即使她没有受过教育，举止不是如此高雅，像他们两个这样截然不同的人在一起，依然是个错误。

但她没有挣扎，没有高声求救，两只手没有捶打他的胸膛。那两只手紧紧抓住了他的粗布衬衫，把他向她拽过去，让她紧挨着他。他们的每一寸一分都完全相反，但现在的每一点一滴又都是如此美妙。很长一段时间里，他只是静静地抱着她，忘记了杰斯的狡诈、自己的弱点，还有他们都会面临的危险。这时间又是如此短暂。但无论以后的道路会有多么复杂，至少这一刻是如此简单又完美。他希望自己能停留在这一刻，不再前行，甚至不再去想那些艰困复杂的危局。

“莱福特林。”艾丽斯靠在他的胸前，念着他的名字。

换作别的时候，别的地方，这代表着一种许可。但在此时此地，它只是打破了莱福特林的陶醉。这一刻他们短暂的拥抱结束了。这是莱福特林能够从另一种人生中得到的一切。他又微微低下头，让自己的嘴唇擦过艾丽斯的头发。然后，他沉重地叹了口气，放开艾丽斯，喃喃地说出违心的话：“抱歉。抱歉，艾丽斯，我不知道自己是怎么了。我猜我不应该让杰斯那样激怒我。”

艾丽斯还抓着他的衬衫。两只小手没有丝毫放松。她的眉毛抵住他的心口。他知道，她不想让他离开。她不希望他停止这已经开始的一切，让她松开手，就像是拽开一只紧贴着自己的小猫。更为艰难的是，他自己也根本不想这样做。他从没有想到过会是自己轻轻将这位女士推开，“只是为了她好”。但他更没有想到过自己会落到如此危险的地步。在尚未解决杰斯、彻底了结自己的问题之前，他不能让艾丽斯做出任何错事，不能让她成为被用来攻击他的武器。

“感觉水流变乱了，我要和斯沃格说一声。”他说了谎。这能够让他离开船舱，离开她。这样她就无法再问被杰斯引出来的那个问题。这也能让莱福特林有机会确认杰斯真的离开驳船，去进行狩猎了。

当莱福特林将艾丽斯轻轻推开的时候，艾丽斯困惑不解地抬头看着他：“莱福特林，我……”

“我不会去太久。”莱福特林做出承诺，然后就转过了身。

“但是……”他听见艾丽斯还在说话。但他已经将舱门轻轻关闭，随后就快步走开了，直到离开了舷窗的视野，他才转过身向船栏杆走去，他不需要和斯沃格或者其他任何人交谈。他也不想让任何船员知道他让他们落入了怎样一种境地。该死的杰斯和他狡诈的威胁，还有那个该死的恰斯商人和那个管不住自己嘴巴的该死木匠。而他自己更是该死，将所有这些人都卷进了他一团乱的生活中。当他第一眼看到那块巫木的时候，他就知道那东西会给他带来大麻烦。为什么他没有把那块木头丢在原地？为什么没有向龙群与议会报告此事？莱福特林知道，现在任何人都不能占有巫木，更不能使用它。但他已经这样做了。因为他爱他的船。

他感觉到一阵忧虑从柏油人的栏杆上涌过来。他抓住光滑的木栏杆，轻柔地对这艘活船说：“不，我一点也不后悔。这是你应得的。我只是满足了你的需要。我才不在乎其他人是不是理解，我也不想找任何理由。我只希望这不会给我们带来麻烦。就是这样。我会想办法解决这个问题。你看着吧。”

仿佛是在向船长表达自己的感激和忠诚，莱福特林感觉到这艘船的速度加快了。船舵那里传来斯沃格的笑声。舵手又喃喃地说道：“天哪，怎么这么快？”撑篙手也全都加快脚步，好赶上船的节律。莱福特林双手松开船栏杆，靠在舱室的墙壁上，把手插进衣兜里，任由他的船员们自行去工作。他什么都不需要对船员们说，那些船员们也都知道不要去打扰正在沉思中的船长。船长遇到了问题，他会自己解决问题，不需要他们之中任何人的帮助。这才是船长之道。

莱福特林从衣袋中掏出烟斗，又从另一只衣袋中掏出烟草。当他意识到自己没办法回厨房去将烟斗点燃，便又将这两样东西塞回到了衣袋里。他叹了口气。按照雨野原贸易商的惯例，他是一名贸易商。利润对他来说才是最重要的。但忠诚和良心又该放在什么位置上？ 那些恰斯人找到他，带给他一个能挣大钱的计划。只要他愿意背叛雨野原，将一只有理智和情感的生灵当作牲畜一样宰杀掉，他就能获得一笔财富。他们披着威胁的外衣来和他做交易，这正是恰斯人标准的生意模式。先是在雨野原河口，一个“粮食商人”大摇大摆地登上了柏油人号。作为一个恰斯人，辛纳德·亚力克算是把话说得够明白了。恰斯大公将他的家人尽数关押当作人质，所以这名恰斯商人会不择手段地为那个病弱的老人获得龙的器官。

莱福特林本以为那个人在崔豪格上岸之后，他们就再不会有关系了，以为他和他的船受到的威胁就此结束，但事实绝非这么简单。当一个恰斯人抓住了你的把柄，他就绝不会松手。就在莱福特林到达喀尔萨里克，准备开始这次远征的时候，有人上了船，在他的门外留下一只小纸卷。这封密信告诉他，他的船上会有一个人执行收集巨龙器官的任务，如果莱福特林与那个人合作，就能得到丰厚的报酬。如果他不合作，他们就会告发他私自使用巫木的行为——这会毁了他，他会做不成船主，做不成贸易商，甚至无法做人，或许还会损害他在艾丽斯眼中的形象。

最后这个疑虑要比前三个更加严重。莱福特林从来都没有觊觎过恰斯人的报酬，但他不知道自己是否会在他们的威胁下屈服。现在他知道了：自己不会。当他震惊地从巨龙守护者们的议论中听到格瑞夫特的主张时，他就知道将会出卖他的人是谁了。不是格瑞夫特，这个年轻人自称受过教育，整天谈论他的激进思想，但莱福特林以前见过他的家人，这个孩子的政治主张和“新思想”，都太肤浅了，他只是受到了另一个年长者的蛊惑。也不是卡森，想到这里，莱福特林会感到一些安慰。他不必在这件事上和一位老友为敌，这实在是值得庆幸的事情。

是杰斯。那个在卡萨里克上船的猎人。表面上他受雇于卡萨里克的雨野原商人议会，任务是在这一路上为龙群提供食物，或者是商人议会根本不知道杰斯还有另一个雇主，或者是那个议会的腐败程度已经到了莱福特林不愿去想的程度。现在这不是他能够担心的事情。那个猎人才是他关注的焦点。他亲眼看到，杰斯和格瑞夫特交了朋友，每晚在营火边教导他使用狩猎工具，趁机向他灌输了那些想法。莱福特林看得出来，杰斯塑造那个年轻人的概念，在他们的交谈中加入复杂的哲理思辨，并让他以为的守护者同伴们都太过单纯、缺乏教育，不可能理解这些道理。杰斯说服那个男孩：身为领袖，意味着要走在众人之先，为了“更伟大的利益”做出不可思议的事情，因为其他人的心肠都过于软弱，看不见必然的规律。杰斯强化了格瑞夫特的看法，让他相信自己就是巨龙守护者们的首领。*没那么简单，我的朋友。*莱福特林想起，其他守护者在提起格瑞夫特的主张时，都流露出了怎样的表情——他们全都非常惊骇。就连总是跟着格瑞夫特的那两个笨蛋——凯斯和博克斯特也不愿意跟着他跳进这个陷坑。那时他们彼此对望着，就像两只小狗崽一样满脸困惑。很明显，格瑞夫特以前根本没有和他们聊过这种想法。

所以，莱福特林知道这种有毒的思想是从哪里来的。杰斯。杰斯会让这些谎言变得有道理又符合实际。杰斯会让他相信，一位真正的领导者有时必须做出艰难的决定。真正的领导者有时必须采取危险的、不合人心的，甚至是不道德的行动，只要这样做是为了追随他的人，就是值得的。

比如肢解一头龙出售给外国人，以填满自己的荷包。

那个愚蠢的年轻人，完全听从了比他更年长、更有智慧的猎人，甚至以为这些都是他自己的想法。在这种罪恶的主张被公开之后，只有格瑞夫特在承受人们的谴责。杰斯和另一些守护者的友谊更是不会有丝毫损失，他还能以此观察绝大多数守护者对于屠龙获利的看法。这是非常可惜的，莱福特林在内心中觉得格瑞夫特的确拥有成为这支队伍首领的潜质，但他必须在这一路上解决掉自己的种种问题。莱福特林相信，现在他和其他守护者之间的分歧，就是他的问题之一。如果这个年轻人有勇气，他会从这次失误中学习到经验并继续前行。如果他做不到，那么总有些水手能够成长为船长，但另一些水手就连船副都混不上。

不管怎样，格瑞夫特的不幸如同一盏明灯被高高举到莱福特林眼前。他之前就一直都在怀疑杰斯，但直到那一天他才彻底确认，那时莱福特林第一次私下找到杰斯，指出他就是那个被恰斯商人雇用的人，杰斯甚至连冷战都没有打一个。他立刻承认了这件事，并说既然事情已经挑明，他们的任务就会更加容易了。直到现在，当莱福特林想起那个虚伪的杂种是如何向他微笑的时候，都会禁不住咬紧牙关。那时杰斯建议他放慢船速，让守护者、龙群和其他猎人走到前面去，那时他们就能轻而易举地处置被落在最后面的那头龙。“只要我们结束了那个可怜家伙痛苦的生命，把它分割好，收拾起来，就能立刻调头返回开阔河面。我们不需要在崔豪格和卡萨里克停泊，可以趁黑夜从那两座城市旁边溜过去，带着我们的货物径直前往海岸。我有一种特殊的讯号粉末，只要到了那里，我就能用一点火苗升起一股亮红色的烟柱——用你的厨房中的炉子就行。到时候会有一艘船来接应我们。我们去恰斯国，就能得到你和你的船员们甚至想象不出该怎样花用的大笔金钱。”

“柏油人号上并非只有我和我的船员。”莱福特林冷冷地向他指出。

“这一点我早就想到了。那个女人明显是喜欢你的，当然，这件事我不会对别人说。你应该对她强硬一些。告诉她，你要带她去恰斯国，让她过上贵族生活。她会跟你走的。还有那个跟着她的漂亮小子。他只想回到文明世界中去。我相信他也不会在乎你带他去哪里，只要不是雨野原就好。如果你愿意，这笔生意也可以算他一份。”说到这里，杰斯的嘴咧得更大了，“或者直接除掉他。这对我没什么区别。”

“我绝对不会放弃柏油人号。我的驳船不适合前往恰斯国的海路。”

“是吗？”这个恰斯人的走狗侧过头，“在我看来，你的驳船比看上去要厉害得多。它肯定能适应很多不同的水域。而且，如果卖掉龙的钱还不能让你满意，我打赌这艘驳船能让你得到几乎同样多的一笔钱。毕竟它经过了‘特殊设计’。无论整船出售还是分割成碎片，肯定都价值不菲。”

面对莱福特林愤怒的目光，杰斯丝毫没有退缩，甚至脸上还带着那种下流的笑容。他知道。他知道柏油人是什么，也知道莱福特林曾经找到过什么，又用找到的东西做了什么。他在用微笑告诉莱福特林：他们彼此是一丘之貉，没有什么差别，莱福特林也曾经为了自己的利益做过龙肉买卖。

如果莱福特林揭发杰斯，杰斯一定也会还以颜色。莱福特林感觉到柏油人在向他探询。他快步走到船栏杆后面，将双手放在闪动银色光泽的木栏上。“不会有事的，”他向他的船保证，“相信我。我会想出办法。我一直都有办法。”

然后他抽回双手，向斯沃格走去——他担心艾丽斯这时会碰巧来到甲板上。

斯沃格像以往一样沉默寡言，正靠在舵柄上，双眼盯着河面，仿佛陷入了某种遥远的梦境。莱福特林突然意识到，他已经不年轻了。是啊，他知道自己也不再是一个年轻人了。他计算了一下他们在一起的岁月，想到他们一同经历过的一切。那些日子有好也有坏。当莱福特林透露发现了，并表明将会如何使用它的时候，斯沃格完全没有质疑过他的船长。他有权利在这件事上表明自己的态度，但他没有。他可以要求得到一块巫木作为封口费，然后带着巫木离开驳船，用卖巫木的钱过上富足的生活。但他没有。他只提了一个要求，一个他早就应该提出来的简单的要求。“有一个女人，”那时他缓缓地说，“一个优秀的女水手，能在船上做很多事情。如果我现在留下来，我知道自己就要永远留下来。她是那种很容易相处的女人，能够永远成为这艘船的一分子。你会喜欢她的，船长。我知道你会的。”

于是贝霖就成了斯沃格签下的契约的一部分。对于这份契约，没有任何人丝毫感到后悔。贝霖上了船，挂起她的行李包，缝制了一幅帘子，让她和斯沃格有了一点私人空间。柏油人从一开始就很喜欢她，于是柏油人成了她的家，她成了柏油人生活的一部分。她和斯沃格在很久以前就失去了他们和岸上亲人的联系。斯沃格对自己的生活很满足。现在，他用一双大手抓住舵柄，做他每日不辍的工作。看到掌舵的舵手，莱福特林忽然想起斯沃格几乎像他一样了解柏油人，熟悉这艘船，并且对他无比钟爱。

“他今天走得怎么样？”莱福特林问舵手，仿佛自己并不知道一样。

斯沃格看了他一眼，似乎有一点因为这个无用的问题感到惊讶。“走得很好，船长。”他回答道。像以往一样，舵手的声音非常低沉，只有很熟悉他的耳朵才能分辨出他的意思，“他在随心所欲地驰骋。这里的河底很不错。不像昨天那样都是淤泥。我们正在顺利前进。这一点毫无疑问。今天我们能走很远。”

“很高兴听到你这样说，斯沃格。”莱福特林说完这句话，就让船夫继续沉浸在自己的梦境。

柏油人在那一年经历过一番艰难的转变。当时莱福特林辞退了他的大部分船员，只将巫木的秘密和他将如何使用巫木的计划，透露给了他认为能够保守秘密并留下来的人。任何撑篙手只要在柏油人号上工作过，就会立刻察觉到他和普通驳船的不同。现在他的每一名船员都是他精心挑选的，愿意一生都留在这艘船上。轩尼诗把一切都给了这艘船；贝霖喜爱这种船上生活；埃德尔的话比船锚多不了几句；至于丝凯莉，这艘船可以说就是她的财产。这个秘密应该是安全的。

但它还是没能被守住。现在他们全都有了危险，包括他的船在内，如果商人议会知道了他做的事情，又会有什么反应？ 龙群会有怎样的反应？ 莱福特林攥紧拳头，咬紧了牙。现在要回头已经太晚了。

他绕着甲板缓慢地走了一圈，检查各种不需要检查的细节，发现一切都井井有条。杰斯和他的小船已经不见了。这样很好。他思考片刻，拿出随身携带的莱姆酒瓶，将一瓶酒都倒在船外的河水中。“愿他不会再回来。”他残忍地向埃尔祈祷。众所周知，神明埃尔不会为祈祷所动，不过有时他的确会接受贿赂。通常莱福特林敬拜的都是莎神，或者不信任何神明，但有时候，一位异教神的残酷，也可以成为一个人最后的依靠。

或者还算不上是他的最后凭依，毕竟他还能亲手杀死杰斯……

他不喜欢这样想，并不只是因为他非常确定一定很难杀死那名猎人。他不喜欢自己成为一个遇到阻碍就靠杀人来解决的人。但杰斯已经清楚地表明，他会比一个阻碍可怕得多。

在水上，莱福特林知道许多杀人的办法，而且有许多办法都能让谋杀看上去只是一起意外。他冷冷地考虑着这件事。杰斯强横而且聪明，莱福特林觉得自己今天向他吼叫非常不明智，他应该装作对杰斯的提议很感兴趣，应该假意接近他，提议和他一同在深夜袭击沉睡中的龙。这会是一个干掉他的好机会。不过那个家伙真的激怒了他，让他完全没有办法进行策略性的思考。他痛恨杰斯向艾丽斯谄笑的样子，那只老鼠知道莱福特林对艾丽斯有着怎样的感情。他有一种预感，杰斯会非常高兴地毁掉他们的关系，只是因为他能这样做。上一次艾丽斯带着龙鳞回到船上，兴奋地向所有人展示那片鳞的时候，莱福特林看见了杰斯的表情——那个猎人的眼睛里燃烧着贪婪的火焰。那时莱福特林就为艾丽斯感到担忧了。他一边想着这些事，同时弯腰整理一根已经盘卷得非常整齐的缆绳。

前天晚上，杰斯带着他的新计划来找莱福特林。他坚持塞德里克会参与“他们”的计划，却又拒绝讲明他是根据什么做出的这个推断。这让莱福特林感到很是恼火。不过莱福特林曾经两次看到他在那个病人的屋外晃荡。他脸上那种嘲讽的冷笑清楚地表明，他以为莱福特林、艾丽斯和塞德里克正在合谋对付那些龙，而他相信自己能够挤进这个联盟并让这个联盟为他所用。他迟早会找上塞德里克，而塞德里克当然会以为莱福特林早就和杰斯有串通。莱福特林完全能想象：当那个缤城人听到杰斯说莱福特林可以绑架艾丽斯、带她前往恰斯国的时候，会有怎样的反应。杰斯肯定也认为只要有足够多的钱，塞德里克同样会高兴地逃亡到恰斯国去。如果艾丽斯知道莱福特林正在等待一个机会宰杀一头龙，她又会有什么样的反应？

那个猎人是一个无法控制的大炮，莱福特林必须将他干掉，冰冷的决心在他的心中凝固。他能感觉到柏油人也接受了这个决定，得到活船的响应，船长几乎松了一口气。

杀死杰斯一定会造成一系列的后果。即使他能让这件事看起来像是一起意外。如果失去了和杰斯的联络，恰斯商人辛纳德·亚力克一定会怀疑他的雇员出了什么事。那就让他去怀疑吧！雨野原河是一个危险的地方，许多和杰斯一样干练强悍，甚至比他更优秀的人都死在了这里，莱福特林感觉到自己的决心已经渗进了全身的骨髓里。杰斯一定要死。

但杰斯必须配合他走上这条死路，这就意味着他必须说服杰斯相信他已经改变了心思。他不知道自己是否能让杰斯相信他已失去了对艾丽斯的兴趣。如果杰斯不将艾丽斯视作用于对付他的武器，也许就不会再去骚扰艾丽斯。在那以后，他只要等待正确的时机就好。

柏油人碰了他一下。“什么？”他站起身问他的船，同时他的目光飞快地扫过周围，却没有察觉到任何危险。尽管他以可能发生事故为理由，暂时离开艾丽斯的身边，但这段河道实际上相当平缓，河两岸是一直延伸进入水中的芦苇，驳船就在芦苇之间穿行。这里一定很适合捕鱼。莱福特林猜测龙群在今天的行进途中一定能找到不少食物。

这时他看见芦苇从后面的树林抖动了一下。每一棵树都在颤抖。还有几棵树掉落了一些枯叶和细枝。眨眼间，芦苇丛中像是掀起了一片波涛，浪峰一直将河水卷入，河水连同水草一同抖动。冲击波撞上船壳，又涌了过去，几乎完全消失在深水中。

“地震！”斯沃格在船尾高声喊道。

“地震！”大埃德尔向小船上的守护者们高声示警。

“全体注意！”莱福特林大喊着发出命令，“让柏油人尽量远离河岸，但不要离开河底，小心！”

“小心！”撑篙手们纷纷用喊声回应。

随着柏油人一点点远离河岸，莱福特林看到又一阵浪涛从树林中掀过来。在河岸上，树叶细枝和旧鸟巢如同雨点一般洒落下来。转眼间，一道接一道芦苇朝河面低头，然后袭来撼动驳船的波浪。莱福特林皱起眉头，但还是紧盯着树林。地震在雨野原相当频繁，大多是不会被人们注意到的小震动，强烈的地震不仅会危及在被埋葬的古灵城市中进行挖掘的工人，还会让衰老朽烂的树木倒入河中。即使这样的大树没有直接击中驳船，莱福特林也听说过船只被困在大片浮木中的情形。在他祖父的时代还发生过一棵参天大树倒入河中，将河道彻底封死的事情。那时工人们用了将近六个月的时间才将河道疏通。莱福特林有些怀疑这个故事的真实性，但每一个传说多少都有一些事实藏在里面。毫无疑问，一定有一棵非常大的树对河上交通造成了障碍，才会引发这样的事。

“出什么事了？”艾丽斯的声音中充满忧虑。她听到喊声，来到了甲板上。

莱福特林头也不回地说道：“我们遇到了地震，而且是相当厉害的地震。现在还没有什么问题。看样子，它只不过会把树林狠狠晃一下子。没有倒下任何一棵树。除非随后还会有更强烈的震动，否则我们应该不会有事。”

艾丽斯镇定地点了点头。整个天谴海岸经常发生地震，缤城居民也不会因为这种事而大惊小怪。不过莱福特林怀疑艾丽斯从没有经历过水上的地震，也不知道一棵大树顺流而下会造成怎样的破坏。这时他想到艾丽斯可能对另一种危险也是一无所知。“有时候，地震会激发河水的酸性。不过现在河水还没有变化。一般认为河中白色的酸性物质来自上游的某个地方。在两三天之内，我们也许会突然发现河水变白了，尽管这样的事情也不一定会发生，但真正可怕的地震还会带来一场脏雨。”

艾丽斯立刻意识到了这其中的危险。“如果河水变酸了，那么龙该怎么办？守护者的那些小船，能够抵抗住河水的侵蚀吗？”

莱福特林深吸了一口气，再从鼻孔中把气呼出来。“不管怎样，酸潮总是危险的。那些小船也许还能抵挡一段时间，但为了安全起见，如果酸性太强，我们就要将小船收到甲板并系绑起来，守护者们也都要上驳船来。”

“那些龙呢？”

莱福特林摇摇头。“根据我的观察，他们的表皮很坚韧。这片荒原中的鱼、鸟和一些兽类都能应对酸性的河水。当河水变白的时候，一些生物会躲避到岸上，但另一些却仿佛浑然不知，重点是河水变白的程度，以及酸潮持续的长度。如果只是一天时间，我猜龙群应该能扛过去。我担心的是酸潮时间可能远超过一天。不过也许我们的运气够好，能找到一片相对坚固的河岸，让龙群离开河水，等待最严重的酸潮过去。”

“如果没有河岸呢？”艾丽斯低声问。

“你知道答案，”莱福特林回答。在他们的旅程中，这种情形只发生过一次。那天龙群一直走到晚上也没有遇到可以休息的河岸。目力所及的范围内只有泥水沼泽。龙群根本无法离开河水。尽管抱怨个不停，龙群还是只能在水中站了一夜，而守护者们都在柏油人号的甲板上歇宿。龙很不喜欢那次经历，但他们安然度过了那一晚。那时的水没有强烈的酸性，天气也很温和。“他们只能挺过去。”莱福特林说道。他们都没有提起强酸会如何腐蚀龙的伤口和身上柔软的部位。

片刻的沉默过后，莱福特林又说道：“艾丽斯，在这趟旅程中，这个危险一直都是存在的。实际上，这正是我们永远无法摆脱的最大危险。雨野原的第一批‘定居者’其实已经放弃了这个地方。没有任何神志清醒的人会出于自己的意愿来到这里。”

“我知道我们的历史，”艾丽斯有些唐突地打断了船长的话，然后她又略带笑容说，“我来到这里，肯定是出于我自己的意愿。”

“是的，缤城的历史也就是雨野原的历史，但我认为我们居住在这里的时间，还是要比你们长一些。”莱福特林靠在船栏杆上，感觉到脚下便是坚定的柏油人。他分别向大河的上下游各瞥了一眼，“这条河中有一些怪异的水流，会以我们想不到的方式影响到这里的所有人。崔豪格在这个世界上肯定不算是容易居住的地方，卡萨里克也不会比它好。但没有了这两座城市，缤城就不会有古灵宝物能够出售。所以，没有雨野原，也就不会有缤城现在的样子。但我要说的是，经历了一个又一个世代，一个又一个十年，不断有年轻的探险者们立誓要找到一个更好的安居之地。他们出发去探索上游，其中有些人再也没能回来，回来的都做出了同样的报告：那里只有弗远无界的广阔山谷，还有许多树林和湿地。越是深入森林，遇到的境况就越奇怪。所有沿这条河上溯的探险队，回来之后，要不是说前方没有了可以航行的水道，就是说大河变得越来越宽，最终在任何方向都看不到河岸。”

“但他们走得还不够远，对不对？我见到过许多关于克尔辛拉的描述，所以我知道那座城市的确是存在的。而且至今也还存在于某个地方。”

“令人伤心的事实是它可能就在我们的船身下面。对此我们完全无法确定，或者它距离我们只有半天路程，但位于密林深处，被苔藓和烂泥层层包裹，或者它在我们未曾进入的一条支流上。我们已经发现的两座古灵城市都沉没在泥淖之中，没有人知道他们遭遇了什么，我们只知道它们被深埋在地下，同样的事情也可能发生在克尔辛拉。我们知道，这里在很久以前发生过大规模的灾变。古灵文明在那场浩劫中被彻底毁灭，巨龙一族也几乎灭绝殆尽。那场灾难改变了一切。现在我们只是跟着龙群沿最有利于航行的水道前进，希望能够有幸运的际遇。”

莱福特林向艾丽斯瞥了一眼，看到艾丽斯抿紧了双唇，面庞在雀斑下变得惨白，于是船长让自己的语气变得更温和一些：“艾丽斯，只有这种推论是合理的。如果克尔辛拉幸存下来，难道古灵不会生活在那其中吗？如果还有古灵，难道他们不应该保护龙族生息繁衍吗？在所有的织锦中，都显示他们是在一起的。”

“但……如果你不相信我们能找到克尔辛拉，如果你从来都不相信我们能找到那座城市。为什么你会参加这场远征？”

莱福特林凝视着艾丽斯浅绿色的眼睛，“你想要来，你想让我一起来。这样我就能陪在你身边，即使只是暂时的。”他说出这番话的时候，艾丽斯的心意全映照在她的眼神里。莱福特林将头转向一旁，“所以我做出这个决定。在此之前，当我第一次听说这个任务的时候，我在心里想：‘哼，这个任务只有疯子会接下。不可能有什么成功的机会，而且我打赌，只有成功了，那些商人才会拿出一点酬金来。’不过他们的确给了我不少订金，而且还承诺‘成功之后’会给我更大的一笔钱。不管怎样，这是一场值得期待的探险，这条河上没有人不好奇那座城市到底藏在哪里，我们总有机会找到它。而我一直都是一名赌徒，在这条河上讨生活的人，多多少少都是在冒险，所以我接受了这场赌博。”

莱福特林终于鼓起勇气放下了自己的赌注。艾丽斯的双手就放在他身边的船栏杆上。他抬起手，轻轻按住她如柔荑般柔嫩的双手，两个人的手碰在一起的时候，一阵战栗涌过他的全身。艾丽斯的手被他握在手心里，而艾丽斯的手心中正握着柏油人。一个想法飘过他的脑海：*我在这个世界上想要的一切都在这里，就在我的手中。*

这一点心意不断在他的心中回荡，撞击着他的骨髓，撞进柏油人的龙骨，又共鸣回来，直到他无法分辨心绪的源头到底在哪里。

祷月第十二日

商人联盟独立第六年

来自艾瑞克，缤城信鸽管理人
致黛托茨，崔豪格信鸽管理人

密封在管子里的信件，是高度机密的，收信人为贸易商纽弗。发信人付了额外费用，以确保这封信的蜡封不会有任何破损。

黛托茨：

我的学徒完成了各种工作。我要称赞你的家族养育了一个优秀的年轻人。很快就要举行信鸽管理人的票选了，他很有可能得到晋升成为正式管理人。当然，我可以确定地告诉你，在官方确认发布之前，他不会得到任何有关于此的讯息。

他工作做得这么好，让我甚至可以考虑休息一下了。我早就在考虑去雨野原进行一次旅行，参观它的各种奇景。当然，我不会要求你招待我的食宿，不过我非常想要和你见一面。你愿意接受我的请求吗？

艾瑞克

第三章　首次击杀

当晃动的水面将小舟掀起的时候，所有守护者们立刻意识到了危险的到来。在他们的前方，龙突然停住了脚步，蹬直四足，用爪子紧抓住河底，等待地震波通过。银龙发出铜号般的狂野吼声，不停地转动头颈，想要同时看到所有地方。受惊的鸟雀从树梢飞起，越过河面，用或粗或细的叫声，宣告了灾难的到来。

第二道地震波涌过来的时候，树林中的细枝败叶如同雨点般落下。在浅滩上，拉普斯卡喊道："我们幸好没有靠近河岸。那些大树会不会倒下来砸到我们？"

还没有听到拉普斯卡提到这件事的时候，赛玛拉还不曾为此担心过。在水面上遭遇地震和在高高的树梢上有什么区别，她一直用心地比较着。她不知道自己的父母会不会感觉到这场地震。他们居住在崔豪格的树冠高处，被称为"蟋蟀笼"的、脆弱而廉价的房子里，一场地震会让那里的一切都蹦跳起来。人们会高声大喊，尽可能抓住树枝。有时候，房屋也会在地震中掉落下去，无论是底层的沉重屋宇还是上层的简陋棚户，都不能幸免。这些回忆让她的心中充满了对父母的担忧和思乡之情，但拉普斯卡的好奇将她从回忆中猛然拉回，她意识到被倒下的大树砸中和从树冠上跌落，也许同样危险。"远离岸边。"她命令拉普斯卡，同时更加用力地把船桨戳进水中。他们很快就靠近了正停在河中的龙群。在他们周围，守护者的船队已经陷入一片混乱。

“不，地震结束了，看看那些龙。他们知道。他们又开始前进了。”

拉普斯卡是对的。在他们前方，龙群纷纷向彼此发出微弱的铜号般吼声，随后便继续跋涉于淤泥浅水。地震时，默尔柯是他们之中第一个停下脚步的，他们也全都聚集在金龙身边。现在他们又散开了队形。默尔柯走在最前面，其他龙跟随在后。赛玛拉几乎已经习惯于每天看到龙群在她前面涉水行进，但此时此刻，当龙群再次迈开步子，赛玛拉发现他们已经在不知不觉中发生了改变。现在河中一共有十五头神奇的巨兽，其中体型高大的卡罗几乎已经相当于正常的巨龙，最小的红铜龙肩膀几乎不比赛玛拉高。阳光照耀在河面上，在他们的鳞甲上映起点点辉煌。金色和红色，浅紫色和橙色，润泽的蓝黑色和天蓝色。他们的鳞甲将太阳的光辉撒回到了天空中。赛玛拉察觉到，他们的色泽变得更加浓艳鲜明。这些巨龙不只是更干净了，而且显然更加健康了。一些龙的身上出现了更多的色彩。辛泰拉的深蓝色翅膀边缘变成了银色，她脖颈上的“肉穗”也变成了另外一种蓝色。

所有这些龙都迈着沉重却又不失优雅的步伐前进。卡罗和塞斯梯坎跟在默尔柯身后。他们一边行走，一边不住地挥动头颈。赛玛拉看到塞斯梯坎将头探进河水中，叼起一条修长肥硕的水蛇。他用力一甩头，不住扭动身体的水蛇突然软绵绵地垂挂在他的口中。他一边走一边扬起头，将蛇吞进肚子，就像是一只鸟吃掉一条虫子。

“我希望我的小荷比也能找到些吃的。我感觉到她很饿了。”

“如果她找不到吃的，我们今晚会尽力为她找到一些食物。”赛玛拉几乎是不假思索地说道。她突然发现，自己已经开始心甘情愿地将晚间狩猎的成果与大家分享，而且她往往会先照顾最饥饿的龙。这当然不会让辛泰拉更喜欢她，不过那头蓝龙女王对赛玛拉一直都不算很好。应该让她明白，忠诚是需要双向的互动。

在那一天剩下的时间里，赛玛拉以为还会再遭遇一些余震。不过就算有余震发生，也都很微弱，赛玛拉甚至没有发觉。当那一晚他们在泥土河岸上扎营的时候，众人议论的主题还是地震。大家都在担心会有酸潮发生。吃饭的时候，所有人都在反复咀嚼着这个可能的危险，格瑞夫特突然站起身对这种担忧表示反对。“会发生的就一定会发生，”他的语气格外严厉，仿佛他认为有人会和他进行争论，“担心是没有意义的，也不可能做出任何应对措施，所以我们在心里有所准备就行了。”

他大步离开营火的光亮，走进黑暗中。在他离开之后的几分钟里，没有一个人说话。赛玛拉感觉到了尴尬的气氛。毫无疑问的，格瑞夫特在红铜龙的事情上说的那些错话，他仍然耿耿于怀，刚才他的发言只是表达了一个明显的事实，这显然是他又一次占据领导权的尝试，只不过没有取得什么效果。现在就连他最亲密的伙伴，似乎都在为他感到惭愧。凯斯和博克斯特都不再追随他，甚至没有朝他离开的方向看上一眼。赛玛拉的眼睛一直盯着营火，不过从眼角的余光中，她看到洁珥德很快就站起身，故作姿态地伸了个懒腰，然后也从人群中走开了。当她从赛玛拉身后经过的时候，她用猫一样的尖细嗓音道了一声“晚安”。赛玛拉咬紧牙，没有回应。

“她最近怎么了？”坐在赛玛拉右边的拉普斯卡高声问道。

“她就是那种样子。”刺青没好气地低声说道。

“我相信，我不知道她是怎么了。我要去睡了。”赛玛拉说道。她想要离开火光，以免有人注意到她的表情是多么尴尬。

“那么，晚安。”刺青喃喃地说道。他的声音有一点僵硬。仿佛赛玛拉冰冷的回应，对他是一种责备。

“我马上就去睡。”拉普斯卡快活地对赛玛拉说。赛玛拉想不出该怎样告诉拉普斯卡，她并不真的希望拉普斯卡每晚都和她背靠在一起睡觉。有一次，她轻柔地对拉普斯卡说，她不需要别人守护她，拉普斯卡立刻快活地表示，很喜欢靠着她的后背睡觉。

“这样更温暖，而且如果有危险靠近，我相信你会比我更快醒来，你的匕首也比我的大。”于是，拉普斯卡除了白天是她的船伴之外，晚上又成了她的床伴，这件事在其他人那里引起了不少话题。的确，赛玛拉喜欢拉普斯卡，但拉普斯卡一直黏着她，让她不由自主地感到有些气恼。自从她看到格瑞夫特和洁珥德做的事情，她就为此苦恼不已。无论她怎样深思苦想，都没办法为自己的问题找到满意的答案。

格瑞夫特是否能为自己制定新的规矩？洁珥德也可以吗？如果他们能做到这件事，那么剩下的人呢？赛玛拉非常想要找一个安静的时间和刺青好好谈一谈，但拉普斯卡几乎总是跟在她身边。就算是拉普斯卡不在，希尔薇也总是跟着刺青。赛玛拉更是不知道自己能告诉刺青她看见了什么。不过她知道，她很想和某个人谈谈这件事。

她在那一晚刚刚回到营地的时候，的确认真想过是否应该去找莱福特林船长，让他知道发生了什么事。毕竟他是撑起这次远征的驳船船长。但赛玛拉想得越多，就越不愿意去找莱福特林。她相信这样做就算不是直接的背叛，也相当于泄露了他人的隐私。不，洁珥德和格瑞夫特所做的事情只和巨龙守护者有关，和其他人没有关系。受到那些规矩束缚的是他们，而将这种规矩强加给他们的，正是像莱福特林船长这样的人，他们也同样有雨野原的印记，但他们的人生并不会因此受到限制。这样公平吗？让另一些人决定她和所有守护者的命运，这样对吗？

每一次想到自己见到的情景，赛玛拉的面颊还是会像发烧一样热。看到他们做的事情已经让她感到不舒服了，而她甚至还知道他们在做什么。更糟糕的是，他们还发现了她的偷窥。赛玛拉觉得自己根本无法面对他们，一想到要一直躲避他们，她又觉得这同样很不舒服。现在洁珥德那种带刺的话和格瑞夫特盯住她时的得意眼神，让她觉得仿佛自己才是犯错的那个人。这实在是太令人懊恼了！犯错的当然不可能是她，可能吗？

格瑞夫特和洁珥德的所作所为，违背了赛玛拉接受过的一切教育。即使他们结婚了，这件事也依然是错的……他们本来就不会被允许结婚。当雨野原在一个新生儿身上留下沉重的印记，所有人都知道最好的办法就是抛弃那个婴儿，再尝试怀孕。这种孩子很少能活过十五岁。在一个普遍贫困之处，父母将精力和资源浪费在这样的孩子身上，是愚蠢的。最好在他们出生时就抛弃他们，然后尽快怀上下一个孩子，而像赛玛拉这样因为侥幸或者顽强而存活下来的孩子，也会被禁止寻找配偶，更不要说是怀孕生子了。

那么，如果他们做的才是错的，为什么赛玛拉不仅感到愧疚，而且还觉得自己很愚蠢？赛玛拉用毯子更紧地裹住自己的身体，茫然地盯着眼前的黑暗。她还能听见其他人在火边闲聊，偶尔还会传来一阵笑声。她希望自己能和他们在一起，希望自己还能享受与众人并肩前行的乐趣。但洁珥德和格瑞夫特毁掉了她的心情。其他人是否也知道了这件事，只是都不会在乎？如果她将这件事告诉他们，他们又会怎么看她？他们会指责格瑞夫特和洁珥德吗？还是会被指责并被嘲笑，认为她还是个顽固守旧的蠢货？她不知道答案，这让她觉得自己是个什么都不懂的孩子。

当拉普斯卡从他们的小船上拿来他的毯子时，赛玛拉依然醒着。她从睫毛下面看着向她走过来的拉普斯卡，拉普斯卡抬腿迈过她的身子，背对着她坐下来，然后就躺倒并靠在她的背上，又满足地舒了一口气，没过多久就酣然入梦了。

男孩的身体温暖而沉重地压在赛玛拉的背上。赛玛拉想象着自己翻过身面对着他，将他叫醒。但随后又会发生什么？拉普斯卡，奇怪的拉普斯卡，相貌英俊的拉普斯卡。他浅蓝色的眼睛总是让人心神不宁，又充满了一种怪异的魅力。尽管身上布满鳞片，但他深褐色的长睫毛丝毫没有被鳞片覆盖。赛玛拉不爱他，嗯，不是那样的爱，但他毋庸置疑是一个很有吸引力的男性。赛玛拉咬住自己的下嘴唇，想着洁珥德和格瑞夫特做的那些事。她怀疑洁珥德并不爱格瑞夫特，格瑞夫特对洁珥德也没有什么感情。他们在做那件事之前还有过争论。这意味着什么？拉普斯卡的脊背透过两层毯子，让她感到很温暖。但一阵寒颤突然涌过她的身体。只是打个哆嗦，不是寒颤，不过也有可能是寒颤。

赛玛拉一点一点地让身体离开拉普斯卡。不，不是在今晚。不能是一时冲动或不假思索。不，其他人怎么做并不重要。她必须让自己好好想一想这件事。

黎明到来得太快了，而赛玛拉没有从思考中得到任何答案。她僵直地坐起身子，不知道自己到底有没有睡着。拉普斯卡还睡着，就像其他大多数人一样。龙群中也没有早起的，许多守护者已经起得几乎像他们的龙一样晚了，但对于赛玛拉而言，旧习惯是很难被丢弃的。阳光总是能唤醒她，而且她早就从父亲那里知道，清晨时分是狩猎和采集的最好时光。所以，尽管依然疲惫不堪，赛玛拉还是起了身。站起来之后，她又若有所思地看了拉普斯卡一会儿。这个男孩的深褐色睫毛落在下眼睑上，双唇微微张开，显得丰满又柔软。他的双手在下巴下面松松地握成拳头，指甲显得比原先更加粉红。赛玛拉俯下身，想要看得更清楚一些。没错，这些指甲正在改变，变成像他的小龙一样的红色。赛玛拉发现自己在微笑，才意识到自己能嗅到拉普斯卡的气味。那是一种男性的气味，一点也不让她反感。她直起腰，从拉普斯卡身边退开。她在想什么？ 这个男孩的气味很好闻？ 她有些好奇洁珥德是怎样选中格瑞夫特的。她为什么会好奇这种事？ 她一边想着，一边把毯子叠好，放到小船上。

在守护者营地，有一项每晚必做的工作，就是挖掘沙井。沙井要与河水保持一定距离，并在其中铺覆帆布。渗进浅井中的水又被帆布过滤，酸性要比河水小得多。即使是这样，赛玛拉在使用这种水的时候也总是很小心。今天早晨，她宽慰地看到河水几乎仍然是清的，于是她判断用浅井中的水清洗手脸和饮用是安全的。冷水让她打了个哆嗦，将昨晚残存的倦意从她的脑海中一扫而空，该是迎接新一天的时候了。

其他人大多还围绕着昨晚已经熄灭的营火，正裹在自己的毯子里呼呼大睡，赛玛拉觉得他们就像是一个个蓝色的茧，龙的茧壳。她又打了个呵欠，决定拿着鱼枪在河边走一走。如果运气好，她就有可能为自己找到一顿早饭，或者是给辛泰拉找到一份点心。

*鱼很不错，如果是肉就更好。*这个睡意沉沉的念头从龙那里传过来，更加确定了她的冲动。

“鱼，”赛玛拉坚定地回应道，尽管是在和龙进行精神交流，她却还是把话说出了口，“除非我恰巧在河边遇到一头小野兽。我可不打算在黎明时分进入森林。在大家都起床为出发做准备的时候，我不想迟到。”

你确定不是因为害怕在那里见到的事情？ 龙的提问，如同一根小刺。

“我不害怕。我只是不想看见它。”赛玛拉反驳说。她努力想要将自己的意识关闭，不接受龙的碰触。在一定程度上，她算是成功了。现在她可以拒绝听到辛泰拉的话，但还是无法逃避开她的存在。

她发现那桩丑事的过程中，赛玛拉早已思考过辛泰拉在其中扮演的角色。她相信那头龙是故意让她去跟踪格瑞夫特和洁珥德。这就是说，辛泰拉早就知道他们打算干什么，而且不择一切手段要确保赛玛拉看到那一幕。当赛玛拉想到辛泰拉用龙的魅力，迫使她进入森林跟踪格瑞夫特，心中还是会感到一阵刺痛。

她不知道的是，为什么这头龙会让她去看那种事。不过她并没有直接问过辛泰拉。她早已知道，如果直接向辛泰拉提问，只会让辛泰拉对她说谎。等待和倾听才能让她知道更多事情。和对付我母亲没什么区别，她这样想着，脸上露出一丝冷笑。

她将这个念头推出脑海，开始专心狩猎，这样能够让她找回内心的平静。很少有守护者会在这么早醒来。龙群之中会有一些动静，但也不会有龙起身活动。龙更愿意等到阳光更加明亮，将他们的身子晒暖的时候再开始行动。赛玛拉静静地在水边移动，手中举起鱼枪。现在河岸是属于她一个人的。她忘记了一切琐事，心中只有她和她的狩猎，整个世界在她周围呈现出完美的平衡。天空如同大河上方的一条蓝色绸带。沿着河边，河水几乎算是清澈，齐膝高的芦苇正摆动着。平滑的岸边泥滩上，记录了所有在昨晚从这里经过的生物。在巨龙守护者们酣睡的时候，至少有两头沼泽麋鹿来到水边又离开。有一种脚上生蹼的生物爬上了河岸，吃了一些蛤蜊，把壳丢弃在岸上，又滑入到水中。

赛玛拉看见一条生有髭须的大鱼正在探索浅水处的河底淤泥。那条鱼似乎没有看见她，只是专心地用髭须翻搅泥沙，突然一口吞下了一只被它从泥中赶出来的小生物。大鱼朝手举鱼枪的赛玛拉游了过来。但是当鱼枪刺出的时候，大鱼一抖尾巴便消失得无影无踪，只是在鱼枪周围留下了一团泥水。

“真倒霉。”赛玛拉嘟囔一声，将鱼枪从泥中拔出来。

“听起来可不像是在祈祷。”艾丽斯轻柔地责备她。

赛玛拉竭力不显露出吃惊的样子。她重新端好鱼枪，同时向身后的艾丽斯瞥了一眼，又开始了沿着河岸的缓步巡行。“我在捕鱼，但失手了。”

“我知道，我看见了。”

赛玛拉向前走去。她希望这个缤城女人能够识趣一些，不要再来惹她。她没有听到艾丽斯的脚步声，但她能够从眼角瞥到艾丽斯的影子一直在跟着她。保持了一段时间的沉默之后，赛玛拉觉得自己不应该害怕这个女人。她对艾丽斯说道：“现在还很早，一般在这时候，你不会出来溜达。”

“我睡不着。天还没亮我就起来了。我承认，在没有人的河岸上溜达一个小时，感觉很孤独。能看到你，让我感觉很欣慰。”

艾丽斯的这番话远比赛玛拉想象中更加友好。为什么这个女人会和她说话？她真的是那么孤独吗？赛玛拉想也不想便说道：“但你有塞德里克作伴。你怎么会孤独？”

“他的身体还不太好。而且，嗯，他最近和我的友情似乎也淡了。当然，这是有原因的，对此我也感到很惭愧。”

赛玛拉盯着河水。她很高兴这个缤城女人看不到她惊愕的表情。艾丽斯这么容易就会信任她吗？为什么？她怎么可能会以为她们能够有相同之处？好奇心的爪子搔进赛玛拉的心里，而且一直挂在她的心上，让她不得不再问一个问题：“是什么原因，让他不再是你的朋友了？”赛玛拉只希望自己的口气听起来能够随意又自然。

艾丽斯重重地叹了口气。“是啊，你知道他的状况一直都不太好。塞德里克的身体原先非常健康，所以对他来说，得病更是一件难熬的事情，而当他处在一个他认为是非常不舒适的生活环境中时，这一切对他而言就都变得更加困难了。他的床又窄又硬，他不喜欢这艘船和这条河的气味。这里的食物在他看来都淡而无味，甚至让他感到厌恶。他的房间很昏暗，这里也没有娱兴节目能让他高兴。他的处境很悲惨。让他来到这里全都是我的错。他不想来雨野原，更不要说参加这次远行了。”

又一条大鱼出现在浅水，开始在淤泥中翻找。片刻之间，它仿佛看见了赛玛拉。赛玛拉一动不动地站立着。当大鱼开始用髭须翻弄淤泥的时候，赛玛拉出击了。她确信自己肯定击中了目标，而当淤泥落下，她发现鱼枪只不过是插在了泥里，不由得吃了一惊，只好将鱼枪拽起来。

“你又错过了。”那个缤城女人说道。不过她的声音中只有真诚的同情，“我本来以为你一定能叉住这一条。但它们的反应速度真的很快，不是吗？我肯定一条也叉不到。”

“喔，只要练习就好。”赛玛拉向艾丽斯保证，同时她的眼睛依然只是在盯着水面。不，那条鱼跑掉了，早就跑掉了，不会再回来了。

“你还是孩子的时候就在做这个吗？”

“捕鱼？不是。”赛玛拉继续在水边巡行。艾丽斯一直跟着她。她压低了声音说道：“我主要是在树冠上狩猎。那里有鸟雀和一些小野兽，还有蜥蜴和一些漂亮的大蛇。捕鱼和猎鸟没有什么太大区别，关键就是等待和突然袭击。”

“你觉得我能学会这种技艺吗？”

赛玛拉猛地停住脚步，转过脸去看艾丽斯：“为什么你想要干这个？”她对此的确感到很困惑。

艾丽斯脸上一红，低垂下目光：“如果能够做些真实的事情，感觉一定会很好。你比我年轻这么多，但你已经有能力照顾自己了。我很羡慕你。有时候，我看着你和其他守护者，就觉得自己很没用。这种感觉就像是一只娇生惯养的小家猫在看着野猫捕猎。近来我一直在试图确认为什么我要参加这次远行，为什么要拖着可怜的塞德里克来到这么远的地方。我告诉自己，我要收集关于龙的信息。我告诉自己，这里的人需要我帮助他们和龙打交道。我告诉我的丈夫和塞德里克，这是一个无价的机会，让我能够学习智能，使用我所学到的智能。我告诉古灵麦尔妲，我知道那座失落的城市，有可能帮助巨龙找到返回那里的道路。但这些事，我全都没能做到。”

她的声音低沉下去，语气里充满了羞愧。

赛玛拉没有说话。这位高贵华美的缤城女士是在向她寻求安慰和鼓励吗？这感觉上全都错了。就在她们之间的沉默即将变得过于明显时，她终于开口说话："我认为，你帮助了那些龙。当莱福特林船长帮助我们除去锉刀蛇的时候，还有，当我们为银龙包扎尾巴的时候，你都出了很多力气。我承认，我很惊讶。我一直都以为你是一位很高贵的女士，不可能做得了这种辛苦活……"

"高贵的女士？"艾丽斯插口道，然后她发出一种古怪刺耳的笑声，"你认为我是一位高贵的女士？"

"呃……当然。看看你的衣服。而且你是从缤城来的，你是一位学者。你能够书写关于龙的卷轴，又知道一切关于古灵的事情。"她把能想到的理由都说了，然后就只是看着艾丽斯。直到今天，在黎明时分来到河岸边的时候，这个女人还是整齐地将头发梳好并盘在头上。她还戴了一顶帽子，以保护头发和面颊不会受到阳光照射。她穿着一件衬衫和一条长裤，这些衣服都很干净，并且被熨烫得很整齐。虽然新鲜的河泥黏在了她的脚上，但她的靴子上半部仍然黑得闪闪发亮。赛玛拉向自己瞥了一眼。淤泥早已包裹住她的靴子和靴带，变成一层泥壳。在很多天以前，她的靴子就是这样了。她的衬衫和长裤全都有严重的磨损痕迹，而且能看出来几乎没有经过洗涤。她的头发呢？她下意识地伸手摸了摸自己深褐色的发辫。她上次洗净头发，再把它们梳理平顺，重新扎起辫子是在什么时候？她上次洗净全身又是在什么时候？

"我嫁给了一个富有的人。我的家族，嗯，我们自己的财富实际上很少。在缤城的时候，我可以把自己当作一名女士，也许那的确可以说是有些高贵。但在这里，是的，在雨野原，我对自己的看法已经有了一点变化。而且我很希望能做一些和以前不同的事。"她的声音变得微弱，然后她突然说，"赛玛拉，如果你愿意，今天傍晚你可以来我的房间，我能够教你盘头发的不同方法，而且如果你想要洗澡的话，那里也可以为你提供一点隐私的空间，尽管那里的浴盆还不够大，几乎没办法站进去。"

"我知道该如何洗干净自己！"赛玛拉反驳道。她受到了刺激。

"我很抱歉。"艾丽斯立刻说道，面颊也变成了殷红色。赛玛拉从没有见到过比她更红润的双颊：“我不是说……我有些词不达意。我看到你在审视自己，就觉得我很自私，只是一个人霸占着洗澡和穿衣的隐私空间，而你、希尔薇和洁玥德却只能与男孩子和男人们，一同生活在室外粗陋的环境里。我的意思不是……”

“我知道。”赛玛拉心中思忖，这是不是自己说过的最伤人的话？也许不是，但它们的确很伤人。她没有看艾丽斯的眼睛，只是强迫自己又开口说道：“我知道你是好意，我的父亲经常告诫我，我太容易自以为受到了冒犯。并非每一个人都对我有恶意。”她感觉自己的喉咙变紧了。苦楚却又无法释放的泪水，正聚积在她的眼角内侧。她本来还在强迫自己说话，但突然间，她心里的话开始不受控制地脱口而出：“我从没有想过人们会喜欢我，对我好。恰恰相反，我知道……”

“你不必解释。”艾丽斯突然说道，“我们之间的相似之处，要比你想象中更多。”她颤抖着笑了一声，“有时候，你会不会故意找到理由去蔑视那些你尚未谋面的人，因为这样，你就能够在他们不喜欢你之前，先不喜欢他们？”

“嗯，当然。”赛玛拉承认。这让她们一同笑了起来——尽管这笑声难免还显得有一点紧张和尴尬。一只鸟从河岸边飞过来，把她们两个都吓了一跳。然后她们的笑声都变得更加自然了。最后，她们同时吸了一口气。

艾丽斯抹去眼角的一点泪水。“我有些好奇，是不是辛泰拉想让我在你身上看到的就是这个。她在今天早晨强烈建议我来找你。你觉得她是不是希望我们发现我们并非是那样不同？”在提起那头龙的时候，这个女人的声音变得很温暖。但一阵寒意却随着她的话，掠过了赛玛拉的脊背。

“不。”赛玛拉低声说道。她竭力仔细地梳理自己的思绪，以免伤害艾丽斯的感情。到现在为止，她还无法确定自己是否想要和这个缤城女人建立友情。这名缤城女人似乎对此很有兴趣，但她已经不想再多费力气去守护另一个人了。“不，我认为辛泰拉是在操纵你，嗯，应该是在操纵我们两个。几天以前，她就怂恿我去做一件事，结果一切都变得很糟糕！”她向艾丽斯瞥了一眼——她很担心自己的话会造成不好的效果。但那个缤城女人似乎没有感觉受到冒犯，只是露出一副若有所思的神情。“我认为她也许是想要看看她对我们有多强的控制力。我早就感觉到了她的魅惑力量。你呢？”

“当然。”艾丽斯继续说道，“那就是她的一部分。我不知道龙是否能随心所欲地控制施加在人类身上的效果，但那就是她的本性，就像人类会支配一只宠物狗。”

“我不是她的宠物。”赛玛拉反驳道。恐惧让她的声音变得尖利起来。辛泰拉对她的控制是不是已经超出了她的想象？

“你当然不是。我也不是。不过我怀疑在她的眼里，我只不过是她的宠物而已。我认为她是尊敬你的，因为你能狩猎，但她已经不止一次告诉我，我作为一名雌性是不合格的。我不确定是为什么，但我认为，我已经让她失望了。”

“她在今天早晨催促我去狩猎。我告诉她，我更想捕鱼。”

“在你狩猎的时候，她要我跟踪你。结果我只看见你在河岸边。”

赛玛拉沉默了。她再一次举起鱼枪，沿河岸缓步前行，同时心中在反复思考：这是一种背叛吗？然后她说道：“我知道她想要你看到什么，就是我看到的那种事。我觉得她想要你知道，洁珥德和格瑞夫特一直都在交配。”

赛玛拉在等待艾丽斯的反应。但艾丽斯没有吭声。她回过头去看艾丽斯。那个缤城女人的面颊又变成了绯红色。而艾丽斯只是尽量平静地说道：“嗯，我觉得，现在这样的生活，没有隐私，也几乎没有人监督，任何年轻女子都有可能接受年轻男人的追求。他们不是第一对在餐桌摆好之前就偷尝菜的情侣。你猜他们会结婚吗？”

赛玛拉盯着艾丽斯，同时小心地组织起自己的言辞：“艾丽斯，像我这样的人，像他们这样的人，我们身上都有沉重的雨野原痕迹，我们是不能结婚的，也不能交配。他们正在打破雨野原最古老的规则之一。”

“那么，这是一条法律吗？”艾丽斯看起来有些困惑。

“我……我不知道这是不是法律。这是一项传统。每一个人都知道并奉行这一传统。如果一个婴儿在出生时就已经发生了太大改变，和完全的人类有所不同，那么他的父母就不会养育他。他们会将他‘交给黑夜’，然后再次尝试怀孕生产。我是被产婆丢出去之后又被我的爸爸抱回来的。他将我带回家，一直养育我长大。”

“那里有一条鱼，一条真正的大鱼，就在那段浮木的影子里。看到了吗？它看上去就像是那片影子的一部分。”

艾丽斯的声音显得很兴奋。突然改变的话题让赛玛拉心中生起一道波澜。她一时冲动地将鱼枪递给艾丽斯。“你来捉住它。是你先看见它的。记住，不要直接叉那条鱼，要朝着鱼身子前面一点的地方，用力地叉下去。”

“还是应该由你来叉住它。”艾丽斯一边说，一边接过鱼枪，“我一定叉不中。它会逃走的。它是那么大的一条鱼。”

“那么它就很适合作你第一次练习的目标。来吧，试试看。”赛玛拉说着慢慢向后退去，逐渐远离了河面。

艾丽斯睁大了一双浅色的眼睛，瞥了一下赛玛拉，又转回头紧紧盯住那条鱼，然后她颤抖着吸了两口气，突然攥紧鱼枪，向那条鱼跳过去。她落在齐膝深的水里，激起大片水花，同时用毫无必要的巨大力气，喊喝着将鱼枪刺了下去。赛玛拉张大了嘴，望着这名缤城女子双手刺出鱼枪，随后还在不断向鱼枪上施加力量。那条鱼肯定早就跑了。不，不是的，艾丽斯站在河水里。被她紧紧按住的鱼枪尖上穿着一条硕大的鱼，正在做临死前最后的挣扎。

当鱼终于停止了动作，艾丽斯转向赛玛拉，喘息着喊道：“我做到了！我做到了！我叉中了一条鱼！我杀死了它！”

“是的，你做到了。你现在应该赶快离开河水，否则你的鞋子就要毁掉了。”

“我不在乎。我抓住了一条鱼。我能再试试吗？能再杀一条鱼吗？”

“我认为你可以。艾丽斯，我们先把这条鱼放到岸上来，好不好？”

“不要丢掉它！不要让它逃走！”艾丽斯这样喊着。而赛玛拉已经涉水过去，伸出一只手抓住了鱼枪。

“它不会逃走了。它早就死透了。我们必须先将鱼枪从河底拔出来，这样我们才能把鱼送到岸上去。不用担心，我们不会丢掉它的。”

“我真的做到了，对不对？ 我杀死了一条鱼。”

“你做到了。”

将鱼枪从河底拔出来颇费了一些力气。那条鱼要比赛玛拉预料的更大。她们两个人合力才将那条鱼拖到河岸上。这条鱼的样子相当丑陋，全身布满黑色的细鳞，一张钝吻中生着长长的牙齿。她们拔起鱼枪，将鱼甩在岸上的时候，鱼翻过身露出了亮红色的肚子。赛玛拉从没有见过这样的生物。“我不知道这东西能不能吃，”她犹豫地说道，“有时候，色彩鲜艳的动物体内会有毒素。”

“我们应该问问默尔柯。他一定知道。他记得许多事情。”艾丽斯蹲下身检查她的战利品。她伸出好奇的手指摸了一下鱼，又立刻将手抽回来。“这可真是奇怪。所有龙书都有不同程度的回忆。有时候，我认为辛泰拉拒绝回答我的问题，是因为她无法回答。但对于默尔柯，我总是觉得他似乎知道很多事，但就是不愿意将它们说出来。他和我说话的时候，从不会提起龙和古灵。”

“在清楚这条鱼的状况以前，我不确定我们是否可以碰它。”赛玛拉也蹲在鱼旁边。艾丽斯点点头。她站起身，又拿起鱼枪，开始沿着河边巡行。她的兴奋之情早已溢于言表。

“让我们看看还能抓住些什么，然后我们去问问默尔柯这条鱼又是什么。”

赛玛拉也站起身。没有了鱼枪作为武器，她有一点赤身裸体的感觉。而且跟在另一个正在狩猎的人身后也很奇怪。她不太喜欢这样的感觉。她发现自己在说话，仿佛这样就能让她自己重新变得重要起来。“默尔柯似乎要比其他龙都更加老，对不对？ 更老，也更疲惫。”

“是的。”艾丽斯低声说道。她的脚步不像赛玛拉那样平稳流畅，但她在努力。赛玛拉能看出来，艾丽斯踮起脚尖，弯腰弓背的样子实际上是对自己潜行时身姿的模仿，只不过这个缤城女人做得太夸张了些。她不知道自己是应该为此得意还是气恼。这时艾丽斯继续说道：“因为他记住的事情要比其他龙多很多。有时候，我会觉得一个人的年纪是由那个人做了什么，记得什么来决定的。记忆让你知道自己有多老。我认为默尔柯记得很多，甚至记得自己还是海蛇时的情形。”

“在我眼中，他总是显得很哀伤。他也很温和。那是其他龙根本没有的温和。”

艾丽斯蹲下身，朝河面上的一片枯枝落叶下面望去。她回话的时候，语气显得专注却又有些心烦意乱：“我认为他记住的事情，远远要比其他龙更多。我曾经和他交谈过一整个黄昏。他对我的态度也远比其他龙更加开放和直接。实际上，他也只是讲了一些泛泛的事情，没有和我具体说过任何来自他祖先的记忆。但他已经告诉了我一些其他龙从没有提起过的事情。”她伸出鱼枪，试着拨开面前的一些杂草。就在她这样做的时候，一条鱼游了出来。她大喝一声刺出鱼枪，但鱼已经游走了。

“下一次，如果你认为什么地方可能藏着一条鱼，就直接刺下去。如果你拨动了鱼身边的水，鱼一定会跑掉的。盲目地试着刺一下，也许还能有所收获。”

“好的。”艾丽斯夸张地喘了一口气，又继续沿着河岸边走下去。

赛玛拉跟在她身后。“默尔柯有没有说过什么不同寻常的事情？她继续问艾丽斯。”

“喔，有的，他说过。他说了不少关于克尔辛拉的事。他说那是一座宏伟辉煌的城市，由巨龙和古灵共同居住。那里有一种特殊的银水，是巨龙们尤其喜爱的。他没有具体向我解释那到底是什么样的银水。可能是不愿解释，或者是不能解释。但他说那是一个重要的地方。因为古灵和巨龙们会在那里齐集一堂，彼此达成各种协议。听他的描述，我开始对古灵和巨龙之间的关系有了不同于以往的看法。现在我觉得他们就像是共同遵守各种协约，在很多地方都能相互照应的两个毗邻的王国。当我将这种设想告诉他的时候，他说那更像是一种共生关系。”

“共生关系？”

“他们以一种对双方都有利的方式共同生活。不仅仅是对双方有利，默尔柯没有直接说明这一点，但我认为在他的记忆中，如果古灵能够生存下来，巨龙就不会从这个世界消失这样长的时间。让巨龙能够继续存在于这个世界上，我相信他已经将恢复古灵视为关键因素之一。”

“是啊，所以我们才会有麦尔妲和雷恩，还有瑟丹。”

“但现在他们都不在这里。”艾丽斯指出。她又向河边走近了两步，然后突然停下来，“你看到那个地方的斑点了吗？ 那是河底的一片影子，还是一条鱼？”她向另一边侧过头，“所以现在龙全都在依靠他们的守护者，守护者的所作所为，以前是古灵为龙们所做的各种工作。”她又歪了歪头，“嗯，不知道会不会正是因为这一点，他们才会坚持要有守护者陪伴他们？ 另外还要有猎人。我一直在思考这件事。为什么他们想要那么多守护者？ 猎人却只要三个就可以了？ 你们为他们做的哪些事情，是猎人不会做的？”

“嗯，我们为他们清洁身体。我们还很关注他们。你知道他们有多么喜爱受到奉承！”赛玛拉停顿下来，想了想。为什么这些龙会要求得到守护者？ 她看到艾丽斯凝视她的专注眼神，“如果你认为那是一条鱼，就刺过去！ 如果那只是一片影子，也没什么损失。如果是鱼，就杀死它。”

“好的。”艾丽斯深吸了一口气。

“这次不要喊叫，也不要跳进水里。你肯定也不想吓跑附近的其他猎物和鱼。”

艾丽斯身子一僵。“我刚才喊叫了？”

赛玛拉竭力压抑住自己的笑声。“是的。你还跳进了水里。这次只用鱼枪就行了。身子先向后，手臂更是要向后伸展。这样。现在看着你的目标，刺出去。”*我说话的样子就像是我的父亲*，赛玛拉突然意识到这一点。她忽然发现，自己很喜欢教导艾丽斯。

艾丽斯是一名好学生。她认真倾听赛玛拉的教导，然后深吸一口气，将精神集中在她的目标上，刺出鱼枪。赛玛拉并不相信那里会有鱼，但鱼枪真的刺中了一个活物。非常大的一片水面立刻掀起了无数浪花。“用力抓紧鱼枪，用力抓紧！”赛玛拉向艾丽斯喊道，同时打算冲上去，用自己的体重帮助这名缤城女子。艾丽斯刺中的东西非常大，有可能根本就不是一条鱼。鱼枪将它牢牢钉在河底。它有着一大片扁平的身体，还有一根鞭子一样的长尾巴。现在这根鞭子正在水下拼命甩动。“它可能有毒刺或者倒钩！ 小心！”赛玛拉警告艾丽斯。她以为艾丽斯会松开鱼枪，而艾丽斯只是用力按着鱼枪杆。

“再去找……一杆鱼枪……或者别的什么！”艾丽斯喘息着说。

片刻之间，赛玛拉只是僵在原地。然后她向小艇冲过去。刺青的小艇距离她最近，他的装备就在上面。这时刺青刚刚醒来，正坐在小艇旁边的地面上。“把你的鱼枪借给我！”赛玛拉对着他高喊。刺青还挣扎着要起来的时候，赛玛拉已经抓起鱼枪回头跑去了。

“它要逃了！”艾丽斯正在高喊。赛玛拉冲了回来。有人跟在她身后。她回头一瞥，看见拉普斯卡和希尔薇也跑了过来。再后面是莱福特林船长。在她和艾丽斯捕鱼的时候，整个营地都已经苏醒了。艾丽斯完全不在意这条大鱼抽动的尾巴。她已经走进水中，将更多体重压在鱼枪上。赛玛拉咬紧牙关，也跑进水里，猜测着那条鱼身子的位置，将鱼枪刺进浑浊的水中。鱼枪的锋刃深深地刺进了肌肉组织里。那头怪物狂暴地挣扎，枪杆差一点就脱离她的双手。那条鱼还在动，在将她和艾丽斯拖进深水，若再晚一点，大鱼就要逃走了。

“我们只能放它走了！”赛玛拉喘息着说道。但在她身后，拉普斯卡高喊一声：“不！”随即就一头冲进水里。他完全不理会凶恶抽甩的鱼尾，用他自己的鱼枪连续刺了大鱼几下。深色的血溢出在浑浊的河水中，那条鱼挣扎的力量却只是变得更大了。

“拔出我的鱼枪！ 不要让它被鱼带走！”赛玛拉向艾丽斯喊道。这时艾丽斯已经浸泡在齐腰深的河水中，却还是死死抓着鱼枪。

“也不要丢了我的！”刺青喊道，“赛玛拉，那是我的最后一根了！”

“让开！”辛泰拉发出铜号一般的吼声。她根本没有给人们时间来服从她的命令。当拉普斯卡拼命想要躲避这头巨龙的时候，她已经轰然一声冲进水里。

“赛玛拉！”刺青喊道。这时，辛泰拉张开的翅膀击中了赛玛拉，河水仿佛一下子跳起来将她裹住，鱼枪猛地脱出了她的双手。随后，一个又大又扁平的活物击中了她，刮破了她左臂的衣服和皮肤，又将她打进更深的水里。她张开嘴想要呼喊抗议，却被裹挟着泥沙的河水灌了进来。她将水吐出去，却找不到空气能够填补自己的胸腔。她只能拼命屏住呼吸。她从没有学过游泳。她是攀爬者，从出生时起就一直在树冠上生活。现在她要在一种完全陌生的环境里挣扎求生，而这里的巨大力量已经紧紧抓住她，要将她带到某个未知的地方去。

阳光突然照在她的脸上。但还没有等她吸上一口气，她已经再次沉入河中。她觉得有人叫嚷着什么。她的眼睛感到一阵阵刺痛，手臂更是如同火烧。有什么东西夹住了她，让她的身躯完全落入其中。她的拳头打在鳞甲上，她张开嘴，却没有气息可以尖叫。那东西带着她穿过河水，升到水面以上。一个思想穿透了她的意识。*我捞到她了！ 我捞到她了！*

然后她发现自己是挂在了默尔柯的口中，她能够感觉到龙的牙齿穿透了自己的衣服。默尔柯只是非常轻地咬住了她，但那些利齿还是让她感到疼痛。不等她在龙口中多做挣扎，默尔柯已经将她放在了泥土河岸上。高声叫喊的人们立刻在她周围聚拢成一圈，而她则只是不停地呕吐着河水和沙子。带着细沙的河水还从她的鼻孔中流淌出来。她抹了抹脸。有人将一条毯子塞进她的手中。她用毯子的一角把脸擦干净，然后眨了眨眼睛。她的视野很模糊，但终于还是慢慢恢复了清晰。

“你还好吗？ 你还好吗？”这样问的是刺青。他跪在被河水浸透的赛玛拉身边，一遍又一遍地问着这个问题。

“都是我的错！ 是我不想放那条鱼走。喔，莎神原谅我。这全都是我的错！ 她有事情吗？ 她在流血！ 喔，谁把绷带拿来！”艾丽斯面色苍白，一头红发湿漉漉地挂在脸上，河水还不断从头发里流出来。

拉普斯卡手忙脚乱地围绕在赛玛拉身边，想要让赛玛拉躺在地上。赛玛拉一把将他推开，坐起身，又吐出了更多带着沙子的河水。“拜托，给我一些空间。”她说道。这时一片阴影移开，她才意识到有一头龙一直站在她身旁。她不停地啐着嘴里的沙子。她的眼睛酸痛难忍，却又流不出眼泪。她用手指轻轻抹了抹眼睛。一股泥水流淌下来。

“仰起头。”刺青粗声粗气地命令道。赛玛拉照他的话做了。他立刻将清水倒在赛玛拉的脸上。“现在要清洗你的手臂了。”刺青警告她。清凉的水流让赛玛拉吸了一口冷气，但也迅速缓解了她一直在竭力忍耐的那种灼痛。她突然打了个喷嚏，水和黏液从她的鼻孔中喷出来，洒得到处都是。她用毯子擦擦脸。却听到拉普斯卡高喊：“嘿，那是我的毯子！”

“你可以用我的。”赛玛拉嗓音沙哑地说道。她突然意识到，自己没有死，也没有受致命伤，却受到了所有人的关注。奇怪的是，这反而让她感到很羞愧。她挣扎着想要站起来。刺青扶住她。她努力不将自己的手臂从刺青的怀里拔出去，但她不喜欢在众人面前显得软弱。片刻之后，艾丽斯一下子抱住了她，这让她感觉更糟了。

“喔，赛玛拉，我很抱歉！ 我差一点杀死了你，全都只是为了一条鱼！”

赛玛拉从艾丽斯的怀里挣脱出来，同时问道：“那是什么样的鱼？”她想让大家的注意力从她的身上移开。她手上的手臂还痛得厉害，她的衣服也浸透了河水。她将毯子裹在肩膀上，听艾丽斯说道：“来看看吧。我从没有见过这样的生物。”

赛玛拉也完全没有见过。它的形状就像是倒扣的餐盘，只不过这只餐盘是赛玛拉毯子的两倍大。它的身体上面还有两颗球根状的眼睛，一根鞭子一样的长尾末端有一连串的倒钩。它的身体表面布满了明暗斑驳的花纹，就像是河底的样子。它的腹部则是纯白色的。在它身上有十几处鱼枪伤痕，还有一处很大的伤口。那是辛泰拉将它拖上岸的时候留下的。“这是一条鱼吗？”赛玛拉难以置信地问道。

“看上去有一点像鳐鱼。是的，是一条鱼。”莱福特林说道，“但我从没有在河中见过这样的鱼。它通常只出现在海水里。我也从没有见过这么大的鳐鱼。”

“这个归我吃，”辛泰拉蛮横地说道，“如果不是我，它早就跑掉了。”

“你的贪婪差一点杀死我，”赛玛拉说道。她的声音不高，但异常坚定。她很惊讶自己竟然还能够如此平静地说话，“你把我打倒在河里。我差一点就淹死了。”她看着辛泰拉，辛泰拉也看着她。她从这头龙的身上没有感觉到任何情绪，没有后悔，没有为自己辩护的冲动。她们一同走了这么久。这头龙已经变得越来越强壮、高大，而且肯定比以前更加美丽了。但和其他龙不一样，辛泰拉完全没有和她的守护者变得更加亲密。在赛玛拉心中泛起一种可怕的懊悔，辛泰拉每天都在变得更加美丽。毫无疑问地，她是赛玛拉见到过的最辉煌耀眼的生物。赛玛拉一直都梦想着能够与这种神奇的生物为伴，梦想着沐浴在她的荣耀之下。她竭尽全力喂养这头龙，每天为她洗刷身体，注意并帮助诊治她的疾病，无时无刻不在赞美她、奉承她。她也在她眼前变得更加健康和强壮。

但今天，这头龙差一点杀死了她。不是因为发怒，而是只因为对她毫不在意。她甚至没有为自己的过失表露丝毫的悔意。刚才的那个问题又回到赛玛拉的心里。为什么巨龙想要守护者？ 现在答案似乎已经很清楚了。成为他们的仆人，仅此而已。

赛玛拉听人们说过“心碎”这个词。她一直都不知道这种感觉的确会让心口很痛，就好像她的心真的被撕裂了。她看着自己的龙，挣扎着想要说些话出来。她可以说：“你不再是我的龙了，我也不是你的守护者。”但她没有这样说，因为突然间，这仿佛从来都不是真实的。她缓慢地向这只蓝宝石色泽的美丽生物摇摇头，然后就转过了身，向聚集在周围的守护者和龙环顾一圈。艾丽斯正睁着一双蓝灰色的眼睛，定定地看着她。这位缤城女子全身也都湿透了。莱福特林船长将自己的外衣披在她的肩膀上。面对这位缤城女子无言的注视，赛玛拉知道，只有艾丽斯一个人明白自己心中正在想着什么。这实在是太让人无法承受了。她转身打算走开。面孔如同岩石一般的刺青退到一旁，为她让开道路。

赛玛拉刚走出十几步，希尔薇就追上了她。默尔柯跟随在希尔薇身边，缓慢地迈动着步子。这个女孩低声说道："默尔柯在水里找到你，把你拽了出来。"

赛玛拉停下脚步。她恢复过来的时候，在她身上投下一片影子的，正是默尔柯。她下意识地摸了一下自己的肋骨。默尔柯的牙齿撕裂了她那里的衣服，刺痛了她的皮肤。"谢谢，"她说道。然后她抬起头，看着金龙轻轻旋转的眼睛，"你救了我的命。"在她自己的龙将她推进河水中，对她弃之不顾的时候，是希尔薇的龙救了她。她无法承受这种反差，所以她没办法注视希尔薇和金龙，只能自顾自地走开。

艾丽斯几乎无法去看走远的赛玛拉。她步履沉重的背影，仿佛正在散发出一阵阵痛苦。艾丽斯的目光转向辛泰拉，但还没等她想好应该说些什么，那头龙突然昂起头，转过身，甩动着尾巴大步走开了。一边走，辛泰拉还张开翅膀用力一扇，完全不在意翅膀上的沙子和水会溅到周围的人和龙。

一名年轻的守护者在寂静中说道："如果她不打算吃掉这条鱼，那么荷比能吃吗？ 荷比很饿了。嗯，她一直都很饿。"

"让龙吃掉它安全吗？ 它是可食用的吗？"艾丽斯忧心忡忡地问，"这些鱼在我看来都很奇怪，应该小心为上。"

"这些都是大蓝湖的鱼，我早就认识它们。这条红肚子的鱼可以让龙吃，但对人类是有毒的。这条扁平的鱼，任何生物都可以吃。"

艾丽斯向正在说话的默尔柯转过头。这头金龙已经来到了人群旁边。他的步伐沉重，却又不失优雅和庄严。也许他不是群龙中最大的一头，但他肯定是最引人瞩目的。艾丽斯提高声音向他问道："大蓝湖？"

"那是一座有数条河水注入的湖泊，也是你们所谓的雨野原河的源头。那是一座非常大的湖，在雨季会变得更大。湖中的鱼都非常美味。你们在今天杀死的鱼和我记忆中相比，都只能算是小鱼。"随着他的回忆，他的声音也仿佛飘到了很遥远的地方。"古灵的渔船上都撑着色彩鲜艳的帆篷。从天空中往下看去，点点亮丽的船帆点缀在辽阔的蓝色湖面上，那真是一种非常美丽的景色。靠近湖岸的地方几乎没有永久性的古灵居所，因为湖水会周期性地泛滥上来。但富有的古灵会在高高的桥桩上建起房屋，或者乘坐屋船在大蓝湖上度过夏天。”

“大蓝湖距离克尔辛拉有多远？”艾丽斯屏息凝神，等待着答案。

“以飞行的龙来看？ 不远。”默尔柯的声音中带着打趣的意味，“我们越过大蓝湖并不难，所以我们往往是从湖面上直接飞过去，而不是沿着蜿蜒曲折的河水行进。但我不认为见到这些鱼，就可以说我们距离大蓝湖和克尔辛拉已经很近了。鱼不会停留在一个地方。”他抬起头，向周围望了一眼，仿佛在审视天空，“龙也不应该停留在一个地方。白天的时光正在流逝。我们都应该吃些东西，然后离开这个地方。”

他没有再多说一句话，只是大步走向那条红肚子的鱼，低垂下头，一口将鱼叼住。另外几头龙纷纷向那条扁平的鱼走去。红色的小荷比是第一个咬住那条鱼的。守护者们纷纷后退，为龙让出空间，他们似乎都不想分食这条鱼。

随着众人散开，返回各自的被褥和煮食营火，莱福特林向艾丽斯抬起手臂。艾丽斯挽住他。他说道：“你应该尽快脱掉这些湿衣服。今天的河水还算温和，但这种水留在你的皮肤上越久，你就越有可能对它产生反应。”

仿佛是要证实船长的话，艾丽斯突然开始感觉到贴着脖子的衣领让她感到很痒，还有长裤的腰部也蹭得她的皮肤很不舒服。“你说得对。”

“肯定是这样。另外，你怎么会想到和赛玛拉一起捕鱼的？”

船长饶有兴致的声音让艾丽斯有一点点气恼。“我想要学习一些有用的东西。”她僵硬地说。

“要比学习龙的智能更有用？”船长用安抚的语气说道，而这却让艾丽斯更觉得受到了冒犯。

“我认为我学习的智慧很重要，只是我不确定它对于这次远征是否有用。如果我掌握了一些更加实用的技巧，比如说寻找食物或者……”

“难道你不认为你刚刚从默尔柯那里得到的情报非常有用吗？ 我想不出

除你之外，还有谁能够让他说出这么有价值的信息。”

“我也不确定这个信息是不是真的有价值。”艾丽斯说。她竭力让自己显出正在生气的样子。但莱福特林太了解她了，知道怎样让她平静下来。而船长对于她和巨龙那一番谈话的评价，也让她有了更多的思考。

“默尔柯说鱼不会停留在同一个地方，这话没有错。它们会移动，但你刚刚也提到，我们以前从没有见到过这样的鱼。我猜想，我们正在靠近巨龙曾经生活过的地方。如果这些鱼的祖先来自一座大湖，而这座大湖正处在通向克尔辛拉的水系所经过的地方，那么我们前进的方向就是正确的。我们有希望找到那座城市。在此之前，我担心我们已经走过了那座城市的遗址，却没有任何发现。”

听到船长的话，艾丽斯不由得大吃一惊。“我从没有想过会有这样的情况发生。”

“其实，我也是最近才开始有这样的担心。看到你的朋友塞德里克身体状况变得那么差，而你的情绪又很低落，我便开始问自己，我们继续这样走下去是否还有意义。也许这只是一场没有前途的冒险，我们根本找不到目的地，但我认为这些鱼表明我们还在正确的路径上，它们会成为我继续前进的动力。”

“这动力又能够持续多久？”

莱福特林停顿了一下，回答道：“我想，应该是直到我们放弃。”

“那么又会是什么因素决定我们是否会放弃呢？”搔痒的感觉已经开始变成烧灼。艾丽斯的步伐加快了。莱福特林只是配合着艾丽斯的步伐，除此之外没有任何更多的评论。

“当我们很清楚：希望完全不复存在的时候。”船长低声说道，“当河水扩展到非常浅，即使柏油人也无法漂浮在上面，或者当冬季降下大雨，湍急的水流彻底将我们挡住的时候。一开始我就是这样对自己说的。艾丽斯，实话对你说，这次旅程和我预料中的完全不一样。我本以为那些龙现在都应该已经死掉或者奄奄一息了，守护者们会受伤、生病，甚至逃之夭夭。但所有这些坏事都没有发生。尽管还不太愿意承认，但我已经开始喜欢这些年轻人了。甚至对一些龙，我也会感到敬佩。比如那个默尔柯。他拥有伟大的勇气和心灵。当时他直接向赛玛拉冲过去。我还以为赛玛拉这一次是死定了。”船长“呵呵”地笑了两声，摇摇头，“现在那个女孩已经变得很坚强。她没有流泪，没有抱怨，只是站起来，把这一切甩在身后。每一天，他们都在成长，无论是守护者还是龙，都是如此。”

“的确，他们在某些地方的成长，甚至会超出你的预料。”艾丽斯表示赞同。然后她扯松了自己的衣领，“莱福特林，我要去船上。我的皮肤已经开始感到灼痛了。”

“你刚才的话是什么意思？”莱福特林在她身后喊道。但艾丽斯没有回答。她跑在了船长前面，轻松地超过了船长更加沉重的脚步，“我会为你打些清水。”船长在她身后喊道。而艾丽斯只是带着一身的烧灼感向柏油人跑去。

辛泰拉大步从岸边走开，离开了险些被其他人丢失、完全是由她拖到岸上的那条鱼。她甚至连一口鱼肉都没有吃。这全都是赛玛拉的错，在龙进入水中的时候，她怎能不赶快躲开。

辛泰拉完全无法忍受人类的愚蠢。这个女孩到底希望她怎样？ 希望自己成为她溺爱迷恋的宠物？ 希望自己填满她那渺小的人生中的每一点缺憾？ 如果赛玛拉想要这种陪伴关系，她就应该去找一个交配伴侣。辛泰拉不明白，为什么人类总是渴望这样强烈的亲密感。难道他们自己的思想无法让他们满足吗？ 为什么他们总是要寻找其他人来满足他们的需求，而不是自己照顾好自己？

赛玛拉的不快，像一只嗡嗡叫的蚊子，在辛泰拉的耳朵旁边打转。自从赛玛拉为她拔出钻进体内的那条蛇时，她的血泼溅到赛玛拉的脸和嘴唇，她就能以一种很不舒服的方式感知到这个女孩。这全都是赛玛拉的错。她根本就没有打算将自己的血和赛玛拉分享。而现在，她们之间的这种相互感知已经不可抹消了，现在赛玛拉的身体正在发生越来越快的变化，这肯定也不是她有意为之的。她还不想创造出一个古灵，更不要说她还必须为此花费心思和时间塑造这个女孩。就让其他人为这种陈旧的消遣方式去费力思考吧，人类的寿命实在是短促得荒谬，即使经过了龙的重塑，他们的寿命可以再延长数倍之久，却仍然不过是巨龙寿命中的一个片段。既然古灵那么快就会死掉，为什么要费力去创造古灵，还要和他们连结在一起？

现在赛玛拉自己跑到一边去生闷气了，或者是自怨自艾。有时候，这两种情绪在辛泰拉看来根本没有什么差别。现在那个女孩在哭泣，仿佛哭泣能修正什么事情一样。其实那不过是人类在面对困难时的一种糟糕反应而已。辛泰拉痛恨自己不得不体会赛玛拉疼痛的眼泪，不断流出黏液的鼻子和疼痛的喉咙。她想要狠狠咬一口那个女孩，但她知道，这只会让那个女孩更加哀嚎连连。所以，她只能尽力克制住自己，温柔地向赛玛拉伸展过去。

赛玛拉，请停止这样无聊的事情吧。这只会让我们两个都不舒服。

拒绝沟通——这就是她从那个女孩那里得到的。连一个明确的想法都没有，女孩只是毫无意义地要将龙推出她的思想。她怎么敢这样无礼！ 难道辛泰拉想要让她在自己的心里有一席之地吗？

蓝色的巨龙女王在泥土河滩上找了一片有阳光的地方，伸展开身体。离开我的意识，她警告那个女孩，然后就毅然决然地将意识从女孩那里转开。但她仍然无法熄灭那一点孤独和哀伤的感觉。

祷月第十四日

商人联盟独立第六年

来自黛托茨，崔豪格信鸽管理人
致艾瑞克，缤城信鸽管理人

活船金色黄昏号上除了有我的二十五只信鸽以外，船长还为你带去了崔豪格雨野原贸易商议会的款项。这笔款项足以购买三担用以饲养鸽子的黄豌豆。

艾瑞克：

我终于让议会信服了那些鸽子作为肉食禽类的价值。我还向他们展示了几只王鸽，包括两只半大鸽雏。我告诉他们，这种鸟能够每隔十六天就下两只蛋，这和它们的孵蛋周期正相符合，当鸽雏被孵出来时，它们又能产下新的蛋了。这样，这种放养鸟类就能够为餐桌提供一种稳定的食材来源。他们对此似乎非常感兴趣。

关于梅尔达和芬波克，我只能告诉你从卡萨里克听到的一些传闻。那名女子非常希望随同远征队进行向上游的探险，为此她已经签署了一份相关契约。梅尔达则似乎是只能与她同行。那艘船上没有携带信鸽。在我看来，这是一个愚蠢的疏漏。在他们返回或者传回噩耗之前，我们都不可能知道他们遭遇了什么。很抱歉，我没有更多详细讯息可以告知他们的家人了。

黛托茨

第四章　蓝墨水、黑雨

艾丽斯僵硬地坐在厨房餐桌旁边。刚入夜，窗外暮色正渐渐变浓。她的衣着没有什么问题，只是有些怪异。穿在她身上的这件长袍是用一种柔软布料做成的。仅凭触摸，她说不出这到底是什么材质，贝霖如同影子一般走过厨房，这是她特有的一种安静而隐秘的行动方式。她向艾丽斯扬了扬那双深褐色的眼眉，仿佛是对她身上的衣服感到惊奇与欣赏，然后这位女水手露出了一丝带有阴谋意味的微笑，艾丽斯因此脸红了，而女水手已经继续去做自己的事情了。艾丽斯低下头，露出微笑。

贝霖已经成了她的朋友，一种艾丽斯以前从未有过的朋友。她们的交谈总是很短暂，却又让人感到舒适。有一次，她来到艾丽斯身边，和艾丽斯一同靠在船栏杆上，看着夜晚的天空。沉默片刻之后，她说道："我们雨野原人的寿命都不长。我们必须用力抓住机会，或者尽快懂得有些机会不属于我们，那样我们就会放手，去寻找别的机会。但一个雨野原男人不可能永远等下去，除非他愿意就此耗尽自己的生命。"

她没有等待艾丽斯的回答。贝霖似乎很懂得艾丽斯什么时候需要时间来思考从她这里听到的话。但今晚，贝霖的微笑似乎是在暗示艾丽斯很快就会做出一个决定，一个她非常赞同的决定。艾丽斯吸了一口气，又随即叹口气。贝霖是对的吗？

经过了河中那场灾祸，艾丽斯全身皮肤都开始火烧火燎地痛，几乎无法碰触任何衣物，于是莱福特林给了她这件丝绸的贴身长袍。现在距离皮肤沾上河水已经有两天时间了，灼痛感依然没有完全从艾丽斯的身上褪去。她确定这件长袍是古灵宝物，其闪烁的红铜光泽，艾丽斯觉得它更像是一副极其精致的金属丝网，而不是一件缝制的衣物。当艾丽斯移动身体的时候，它就会和艾丽斯的皮肤一同轻声絮语，仿佛是在讲述古早以前那位已经被遗忘的古灵公主所拥有的各种深闺秘辛。艾丽斯皮肤上的伤痛得到了它的抚慰。一名河上驳船的船长竟然拥有这样的宝物，艾丽斯对此不由得吃了一惊。

“进行贸易的商品而已，”莱福特林故作轻松地说道，“我希望你能留下它。”他的语气很生硬，仿佛他根本不知道如何送出一件礼物。艾丽斯真诚地向他表达谢意，他则是脸上一红，从面颊上半部一直延伸到额头的鳞片，如同银色锁链一般闪烁起了光芒。如果换作以往，这样的情景也许会让艾丽斯感到畏惧。但现在，她却想象着自己的指尖抚过这一串鳞片， 种温暖的欲望从心中油然而生，让她浑身都禁不住地战栗。她不得不从莱福特林面前转开口，努力压抑自己狂跳的心脏。

她抚摸大腿上红铜色的光华丝绸，已经是第二天穿上这件长袍了，这件古灵宝物让她感到凉爽和温暖。酸性河水在她皮肤上造成的无数细小水疱，都随着这件宝物的抚慰而平复。艾丽斯知道，这件过于伏贴的衣服紧裹住她的全身，有些过分地显露出了她的身体曲线。当她走在甲板上的时候，就连古板的斯沃格也会带着欣赏的意味多瞥她几眼。这让她有了一种少女般的眩晕感觉。幸好塞德里克一直躺在床上，这让她几乎松了一口气。她相信：她的旅伴绝不会赞成她穿上这样一件衣服。

厨房门忽然被打开，莱福特林从甲板上走进来。“还在写字？ 你真让我吃惊！ 我的手如果握住笔写上超过五六行字，就肯定要抽筋了。你都记下了什么？”

“喔，你真会说笑！ 我看了你的所有笔记和对这条河的素描，你和我一样，是一名忠实的记录者。至于说我写的。我正在补充我昨晚和兰克洛斯的对话细节。没有了塞德里克的帮助，我不得不自己在交谈时进行记录，随后再予以补充。终于，那些龙终于开始和我分享一些他们的记忆了。现在还不是很多，其中一些也显得杂乱无章，但每一点信息都是有用的。把它们拼合起来，就能够成为非常令人兴奋的完整历史。”她拍了拍自己的皮封日记本。当艾丽斯离开缤城的时候，这个本子和她的档包都崭新烁亮。现在，它们看上去全都有了许多磨损和伤痕，皮革表面因为过度使用而变暗了。艾丽斯微微一笑。它们看上去很像是一位冒险者的伙伴，而不再是一个柔弱主妇的心事笔记了。

“那么，能不能给我读一点你写下的内容？”莱福特林提出请求。随着他的话语，他已经快步走过这间小厨房，从小炉子上提起沉重的水壶，给自己倒了一杯浓咖啡，然后坐到了艾丽斯对面。

艾丽斯突然觉得自己像是一个害羞的孩子。她不想高声朗读那些用学术语法和辞藻修饰过的论文，她担心这样会让他们的交谈显得呆板枯燥。“我来总结一下吧，”她急忙说道，“兰克洛斯提起了我手上和脸上的水疱。他说，如果这些水疱变成疤痕，那我才真正会变得很可爱。我问他是否因为这会让我的皮肤更像是巨龙的皮肤。他对我说：‘当然，没有什么能够比巨龙的皮肤更可爱了。’然后他告诉我，或者说是向我暗示，人在巨龙身边生活得越久，就越有机会变化成古灵。他暗示：在古早时代，一头龙能够让这种变化在有价值的人身上加速发生。他没有说龙是怎样做到的，但依照他的话，我推测在古灵居住的古灵城市里，应该也有普通人类。他承认我的推测没有错。不过他说，人类往往居住在古灵城市的周边。一些农夫和商人会生活在河对岸，远离巨龙和古灵。”

“知道这件事很重要吗？”莱福特林问。

艾丽斯微笑着说：“我收集到的每一点细小的事实都是重要的，船长。”

船长拍了拍艾丽斯厚重的档包。“那么这里装的又是什么呢？ 我看到你一直在你的日记本上写个不停，同时又总是把它带在身边。”

“喔，这可是我的宝贝，先生！ 这里面全都是我在这些年的研究中搜集到的智慧。我很幸运，得到了几样非常罕见的卷轴、织锦，甚至是来自古灵时代的地图。”她在这样说的时候不禁笑了出来。她有些害怕自己现在的样子会显得很自大。

莱福特林扬了扬浓密的眉毛，那种样子让艾丽斯感觉到一种没道理的可爱。“你把它们全都带到了这里？”

“喔，当然不是！ 其中有许多实在是太脆弱了。而且它们都非常珍贵，不适合长途旅行。我带来的只是我的抄本和翻译。当然，还有我的笔记——我的对于原版一些损毁部分的内容推测，还有对于一些未知文字的尝试性破解。所有这些。”说到这里，她满怀感情地拍了拍那只鼓胀的皮包。

“我能看看吗？”

对于莱福特林的询问，艾丽斯感到有些惊讶，“当然。只是我不知道你是否能看懂我潦草的字迹。”她抽出用牢固的黄铜扣锁住的宽皮带，打开文件包。每一次打开这只皮包，看见里面一叠叠厚实的奶油色纸张，艾丽斯都会感到一阵战栗的喜悦。莱福特林绕过桌子，站在她的肩膀后面，好奇地观看她翻开一页又一页翻译。他温暖的呼吸吹在艾丽斯的耳朵上，艾丽斯不由得感到一点颤抖的诱惑，心中生出欢喜的情绪。

皮包里还有艾丽斯辛苦誊抄的崔豪格第七层卷轴，艾丽斯一丝不苟地描摹出每一个古灵字母，又竭尽全力复制出围绕这些文字的细腻图画。在质量一流的纸上，艾丽斯用上等黑墨水抄下了六份古灵卷轴的克里梅尔译本，又用红墨水写下了她自己的补充和修正内容，用深蓝色的墨水插入了抄自其他卷轴的笔记和注释。

“做得好详细。”船长发出敬慕的赞叹，让艾丽斯感到一阵温暖。

“这都是许多年来积累的工作。”艾丽斯认真地回答道。她翻过几页纸，露出自己对一幅古灵壁挂的临摹。充满装饰感的叶片、贝壳和游鱼围绕着一幅蓝绿色调的抽象图画。“这一个……嗯……还没有人弄清楚。也许它是受到了损伤，或者出于某种原因没能完成。”

莱福特林再一次挑起了眉毛。“嗯，在我看来，它的内容很清晰。这是一个河口的落锚点标记图。”他伸出带有鳞片的食指，小心地触碰了一下这张图纸，“看，这里是最佳的巷道。它用不同的蓝色标记出高潮线和低潮线。这条黑线也许是重载船的航路，或者是表明这里有一道很强的水流或者伏流。”

艾丽斯看着那里，又惊讶地抬起头看向船长，“是的，我现在能看懂了。你认识这个地方吗？”她的声音显露出兴奋的情绪。

“不，我从没有到过这样的地方，但这的确是一条河道航线图，它详尽地描绘了那里的水文状况，陆地上的细节则完全被忽略了。我可以打赌，就是这样。”

“你愿意坐下来好好和我说一说吗？”艾丽斯向船长发出邀请，“这些如同波浪般起伏的条纹又是什么？”

船长遗憾地摇摇头。“恐怕现在不行。我进来只是为了喝一杯咖啡，躲躲舱外的风雨。天越来越黑了，但龙还没有要停下来的迹象。我最好马上出去。如果一定要在夜间航行，那甲板上的眼睛肯定是越多越好。”

“你还害怕会有白潮从上游而来？”

莱福特林搔搔胡子，摇了摇头。“我认为危险已经过去了。不过这很难说。现在的雨水很脏，有一股烟灰的气味。落在甲板上的水滴都是黑色的，所以，一定在某个地方有些事情发生。我一生里只见过两次真正的白潮。每一次都是在地震之后一天左右就发生了。河水酸度的变化从来都没人能说得准。但我有一种感觉，如果我们会遭到白潮的袭击，那么一定就应该是现在。”

“嗯，听起来挺让人安心的。”艾丽斯搜肠刮肚地寻找着可以说的话，能够让莱福特林留在厨房，和她谈论事情。但她知道，船长有自己的工作。想到自己这样做是多么愚蠢，她最终闭住了嘴。

“我最好去干活了。”莱福特林不情愿地说道。艾丽斯的心中突然冒出一个女孩子般的想法，她确信莱福特林一定也很想留下来。知道这一点，她反而更能够说服自己，让他离开。

“是的，柏油人需要你。”

“嗯，有时候，我也不知道柏油人是不是真的需要我们，但我最好还是出去看看河面。”他停顿了一下，又突然大着胆子说道，“其实我的眼睛只是想看着你。”

艾丽斯深深地低下头，船长的赞美让她一下子面红耳赤。莱福特林笑了，然后他就走出了厨房。河风将厨房门在他身后用力关紧。艾丽斯叹了一口气，然后又微笑着回想，在他面前的自己显得多么蠢笨。

艾丽斯拿出钢笔，打算将莱福特林的解释记在那张河图上。她决定使用蓝色的墨水。是的，应该用蓝色墨水，因为她相信他的理论。想到数十年以后的学者们看到莱福特林的名字，知道一位普通的内河船长破解了许多人苦思冥想而不得要领的谜题，艾丽斯觉得非常高兴。她找到那只小墨水瓶，打开瓶塞，将钢笔在里面蘸了蘸，却发现里面的墨水已经干了。

她将墨水瓶举到灯光下。她已经写下了这么多日记？ 想来应该是这样。她在这一路上见到了那么多奇妙的景象，让她有了许多新想法，也修正了她许多陈旧的概念。她想要向墨水瓶中加一些水，融化开干结的色素，但她又皱了一下眉头。不，这只能是她最后的手段。她想起塞德里克的便携写字台里应该有充足的墨水，而且她从今天早晨开始就没有见到过塞德里克。这是一个探望他的好理由。

塞德里克苏醒过来，他醒得并不突然，就像是从深深潜入的黑色水底慢慢浮出水面，睡眠从他的意识中滑走，就像离开他的头发和皮肤的一股流水。他睁开眼睛，看到这个熟悉的昏暗房间，但这里的感觉有了少许不同，空气稍稍凉爽清新了一些。有人最近刚刚打开屋门走了进来。

他察觉到一个人影蹲伏在他的行李前，又听到一双手鬼鬼祟祟地打开了他的衣箱。他慢慢移动身体，抬起头越过床沿向外窥望。房间里的光线很暗。外面的阳光正在消失，他也没有点灯。负责为他的房间通风的气窗，从那洒进来的最后一点阳光，是整个房间唯一的照明。

但他床边地板上的那只生物身上，却闪烁着一种温暖的红铜色光彩，这种反光甚至比照在它上面的暮光更显明亮。在塞德里克的注视下，那一点光亮在这只生物覆盖着鳞甲的脊背上来回游走。这只生物正俯身在他的衣箱上来回翻找，肯定是在寻找藏有龙血的那个隐秘的抽屉。

恐惧充满了塞德里克的内心，让他差一点尿了裤子。“很抱歉！”他大声喊道，“我非常，非常抱歉。我不知道你是谁。求你，求你放过我，放过我的意识。求你。”

“塞德里克？”那头红铜龙直起身子，突然变成了艾丽斯，“塞德里克！你还好吗？ 你是发烧了，还是在做梦？”她将一只温暖的手放在塞德里克潮湿的额头上。塞德里克却痉挛一般地躲避开她的碰触。是艾丽斯。只是艾丽斯而已。

“你为什么要披上一身龙皮？ 为什么你要翻我的东西？”在一阵惊骇之后，塞德里克用愤怒和责备的语气说道。

“我……龙皮？ 喔，不，这只是一件长袍。是莱福特林船长借给我的。它是古灵制造的，非常漂亮。主要是它不会刺激我的皮肤。来，摸摸它的袖子。”艾丽斯将手臂递给塞德里克。

塞德里克没有心思去摸那种闪闪发光的布料。古灵做的，龙的物品，原来如此。“但这也无法解释你为什么要溜进我的房间，翻检我的东西。”塞德里克继续暴躁地抱怨着。

“我没有！ 我不是‘溜进来’的！ 我敲了你的屋门，你没有回应，我就进来了。这道门也没有闩上。你睡着了。最近你一直都是这么疲惫，我不想吵醒你。就是这样。我只想从你这里拿一些墨水，一些蓝墨水。难道你不是一直都将墨水放在那个便携写字台里的吗？ 啊，就是这个。我会倒出一些，然后就安静地离开。”

“不！ 不要打开它！ 把它给我！”

正要拨开锁栓的艾丽斯僵在原地。然后，她默默地将那个写字台递给塞德里克。塞德里克努力不让自己从艾丽斯的手中把写字台抢过来，但是当写字台离开艾丽斯的双手，被他抱进怀里的时候，他那种宽慰的表情还是太过明显了。他把写字台放在床上，用自己的身子将它挡住，然后才将它打开一条缝，伸手进去摸索墨水瓶。艾丽斯站在旁边自始至终一言不发。看来幸运还是在眷顾他的。他拿出一瓶蓝墨水，交给艾丽斯，然后心不在焉地向艾丽斯表示了歉意："你进来的时候，我正在睡觉，所以才向你发了脾气。"

"你的确睡得很熟。"艾丽斯冷冷地回答，"我要的只是这个，谢谢你。"她从塞德里克手中拿过墨水瓶，就像门口走去，一边还用塞德里克能听到的声音嘟囔着，"溜进来，真是的！"

"我很抱歉！"塞德里克喊道。但艾丽斯已经关上了屋门。

艾丽斯离开之后，塞德里克从床上翻身站起，牢牢闩住了门。然后他立刻跪倒在那个隐藏抽屉的旁边。"只是艾丽斯而已。"他对自己说。是的，但又有谁知道那头红铜龙会向艾丽斯说些什么？他笨拙地拉开抽屉。抽屉拉开一半就被卡住了。他努力让自己平静下来，小心地拿出那瓶红铜龙的血。这瓶血是安全的。塞德里克还拥有它。

她也还拥有塞德里克。

自从尝到龙血之后，塞德里克不知道经过了多少天。他的双重知觉时隐时现，就如同脑袋被揍了一拳之后眼前出现的双重影子。他几乎还是他自己，尽管孤独又沮丧，但还是塞德里克。只是另外那一种身体的感觉和混乱的记忆，总是会穿过他的身体，让她那些混淆不清的感知和他的思维搅和在一起。有时候，他也尝试去感觉她的世界。*你正在水中行走，不是在飞行。有时水会将你托起来，让你几乎踩不到地面，但这不是飞行。你的翅膀太弱了，无法飞起来。*

有时，他会鼓励她。其他龙几乎都要看不见了。*你必须努力移动得更快一些。你能做到。向你的左侧走。那里的水更浅。发现了吗？现在走起来更容易了，对不对？真是个好女孩。继续向前。我知道你饿了。注意看河里有没有鱼。也许你能捉住一条鱼，把它吃掉。*

有时，他依稀会为自己感到骄傲，因为自己对她很好。但在另一些时候，在照料一个蠢孩子的辛劳中，他又觉得自己可能要这样度过全部人生了。如果费些力气，他有时能够将自己对于她的大部分知觉封锁起来，但如果她感到疼痛、害怕，或者是过于饥饿，她模糊的意识就会进入他的心灵。即使他能够让自己不会变得像她一样智力迟钝，也无法逃避她持续不断的疲惫和饥饿。她持续不断地向他问着："为什么？"每一天、每一刻，这个问题都回荡在他的身边，而他对于自己的命运也有着同样的疑问。更糟糕的是，她还会竭力理解他的思想。她不明白有时候他会睡觉，会做梦。她总是闯进他的梦里，提出要杀死诏谕，或者要陪伴他、安慰他。这都太奇怪了。他非常疲倦。因为睡眠被打扰和与她一起分担那种没有止境的，充满挫败感的挣扎，他感到自己遭受了双重的消耗。

他觉得驳船上的生活变得异常奇怪，他只好尽可能躲在他的房间里。但寻求一点清净仍然是痴心妄想。就算是那头龙不闯进他的意识里，他也还有太多人需要应付。艾丽斯对他充满愧疚，似乎根本不会撇下他一个人。每天早晨、每天下午和每天晚上入睡之前，艾丽斯都会来看他。她的来访总是很短暂，却仍然让人感到不舒服。塞德里克不想听她热心地讲述白天都发生了什么，同时又不敢将心里的任何事情告诉艾丽斯，而若直接命令艾丽斯闭嘴离开，肯定是失礼的。

那个男孩可怕的程度仅次于艾丽斯。塞德里克不明白，为什么戴夫威会那么喜欢他？ 为什么每天不能简单地放下他的食盘，然后便离开？ 每一次，这个男孩都用充满渴望的眼神看着他，愿意为他做各种事，甚至还主动提出要为他清洗衬衫和袜子——这个要求只是让塞德里克打了个冷战。有两次，塞德里克对这个男孩说了粗话，塞德里克不喜欢这样做，但这是将这个孩子赶出去的唯一办法了。每一次，遭到塞德里克斥责的戴夫威都一副深受打击的样子，让塞德里克觉得自己就像是一头野兽。

塞德里克举起握在手中的这一瓶龙血，再一次观察它在瓶子里旋转，在昏暗的房间里闪闪发光。尽管瓶子在塞德里克的手中纹丝不动，但盛在里面的红色液体却仍然在缓慢地舞蹈。它拥有自己的光芒，赤血中蕴含着红光。一丝丝的猩红色在玻璃中相互盘绕、转动不息——这是引诱还是迷惑？ 塞德里克问自己，却没有答案。龙血吸引着他。他的手中握着一位国王愿意用大笔财富购买的宝物，只要他能够将这东西带到恰斯国。但现在拥有它对他而言忽然变得非常重要。他想要再尝一尝它吗？ 他不知道。他不认为自己想要再次体验龙血的滋味。他害怕自己如果屈服于这种并非他本来心愿的冲动，结果只会让他更加紧密地和那头龙接合在一起，或者是和所有的龙结合在一起。

在那天临近黄昏的时候，他曾经到甲板上去呼吸一下清凉的空气，他听到默尔柯在向其他龙发出呼唤。默尔柯直接喊出两头龙的名字："赛斯梯坎，兰克洛斯，不要吵闹了，省下你们的力气去与河水战斗吧。明天我们还要走很远的路。"他站在甲板上。那头金龙的话语在他的意识里不住地闪动。他能清晰地听到龙的语言了，他开始竭力回忆，龙那种铜号一般的吼声里，自己以前是否听到过其中带有任何明确的思想？他记不起来了。这些龙在彼此交谈，话语中充满理性，就像人类一样。他感觉到一阵晕眩和自己的负罪感混合在一起。在心痛与昏乱中，他踉跄着回到自己的房间里，用力关上了门。"我不能这样，不能。"他在自己的小空间里开口说道。然后他几乎是立刻感觉到了红铜龙充满忧虑的询问。她感觉到了他激动的情绪，正在深深地为他担心。

*不，我没事。走开。别惹我！*他将她推开。她退走了，因为他的严厉而伤心不已。"我不能这样下去。"他不断地重复着这句话，只希望能够回到以前的日子里。那时无论是龙还是人，都不可能知道他的心思。他将这瓶龙血倾斜过来。如果他把这瓶血都喝光，他会死掉吗？

如果他杀死那头龙，他的意识会不会恢复完整，并且重新完全属于自己？

一阵沉重的敲门声响起。"等一下！"他喊道。恐惧和愤怒让他的声音有些过分高亢。现在没有时间妥当地藏起这瓶血了。他将这只瓶子用一件被汗水浸透的衬衫包起来，塞到毯子下面。这样耽误了一段时间以后，他又喊道："是谁？"

"是卡森。我想要和你说句话，请开门。"

卡森。又是一个似乎不肯放过塞德里克的人。白天的时候，这些猎人都会提前出发，去干他们收了钱要做的事情。但如果塞德里克早些起来，或者在晚上走进厨房，卡森仿佛总是会出现在他的面前。有两次，当戴夫威还在他的房间里的时候，他会走进来提醒那个男孩不要打扰塞德里克。每一次那个男孩都会立刻离开，却又掩饰不住自己愤懑的情绪。卡森则会在塞德里克的房间里逗留一段时间，他似乎很想和塞德里克谈一谈，问问他生活在缤城那样的繁华地方是什么样子，还有塞德里克是否还去过别的城市。塞德里克总是尽量简短地回答他的每一个问题，但卡森似乎没有意识到自己的询问很是无礼。这名猎人总是以温和殷勤的态度对待塞德里克，与他身上的粗布衣服和粗鲁的职业相比，该种态度显得很不相称。

上回卡森将缠着塞德里克的男孩赶开之后，直接坐在塞德里克床脚的那个男孩位子上。他开始向塞德里克讲起了自己的人生。他一直都生活得很孤独，没有妻子，没有孩子，只是自己一个人，自己照顾自己，随心所欲地活着。他收养了侄子戴夫威，因为他预见到戴夫威也会有同样的人生——如果塞德里克能明白他的意思，但塞德里克不明白。他已经吃完了饭食，装模作样地打了一个大大的呵欠。

“我想，生病的你一定还觉得疲惫不堪。我希望你现在好一些了。”那时卡森对他说道，“你应该休息一会，我不打扰你了。”然后，他就像一个习惯于照顾自己的男人，手脚利落地将塞德里克晚餐的餐具放进托盘里准备端走。当他叠起在驳船上被当作餐巾使用的棉布方巾时，他忽然看看塞德里克，脸上露出一丝古怪的微笑。“坐着不要动，”他对塞德里克说了一声，紧接着就用餐巾的一角擦掉了黏在塞德里克嘴边的一点东西。“很明显，你还不习惯有胡须。它们是需要好好打理的。我认为你应该继续把胡子刮掉。”他又停顿了一下，意味深长地向这个不算整洁的房间看了一眼，“还应该洗一下澡，整理一下你的东西。我知道你在这里并不高兴。这一点不能怪你。但你不能因而放任自己。”

然后他就离开了，只剩下塞德里克感到震惊和受到了冒犯。他找出自己的小镜子，贴到蜡烛旁边细看自己的脸。是的，他的嘴角还有喝汤时留下的痕迹，就挂在刚冒出来的胡茬上。他已经有几天没有刮过脸，也没有好好清洗了。他审视着镜子里的自己，注意到自己的憔悴样。在他没有刮掉胡须的面颊和眼睛之间，有一圈圈青黑色。他的头发从头顶垂下来，完全没有梳理。他想要到厨房去找一些热水刮净胡须，好好洗一下，但这个念头本身让他感到疲畲。诏谕如果看到他现在这副样子，不知道该有多么吃惊！

他终究没将这个想法付诸行动，而是坐回床上，愣愣地盯着黑暗。的确，他满身汗水，又没有刮胡子，穿着脏衣服，待在一个凌乱的房间里，但诏谕会怎样看待他，已经不重要了。现在诏谕已经越来越不可能再见到他了。这是诏谕一手造成的，因为诏谕愚蠢的报复，他才会被赶到这里来照顾艾丽斯。诏谕是否有想过他？有没有担心过他因为什么事而久久不归？对此他深表怀疑。

对于诏谕的很多事情，他都怀疑。

他扑倒在自己的船铺上。这张床更适合给狗睡，而不是人，但他还是打算就这样睡一整天。

又一阵敲门声将他猛地拽回到现实之中，“塞德里克？你还好吗？回答我，否则我就进去了。”

“我没事。”塞德里克一步就迈过了房间，挑起闩住门的钩子，“你可以进来了，如果你一定要进来的话。”

卡森可能没有听出塞德里克声音中不欢迎的意味，或者他根本就不在乎。这名猎人打开门，向昏暗的房间里看了一眼。“和这个封闭的小黑屋相比，我相信外面的光线和空气能够让你感觉更好一些。”

“光线和空气都治不好我的病。”塞德里克嘟囔着。他向这名留胡须的大汉瞥了一眼，又将头转开。卡森一走进来仿佛就将这个小房间塞满了。他有一副宽阔的前额，一双深褐色的大眼睛被粗大的眉骨遮在下面。他被修得很短的胡须和粗硬的头发都是姜黄色的。他的面颊被风吹成了红色。他的嘴唇更有着红宝石一般的光泽，而且轮廓很好看。他似乎感觉到塞德里克正在端详他，便不自觉地用手理了理头发。

“你有什么需要？”塞德里克问他。他说出这句突兀的话时并没有多加思考。而卡森充满友谊的眼神中一下子多了一丝戒备。

“实际上，是的，我有些事情。”卡森在身后关上屋门，房间里立刻又昏暗下来。他扫视房间，想要找一个能坐下的地方，不等塞德里克邀请，就一屁股坐在床脚上。“听着，我把该说的话说出来，然后就不打扰你了。我认为你明白，或者我会让你明白，或者无论怎样都好——戴夫威只是一个孩子，我不会让他受到伤害，我也不会让他被利用。他的爸爸和我就像兄弟一样。我早就看出戴夫威将要走的路，要比他的母亲更早得多。我怀疑他的母亲现在也还没有看出来。”这个男人短促地笑了一声，又瞥了塞德里克一眼，仿佛是以为塞德里克会对他有所回应。但塞德里克什么都没有说。于是卡森又低头看着自己的一双大手，将那双手相互揉搓，仿佛那些指节在让他感到疼痛。“所以，你明白我的意思了？”他问塞德里克。

“你就像是戴夫威的父亲？”塞德里克试着猜道。

卡森又大笑了一声。“难道我真的愿意做谁的父亲吗？”他高声说道，又看着塞德里克，似乎以为塞德里克一定会对他有所回应。而塞德里克只是和他对视着。

“我明白了，”猎人说道。他的声音变得更低，也更加严肃，“我明白你，我向你承诺，这种情况不会再继续下去。我会把话说清楚，然后就走。戴夫威只是一个年轻人。你也许是他见到过的最俊俏的男人。现在这个男孩已经对你神魂颠倒了。我一直在努力让他懂得，他还太年轻，而你的社会地位要比他高很多。但幼稚的爱情总是会蒙蔽男孩的双眼。我会尽力让他远离你，如果你也能保持和他的距离，我将感激不尽。一旦他认识到这不是他应该在的位置，他很快就会放弃。也许他还会有一点恨你，当然，你知道这是怎样的情况。但如果你逗弄他，或者在其他人面前贬低他，我就要跟你算账了。”

塞德里克盯着卡森，面孔像石头一样僵硬，但他的思维却在飞快地转动着。这名猎人话中有话，他已经充分感受到暗藏的意思了。

卡森刻板地看着塞德里克的眼睛。“如果我看错了你，如果你是那种会占男孩子便宜的人，我会来找你。你明白我的意思吗？”

“非常清楚。”塞德里克回答道。卡森的用意终于穿透了他的脑海。他感到震惊又羞窘，面颊如同火烧。他很高兴昏暗的房间已几乎暗得无法视物，这名猎人的眼睛依旧在紧紧地盯着他。他将目光转向一旁。“关于你说的，我绝不会那样在别人面前贬低那个男孩，我也要向你提出同样的请求。至于说戴夫威的……迷恋，其实，”他吞了一口唾液，“我完全没有注意到。即使我注意到了，也不会占他的便宜。他还那么年轻，几乎还是个孩子。”

卡森点点头。一丝哀伤的微笑出现在他的嘴角。“很高兴我没有看错你。你看上去不像是那种会占小孩子便宜的人，但这种事没有人能说得清。尤其是像戴夫威这样的孩子。他好像总喜欢把自己放在容易受伤的位置上。几个月以前，在崔豪格，他就看错了一个年轻人，还向那个人说了不该说的话。结果那个家伙朝他的脸上连打了两拳，把那个孩子打倒在地。那时我别无选择，只好插手。而我也是有脾气的。恐怕我们会有很长时间没法回那家酒馆了。这也是我签约加入这次远征的原因之一。我想要让他远离那座城市及其诱惑，过几个月平静的日子。让他再成长一些，稍稍懂得一点谨慎和自控。我以为这样能让他避开麻烦，然而他一看到你，他的心就又飞了。但又有谁能责怪他呢？好了……”卡森突然站起身，“我要走了。那个男孩不会再为你送饭了。我从一开始就觉得这不是个好主意。不过我很难找一个理由阻止他。现在我会告诉莱福特林，我需要他早些起床跟着我去打猎，只有这样才能让龙群吃饱。每天我会更早地带他离开。你可以自己去吃饭。或者也许艾丽斯能够把饭为你送来。”他转过身，将手按在屋门上，“你是在为她的丈夫工作？这是我遇到艾丽斯的第一个晚上，她在餐桌旁告诉我的。通常你都会跟着她的丈夫四处旅行。艾丽斯不明白为什么这一次她的丈夫会派你跟着她，也不知道没有了你，她的丈夫又该如何应对旅行途中的一切问题。你知道吗？她格外为你感到忧心。因为这里的一切都让你闷闷不乐。”

“我知道。”

“但我猜，有很多事她都不知道。这也是你闷闷不乐的原因之一，我说的对吗？”

塞德里克几乎有些无法呼吸。“我不认为这是你应该关心的事情。”

卡森回头向塞德里克瞥了一眼。“也许和我无关。但我认识莱福特林已经有很长，很长时间了，我从没有见过他像看艾丽斯那样，看过别的女人，而且我觉得艾丽斯对他也很不一般。在我看来，如果她的丈夫能够在自己的人生中找一点乐子，那么也许她也应该拥有同样的幸福，也许莱福特林也是一样。现在只要艾丽斯能放开自己的束缚，他们就都能找到幸福。”

卡森提起门闩钩，轻轻将门推开。塞德里克终于找回了自己的声音：“你打算告诉她吗？”

那名大汉起初没有回答。他握着半开的屋门，盯着外面。现在门外暮色已深。终于，他摇摇自己毛发浓密的大头，叹了口气，“不，这不是我该说话的地方。但我认为你应该做些事情。”他像一只大猫一样滑出屋门，又将屋门在身后牢牢关闭，只留下塞德里克一个人沉陷在自己的思绪中。

他们在那一天比平时走得更远。朦胧肮脏的雨水让她的皮肤沾满了沙砾，瘙痒难忍。在那天的后半部分，河岸变得不再友善，生满尖刺的粗硬藤蔓布满在岸边，这些藤蔓从伸展在河岸边的树枝上垂挂下来。在高处阳光能够照到的地方，它们都结出了深红色的果实。连续不断的雨水，让藤蔓上的叶片和果实闪闪发亮，又在河面上打出许多皱纹。哈里金将小船靠向岸边，想要摘一些红色的果子，却只是在身上添了不少刮伤和泥巴。赛玛拉根本没有进行任何尝试。她凭经验知道，要摘取那些果实，唯一的办法是从上方靠近它们。即使是那样，那仍然是一桩危险的勾当，身上带一些伤痕总是难免的。如果现在要浪费时间找到爬到大树顶的路径，她和拉普斯卡一定会被别的小船远远落下。看到拉普斯卡不停地望着那些红彤彤的大果子，赛玛拉只好对他说：“也许今晚，等我们停船以后。”

但随着阳光渐渐黯淡下去，河岸两边仍然找不到一处适合停靠的地方。赛玛拉已经相信今天他们只能睡在柏油人号上，吃一点硬面包加咸鱼当作晚餐了。如果没有别的办法，那些身披鳞甲的龙能够靠近到大树旁边，过一个略微干燥，却仍然会很不舒服的晚上。赛玛拉和其他守护者没办法这样做。她最近的经验已经向她证明，尽管她皮肤上的鳞片一直在增加，但它们仍然不可能成为龙鳞那样的牢固护甲。默尔柯在救起她的时候，尽量不在双颚上施加任何力量，但他的牙齿还是在赛玛拉身上留下了不少伤痕。希尔薇帮助赛玛拉脱下衣服，以协助处理龙牙的划伤和左臂上那一道大伤口，赛玛拉不得不让这个女孩看到自己身上已经覆盖了那么大片的鳞甲，对此她感到困窘。她的大部分伤口都只是表皮破损，但至今背上有一处还会疼痛，摸上去仍然有些发热。她很想现在就将小船停在岸边，今晚好好休息一下，让那处伤痛能够得到缓解。但龙群显然还在寻找一个更好的歇宿之地。他们一直在向前行进。守护者们别无选择，只能紧紧跟随。

当赛玛拉和拉普斯卡追上龙群的时候，夜色已深。巨龙们已经离开波光粼粼的水面，看上去只是一个个黑色的剪影。他们登上了一座又宽又长的淤泥沙洲，这座沙洲隆起在河道中间，看起来还很年轻，看不见树木，只有几片灌木和草丛沿着沙洲的脊背生长，不过有许多大小不一的浮木被这片沙洲挡住，足以作为搭建营火堆的燃料。这里看上去还算不错。

赛玛拉用力拉船桨，让船头撞上沙洲边缘的淤泥。拉普斯卡放妥船桨，跳出小船，抓住船头，把船拖上岸。赛玛拉呻吟一声，也放好自己的船桨，僵硬地站起身。持续不断地划桨，已经让她变得比原来更加强壮且更具耐力，但在每一天结束的时候，她还是感到疲惫不堪，全身酸痛。

拉普斯卡则仿佛完全没有受到这种辛苦劳作的影响。“我们要生起一堆火，”他欢快地说道，“把身体烤干。我希望猎人们能带回一些肉。现在鱼已经让我恶心透了。”

“如果有肉当然好，”赛玛拉表示同意，“还要有一堆好火。”在她的周围，其他守护者们正在将小船拖上岸，或者疲惫地从小船中爬出来。

“希望能是这样。”拉普斯卡答了一句，便头也不回地跑进了黑暗中。

赛玛拉看着他跑掉，叹了口气。拉普斯卡无穷无尽的乐观精神和体力，赛玛拉对此感到振奋，却也会因此从心中生出一种无力感。她气恼地叹息一声，便开始从船底收拾起拉普斯卡散乱的物品，又收拾好自己的背包，确保毯子和餐具放在最上面，然后就向拉普斯卡追了过去。守护者们已经在一根粗大浮木后面的背风处架起了营火堆。这根大原木能够为他们提供燃料，并保存住营火的热气。一些小堆的营火也在各处亮起。拉普斯卡非常善于生火，而且乐此不疲。他总是将生火的工具收在一只小口袋里，挂到脖子下面。雾气一般的雨水落在升腾的火焰上，发出一阵微弱的嘶嘶声。

“累了？”刺青的声音在赛玛拉左侧的黑暗中响起。

“累坏了，”赛玛拉回答，“难道这条路就永远都走不完吗？ 在一个地方过上两个晚上，我已经忘记是什么感觉了。”

“比这个还要糟糕。一旦我们把龙群送到目的地，我们最终还要沿原路返回下游。”

赛玛拉愣了一下。“你要离开你的龙？”她低声向刺青问道。现在她还没有和辛泰拉和好，当她想到那头龙的时候，还是会感到心痛。但她依旧像以往一样照顾那头龙，为她清洁身体，寻找更多的食物，但现在她们很少有交谈。当她看到其他守护者和他们的龙之间亲密的关系时，更是只能感到自己的悲哀。刺青和芬提的关系就很亲密。或者她其实是看错了？

刺青将双手握住赛玛拉的肩膀，轻轻捏了一下。“我不知道。我想，这只能看情况了。有时候她似乎很需要我，甚至可以说是喜欢我。但另一些时候，嗯……”

赛玛拉一耸肩，甩掉了刺青的双手，但她酸痛的肌肉在刺青温暖的手掌中还是感到非常舒服。刺青从赛玛拉面前后退一步，显然感受到赛玛拉对他的责备之意。就像一阵涌起的热潮，格瑞夫特和洁珥德纠缠在一起的身体忽然充满在赛玛拉的想象中。在一眨眼的时间里，赛玛拉突然很想面对刺青，大胆地幻想自己的双手抚摸刺青温暖且赤裸的脊背，但她马上又想到刺青的两只手将会滑过她满身的鳞片，就像抚摸一只有温度的蜥蜴。她开始嘲讽自己，并紧紧抿起嘴唇，不让自己为这种不公而大声喊叫。格瑞夫特和洁珥德能够破坏禁忌，可能只是因为他们找到的伴侣和他们一样，都是被放逐之人。雨野原同样改变了他们两个人的身体，让他们对于彼此都是公平的。但刺青不一样。他来自纹身者，并非出生在雨野原。他的皮肤就像缤城女孩一样光滑，没有肉赘和鳞片，和赛玛拉完全不一样。

“真是漫长的一天。”当赛玛拉陷入沉默的时候，刺青说道。

他担心自己是否因为过分的举动而激怒了赛玛拉，因此语气是试探性的。赛玛拉咽下自己对命运的愤怒，用平静的声音说："的确是漫长的一天，我的身上还因为默尔柯的'援救'而感到疼痛。今晚如果能有一堆温暖的火焰和一点热餐，我会很高兴的。"

仿佛是作为对赛玛拉的回答，火焰突然从高高堆起的浮木上蹿了起来。闪耀的火光照亮了聚集在大火堆周围的朋友们。身材娇小的希尔薇站在干瘦的哈里金身边。他们全都在欢笑，长手长脚的沃肯正在狂乱地蹦跳着，甩下他满头乱发和破旧衬衫上的火花。

博克斯特和凯斯如同两道黑影。他们有亲属关系，总是在一起行动。莱克特大步从他们身边走过。现在他后颈和脊背上的脊刺清晰地反射着火光。他不得不割开衬衫颈部，好让这些脊刺能生长出来。这番情景给赛玛拉带来一阵安慰。他们是我的朋友，她心中想着，露出了微笑。他们就像她一样，身上都布满了标记。这时赛玛拉瞥到了坐在一旁的洁珥德。她正坐在一段浮木上，格瑞夫特站在她身后，显得强大有力，仿佛正在保护她。在赛玛拉的注视下，洁珥德向后靠过去，头枕在格瑞夫特的大腿上，和格瑞夫特说着话。格瑞夫特也向她低下头。片刻间，他们紧贴在一起，仿佛变成了完整的一体，将整个世界都排除在外。

嫉妒切割着赛玛拉的内心。她当然不想要格瑞夫特，只是她也希望能拥有这种被认为是理所当然的关系。洁珥德发出响亮的笑声，格瑞夫特的肩头抖动着，明显是在响应她的愉悦。对于他们的亲昵表现，其他人或者视而不见，或者完全接受。他们这种不加掩饰的示爱，赛玛拉怀疑现在只有自己还为此感到愤怒和不安了。

赛玛拉不假思索地跟着刺青走向营火堆。"你对洁珥德和格瑞夫特有什么看法？"她开口问道，随后又为自己竟然说出这样的话而感到震惊。她很后悔如此草率地提出这个问题。刺青回过头瞥她，显然也对她的问题感到惊讶。

"洁珥德和格瑞夫特？"刺青说道。

"他们一起睡觉，在交配。"赛玛拉听出了自己的莽撞无礼，还有隐含在这番话后面的另一层愤怒，“一有机会，她就会找格瑞夫特。”

“只是暂时如此，”刺青不是很赞同赛玛拉的看法，实际上，他似乎有些答非所问，“洁珥德可以去找任何人。格瑞夫特很快就会发现这一点了。又也许他已知道，只是不在乎。我清楚她的风格，凡是眼前能够拿到的，她都会立刻拿到手，然后她会计划去得到更好的。”他说出最后这句话的时候，又意味深长地看了赛玛拉一眼，这让赛玛拉感到困惑又不舒服。

听着刺青的话语，各种念头像跳蚤一样在赛玛拉的脑海中蹦跶。他这话到底是什么意思？ 赛玛拉决定让他们的对话轻松一些。“洁珥德会去找任何人？甚至是你吗？”她成功地取笑了她的老朋友，并打算为此而大笑两声。但是刺青肩头一紧，稍稍转过头去不再看她，这让赛玛拉刚刚出现的笑容一下子冻结在嘴唇边。

“我？ 也许吧，”刺青粗声粗气地说，“这有那么不可想象吗？”

赛玛拉突然想起那天晚上格瑞夫特用一番话将刺青从营火旁赶走，随后不久，洁珥德也站起身离开了。第二天，他们两个还共乘一条小船。之后的几天里……赛玛拉明白了，她的双脚瞬时定在原地。刺青将毯子铺在洁珥德旁边，在吃完饭的时候和她坐在一起。她怎么还看不出那是什么意思？ 嫉妒之火在赛玛拉的体内燃烧，但还没有等到这团火焰烧到她的心上，一股冰寒又将它压灭了。她真是个傻瓜！ 当然是这样，也许从他们离开崔豪格的第一个晚上就已是这样。洁珥德、格瑞夫特、刺青，他们早就抛弃了那些规矩。只有死板愚蠢的赛玛拉还在一心一意地信奉它们。

“我也有！”拉普斯卡高声说着，不知从什么地方跳了出来，成为这番对话中不受欢迎的加入者。

“你也有什么？”刺青不太情愿地问道。

拉普斯卡看着刺青，仿佛觉得刺青很愚蠢。“我也和洁珥德有过，比你还早发生，不过她不太喜欢我。她说和我很无趣。当时我们搞得一团乱，我忍不住大笑了起来。她说那只证明我是一个男孩，还不是男人。那一次之后，她对我说：‘再也不要和你一起了！’我告诉她：‘我不在乎。’我确实不在乎。为什么要和那么一本正经的人做事？ 赛玛拉，我觉得和像你这样的人在一起才更有趣。你懂得笑话。我是说，看看我们，我们配合得很好。你从不会反对我的幽默感。”

“闭嘴，拉普斯卡！”赛玛拉向他吼道，这证明了拉普斯卡真是大错特错。赛玛拉大步走进黑暗里，丢下两个目瞪口呆的男人。她听见刺青开始责备拉普斯卡，拉普斯卡则大喊着说他是无辜的。拉普斯卡？ 就连拉普斯卡也有过？ 滚烫的泪水从赛玛拉的眼睛里涌出来，在她生出细小鳞片的面颊上留下一道道盐渍。她感到自己的脸在发热。她是脸红了吗？ 她还能脸红吗？ 或者这只是因为强烈的怒火？

她真是个什么都看不见的睁眼瞎。又瞎又蠢，随便就轻信别人，简直就是个小孩子。而这一切让她感到如此痛心。她的脑子里一直都塞满了愚蠢的念头，因为她一直在悄悄在意着刺青，而刺青对她也有着同样的感情。她一直都认为自己的身体有问题，必须摒弃作为一个人的激情。难道她因此就可以相信刺青也会抛弃自己的欲望，只是因为刺青知道不能够拥有她？ 真是白痴。

那么拉普斯卡呢？ 赛玛拉突然气愤到了几乎要窒息的程度。洁珥德怎么能对单纯无知的拉普斯卡做那种事？ 但不管怎样，知道洁珥德让拉普斯卡做过什么之后，那个大男孩在赛玛拉心目中的形象完全被破坏了。他那种嬉皮笑脸的乐观主义精神和没有止境的好脾气，一下子完全变了味。赛玛拉突然想到他每晚一定要在自己身边睡，有时候还要贴着自己的后背取暖。赛玛拉本以为这只是一种孩子气的喜爱。而现在，一个愤慨的尖叫声在她的心中响起。拉普斯卡在那些晚上都做了什么样的梦？ 其他人会如何看待他们的亲密？ 他们是不是会以为她和拉普斯卡会在深夜里抱在一起，就像洁珥德和格瑞夫特一样？

刺青会这样看她吗？

一阵全新的怒火涌进她的心中。她看着营火，心中明白，尽管她全身湿透，肚子空空，但她今晚不会和那些人坐在一起了。她也不会允许拉普斯卡再睡在任何靠近自己的地方。她猛地转过身，向岸边的小船走去。今晚她要拿起毯子，睡在辛泰拉旁边。她不会再在乎那头蠢龙了。也许辛泰拉不在乎她，但那头龙也要比她那些所谓的朋友更好。至少辛泰拉会清楚地表明自己对她的忽视。

赛玛拉没有注意到，柏油人已经贴着那些小船靠了岸。驳船正在用一双同情的眼睛，看着这个愤怒的女孩从背包中拽出毯子与保存至今的肉干。她今晚不想与任何人共进晚餐，但热食的诱惑威胁到她的决心。她向柏油人瞥了一眼，不知道莱福特林是否会允许她上船，让她在厨房的火炉旁烤一烤身体，也许还能喝一杯热咖啡？ 她向驳船走近了一些。那位船长在他的甲板上严格地掌控着他的权威。没有任何守护者能够不得到邀请就登上他的船。也许她能得到艾丽斯的邀请？ 自从上次那场灾祸之后，她一直都没有机会和艾丽斯说几句话。

就在这个想法出现在脑海中的时候，赛玛拉忽然看见一个人影跨过船头的栏杆，笨拙地爬下绳梯，来到岸上。那个人身材很瘦，而且也和赛玛拉所认识的船员都不一样。他蹒跚着从绳梯前走开，又轻声骂了一句。赛玛拉知道他是谁了。

“塞德里克！”赛玛拉惊讶地喊道，“我听说你生了重病。见到你真的很惊讶。你现在好些了吗？”她觉得自己问了一个很愚蠢的问题。这个人的样子看上去很糟糕，憔悴的面容显示出长时间病痛的折磨。他的漂亮衣服松松垮垮地挂在身上。赛玛拉闻出他已经很长时间没有清洗过身体了。

那个人拖曳着脚步向赛玛拉转过身——这和赛玛拉记忆中的优雅身姿完全不同。他气恼地看了赛玛拉一眼，不过还是回答道：“好些？ 不，赛玛拉，一点也不好。不过也许很快我就能好起来了。”他的声音很沙哑，仿佛他的喉咙都干裂了。赛玛拉有些怀疑他可能喝了酒，但随即又为这样的想法而谴责自己。塞德里克病得很重，只是这样而已。

塞德里克没有向赛玛拉道别就转身走开了。赛玛拉看到他托着一只沉重的木盒子，正是这个重担，让他在下绳梯的时候很是笨拙。现在他走路的时候，身子还向一边侧倾着，仿佛那盒子对他来说实在是太过沉重了。赛玛拉几乎要跑上去帮他一把。但她阻止了自己。一个男人如果让她看出自己有多么羸弱，一定会感到羞耻的。最好还是不要去管他，让他独自做好该做的事情。

赛玛拉扛起自己的毯子卷，转身去龙群中寻找辛泰拉。肩头的毯子卷随着她的步伐，一下又一下跳动着。刚走出三步，赛玛拉又放下毯子卷，把它抱在胸前。她手臂上的伤口已经结痂，愈合得很快。但她背上那一道长长的伤痕，仿佛完全没有愈合的样子，毯子碰到那里还会让她感到疼痛。在她身体的其他部位，鳞片都能挡住默尔柯的利齿，但在那里的鳞片却裂开了。那道伤是希尔薇第一个注意到的。她当时坚持要赛玛拉脱下衬衫，好让她能包扎她的手臂。当时那个女孩一看到她裸露的身体，便问道："这是什么？"

"什么是什么？"赛玛拉一边颤抖着一边问希尔薇。

"这个，"希尔薇摸了摸赛玛拉两片肩胛骨之间的地方。那里被碰到时感觉很痛，仿佛希尔薇戳到了一处脓疮，"好像这里被割开过，然后伤口又闭合了。这是什么时候被割伤的？"

"我不知道。"

"我要让里面的脓水流出来。"希尔薇说道。不等赛玛拉阻止，女孩已经掀开了那里结痂的边缘。赛玛拉感觉到一股热流从她的肩背处涌出来，沿着脊椎向下流淌。她转过头，看见希尔薇正带着一脸嫌恶的表情为她擦拭。但这个女孩没有说一句厌恶的话，只是细心地为赛玛拉擦净伤口，又用清水冲洗，然后给她绑上绷带。现在那道伤口应该开始愈合了，但它还是不停地化脓、肿胀、疼痛，有时候还会在早晨流出脓液。赛玛拉对它无可奈何。她很不想将自己的蜥蜴身体暴露出来，让其他人查看。伤口会愈合的，她顽固地对自己说。她身上的伤总是能很快就愈合。这一次也不过需要长一点时间、多一点疼痛而已。

今天猎人们没有多少收获。赛玛拉没有闻到肉味，只有河鱼在火上被烤熟。赛玛拉曾经很喜欢鱼肉，认为那是一种稀少的菜肴。而现在，尽管她现在饿得要命，她还是认为只要有肉干就够了。

龙也很失望。有几头高大的公龙闷闷不乐地在泥滩上游荡。兰克洛斯涉入到浅水中，仿佛在那里能找到更多食物一样。只有在食物充足的夜晚，巨龙们才会聚集到营火周围，和他们的守护者在一起享受火焰的温暖。但今晚，这些巨兽在饥饿中全都在岸边分散开了。

如果赛玛拉只能使用双眼，在这样的黑暗中是很难找到辛泰拉的。不过现在她只需要沿着她们之间那道令人不快的连结摸索过去，就能找到那头巨龙女王了。辛泰拉正在沙洲指向下游的尖端，盯着他们走过来的河道。

辛泰拉并非是独处的。当赛玛拉靠近她的时候，听到了艾丽斯温和的责备声音：“她还毫无准备，你却故意让她看到那种情景，这当然会让她感到不安。我也不会愿意在未经警告的情况下闯进那样的事情里。她本性很敏感，辛泰拉。我认为你应该更注意照顾她的感受。”

“她承担不起这种‘敏感’的本性。”龙严厉地回答道。

赛玛拉停住脚步，她想要听一听她们会怎样说她。同时她又有些自嘲地想，自己真是很习惯于偷听别人说话了。

“她已经很坚韧强壮了。”艾丽斯大胆地反驳了那头龙，“让她的心变得粗糙，不会让她成为一个更好的人，只会让她冷酷。我认为这对她不会是一件好事。”

“如果她继续像现在这样柔顺听话，才不会是一件好事。被不是自己制定的规则束缚，总是坚守自己说过的话。在巨龙和古灵之中，我们知道每一位女性都是女王，能够自由地做出决定，追随自己的意志。如果要侍奉我，赛玛拉就必须学会这一点。”

“侍奉你！”艾丽斯激动地说道，“这就是你的看法？她是你的仆人？”

赛玛拉想着，这么多天里，艾丽斯对辛泰拉说的每一句话，都充满了赞誉有加的华美辞藻。而现在，她觉得艾丽斯和这头龙之间的对话仿佛就是两个女人的交谈。她有些想知道自己是否也有了这样的改变。或者也许是因为辛泰拉对她们已经有了足够的信心，不会再费力魅惑她们。听到艾丽斯为自己辩护，赛玛拉露出了笑容。但片刻之后，她就付出了代价。

“她当然是在侍奉我。或者她至少还有这样的潜力——只要她能够更进一步，拥有女王的精神。一个会向其他人类匍匐乞怜的仆人对我又有什么用？如果她总是对那些人百依百顺，又怎么能为我争取利益？ 艾丽斯，我曾经以为你也有这样的潜力，能够以这样的方式侍奉我。但最近你比赛玛拉更让我失望。我没看到你有改变的欲望。也许你实在是太老了，早已失去了这样的能力。”

受伤的感觉可以用沉默来表达。赛玛拉突然明白了这一点。她听出了艾丽斯的痛苦，这让她转身离开黑暗。她不在乎自己偷听的举动是否会暴露在别人面前，只是高声为那位比自己年长的女性争辩：“我不知道我们为什么会想要侍奉像你这样的一个傲慢的、忘恩负义的怪物！”她一边喊，一边站到了她们中间。

“啊，晚上好，偷偷摸摸的小东西。你很喜欢藏在黑暗中听我们说话吗？”敌意充满在这头龙的胸膛中，仿佛都要被自己的怒火照亮了。一片银蓝色的光晕包围着她。那是她脖颈上的肉穗散发出的光彩。这头龙发出的光照射到艾丽斯所穿的长袍上，又映出了一片古铜色的涟漪。这名女子浑身跃动着古铜色光辉，有一头闪亮红发，她站在银蓝两色的巨龙面前，这一番情景简直美得令人无法呼吸，就像是古老的传说成为现实，华丽织锦上的画面也有了生命。如果赛玛拉不是对这头龙如此气愤，她的美丽一定会俘获赛玛拉的心。辛泰拉感觉到了赛玛拉心中的惊奇，便得意地振开双翅，闪耀起更加强烈的光辉。这对翅膀放射出乳白色的光芒，要比赛玛拉记忆中更加巨大。

“我每一天都变得更加强壮和美丽。”巨龙毫不费力地让自己的意念在两个人类心中回荡，“那些说我永远都飞不起来的人，总有一天会知道他们错了。无论美丽还是力量，只有婷黛莉雅能与我竞争。总有一天，即使是她也无法和我匹敌。对于我自己，我可以坦然做出这样的评价。我知道我是什么。所以，为什么我要容忍一头柔弱的小草食动物作为我的同伴？ 如果她只懂得在尖叫和呜咽中自怨自艾，甚至不懂得挑战对自己有好感的雄性，那她又怎么能配得上我？”

“挑战雄性……”艾丽斯感到困惑。冰冷的声音像是融化般，正一滴滴地流走。

“当然。”巨龙对于她低下的理解力表示嘲笑，“他已经展示了自己。他足够强大，非常健康。他追赶你，捕捉你的气味。他奉承你，赞美你的聪慧。你无法向我隐瞒，你懂得他对你的欲望，你也认为他很有魅力。但在你抓住他之前，你应该先给他一个挑战。当然，你做不到在飞行中交配，无法和他在天空中争斗，在他努力想要骑在你身上的时候躲避他的扑击，测试他的飞行技巧。但旧日的古灵有许多办法来让雄性证明自己。给他一个挑战。”

“我不是古灵，”艾丽斯郑重地说道。一旁的赛玛拉注意到，艾丽斯并没有否认辛泰拉之前的那些话。那么，辛泰拉所认为的那个值得艾丽斯一试的追求者是谁？ 塞德里克——她一下子明白了。那个美丽的缤城男人看起来对艾丽斯有求必应。他今晚下船也是为了艾丽斯吗？ 他是不是正在计划和艾丽斯进行一场幽会？ 一阵窥探隐秘的刺激感觉随着这个想法涌过赛玛拉全身，让她不由得心中一惊。她到底是怎么了？ 她严厉地斥责了自己，洁珥德和格瑞夫特那样将肚子紧贴在一起、发疯似地来回摆动，他拒绝想象艾丽斯和塞德里克也变成这个样子。

“我是一个已婚的女人。”艾丽斯的第二次抗议，不像是在陈述一个事实，而更像是在承认一场灾难。

“为什么你把自己束缚在一个你不想要的配偶身上？”龙问道。她的困惑显得很真诚。“为什么你会服从一条只会让你感到沮丧的规则？ 你又能从这里面获得什么？”

“我遵守了我的诺言，”艾丽斯语音沉重地回答道，“还有我的荣誉。我们签订了契约，诏谕和我。我们以坚定的信念承诺拥有彼此，不再有别人。我希望我不曾签下这份契约，做出这个承诺。的确，我当时根本就不明白自己放弃了什么。为了一些卷轴，一个舒适的家和餐桌上的美食，我签下契约出卖了自己。这是一份愚蠢的契约，但也是我们都要坚守的一份契约。所以，当这一切都结束之后，我会离开莱福特林和我的龙，还有我能够感受到生命活力的这段日子。我会回家，尽可能为我的丈夫生育一个继承人。这是我承诺的事情。如果你认为我是一只会尖叫和呜咽、被捕食兽攥在爪子里的食草动物，好吧，也许我的确就是这样，但是当我全身的每一根骨头都在哭喊着要我违背自己的诺言时，我还能守住它，也代表我有着另外一种不同的力量。”

辛泰拉轻蔑地哼了一声。“你根本就不相信他也守住了诺言。”

“我没有证据能证明他打破了誓言。”

“不。你就是他打破誓言的唯一证据。你已经被打破了。”龙冷酷无情地做出宣告。

“也许吧。但我一直遵守着我的誓言，保护我的荣誉完好无缺。”艾丽斯的声音变得越来越无力。她固守着自己的荣誉和誓言，但她还是将脸埋在双手之中。一段时间里，她哽咽着，一言不发。终于，她的嘴唇间传出了沙哑哀苦的喘息声。赛玛拉向她靠近一步，犹豫着拍了拍她的肩膀。以前赛玛拉从没有试过安慰任何人。“我明白，”她低声说道，“你选择了唯一能够保全荣誉的道路，但这对你很难。而当人们都认为你是一个傻瓜，竟然会这样坚守自己说过的话，你若选择这样做，就只会更难。”

艾丽斯扬起满是泪痕的脸。赛玛拉一时冲动，伸出手臂将她抱住。“谢谢你，”这位年长的女子断断续续地说道，“谢谢你不认为我是傻瓜。”

雨水再次落下，这一次的雨更大。莱福特林拽下自己的编织帽子，遮住耳朵，也斜着眼睛向黑暗中的倾盆大雨望过去。他已经度过了漫长的一天，现在他真正想做的只是坐到厨房的餐桌旁边，喝上一杯热茶，吃一碗杂烩炖菜，给一位红发女子说两个笑话，看着她露出微笑，向他殷勤的船员们说一声“请”或“谢谢”。这样的要求不算过分，他心中想道，这是一个男人应该有的生活。当他爬下船，大步走过泥泞的河滩，柏油人号那双画出来的大眼睛一直充满同情地凝视着他。这艘船知道他要去做什么，也知道他有多么不喜欢那样做。

只有像杰斯那样的杂种，才会要求他在这种黑夜的大雨中和他在船外见面。最近这几天里，他们两个只是在沉默中交换过几次瞪视。莱福特林一直拒绝与那个男人单独相处，从而成功地避免了和他对话。但是今晚，就在莱福特林已经准备好享受一下厨房火炉的温暖时，他在自己的咖啡杯下面发现了一张纸条。

莱福特林竭力不惹人注意地离开了聚在一起的船员们。似乎没有人注意到他的不告而别。他悄无声息地在黑暗中前行，避开守护者们的营火。一阵风将那些年轻人的笑声和烤鱼的香气吹到他这里，也让营火烧得更旺。今晚，莱福特林不希望任何人看到他上岸。

风、黑暗以及连续不断的雨水，完全遮蔽了他。他正在向银龙靠近。他能看出来，这里是和杰斯会面的一个理想的隐秘之地。“和我在银龙旁边见面，否则秘密就会公开。”这是那张纸条的全部内容。莱福特林无法对这个威胁视而不见。银龙正在用前爪按着什么东西，从上面撕扯下一块又一块肉。莱福特林忽然有了一个疯狂的想法，他希望银龙正在吃的正是杰斯。他又向前走出两步，才看清楚银龙爪子下面是一只四足野兽。那名猎人给这头龙带来了一份贿赂，让他在他们谈话的时候，只是专心地大吃大嚼。这个办法很有效。莱福特林看到银龙从猎物尸体上撕下一条腿。和莱福特林最初见到这头银龙时相比，这头龙的身体状况已经改善了很多。但他仍然比其他的龙更小，也没有其他龙那样健康。他的尾巴已经痊愈了，但他明显要比其他龙更容易感染寄生虫。银龙察觉到了莱福特林的出现，一边嚼着带着蹄子的腿，一边向船长转过了头。

“晚上好，船长，”杰斯从银龙的肩膀后面绕出来，向莱福特林打着招呼，“今晚很适合出来散散步。”

“我来了。你想要什么？”

“不是很多，只是一点合作，仅此而已。今天下午，我看到了一个机会，我觉得我们不应该放过它。”

“一个机会？”

“没有错。”杰斯拍了拍那头龙的肩膀。银龙向那名猎人发出一声低吼。但他的注意力仍然只是集中在肉上。“虽然他看上去很凶，但实际上他已经和我混得很熟了。只要有机会，我就会多给他一些肉。现在他一点也不介意我待在他的身边。”猎人一边说话，一边掀开外衣，露出一把短柄斧，两把长匕首，还有一把小刀。它们全都整齐地被插在鞘中，藏在他的马甲背心的暗兜里。他稍稍向银龙一歪头，“我们可以开始了吗？”

“你疯了。”莱福特林低声说。

“当然没有，”杰斯露出微笑，“他吃完这头鹿以后，就会想要人睡一觉。从一开始，我就在为这种可能制定计划，做各种准备。我割开了这头鹿的肚子，在里面放了大量缬草和罂粟。我相信它们足以让一头龙昏睡过去。结果如何，很快我们就能知道了。”他又在风雨中合拢外衣，笑着望向莱福特林。

“我不会干这种事。我们不可能全身而退。我不干。”

“我们当然能全身而退。我早就考虑好了。龙会完全睡死过去。我们要确保他永远不会再醒过来。只需要一两个小时，我们就能神不知鬼不觉地拿走他身上最值钱的部位，把它们带回柏油人号，然后我们调头驶向下游，就在今晚。”

“守护者和其他龙呢？”

“在这样的风雨中？ 他们什么都不会注意到。等到他们察觉出了状况，会发现他们的小船都被我们破坏了。我相信，以后再也不会有人得到他们的讯息了。”

“对于崔豪格人，我们该如何解释？”

“我们甚至不会在那里停留。我们一直顺流而下，快得像箭一样，直接前往恰斯国的海岸。你会在那里生活得像一位国王，还带着你的女士。我早就注意到你看她的样子了。至少，这样你还能得到她。”

“你是什么意思？”

“我的意思是，如果换作别的情况，如果你拒绝我为你铺好的路，那么你将失去一切。我会告诉龙和守护者，你用龙茧为你宝贵的柏油人增添了大量巫木。很明显，你的船员在这件事上也都有一份。他们全都明白为什么他们不用费什么力气就能让这艘船行驶如飞。你为了自己的利益而杀了一头龙，我可不认为他的同族会因此而喜欢你。我相信他们一定会生气的。而你那位漂亮的红发女士，可能也不会再把你看作是一个有荣誉的人。她会知道自己错了，知道你其实只是一个骗子。而如果我的行动顺利，你可以骗过他们。”

“所以，你应该明白，你可以帮助我得到一头没有心智、无人照看、发育不良的龙，然后带着你的女士，你的船员和你自己在恰斯国过上悠闲富裕的生活，或者你可以继续顽固下去，那样我就只能将你的秘密公之于众。到那时，无论是你所拥有的，还是你希望拥有的，就全毁于一旦了。”猎人微笑着，看了一眼大雨，然后又说道：“等到他们全都将你视作敌人，就算是你的船和你的女士全都落在我的手上，我也丝毫不会感到惊奇。当你浪费时间向那个小女人献殷勤、被她搞得头晕目眩的时候，我已经用了几个晚上的时间，和那些守护者培养信任和友情。我相信，那个缤城来的花花公子也会成为我的盟友。难道你还能继续装作自己完全是无辜的，与任何阴谋都没有关系？”

银龙低下头，将那头鹿的肋骨咬在口中。他的双颚一用力，肋骨纷纷断裂。他开始慢慢咀嚼，咬碎这头鹿的一块块躯干。莱福特林向那头银龙走近一步，想要警告他不要吃鹿的肚子。银龙虽然咬着满口的肉，却还是向他发出一阵吼声。龙呼吸中的臭气让莱福特林面色一白，向后退去，躲开了这头龙的威胁范围。

“喔，他不信任你。”杰斯表现出惺惺作态的同情，“我可不认为他会让你救他。该死的蠢蜥蜴。看样子，我们马上就要动手了，船长。只要他一趴下，屠宰时刻就到了。我马上要去处理那些小船了。”

如果不是可能毁灭莱福特林一切梦想的威胁，这个家伙的高傲自大早就要将他激怒了。他从莱福特林身边走过，很快便会消失在大雨中了。莱福特林转身向他扑去。他可以将这个家伙打晕，来喂这头龙。*可怜的杰斯。他一定是激怒了那头蠢笨的猛兽。龙毕竟是龙，没办法责怪他，艾丽斯。*

但杰斯突然又转回身，在欢快的狞笑中露出白森森的牙齿，一把匕首在手中闪闪发光。

辛泰拉看着两名不知所谓的人类女性。这到底是什么意思，她们为什么抱在一起，又为什么要一起痛哭？这不是狩猎，不是战斗，不是交配，不是任何辛泰拉能够叫出名字的行动。辛泰拉只希望她们能够停下来。“你们两个有没有带食物给我？”她问道。

赛玛拉从艾丽斯身边退开，用袖子抹了抹被泪水打湿的脸，“我今天没有机会狩猎。我知道猎人捕到了一些鱼。”

“我已经吃了几条鱼，卡森说那就是‘我的一份’，那一点实在是太可怜了。”

“我想，我可以去……”

“安静！”辛泰拉朝着赛玛拉吼了一声。远处传来一阵异响，有些像是狂风的咆哮。辛泰拉同时感觉到一阵来自银龙的悲苦和愤怒。像以往一样，银龙的思绪相当混乱，无法表达具体的内容，但一定是有什么事情引起了他的警觉。

“出什么事了？”辛泰拉向银龙和其他所有龙发出吼声。刚才那阵风啸一般的声音变得更加响亮，就连人类也能够听到了。辛泰拉看见赛玛拉转过头去高声呼喊。艾丽斯抓住赛玛拉的手，来回转头，四处观望，寻找那一阵咆哮声的源头。咆哮声距离她们更近了，这肯定不是变强的风声和雨声。这声音越来越大，其中还夹杂着许多突然的破碎和断裂声。

“是这条河！ 发洪水了！”默尔柯的吼声猛然进入辛泰拉的意识。随着金龙的警告，古老的记忆猛然跃入辛泰拉的脑海。

“飞！ 飞到水面以上！”辛泰拉用铜号般的声音吼道。在这个时刻，她忘记了自己还只是一半的巨龙，还被束缚在地面上。黑暗无法完全遮住迫在眉睫的危险。辛泰拉向上游望去，看见白色的浪花堆积在一道灰色的崖壁上，许多粗大的树干都被裹挟在这一座液体悬崖之中。

“向树丛跑！”赛玛拉喊道。但这时的水声如雷鸣，也只有辛泰拉能够听到她那微不足道的声音。巨龙女王一低头，看到这两个女人手牵着手向沙洲上跑去。

“来不及了！”辛泰拉向她们大吼一声，伸出头咬住艾丽斯的肩膀，把她按倒在地。那个女人不停地尖叫着。巨龙女王对此根本不予理睬，只是扬起脖子，将艾丽斯遮在自己的翅膀下面，同时向她发出警告：“抓紧我！”

赛玛拉还在奔逃。辛泰拉扑向了她。

浪涛在此时击中了她们。

这不只是水。巨浪还抛来了大石块和厚重的泥沙，陈旧的浮木和刚刚被折断的大树混合在一起。辛泰拉被冲得四足离地，一直向远处漂去。一根原木击中了她的肋骨，将她打翻到一旁。混乱的水流无情地将她向下游推去。片刻间，她完全没入水中。她努力挣扎出水面，拼命游向她希望是河岸的地方。黑暗，洪水，一切都陷入混沌之中。龙、人类、船、原木和大石块，在激流中相互撞击。辛泰拉将头从水中扬起，但整个世界都已经失去了意义。她在水中旋转，拼命划动四肢。她已经找不到岸在哪里了。在她的周围，河水在黑色的天空下形成一股股白色的激流。她瞥到了柏油人号上的灯光，看见一艘无人驾驶的小船被断树的枝叶缠裹在其中。曾经被守护者们借以生起大堆营火的那根巨大浮木，从辛泰拉身边飘过。那根浮木上还在冒出一缕缕烟尘，浮木靠上方的枝干上还闪动着炭火的光亮。

“赛玛拉！”她听见艾丽斯在叫喊。直到此时，她才察觉到这个女人还紧紧抓着自己的翅膀，“救救她！ 看，辛泰拉，我看见她了！ 在那边！那边！”

辛泰拉一开始还没有看见那个守护者女孩。终于，她看见了。那个女孩正在努力挣脱一丛浮在水上的灌木。那丛灌木缠住了她的衣服。很快她就会被灌木死死缠住，被水浪淹没。“愚蠢的人类！”辛泰拉吼了一声。她向赛玛拉扑去，却又被随水而至的兰克洛斯撞在身侧。当她恢复身体的平衡，再去看漂在水上的灌木丛时，那个女孩已经不见了。太晚了。

“赛玛拉！ 赛玛拉！”艾丽斯不停地尖叫着。但她的声音已经变得越来越绝望。

“河岸是哪一边？”辛泰拉向艾丽斯吼道。

“我不知道！”女人向龙尖叫。然后她又说道，“在那边！ 那个方向，朝那个方向游。”艾丽斯颤抖的手指向了他们漂过来的方向。辛泰拉受到鼓舞，更加用力地挥动四肢。她不能爬上树躲避洪水，但她能够将自己的身体嵌在大树中，等待洪峰过去。

“那边！ 那边！”艾丽斯再一次发出尖叫。不过这次她指的不是河岸，而是从水中浮起的一张苍白的小脸。赛玛拉向辛泰拉伸出双手。

“求你，救救她！”艾丽斯尖叫着。

辛泰拉低下头，将她的守护者从大河中拽过来。“我的！”她抓住赛玛拉软绵绵的身体，用铜号一般的吼声向周围吼道，“我的！”

祷月第十七日

商人联盟独立第六年

来自艾瑞克，缤城信鸽管理人
致黛托茨，崔豪格信鸽管理人

一封来自缤城贸易商克鲁姆 · 芬波克的信，其中包含贸易商梅尔达和金卡罗恩的共同吁请，要求获得关于艾丽斯 · 金卡罗恩 · 芬波克和塞德里克 · 梅尔达乘活船柏油人号离开之后的更多信息。

黛托茨：

这里要稍稍做一点说明。塞德里克·梅尔达和艾丽斯·芬波克的家人完全疯了。他们全都宣称，那两个人不可能自愿参加一场持续达数个月之久，却至今没有半点音讯的远征。艾丽斯·芬波克的丈夫正在进行一次长途航海贸易，但她的岳父已经听从她亲人的劝说，愿意提出一笔相当高额的悬赏，只为了能够获取更多讯息。如果你知道有什么人能够带上一两只信鸽，并能迅速前往上游，那个人就有可能赢得一大笔赏金。

艾瑞克

第五章　白潮

莱福特林的手卡在杰斯的喉咙上，这名猎人正用雨点一般的拳头打向船长的胸腹，莱福特林觉得自己的肋骨一定有被打裂，他被打破的嘴唇使得嘴里充满了鲜血的味道。但他仍然只是紧紧掐着对方的喉咙。现在一切都只是时间的问题。只要他能让杰斯窒息足够的时间，这种充满痛苦的击打就会停止。渐渐地，杰斯的拳头失去了力量。他抬起两只手，抓住莱福特林的手腕。他知道，战斗已经结束了，现在所余的只是最后拖延一段时间。尽管被猎人抓住了手腕，莱福特林的双手却有如钢钳。他的手非常坚硬，不仅是因为上面覆盖着鳞片，更因为这双手经常浸泡在河水中，受到腐蚀后产生的疤痕组织顽强地抵抗着杰斯的指甲。他看不见杰斯的脸，但现在这名猎人的眼睛一定已经从眼眶里凸了出来。他更加用力地合拢手指，同时想象着猎人的舌头也开始伸到口外。

在这两个拼死争斗的人周围，强风呼啸，黑色的雨水如瓢泼般砸下。银龙放弃了爪子下的美味。猎人藏在其中的麻药没有影响到他。此时他正笨拙地围绕着这两个人不停地奔跑，发出一阵阵铜号般的危难吼声。莱福特林已经无暇担心龙吼声会吸引来守护者了。如果他们过来，他就会让他们看杰斯身上的匕首，告诉他们，杰斯只是在假装保护这头龙。抓紧，他告诫自己疲惫的双手和颤抖的手臂。抓紧！剧烈的疼痛让他感到恶心。他的耳朵里响起异样的咆哮。他很害怕自己会在完成任务之前昏过去。他用力收紧手指。猎人还在挣扎，向前甩头，徒劳地想要撞击莱福特林的脸。

一道包裹着石块和原木的水墙突然出现在杰斯身后。莱福特林的意识瞬间呆滞了，这一刻仿佛变得像十年那样漫长。他清楚地看见了那些白色浪涛中的残骸碎片。他知道，这道波浪中带有大量泥沙，具有很强的酸性。这股洪水已经奔流了很长一段路，沿途聚集了许多浮木和从河岸边撤下来的新树。他瞥见一头巨大的麋鹿尸体，正向他们而来，如同被抛上半空的玩具一样不停地被翻滚着。

“柏油人！”他高声呼喊，同时放开了杰斯的喉咙，转身向他的船跑去。如果有可能，他要拯救自己心爱的船。

但在这个瞬间，时间恢复了。洪水将他击倒，吞没了整个沙洲。他什么都看不见，什么都不知道，只能像一头突然被扔进陌生环境的野兽那样拼命挣扎。这里没有空气，没有光，没有天与地，他体内的气息被寒冷和不可抵挡的力量给挤了出来。再见，他愚蠢地想道，再见，艾丽斯。至少我不必看到你回到别的男人身边。被淹死总要比那种漫长的折磨更好。

有什么东西撞在他身上。他用手脚抱住那东西，随同它升出水面，撞进一片黑暗之中。他大口呼吸着空气，水从他的头发与面颊上流了下来，他被水狠狠地呛到了，又随着翻滚的原木落入水中，然后又冒了出来。浪涛已经从他们身边冲了过去。这整条河仍然奔涌不息，而且很可能是原先的两倍深。急流将他带进水下，陷入一堆危险的树干、挣扎的野兽、尸体和浮木之中。他没有试图爬到自己抓住的原木上面，只是紧紧扒住原木，随着水流规律性地上下起伏，希望河水能够将自己留在河道中央。他能听到各种碎片撞击河岸边的树木，将它们从河岸上扯下来，或者把树干压倒。他瞥到一头龙正在拼命地划水。然后原木翻滚，让他没入水中，等他再浮上来的时候，那头龙已经不见了。

河水渐渐平静下来，他终于沿着树干向树根处爬去，那里的木质更厚实，树根也有更多可以抓握的地方。他向上又爬高了一点，离开河水，开始搜索周围。随着河面恢复平静，各种残骸碎片也铺散开来，随着还在上涨的河水一同向下游移动。星光和月光在白色的水面上跳动。他看到许多黑色的浮尸。在远处，他看到一团巨大的影子，那是一头正在游水的龙。他高喊了一声，但他怀疑龙根本听不见他的声音。湍急的水声、树木的呻吟声和断裂声，各种物体撞击的声音完全淹没了他的喊叫。

然后他看到了一点鼓舞人心的景象。闪烁的灯光，虽然非常黯淡，却正在一点点变大。很快，远处就泛起了一个完美的黄色光团。那只可能是柏油人的灯光。有人刚刚在船上重新点亮了一盏灯。这一点灯光突然让周围的重重黑暗里增加了很多细节。柏油人在远方，处在莱福特林的下游位置。莱福特林能看到那艘船低矮的黑色轮廓了。他朝自己饱受磨难的肺中深吸了一口气，又因为肋骨的疼痛而打了个哆嗦。他没有浪费自己的气息去咒骂杰斯。如果没有极度的好运，那个家伙现在应该已经是一具尸体了。他抿起嘴唇，吹出了一个稳定而悠长的口哨。再吸一口气，又是一声口哨，比前一声更加高亢。然后又是一口气。

没等他再次吹哨，他已经知道柏油人听见了他。那一圈油灯的光晕微微晃动着，驳船已经调转方向朝他驶来。灯光消失了。随后的一段时间里，莱福特林只能紧紧抓住原木，稳定住呼吸，持续等待着。然后，柏油人船头的灯光被点亮。莱福特林吸一口气，再次吹出口哨，同时看到船头的灯光几乎立刻就变大了。柏油人正在竭尽全力向他游来。这艘驳船有着短粗的腿和蹼状的脚，所以他才能轻松地逆流而上。斯沃格会控制住舵柄，船员们也会用船桨帮助柏油人前进。当然，柏油人不会安静地等着船员们把船桨划起来。这艘活船早已向船长赶来了。莱福特林又吹了一声口哨。在靠近水面的地方，他看见了那双闪烁着浅蓝色光泽的大眼睛。援救马上就到。现在他要做的，就是等待他的船把他捞起来。

也许辛泰拉是要把她放在艾丽斯旁边，但蓝龙失败了，赛玛拉掉在了缤城女人的身上，艾丽斯立刻伸出手臂将她抱住，防止她再滑落到水中，但艾丽斯的手按在了赛玛拉后背的伤口上，立刻给她带来了一阵强烈的痛楚。

赛玛拉尽量不在艾丽斯的怀中挣扎。片刻之后，她们却全都开始滑下巨龙覆满光滑鳞片的肩膀。“抓住！”艾丽斯在赛玛拉的耳边喊道。赛玛拉伸手寻找一切可能让她抓牢的东西。她的爪子抠住了辛泰拉的鳞甲边缘。如果不是正在为求生而奋力挣扎，这头龙一定会愤怒地把她推开。

艾丽斯拥抱着赛玛拉，原本是想拯救这个女孩，此时却变成了让自己能够留在龙身上的救命手段。赛玛拉冒险放开一只手，想要寻找一个更加牢固的抓握点。她的爪子勾住了辛泰拉的翅膀和后背连接的关节。“抱紧我！”她喘息着对艾丽斯说道，然后用尽全力把她们拽到巨龙背上。

在龙背上坐稳之后，赛玛拉才让艾丽斯抱住自己的双臂松开一些，她才能向前滑过去。她坐在了辛泰拉的翅膀前面，伸开双腿，用膝盖夹住巨龙。这不是一个安全的位置，但也要比刚才的情况好得多。她感觉到艾丽斯也在自己身后坐下。缤城女人紧紧抓住了赛玛拉的腰带。她们方能有了一点安稳的时间，可以确认一下自己所处的环境。

“出了什么事？”赛玛拉向身后的艾丽斯喊道。

“我不知道！”艾丽斯紧贴着赛玛拉，但她的声音仍然只能勉强传入赛玛拉耳中。河水还在毫无止歇地在她们周围咆哮。“上游下来了一道巨浪。莱福特林船长告诉过我，在发生地震以后，有时候河水会在一段时间里变成白色。但他从没有说过会有这样的事。”

强风不停地吹起赛玛拉湿透的黑辫子。她们周围全是各种怒吼和咆哮。黯淡的月光下，赛玛拉的眼睛完全分辨不出有些什么，整条河已经变成了牛奶一样的白色，她只能紧紧抓住奋力挣扎的辛泰拉，同时感受着这头巨兽的惶恐与愤怒。她感觉到自己越来越衰弱。河水中满满漂浮着树枝和树干的残骸，一丛丛被连根拔起的灌木，还有许多被淹死的野兽尸体在急流中起伏旋转。赛玛拉盯住了河岸，河水漫过了森林，一直扩展到她看不见的地方。在她的眼前有一棵硕大无朋的巨树开始晃动，以几乎无法察觉的速度缓缓向她们倾斜而来。赛玛拉发出恐惧的喊声，但辛泰拉对这一切也是无能为力，甚至是无法逃避。那棵树倒下了，就像是一座塔楼轰然倒塌。它倾斜一小段，发出一阵呻吟，然后又倾斜一段。突然间，涌起的河水冲过她们，将她们带离了危险的区域。

“龙！”艾丽斯突然喊道。她愚蠢地将一只手松开赛玛拉的腰带，向下游一指，“另一头龙！ 我觉得那是维拉斯！”

的确是她。赛玛拉认得那头深绿色雌龙刚刚长出的头冠。维拉斯还在游泳，但赛玛拉能看出来，她正慢慢沉下去，仿佛在被过度的疲惫拖入水中。维拉斯是洁珥德的龙，赛玛拉想知道她的守护者在哪里。这时，仿佛是被又一阵水浪冲过头顶，赛玛拉突然意识到自己并非是唯一被洪水冲走的守护者。其他守护者那时都聚集在大营火堆的周围。他们全都会被洪水淹没。他们的小船和装备呢？ 柏油人呢？ 还有所有其他那些龙呢？ 她怎么能只想着自己？ 组成她现在人生的每一个人，每一样东西都被洪水冲走了。她的目光扫过河面，开始拼命地搜寻，但现在光线太过昏暗，波涛翻滚的水面上又漂着太多的东西了。

在她的身下，她感觉到辛泰拉的肋骨在隆起——巨龙女王正在全力吸气，一阵铜号般的吼声从她的喉咙里爆发出来。远处的维拉斯转过头，鸟叫般的声音传入赛玛拉竖起的耳朵，然后又是一阵吼声。这吼声更加深沉悠远。赛玛拉转过头，看见一个游在水中的巨大影子。是兰克洛斯。兰克洛斯再次放声长吼，吼声中所包含的讯息也在同时进入了赛玛拉的意识，“默尔柯说向岸边游。树能够给我们支持。抓住岸边的树，直到水退下去。向岸边游！”

辛泰拉的肋骨再次隆起。她用更大的力量吸气，吼叫，将讯息传给任何可能听见的龙和人：“向岸边游！ 向树林游！”

赛玛拉听到远方另一头龙发出回应。也许这是那头龙第二次发出回应了。随后，她听到一头龙断断续续地发出了铜号般的吼声。那声音似乎是从岸边的方向传来的。“向那个声音游！”她催促辛泰拉。

要依从赛玛拉的建议并不是一件容易的事。水流牢牢地抓住了她们。各种漂浮的碎片形成了一个又一个障碍，辛泰拉奋力突破它们的阻拦，游向岸边，但她们落进了一个漩涡里，开始不停地旋转，直到赛玛拉也完全失去了方向感。

艾丽斯紧紧抓住赛玛拉的腰带，她的皮肤再一次感到强烈的灼痛，她咬紧牙关抵抗着。凡是她身上被红铜色长袍包裹住的地方，皮肤都受到了保护，但她的面颊、前额和眼皮都因为酸水的浸泡而疼痛难忍。她向大雨扬起脸，感觉到清凉舒适的雨水。她就这样继续咬着牙，嘴唇翘起，露出一个充满嘲讽的微笑。她随时都会死在这里，却在为一点疼痛而忧心忡忡。这实在是太可笑了。她索性大声笑了出来。

赛玛拉转过头瞪着她。"你还好吗？"

片刻间，守护者女孩那双在暗夜里灼灼放光的浅蓝色眼睛让艾丽斯感到一丝不安。但她很快就用力点点头。"完全没有事。到现在为止，我已经找到了八头龙。至少我觉得是这样。有一些龙的吼声，我也许数了两遍。"

"我还没有看见任何其他的守护者。也没有看见柏油人号。你呢？"

"没。"艾丽斯短促地作了回答。现在她不会担心了，她也不能担心。柏油人号是一艘大船。它一定不会有事。莱福特林会来找她并救起她。他一定会来的。现在他是她唯一的希望。片刻间，艾丽斯不由得开始感叹自己竟然会如此信任一个男人。然后她又摇摇头，将这些胡思乱想从脑海中甩掉。莱福特林是她拥有的一切，是她唯一能够依靠的人。她现在绝不会怀疑他。

河水在她们周围翻腾且咆哮，巨大的声音紧压在她的耳朵上。第一波怒涛过去了，但随后的洪水让河面暴涨，水流变得无比强劲。艾丽斯用膝盖紧紧夹住龙背，就像是在骑着一匹马。她的两只手紧抓住赛玛拉的腰带，心中不住地祈祷着。她的全部肌肉都因为长时间用力而酸痛难忍。甜美的莎神啊，这场恐怖的灾难还会持续多久？ 在她的身下，巨龙女王还在抗争。但现在她划水的力量似乎已经不如先前了。艾丽斯想知道洪水已经肆虐了多长时间。辛泰拉一定已经很累了。如果她放弃挣扎，那她们就都会死去。她知道，一旦失去巨龙的支撑，她在这场洪水中不可能生存下来。她朝龙头方向俯下身去。

"不远了，我的美人，我的女王。看，那里就是树林。你能游到那里。不要径直向岸边游，不要和水流抗争，顺流而下，同时向岸边靠近。我的宝石，我无价的美人。"

她感觉到了龙的情绪，那是一种令人温暖的力量，仿佛她这个渺小人类的言辞，真的能够鼓励巨龙女王，能帮助她战胜这场向大自然的挑战。

赛玛拉也感觉到了。“伟大的女王，你一定要活下来。你全部祖先的记忆全都要依赖你的承载，才能跨越漫长的时光。游啊！ 不要让他们从这个世界上永远消失。整个世界都将因此而黯然失色。你必须活下来，一定要活下来！”

河岸距离她们越来越近，但接近的速度是如此缓慢。尽管有她们的鼓励，辛泰拉的力量还是在迅速衰退。这时，铜号般的吼声传入她们耳中。不止一头龙已经到了岸边，将身体嵌入到大树之间。他们在向辛泰拉发出召唤。而艾丽斯也在此时感到一阵战栗涌过全身——她听到了人类的喊声。

“是辛泰拉！ 是赛玛拉的蓝龙女王！ 游啊，女王，游啊！ 不要放弃！”

“甜美的莎神啊，她的背上还有人！ 那是谁？ 她救了谁？”

“游啊，巨龙！ 游啊！ 你一定可以的！”

赛玛拉突然提高了声音。“希尔薇？ 是你吗？ 艾丽斯和我在这里，辛泰拉救了我们！”

希尔薇嘹亮的声音向她们传过来。“不要试图爬上那些垃圾，你会被缠住的。一直游，穿过垃圾，到达岸边的大树。我们会在你身下放上大原木，你就能休息了。辛泰拉，不要被缠住！ 那些垃圾就像网一样。它们会捆住你，让你沉进水里。”

又过了几分钟，她们终于开始靠近岸边。这时她们非常感激希尔薇的喊话，此刻河岸边聚集了各种各样的残骸碎片。在水比较深的地方，漂浮的碎片还比较松散，但越靠近树林，辛泰拉遇到的障碍就越发密集。赛玛拉紧紧趴在她的龙身上，辛泰拉最后抗争的这一段时间，仿佛持续了至少有一天。安全的大树已经近在眼前，辛泰拉以前从没有如此渴望让自己的爪子能够感觉到树皮的支撑，能够紧紧抓住一棵巨树。她知道，只有到那个时候，自己才真正是安全的。一点微弱的晨曦已经开始穿透天空，照向一片混沌的水面。他们和洪水搏斗了一整个晚上？ 赛玛拉看到了树下群龙巨大的身躯。每一头龙都用爪子抓住树干，精疲力竭地漂浮着，依靠树林来抵御狂暴的水流，不时会有龙发出铜号一般的吼声。赛玛拉不知道他们在呼唤谁。树林中也有一些守护者。他们都坐在低矮的树枝上。赛玛拉看不清这里有多少人。但她开始有了希望，但愿所有人都能平安无事。只是在几个小时以前，她还以为只有她、艾丽斯和辛泰拉在这场灾难中幸存下来。现在她已经开始期待他们全都能平安无事了。

辛泰拉还在用胸膛顶开那些垃圾，向树林靠近。想到巨龙女王竟然会接受人类的建议，没有尝试爬上这些垃圾形成的浮垫，而是选择了这种更加辛苦的方式，赛玛拉不禁暗自感到惊奇。她能够感觉到辛泰拉的疲惫。现在巨龙女王需要停下来好好休息了。当赛玛拉看到希尔薇和刺青从浓密的树枝上向她们跳过来的时候，她的心一下子喜悦地狂跳起来。“小心！”她向他们喊道，“如果你们掉下去，在这一堆垃圾下面，我们永远也没办法找到你们。”

“我知道！”刺青回答道，“但我们必须为辛泰拉清出一条路，帮助她到达树林。我们会在每一头龙的胸口下面放至少一根漂浮的原木，帮助他们在水里浮起来。”

“如果是那样就太好了。”辛泰拉立刻回答道。听到巨龙女王如此示弱的响应，赛玛拉知道，她的疲惫一定远远超出了自己的想象。

“我们必须从她的身上下来，”赛玛拉低声对艾丽斯说，“这些垃圾浮毯看上去足够厚实，能支撑我们。只要我们小心一些就行。”

艾丽斯已经解下了自己的腰带。这条腰带要比赛玛拉预料中更长，因为缤城女子将它在腰间缠了两圈。“把这个系在你的腰上，”她对赛玛拉说，“我系上它的另一头。如果我们一个人滑倒了，另一个人还能拉住她。”

赛玛拉首先爬了下去，半滑半跌地离开了辛泰拉光滑的肩膀。她很感谢艾丽斯让她在腰间系上了这根带子。在她就要落到垃圾浮垫上的时候，艾丽斯拉住了她，让她能够从容地选择一个落脚点。不远处有一根原木，上面伸展出一根枝杈。赛玛拉成功地跳到了上面。那根原木承受了女孩的体重，开始上下晃动，但并没有侧向翻滚，把赛玛拉甩进水里。赛玛拉怀疑这根原木在水下还有很多枝杈和其他碎片彼此纠缠着，才让它变得如此稳定。

“这里可以！ 下来吧。”赛玛拉向艾丽斯喊道。她回头瞥了一眼，看见刺青也要踩到这根原木上，便急忙警告他，“不要下来！ 我先让艾丽斯下来，踩在这上面，你先不要把你的体重压上来。”刺青停住脚步。他显然很不高兴，满脸都是焦急，但他还是听从了赛玛拉的指挥。艾丽斯这时也趴着辛泰拉的翅膀滑了下来。赛玛拉又听到希尔薇的声音在辛泰拉身体的另一边响起。

“我们必须慢慢来，否则你会把我弄到水里去。我会踩着这根原木向你走过去。我的体重把它压下去的时候，你可以试着将一条前腿放上来。然后，我向后退，你可以一点一点把身子挪上来。我们已经用这种方法帮助三头龙浮起了身子。你准备好了吗？”

“完全准备好了。”蓝龙回答道。她的口气和平时很不一样，其中几乎可以说是带着感激的意味。赛玛拉差一点笑了起来。也许经过这场风波之后，辛泰拉看待守护者们的眼光也会不一样了。

刺青一下子抓住赛玛拉的手臂，让赛玛拉不由得惊呼了一声。“我抓住你了，”刺青用充满慰藉的声音说，“这边走。”

“放开！ 你要让我掉下去了。”看到刺青脸上受伤的表情，赛玛拉又改成了安慰的口吻说道，“我们必须在这根原木上为艾丽斯让出空间。回去，刺青。”刺青照她的话做了，她又压低声音说道，“非常高兴能看到你还活着，我真不知道该对你说些什么才好。”

“除了‘放开’？”刺青的幽默中带着一点苦涩。

“我没有生你的气。”赛玛拉对他说。让赛玛拉有一点惊讶的是，她发觉这句话是真心的。“向左边移动，艾丽斯！”她向那个缤城女人喊道。艾丽斯仍然趴在辛泰拉的翅膀上，正在寻找一个落脚的地方。“再来一点，再来一点……就是这里。你踩的地方没有错。慢慢把你的体重放上来。”

那个缤城女人听从赛玛拉的指挥，站到原木上。原木承受了她的重量，稍稍向下一沉，引来她的一声小小的尖叫。她又放下自己的另一只脚，站稳身子，同时伸展开手臂，就像是一只在暴风雨后想要晒干自己翅膀的鸟。她的身体刚一离开辛泰拉，这头蓝龙就急忙伸出前腿搭在被希尔薇压下去的原木上。

巨龙的突然移动让整片垃圾浮垫都晃动起来。艾丽斯惊呼一声，摇摆着身体努力想要恢复平衡。赛玛拉则完全不在乎个人形象，立刻蹲下身，又坐到原木上，“放低中心！”她向艾丽斯喊道，“我们在原木上只能爬着走，除非我们能找到一个更加牢固的地方。”

“我能保持平衡。”缤城女人回应道。尽管她的声音有一点打颤，但她还是努力站直了身体。

“随你，”赛玛拉说，“我可不打算站起来。”她多年的树梢行走经验早就教会她，除非迫不得已，否则不要冒险。她爬到了原木上最宽的一端，那里有许多向外伸展的树根。她抓住树根之后才站立起来。刺青又来到她身边，侧目瞥了她一眼，然后说道：“我带你们离开这里。这里的一些垃圾层会更厚实一些。”

“谢谢。”赛玛拉一边回答，一边等待艾丽斯牵着腰带走过来。然后她又回头看了一眼辛泰拉。现在她只能让希尔薇照顾自己的龙，这让她感到有一点惭愧。那个小女孩正自信地走在原木上，指挥蓝龙照她的方法浮起身体。赛玛拉宽慰地叹了口气。希尔薇能够把她的龙照顾好。

“希尔薇还找回了一条小船。”刺青回过头说道，“也是她把我从洪水里拖出来的。”

“我还记得那时我觉得她太小，太孩子气，不适合参加这次远征。”赛玛拉说道。让她惊讶的是，刺青在这时笑了起来。

“我想，是逆境激发了我们的能力。”他们来到了第一棵大树下。赛玛拉停下脚步，伸手按在树干上。这种感觉非常好。大树在洪水的冲击下不住地微微颤抖，但即使是这样，它也要比赛玛拉几个小时以来接触到的任何东西都更加牢固。她很想将自己的爪子刺进树皮中，爬上这棵树，但她还和艾丽斯拴在一起。

“那边有一棵枝杈很低的树。”刺青对她说。

“那里应该不错。”赛玛拉回应道。树下的垃圾浮垫堆积得更加紧密了。赛玛拉每一步踏在上面的时候，这些垃圾还是会上下浮动，但踩着它们逐渐走向刺青所指的树，已经很容易了。当赛玛拉不再需要为生存而担心，立刻就有另外一百个问题挤进她的脑海。但她没有将这些问题说出口，只是跟随着刺青的指引来到那棵大树旁。赛玛拉先用爪子抠住树皮，向上爬了一小段，然后艾丽斯将刺青当作垫脚，在赛玛拉的帮助下爬上了树干。这个缤城女人完全不会爬树。但在刺青和赛玛拉的扶持下，他们终于爬上了一根几乎和地面平行的粗壮树枝。这根树枝宽得足以让艾丽斯躺在上面。不过艾丽斯只是盘腿坐在树枝正中，同时用手臂抱住了身子。

“你冷吗？”赛玛拉问她。

“不。这件长袍暖和得让我感到惊讶。不过我的脸和手被河水烧得很痛。”

“我觉得我的鳞片帮我挡住了河水的烧灼。”赛玛拉说道。她有些吃惊的是，自己竟然把这句话说了出来。

缤城女子点点头。“我真的很羡慕你。这件古灵长袍似乎能够保护我，它能挡住河水。我不明白它是如何做到的。我的身上会被打湿，但也会很快就变干，被长袍包覆之处，都不会因为泡过河水而感到痛或痒。”

刺青耸了耸肩。“有许多古灵宝物都具有你想不到的功能。风铃在有风吹过的时候会响起动听的旋律；金属在被人碰触的时候能够发亮；珠宝会散发出香气，光泽也永远不会消退。这全都是魔法。”

赛玛拉点点头，然后问道：“我们这里有多少人和龙？”

“大部分都在了。”刺青说，“所有人多多少少都受了伤。凯斯的腿上有一个很大的伤口，不过河水的烧灼却让那道伤口封闭了，所以我觉得我们还算幸运，因为我们根本没有东西可以为他包扎。兰克洛斯被什么东西撞在了肋骨上。他只要一哼哼，血就会从他的鼻子里流出来，但他坚持说他没有事，不让我们检查他的身体。哈里金求我们照兰克洛斯说的去做。他说兰克洛斯不想看我们大惊小怪的样子。博克斯特的脸被砸了一下，眼睛都变黑了。现在他只能勉强看见一点眼前的东西。火绒伤了翅膀。一开始诺泰尔还以为他的翅膀断了。不过现在他翅膀上的肿胀已经消退下去，翅膀也可以活动了，所以我们认为他的翅膀只是遭到了严重的扭伤。大家受了很多伤，不过至少大部分都聚在一起了。”

赛玛拉只是看着刺青。“不在的人呢？”艾丽斯问道。

刺青吸了一口气。“埃鲁姆不在，还有沃肯也不在。埃鲁姆的龙亚布克一直在向他吼叫。我们怀疑他还活着。我们试着和亚布克说话，但没有人能明白他的意思。那就像是和一个受惊的小孩子说话。他只是一直不停地吼叫，不断重复他要埃鲁姆回来，把他从水里带出去。沃肯的红龙巴力佩尔一直保持着沉默，不和我们任何人说话。洁珥德的维拉斯也不见了。洁珥德到了这里之后就一直哭。她说她‘感觉不到’她的龙了。所以她认为她的龙淹死了。”

“我们看见维拉斯了！ 她还活着，正在奋力游泳，但水流把她带到下游去了。”

“如果是这样，我认为这是个好讯息。你应该告诉她。”

刺青声音里的某些东西让赛玛拉感到警觉，似乎他还有更糟的讯息没有说出口。赛玛拉屏住呼吸，等待着，但艾丽斯已经开口问道：“柏油人和莱福特林船长呢？”

“我们有人看见了那艘船，就在第一阵洪峰冲过去的时候，洪水完全淹没了柏油人。但我们看见它又从水里冒了出来。白水沿着它的排水口全部排出去了。我们最后一次看见他的时候，他还稳稳地浮在河面上。但我们知道的也只有这些了。我们至今都没有看到船员和猎人们，所以我们希望他们都还在船上，都能顺利躲过洪水。”

“如果是这样，他们一定会来找我们。莱福特林船长会来的。”艾丽斯的话语中充满了信心，而赛玛拉几乎要为她感到伤心。她知道，如果莱福特林不出现，他们只能依靠自己走出灾难，艾丽斯一定很难接受这个事实。

同时，赛玛拉依然目不转睛地看着刺青：“还有什么事？”

“银龙不在。那头小红铜龙芮普妲也不在。”

赛玛拉叹了口气。“我不知道他们能不能活下来。他们都不是很聪明，那头红铜龙一直都在生病。也许他们能这么快就解脱，也是一种命运的仁慈。”

她又向刺青看去，不知道刺青是否会同意她的看法。但刺青却仿佛没有在听她说什么。“还有人失踪？”她直白地问道。

她的问题却只是引来刺青的一阵沉默。仿佛整个世界都在这一刻停滞下来，在为即将到来的哀痛做着准备。“荷比，还有拉普斯卡。他们不见了。洪峰过去之后，就没有人再看到他们了。”

“但我离开的时候，他还和你在一起！”赛玛拉喊道，仿佛这全都是刺青的错。她看到刺青瑟缩了一下，才知道刺青早就将这份责任压在了自己身上。

“我知道。那时我们还在争吵。但只是一转眼，洪水就把我们冲倒了。那以后我就再没有见过他。”

赛玛拉蹲到了树枝上，等待痛苦和泪水涌上来，但它们迟迟没有出现，赛玛拉只感觉到一种怪异的麻木从自己的心中泛起——是她杀死了拉普斯卡，她杀死了那个孩子，因为她生他的气，决定不再照顾他。“我那时非常生他的气。”她向刺青承认，“拉普斯卡说的话彻底破坏了我对他的印象。我那时决定不要再和他打交道，不要再让他靠近我。现在，他却真的走了。”

“破坏了你对他的印象？”刺青好奇地问。

“我只是从没有想过他会做那种事。我还以为他会守规矩，不会那么做。”赛玛拉笨拙地说道。

她又说错了话。她能看出，刺青也将她的这句判断放在了自己身上。“也许我们都和其他人想象的不太一样。”刺青说了这一句，随即站起身，向树干走过去。赛玛拉想不出任何话能把他叫回来。

艾丽斯向刺青喊道：“没有人能确认拉普斯卡和荷比已经死了。他也许到了柏油人号，也许莱福特林船长能把他带回来。”

刺青回头瞥了一眼，用非常平淡的声音说：“我要去告诉洁珥德，你们有看见维拉斯，这也许能让她感到一点安慰。格瑞夫特一直在试图鼓励她，但她根本不听格瑞夫特的话。”

“你做得很对。”艾丽斯表示赞同，“告诉她，我们看到她的龙时，她的龙还在水上，游得很有力量。”

赛玛拉没有再说话。就让刺青去安慰洁珥德好了，这对她而言没有任何关系。她在丢下拉普斯卡的时候，就已经丢下了他。她对他们两个都没能做到真正了解，把自己的心只保留给自己，也许这样才会更好。赛玛拉不知道自己是不是在犯傻。她必须死死攥住自己的伤痛和愤怒吗？ 难道她不能丢下这些，然后原谅刺青，让刺青重新成为她的朋友？ 片刻间，这仿佛成了她最真心的决定。她能够对刺青所做的事情仍然耿耿于怀，但也能够一笑置之，只把它当作一件已经发生的事。若继续为此而计较，只会伤害他们两个。在她知道刺青和洁珥德之间的事情之前，刺青一直都是她的朋友。现在唯一改变的，只是她知道了而已。

“但我再不可能不知道了。”赛玛拉悄声对自己说道，“而知道了他会做那样的事，也就是让我知道了他和我曾经相信的那个人，并不是同一个人。”

“你还好吗？”艾丽斯问她，“你是不是说了些什么？”

“不，只是自言自语而已。”赛玛拉抬起双手捂住眼睛。她现在是安全的。她的衣服也开始变得干燥。她很饿，但饥饿完全无法和她的疲惫与伤痛相比。她可以等一等再去应付自己的肚子。“我认为我要去找个地方睡一会。”

“喔，”艾丽斯听起来有些失望，“我本来希望我们能够和其他人谈一谈，确认一下他们都看见了什么，以及遭遇了什么。”

“你去吧。我不介意一个人待一阵。”

“但……”艾丽斯欲言又止。赛玛拉突然明白了艾丽斯的难处。她以前可能从没有爬过树，更不要说在密布的枝杈之间行走。艾丽斯需要她的帮助，却又不想强人所难。赛玛拉突然很想一个人好好睡一下，她不断地感到头痛，希望自己拥有一个私密的地方，能好好痛哭一场，直到昏昏睡去。拉普斯卡那无忧无虑的笑容和没有底线的好脾气，总在她的脑海中飘荡。失去了，在不到一个晚上的时间里，她失去了两次，而且这一次很有可能再也回不来了。

赛玛拉的下巴突然开始颤抖。她马上就要在艾丽斯面前崩溃了，但这时希尔薇救了她。这个女孩像松鼠一样爬上树干，哈里金紧跟在她的身后。哈里金爬树时肚子紧贴着树干，就如同一条蜥蜴，这一点他和赛玛拉很像。在树枝上站稳之后，哈里金就叠起自己细长的身子，背靠树干坐了下去。希尔薇在很脏的裤子上蹭了蹭双手，对树枝上的两个女人说："我们已经让辛泰拉趴在浮木上，现在她能够休息了。哈里金帮我在她的胸口下面放了几根原木。那些原木都靠在树干上，水流只会让它们和树干贴得更紧。不过为了以防万一，我们还是用藤条把它们捆在一起。辛泰拉不是很舒服，但她不会沉下去了。水位开始下降了。从树皮上的水痕观之，我们能够确认这一点。"

"谢谢你们。"只是这样一句简单的话似乎还很不够，但赛玛拉已经找不到更好的东西可以给希尔薇了。

"没什么，"希尔薇回答道，"哈里金和我现在很擅长做这种事了。我从没有想过自己还要懂得如何让龙浮在水面上。"她露出微笑，又用带着血丝的眼睛瞥了赛玛拉一眼，然后就走开了。

"默尔柯和兰克洛斯怎么样了？"赛玛拉问道。她不愿提起拉普斯卡。将痛苦让别人分担不会有任何意义。

"默尔柯很疲惫，不过没有其他问题。我问过他是否记得以前发生过这样的事情。他说，有一次，他的一位先祖愚蠢地绕着一座山飞行，那是一座很高的山，明知就要爆炸的山，上面覆盖着白雪和厚厚的坚冰。那位先祖想要看看火焰遇到冰层时会发生什么。当火焰喷发出来的时候，无比厚重的冰雪立刻融化了，流下高山，沿途裹挟了岩石和泥沙，变成浓汤一样的液体。他说那一片大水流得又快又远，甚至超出了先祖的视野。他不知道这一次发生的，会不会也是同样的状况。灾难的源头来自某一个遥远的地方，只是现在波及了我们。"

赛玛拉沉默着，竭力想象着这样的情景。然后她摇摇头。希尔薇的讲述完全超出了她的想象能力。一整座山融化并流走了？完全超出了飞龙的视野？这样的事情有可能发生吗？

"你的龙呢？兰克洛斯怎么样了？"赛玛拉又向哈里金问道。

"兰克洛斯在第一波洪峰到来的时候被一根原木砸中了，受了很重的挫伤，但至少他的皮没有破裂，水没有腐蚀他的血肉。"希尔薇代哈里金作了回答。哈里金缓慢地点点头。他现在变得非常沉静。看着他宝石一样完全不眨动一下的眼睛，赛玛拉觉得他更像是一条蜥蜴了。

“你还找回了一条小船，还救了刺青？”

“这全都是运气。当时我把餐盘忘在船里了，鱼快熟的时候，我回去取餐盘。洪峰到来的时候，我刚好爬进船里翻找东西。当时我只能紧紧抓住小船，直到它重新冲出水面。那时我只能不停地向船外舀水。不过我的装备全都被冲走了。除了身上的东西，我也是一无所有了。”

“有人还能剩下什么东西吗？”赛玛拉伤心地想起了她的狩猎工具，她的毯子，甚至是她那一双干袜子。全都没有了。

“我们一共找回了三条小船，不过船上的东西也都没了。就连船桨都没了。我们必须找一些东西代替船桨。格瑞夫特还保有他装生火工具的小袋子，但现在那些东西也没有什么用。我们能在哪里生火？ 如果水不退下去，恐怕今晚蚊子涌过来的时候，我们就要受罪了。我的朋友们，我们还有其他许多难关需要应对。”

艾丽斯说话了：“莱福特林船长会来找到我们。等到他过来，并等水退去，我们就继续前进。”

“继续前进？”哈里金的声音缓慢而微弱，仿佛他无法相信自己的耳朵。

缤城女子扫视了一下面前这几位惊讶的伙伴，轻轻笑了一声。“你们不知道你们的历史吗？ 这就是贸易商。我们会一直前进。而且……”她耸耸肩，“……我们也没有别的事可以做。”

祷月第十九日

商人联盟独立第六年

来自黛托茨，崔豪格信鸽管理人
致艾瑞克，缤城信鸽管理人

被封锢在小管中的报告，是由卡萨里克雨野原贸易商议会向崔豪格雨野原贸易商议会发出的，报告中内容涉及地震、黑雨和白潮，以及有可能殁于这场灾难的克尔辛拉远征队成员，柏油人号船员和全部巨龙的名单。

艾瑞克：

我们从没有见到过这样的洪水。两个发掘遗址中都死了许多人，刚刚在卡萨里克建好的新码头毁于一旦。河岸边的几十棵巨树都倾斜了。我们损失的房屋并不多，这也许完全是因为我们的好运气。城市中的路桥和贸易商大堂都遭到了不同程度的破坏。我怀疑我们再也不会得到那些龙和守护者们的讯息了。一天前，我收到了你的信鸽，知道你要来雨野原游览。我希望你不在河道上。如果你一切平安，请在收到这封信之后，就尽快派一只信鸽给我。

黛托茨

第六章 搭档

水拍打着他的脸，他因此从噩梦中惊醒。他咳嗽着，啐出嘴里的水。“不要这样！”他呛了一下，又努力让自己的声音显露出威胁的意味，“离开我的房间。我要起来了。我不会迟到的。”

但无论他怎样求告，水还是再一次拍到他的脸上。他的蠢妹妹一定要吃些苦头了！

他睁开眼睛，却只看到一个新的噩梦。他正挂在一头龙的嘴里，而这头龙正在一条白色的河中游动。天空中仿佛已经亮起了一点晨曦，塞德里克的头几乎就要碰到水面了，他能感觉到龙的牙齿轻轻抵着自己的胸口和背部。他的手臂和腿悬挂在龙嘴之外，没入到河水中。河水一直在推动着游泳的龙，将他们不断带向下游。这头龙已经很累了。但还是顽强地一下一下拍打着前腿。塞德里克转过头，发现这头龙也只有肩膀和头还在水面上。红铜龙正在沉下去。等到她完全没有了力气，塞德里克也会和她一起淹死。

“出了什么事？”塞德里克问道。他的声音异常沙哑。

大水。红铜龙发出响应的咯咯声，但她的意念已经出现在塞德里克的脑海里。她又将一幅景象映在塞德里克的脑海中——一道高耸在半空中的白色水浪中裹挟着石块、原木和野兽尸体。现在他们周围的水面上仍然漂浮着许多垃圾碎片。红铜龙正在被带往下游，她的身边是一片藤蔓和浮木碎片形成的浮毯。其中隐约能看到一具野兽尸体的四只蹄子。这一片浮毯在河水中旋转了一下，又散开了。

“其他人怎样了？”龙没有给他回应。现在他的双眼距离水面太近，稍远一点的地方都看不见。在他的视野中只有白浊的河水。真的只有这个？ 他缓慢地转动了一下头颅。没有柏油人号，没有小船，没有守护者，没有其他龙。只有他自己，红铜龙，宽阔的白色河流，还有远处的森林。

他竭力回忆自己之前做了什么。他离开柏油人号。他和赛玛拉说了话。他去寻找红铜龙。他决定摆脱现在的局面。要用什么办法？ 在这里，他的回忆中断了。他在龙嘴中动了动。这唤醒了龙牙在他身上造成的几处痛点。他垂下的两条腿很冷，而且几乎麻木了。他脸上的皮肤在感到一阵阵刺痛。他竭力移动手臂，发现自己的手还能动。但即使是这样一点动作，也让红铜龙的头歪了一下。红铜龙挺起脖子，继续向前游。但现在他距离水面更近了，水浪甚至随时有可能泼进红铜龙的嘴里。

他想要看看他们距离岸边有多远，却根本找不到河岸。在他们的一边，他看见一排树从水中冒出来。他将眼睛转向另一边，却只能看见辽阔的河面。这条河什么时候变得这么宽了？ 他眨眨眼睛，尝试集中目力。在他们周围，天正变得越来越亮，阳光从白色的河面上反射上来。树下也没有岸，河水已经上涨到了令人吃惊的程度。

而这头龙还在随着水流向下游前进。

“红铜。”他努力想要引起龙的注意。红铜龙只是顽强地向前拍着水。

他搜索自己的意识，找到了龙的名字。“芮普妲，向岸边游。不要顺着水流游。向那些树游。就是那边。”他想要抬起手臂指一下，但这个动作让他感到疼痛，而龙也随着他的动作歪过头，差一点把他的脸浸没到水里。同时她还是在不停地向下游打着水。

“该死的，听我说！ 转向岸边！ 那是我们唯一的希望。带我去那里，到树林去，然后你想做什么都可以。我不想死在这条河里。”

他不知道红铜龙是否注意到了他在说话。一下，又一下，他随着红铜龙打水的节律轻轻摇晃着。

他不知道是不是能靠自己的力量游过去。在游泳时，他从来都没有太大的力气。不过强烈的恐惧也许能让他得到一点力量。他尝试着活动双腿，结果又让他在水里浸了一会，同时他又发现寒冷已经侵入了他的骨髓。如果不能让这头龙将他带到岸边，他自己肯定不可能游过去。而看红铜龙现在游泳的样子，他怀疑就算是这头龙也游不过去了。龙是他唯一的机会，他必须让她听自己的话。

他想到艾丽斯和辛泰拉，便抬起一只手，抚摸芮普妲下巴上紧贴着鳞片的皮肉。他的手很温柔。龙的皮肤因为长时间浸泡在河水中，上面出现了许多皱褶。这些皮肤也是红色的。他怀疑如果自己能让这些皮肤热起来，它们可能会开始燃烧。现在不是想这种事的时候。

“我的美人，”他开口说道，同时又觉得自己很愚蠢。他几乎是立刻就感觉到一阵关注的温暖火花在自己的意识中绽放，“亲爱的红铜女王，如同一枚新铸成的硬币闪闪发光。请转过你旋转的眼睛和闪耀的鳞甲，认真听我说。”

听你说。

“是的，听我说。转过你的头。你有没有看到那里的树林？ 就是冒出在水面上的那一片树。亲爱的，如果你带我去那里，我们就都能休息。我可以为你清洗身体，也许还能为你找些食物。我知道你很饿了。我能感觉到。”他不安地意识到，自己说的话是真实的。如果他让自己的意识向外伸展，他就能感觉到芮普妲越来越强烈的疲惫。快离开她！“让我们到那里去，这样你就能得到你所急需的休息，我也能够有幸洗净你脸上的污泥。”

他对此不是很擅长。除了告诉芮普妲她很漂亮以外，他完全不知道什么样的恭维能够让龙喜悦。说过这一番话以后，他等待着红铜龙的反应。红铜龙转过头，看到那些树，同时继续拍着水。他们并没有直接向岸边游去，但至少现在他们已经接近正确的方向了。

“你是如此睿智、可爱的红铜，美丽动人、闪耀夺目的红铜。游向那些树，聪明、漂亮的龙。”

他再一次感觉到温暖的接触，这让他生出一种奇怪的感动。他肉体的疼痛似乎也随之减轻了。他的用词简单又直接，但这似乎没有对交流的效果造成妨碍。他不断地给予她赞扬，她便越来越直接地游向河边，每一次动作也变得越来越有力。片刻之间，他感觉到这样用力在更加迅速地消耗掉红铜龙的体力。这样向芮普妲提出要求，他几乎要感到羞愧。“但如果我不这样做，我们两个都活不下来。”他喃喃地说道，隐约感觉到芮普妲对他的赞同。

随着他们逐渐靠近树林，塞德里克的心沉了下来。这条河已经变得无比宽阔。树下根本看不到河岸，甚至连泥沼都没有。他们面前只有一道无法穿越的树墙，粗大的树干就像牢笼铁栅般，将芮普妲困在河中。在树冠的阴影中，白色的水面变成一片没有堤岸的平静湖泊，并延伸到远处的幽影里。

但他终于看到了一点希望。在茂密树林的一处凹陷里，树枝、浮木和各种垃圾被河水的回流冲击，因而堆积在一起，其中甚至有许多粗大的树干。它们形成了一层漂浮的垫子。看上去，这层垫子不会一直固定在这里。但只要他们能够游到浮垫旁边，至少芮普妲能够爬上去，暂时离开水面，也许还能在天黑之前晒干身子。

现在他只能为自己争取到这些了。没有热食和恢复精力的饮料，没有干燥洁净的衣服，甚至没有一张木板小床能够躺一下。除了能够暂时生存下来，他什么都得不到。

而他知道，这头龙能够得到的更少。就算是那些堆在一起的原木和垃圾，能够让芮普妲暂时有一个栖身之地，她也没有太大的希望能站上去。她已经在游泳中耗尽了自己的全部力气，却仍然没有能脱离洪水。现在她已经没有希望了，而他的希望也非常渺茫。

救不了我？

“我们要试一试。我不知道该怎样做，但我们一定要试一试。”

在一段似乎很漫长的时间里，塞德里克感觉芮普妲离开了他的意识。他开始感觉到皮肤的刺痛，感觉到龙牙刺进自己的身体，他的每一根肌肉都在强烈的酸痛中向他尖叫，寒冷让他麻木，又在灼烧他的身体。然后，芮普妲回来了，带来了她的温暖，将塞德里克的苦难推向一旁。

能够救你，芮普妲郑重地说道。

塞德里克能够感觉到自己被爱意包裹。为什么？他不明白，为什么她会这样在意自己？

不再孤单。你让世界变得有意义。是你和我说话。她的温暖将他包裹在其中。

塞德里克深吸了一口气。他在自己的一生中也感受过人们的爱。他的父母爱他。他认为诏谕曾经爱过他。艾丽斯也是爱他的。他知道什么是爱，并且认为“爱”理所应当就是为他而存在的。但他以前从没有体会过这样的爱——从另一个生物身上散发出的爱意有如实质般将他托起，让他感到温暖和舒适。这太难以置信了。一个念头慢慢出现在他的脑海中。

当我在意你的时候，你能感觉到吗？

有时候。她谨慎地回答道，有时我知道那不是真的。但和善的话语，美丽的话语，即使那不是真的，感觉也很好。那就像在饥饿的时候，拥有食物的回忆。

突然间，羞愧之情充满了塞德里克的心。他缓缓吸着气，向芮普妲敞开自己感激的心。他让自己的谢意从体内流出，感谢芮普妲原谅他偷窃她的血，感谢她救了自己，感谢她直到现在仍然在努力奋斗，哪怕他给她的只有绝望。

仿佛他将油倒进了火里，芮普妲的温暖和对他的关注也随之迅速增强。塞德里克真的感觉到自己的身体暖和了起来，而芮普妲一下又一下的划水，也变得更加有力。只要齐心协力，他们也许能活下来。他们两个。

许多年里，塞德里克第一次闭起双眼，衷心向莎神做出祷告。

“拿着食物到上边去，继续观察。”莱福特林对戴夫威说，“你要一直站在船舱顶上，搜索每一个方向。查看水面，查看所有漂浮在水上的碎片，看看有没有人趴在上面，看看树林边上和树林里面有没有人。然后再长吹三声号。”

“是，船长。”戴夫威有些虚弱地说道。

“你能做到。”卡森在他背后说。然后拍拍这个精疲力竭的孩子的肩膀，轻轻推了他一下。这个男孩抓起两个航船圆面包，又拿起他的茶杯，就走出了船舱。

“他是个好小子。我知道他很累了。”莱福特林说。他这样说，一半是为如此粗暴地对待这个男孩而道歉，另一半是为了感谢能够让他为自己奔忙。

“他想要找到他们，这一点心情就和这里的任何人一样。只要还能动，他就会去努力。”卡森犹豫了一下，然后又犹豫着问道：“柏油人怎么样了？他能帮助我们进行搜寻吗？”

莱福特林提醒自己，这名猎人这样问也是出于好意。但不管怎样，他只是莱福特林的一位老朋友，不是船员。有些事情不能告诉家人以外的人，甚至是老朋友也不行。“我们正在尽量发挥这艘驳船的功能，卡森，现在它只差伸开翅膀在河面上飞行了。你能期待一艘船做什么？”

“当然。”卡森点了一下头。他明白莱福特林的意思，不会再深问下去。但他的理解几乎像他的问题一样让莱福特林感到困扰。他知道莱福特林不是一个好脾气的人。而现在莱福特林的心几乎都要被哀痛和焦急撕碎了。但他还抱着希望，不顾一切地持续搜索。*艾丽斯，艾丽斯，我的爱人，为什么我们还要彼此隐瞒。难道我们最终就要这样失去彼此吗？*

现在需要寻找的并不只是那一名女子，但莎神在上，对她的思念已经压垮了他的心，摧毁了他的大脑，让他无法再接受任何冰冷的逻辑。所有那些年轻人，他们全都失踪了。每一头龙都不见了，还有塞德里克也不知去了哪里。如果他找到了艾丽斯，却只能告诉她塞德里克不知下落，艾丽斯会怎样想他？所有那些龙也都没了。艾丽斯的梦想会随着他们一同消失。他知道艾丽斯对那些龙和守护者有着怎样的感情。他辜负了艾丽斯，彻底辜负了她。这次搜寻注定不会有好结果。绝不会有的。

“莱福特林！”

听到有人喊自己的名字，他愣了一下。然后他才看见卡森的脸，明白这名猎人要和自己说话。“抱歉，太长时间没有睡觉了。”他用粗重的声音说道。

那名猎人同情地点点头，揉搓了一下自己遍布血丝的眼睛。"我知道。我们全都累了，但我们还有该死的运气，所以现在我们只不过是有些疲惫而已。你遭受了一些撞击，埃德尔也许断了一两根肋骨，但总体而言，我们算是平安度过了危机。我们全都知道，现在不是休息的时候。现在我有一个主意。我的小船还在柏油人号上。这也是我们的运气，我总是习惯每天晚上都把小船提到船上来，固定好。我想，我可以带上船上的另外一支号角，自己乘小船出去，先用最快的速度向下游走一段，然后到岸边去找找。你跟在我后面，仔细搜寻。隔一段时间，我就会吹三声号，就像戴夫威那样，让你知道我的位置，也让你知道我还在寻找。如果我们有任何发现，我们就用三声短号告知对方。"

莱福特林认真地听着猎人的建议。他知道卡森要寻找什么——尸体，他的目标是尸体，以及在这种恶劣的环境，可能无法向援救者发出讯号的幸存者。卡森的建议很有道理。柏油人的速度非常慢。他先要逆流而上，到达大约是洪峰首先攻击他们的地方，然后调头返回，一路上在河面和河岸边进行搜索。卡森的小船能够随着水流快速行动，迅速回到他们最开始进行搜索的地方，再从那里顺流而下，寻找各处浅滩。

"你需要有人陪着你吗？"

卡森摇摇头，"我更愿意让戴夫威留在你们身边。这里更安全。我一个人去。如果我找到任何人，我的船很小，我会马上带他们回来。"

"三声短号代表我们有发现，哪怕那是一具尸体？"

卡森想了想，然后摇摇头。"如果是尸体，我们就都无能为力了。没有必要为此就发出召唤，这可能会让我们失去拯救幸存者的机会。我想要一些油和一口大锅。如果我们在日落之前还没有会合，我会继续前进，在船上生起火，整夜进行搜寻。火会让我感到温暖，还能让幸存者看到我。如果我在接近天黑的时候找到了人，我就会用号角和火为你们指明方位。"

莱福特林点点头，"带上足够的补给品和水。如果你找到幸存者，他们的状况可能很糟糕。你会需要这些物资的。"

"我知道。"

“那么，祝你好运。”

“莎神祝福你们。”

猎人口中说出这句话，只是让莱福特林更加感到情况严峻。“莎神祝福。”他回应了一句，看着卡森转身离去。“请……请你……一定要找到她。”他悄声说道。然后他就回到甲板上，重新开始专注地扫视河面。

回到船员之中，莱福特林立刻感觉到他们对他的同情。斯沃格、贝霖、轩尼诗和大个子埃德尔都沉默着，其视线都避开他，仿佛在因为无法满足船长的心愿而感到羞愧。丝凯莉来到他的身边，握住他粗硬的手，轻轻捏了一下。侄女紧紧抿住的嘴唇和用力地点头，莱福特林知道，她也像自己一样关心着那些失踪的人们。然后，丝凯莉就离开船长，回到了自己的瞭望位置上。他们都是优秀的船员，莱福特林想到这里，忽然感觉喉咙有些发紧。他们都是二话不说，就追随他踏上了这场前往未知流域的远征。当然，这也是河上水手的天性：好奇，喜爱冒险，喜爱充分发挥他们的技巧。但更重要的原因是，他们会一直追随他们的船长和柏油人。莱福特林的肩上担负着他们的生命。有时候，对这一点的了解会让莱福特林格外谦逊和谨慎。

莱福特林不知道自己为什么还要向卡森隐瞒这艘船的秘密。那个人不是傻瓜，船员们的心照不宣也不可能继续愚弄他。卡森知道这艘船有自己的感情。如果说以前他对此可能还有怀疑，但昨晚柏油人对莱福特林的援救早已清楚地向他说明了一切。听到莱福特林的哨音，这艘驳船便径直驶了过去。尽管水流湍急紊乱，柏油人却能稳稳地越过水面，直到他的船长平安上船。

那时莱福特林裹着一条毯子，全身打着哆嗦，不停地往下滴水，而他一头便闯进厨房，高声问道：“艾丽斯没事吧？”然后立刻从船员们的表情中明白了一切。

从那时起，他就没有睡过觉。在找到艾丽斯之前，他一定也阖不上眼。

垃圾堆积得太厚了，却又不够牢固。

芮普妲将塞德里克送到了那里。靠近垃圾浮垫的时候，芮普妲直接插了进去，就像是一只勺子插进浓汤里。浮木、荆棘藤蔓、挂满树叶的枝杈、长长的枯朽原木、刚刚被扯下来的树木和一团团野草，纷纷从她拍打的前爪旁退开，又聚拢在她身后。用胸口顶着这些漂浮物，芮普妲判断它们可以撑住塞德里克，才张口将他放下。塞德里克从红铜龙的嘴里掉出来，落在两根漂浮的原木上，立刻开始向它们之间的缝隙滑下去。他拼命挪动自己僵硬的手脚，不顾肌肉的一阵阵痉挛，努力挣扎与攀爬，直到自己爬上了更大更粗的那一根原木。然后他就趴附在那里，感觉到原木在水中沉浮不定。更糟糕的是，他感觉到这根原木正在漂移，马上就要离开岸边这些纠缠在一起的浮垫了——原来是红铜龙也在挥动前爪，冲撞着这根原木，想要爬上来。

“芮普妲，不要，它撑不住你。你不能爬上来。这只是一段漂浮的小木头。”他从芮普妲身边跑开，到了另一片浮垫上。红铜龙的挣扎对这里的影响没有那么厉害。他能感觉到芮普妲心中渐渐强烈的恐慌，其中还夹杂着她的疲惫和绝望。她很累了。塞德里克愧疚地想道，如果芮普妲刚才将他抛弃，那么她就能保留更多的体力。塞德里克再一次开始思考：为什么红铜龙在对自己如此不利的情况下，还要救他呢？

然后塞德里克又开始想，为什么自己会袖手旁观，不愿去救芮普妲？

他很快就有了一个充满负罪感的答案。只要芮普妲淹死，就会永远离开他的意识。他知道现在她的脑海里又一次只有他自己的思想了。等他回到缤城后，他能够像以前那样生活，并且……

他撇去私心，知道自己永远也不可能回缤城了。他正在一条酸水河流上，脚下只踩着一些垃圾。他看了看自己刺痛的手臂，暴露在外面的皮肤就像是被煮熟的肉。他不知道自己身体的其他地方是什么样子。他太懦弱了，不敢去看。一阵寒颤涌过他全身。他抱紧自己，竭力想要了解自己所处的这个不可想象的环境。在这个野蛮之地，他所依赖的一切都没有了。没有船，没有船员，没有猎人，没有任何种类的给养。艾丽斯可能已经死了。她的尸体也许正漂浮在这条河的某个地方。哀恸狠狠闯进他的心中。他想要将这股可怕的情绪赶走。他必须清理自己的意识，否则他就会和艾丽斯一样。

他该做些什么？ 他没有工具，没有火，没有庇护所，没有食物，也不知道该如何凭自己的力量得到这些东西。他看着红铜龙。他已经将事实告诉了她。他不知道该如何救她。如果这头龙死了。河水会将她冲走，然后他也会死。也许会死得比较慢，而且非常孤独。在这片河面上，他是寸步难行的。

所以，这头龙是他现在能够离开这里的唯一希望，是他唯一的盟友。她刚刚冒着生命危险救了他，却几乎没有向他要求任何回报。

芮普妲发出一声短促的、铜号般的吼叫。塞德里克回过头看着她，这时芮普妲已经进入到垃圾浮垫的深处。她将一只前爪搭在了一根巨大原木上，正努力要将另一只爪子也搭上去。但她抓住的是原木较细的一端。随着她把体重压上去，原木的另一端开始上翘，红铜龙会将原木压得竖起来，那时原木就会从她的身下滑走。这很可能会让她完全沉入水中，被压在这层浮垫下面。

“芮普妲，等等。你要把身子放到原木的正中央。等等，我来了。”他审视芮普妲周围的情况，竭力思考该如何救这头龙。龙正在下沉，木头在浮起。他不知道如果自己将体重压到原木翘起来的一端，能不能把这段木头压下来，让芮普妲能够把另一只爪子也搭上来。

红铜龙当然不会听他的话。她只是吃力地喘息着，努力要将另一条腿也搭上原木。她的挣扎正在将这一片浮垫撕开。许多碎片正在从浮垫边缘脱落，漂回到洪水中。

塞德里克又试了一次。他向芮普妲集中起思想。“我的美人，你必须让我帮助你。先不要动，暂时不要动，让我为你把这根原木压下来。我马上就来，可爱的猛兽，女王中的女王，我这就来侍奉你。你绝不能将这些堆积在一起的木头撕开。这可能让你漂到下游去，并因此离开我。尽可能不要动，且让我思考该怎么做。”

他感觉到一点暖意，然后是一小段讯息。侍奉我？ 他感觉芮普妲放松下来，不再挣扎。芮普妲太可怜了，这么轻易就相信了他。他的湿衣服紧贴在身上，摩擦着他发红的皮肤，但他依然笨拙地从原木移动到漂浮的碎木上，再到原木上。没有任何地方是稳定的，经常是在最后一刻，他才发现自己即将落脚的地方会沉进垃圾堆里，但他终于平安到达了红铜龙抓住的原木上，站在原木的另一端，紧紧抓住从这一端伸出的树根。这根原木非常长，他距离红铜龙很远。他的体重虽然很小，但有这么长的力臂，应该能够把沉重的芮普妲撬起来了。他开始爬上纠缠在一起的树根，以便能看到芮普妲的那一端是否抬起来了。随后他发现自己错了。他首先需要将原木的另一端压下去，让芮普妲能够真正爬上来。他真希望自己在这件事上能有更多的经验。他从来没有干过任何体力活，而这甚至是他一直引以为傲的事。他总觉得是自己的精明头脑和举止风范为他赢得了成功的人生。但现在，如果他不学会如何帮助他的龙，他的龙马上就要死了。

“芮普妲，我光彩照人的红铜女王，一定不要动。我要试着让我这一端浮起来，把原木插到你的胸口下面去。等它再浮起来的时候，也许就能稍微把你托起来。”

他的计划很糟糕。每当他想要抬起原木根部的这一端，他所站立的地方就会沉下去。有一次，他差一点失去平衡，掉进垃圾浮垫下面。终于，他成功地将原木向芮普妲的胸口下面推进去一点，但在他尝试努力之后，芮普妲的处境也只是比刚才好了一点点。芮普妲停止了踢水，身子开始下沉，不过她的后背和头还留在水面上。她定定地看着塞德里克。塞德里克注视着她的双眼。那是一双旋转的池塘，深蓝色和红铜色盘绕在一起。所有那些色彩都在流动。这让塞德里克想起了芮普妲的血不断地在玻璃瓶里转动。负罪感狠狠地刺着他，他怎么能对这样一头美丽的巨兽做出这种事？

累了，芮普妲向他发出哀鸣。这声音冲击着他的耳朵，红铜龙精疲力竭的感觉涌进他的意识，让他也不由得感到膝盖发软。他努力支撑住自己，尽量向红铜龙传递温暖和鼓励。

“我知道，我的女王，我的爱人。但你绝不能放弃。我正在竭尽全力，我一定能救你。”他疲倦的意识不断衡量一个个选项，又将它们抛弃掉。把小块木头塞进她的身子下面。不。它们只会漂走。或者他就会在这样做的时候掉下去。

她抬起前爪，想要找一个更牢固的抓握点。原木挪动了一下，稍作翻滚，让她差一点没能抓住原木。更多碎片从浮垫边缘漂走了，被河中饥饿的湍流吞下去。“不要挣扎，我的爱人，你趴住的原木很可能会把其他浮木撞走。尽可能不要动，让我好好想一想。”

温暖的波涛冲过他的心灵，减缓了他的忧虑。片刻间，他的心中荡漾起一阵喜悦。他感觉到一阵情绪的波动，仿佛是一丝迷恋。但很快，那种感觉像出现时一样又突然消失了。他紧紧攥住双手。艾丽斯管这个叫什么？巨龙的魅惑。这种感觉真好，令人陶醉，让人充满活力。他差一点就扑向了那种感觉，任由自己沉醉在其中。这时，芮普妲又开始挣扎，而他再一次险些跌入水中。不。如果要救芮普妲，他首先必须让自己保持和她的距离，让自己的意识恢复冷静。而一个更加黑暗的理由让他明白自己保持距离的必要——如果他任由芮普妲和自己的思绪深深纠缠在一起，当红铜龙淹死的时候——想到也会经历同样的体验，他就感到不寒而栗。

他看看红铜龙，又看看天空，估计了一下时间。然后他环视了一圈周围的树林。他相信这些树将是他们活下来最大的机会。这将是一项艰难的工作，但如果他能够重新排布这些垃圾，让水流将沉重的原木推向树林，那么芮普妲就会被带过去，并在那里找到一个更加稳固的位置。他看着芮普妲，一直等到芮普妲也转过头来看他，然后他努力将自己的思想向芮普妲推过去：“亲爱的女王，我会移动浮木，让你到达一个更安全的位置。在我完成这件事之前，不要挣扎。就挂在那里，相信我。你能做到吗？”

正在滑下去。

“我会尽快。不要放弃。”

“真是糟糕了。”有人用惊愕却又带着愉悦的声音喊道。

塞德里克猛然转过身。听到人类的声音，他的心立刻因为喜悦而加速跳动起来。他滑了一下，急忙维持住平衡，然后眯起眼睛向昏暗的树林中望过去。

“在这里。”那个沙哑的人声再次响起。

塞德里克转动视线，终于看到一个人正从一棵树上爬下来。他的两只手紧紧抓住树皮的棱线，靴尖插在树干的裂缝里，迅速下了树，然后向塞德里克转过脸。塞德里克才认出了他。是那名猎人，年纪比较大的那一个。他的名字叫杰斯。他们没有过多少交谈。杰斯显然觉得他很没有用，也从没有解释过那次闯入塞德里克房间的原因。这个人看上去很可怕，脸上全都是淤青。但他还活着，而且是人类，而且是他的同伴。

而且，塞德里克迅速意识到，他是一个知道如何搞到食物和水的人，一个能够帮助他活下来的人。莎神终于响应了他的祈祷。

“你怎么到这里来的？”塞德里克向他问道，“我还以为我是唯一活下来的。”他立刻就向杰斯走了过去。

“被水送来的。”杰斯发出一阵凶狠的笑声。他的声音就像砂纸一样刺耳，“关于是唯一幸存者这件事，我和你一样有着这个令人欢快的想法。看样子，几天前我们经历的那场小地震，还为我们保留了第二场惊喜。”

“这样的事情经常会发生吗？”塞德里克问道。他已经感觉到自己的怒火在升腾——以前从没有人警告过他。

*要滑下去了。*龙沉闷的喊声和她推向塞德里克的思绪，都明显流露出悲苦的情绪。

“河水发生变化是很常见的，但这样的洪水，似乎从来没有发生过。我也是第一次经历这种事，但对我们两个来说，都不算是完全的坏运气。”

“你是什么意思？”

杰斯露出笑容。“命运似乎不仅是救了我们的命，还将我们扔在同一个地方，甚至向我们提供了我们所需要的一切，让我们能结成搭档，赢取巨大的利润。比如就在不久之前，我刚从水里露出头，就发现了一条和我一样顺流而下的小船。不走运的是，那不是我的小船，不过那艘小船原来的主人还有些脑子，知道要把他的装备紧紧捆住。”他又猛烈地咳嗽了一阵，然后用力清了清嗓子。但这仍然没能改变他粗哑的声音，“那条船里有两条毯子，一些钓鱼工具，甚至还有一套生火工具和一只罐子。也许是格瑞夫特的，但我打赌，他再也不需要这些了。击中我们的那阵洪峰太猛烈，也太突然，很难相信我们之中还能有人幸存下来。我几乎已经要相信这一切都是命运的安排了。也许众神将我们聚在一起，就要看看我们有多聪明。因为如果你是一个聪明人，我们就能拥有我们需要的一切，过着非常舒适的新生活。”

杰斯一边用沙哑的声音大放厥词，一边从树干上爬下来，踩到一根原木上。原木承受了他的重量，稍稍下沉。杰斯的身材很高大，但他还是以相当轻巧的步伐快速走过了原木。他的一只手臂里还抱着几粒圆形的红色水果。塞德里克不认识那些水果，但一看到它们，饥饿和干渴立刻就在他的体内咆哮起来。

“你有水吗？”塞德里克一边问，一边小心地踩着堆积的垃圾向猎人走去。杰斯没有理他，只是一直走到他所在的大原木尽头，从那里下了水。塞德里克估计那条小船就系在这根巨大浮木的后面。杰斯消失片刻，当他再站起来的时候，臂弯里的水果都不见了。很显然，他将水果放在了那条小船里。一种扭动的不安感觉进入到塞德里克的肚子里。情况已很明显，这名猎人爬上树，吃了水果。他刚才拿下来的一定是他打算储存起来的口粮，是为他自己准备的。他一定也能看出塞德里克的情况有多么严峻，但他只是站在他的小船里，身上穿着干衣服，还拥有食物，却完全不打算帮助塞德里克。

杰斯将臂肘支在他和塞德里克之间的原木上，看着塞德里克。塞德里克停下脚步，竭力想要搞清楚眼前的局势。在和塞德里克的对峙中，杰斯昂起头，喷出一道鼻息，“你还没有说明，你会为我们的这个新搭档关系带来些什么。”

塞德里克目不转睛地看着他。现在他们身边只有一堆在树林间漂浮的垃圾，距离任何有人居的地方都有数个星期的路程，而这个家伙却在这个时候向他要钱？ 这根本没有道理。他听见身后的龙传来踢水的声音，感觉到芮普妲焦虑的心情。不过芮普妲总算又平静下来，因为她发现原木至少还有一部分在她的身下。饿了。塞德里克关于食物的想法刺激了她。或者也许是塞德里克感觉到了龙的饥饿。他不知道。他已经没办法完全分辨清楚自己和她的思绪了。害怕。这个想法无声地从龙传入塞德里克心中。小心。是不是芮普妲感觉到了某种塞德里克还没有察觉的东西?

塞德里克竭力将自己的注意力集中到眼前这个荒谬的男人身上。“你想从我这里得到什么? 看看我现在的样子，我什么都给不了你。在这里不行。我相信，如果我们能够回到缤城……”他没有把话说完。如果让杰斯知道他们就算是回到缤城，他也仍然是一文不名，那对他不会有任何好处。他试着想象自己在诏谕面前承认他失去了艾丽斯，也让诏谕获得继承人、继承权的希望从此彻底破灭。他不敢想象自己的家族会如何看待自己，更不要说是艾丽斯的家族了。他此行的任务是保护艾丽斯。什么样的保护者，会在自己的被保护人去世之后，仍然苟且偷生? 如果他一个人回到缤城，他将得不到任何工作，也不会再有家族的支持。他根本没有钱给这名海盗。

“没钱? 在我看来，你有的已经足够多了。我一定要向你明白说出来吗? 还是你仍然认为能够把这笔钱全部留给自己? ”

猎人又弯下腰，从塞德里克的视野中消失了。他从小船上拿起了一只工具袋。“从我的立场来看，如果你决定顺从自己的贪婪，我认为你就已经死了。”他打开工具袋，在里面找了找，脸上立刻露出了喜悦的微笑，“我相信这一定是格瑞夫特的小船。看看这个，匕首和磨石，全都仔细地被绑在一起。如果再大一些就好了，不过这个也能用。”他一边说话，一边拿出这两样东西，开始在磨石上慢慢打磨匕首。他的动作非常悠闲，仿佛他们两个有的是时间。

塞德里克一动不动地站立着。这个人到底在向他要什么? 那把闪着寒光的利刃是一种威胁吗? 他所说的“你有的已经足够多了”又是什么意思? 他是在提出性要求吗? 在此之前，他向塞德里克表达的只有蔑视。塞德里克吸了一口气。他又饿又渴，那头龙正在焦急地抓搔着他的神经，乞求他的关注。为了活下去，他要给杰斯什么? 他要给这个猎人什么才能让他援救芮普妲?

他想要的一切。

这个想法让塞德里克打了个冷颤，但他接受了这个想法，“直接说你想要什么吧。”塞德里克突然说道。这句话突兀地从他的嘴里蹦出来，甚至让他自己都感到出乎意料。

杰斯停住正在打磨的匕首，抬起头盯着塞德里克。塞德里克站直身子，将双臂交叉在胸前，与杰斯对视。杰斯向他扬起头，又发出一阵沙哑的笑声。“不是那个。不。我对那东西一点也不感兴趣。你到底是很蠢还是很顽固？”

他等待着塞德里克的回应。但塞德里克没有说话。于是杰斯摇摇头，脸上的微笑也变得冷峻起来。他伸手到衬衫里，掏出一只小口袋，打开它，同时说道：“莱福特林以为我很愚蠢，其实真正愚蠢的是他。我知道发生了什么。他看到了挣大钱的机会，他认为，如果让他的人参与，他自己就能把事情做好，还能让自己的那一份变得更多。但我可不会答应。没有人能抢走杰斯·托克夫的钱。”他从那只口袋里掏出一样有手掌那么大的东西。那东西呈现出红宝石一般的耀眼光泽。他用拇指和食指捏住那东西，让它在阳光下转动，使它更加变得光芒闪烁。“看起来很熟悉吧？”他带着嘲讽的语气向塞德里克问道。塞德里克的脸上先是露出难以置信的表情，然后又腾起愤怒的火焰。而杰斯只是为此发出了一阵大笑。

那正是拉普斯卡给艾丽斯的红龙鳞片。艾丽斯将它交给塞德里克，请塞德里克详细地把它画出来。然后艾丽斯忘记了塞德里克还拿着这片龙鳞。塞德里克也自然就把它纳入到自己的收藏之中。“那是我的，”塞德里克冷冷地说道，“你从我的房间里把它偷走了。”

杰斯带着微笑说道：“这是一个有趣的问题。这是不是有可能来自一个贼呢？”他低头看着在阳光中闪动的鳞片，“我拿着它已经有几天时间了。如果你真的还记挂着它，那你也将自己的焦急掩饰得很好，但我怀疑你甚至不知道它不见了。你并不像你所以为的那样擅长于隐藏物品。我在你那里找到的大多是讨人嫌的垃圾，不过这个不是。所以我拿走了它。当然，只是为了以防万一，确保我在这场徒劳无功的远征中，还能有一点可以拿得出手的收获。看样子，我做了一件好事。你获得的其他东西，现在都已经沉到河底去了。”

塞德里克依然是一语不发。猎人不紧不慢地将红龙鳞片放回到口袋里，又将口袋塞回到衬衫里面。“那么，”他说道，“看样子我们全都知道了对方的路数。现在我们应该可以考虑结成一个新联盟了。莱福特林本来应该是我和辛纳德 · 亚力克达成交易的参与者。他应该负责铺平道路，让这一切变得更加容易。但他没有。这没关系。他已经不在了。现在该轮到我们了。所以，你有两个选择。你可以加入，代替他在交易中的位置，我们一起分成。或者你可以不这么做。”

“莱福特林和你有交易？”塞德里克努力要将所有这些碎片拼在一起。什么样的交易？抢劫船上的乘客？

累了，龙在塞德里克的心底深处哀告，不安全。

嘘，让我想一想。芮普妲沉重的头从她疲倦的脖子垂了下来。塞德里克评估她的情况，心知如果自己不采取行动，芮普妲的嘴很快就会沉入水里。现在他必须先解决最紧迫的问题，其他谜题可以放到以后再去探索。于是他对杰斯说道：“先把这些事放一放。你能帮我救救那头龙吗？她已经很累了，马上就要沉下去。如果我不能帮助她浮起来，休息一下，她就要淹死了。”

一丝微笑缓缓地出现在猎人的脸上。“孩子，现在我们终于说到主题了。我当然会帮你救那头龙。”他在手中转动着匕首，让匕首的锋刃在阳光下闪烁。

“我不明白，”塞德里克的声音有些颤抖。但他突然明白了。

猎人竖起一根拇指向红铜龙一指。“我说的就是那头龙。这是一大笔财富，属于我们两个。你帮我杀死它，在河水取走它的尸体之前，迅速将它屠宰肢解，尽量把好东西放到小船上。然后我们就返回崔豪格。我在那里认识一些人。只要有钱赚，那些人从不会多问一句。我可以趁夜晚进城，弄到我们所需要的一切，然后我们就能非常舒服地乘船顺河而下。船上的人也不会问我们任何问题。想一想，其他人都死了。所有人都会认为你也死了。这意味着你不必和任何人分你的钱。没有人会追查，会有怀疑。我们只是两个生活在恰斯国的、非常富有的外国人。”

塞德里克本能地对红铜龙封锁住自己的意识，就像是在暴力发生时遮住孩子的眼睛。他努力想要这样，但没有完全成功。他感觉到了芮普妲的焦虑。而芮普妲也感觉到了他的激动，却不理解他为什么会这样。红铜龙看着猎人，认出了杰斯。食物？ 她充满希望地问道。

“没有食物，现在还没有。”塞德里克不假思索地对芮普妲说道。

猎人发出一声沙哑的嗤笑。“这就是你能放到台面上的东西，我的小朋友。你能听到她的想法。你还能和这个该死的东西说话。我能听到他们的一点话音，但我尽量不去听。我相信只有保持距离，才更容易确保自己的专业性。不过这解释了你那一次为何能够那么靠近它，取得你想要的东西。老实说，那让我感到惊讶。这些天，我一直在思考你是如何做到的。一个缤城来的花花公子竟然能够到岸上，那么轻易就把他要的东西搞到了手。”

“我不知道你在说些什么。”塞德里克说了谎。他这样做完全是下意识的。这个猎人没有提到血。他是否知道那瓶龙血？ 而他是否知道，还有关系吗？ 他们之间的这番对话简直就是在发疯。塞德里克需要食物、水和休息。他需要知道这个人会不会帮他。他尽可能用毫不急迫的声音说，“听着，帮我救那头龙，给我一些你的水果，无论那是什么。我需要吃些东西，休息一下。然后我们可以谈谈随后要做什么。”

杰斯仍然扬着头，冷冷地说：“如果你不打算帮我，为什么我要给你食物。直到现在你还在对我说谎，看起来，你是打定主意不想和我分成了。我看不出来你有什么样的计划，不过我能把话说得更清楚。那天晚上，我醒过来，看见你全身是血地上了船。我的第一个想法是你打了一架，但我没有听见打架的声音。而声音在水面上能够传得很远。不过，当你爬上梯子的时候，我瞥到了你携带的东西。他们向我描述过那种闪闪发光的红色，龙血。就像我对你说过的，我感到非常惊讶，于是我跟踪了你，看到你又走出自己的舱室，把你的衣服扔到船外。于是我能够确定了。你从一头龙身上取了血，却没有被吃掉，甚至没有被发现。而且你也很懂得该如何把它们藏起来。我在你的房间里搜了不止一次，才找到你的收藏。所以。让我们承认吧，我们都是恶棍。恶棍应该诚实面对彼此……或者至少应该像恶棍那样诚实。我们登上柏油人号全都是为了同一个原因。我愿意上船，只是因为我得到了承诺，莱福特林船长会把收获分我一份，但我怀疑他已经为那个女人发了疯，不愿意再和我分享利益了。也许他希望把一切都攥在手心里，女人，要卖到恰斯国的龙，一切的一切。也有可能是你向他提供了一笔更好的交易。尽管我们最初达成的交易是他应该配合我，作为回报，他会因为要应付的麻烦事而得到一大笔酬金。非常大的一笔酬金。”

猎人的声音消失了片刻。他又向小船里弯下腰。当他再一次站起来的时候，他的手中多了一卷绳子。他皱了皱眉，把绳子放到匕首旁边。

“而那个狗崽子竟然在昨晚想要杀死我。”他抬起手，小心地摸了摸脖子，满面怒容地摇摇头，又继续开始安排他的工具。“我想，这只能说是命运弄人。那一阵浪涛击中我们，让他无法掐死我。我希望他已经死在那阵大浪里了。他就是个为爱而瞎了眼的白痴。没错，我的运气好一点，他死了。而你也有你的运气——你还活着。”他拿出一把小斧头，同样皱起眉看了看它，一下把它砍在绳子旁边的原木上。

“要完成这个工作，这些工具可算不上顺手，不过有什么就只能用什么。不能像我们的船长。莱福特林太贪婪了，结果把一切都丢了。如果他能够遵守规矩，把交易做下去，他就能和我们一样有钱了。到时候那头丑陋的老山羊就能得到他想要的任何女人。不管怎样，他的损失就是我们的收获。我们将拥有全部。财富，权势，还有我们想要的任何女人，只要我们回到恰斯国。”他抛给塞德里克一个卑污的眼神，露出他褐色的小牙齿说道，“或者你想要的任何人。”

他继续检查自己的工具。它们似乎还能让他满意。他已经将这些工具小心地摆成了一排。“所以，你要帮我。或者你也可以继续顽固下去，试试看能不能把这些全都留给自己，而我则会拿走我想要的，但这件事对我来说并不容易，没有人能帮我控制住这头野兽，让它保持平静，引诱它靠近我的刀刃。不过这也能让我得到更多的钱，让我下半辈子的每一天都能活得像富豪一样。”他用拇指摸了摸匕首的边缘，自顾自地点点头，然后径直向塞德里克看过去。“好了，做决定的时间到了。我们要合作吗？”

塞德里克咽了一口唾沫。真相开始重新在他的周围组织起来。莱福特林曾经和这个人一同计划杀龙和贩卖龙的器官？ 那么他也许一直都只是在利用艾丽斯。艾丽斯上当了，而他也对正在自己身边进行的阴谋全然不知。他本应该能猜到的。他应该知道并非只有自己一个人看到这桩有利可图的生意，他早就应该看出来，那个看似为爱情而昏了头的船长，心里应该还藏着别样的动机。那么，现在该怎么办？ 他应该接受这个猎人的提议吗？ 他能不能诱哄这头龙平静下来，直到杰斯足够靠近她，然后将她杀死？

杰斯已经把一切都说清楚了。如果塞德里克愿意帮忙，他就会帮助塞德里克去恰斯国，卖掉他们的收获。他根本就不需要再回缤城了。他可以从恰斯国给诏谕送一封信，让诏谕来恰斯国找他。只要有了足够的钱，他们也就不再需要任何伪装了。他们能够去他们想去的任何地方，拥有他们喜欢的任何一种生活。他会得到他所梦想的一切。为了这个梦想，他已经付出了沉重的代价。难道为自己争取到一点快乐，难道是错误的事情吗？

杰斯正在密切地注视着他。猎人锉刀一样的声音中充满了劝慰的语气，听不出半点威胁："动物总是会死的。看看它。它也不是第一只会被做成标本的野兽。而现在，它马上就要被淹死了。如果你能让它快一点结束，也算是做了一件善事，另外还能解决你自己的麻烦。"杰斯将匕首插在腰带里，抓起了摆在面前的鱼枪，另一只手拿起了那一盘绳子，"告诉它不要挣扎，我是去救它的。"他低声命令塞德里克，"我现在只需要你让它保持平静。就和它说，我用绳子捆住它是为了让它能漂浮在水面上。我们下手要快，在尸体沉下去之前，我们要拿到最值钱的部位：牙齿，爪子，鳞片。到时候一定会弄得一团乱，这种脏活你是不会喜欢的。但现在稍微把身子弄脏一点，可就意味着以后能得到很大一笔钱。"

红铜龙满是焦虑地看着他们。她在怀疑吗？ 她能够真正懂得多少？ 塞德里克责备自己的良心。猎人已经说过，她就要死了。如果任由她慢慢死掉，让她的尸体沉进河底，被鱼虾吃掉，又会对谁有好处？ 难道这样不是更好？ 他自己毕竟经过了这么多磨难，难道不应该有一些收获？ 得到一点小小的快乐？

难道他不应该结束自己充满欺骗的生活?

他一直看着自己的龙。而杰斯此时正在向芮普妲一点点逼近过去。芮普妲也只是看着塞德里克。她的眼睛像以往一样不断盘旋着，但金色和蓝色之中仿佛混杂着一点黑暗。塞德里克能够感觉到她在向自己发问，只是无法完全理解她在问些什么。这是不是意味着她就要死了? 杰斯说，现在让她快些死去是对她做了一件善事，杰斯说的是实话吗?

芮普妲的身子挂在那根原木上，一只前爪抓住原木。树下的水流不算很强。在她身后幽暗的森林深处，平静的水面闪动着点点微光。塞德里克注意到树干上的水痕——水位正在开始下降，但下降的速度很慢。塞德里克怀疑红铜龙撑不到堤岸重新露出水面的时候了。在塞德里克的注视下，芮普妲无力地踢了几下后腿，想要将自己在原木上的位置推高一点。她已经没有力气将自己的头挺到这样不自然的高度上了。她很饿，很渴，还感到很冷。龙天生就应该生活在阳光曝晒的暖热沙滩上。冷水正在不断吸走她的力量，减慢她的心跳。塞德里克没有想到会有这种状况发生。她的眼睛越转越慢。这头红铜龙原来就不够强壮和健康。塞德里克看着她，感觉到巨大的哀伤闯进心房。他眨了眨眼睛，被芮普妲充满的视野遮上了一层模糊的泪水。

你要丢下我了吗?

是的，塞德里克迟迟没有向她伸出援手，而她只能用这种孩子气的想法解释眼前的一切。这几乎撕裂了塞德里克的心。塞德里克想要吸一口气，却仿佛喉咙里有一把刀子，让他什么都吸不进去。红铜小女王，我真希望你能够飞翔。

我有翅膀! 疲惫的红铜龙向他昂起头，然后非常缓慢地将翅膀稍稍张开。两片皮翼映射着太阳的光芒，如同被锻铸而成的金属。它们要比塞德里克想象中更大、更精致，皮质翼膜上覆盖着蛛网般的纹理脉络，还有鸟羽一般的鳞片。午后的阳光透过它们，它们仿佛是两扇巨大的彩绘玻璃窗。

“它们真美。”塞德里克情不自禁地说道。他能感觉到红铜龙在因为他的赞扬而快慰，他的心中也因此而更加充满了哀伤。

“的确很美丽。传说中，龙翼的皮革能够持续数百年而不损坏。但它们太大了，我们拿不走。不等我们离开这条河，它们就会腐烂。”杰斯正踩着一棵倒下的大树向红铜龙靠近。挂满叶片的树枝成了他路上的障碍，却也为他提供了抓握借力的地方。看到塞德里克紧皱的眉头，他忽然停下脚步，大笑起来。“不要这样瞪我。你知道我说得没有错。让它保持平静。它的挣扎把那些碎片都打散了。这样我会找不到牢固的落脚点。我可不想被它打进水里，再被这些垃圾压在下面。”他一边哼哧着，一边小心地一步步踏在漂浮的树干上。

在距离红铜龙一个人身长时，猎人停下脚步，仔细观察这头龙。他没有再去看塞德里克，因为他知道这个花花公子别无选择，只能帮助他。“等我再靠近一些，要它向我伸出头。我会用绳子拴住它的脖子，然后我会领着它靠近一棵大树。只要它还浮在水面上，不反抗我，我就能把它绑到合适的位置上。”

塞德里克知道，这个猎人不会救芮普妲。芮普妲马上就要死了。如果杰斯成功了，至少红铜龙能快一些死去。这也是有意义的。至少他们两个之中能有一个人过上正经的生活。猎人下手会很快。他是这样说的。

危险？ 芮普妲看着最终向自己逼近的猎人。红铜龙从他的身上感觉到了什么？

猎人就要贴到红铜龙身边了。他在自己踩着的那棵大树根部平衡了一下身体。距离他不远处就是高高竖起的泥泞树根。他正在把绳子抖开，同时眼睛死死地盯住了红铜龙。塞德里克注意到他的另一只手还攥着鱼枪。这时杰斯的目光从龙跳向塞德里克，又跳回到龙身上。他瞄准了龙脖子，正在丈量目标和自己之间的距离。“现在，让它保持平静，”他提醒塞德里克，“我的绳子不是很多，一旦缠住它的脖子以后，我就要把它向树那边牵，这样也能让它的头一直露在水面以上。”

他不能这样做。但他也无法阻止必然会发生的事情。如果他要阻拦杰斯，杰斯同样能把他杀死。那对这头龙又有什么好处？ 芮普妲注定难以逃脱这样的结局。他看着红铜龙，感觉到自己欠她那样多，却只能眼睁睁看着她落进这样的结局。我很抱歉，他在心中对芮普妲说道，却只得到一阵困惑的反应。

“好吧，我准备好了。”杰斯准备好了那一大卷绳索。他将鱼枪夹在胳膊下面，将套索举到身侧，“告诉它，把头伸向我。速度要慢。告诉它，我会来救它。”

塞德里克深吸了一口气。他的喉咙紧得要命。就服从必然的命运吧——他这样对自己说。“芮普妲，”他轻声说道，“现在，听我说，仔细听我说。”

祷月第十九日

商人联盟独立第六年

来自艾瑞克，缤城信鸽管理人

致黛托茨，崔豪格信鸽管理人

封锢于小管之内的是贸易商维科夫寄给活船援助号大副乔司·皮尔森的信，活船援助号很快就将停泊于崔豪格。信中内容是告知：在这一天，他的妻子为他生了一对双胞胎女儿。

黛托茨：

我的家人罹患了疾病，这迫使我不得不暂缓离开缤城的想法。我的父亲病得很重。恐怕我暂时是无法实现访问雨野原并和你见面的希望。我很失望。

你有没有考虑过来缤城游览？我相信你的侄子见到你，一定会非常高兴。

艾瑞克

第七章　援救

夜晚完全就像赛玛拉所害怕的那样难熬。守护者们聚集在一起，将漂浮的原木以不同的角度拼凑起来，搭建出一个平台，又在上面铺了许多生满树叶的枝杈，把原木的凹凸之处垫平。这个临时的“筏子”不算很牢固，但至少有足够的空间让他们能够挤坐在一起，相互帮忙驱赶不断袭扰他们的蚊子和其他吸血小虫。他们没有足够平坦的地方可以躺下来睡一觉，赛玛拉只是坐在一根稍宽的原木上面，她本来考虑到树梢上去过夜，但最终还是决定与龙和其他守护者留在一起。每一次她开始打盹的时候，埃鲁姆的龙都会发出悲哀的铜号吼声，将她惊醒。他们在这个夜晚流了太多泪水。从其他人的窃窃私语中，赛玛拉能够听出心存恐惧的并不是只有她一个。到了第二天黎明时分，无论是哀伤还是人和龙的声音，哪怕是那些嗡嗡叫的吸血飞虫或是屁股下面坚硬的树干节瘤，都无法再让赛玛拉保持清醒。她在瞌睡中经历了一个个噩梦，然后是一阵充满哀痛的熟睡。当她醒来的时候，感到全身寒冷僵硬，衣服都被清晨的露珠打湿了。

洪水正在缓缓退去。如果赛玛拉此时站在水面上，她的肩头就和最高水位时树干上留下的水线一样高。在她身边，艾丽斯将身体缩成一个球，睡得很熟。刺青在艾丽斯的另一边，正发出粗重的鼻息声。赛玛拉注意到洁珥德蜷缩在格瑞夫特的怀里，也还在睡梦中。片刻之间，赛玛拉很羡慕他们两个能够分享彼此的体温。但她很快就打消了这个念头。这种事不适合她。博克斯特和诺泰尔坐在平台边缘，正盯着淹没森林的洪水，轻声交谈着。龙趴伏在长长的原木上。他们看上去很不舒服，处境很危险。但他们全都睡得很沉。寒冷的水和阴暗的森林让他们一直陷入昏睡。也许要等到太阳高挂在天空中，或者更晚一点的时候，他们才会有动静。

赛玛拉用胳膊肘顶了顶希尔薇，悄声说道："我看看能不能找些食物。"然后她就走过睡梦中的伙伴们，一根圆木接一根圆木，她走过漂浮的垃圾，来到距离最近的大树前。这棵树在她伸手可及的地方，是没有枝杈的，但她的爪子能够牢牢地攀住树皮。现在回到树冠上的感觉有些奇怪，但确实让她感到更加安全。她也许仍然感到饥饿、干渴，还不停地被蚊虫叮咬，但大树一直都是她的朋友，会为她提供庇护。

她没有走多远，森林就给她提供了奖励。她找到一株凌霄花，喝下了花朵中的蜜水。这让她感到了些许的愧疚，她没有办法将每一朵花中不到一口的蜜水带回去。她必须喝下它们，补充自己的体力，然后才有希望带回一些别的食物。这一点液体并不能真正解除她的饥渴，但至少她的舌头已经不再像皮革那样干燥了。在喝干了每一朵花中的水以后，她继续攀爬了上去。

她已经习惯了划船，而攀爬树木对于她的手臂和肩膀上的肌肉有着不同的要求。很快，她背上的伤口就又开始渗出液体。它不像过去那样痛了，但那里的皮肤在她每次向上伸手寻找新的握点时，都会被拉扯着。从她的脊背上流下的液体让她感到烦乱和气恼，她对此无能为力。她有两次看到鸟雀，如果她还有弓箭，那会成为很容易取得的猎物。还有一次，她匆忙落到下方的一根树枝上，又跳上另一棵树，因为她遭遇了一条大蟒蛇。那条蛇已经抬起头，正很有兴趣地盯着她。在那一刻，她知道自己睡在筏子上而不是枝杈间的决定是正确的。

她寻找着一根适切的水平树枝，好让她换到另一棵树上，此时正好遇到诺泰尔。诺泰尔正坐在他选中的树枝上。依照他打招呼的样子，赛玛拉判断诺泰尔看到了她刚才跳下树枝的过程。

"有没有找到什么可吃的？"诺泰尔问她。

“还没有。我从一根凌霄花藤上得到了一些水，但我还没有找到水果和坚果。”

诺泰尔缓慢地点点头，然后问赛玛拉：“只有你一个人？”

赛玛拉耸耸肩，不知为何，她觉得诺泰尔的问题让自己感到不舒服。“是的。其他人还在睡觉。”

“我没有睡。”

“是的，你在和博克斯特说话。我喜欢一个人狩猎和采集。我总是这样。”她又向诺泰尔迈出一步，但诺泰尔丝毫没有要挪开身子让她过去的迹象。这根树枝很宽，诺泰尔能够轻松地让到一旁，但他仍然只是坐在原地，看着赛玛拉。赛玛拉和诺泰尔不是很熟识，她从没有发现诺泰尔的眼睛是绿色的，诺泰尔身上的鳞片也不像大多数其他男孩那样发达。他眼睛周围的鳞片就非常细小。当他眨眼的时候，他的睫毛会反射阳光，向赛玛拉闪烁起点点银芒。

过了不算短的一段时间，诺泰尔说道：“我为拉普斯卡感到伤心。我知道你们两个的关系很近。”

赛玛拉将目光转向一旁。她一直都努力不去想拉普斯卡和荷比，不去揣测他们是很快就死去了，还是在洪水中搏斗了很长时间。“我会想念他。”赛玛拉说道。她的喉咙在绷紧，嗓音也变得沙哑，“但今天就是今天，我需要看看能找到些什么食物。请让开好吗？ 我要过去。”

“喔，当然。”诺泰尔没有将身子挪向一边，而是直接站立起来。他的个子要比赛玛拉高。他在树枝上侧过身，示意赛玛拉从他身边过去。赛玛拉犹豫了一下。诺泰尔是不是在向她发起挑战？ 或者这只是她的错觉？

赛玛拉认为自己是在犯蠢。她从诺泰尔身边侧步走过去。这样做的时候，她和诺泰尔难免有面对面的一刻。就在她从诺泰尔面前走过一半的时候，诺泰尔微微动了一下。赛玛拉立刻将脚趾抠进树皮中，警惕地从牙缝中喷出一口气。诺泰尔一把抓住她的双臂，让她正面朝着自己。他的双手非常有力，赛玛拉和他之间的距离已经缩小到她很不喜欢的程度。“我不会让你掉下去。”诺泰尔对赛玛拉承诺。他的表情很严肃，一双绿色的眼睛凝视着赛玛拉。

“我不会掉下去。放开。”

他没有放手。他们就这样凝固在树枝上，彼此对视。如果现在发生争斗，他们之中的一个肯定会掉下去，或者就是两个人一起遭殃。诺泰尔脸上的微笑很热切，他的眼睛里闪动着诱惑的光芒。

“我要生气了。马上放开我。”

热情从诺泰尔的眼睛里消失了。他服从了赛玛拉的要求。但他在放手之后，又用掌心抚过了赛玛拉的手臂。赛玛拉从他身边跳开，一边还要抑制着推他一下的冲动。

“我不想让你生气。”诺泰尔说道，“这只是……嗯，拉普斯卡已经走了。我知道你是孤身一人。我也是。”

“我一直都是孤身一人。”她气恼地对诺泰尔抛下这句话，就大步沿着树枝走开了。她提醒自己，她不是在逃走，只是把诺泰尔丢下。当她到达另一棵大树的时候，立刻以超过蜥蜴的速度爬上树干，甚至没有回头看一眼诺泰尔是不是还注视着他。她只是一心一意要爬得更高，一直到达树冠的上层。在那里，更多的阳光会让她有更大的机会找到果实。

幸运再一次降临，她找到一株寄生在手印树上的面包叶藤。这种黄色的叶片味道很好，里面充满了水分，口感很清脆。一段时间里，她只是坐在树枝上，直到把肚子塞饱，然后她扯下几根生满面包叶片的藤条，将这些藤条系成一个松松的圆环，挂在脖子上，让它们从自己的背上垂下去。

她开始原路返回。这时她又看见几棵树之外就有一株酸梨树。她爬过去。这棵树上的果实已经度过了成熟期，开始有一点皱缩了。不过她相信她的朋友们不会挑剔这点小毛病。因为没有别的运载工具，她只好将酸梨塞满自己的衬衫前襟，然后以更加缓慢的速度在树枝上爬行，唯恐压坏这些果实。当她到达河边，沿着树干下降到平台上的时候，她惊讶地发现许多守护者还在睡觉。刺青醒了。他和格瑞夫特正努力想要在一根大原木的根部生起一堆火。一缕细小的青烟已经飘荡在早晨的空气中。她到达平台上之后，看到希尔薇和哈里金正匍匐在垃圾浮垫的边缘。她看到希尔薇伸出一根长树枝，在把什么东西拖过来。更靠近一些之后，她才发现他们是在收集河中的死鱼。哈里金在收拾这些鱼，用他的爪子划开鱼腹，掏出内脏。在他身边已经摆了一排收拾好的生鱼。

“龙都去哪里了？”赛玛拉焦虑地向他们喊道。

希尔薇给了赛玛拉一个疲惫的微笑。“你回来了！你告诉我要去狩猎的时候，我还以为自己是在做梦。等我完全醒过来的时候，你已经不见了。酸性的河水杀死了许多鱼和其他生物。龙去上游了。他们发现了一个聚集了许多动物尸体的旋涡，就去那里填饱肚皮了。我很高兴他们能有东西吃。他们涉水走了一整天，又为了抵抗洪水游了很久，现在一定已经累坏了。但至少他们还不会挨饿。现在就连默尔柯的脾气都变差了。我很担心那几头大个子公龙会打架。”

“辛泰拉和他们在一起吗？”

“他们全都在一起，全都急着要争抢自己的食物，每头龙都比其他龙更眼红。你带回了什么？”

“面包叶和酸梨。我只能用衬衫兜满酸梨。我想不出还有别的办法携带它们。”

希尔薇笑了。“不管你用什么办法把他们带回来，我们都很高兴能吃到它们。格瑞夫特和刺青正在努力把火生起来，这样我们就能烤鱼吃了。如果不能生火，我觉得吃点生鱼应该也可以。”

“肯定比没得吃要强。”

在她们交谈的时候，哈里金一直保持着沉默。他从来都不是一个健谈的人。赛玛拉第一次见到哈里金的时候立刻就想到了蜥蜴。他的身材瘦长，要比希尔薇年长很多。但希尔薇却似乎很愿意和他在一起。在看见哈里金使用爪子之前，赛玛拉都没有注意到他也有爪子。这时一直在收拾鱼的哈里金抬起了头，发现赛玛拉正在看他的手，便会意地向赛玛拉点点头。

短暂的沉默笼罩在这一小群人身上。这是对那些没有说出口的问题的回答。没有人提起拉普斯卡。赛玛拉听到远处埃鲁姆的龙发出一声焦急的长吼。

亚布克还在召唤他失踪的守护者。沃肯的红龙巴力佩尔在悲哀中保持着安静。其余守护者都聚集在一个用浮木拼成的筏子上。什么都没有改变。赛玛拉的心中闪过一个念头，如果他们的龙在这里抛弃了他们，他们又会怎样？ 龙会这样做吗？ 龙还需要他们吗？ 如果龙决定独自进军呢？

赛玛拉抬起头，看到刺青向他们走来，不由得又开始思考自己现在的样子会不会和刺青一样糟糕。刺青的皮肤全都因为河水的刺激而变成了赤红色，头发一丛一簇地竖在头顶。河水也同样腐蚀了他的衣服，让他已经过度磨损的衬衫和长裤上出现了许多破洞。他看上去糟糕极了，但他还是努力向赛玛拉露出微笑，开口问她："你穿的是什么？"

"我们的早餐。面包叶和酸梨。看起来，你们已经点起了烤鱼的火。"

刺青回头瞥了一眼格瑞夫特正在努力呵护的小火苗。洁珥德不知从什么地方来到了格瑞夫特的身边。她安静地靠在格瑞夫特身上，看着格瑞夫特从那根原木上折下干燥的树根，填进正在原木最粗的位置上跳动的火苗里。"现在点火真不是一件容易的事。而且我们还很担心如果火太大，难免会蔓延到整个浮垫上，到时候我们就只能逃走了。我们在这里不算安全，但好歹还能浮在水面上。"

"水正在退下去。但如果有必要，我们就只能向森林里面走。把你的衬衫掀起来。"

刺青提起衬衫前襟。赛玛拉将包裹在自己衬衫里面的酸梨倒了出来。这些皱缩的水果和真正的梨子并没有什么关系，但赛玛拉听说它们的滋味很相似。倒空衬衫里的酸梨后，她跟随刺青向格瑞夫特的营火走过去。她有些害怕自己和那两个人之间还会有尴尬，会听到他们说些嘲讽的话语，但洁珥德只是从她面前转开了脸。格瑞夫特简单地说道："谢谢。还能找到更多吗？"

"现在结果的季节已经过了。不过我也许还能在那棵树上找到一些。而有一根面包叶藤生长的地方，通常就会有更多面包叶藤。"

"这样就太好了。在我们对身边的情况有更多了解以前，我们必须小心处置能够获得的食物。"

“幸好河里还有很多死鱼。水流正在将它们推到浮垫这边来。”这句话是希尔薇说的。她和哈里金用一根细长的树枝穿过鱼鳃，将他们收拾好的鱼提了过来。

“我们大概只有在这一两天里能吃这些鱼。”哈里金低声说道，“水中的强酸已经将它们泡软了。也许我们不能吃它们的皮，只能吃肉。”

赛玛拉从脖子上取下藤环，有条不紊地摘下上面的叶片。刺青将酸梨分成几堆，然后也和赛马拉一起摘面包叶。鱼的数量很多，每位守护者都能饱饱地吃一顿早餐。现在还没有必要担心晚餐的事。

格瑞夫特似乎也有同样的想法。他提出建议：“我们应该保留一些食物供日后食用。”

“或者我们可以给每一名守护者一份食物，告诉他们：‘这是今天的口粮，怎么吃你们自己决定。’”刺青提出不同意见。

“并非所有人都足够聪明，懂得自我约束。”格瑞夫特说道。不过他的语气不像是要争论。赛玛拉猜测他们正在进行着一场已经开始的讨论。

“我不认为我们之中任何人有权威来管理食物。”刺青说。

“即使是我们提供的食物？”格瑞夫特问道。

“赛玛拉！”

赛玛拉听到艾丽斯的声音，转过头。那名缤城女子正笨拙地沿一根原木走过来。看到艾丽斯的样子，赛玛拉不由得打了个哆嗦。她的脸上生满了水泡。红色的头发缠结在一起，垂在背上。以前的艾丽斯永远都是那样妆容亮丽且一尘不染。“你去哪里了？”在距离赛玛拉还有大半根原木的时候，艾丽斯就问道。

“我去寻找食物。”

“你自己一个人？ 不危险吗？”

“一般都不会有什么危险。我几乎总是一个人狩猎和采集。”

“但你不会遇到野兽吗？”艾丽斯的声音，充满了对她真诚的关切。

“我所在的地方，我自己才是一头大型野兽。只要我留意大蛇、树猫和一些有毒的小东西，我就会很安全。”她忽然想到了诺泰尔。不，她可不会提起那桩意外。

“除了野生动物以外，还会有其他危险。”格瑞夫特阴沉地说道。

赛玛拉气恼地向他瞥了一眼。“我从生下来就在树枝间游走，格瑞夫特，我生活的地方要比今天我去的树冠高多了。我不会摔下去。”

“他并非担忧你会掉下树。”刺青低声说。

“那某个人就应该说清楚他在担心什么。”塞拉玛没有好气地说道。他们似乎正在谈论她，却又故意让她听不懂他们的话。

格瑞夫特向艾丽斯瞥了一眼，又将目光转向远处，只说了一句：“也许等以后吧。”赛玛拉能看出艾丽斯生气了。格瑞夫特的言辞和眼神已经指出艾丽斯是外人，不能让她听到关于守护者的事情。而赛玛拉早就想要否认格瑞夫特强行施加给她的那些所谓年长男性的智慧，无论这是否会激怒格瑞夫特。从洁珥德的表情中能看出，格瑞夫特也同样惹怒了她。她瞪了赛玛拉一眼，目光中充满了怨怼，但赛玛拉没办法对洁珥德生气。洁珥德失去了自己的龙，这已让她心如刀绞。她的泪水在脸上留下了红色的痕迹。赛玛拉忽然一时冲动，直接向洁珥德说道：

“关于维拉斯的事，我很难过。我希望她能够回到我们身边。我们的母龙本来就很少。”

“的确。”格瑞夫特说道，仿佛这证明了他的观点。

洁珥德只是看着赛玛拉，揣度着她的话。终于，她认为赛玛拉是真诚的。“我感觉不到她——感觉很不清晰，但我又觉得她不应该死了。我很担心她受了伤，或者迷失了方向，找不到我们了。”

“不会有事的，洁珥德。”格瑞夫特安慰她，“不要再折磨自己了。现在你最不需要的就是这个。”

这一次，赛玛拉和洁珥德都对格瑞夫特怒目而视。

“我只是在为你着想。”格瑞夫特为自己辩护。

“但我所想的和所说的，都是我的龙。”洁珥德回答。

“也许我们最好在火苗灭掉之前，先把鱼烤好。”希尔薇说道。大家迅速将鱼用木棍插上，放到火中熏烤。飞快的速度说明了这种接近于争吵的气氛，让每一个人都感到多么不安。

“你有没有问过其他龙，他们是否能感觉到她？”希尔薇问洁珥德。这时他们已经开始将烤好的鱼和其他食物送到木筏上去。博克斯特找到了蘑菇和洋葱苔藓，对于没有什么滋味的鱼和水果，它们是很好的调剂品。

洁珥德无声地摇了摇头。

“听着，亲爱的，你应该去问问他们！”艾丽斯微笑着对她说，“最好问问辛泰拉和默尔柯。我替你问问辛泰拉好不好？”

艾丽斯是那样天真，那么充满希望，一心只想要帮忙。这让赛玛拉不得不压下心中的怒气。“你真的这样想？”

“当然，她为什么不会帮忙？”

“实际上，正因为她是辛泰拉。”赛玛拉回答道。希尔薇笑了起来。

“我知道你的意思，就在我以为自己懂得了默尔柯，相信他会满足我的一点小要求时，默尔柯却宣称他是龙，不是我的玩物。但我认为他也许会在这件事上帮忙。”

洁珥德挣扎了片刻，然后低声问道：“那么，你会问问他吗？我觉得问其他龙是没有用的，而且我觉得我应该知道她是死是活。我应该能感觉到，不必别人的帮助。”

“你和维拉斯的关系已经那样紧密了？”赛玛拉问道，同时竭力不让嫉妒的情绪从自己的声音中流露出来。

“我以为我是的，”洁珥德低声说，“我以为我是的。”

艾丽斯环顾这些巨龙守护者。她的两只手托着两片宽阔肥厚的叶子，叶子上是一条没有完全烤熟的鱼。鱼上摆着几片蘑菇和一点蓬松的绿色苔藓。她的腿上还放着一粒被赛玛拉称作“酸梨”的水果。每一名守护者也全都得到了这样一份食物。赛玛拉和她的关系不像其他守护者那样疏远，但对她也抱着一种敬而远之的态度。艾丽斯能感觉到格瑞夫特对她的怨恨，但如果说这种恨意有什么理由，艾丽斯能想到的只有自己不是雨野原人。这让她感到格外孤独。

而且她还是这样没用。这肯定不会让她的心情能轻松一些。

她很羡慕其他人这么快就适应了眼前的环境，并开始着手采取行动。对于眼前的灾难，他们迅速改变了自身的生活状态。与之相比，艾丽斯真是显得又老又迂腐。对于自身的损失，他们极少会提起。洁珥德的确在哭泣，但她没有一句抱怨。守护者们显示出了几乎不属于正常人的平静。艾丽斯很想知道，这是不是因为他们都在不断的劫难中迅速成长了起来。地震对于他们来说不是罕见的事情，对缤城人就更加普通了。但他们都知道，雨野原的地震更加危险。许多雨野原人都在地下工作，在被淤泥深埋的古早城市中寻找古灵宝物，地震有时会引发矿道塌方。是否这些守护者在自己年少的时候，也曾经受到过地震的伤害，或者因此而失去了亲人？

艾丽斯希望他们不要如此沉默。她想要向月亮嚎叫，全身颤抖，大声哭号，绝望地流泪，彻底崩溃掉。她渴望能谈一谈柏油人号和莱福特林船长，能够问问他们是否认为那艘船能幸免于难，是否在期待船长前来寻找他们。当然，她知道，只是这样空谈不可能让希望变成现实，但哪怕只是一遍又一遍地谈论这些事，也会给人带来一种没有理由的安慰。而她只是看到所有这些年轻人，都在以最简单的方式应对突然到来的灾难，她又怎么能肆意放纵自己软弱的内心？

她用手指拈起熏鱼，就着蘑菇和一丝丝洋葱苔藓吃下去。这种苔藓的确有一股洋葱的味道。吃完之后，她又吃掉了盛鱼的那只“盘子”。面包叶真是名不副实，没有半点“面包”的感觉。它很厚实，里面含有很多淀粉，口感清脆，但毫无疑问是一种蔬菜。吃完这些之后，她仍感到饥饿。酸梨至少帮助她缓解了一些干渴。尽管表皮都已经皱缩了，但里面的果肉还有很多汁水。她吃得只剩一枚梨核，只希望它的果肉还能多一些。

但她在咀嚼每一口食物的时候，心中都在想着别的事情。莱福特林还好吗？ 柏油人号有没有经受住这场风浪？ 可怜的塞德里克一定要因为她而担心得发狂了。他们正在寻找她和守护者，还有龙吗？ 她想要相信这一点。她的心里只有这个希望，以至于她发觉自己到现在都没有做任何能够改善他们现状的事情。莱福特林船长和柏油人号会来援救他们。自从辛泰拉把她拽出洪水之后，她就一直对此坚信不疑。

“等到洪水退去，你觉得还会有坚实的地面露出来吗？”她问赛玛拉。

赛玛拉咽下口中的食物，考虑着这个问题。“水面正在下降，但在陆地真正出现之前，我们是不可能知道的。即使真有陆地，在最近的一段时间里也只会是泥泞和沼泽。洪水在雨野原来得很快，走得却很慢。因为这里的地面已经被水浸透了。我们不可能在上面行走。如果你有这样的打算，那你可能要失望了。至少我们不可能在这种泥泞中走很远。”

“那么，我们要怎么办？”

“现在？ 现在，我们还可以采集或者狩猎，还可以尽量让这里的生活环境舒适一些。等到水退下去，我们就要看看还有其他什么事可以做了。”

“龙还想要继续前进吗？”

“我不认为他们会想要留在这里。”刺青说道。艾丽斯意识到他不是唯一倾听她们交谈的人。大部分守护者都将注意力集中在了她们身上。“这里不是他们可以久留的地方。如果可以，他们就会想要前进。无论我们是否会陪伴他们。”

“没有我们，他们能生存下去吗？”博克斯特问。

“不容易，肯定也活不好。但他们一直都走在我们前面，在大多数夜晚也会自己去寻找休息的地点。他们已经学会了一点狩猎的技巧，比我们刚刚启程时更强壮、更坚韧。后面的旅程绝不会容易，但这以前的旅程也不轻松。当然，我不是说他们会完全不在意我们而自行上路。”

刺青说到这里，停顿了一下。艾丽斯等待着，但接着刺青的思路说下去的是赛玛拉：“但如果我们不能跟上他们，如果我们没办法陪着他们，他们就真的别无选择了。在这里停留时间太久的话，食物肯定会发生短缺。他们将不得不离开我们。”

“他们不能背着我们吗？”艾丽斯问，“辛泰拉就将赛玛拉和我背到了安全的地方。她要背着我们两个人游泳，那对她来说很不容易。但如果他们是像往常一样在浅滩涉水……”

“不，他们不会的。”格瑞夫特说道。

“这会过分损伤他们的自尊。”赛玛拉低声说，“辛泰拉救了我们，但对她而言，那和成为一头让我们骑乘的驮兽完全不一样。”

“默尔柯也许会背我，”希尔薇插口道，“但他和其他龙的性格很不一样。他对我要比其他大多数龙对他们的守护者都更加亲切得多。有时候，我觉得他是他们之中最年长的一个，即使我知道他们是在同一天从茧壳中孵化出来的。”

“也许是因为他记得更多事情。”艾丽斯猜测，“我觉得他非常睿智。”

“也许。”希尔薇表示同意。她第一次和艾丽斯一同露出了一点羞赧的微笑。

“如果龙离开我们独自前行，我们又会如何？”诺泰尔突然问道。他靠近了赛玛拉。看上去，他只是在专心参与这场讨论，但他的接近还是让赛玛拉感到不舒服。

“我们要尽全力求生，”刺青说，“无论是在这里，还是在任何我们能找到的适合生存的地方。”

“这和建立崔豪格的历史没有多少不同，”格瑞夫特说，“最初的雨野原居民也是被迫逃亡到此地。他们所乘坐的船，本来应该帮助他们找到一个建立殖民地的理想场所。当然，他们的人数更多，但情况终究是类似的。”

“难道你们不打算返回崔豪格吗？”艾丽斯问，“你们只有三艘小船。”在艾丽斯看来，如果龙抛弃他们，那么回到崔豪格去就是理所当然的选择。当然，这会是一趟艰苦的旅程，他们必须在沼泽泥泞中跋涉，或者在密林中穿行。但至少他们最后会回到安全的地方。

“我不会，”格瑞夫特低声说，“哪怕有足够装下我们所有人的船和划船的桨。”

“我也不会，”洁珥德响应道，片刻之后，她又稍稍有些哽咽地说道，“我不能。”

艾丽斯看见格瑞夫特握住了洁珥德的手，洁珥德则转过头去看着水面。艾丽斯有些不情愿地注意到，一些守护者不加掩饰地端详着他们两个，而另一些人则将视线转开。他们两个显然是一对伴侣，而这一点也明显让另一些守护者感到困扰。赛玛拉看着他们两个。从赛玛拉朦胧的眼神中，艾丽斯完全看不出她在想些什么。

“现在还远远不是做出这种决定的时候，”刺青说，“我更关心的是，我们今天和今晚该怎么办？”

“我要去采集食物了，”赛玛拉平静地说道，“这是我擅长的。”

“我和你去，我可以帮你背东西。”刺青说。守护者中有几个年轻人瞥了他一眼，又将目光转开。诺泰尔低下头，显然很有些怒意。博克斯特流露出若有所思的神情。格瑞夫特张开嘴，仿佛是要说些什么，但停顿一下之后又将嘴闭上，片刻之后，他说道：“这个计划不错。”艾丽斯相信这并不是他最初打算说的话。

“我们今晚能生起火来吗？”希尔薇问，“烟能够赶走虫子。如果有人在寻找我们，火光就能为他们指明方向。”

“我可以帮忙生火，”艾丽斯立刻宣布说，“我们能建起一个小木筏，就像这个睡觉的木筏一样，只是更小一些。我们在那个木筏上生火，这样火就不会蔓延到我们睡觉之处。我们可以用藤蔓把小木筏拴住。”她俯过身，拿起一根被拔光了叶片的面包叶藤，“当然，我们还需要更多这种藤条。”

“我们会带更多的藤条回来。”刺青自告奋勇地说道。

“哈里金和我能够潜到水下去寻找泥巴。如果我们能想办法把泥土带上来，我们就能把泥巴敷在生火的木筏上。那肯定能让生火木筏坚持更久一些。”莱克特说。

“但现在河水的酸度很高！”艾丽斯表示反对。她担心的是他们两个人的眼睛。现在这两个年轻人全身都覆满了鳞片，艾丽斯觉得他们的皮肤应该不会受到太大损伤。

“情况没有那么糟。”莱特克耸了耸自己生出脊刺的肩膀，“河水的酸性一直在下降。有时候地震之后就会是这样。先是大股酸水涌来，然后酸度很快就恢复到了几乎是正常的水平。”

几乎恢复正常的河水，仍然足以灼痛艾丽斯的皮肤。但她还是点了点头。“建起木筏，在上面涂满泥巴，收集我们能找到的最干燥的木头，编出一根结实的缆绳将木筏拴住。在日落之前，我们还有很多事要做。”

“看样子，我们不会有别的什么方案了。”博克斯特说道。

“赛玛拉，你想要别人帮你去采集食物吗？”诺泰尔几乎像是挑战一样抛出了这个问题。

“我有刺青，足够了。”女孩回答道。

“我爬树比他爬得更好，”诺泰尔武断地说。

“这只是你的想法，”刺青立刻说道，“我可以给她需要的任何帮助。”

赛玛拉看看刺青，又看看诺泰尔，面色阴沉下来。片刻之间，她身上的鳞片仿佛更加鲜明夺目。然后她冷冷地说道：“实际上，我认为我根本不需要你们任何人的帮助。不过如果刺青愿意，他可以跟着我。趁着天色还明亮，我要出发了。”

她一边说话，一边站起了身，迈着轻盈的大步向森林中走去，再没有回头看上一眼。艾丽斯觉得她就像是在漂浮的原木上跳舞。到达距离他们最近的一棵大树之后，她就像蜥蜴一样飞快地爬了上去。刺青跟随在她身后，在艾丽斯看来，那个男孩要非常努力才能跟上赛玛拉的速度，他的人类双手要不停地握住表面粗糙的树枝，以便平衡身体。

诺泰尔站起身。格瑞夫特说话了：“诺泰尔，这里需要你。你要帮我们把生火木筏建起来。”

诺泰尔的身子僵了一下。他用刻板的声音说道：“我要去采集食物。”

“那你可要把精力全都用在采集食物上。诺泰尔，我们的人数不多，不能在我们内部发生争执。”

“把这话去对刺青说吧。”诺泰尔丢下这一句就走开了。他选择了另一棵树爬了上去。但艾丽斯突然开始为赛玛拉感到担心。她很想跟上他们。这支队伍中的一些事情发生了变化，她还无法确定这是怎样的变化。她向格瑞夫特瞥了一眼，但格瑞夫特没有迎上她的目光，只是转过头说道，“今天要做什么已经清楚了，今晚要做的事差不多也确定下来了。不过我们还不知道明天的天气会怎样。现在我们已经很不舒服了，肯定更不想被雨水打湿。让我们看看能不能建起一个棚子。”

艾丽斯觉得自己仿佛置身于一个她并不十分了解的大家庭里。这里有她无法辨识的暗流。突然间，她开始好奇自己作为一个外来者，在这个家庭中又有着怎样的位置。赛玛拉是她唯一自觉已经了解的人。她向希尔薇瞥了一眼。这个女孩至少会向她微笑。仿佛是感觉到了年长女子的目光，希尔薇转头看着艾丽斯说道：“我们来搭建营火平台吧。”

“让她的头伸出来，朝向我！”杰斯向塞德里克吼道。现在那名猎人正站在断树的末端，手中举着临时做成的套索，“如果她不把头向我伸出来，我没办法套住她的脖子。”

塞德里克站立的原木微微晃动了一下，让他忽然感到有些头晕。他看着那根套索，竭力要做出一个决定。突然间，他用力一摆头，猛地让自己脱离了可能是龙对他造成的那种特殊恍惚状态。结束这一切吧。她本来就要死了。只要她死了，塞德里克就能完全夺回自己的意识，还能再得到一大笔钱。他还能拥有诏谕。如果在这一切事情之后，他还想要诏谕的话。

这最后一个念头让塞德里克感到一阵惊骇。他当然想要诏谕。他一直都想要诏谕。难道不是吗？ 难道诏谕和诏谕对他的爱不是他一直想要的吗？ 他清了清喉咙。他的爱……

“芮普妲。”

红铜龙将旋转的眼睛转向他。

杰斯开始甩起套索。塞德里克现在能看出猎人的企图了。用套索将龙套住，收紧绳子，杀死龙。这样做不会容易，更绝不会很干净。芮普妲死去之前，会知道塞德里克背叛了她。塞德里克感到了痛苦。芮普妲会愤怒，会责怪他，而这一切都将被她死亡的痛苦所吞噬。她曾经救过他的命。而他对她的感谢就是用她的死亡来牟利。

这个代价太高了。诏谕不值得这样的代价。

意识到这一点，更加强烈的惊骇冲击着塞德里克的内心。但现在没有时间细想了。

塞德里克向龙伸展过去，以自己的全部意志，全部心灵伸展过去。芮普妲，离开杰斯，不要让他靠近你。他想要杀死你！ 塞德里克不敢用声音告诉她。

杀？ 一阵警惕，然后是一阵困惑。芮普妲不明白。这头精疲力竭的龙趴附在原木上，抬头盯着她的刽子手。突然间，龙的眼睛转动得更快了，但她没有要逃走的意思。这讯息太复杂，让她难以理解。塞德里克将太多事情塞进了向她传递的意念中。要让讯息简单，还要给她一些鼓励！

“芮普妲，离开！ 逃走！ 不要让他靠近你。有危险。他有危险！”

危险？ 猎人带来食物。逃走？ 太累了。

塞德里克伸手指着那名猎人。但这并不足以拯救芮普妲。杰斯的面孔扭曲了，他转向塞德里克，露出了自己的牙齿：“你这个该死的小软蛋！ 我本打算迅速了结她。好啊，你把我的计划毁了，现在你们都要付出代价。”

猎人的动作很快。他丢下套索，转身抓起鱼枪。那件武器不大，不可能伤害红铜龙。求您垂怜啊，莎神！ “芮普妲，逃走！ 逃走！”

塞德里克已经开始行动。但他知道自己肯定不可能及时赶到。他抓住一根漂浮在水中的棍子，把它向杰斯掷过去。棍子甚至没有打到杰斯。猎人大笑着，扬手高举起鱼枪，狠狠向龙刺了过去。

一阵剧痛穿透了塞德里克。痛感来自塞德里克的肩头。他的左臂立刻麻木了。他踉跄一步，倒了下去。他的一条腿滑倒在浮木中间。他疯狂地伸出手要抓住原木，不让自己跌到垃圾浮垫下面去。无意间，他咬住了自己的舌头。奇怪的是，这种疼痛赶走了另外一种疼痛。原木在上下颠簸，但他用一条腿跨住原木，挣扎着直起身子，没有跌入水中。他急忙转头去看。一切都发生得太快了。

芮普妲发出凄厉的吼声。鱼枪击中了她。耀眼的红色鲜血流淌在她覆盖鳞甲的肩膀上。她的翅膀半张开，不停地扑打着，无力地溅起一片片水花。而她的爪子还在努力不要从原木上滑下去。猎人落进了水里。一定是红铜龙的翅膀把他打倒了。很好。但猎人已经抓住了一根原木，正在向上爬。只消再过片刻，他就要爬上来了。塞德里克知道自己不可能与这名猎人作战。这个人太高大，太强壮，更有着丰富的经验。*武器，武器！那把斧子！*小船上的那把斧子。

塞德里克发疯一般地跳过剧烈晃动的浮木，冲向小船。如果他不是被吓坏了，他应该会手脚并用地爬过这些浮木，但面对即将到来的死亡，他就像是一只被开水烫到的猫一样不停地向前蹦跳，踩过一根根摇摆不定，随时都会翻滚的原木。杰斯似乎立刻就明白了塞德里克的企图。他站起身，骂了一句，啐了口唾沫，也开始拼命跳过堆积的浮木。猎人两次掉进浮木的缝隙中，又急忙将自己拉起来。但他还是一下子站到了塞德里克和小船之间。一把匕首出现在他还在滴水的右手中。水不断从他的头发里流出来，沿着他布满鳞片的面颊滑落。他对塞德里克说："我要割碎了你，把你的内脏丢在这些垃圾上，然后把你丢在这里等死。"

*我很抱歉。请不要杀我。我只想要活下去。我不能让你杀死她。*塞德里克的意识中跳出上百句要说的话，然后又都被他丢弃开。这些话半点用处都没有。

*逃走！逃走！*红铜龙用铜号般的声音向他吼叫。这似乎是一个很好的主意，也很符合塞德里克的冲动。但他不敢在这名猎人的面前转过身。如果他注定要死，那也不应该死在一把插进他后背的匕首上。他听到一阵巨大的溅水声。芮普妲松开了她维系生命的原木，沉入水中。*冷，湿，黑暗，没有空气。*在这一刹那，塞德里克的身体完全凝固了。

杰斯扑向他，匕首向他刺来。因为猎人的重心突然改变，塞德里克脚下的原木开始晃动，塞德里克歪向一旁，结果匕首、握匕首的手和猎人，全都和他擦身而过，也让他的抵抗完全无处施展。在慌乱之中，塞德里克的一只手按到了杰斯的背上，又推了猎人一把，猎人一步跨出原木，踩在垃圾浮垫上。片刻间，纠缠在一起的野草碎木仿佛撑住了他，但他很快就气急败坏地惊呼一声，穿过浮垫掉了下去。他伸开双臂，抓住浮垫中的树枝草叶，终于让自己留在了水面以上。但他只能不停地咒骂塞德里克，一时还无法爬上来。

塞德里克已经两步冲到了船上。他本以为这里能够牢固一些。但他一跳上船，小船就开始摇晃。他跪倒下去，划手坐板正好顶在他的肋骨上，让他感到一阵疼痛。安全了，在小船上就安全了。斧头在哪里？ 芮普妲在哪里？ “龙，你在哪里？”他喊道。然后他跪立起来，四处张望。让他感到恐惧的是，他感觉不到芮普妲了。杰斯也消失不见了。他是沉到浮垫下面去了吗？ 对那个猎人，他很难有任何哀伤的情绪。

突然间，杰斯从小船旁边的水里冲了出来，就像是一只充满仇恨的水妖。他抓住船，向船里爬进来。小船随之倾翻。塞德里克惊恐地喊叫着，他知道自己又要掉进那烧灼皮肤的酸水中去了。不过那个满身是水的大汉先滚进船里，让小船恢复了平衡。塞德里克立刻就想要逃出小船，但杰斯抱住了他的两条腿，让他重重跌倒。他的肋骨和肚子撞了船，并靠在船边的原木上。猎人抓住了他背上的衬衫和头发，把他拽回到船里，狠狠地打他的脸。

除了还在孩子时期的一些嬉闹，塞德里克从没有真正打过架。有时候诏谕会对他动粗，用暴力的方式占有他，强迫他服从于他。他们在一起的最初一段日子里，塞德里克往往会被这样的暴力游戏唤起激情。但在过去一年多的时间里，似乎只是在塞德里克因为别的事情令他感到不悦时，诏谕才会这样做。甚至有几次，在这种充满痛苦的狂暴游戏中，他在诏谕的凌虐下，感到的不再是战栗的惊喜，而是恐惧。他开始害怕自己的爱人会对他造成真正的伤害。有一次，诏谕扼住他的喉咙，让他差一点失去知觉，而诏谕仍然只是在一心寻求着欢乐。直到塞德里克从他的身下滚开，才能够吸进一口空气。那时他的视野中布满了跳动的黑点。他喘息着问道："为什么？"

"当然是看看会有什么感觉。不要抱怨了，你没有受伤，你只是把自己的感觉给搞砸了。"

然后诏谕就站起身，离开了他。塞德里克接受了诏谕的判断，认为自己并没有真正受伤。当时的回忆闪过他的脑海，还让他记起了在那以后很快就被埋进他心底的决定——绝不要再这样，要反抗。

但杰斯的攻击和诏谕的完全不同。这个壮汉的拳头是如此坚硬，每一次砸在他的脸上都让他感到惊骇和晕眩。他被猎人的另一只手提着，自己却连举起双手的力气都找不到，更不要说挥拳攻击了。这时，猎人发出巨大的笑声，这声音反而让塞德里克在恐慌中寻找到一点力量。他竭尽全力向前挥出拳头，打在杰斯的胸骨正下方。杰斯突然吐出一口气，重重坐倒在小船上。

在不够喘一口气的时间里，塞德里克已经扑在猎人身上，将雨点般的拳头打向猎人，但他还在感到一阵阵晕眩，挥出的拳头也没什么力量，杰斯反而一下子抱住塞德里克，毫不费力地翻身压在塞德里克上面，就好像塞德里克只是一个小孩子。塞德里克被大汉的体重压在下面，猎人厚重的双手掐住了他的喉咙。塞德里克的两只手只是抓住了猎人粗大的手腕。那两只手腕又湿又冷，上面还有光滑的鳞片。塞德里克完全抓不住它们。猎人将塞德里克压到小船中央的坐板上，脏臭的船底积水浸透了塞德里克的身体，坐板死死地顶住他的后背。他疯狂地踢蹬着，但他的脚什么都碰不到。他身手去抓猎人的脸，但猎人的皮肤仿佛完全不会感到疼痛，更不会被抓破。

塞德里克放弃了对杰斯的攻击，甚至放弃了自卫。现在他想做的只有逃跑。他挥舞的双手不停地在小船侧面寻找着。一只手抓住了什么，他想要将自己从猎人身子下面拽出去，但猎人的双手死死卡住了他的喉咙，沉重的身体越来越凶狠地压迫着他。

塞德里克从没有感到过如此无力。

不，他有过这样的感觉。那时诏谕按着他，大笑着对他说："一切都由我来决定。你喜欢这样。你一直都喜欢这样。"

但他不喜欢。并非一直都喜欢。他痛恨诏谕毫不在意他是否喜欢，痛恨诏谕对着被完全控制的他放声大笑，突然间，所有这些愤怒都从他的心中迸发出来，而他疯狂挥动的手也在此时找到了斧柄。

那把斧子还被牢牢地砍在小船边的原木上。但他的力量来自绝望中的怒火。他猛地拔起了斧头，随后的动作完全不受他的操控，只是因为幸运，突然拔起斧子的惯性，让斧子的钝头击中了杰斯的后脑。

但这一击没有能将猎人打晕，只是吓了他一跳。猎人的双手略微松开。塞德里克透过一片红色的雾气看见杰斯将头转向一旁，仿佛是去寻找那个意外的攻击者。*和他战斗，和他战斗*。龙愤怒的思想向塞德里克体内灌注了力量。他再次挥起斧头，笨拙却又准确地发动了攻击。他打中了。斧头撞在猎人的下巴上，响亮地一声把那只下巴打在一旁。杰斯尖叫一声。塞德里克深吸一口气，然后调整气息。杰斯发出了声音。但塞德里克的耳朵一直在尖鸣。而杰斯被打坏的下巴又让他无法把话说清楚。突然间，塞德里克听到自己沙哑的声音："我要杀了你！ 我要杀了你！"

我要为你杀他。这个想法跳回到他的脑海中，是一个爬虫类的回应。

最后一次劈砍落在猎人的双眼之间，猎人一下子就不再动了。塞德里克手中沉重的斧头落在船底。他用力一推杰斯。那名大汉在一声呻吟中从他的身上倒向一旁，半翻过船，塞德里克觉得自己在片刻之间失去了知觉。"你这杂……！"他哑着嗓子说道，同时收回了自己的手臂。但塞德里克突然看见一只粗大的拳头向他撞来。

就在这时，一股巨大的水浪掀动了小船。芮普妲的头和肩膀从各种碎片中冲出来，高耸在小船旁边。*猎人食物！* 她高喊着低下了头。塞德里克从没有真正看过巨龙口中的模样。红铜龙张开自己的大嘴。那嘴宽得令人难以置信。塞德里克能看到那张嘴里粗大的吞咽肌肉，深深的喉咙，还有向内弯曲的锋利牙齿。红铜龙的嘴一下子落在猎人的头和肩膀上，就像是一名偷袭的猎人用口袋罩住了一只兔子。在短暂的一瞬间，塞德里克瞥到了杰斯的眼睛，那双眼睛瞪得那么大，甚至贴着眼眶的一圈完全都是白色。然后，芮普妲闭住了嘴。

塞德里克听到一个声音，那声音中夹杂着骨骼的断裂和皮肉的撕扯。芮普妲扬起头，鼻尖指向天空。然后她将头猛甩了两次，才把嘴里的东西吃下去。

杰斯鲜血淋漓的腰臀和双腿落在了小船里，就倒在塞德里克的身边。塞德里克在反射性的惊恐中朝它们踢了一脚。杰斯的骨盆带着两条腿滚到一边。芮普妲抗议似的尖叫一声，又俯身冲向那块肉。龙掀起的波澜猛烈地摇晃着小船。血和舱底污水混合在一起，在落下的斧头周围来回涌动。

塞德里克靠在船帮上，盯着这一切，混沌地说道："这些都没有发生。"他抬起手背抹了一下嘴，然后将手拿开——全都是血。他又转过头，看着船底污水中的那把斧头。现在还有一丝丝血液从斧刃上流下来，混进污水里。那上面甚至还有一些毛发。是杰斯的头发。"我杀了他。"塞德里克说道。这几个字在他的耳朵里显得极为怪异。

好美味。

整个下午平安无事地过去了。赛玛拉和刺青没有说多少话。她没什么可以说的。而刺青为了能追上她，早就已经气喘吁吁了。对此赛玛拉也很清楚。

刺青这副犹犹豫豫的样子，要比赛玛拉自己的真实心意更让她感到困扰。在其他人旁边的时候，赛玛拉还能比较容易地装成他们之间什么都没有改变的样子。这是否意味着他们之间真的是什么都不曾改变过？ 她到底有没有对他生气？ 如果她生气了，原因又是什么？ 有时候，赛玛拉能够明白自己根本没有任何生气的理由。他们之间并没有什么共同的心意。刺青也没有违背任何对她的承诺。他当然可以任凭自己的喜好去自由选择，就像她一样。对此她应该感到心平气和。他和洁珥德交配了，这是他们的事情，不是她的事。现在，洁珥德和格瑞夫特在一起了，这就更不关她什么事了。

但她还是有受伤的感觉。她再一次感到愤怒和被轻视。至少刺青应该让她早一些知道吧！ 如果拉普斯卡都知道这种事，那这事还有什么私密可言？ 为什么他要在这么长时间里都瞒着她？ 这让赛玛拉觉得自己非常愚蠢，非常幼稚。我的自尊，她心中想道，受伤害的是我的自尊，不是我的心，我没有爱他。我不想完全占有他。我不想让他占有我。我们只是朋友，很长时间以来都彼此熟识的朋友。他向我隐瞒了一件事，让我觉得自己很愚蠢。只是她的自尊而已。仅此而已！

这也许是真的，但她又觉得不是这样。

受到情绪的刺激，赛玛拉越爬越高，以比平时更快的速度穿过树冠，让刺青必须竭尽全力追赶她。直到她发现了食物，刺青才追上来。而此时她已经将食物收集得差不多了。刺青将自己的衬衫结成一个粗陋的背包。他一赶到，赛玛拉就将收集到的东西放进刺青的背包里，然后继续向前跑。除了讨论她找到了什么食物，随后要找什么食物之外，他们之间几乎没有什么交谈。赛玛拉能看出来，刺青知道她不想和他说话，但这家伙似乎真的就愿意让这种僵局持续下去！

当天色变得太过昏暗，在树下已经快要看不到东西的时候，他们回到了作为守护者临时庇护所的飘浮平台上。远处的落日还能在河面上洒下一点余晖。其他人的工作都很成功。大木筏上被建起了一个棚子，另一只小木筏也被建造起来，上面还燃起了营火。黄色的火光让人看到就感到精神一振。按照艾丽斯的建议，小木筏被用藤条系在他们睡觉的大木筏旁边，如果火焰失去控制，小木筏就会被迅速推走。而现在，令人喜悦的火光正不断地散发出温暖，让所有人都感到高兴。博克斯特和凯斯在看护着营火。他们不断折下带有树叶的枝杈，扔进火焰中，让冒出的烟气将蚊虫赶走。赛玛拉不确定自己是否因烟能赶走叮人的小虫，而更能接受这股会刺激出眼泪的烟气，她太累了，没有心思和他们争论这件事。

龙都回来过夜了。看到他们巨大的身体靠在大树干上，赛玛拉不禁感到一阵安心。密集的树干让他们无法进入森林深处，不过他们已经开始懂得自己收集原木，将身体压在上面。赛玛拉很想知道他们回来是因为想念人类，还是只不过因为他们知道他们的守护者会帮忙拴牢他们的原木，让他们能够安稳地漂浮在黑夜的水面上。希尔薇和哈里金似乎发明出了一整套将数根原木固定在巨龙胸口下面的技术。这些龙不喜欢这种睡觉的方式，但这总要比让身子泡在水里更好。被酸水杀死的鱼对于这些巨龙而言算是一种好处，却也是一个麻烦。他们全都吃得肚皮滚圆，但被撑起来的大肚子，已经开始让他们觉得不舒服了，而顶住他们肚子的原木，只会让他们更不舒服。

“他们一直泡在水里，已经很累了，真的很累了。有一些龙在抱怨他们的爪子都被泡软了。”希尔薇说道。这时她正坐在赛玛拉身边，她们一同吃着晚饭。让赛玛拉惊讶的是，除了她和刺青采集到的水果和蔬菜以外，现在营火上还烤着肉。那是一头迷失了方向的水野猪，因为愚蠢而耗尽体力，又被淹得半死，刚好爬上了他们的木筏。莱克特一棒子就敲死了它。它的个子不是很大，但猪肉很肥美。赛玛拉觉得这次的烤肉非常好吃。

格瑞夫特走到她们身后，坐下说道：“无论他们怎样抱怨爪子被泡软，我们对此都无能为力。”

赛玛拉向希尔薇翻翻眼睛。那个女孩将头埋在盘子里，藏起一个微笑。“我相信龙会将这种劝慰铭记于心的。”赛玛拉嘟囔了一句。她们两个全都轻声笑了起来。赛玛拉转过头，刚好看到格瑞夫特给了她一个阴沉的瞪视。她也用冷冷的目光看着格瑞夫特，然后继续吃着她的食物。她不尊敬格瑞夫特，更拒绝在格瑞夫特面前表现出胆怯的样子。

睡觉的棚子很小。地上尽管铺了一层树叶细枝，但还是很不平整。好的地方是大家挤在一起，每个人都能多一点温暖，但这也意味着无论是谁只要改换一下姿势，肯定都会打扰到身边的另外两个人。他们已经决定好要看护外面的营火，不断向里面添加木柴，并添加树叶以产生烟雾。“火焰能给寻找我们的人发出讯号。烟能够赶走虫子。”格瑞夫特毫无必要地提醒众人。

这个任务要比赛玛拉想象中更加细致。营火和浮木平台之间铺了一层树叶和一层泥土，轮到赛玛拉值夜的时候，希尔薇过来叫醒她，并教会了她如何确保火焰燃烧，同时又不会让下面的木筏被点燃。随后，她一个人坐在主木筏的边缘，身边放着足量的树叶枝杈和干燥的碎木头。

赛玛拉叹了口气，开始专心完成任务。她的背很痛，但那又和肌肉的酸痛不一样。今天她把自己和刺青都逼得很紧。现在这样疲惫，她只能怪自己。而最让她感到难熬的，还是肩背处那完全不会停止的钝痛。

夜晚最安静的一段时间到来了。夜鸟停止了歌唱，也不再来回飞舞捕猎昆虫。就连那些嗡嗡叫的蜇人小虫仿佛也不那么有活力了。赛玛拉看着火光在水面上的倒影，偶尔会有一条好奇的鱼，会缓缓在镜面一般的水下映出一个影子，除此之外，整个世界仿佛都安宁下来。河水轻轻拍打着原木，仿佛不是在一天多前还疯狂地要杀死他们的那条河。熟睡中的龙低垂着头，半个身子还淹在水里，看上去就像是一些奇怪的船。赛玛拉试着单纯地享受这里的夜色，不做任何思考，但她的心思却不断地从拉普斯卡闪到银龙，又闪到埃鲁姆和沃肯。三名守护者失踪了，也许是死了。还有四头龙也不见了，其中三头是雌龙。这是一个沉重的打击。维拉斯仍然没有出现。默尔柯已经告诉希尔薇，他没有感觉到维拉斯死了，但这也不能保证维拉斯还活着。这样的讯息只能让洁珥德发疯。听到它以后，洁珥德流的眼泪更多了。

“我需要和你谈谈。”

赛玛拉被吓了一跳，随后又因为这样的反应而对自己生起了气。格瑞夫特像幽灵一般出现在她的身后。她甚至没有感觉到因这个人走过来的木筏摇晃。她没有察觉到格瑞夫特并非是一个意外，格瑞夫特有意要让她吃惊。她抬起头瞥了格瑞夫特一眼，保持着面无表情的样子问道：“你要跟我谈？”

“是的。这是为了我们所有人。我需要你的答案。我们全都需要。”他蹲坐在赛玛拉身边，距离近得让赛玛拉感到不舒服。“简单地说，是刺青吗？”

“什么是不是刺青？”这个问题让赛玛拉感到气恼。她有意让格瑞夫特听到自己声音中的火气。如果格瑞夫特想要故弄玄虚，多管闲事，那她没有义务对他有问必答。

格瑞夫特被鳞片覆盖的扁平面孔紧绷了起来。他的嘴唇非常薄，以至于赛玛拉很难判断他是不是咬紧了牙——赛玛拉怀疑他正在这样做。他俯身到赛玛拉耳边，用低沉而严厉的声音说道：“听着，没有人明白你为什么会选择拉普斯卡，但我告诉他们，这不重要。你做出了你的选择，我们必须尊重你。有几个人想要向拉普斯卡挑战，我禁止他们这样做。你应该感激我。我尊重你的第一次选择，并保护了你的和平。”

“但拉普斯卡已经不在了。为了我们所有人，这件事越早得到解决，对我们就越好。所以，选择一个人，让大家都清楚地知道。”

“我不知道你想要说什么。但我认为我也不想知道。现在轮到我值夜，我在完成我的任务。走开。”赛玛拉冷冷地说道。而她的心正在愤怒和恐惧之间摇摆，今晚她可能无法逃避格瑞夫特了。她必须应对这股力量，而这似乎又是一股她无法打败的力量。格瑞夫特或者是在故作神秘，或者他其实已经说出了一个可怕的事实。到底是怎么回事，塞拉玛不想搞清楚。

但格瑞夫特不会让她继续无知下去。“不要装作没事的样子。”他的语气愈发严厉，“你不擅长伪装。今天你已经听到我警告诺泰尔。如果你选择了刺青，那么好，你就选他吧。让其他人都知道你的选择，就不会有任何问题了。我会保证一切平安无事，不会因为你选择刺青而有所不同。但即使是在一个新地方，一个建立新的法则的时代，我也会尊重我们最古老的一些传统。我是由我的母亲养大的，她一直在遵循那些古老的规则——那些在雨野原最初建立的时候，就被奉行的规则。那时，贸易商们都同意女人和她们的丈夫有平等的地位，能够做出她们自己的选择。我能活到今天，全都是因为我母亲的选择。她养育了我，她要求他人尊重她这样做的权利。所以我明白，让女人有权利决定自己的生活是明智的，我愿意尊重这一点，也会要求其他人尊重这份权利。”

“是谁让你变成了国王？”赛玛拉问。现在她感到害怕了。难道她也完全没有发现这件事？其他人是否已经接受他作为首领？甚至不仅是首领，而是某种能为他们设立规则、控制他们人生的人？

“我任命了自己，因为在我看来情况很明显，没有其他人能够像我胜任这个任务。赛玛拉，必须有人做出决定。我们不可能一直无忧无虑地率性而为，放任各种状况发生。如果我们想要活下去，就不能这样。”他拿起木头，放进赛玛拉的营火中，这让赛玛拉感到气恼。火焰几乎立刻从那块木头上跳跃起来。赛玛拉故意将那块木头从火焰中拨进水里，木头发出一阵的声音，从营火木筏旁边冒出来。格瑞夫特明白了她发出的讯息。

“很好，你可以藐视我。是的，你可以试试看，但生活和命运是你无法藐视的，命运现在给了我们一个很糟糕的比例。即使已经有三名男性离开，守护者的比例还是非常不理想。你想要男人为你而战吗？ 你想要看到我们的同伴相互伤害，制造会持续一生的血仇吗？ 这样你就会觉得自己很高贵？”他转过头，看着赛玛拉。他深褐色的眼睛在火光中显得深不可测，“或者你在等着被强奸？ 这样的事情会让你兴奋？”

“我不想那样！ 那太卑劣了！”

“那么你就需要选择一个你能够接受的人作为搭档。就是现在，在所有男性为你展开竞争之前。我们是一个小团体。我们不能让男孩子们为了你而彼此伤害。我们也不会允许任何人强迫你。如果发生那样的事情，结果肯定会比我的一切想象都更加可怕。选择一个配偶，结束这种事情。”

“洁珥德就没有选择。她只是和她想要的人交配。”这是赛玛拉唯一能找到的武器，“或者你还不知道？”

“这一点我很清楚！”格瑞夫特凶狠地做出回应，“否则你以为我为什么会介入这件事，管住她？ 她太愚蠢了，只会让男人们彼此敌对。你没有看到那些人发青的眼圈和脸上的瘀伤吗？ 这种情况已经开始恶化了。所以我占有她，让她成为我的，这样才能阻止其他人继续争斗下去。如果你想知道的话，她并不是我最初的选择。我认为她不像你那样聪明，也没有你的生存能力。从一开始，我就让你知道了我的兴趣，但你更喜欢那个在我看来完全没有头脑的拉普斯卡。我强迫自己接受这个决定，即使我认为这是一个很糟糕的决定。不管怎样，拉普斯卡现在已经离开了。我和洁珥德在一起，无论好坏，至少要等到孩子出生的时候。因为我只有用这种办法，才能迫使其他人不再拼命想要赢得她的关注。我不能再让你也属于我，在为了你而引发的竞争变得暴力之前，你最好做出选择，然后坚守住你的选择。”

赛玛拉猛地转过了头。孩子？ 洁珥德怀孕了？ 还有比此时此地更糟糕的怀孕时间和地点吗？ 她到底在想什么？ 还没等到下一口气喘上来，赛玛拉已经开始愤怒地思考这些男人都在想些什么。难道他们真的以为他们能做一个孩子的父亲？难道像拉普斯卡和刺青那样的人，只是因为她允许他们那样做，因为他们能那样做，他们就那样做了？愤怒在赛玛拉的心中涌动。

“谁是洁珥德孩子的父亲？”

“这其实没什么关系，不是吗？我会宣布拥有那孩子，就是这样。”

“我认为你宣布拥有的东西太多了。格瑞夫特，你也许可以任命自己为国王或者首领，但我没有什么国王。我直接告诉你，我不接受你对我的权威。我肯定不会‘选择’一个‘男人’，只是为了阻止其他人的争斗。如果他们愚蠢到会为了不属于他们的东西而打架，那就让他们去打吧。”

赛玛拉差一点就要站起来走开。但她值夜的任务还没有结束。她还有责任照看营火。她冷冷地看着格瑞夫特。“走开，不要烦我。”

格瑞夫特摇摇头。“你也许会希望这件事简单地结束，但它不会。醒过来吧，赛玛拉。如果你不选择一个保护者，如果我不确保你做出选择，谁会保护你？我们孤身来到这里，而且从没有这样孤独过。我们有四个女性和七个男性。洁珥德是我的。希尔薇选择了哈里金。如果你以为……”

“四个女性？我真无法相信自己的耳朵。你将艾丽斯也包括在你疯狂的计划里了？”

“她在这里，她是女性，所以她也要被包括在内。这不是我的选择，这只是明白的现实。我会让她调整一段时间，然后再和她谈这件事。赛玛拉，这就是现实。我们一同流亡到了这个地方，就像雨野原居民最开始时那样。我们必须学会在这里建立我们的家园。我们的孩子将在这里出生、长大。我们眼前睡在这个木筏上的这一小群人，将是一个新的聚落的种子。”

“你疯了。”

“我没有疯。我们之间的不同是你非常年轻，你认为所谓‘那些规则’还有意义，哪怕它们已经没有了强制惩罚作为支持。它们没有意义了。如果你不挑选一个人，公开你的选择，那么就会有人选择你。或者会有几个人同时选择你。你或者会属于在战斗中取胜的那个男人，或者会被几个男人使用。我不愿意看到这样的结果。”

“我不选择任何人。”

格瑞夫特缓缓站起身，一边还在摇着头。“我不认为你拥有这个选项，赛玛拉。”他转身离开赛玛拉，走出几步之后，他又转回头，充满轻蔑地说，“也许刺青真的是你最佳的伴侣。你也许能让他继续等下去，继续牵着他的鼻子，直到你的幻想得到满足，愿意上他的床。但我不会为你选他，我也可以明白地告诉你是为什么。他的个子太高了。如果他给你一个孩子，那孩子会太大，你不可能很容易就把他生出来。我知道你不会听从我的建议，但我还是建议你看看诺泰尔，他和我们是一种人，而刺青永远不会和我们一样。而且他的身材也更合适。你不必永远和他在一起。很有可能你最后会选择另一个伴侣，或者你一生中可能会选择几个人。”

格瑞夫特再一次迈开步子，却又忽然再次停下，回头看着赛玛拉。这一次，他的目光中几乎显露出同情的神色，“不要以为这是我强加给你的。我只是恰好能看出人们的状态。当你们只知道在营火旁唱歌和讲故事的时候，我在和杰斯交谈，他是一个接受过书本教育、很有思想的人。他的离去让我感到难过。他让我睁开眼睛看到了许多事，比如那个更加广阔的世界是如何运行的。赛玛拉，我知道你认为我在偷听你们说话。但事实是，我只希望我们全都能生存下来。我不能强迫你这样做，我只能现在向你指出，你还有机会做出选择。如果等待太久，哪怕只是几天时间，你可能就不会再有选择的权力。一旦男人开始为你争斗，其中一个男人占有了你，就不可能再有人维护你选择伴侣的权利了。到那时，你将只能接受现状。”

“你就是个怪物！”赛玛拉低声吼道。

“生活才是怪物。”格瑞夫特平静地回答道，“我只是尽量让它对你不要那样凶恶，并让你知道，你应该在还有机会的时候做出选择。”

他无声且从容地走过漂浮在水面上的几根原木。赛玛拉看着他重新走进那个棚子。今晚的一切平静对她而言都不复存在了。关于他所说的那些关于洁珥德的事情，洁珥德自己知道吗？ 格瑞夫特更喜欢赛玛拉，这个想法让赛玛拉的脊骨掠过一阵战栗，是那种感觉很糟糕的战栗。现在她回想起来了，一开始的时候，她也觉得格瑞夫特很有吸引力，能够得到一个年长男人的注意，甚至让她感到有些受宠若惊。但她同样记得，从那个时候开始，格瑞夫特就在谈论什么“改变规则”。他宣称的那些所谓“尊重雨野原传统、让女人决定自己未来”之类的话语，在赛玛拉听来只是显得格外虚伪。

“我不会就这样任人摆布，”赛玛拉高声对黑夜说，“如果他们相互争斗，那是他们的问题，不是我的。如果他们之中有人以为能够用这种方法占有我，那他就会发现他是大错特错了。”

赛玛拉一直没有注意到辛泰拉就蜷伏在自己的意识边缘。那头龙一边打着瞌睡一边回应道，现在你开始像女王那样思考问题了，你也许还有希望。

祷月第二十一日

商人联盟独立第六年

来自黛托茨，崔豪格信鸽管理人
致艾瑞克，缤城信鸽管理人

封锢在小管中的是卡萨里克雨野原贸易商议会和崔豪格雨野原贸易商议会寄出的信件。在那场地震，洪水和城市发掘场地崩塌等一系列灾难中，此信内容确认了罹难者名单，并要求将此名单张贴在缤城贸易商大堂中，并被加载贸易商史册。

艾瑞克：

这是一份规模很大的名单。当你收到它的时候，请花一些时间，和我的侄子雷亚奥坐在一起，用温和的语气告诉他，我们的家族也遭受了损失。他的两位堂兄弟在洪水来袭的时候，正在发掘现场工作。至今为止，我们都没有找到任何他们留下的痕迹。这些小伙子都是和他一同长大的朋友。这个讯息也许会让他很难接受。我们家族希望你能给他一些时间，让他回家来和我们一同哀悼逝者。让你的学徒暂时离开你，我知道会为你制造许多困难，但如果你能答应这个请求，我们将永远对你心存感激。

黛托茨

第八章　号角

艾丽斯突然从睡梦中惊醒，如铜号一般的龙吼声，唤醒了她。在这个拥挤的棚子里，守护者们也纷纷跪立起来。木筏开始晃动，让艾丽斯感到一阵晕眩。她只能咬紧牙关。她很想念在柏油人号上度过的每一个夜晚。当那艘驳船停泊在岸边时，整个世界都安稳地在她身下。她很想念莱福特林，她甚至不敢细想这份想念有多么强烈。

龙群再一次发出铜号一般的吼声。他们的吼声很不一致，但无疑是在响应一个艾丽斯以前不曾听到过的声音。辛泰拉的吼声清澈仿佛碧空，默尔柯的吼声如同公牛，芬提的吼声长而且尖细，诺泰尔的紫龙吼声，则有些像是弓弦的震动。“出什么事了？”艾丽斯问道，但她只听见好几个人也在问着同样的问题。大家全都争着要从棚子里出去。她一下子被挤到了昏暗的棚子深处。粗糙的木筏也在这时开始不停地颠簸。艾丽斯在原地等待着，透过用带有树叶的枝杈拼接出的棚顶缝隙望向蓝天，心里揣测着是不是有什么新的灾难就要落到他们头上了。

等到她终于走出棚子，所有的龙已经全部挺起了身，兴奋地吼叫着。在龙吼的短暂间歇中，艾丽斯听到一阵绵长的号角声和远处另一阵龙吼声。“维拉斯！ 是维拉斯！”洁珥德尖叫着。她跳过一根根原木，一直向浮垫不稳定的边缘跑去。格瑞夫特急忙追上去抓住她的肩膀，将她及时拽了回来，才没有让她掉入水中。维拉斯这时已经向他们走了过来，跟在那头龙身后的是一名柏油人号上的猎人，他正在一遍又一遍地连续吹出三声短促的号音，如此不断重复。艾丽斯的心一下子哽在喉咙口，但在看清吹号的人之后，她的心又沉了下去。那是卡森，莱福特林的朋友。但他不是莱福特林。而那艘驳船也仍然没有踪影。

随着维拉斯和猎人的靠近，木筏上的人立刻喊出了一连串的问题，但卡森没有要回答他们的意思。他不再吹号，而是开始向岸边全力划船，等到他能够将一根缆绳扔给正在等待他的守护者时，维拉斯已经走进垃圾浮垫里，任由泣不成声的洁珥德不断抚摸她的脸。艾丽斯和守护者们一起向前簇拥过去，想要听听猎人会给他们带来什么样的讯息。

“你们全都在这里吗？ 都没事吗？”这是猎人首先提出的问题。格瑞夫特摇摇头。猎人的脸上立刻出现了失望的皱纹。

“柏油人号和莱福特林船长就在前一个河道转弯处。他们随时都有可能赶来。等他一到，就会让你们上船，吃上一顿热餐。我们还没办法为龙做些什么，不过河水的水位从黎明时起就在迅速下降。我希望等到晚上的时候，这里能够出现一些浅滩，让他们至少能够站上去休息一下。”

在卡森说话的时候，莱特克抓住绳子，将小艇拽到了木筏旁边。猎人敏捷地从小艇爬上木筏，向周围环视一圈，露出笑意。随着他的目光逐一扫过每一个人的脸，他心中的希望慢慢地破灭了。“有谁不在？”他问道。

“谁在柏油人号上？”格瑞夫特反问道。

卡森显然对这句问话有些气恼，但他还是回答道：“莱福特林船长和全体船员都没事。大埃德尔肋骨被撞伤了，不过我检查过，骨头没有断。我的孩子戴夫威也在船上。我们失去了另一名猎人，除非杰斯在你们这里。还有，塞德里克怎么样了？ 他在吗？”

“塞德里克！”艾丽斯惊呼出他的名字。塞德里克不见了？ 她一直都以为塞德里克还安全地待在柏油人号上。艾丽斯下船的时候，他还在他的房间里。他怎么可能会不见了？ 难道是驳船受到了浪涛的猛烈撞击？ 塞德里克的小屋被从甲板上扯掉了。他就躺在床上被淹死了吗？ 塞德里克失踪了，莱福特林平安无事，很快就会来救她，毁灭性的讯息和令人欢欣鼓舞的喜讯，在艾丽斯心中狠狠撞击在一起。两种完全矛盾的情绪，将她卡在了中间。在一阵麻木中，她只感觉到自己的不忠。她绕过聚集在一起的守护者，从他们中间找到缝隙穿过去，一直来到卡森面前。一看到她，猎人的脸上突然现出一阵微笑。

“艾丽斯！你也在！太好了，这样船长就不会那么担心了。”然后，他的脸上又谨慎地显现出一点希望的光亮，“塞德里克呢？他和你在一起吗？”

艾丽斯摇摇头。卡森绕过格瑞夫特，站到艾丽斯的正对面。艾丽斯努力控制着自己的声音和舌头，但她几乎没有足够的气息能够把要说的话推出唇间。“我还以为他在柏油人号上。”一阵令人心碎的负疚感让她感到晕眩。是她迫使塞德里克不得不跟着她踏上这段旅程。而现在，塞德里克失踪了，死了。塞德里克不怎么会游泳，更不会爬树。他一定是死了。这太难以想象了。这不可能。*不要想这件事，不要允许它变成现实*。艾丽斯清了清嗓子，她的舌头不再顾及她的心情，明确地说道：“现在维拉斯回来了。我们还没有找到的龙只有红铜龙、银龙和荷比。守护者之中还没出现的有拉普斯卡，埃鲁姆和沃肯。他们和你们在一起吗？”

一阵沉默之后，卡森缓慢地摇摇头。低沉的呻吟声和叹息声随之响起。众人心中的希望再一次被否认了。“那么，就是他们还没有回来。”艾丽斯高声说道。她痛恨自己的最后这句话，听起来就像是在宣布他们的死亡。

“我会继续寻找。”卡森的话让艾丽斯猛然回到了自己所在的世界里。守护者们都在交头接耳，试着了解他们刚刚得到的讯息。维拉斯已经加入到其他龙之中。洁珥德、希尔薇和哈里金正一同帮助她用原木浮起自己的身子，让她能够休息。

“我发现她的时候，她正嵌在几棵大树之间。”卡森对艾丽斯说道。猎人和艾丽斯一同看着那头龙。“她因为太过疲惫，无法再游泳，于是就爬上了树。这也许救了她的命。但随着水位下降，她发现自己被卡住了。如果她再饿瘦一点，也许自己就能出来。不过我还是很高兴能及时找到她。”

艾丽斯看着卡森的眼睛。“你是不是要告诉我，其他人也有可能处在同样的境况中。他们被困住了，但还活着？”

“我会一直秉持这样的信念。等等，请见谅。”他从艾丽斯面前转过身，将号角举到唇边，短促却又响亮地吹了三声。这一次，艾丽斯听到远方传来另一支号角的回应。卡森微笑着向艾丽斯转回头，提高声音，让木筏上的所有人都能听见。“那就是柏油人号上的号声。我们会尽快让你们登上驳船。这种让龙漂浮在水面上的办法很好。我们也许能用柏油人号上的缆绳将这些浮木再绑紧一些。不过如果河水继续这样回升，也许我们就不会再需要这些原木了。”

“杰斯还没有音讯，我要继续搜索，可能短时间之内都无法进行狩猎了。我建议你们尽可能搜集食物。随后的几天里，你们将得依靠自己的力量来养活自己，直到我们能够重新开始狩猎。”

格瑞夫特就站在卡森的肩膀后面。艾丽斯觉得这名守护者的神情显得很不愉快。她不明白，什么事会让这个人在得到援救的时候反而感到气愤。当格瑞夫特说话的时候，他的声音听起来更是充满了指责的意味。

“如果你们和卡森聊完了，我还有一些很重要的事情要告诉他，希望他能认真听一下。击中我们的洪峰将我们大多数人困在了这片树林里。我聚集起我能找到的人。这些龙也彼此呼唤、相互找寻，于是我们才能在这个地方暂时栖身。我会组织一些守护者收集更多食物作为今天的晚餐。其中大多数只能是水果和蔬菜。幸运的是，我很聪明地找到了三条小船。不过船桨都没有了。它们在洪水中经受了剧烈的震荡，船里的装备也都遗失了。这让我们很难为龙猎捕野兽和鱼。”

卡森缓慢地点点头。“这太糟糕了。我们可以做一些船桨，这需要时间。而失去的装备绝大部分都无法补充。我们也可以试着做一些鱼枪，那可能只是一些带尖的木棍。但至少你们都还活着。”

格瑞夫特眯起了眼睛。艾丽斯意识到，这不是格瑞夫特预料之中会从猎人那里得到的响应。“拯救生命似乎要比拯救装备更重要一点，”这名守护者语带讥讽地说道，“我实在是尽了全力。”

艾丽斯明白了，他在期待得到猎人的赞美，让他得到拯救守护者的声誉。

“当然，赛玛拉、辛泰拉还有我在这里靠岸的时候，你出了不少力气，帮助了我们。”艾丽斯插口道。她希望这番话能抚平这名守护者的逆毛。格瑞夫特向她瞥了一眼，那种眼神就像是抽了艾丽斯一耳光。艾丽斯突然想起诏谕。如果是在社交场合，当诏谕认为他在进行一场所谓的“男人的对话”，艾丽斯只要稍一开口就会换来丈夫的这种眼神。艾丽斯对于格瑞夫特的同情立刻化为乌有。她几乎立刻就报复性地说道：“赛玛拉为我们提供了大部分食物。我去和她谈谈寻找食物的问题。”

她转过身，从众人面前走开了。愤怒的力量涌过她的全身，也让她感到吃惊。他不是诏谕。艾丽斯努力提醒自己。当她这样做的时候，她意识到了自己愤怒的真正原因。再过不久，她已经爱上的那个男人就要回到她身边了。

而她的丈夫仍然站在他们两个之间。

三声短号!

这是莱福特林第一次听到这个号音回荡在河面上。他甚至已经不敢再抱有希望。在覆盖了雨野原的大水之上，这号声显得很有些奇怪。莱福特林已经有几个小时不曾见到卡森了。在没有边际的河面上，卡森绕过一大片树林就不见了踪影。柏油人耽搁了一些时间，因为戴夫威发现了莱福特林最害怕出现的东西：一具尸体被纠缠在树林边上的浮木与垃圾中间。

那是沃肯。他不是淹死的，而是被洪水裹挟的重物撞击致死。他们小心地捞起那具年轻守护者的尸体，将他用一片帆布包裹好，放到驳船的甲板上。每一次走过这具尸体，莱福特林仿佛都看到了一个噩兆。在今天结束之前，还有多少尸体将压在柏油人的甲板上?

当他第一次清晰地听到那三声短号时，心中不由得多了一份谨慎。他和戴夫威发出响应的讯号，随后便请求柏油人加速航行，就在这艘驳船加快速度的时候，莱福特林提醒自己，那三声短号可能代表着各种意义。卡森有可能只是发现了更多尸体，而未发现幸存者。但随着驳船绕过那个森林的拐角，莱福特林很快就看到了那座小营地和营地前生起的一点营火。他的心跳一下子就加快了。他已经依稀能够看见那些大树下的细小身影，立刻就开始努力分辨那里有哪些人。

他看到了她，虽然距离还很远，他完全无法辨别他们的容貌，但她炫目的红色秀发正在太阳下闪闪发光，绝对不会看错的，他欢喜地高呼一声，同时感觉到自己的船也如同响应他的心情一般，加快了速度。斯沃格高声喊道："放松，柏油人！ 我们很快就能到那里了！"但这艘船却不愿意放慢速度。即使是活船，也不可能完全避开一条河上的每一处危险。现在可不是让柏油人发现河底暗礁或者洪水冲积物的好时机。

卡森开始组织守护者们乘着小船分批登上柏油人号。这个过程非常缓慢，耐心地留在甲板上等待大家上船，更是让莱福特林感到急不可耐，但他不敢让柏油人直接闯进树林边的浮垫中。这艘大船很可能会将浮垫撞得七零八落，甚至把守护者们撞进冰冷的河水里。不，无论他多么渴望冲过最后这一段将他们分开的距离，他仍然只能牢牢地站在甲板，等待着她。看到卡森第一批送过来的是格瑞夫特，洁珥德和希尔薇，他不由得低声骂了一句。

尽管感到失望，他还是热情地欢迎他们登船。这三个人看上去都有一些面容憔悴且疲惫不堪，但两个女孩全都拥抱了他，感谢他找到他们。他让他们去厨房喝一碗热鱼汤，暖暖身子。"给肚子里填一些食物，你们就能恢复如昔了。不过我必须警告你们，使用清水的时候要小心一些！ 暂时我们大家只能用一桶水和一块布巾擦擦身子。除非下一场雨到来，或者我们能找到挖滤水井的沙地，否则我们就必须注意保存淡水。快去吧！"

心存感激的女孩们听话地跑走了。莱福特林看着卡森划着小船回去接其他人。

"船长。"格瑞夫特装腔作势的语气让莱福特林有些心烦。

"什么事？"他问道。就连他都听出了自己声音中的不耐烦，于是他又说道，"你一定也像他们一样又累又饿了。为什么不去喝些热汤？"

"马上就去，"格瑞夫特生硬地回答道，"但首先，我们必须为随后的事情制定计划。三名守护者和三头龙仍是失踪。我们必须认真讨论是不是要继续搜寻。”

莱福特林瞪了这个年轻人一眼，“孩子，我劝你还是放轻松一些，听听我的计划。首先，我很难过地告诉你，失踪的守护者只剩两人了。几个小时以前，我们刚刚发现年轻的沃肯死在了河中。第二，我们会继续搜索至少一天，也许是两天。一旦其他守护者都上了船，卡森就会出发寻找其他人。我们或者留在这里陪着龙，或者留下几名守护者陪着龙，我们则在后面跟随着卡森。这要看河道的变化。现在水退得很快。我认为从上游下来的洪峰已经快要完全离开我们了。”

“船长，在我看来，这样耽搁我们的行程，并没有什么意义。你只是在浪费时间和珍贵的淡水。沃肯的事情让我感到哀伤，但我们最初摆脱洪水的时候，我心中就已经存在着恐惧，这更加证实了我的恐惧。我认为其他人已经死了。我感觉……”

“去船舱感觉你的感觉吧，小子。在柏油人号上，唯一说话算数的只有船长，是的，你能看出来，那个人就是我。现在，去做你该做的事，吃些东西，睡上一觉。然后你就会更清楚地记得我是谁，你是谁，你正站在我的船上。”

莱福特林的话其实已经很温和了。如果是一个水手忘记自己的身份，竟敢和船长这样说话，肯定不会只是被这样教训两句。而且莱福特林已经看见艾丽斯走进了卡森摇摇晃晃的小船里。现在他只想心无旁骛地看着艾丽斯回到柏油人号上。

他看见那个年轻人猛地咬紧了牙，也看见了他怨怼的目光。没关系，这个年轻人会懂事的。如果他还不懂事，下一次他受到的教训就会更严格一点。格瑞夫特走开了，莱福特林没有理会，他的眼睛早就锁定在了那条小船上。卡森这时正用船桨把艾丽斯一点点送过来。

莱福特林无法再装模作样了，他跳下舱顶平台，大步跑过甲板，来到船栏杆后面，一脸傻笑地等待她的到来。小船靠在驳船旁边，艾丽斯那一双灰蓝色的眼睛定定地看着他。他看见艾丽斯被河水烧灼的脸，不由得为她感到深深的心痛。“喔，艾丽斯！”他没有再说出别的话。艾丽斯的红发缠结在一起，垂在背后。她仍然穿着那件能够为她带来妥帖保护的红铜色长袍。感谢莎神，感谢古灵的宝物。莱福特林在栏杆后面竭力俯下身，伸出双手轻轻握住她的手腕，帮助她爬上绳梯。

莱福特林将艾丽斯扶过栏杆，让她在甲板上站稳。他并没有放开她，而是将她轻轻抱在自己的双臂中，小心地不要压迫她受到河水烧蚀的皮肤。“我绝对，绝对不会让你再这样远离我了，艾丽斯。赞美莎神，你平安地回来了。我不会让你再走了。我不在乎其他人会说些什么。”

“莱福特林船长，”艾丽斯轻声说道。她将自己的额头贴在莱福特林的下巴上。这只是偶然吗？ 她的嘴唇轻轻碰触他的喉头，只是他的想象吗？ 一阵战栗，一股热流涌过莱福特林的全身。他只能一动不动地站在原地，仿佛一只无比珍惜的小鸟正要落到他的肩头。艾丽斯轻轻将自己从他的怀里推开，抬起头看着他的眼睛。“真高兴能够再平安地和你在一起。我知道你会来找我们。我早就知道。”

有什么样的话能比这番话更让他感动？ 莱福特林是这样高兴，感到自己充满了男子气概，同时却又觉得自己无比愚蠢。他满脸都是灿烂的笑容，又将她抱紧了片刻。在她请求他放手之前，他松开了她。他绝对不想让她感觉到他的强迫。

但艾丽斯随后的两句话让莱福特林猛地又落回到地面上：“我们知道塞德里克的下落吗？ 他是不是在洪水时掉到船外去了？”

“很抱歉，艾丽斯，我不知道。我一直都以为他还在他的房间里。我当时上岸去……查看情况。第一阵洪峰袭来的时候，我还在岸上。”此时他必须尽快让思绪得以敏捷，没有人知道他是去见杰斯了，没有人能将他和那个猎人联系在一起，只有他知道那个人是被他杀死的。他当时给了杰斯狠狠一击，那家伙不可能在这种洪水中活下来。他杀死了杰斯，他不会为这种事后悔，但这也不意味着他想要让其他人知道自己做了什么。这是他的秘密。他会将这个秘密带到坟墓里去。“纯粹是因为好运气，柏油人号才在黑夜中找到了我，让我回到船上。”又是一个谎言。难道他要一直这样向她隐瞒每一件事吗？ 但他只能这样把故事编下去。“塞德里克也许在驳船遇到洪峰的时候正好在甲板上，或者他有可能是去了岸上。我知道的只是当我去找他的时候，他不在房间里。你也不在房间里。”

“这是我的错，是我把他拖到了这桩事里来。”艾丽斯的声音很低，但是很坚定，仿佛这是一个她必须忏悔的错误。

“我不觉得是你说的这样。”莱福特林说。

“我觉得是这样。”

艾丽斯声音中的负罪感让莱福特林感到不安。“好了，艾丽斯，我不认为你这样想能有什么好处。我们一直都在寻找他，并且会继续寻找他。我们没有放弃。只要安置好那些龙，我们就能够制定计划，继续搜寻。我们找到了你，不是吗？ 我们也会找到塞德里克的。”

“船长？”说话的是戴夫威。

“什么事，小子？”

“上船的人全都是又渴又饿，我能够给他们多少食物和饮水？”

这个问题背后隐藏的严峻事实，提醒了莱福特林，他意识到自己是一个男人，同时也是一名船长。他带着歉意看了艾丽斯一眼，才从她的面前转过身，同时说道：“现在必须去照顾幸存者了。不过我们会继续搜索塞德里克，我向你保证。”

船长没有承诺一定能找到塞德里克，艾丽斯注意到这点。他无法做出这样的承诺。她因为自己获救而感到安慰，因为看见了莱福特林，知道他平安无事而欣喜若狂，但所有这些美好的情绪，在几次心跳之间就荡然无存了。她不得不担心塞德里克在哪里，正处在怎样的环境中。对现在的她而言，一切喜悦和宽慰都太过自私了。塞德里克死了？ 还是正趴在不知哪里的原木上，即将死去？ 还是仍然活着，但只是困在河上的某个地方而孤立无援？ 塞德里克根本不懂得如何照顾自己，尤其是在这种环境中。有那么一瞬间，艾丽斯仿佛看见他就在自己身边，短小精悍，聪明伶俐，脸上带着和善的微笑。她的朋友。而她将这位朋友从他喜悦和珍视的一切事情中硬拽出来，把他带到这个荒蛮的地方，又彻底毁了他。

艾丽斯走向自己的房间，庆幸地在背后关上屋门。用不了多久，她就又要去面对其他所有人了。但现在，她需要一点时间来找回自己。出于习惯，她脱掉了衣服。这件古灵长袍看上去还是完好无缺。她试着将长袍抖了抖。一片细沙从袍子上落下来，完全没有泥土黏附在上面。长袍上也看不见任何皱褶和破损。她将长袍放在手上，觉得它就像是一股熔融的红铜瀑布。这真是一件神奇的宝物！ 一名已婚女子，绝不应当从不是自己丈夫的男人那里接受如此贵重的礼物。这个想法突然出现在她的脑海中，随后立刻被她无情地抛开。

她离开河水之后，这件长袍很快就完全干燥了。在那几个难挨的夜晚，它让艾丽斯感到温暖舒适。不知为什么，艾丽斯身上被它碰触到的地方，河水造成的灼伤就会减轻很多。突然间，艾丽斯下意识地用双手摸了摸面颊，又碰碰自己一团乱的头发。她的皮肤变得粗糙干燥，头发就像是一捆稻草。在昏暗的光线里，她看看自己的双手。手上的皮肤完全变成了红色，指甲参差不齐，感觉异常粗硬。她感到双重惭愧，不仅是因为她现在的样子竟然这样糟糕，还因为她竟然在这样的时候还会关心自己的容貌。

虽然感到自己很浅薄，但她还是找出护肤油，擦了擦双手和面颊。然后她又穿上已经磨损相当严重的旧衣服，又用了一些时间梳理了一下缠结在一起的头发。她成功地让自己沉浸在这一连串的自我整理和修饰。但在这项工作结束之后，一阵新的绝望心情又向她扑来。失落和负罪感在她的心中咆哮。在短暂的一刻，她试着引诱自己去厨房喝一杯热茶，吃一片航船面包。她已经有好几天没喝过热茶了，那一定能给她带来好心情。

塞德里克没有茶。

这个想法突兀又愚蠢，但还是立刻就让她的眼睛里涌出泪水。一阵战栗涌过她的全身。随后，她的身子停滞在原地。“我不要想这件事。”她高声对自己说。当她还在树林里的时候，她可以让自己相信，塞德里克还安全地和莱福特林船长在一起待在船上，即使她完全没有理由相信莱福特林和柏油人号就安然无恙。她一直将自己的恐惧藏在心底。而现在，当她不得不面对这份恐惧的时候，她还在努力要将它埋没，妄图用皲裂的双手、粗糙的头发和一杯热茶把它隐藏起来。该是面对它的时候了。

她离开房间，快步走向塞德里克的房间。守护者们大部分都已经上了船。她能听到厨房中的议论纷纷。她走过戴夫威。这个船上的男孩正闷闷不乐地盯着水面。她绕过这个闷头沉思的男孩，继续向前走去。丝凯莉正在和莱克特说话。他们的脸上都充满了哀伤。莱特克的目光一直停留在这个女孩的脸上。艾丽斯听到丝凯莉向莱克特问起了埃鲁姆。莱克特摇摇头，下巴上的长刺也随之颤抖了几下。艾丽斯也无声地从他们身边走了过去。

她敲了敲塞德里克的屋门。半次心跳之后，她骂了一句愚蠢的自己，然后就打开门走进那个房间，又在身后将门关好。

朋友的离去是否让她的知觉变得更加敏锐了？ 这个房间里的一切似乎都不正常。房间里充满了一股久未洗涤的衣服散发出的汗臭气。床上的毯子堆在一起，就像是野兽的窝巢，地上到处都丢着衣服。这种满目狼藉的情形很不像是塞德里克的作风，更别提这里还很肮脏。艾丽斯的负罪感如同双重锋刃再次击中了她。自从吃坏了肚子，塞德里克已经连续多日处在极为忧郁的精神状态里。艾丽斯不由得质问自己：怎么能就这样丢下他一个人？ 尽管他一直都对艾丽斯冷言冷语，只知道发泄他的不满。艾丽斯哪怕只是在这个房间里待上几分钟，就足以知道塞德里克现在的状态是多么消沉！ 她本应该为塞德里克整理一下房间，尽量让这里保持清洁和明亮。塞德里克的忧郁心态充分显示在这个房间的每一个角落。艾丽斯不由得心中感到一阵惶惑，她甚至怀疑塞德里克在那场洪水中主动跳下船了。

艾丽斯知道自己的这个想法很荒谬。尽管明白现在做什么都已经晚了，她还是收拾起塞德里克的脏衣服，仔细地将它们叠好，放到一旁，等待船上有足够的清水时再行洗涤。然后她抖开塞德里克的床褥，重新为他把床铺好。她向自己做了一个承诺——一个愚蠢的承诺——如果塞德里克能回来，就一定会有一个整洁的房间在等待他。她拿起那个被塞德里克当作枕头用的包裹，想要将它抖松一些。

当她这样做的时候，一样东西掉在地上。她俯身到地上摸索了一番。最后她的手指碰到了一根细长的链子。她将那根链子提到阳光下——是一根项链，上面还挂着项链盒。即使在昏暗的光线中，它也闪烁着金色的光彩。艾丽斯从没有看见塞德里克戴过这根项链。当这个项链从塞德里克的枕头里滚出来的时候，她知道这一定是某种非常私密的物品。虽然感到心痛，但她还是忍不住笑了笑。她从没有怀疑过塞德里克会有情人，而拥有情人的项链盒当然是再自然不过的事情。这又让艾丽斯更加感到心如刀绞。她能够体会塞德里克在被迫离开缤城的时候是有多么不情愿，离开家乡那么长时间，真不知道他正在经历着怎样的煎熬。为什么塞德里克不告诉她？ 他明明可以向她一诉衷肠，那样她就会懂得他是多么想要回家。过去这几个星期里，塞德里克的忧郁突然闪耀起一种完全不同的色彩。他在想念爱人。艾丽斯用另一只手握住了在项链下面微微摇晃的项链盒。

艾丽斯不打算打开它。她不是那种喜欢偷窥别人隐私的女人。但就在她合拢手掌握住这只项链盒的时候，小盒子的机簧被按下，项链盒在她的手中弹开了一点。她慌张地惊呼了一声，看到一卷闪烁着光泽的黑发从这个黄金牢笼中脱落出来。她打开项链盒，想要将黑发放回去，却又一下子僵住了。项链盒中那个正在盯着她的肖像属于一个她认识的人。绘制这幅微缩肖像的画师一定技艺高超，而且很了解这个人，完全能够捕捉到他面容上的种种细节，让这幅画像凝固在他即将开怀大笑的前一刻。他眯起了绿色的眼睛，如同精心雕凿出的嘴唇稍稍紧绷，露出洁白的牙齿。艾丽斯低头看着这个向自己微笑的诏谕。这是什么意思？ 这可能是什么意思？

她缓缓地坐倒在塞德里克的床上，用不住颤抖的手指将这一卷被金线束住的黑发塞回到项链盒中。然后她试了三次才将项链盒紧紧扣住。随着这只盒子被关紧，艾丽斯心中的谜团却只是在越变越大。这只黄金小盒的外面只刻着一个词。“永远。”艾丽斯悄声对自己说道。

她坐了很长时间，看着从小窗外照进来的午后阳光慢慢黯淡下去。这只可能有一个解释。诏谕制作了这枚项链盒，并将它交给塞德里克，让塞德里克转送给她。为什么诏谕会这样做？

永远。这个来自诏谕的词对她又有什么意义？ 他是害怕失去她吗？ 他真的在意她？ 却碍于某种特殊的原因，让他无法当面向她承认？ 这就是这枚项链盒应该告诉她的？ 或者这是一种威胁，表明他将“永远”占有她？ 无论她去哪里，无论她走多么远，离开他多长时间，诏谕仍然牵着拴住她的缰绳。永远。永远。她看着手掌中的这枚项链盒，然后小心翼翼地提起这根金项链，将它盘卷在紧闭的项链盒周围，握紧它，将拳头伸进塞德里克的枕头里，把它丢在那里，又小心翼翼地把枕头放在床上。

她的目光扫过这个她迫使塞德里克居住的小房间。昏暗、狭小、拥挤、凌乱不堪，完全不像是塞德里克在缤城家中的居所。塞德里克喜欢高高的天花板和能够让微风吹进来的高大窗户。他的书桌和书架总是整齐有序。诏谕的仆人每天都会用鲜花装点他的房间。他喜欢散发芬芳气息的苹果木在小壁炉中燃烧，喜欢用珐琅托盘送来的热茶。夜晚会有香气蜡烛被点亮，配上加香料的红酒，但艾丽斯将他的这一切都夺走了，只把他扔在了这里。“塞德里克，我会补偿你。我向你承诺。一定要活下来。让我们能找到你。我的朋友，我曾经对你很坏，但我发誓，这不是我有意要如此。我发誓。”

艾丽斯站起身，踮起脚尖打开窗户，让傍晚的河风吹进来。只要他们有了能够用于洗涤的清水，她就会把塞德里克的衣服洗得干干净净，挂在衣橱里。这是她唯一能做的事情了。她拒绝去思考这些承诺对于一个死人还会有什么意义。塞德里克一定要活下来，一定要被找到。这是她现在唯一关心的事情。

“这根本不可能。”赛玛拉坚定地说道。

“我们不是在请求你，”辛泰拉反驳道，“这是他的权利。”

“我们不会吃掉我们的死者。”刺青僵硬地说。

暮色低垂，让大家感到安慰的是，河面终于降落到几乎正常的水平。龙的肚子仍然泡在水里，但现在他们终于可以站在河底了。尽管此时的河底覆盖着一层厚厚的淤泥和沙砾。船员们将驳船移动到一处靠近龙群的停泊锚地，同时又确保驳船不会有搁浅的危险。每一名守护者都吃了一顿热饭，尽管饭量不多。

第二天的行动计划也确定了。在随后的两天，守护者、龙和驳船会里停留在原地，卡森则用一整天时间沿河向下游寻找幸存者或者尸体，然后再用一天时间返回。戴夫威想要和他一起去，但是遭到了卡森的拒绝。“我不能让这条小船在出发时就坐满了人。小子，我需要空间带回我找到的每一个人。”

凯斯提出划另一条船与他同行，但他们临时做成的桨并不好用。卡森说这样只会拖慢他的速度。“利用我离开的这段时间，看看你们能不能做出合用的船桨来。戴夫威和我还有一些额外的长矛和箭头。杰斯在他船上的箱子里储备了大量的狩猎工具。但现在先不要动他的东西。我们还有希望能够活着找到他。他是一个很懂得在河上讨生活的人。我打赌，一阵大浪干不掉他。”

一切都决定好了。一些守护者已经开始为过夜做准备。就在这时，龙群来到驳船周围，巴力佩尔提出了他的无理要求。

现在，默尔柯说话了：“你们无论想吃什么或不想吃什么，都是你们的自由。我们也是一样。我们会吞下我们的逝者，巴力佩尔有权利吃掉他的守护者的尸体。在沃肯的肉继续腐烂下去之前，应该被交给巴力佩尔。”金龙转过头，看着他自己的守护者，“我说得还不够清楚吗？ 为什么还要耽搁？”

“默尔柯，你在我心中就如同辉映的日月，而你的要求却违背了我们的传统。”希尔薇看上去很平静，但她的声音还是微微有一些颤抖。赛玛拉怀疑这个女孩并不经常拒绝她的龙。

巨大的金龙用旋转的双眼盯着希尔薇。“我不是在提出要求。为了得到沃肯的尸体，巴力佩尔可能早就要摧毁你们的船了。但我们认为这会让你们全都感到难过。所以，为了你们着想，我们建议你们将他的尸体扔到船外。”

“不管怎样，我们很快就会这样做。”莱福特林船长低声说道，“我们没有地方可以埋葬他。他终究会被抛入河中，而只要他掉进水里，龙就会得到他。他们就是这样，我的朋友们。”

如果这个船长是想要安慰他们，赛玛拉觉得他的安慰之词实在是很奇怪。看着沃肯被帆布包裹的尸体，他们无法不想象自己躺在那里的样子。

辛泰拉发觉了赛玛拉脑海中的想象，立刻向她转过头。“如果你明天死去，你又希望会怎样？ 是烂在这条河里，被鱼吃掉？ 还是被我吞下，让你的记忆常存在我体内？”

“反正我已经死了，我不会在乎的。”赛玛拉直率地回答道。她感觉到这头龙正在利用她以对抗全体守护者，这让她感觉很不舒服。

“这正是我的观点。”辛泰拉发出一阵喉音，“沃肯死了。他已经对任何事都不在乎了。巴力佩尔却很在乎他。把他给巴力佩尔吧。”

哈里金突然说话了：“我不想沉在河底的烂泥里。我会把我交给兰克洛斯。现在我想要这里的每一个人都听到我的嘱托。如果我出了事，就把我的尸体交给我的龙。”

“我也是。”凯斯说道。不出所料，博克斯特也回应道：“我也一样。”

“还有我，”希尔薇说，“我是默尔柯的，无论生还是死。”

“当然。”洁珥德表示赞同。格瑞夫特也说，“我也是这样。”

守护者们纷纷应和。又轮到赛玛拉说话的时候，她咬住嘴唇，保持着沉默。辛泰拉扬起前爪，从水中立起来，低头看着她，向这个女孩问道：“怎样？”

赛玛拉向龙抬起头，平静地说：“我是属于我自己的。要得到我，你必须也给予我，辛泰拉。”

“我把你从河里救了出来！”巨龙如同铜号般的怒吼响彻了阴沉的天空。

“我从遇到你的那一天开始就在侍奉你，”赛玛拉回答道，“但我并不觉得我们的连结完整了。所以我会保留我的想法，直到我必须做出决定的时候。而现在这件事，我交给我的守护者同伴们来决定。”

“无礼的人类！ 你以为你……”

“换一个时间吧。”默尔柯打断了她们的争吵，“先让巴力佩尔得到他应得的。”

“沃肯在这件事上是不会有犹豫的。”莱克特笃定地说。靠在船栏杆上的他站直了身子，“我来做吧。”

“我来帮忙。”刺青低声说道。

“守护者们做出了决定，”莱福特林宣布道。仿佛这些年轻人正在等待他的许可，“斯沃格会教你们如何用木板将他的尸体送出船舷。如果你们想要向死者致辞，我可以作为致辞人。”

“应该有送别他的话，”莱克特说，“沃肯的母亲也会想要这样的。”

于是，葬礼开始了。赛玛拉看着仪式的进行，不由得对他们形成的这个奇怪的小团体心生疑问。*我是这些人中的一分子，又不是他们的一分子*，她一边倾听莱福特林简单的悼词，看着沃肯的尸体从一块木板上滑过船栏杆，一边在心中思忖。她想要转过头，不理会随后会发生的事情，却又不知为何无法这样做。她告诉自己，她需要见证这一幕，需要看到守护者们和他们的龙是如何纠缠在一起。这样一个令人毛骨悚然的无礼要求，是如何变成理所当然，甚至是无可避免的。

巴力佩尔还在等待。尸体从裹尸布下面滑落到河中。龙立刻低下头，咬住那具尸体。沃肯的头和脚挂在这头龙的口边，就这样被巴力佩尔叼走了。赛玛拉注意到，其他龙并没有跟随那头红龙，而是转过身，以游泳或是涉水的姿态，纷纷走回到河边的浅滩上。巴力佩尔则单独带着他的守护者的尸体，消失在上游的夜色中。看样子，他并不是要简单地吞掉一块被人类遗弃的肉。这有着一种特殊的含义，不只是对于沃肯的龙，而是对于他们所有的龙，而且这意义非常重要，所以当巴力佩尔的要求最初被拒绝之后，他们才会聚集起来，齐心协力地支持巴力佩尔。

赛玛拉感觉到，守护者们在这件事上和龙似乎有一些相似的地方。他们安静地从船栏杆后面散开。没有人哭泣，但这并不意味着没有人想要哭泣。他们看到了沃肯的死亡，真正的死亡，这让拉普斯卡的失踪也变得更加真实。拉普斯卡至今仍然不见踪影。当他们再看见他的时候，很可能他也会像沃肯一样，满身伤痕，被河水泡涨了身体，一动不动。

守护者们三三两两聚在一起。洁珥德当然和格瑞夫特在一起。希尔薇跟着哈里金和莱克特。博克斯特和凯斯这对堂兄弟像以往一样总是形影不离。诺泰尔跟随着他们。赛玛拉没有靠近任何人。她经常都是这种样子。他们之中也只有她向她的龙表示了拒绝，只有她仿佛从来都不知道这支团队到底抛弃了哪些规则，又遵守着哪些规则。她感到自己后背疼得厉害。河水烧伤了她的皮肤，虫子不断地叮咬她。孤独感充满了她，可能随时都会让她的身体炸裂。她想念艾丽斯的陪伴，但现在他们回到了驳船上，艾丽斯回到了船长的身边。她可能不会再想要花费时间来陪伴赛玛拉了。

她也很想念拉普斯卡。这种强烈的思念甚至让她自己感到震惊。

“你还好吗？”

她转过身，惊讶地发现刺青正站在她身边。“我想我应该没事。这件事很奇怪，也很难以接受，不是吗？”

“从某些角度来说，这是最简单的解决方式。莱克特和沃肯共度过许多时光。在大多数日子里，他们都结伴划船。所以我愿意相信，他知道沃肯会想要什么。”

“我相信他知道。”赛玛拉低声回应。

他们就这样站了一段时间，盯着河面。龙全都散开了。赛玛拉还能感觉到辛泰拉对她的怒意，就像是放射出一阵阵寒气的烈火。赛玛拉不在乎。她全身的皮肤都痛得厉害。肩膀处的伤口更是火烧一样痛。她不属于任何地方。

“我甚至已经不能回家了。”

刺青没有问她这句话是什么意思。“我们都不能回家了。我们在崔豪格都不曾有过一个真正的家。只有在这里，在今晚的这艘驳船上，我们才得到了一个最接近于家的地方。艾丽斯和莱福特林船长，还有他的船员都是我们的家人。”

“但我甚至无法融入这里。”

“你可以，只要你决定融入进来，赛玛拉。你和大伙的距离感，是你自己造成的。”他伸出手，不是握住赛玛拉的手，而只是将手掌放在赛玛拉身边的栏杆上，并能够碰到赛玛拉的手。

赛玛拉的第一个冲动是将手挪开。但她努力阻止了自己这样做。她不知道自己为什么想要将手挪开，为什么又没有这样做。对于这两个问题，她都没有答案。所以她向刺青问了一个关于自己的问题："你知道格瑞夫特是如何对我谈论你的吗？"

刺青的嘴角抽动了一下。"不知道。但我相信那不是夸赞。我希望你记得，你远比格瑞夫特更了解我。"

看样子，那个让单身女性做选择的计划，至少不是这些男人们合谋出来的。这让赛玛拉对自己的这位守护者同伴的看法稍稍提高了一些。她保持着声音的平稳和冷漠，仿佛是正在闲聊这个夜晚有多么令人愉悦，"我昨晚值夜的时候，他走过来问我是不是选了你。他说，如果我选了你，最好清楚地选不出来，或者至少让他知道，这样他就能保护我的选择，不让其他人捣乱。他还说，如果我不这么做，男人之间就会发生许多竞争。会有其他守护者甚至会向你挑战，或者与你打斗。"

刺青在沉默了很长一段时间之后才说道："格瑞夫特就是一头浮夸的蠢驴，总以为他能代表所有人。"就在赛玛拉已经准备将格瑞夫特的疯话丢到脑后的时候，刺青又说道，"不过，如果你对大家说你选了我，我也会很高兴。关于这一点，他是对的，这会让事情变得更加简单。"

"这会让什么'事情'变得更加简单？"

刺青侧目看了赛玛拉一眼。他们两个全都知道，现在他踩到了悬崖边上。"嗯，首先，这样就能给我一个答案。一个我很想得到的答案。另外……"

"你甚至都没有问过我问题。"赛玛拉的话脱口而出。在不经意间说出这句话之后，她才惊慌地发现她已经把他们一起推进了沼泽。

赛玛拉想要逃走，躲开这一堆愚蠢的麻烦。这全都是愚蠢的格瑞夫特说出的那番蠢话才造成的。刺青似乎明白她的心思。他伸出满是老茧的手，按住了赛玛拉的手。赛玛拉能够感觉到他柔软的手掌抚过自己手背上的鳞片。一股暖流从那只手中涌进她的身体。片刻间，她连呼吸都停止了。她的脑海中闪过了洁珥德和格瑞夫特——他们的身体缠绕在一起，激烈地颤动。不。她禁止自己这样想。她提醒自己，她被刺青握住的那只手布满了鳞片，又冷又滑，就像是一条鱼。刺青没有低头看那只被他捉住的手。他深吸一口气，悄悄说道："这不是一个问题，不是一个具体的问题。这，嗯，我很想我们像格瑞夫特和洁珥德那样。"

她也想。

不！ 她当然不想！ 她否认了这个念头。

"洁珥德和格瑞夫特那样？ 你是说交配？"赛玛拉没有能完全掩饰住自己指责的语气。

"不。嗯，是的。但他们对彼此有着与不同于他人的约定。这才是我想的。"刺青将目光从赛玛拉身上转开，说话的声音也变得更加轻柔，仿佛赛玛拉真的有多么脆弱一样，"我知道拉普斯卡还没有离开多久，但……"

"怎么谁都以为我和拉普斯卡不是简单的朋友？"赛玛拉差一点气愤地吼起来。她猛地将手从刺青手中抽出来，又用这只手将脸上的头发拂到耳后。

刺青却显得很惊讶。"你总是和他在一起，一直都是……自从我们离开卡萨里克之后。你们总是坐一条船，总是睡在一起……"

"他总是要躺在我身边。也没有其他人提出要和我一起划船。我喜欢他，只要他不妨碍我，或者说些奇怪的话让我生气。"突然间，赛玛拉感觉自己这样说拉普斯卡是对朋友的不忠诚。她急忙止住话头，又用很小的声音承认道，"我很喜欢他，但我从没有想过我会爱上他。我也不认为他会这样看待我。实际上，我很确定，他只是我的一个很特别的朋友，总是能看到事情阳光的一面，总是有一副好脾气。每次都是他来找我，我不用费力就得到了他这样一位朋友。"

"他的确是那种人。"刺青低声表示同意。随后一段时间里，两个人陷入沉默，仿佛正在哀悼逝去的朋友。赛玛拉觉得自己和刺青之间的距离更近了，这是她以前从未有过的感觉。最终，赛玛拉打破了沉默，"你要说的另一个理由是什么？"

“什么？”

“你刚才正要说，结果被我打断了。你说还因为另一个原因，我应该宣布我是……我是和你在一起了。”赛玛拉努力想把话说得委婉一些，但最终还是没能做到。她索性把这件事直接说出来，随后便双眼直视刺青，等待他的回答。

“这能够免去一些麻烦。结束掉一些人的胡思乱想……嗯····避免其他人的一些不好的情绪，比如诺泰尔就说了一些话……”

“什么话？”赛玛拉直接问道。

刺青也显得有些气愤。“我不是你们的一员，你属于你们自己的人，属于真正能理解你的人。”

“听起来又像是格瑞夫特在捣乱。”

“也许吧。格瑞大特说过好多这样的话。昨天晚上，在营火堆旁。他经常是在女孩们去睡觉之后才会这样说。他还说起我们到达克尔辛拉之后会是怎样。根据他的说法，我们会在那里建造我们的城市。当然，那在最开始不会是一座城市，但我们会定居在那里，建立家园。最终也会有其他人来加入我们。而我们这些守护者就是那座城市的奠基人，那里的规则都要由我们来制定。”

“他这样说的时候，总是把话讲得很有逻辑，仿佛一切事情真的会像他所说的那样发展。很多事的确就像他说的那样发生了。当我们发现洁珥德，嗯，发现她怀了孩子的时候，他说必须有人为此负责，即使洁珥德不知道那是谁的孩子。他说他会树立榜样。他的确是这样做了。后来，他说希尔薇还太年轻，没办法为自己做选择。他为希尔薇选了哈里金，因为哈里金更年长，更有自控能力。他要哈里金从作为希尔薇的保护者开始。哈里金那样做了，而希尔薇也的确选了他。”

“希尔薇这样说了？”赛玛拉非常惊讶。

“嗯，没有直接说过。但我们都能看出来。格瑞夫特还说，尽管没有人能明白你为什么要选拉普斯卡，但事情已经这样了，任何人都不能横加干涉。一开始这让我很生气。我不相信你‘选了’他。但我，嗯，他那样说的时候，我正和洁珥德在一起。所以我没办法说……”刺青的声音小了下去。他吸了一口气，又努力张开口，“所有人都会听他的话。没有人试着要插到你们中间来，但拉普斯卡现在走了，我希望他能够回来，但如果他回不来了，我希望你知道，我，嗯，正在等待着，并希望着。”

赛玛拉决定结束这一切，立刻结束掉。“刺青，我喜欢你，非常喜欢你。很长时间以来，我们一直都是朋友。我相信如果有人能够明白我，那一定会是你。但我没有‘选择’你或者其他任何人。现在没有，也许永远都不会有。”

“但……永远都不会？ 为什么？”

赛玛拉真的生气了。“因为。这就是为什么。因为这全要由我来决定，而不是格瑞夫特，不是你，不是其他任何人。我不会接受一个命令，必须‘选择’一个人，就好像必须在一定时间内完成任务。这种选择不是我的选择。我想要你、格瑞夫特和其他每一个人都知道，也许不从你们中间选一个人，也有可能是我的选择。”

“赛玛拉！”刺青用反对的语气说道。

“不，”赛玛拉用冰冷的语气阻止了刺青想要说出的一切话语，“不，这事就这样结束了。你可以去告诉格瑞夫特，或者他可以来找我谈，我会当面告诉他。”

“赛玛拉，这不……”

刺青刚刚说出口的话，被远处的一阵声音打断了。一开始，赛玛拉以为那是号角声，她已经知道卡森会去寻找其他幸存者，但她还不知道卡森是今晚就会出发，还是要等到明天早晨。然后她再一次听到那个声音，终于意识到那不是号角声，而是龙的吼声。

在河边的泥滩里，默尔柯第一个做出回应，然后是芬提。卡罗用他公牛一样的声音不住地长吼，赛斯梯坎也开始吼叫。

“那是谁？”刺青在黑暗中问道。

赛玛拉的心突然因为希望而加快了跳动。她努力支起耳朵，仔细倾听远处的龙吼。然后她失望地摇摇头，“不是荷比。荷比的声音要更加尖锐。”

亚布克突然发出铜号般清晰而悠长的吼声。这头银绿两色的龙从河滩走向深水。月光照在他的身上，他全身都闪耀着喜悦的光芒。他在河水中稳定地游动着，一直向那头尚未露面的龙游去。当他再一次发出吼声的时候，他的意念也随着这吼声一同爆发出来："埃鲁姆！埃鲁姆，我来了！"

刺青和赛玛拉俯身在船栏杆上，努力伸长脖子，想要在黑暗中看得更远一些。其他守护者也都纷纷凑过来。赛玛拉听到莱福特林船长的喊声："那是谁？有没有人认出来？"

"是银龙！"船尾突然有人喊道，"是那头小银龙！埃鲁姆和他在一起！他们全都活着。"

"银龙！你还活着！"希尔薇的喊声充满了喜悦。银龙向她转过头，片刻间，这头龙的眼睛里几乎闪烁起了智慧的光芒。

"我真高兴！"刺青喊道。赛玛拉无声地点点头。她看着回家的人和龙，心中只有羡慕。埃鲁姆要拥抱他的龙。但亚布克已经长得太大了。埃鲁姆从小银龙的背上跳到亚布克宽阔的脊背，扑倒在亚布克身上，仿佛要将自己的心和亚布克紧贴在一起，要和亚布克融为一体。

赛玛拉不知道自己是怎么了，为什么她和辛泰拉之间没有这样的连结？为什么她和所有人都是这样疏离？她偷偷瞥了刺青一眼。刺青正努力向船栏杆外探出身子，满脸都是欢笑。为什么她不干脆地宣布——她选择了他？为什么她不能像洁珥德那样从容应对这一切？洁珥德显然曾与不少男性交欢，现在格瑞夫特宣布洁珥德是属于他的，而她对此似乎没有任何不高兴。这样做就这么难吗？只要接受下来，不要有那么多抱怨不好吗？

银龙显然也很高兴，他用尾巴将河水抽打出一片片泡沫，又伸展开翅膀，在一片片水花中"飞"向浅滩上的其他龙。其余的守护者们聚集在船栏杆后面，笑着，喊叫着，不住地指指点点。而赛玛拉则已经将目光转开了。

毫无警告地，刺青再一次握住她的手，将她拽过去，让她看着自己。"不要这么伤心，拉普斯卡和荷比也许还活着。我们现在不能放弃希望。"

赛玛拉抬起头看着他。他并不比她高多少。但这次远征改变了他。他的身上隆起了肌肉，因为长时间划船，肩膀和胸膛等一些不会被用于爬树的肌肉，已变得格外发达，赛玛拉很喜欢他现在的样子。她的目光移动到他的脸上，微弱的光线中，她还能看清这张饱经风霜的脸，在他光滑的皮肤上唯一的印记是一匹马的刺青，那是他在婴儿时就留下的奴隶标记，而另外的那个蜘蛛网图案的刺青已经快要消失了。现在她靠他这么近，甚至能嗅到他身上的气味，这气味也不让她反感。看到他的眼睛，她才意识到那双眼睛是那么黑。他的气味忽然改变了。赛玛拉意识到自己正在吮吸着自己的下唇。她看到他吸了一口气，似乎是在努力鼓足勇气。

不等他做出决定，她已经有了行动。她向前靠过去，稍稍抬起头，将自己的嘴唇凑向他的嘴唇。应该就是这样做吗？ 她从没有吻过任何人的嘴。她的心中一下子生出焦虑，她感觉自己很笨。刺青的手臂突然伸出来，将她抱住，把她的身体向他拉过去。他的嘴唇也向她贴近过来。他知道怎样做，塞玛拉心中想道，然后她又想到他是从哪里学的，不由得从心底深处燃起一团怒火。没错，她不是洁珥德，不管她吻得对不对，刺青很快就会发现，她有自己做事的方法。她缓缓地摇摇头，将嘴唇稍稍后退，又向前按在他的唇上。鳞片碰在温软的肉上，她心中想，随后她就暂时迷失在了这种感觉中。他的双手抚过她的脊背，碰到了她肩胛处的那一片柔软的部分，让她疼得打了个哆嗦。

“怎么了？”他问道。

赛玛拉只觉得一阵困窘，“没什么。我在河水里被割伤了。那里还很痛。”

“喔，抱歉，感觉那里肿起来了。”

“那里很敏感。”

“我会小心的。”

刺青低下头，再一次吻她。她放纵着他的种种爱抚。就在这时，她听到船上有人高声提出一个问题，另一个人做出回答。这里并不是只有他们两个人。不是的。

赛玛拉让嘴唇离开刺青，低下头。刺青将她抱紧，贪婪地亲吻着她的头顶。她感觉到温暖的呼吸，自己全身随之涌过一阵战栗。刺青轻轻笑着问她：“这就是我的答案吗？”她从没有听过这样浑厚动听的声音。

“什么问题的答案？”赛玛拉真心有些困惑。

“你选择了我吗？”

赛玛拉几乎想要向他说谎。但她没有。“刺青，我要以我的意志选择。我不要被迫的选择，现在不要，只要我不想，我就不要。”

“那么，那么这又是什么意思？”刺青没有放开她。但他的拥抱中出现了一种不曾有过的僵硬。

“这个意思是我想要吻你。”

“就是这样？”刺青抬起头。她也抬头看着他的脸。

“暂时，”她承认道，“就是这样。”

她和他四目对视。一点星光在刺青深褐色的眼睛里闪动。他慢慢向她点点头。

“暂时，这样就足够了。”

祷月第二十二日

商人联盟独立第六年

来自黛托茨，崔豪格信鸽管理人
致艾瑞克，缤城信鸽管理人

在封锢的小管中是一封贸易商斯沃金寄给贸易商科勒比的机密信件，这封以斯沃金的印章予以蜡封的信，必须被交到他的家人手中。

艾瑞克：

我因为你父亲患病的讯息感到伤心，又因为得知你不在我们的大河上而感到安慰。我很希望向你展示我们一家人的热情好客，如果你有机会能够来我们这里进行游览就好了。如果其他信鸽管理人能够照顾你的鸽群，暂时代理你的工作，也许你能在雷亚奥回家的时候和他一同来崔豪格。如果此行能够成真，我会非常高兴，在相互飞鸽传书这么多年之后，我们终于能够见面了。

黛托茨

第九章　发现

塞德里克。

“不，走开，让我睡觉。”

塞德里克。

“我只想睡觉。”

塞德里克。

“什么？”塞德里克将自己所有的气恼都集中到这个词里面。他感到很痛。他抬手摸了摸下巴，又轻轻摸了摸自己的半张脸。真的很痛。杰斯在他身上留下的伤痛中，这一块疼得最厉害。他的一只眼睛仍然无法完全睁开。

“我饿了。”芮普妲真正发出的是一种低沉的辘辘声，就像是漱口的声音。她的意念会直接进入塞德里克的脑海。现在没有时间担心自己的伤痛了。红铜龙的忧虑已经将塞德里克自身的疼痛推到了一旁。她很饿了。

“可是，我没有更多猎人可以喂你了。”

？？？？

“没关系，我马上起来，让我看看能为你做些什么。”

他还在竭力忘记昨天发生的事情，以及那一幕血腥的场景。

芮普妲第二次蹿出水面的时候，杰斯的下半身也被她叼在口中。塞德里克再一次看到了那令人惊骇的尸块，而红铜龙已经愉快地将这段残尸抛入空中，又接住它，让它刚好能滑进自己的喉咙。甩动两下之后，猎人的腰和腿也被她吞进肚子。

塞德里克转过头，绝望地干呕着。直到他听见一阵溅水声，感觉到小船在摇晃，他才猜测现在回头应该是安全了。芮普妲又消失在水下。塞德里克颤抖着吸了一口气，又向前弯下腰。这让他看到了小船底部鲜血和河水混合在一起的浑浊液体。他急忙爬出小船，坐到船边的原木上，竭力思考自己下一步应该怎样做。

猎人已经死了，他和龙一起杀死了杰斯。如果他们没有杀他，杰斯一定会杀死他们两个。但这一切看上去仍然是那样怪诞和疯狂，完全超出了他的体验，让他根本无从理解。他从没有想过自己会杀人，从没有想过会和人争斗，把人砍伤。为什么会是他？ 如果他留在自己正确的人生位置，即留在缤城、继续作为诏谕的助手，这一切就都不会落在他头上。

如果他留在诏谕身边，这样的事情肯定不会发生。

突然间，这个念头却如同一把双刃剑，引发了塞德里克的另一番思虑。

龙又一下子冲出水面。好多了，她对塞德里克说，不是那么饿了。

“真为你感到高兴。”

这无非是一句空泛的客套话，但红铜龙却给了他一股热情的洪流。这份关爱使得塞德里克暂时赶走了一切肉体的痛苦。芮普妲随后又向他提出一个请求。需要帮助，要再爬到木头上。

“我来了。”塞德里克这次终于帮助红铜龙安全地趴到了原木上。她可以休息了。

在快要接近傍晚的时候，塞德里克终于恢复了体力。他已经吃掉了杰斯采摘的水果。他的嘴唇破了，脸上被杰斯打过的地方都在隐隐作痛，但他吃东西的时候，完全没有在意这些痛苦。水果同时缓解了他的饥渴。对于自己身体复原的程度，他着实是吃了一惊。随后，他又清点了小船上的物品。最令人高兴的收获是一条羊毛毯子。尽管这条毯子已经被浸湿了，还散发着一股味道，但他还是将毯子摊开，让它在天黑之前尽可能变得干燥一些。

他强迫自己采取理智的行动，甚至收集起了杰斯掉落的绳子和鱼枪。芮普妲从栖身的原木上看着他。当他拿起那根鱼枪的时候，芮普妲打了个哆嗦。他感觉到了龙对这件武器的厌恶。

“我也许能够用这个为我们捕到食物。”塞德里克若有所思地说道。

是的，也许。但很痛。要看看吗？

塞德里克不得不检查了一下芮普妲的伤口。那道伤口还在流血，但红铜龙没入水中的时候，一部分伤口似乎因为河水的烧灼而被隐蔽了。“你要尽可能保持伤口的干燥，”塞德里克对她说，“不要再潜水了。”

塞德里克在生气吗？

她的询问显得很担忧，这让塞德里克不由得认真考虑了一下这个问题。“不，”他诚实地回答，“并不生气，我们做了我们必须做的事情。我们必须杀死他，否则他就会杀死我们。你吃了他，因为……嗯……因为这就是龙的方式。你饿了，我并不生气。”

塞德里克，击杀；塞德里克，保护；塞德里克喂了芮普妲。

经过一段时间惊恐的反思之后，塞德里克说道：“我想，应该是这样。我想应该是这样。”

塞德里克是我的守护者。你会改变的。

“我已经在改变了。”塞德里克承认。

是的，改变。

塞德里克不确定自己是否喜欢思考这件事。

那天晚上，那条潮湿的毯子为他挡住了一些不停嗡嗡鸣叫的飞虫，但它无法挡住那些刺痛了塞德里克的思绪。他该怎么做？ 他有一条船，但他不会划船，有一头受了轻伤的龙，有几样他不懂得如何使用的工具。他不知道其他人是不是活下来了，不知道自己是该去上游还是去下游找他们。无论他朝哪个方向走，他都非常确定这头龙一定会跟着他。

跟着，芮普妲向他保证，跟着塞德里克。芮普妲和塞德里克在一起。

就在他接受了这个想法的时候，芮普妲又一下子把他的思绪引到了一个新的方向上，思考更容易了，和你在这里交谈也更容易了。因为担心塞德里克不明白她的意思，她又透过他们的连结向塞德里克送来一股暖意。

这种交流持续了很长时间，直到塞德里克沉沉睡去。现在，他从睡梦中醒来，却发现没有任何一个问题能够变得更简单一些。龙显然在等待他的喂养。他小心地揉搓了一下肿胀的双眼，将散发出怪味的毯子扔到一旁，然后慢慢坐起身，笨拙地从小船里爬出来。他的身子变得非常僵硬，无论如何挪动，都只会感到不舒服，他碰到的每一个地方都在晃动，每一次晃动都让他感到真实的恶心。他很饿，也很渴，他的半张脸完全肿起来了。他的衣服贴在皮肤上，让他感到又痒又痛。他的头发完全黏在了头皮上。突然间，他停止了向自己陈述这一桩桩苦难。除了让自己更加悲惨之外，想这些事没有任何用处。

修补。

暖流再一次充满了他。这一次，随着暖流退去，所有伤痛都减轻了。

"你对我进行了治疗？"他好奇地问。

不，只是不让你那么常想到痛苦。

就像麻药，他心中想。这不像能够得到治疗那样让他安心，但痛苦少一些也是好的。所以，他应该做什么？

为我找食物。

他的思维更清晰，也更有力量，而他也害怕自己的意识正变得更加不属于自己。他将这个想法从脑海中赶开，现在不是担心这种事的时候。他必须马上找到办法喂饱这头龙，哪怕只是为了减轻一些她传递给他的饥饿感，但他该怎么做？

对于这一点，他没有能快速找到令人满意的答案。天气很温和，河水逐渐平静下来，也不像原先那样白浊了。他有了狩猎的工具，只是不具备猎人的技巧。他还有一条小船。还有一头龙。

现在他需要做的是决定该如何使用这些资源。

他最容易决定的事情是走出小船，向河里撒一泡尿。完成这件事以后，他说道："那么，芮普妲，我们现在应该做什么？"

找到食物。

“好主意。只是我不知道该如何去找。”

去狩猎。塞德里克感觉到了龙在推动他的意识。这种感觉并不舒服。

他想要和龙争论，却又觉得这样做毫无意义。芮普妲是对的。他们全都很饿了，唯一解决问题的办法，就是他们其中之一去找食物。龙肯定是不会去做这件事的。他回忆起曾经看见杰斯带着水果从树上下来。如果那名猎人能够在树上找到水果，那么很可能那里还会有更多的水果。就在上面的某个地方。

肉，鱼，芮普妲坚持着。她很不舒服地在原木上动了动身子。原木的一端突然从纠缠的浮垫上脱落下来，落入水中。要滑下去了！ 芮普妲大声吼叫着，她的恐惧猛地撞进塞德里克的脑海中。红铜龙拼命伸出前爪，想要抓住第二根原木。她抓住了。那根原木很快就被她拽到身下，有两根原木也撑起她某部分的身子。

“好女孩！ 聪明的龙！”塞德里克赞扬她。

作为响应，塞德里克又收到了那种能够缓和身体疼痛的暖流，但随着那股暖流，塞德里克又收到另一个意念。累了，好累，还很冷。

“我知道，芮普妲，我知道。”塞德里克并不只是在安慰芮普妲。他的确知道芮普妲现在有多么累，正在被怎样的疲倦折磨着。因为一直抓住原木，芮普妲的前腿早已酸痛难忍。她的爪子感觉也很奇怪，仿佛被泡软了，而且疼得很厉害。她的后腿和尾巴都因为不断打水而没有了一点力气。突然间，她张开翅膀，用力拍打它们，想要将自己在原木上提高一些。这双翅膀比塞德里克想象中更强壮。他感觉到它们鼓起的强风，看见龙的胸口几乎出离了水面。但这完全没能给芮普妲带来任何帮助，反而打散了浮垫中的浮木和各种碎片。就在塞德里克的眼前，一大团野草离开浮垫，向下游漂去。这不是好事情。

“芮普妲，芮普妲，听我说。我们必须在你的胸口下面再垫一些原木，你才能好好休息。等到你安全以后，我就能为你去猎捕食物了。”

休息。这个词中充满了整个世界的渴望。

她睡得很晚。但是当她来到甲板上的时候，却发现一些守护者还在睡觉。

艾丽斯不知道压倒他们的是疲倦还是悲伤。两个没有睡觉的守护者是赛玛拉和洁珥德。这两个女孩正在柏油人号的船头，她们坐在船栏杆上面，把腿垂到船外，正聊着天。看到她们两个在一起，艾丽斯不由得有些惊讶。她没有想过她们之间会存在友谊，而在赛玛拉和她说过洁珥德的事情以后，她更不相信她们对彼此会有好感了。艾丽斯有些想知道她们正在谈论什么，如果自己就这样过去，她们会不会欢迎她加入谈话。艾丽斯在缤城也有女性朋友，有些女人对友谊非常重视，但她从没有这样的经验。她的心中保留着太多事情，也许别的女人会认为她是一个冷漠的人。关于婚姻中的那些最私密的细节，她从来没办法向她的朋友们倾诉，尽管有许多人都坚持要将这种事告诉她。

不过她现在觉得自己很希望能够得到另一个女人的想法。因为昨天发现的那个项链盒，她的理智和情感全都处在一团混乱的状态。为什么诏谕会制作这样一件礼物？ 为什么要把它交给塞德里克？ 为什么塞德里克到现在都不把这件礼物交给她？ 她没办法向莱福特林提出这些问题。如果这会带来任何负罪感，那只应该由她一个人来背负。这些问题只有塞德里克能够回答，但塞德里克已经不在了。艾丽斯勒住自己思绪，不让它们再次陷入哀伤。现在还不到时候。她还不会为他而哀悼。塞德里克还有希望。

她在船上游荡，寻找贝霖。她在船员舱室里找到了这名撑篙手。贝霖正坐在丝凯莉的铺位上。这名撑篙手握着丝凯莉的双手，面色异常严肃。能看出来，丝凯莉的面颊上刚刚滚落了许多泪珠。贝霖的目光向艾丽斯闪动了一下，她表情中一点非常细微的变化让艾丽斯知道，自己应该安静地离开，不要惊动丝凯莉。艾丽斯微微一点头，就悄悄退出水手舱室，继续在甲板上转圈。

赛玛拉将裤腿卷到了膝盖上，两条腿在船舷外一下又一下地荡着，上面的鳞片也在阳光中闪烁着点点银色。她弓着身子，耸起肩膀。洁珥德则坐得笔直，几乎要将肚子挺出去。艾丽斯很羡慕她们：她们是那样自由。没有人会因为她们露出了太多小腿，甚至可能掉进河里而大惊小怪。船上的人们都相信她们知道该做些什么，对她们的行动从不加以干涉。她们让艾丽斯想到了艾惜雅·特瑞尔在典范号甲板上行走的英姿。艾丽斯提醒起自己，艾惜雅也是缤城贸易商的后代，就像她一样。所以她不能将自己的境遇全部怪罪给自己所受到的限制。不，她慢慢明白了。正是她自己接受了这些限制，将它们施加在自己身上。是她在带着这些规矩的约束过着自己的人生。

她想到莱福特林，心中感到愤恨，又充满渴望。她能感觉到他的温柔，还有他的激情，她从没有在诏谕身上感到过这两样东西。莱福特林也唤醒了她身上同样的东西。为什么她不能去找他，将自己交给他，就像她所渴望的那样？那个男人显然很想要她，而她也同样想要那个男人。

在她的心中有一个狂野的声音在对她大喊，她正在一条怪异河流的遥远的上游，她不需要担心回到缤城以后会发生什么事情。这个声音甚至相信她永远都不会回去了。不管她是死在这场疯狂的探险中，还是最终能够活下来，难道她不应该痛快地投入这段人生，尽情拥有它的一切？ 为什么她还要如此矜持和保守？ 她甚至冰冷地意识到，塞德里克已经不在这里，用一双阴沉的，充满责备意味的眼睛盯着她。看守她良心的那个人已经被这场大水冲走了，她能够随心所欲了。

“亲爱的，能看到你站在甲板上，这一天都变得更加美好了。”

听到这个声音，艾丽斯立刻感觉到一阵喜悦的温暖。她转过身，看到莱福特林船长正向她走来。船长的手中还端着两杯热茶。从船长生满老茧和鳞片的手中，艾丽斯接过不算干净的杯子，她不由得想到只是在一个月以前，自己也许还会打着冷颤躲开他。她会担心这只杯子是否卫生，对杯子里的陈茶充满反感。而现在，她知道这只杯子只是稍微在水里涮了一下，或者只是用抹布擦了擦。但她不在乎。至于说这茶，没关系……她和船长碰了一下杯子，“这是方圆百里之内最好的茶了！”

“正是，”莱福特林表示同意，“我认为你是全世界最好的饮茶同伴。”

艾丽斯轻声一笑，低头看看自己的双手。她的雀斑在被水烧灼过的皮肤上显得更深了。她不打算去多想自己的脸和头发。她在自己房间里梳理并盘好头发的时候，曾经看了一眼那面模糊的小镜子，然后她就彻底绝望了。“你怎么能给我这样匪夷所思的恭维，听起来却又一点都不显得蠢？”

“也许你正是应该听到这些话的人。也许我不在乎自己听起来很愚蠢，因为我知道我说的都是实话。”

“喔，莱福特林。”艾丽斯将茶杯放到船栏杆上，转头望向河面，“我们要怎么做？”她不知道自己会问出这句话。这个问题自然而然地从她的嘴里说出来，就像是从她的茶杯里冒起来的蒸汽。

莱福特林故意误解了她。“嗯，卡森在黎明之前就出发了。我们要留在这里等待一天。龙可以稍微休息一下，再找一些东西吃。他们在上游又发现了一个旋涡，里面全都是被酸杀死的鱼。所以我们就让他们尽量进食与休息，同时卡森继续进行搜索。他会用一整天的时间向下游寻找。如果找到幸存者，他就会带他们回来。如果什么都没有找到，他就要放弃寻找，回来与我们会合。他身边还带着号角。号角声能够传过很远的距离。就在不久之前，我还听到他吹出了三声长号。”

“我没有听见。”

“嗯，那声音很微弱。我是已经习惯捕捉这种声音了。”船长的声音有些奇怪。艾丽斯感觉到船长的心里有一个秘密。不过现在艾丽斯不打算追究这件事。

“你认为他还能找到幸存者吗？”

“不可能推测这样的事情，但我们发现几乎全部幸存者都聚集在一个地方。我认为这与河水的流向有关。也许这条河在这里存在向上卷起的涌浪，但在其他地方却可能是下沉的水流。”

莱福特林没有把话说下去。但艾丽斯已经明白了他的逻辑。“所以你认为，能找到的幸存者可能都和我们在一起。”

船长不情愿地点点头，“最有可能是这样。但我们毕竟还找到了那头失散的龙。”

“还有沃肯的尸体。”

“还有尸体，”船长表示同意，“这让我知道，这一带被洪峰击中的所有东西，大概都会被带到这个地方。”

艾丽斯沉默了片刻，“荷比和拉普斯卡呢？ 还有那头红铜龙呢？”

“也许是沉在河底了，或者被埋在垃圾下面，但像龙那样大的尸体不会很难被发现的。”

“那么，塞德里克呢？”

这一次船长比艾丽斯沉默了更长时间。终于，他说道：“说实话，艾丽斯，守护者们能够活下来，是因为他们都很强壮和坚韧。他们的皮肤能够抵抗酸水，他们全都知道如何爬树，他们的人生全都是在这种地方度过的。但塞德里克不是，那个人的身上根本没有多少肌肉，在此之前，他又在床上躺了很久，不管他是否病了，这只会进一步让他变得虚弱。我曾经试图想象他在这样的波涛中游泳，但我完全无法想象。我担心他已经不在了。这不是你的错。我也不认为这是我的错。我相信这就是命运。”

他会谈到这是谁的错，会不会因为他其实暗中知道，这正是艾丽斯的错？艾丽斯反驳道：“莱福特林，是我带他来到这里。我知道，你不认为他是个有力量的人。但他的确有着自己的优势和能力。他是一个很有才干的人。他是诏谕的左右手。我从来都想不明白，为什么诏谕会派他跟着我。”说到这里，艾丽斯一下子顿住了。除非诏谕相信她值得让塞德里克这样的人来看护。

“我并不是说他没有能力，我只是怀疑他没有游泳的能力。”莱福特林温和地说道，“我们也还没有放弃希望。我们已经派遣了一名强壮的人去寻找他。我认为卡森也像你一样迫不及待地想要找到他。”

“我对他万分感激。真不知道我该如何感谢他的这份努力和决心。”

莱福特林轻声咳嗽了一下：“呃，我认为他更希望得到塞德里克的感谢，毕竟他们是一样的男人。”

“一样的男人？ 我想象不出还有比他们更加截然不同的人了。”

莱福特林古怪地看了艾丽斯一眼，然后耸耸肩。“我相信，他们相同之处，对他们而言是很重要的。不过我们不必聊这种事了。你只需要知道，卡森绝对不会轻易放弃。”

“那么，为什么你要这样做？既然你不觉得，嗯，不觉得你爱他？”

洁珥德耸了耸一侧的肩膀，“我猜我只是决定要在离开崔豪格以后，能过上自己的人生。这就像是对我自己做出的一个承诺。而且……”她露出一个狡黠的微笑，“……他是我的第一个。我猜，我是觉得一个有柔软皮肤的男人想要我，这证明了我很不错。我不必向你解释这个。你也和我一样，穷尽一生，都在听别人说没有人应该碰我们、没有人可以碰我们，因为我们生来就太像是怪物。而现在有一个皮肤柔软的男孩，态度很温柔，又不在乎这种事……这让我感觉到我是自由的，所以我决定让自己自由。”

“所以……”赛玛拉咽了一口唾沫，竭力构思自己的下一个问题。是她主动来找洁珥德的，而这个女孩完全没有拒绝她想要谈话的尝试，她感到很惊讶。她们都没有提起赛玛拉对她和格瑞夫特的窥视。如果运气好一些，她们到最后也不必提起这件事。也许洁珥德就像她一样对这件事感到很不舒服。赛玛拉最后一次考虑了自己的问题。她真的想要知道吗？

“所以……那么，是他来找你的，不是你找他的。”

洁珥德瞥了赛玛拉一眼，满脸都是轻蔑。“我跟着他进了树林。这就是你要问的吗？或者你想问我们是谁先碰了谁？因为我已经有些不记得了……”她又将身子稍稍坐直了一些，把手放在微微隆起的肚子上，然后问道，“说实话，你为什么在意这个？”

赛玛拉突然能确定，洁珥德一定记得，而且记得非常清楚。她仿佛眼睁睁地看到了自己将一把小匕首交给了身边的这个女孩。现在洁珥德只要愿意，随时都能用这把匕首来戳她。“我不知道，”她说了谎，“我只是好奇。”

“如果你想要他，你就能得到他。”洁珥德慷慨地说道，“你明白，我已经有了格瑞夫特。我也不可能永远都想要刺青。我不会把他从你身边夺走的。”

所以，洁珥德以为她随时都能夺走刺青。她能吗？“你也没有想过永远占有拉普斯卡？”赛玛拉反唇相讥，“没想过永远占有他们之中的任何人？”

如果赛玛拉想要戳这个女孩一下，那她完全失算了。洁珥德笑了一声。

“没有，当然不会是拉普斯卡！尽管他很甜蜜，那么孩子气，还那么英俊。但和他有过一次对我来说已经够了！他只会傻笑，那样子真气人。喔！不过他不在了，我还是很难过。我知道你们很亲密，我相信你肯定不觉得他那副傻样子很气人。对你来说，失去他一定是一件很伤心的事。”

这条母狗。赛玛拉只希望自己的喉咙不要突然变得这么紧，眼睛里不要一下子涌出泪水。她失败了。当然，她不爱拉普斯卡。那个男孩实在是太奇怪了，但拉普斯卡是她的朋友。他的离去，在她的生命中留下了一个空洞。

“这的确很伤心，非常伤心。”赛玛拉没有告辞，也没有解释，直接将两条腿收回到船里，跳到甲板上。脚底碰到甲板的时候，她感觉到柏油人一阵同情的共鸣。她扶着船栏杆向远处走去，让这艘船知道自己和他有着同样的心境。她发现大副轩尼诗正在用奇怪的眼光看着她，便急忙将手从船栏杆上举起来。看着这位从面前走过的女孩，轩尼诗给了一个缓慢的、不带微笑的点头。赛玛拉刚刚越线了，而她自己明白这一点。她不是柏油人的船员，没有权利这样和这艘船进行沟通，哪怕这是由柏油人先开始的。

这件事又让赛玛拉想起了洁珥德说过的那些关于刺青的话——这种比较让她非常不高兴，但她还是强迫自己思考这件事。如果是刺青主动找的洁珥德，这很重要吗？难道这不是一件已经结束、已经过去的事情？

“现在，就这样待着。好好休息不要动。我会去为你找吃的。”

“很好。”

塞德里克又看了一眼趴在原木床上的龙，不由得为他们的成就感到惊叹。他们竟然搬运了这么多原木，而他竟然能够设计和创造出这样的平台，还能够让沉重的龙离开水面趴伏上去，这些都让他对自己的能力感到惊讶。在寻找原木，并将它们挪动到龙身边的过程中，塞德里克发现了几条大鱼漂浮在水中，还有一具野兽的尸体，也许是一只猴子。碰触这些绵软的死物让他感到恶心。不新鲜了，芮普妲向他抱怨，但她还是把它们都吃了下去。尽管河水的刺激性还很强烈，塞德里克仍然用它洗掉了黏在手上的污物。

“我们一起合作得很好。”芮普妲同时在他的耳边和意识中说道。

“是的。”塞德里克表示同意。究竟是不是一件好事？他竭力地不去多想。

他们做这件事，用了一个上午和半个下午的时间。刚开始，塞德里克发现，如果自己能将几根大原木靠在树干上，也许就可以把它们固定在那里，做出一个可以支撑龙的木筏。他从一根牢牢插在几根粗大树干之间的原木着手。河水的涡流已经将那根原木挤压在树干上。塞德里克开始将它和另一根原木之间的灌木、小树枝和其他杂物清理分开。这是一项繁重的工作，而且他的身上会不断溅上河水。被河水浸透的衣服，更加磨痛了已经遭到河水侵蚀的皮肤。距离完成这个工作还非常遥远，他的双手已经变得僵硬，更是无比疼痛，他的背也酸痛得厉害。他觉得自己随时都有可能晕倒过去。芮普妲在他工作的时候，就已经变得很不耐烦，不断散发出悲苦和畏惧的心绪。慢慢地，龙的焦虑中出现了气恼甚至愤怒。

救救我！ 要滑下去了。救命。不要搞木头了。救我！

“我正在努力。我要为你搭建一个平台，让你能够待在上面。”

愤怒的龙挥舞着尾巴和翅膀，差一点把塞德里克打进水里。“现在就救我！ 以后再搭建！”

“芮普妲，我必须先搭建，然后再救你。”

不！ 龙狂野的吼声撕裂了天空，强大的精神力量让塞德里克脚步踉跄。

“不要这么做，”塞德里克警告她，“如果我掉进河里淹死了，你就只剩一个人了。没有人会来救你。”

掉进去，我吃了你！ 然后就不用搭建了。芮普妲无声地将这样的心绪传递给塞德里克，其中的力量丝毫没有减弱。

“芮普妲！”片刻间，塞德里克对于龙的威胁感到愤慨又恐惧。但一股畏惧的寒冷涓流又从龙的心中渗出来，悄悄进入了塞德里克的心。她不明白。她以为塞德里克不理她了。“芮普妲，听我说：如果我可以将这里足够多的大树推到一起，让它们固定住，然后……”

马上救芮普妲！

红铜龙将自己的意念推向塞德里克，让他差一点晕过去。塞德里克愤怒地回应道："看看我正在做的事情！"他用力将意念推回到芮普妲那颗顽固的小蜥蜴脑子里，连同自己的许多思绪——原木和树枝组成的粗大木筏，芮普妲安全地蜷缩在上面。

芮普妲气愤地哼了一声，用翅膀击打水面，溅了塞德里克一身水。然后她惊呼一声，喔，我明白了。原来是这样。我来帮你。

红铜龙突然的通情达理让塞德里克感到惊愕。"怎么回事？"

我会帮你把原木推过去，清理挡在原木之间的灌木，让它们能紧贴在一起。

她在塞德里克的意识里，使用着塞德里克的视野、想法和话语。这种突然出现的亲密无间，让塞德里克打了个哆嗦，芮普妲也同样抖动了一下自己的鳞甲。塞德里克努力想要从芮普妲的意识中退出来，却无法做到。他又试了一次，芮普妲才不情愿地将自己的心神和他的分开。

芮普妲，来帮我？

"好的，芮普妲来帮你。"塞德里克回答道。他终于感觉能够再一次说出自己的话了。

尽管红铜龙疲惫不堪，被河水泡软的爪子也疼痛难忍，她还是游了过来，将杂物推出去，把塞德里克选中的原木推向大树。他们第一次努力建起的筏子一下子散开了。芮普妲发出一阵尖利的吼声，其中充满了悲愤和绝望。而当塞德里克召唤她回来继续这个任务时，她立刻就回来了，她听从塞德里克的指挥，将原木压进水中，塞进另一排原木下面。当塞德里克命令她暂时游开，好让他用短得可怜的绳子将这些原木捆在一起，她也听话地照做了。终于，她小心地爬上了这张凹凸不平的原木床，躺倒在上面。她的身体变得温暖起来。塞德里克完全没有意识到芮普妲已经有多么累了。当这头龙突然放松下来，强烈的疲惫感猛然冲向塞德里克，让他差一点昏厥过去。

要睡觉。

“好的，你睡觉。这是你现在最需要的。”

塞德里克自己则更需要食物，还有淡水。这是多么可怜的欲望啊，不是葡萄酒和佳肴美味，而只是一点简单的淡水。而现在，他又要重新面对自己在数个小时之前就无法解决的问题，而且现在大部分白天都已经过去了，夜晚很快就会降临，他还要回到那条小船里，披上散发出一股怪味的毯子。塞德里克向天空瞥了一眼，决定自己至少要找到杰斯曾经找到过的那棵果树。

肉。昏昏欲睡的瑞达又向他传来这个意念。关于水果的想法让她很不喜欢。找到肉，她让自己强烈的饥饿感碰触到塞德里克。这让塞德里克大吃一惊。他才刚刚喂过她！

不够。

“也许我能找到一些肉。”塞德里克努力接受他们这种令人绝望的状况，强迫自己说道，“我会尽力的。”

他走到小船前面，仔细查看那些能够杀死动物的工具。那把斧子还被扔在血水中。塞德里克忍着反胃的感觉把它捡起来，放到座位上晾干。杰斯的血被黏滑的水所稀释，却还黏在他的手上。他跪下去，将手伸过垃圾浮垫，插进河水中，冲洗掉上面的污物。让他惊讶的是，这一次河水不像以前那样让他感到刺痛了。他已经习惯这种腐蚀了吗？ 他向周围的河面瞥了一眼，才发现现在河水中的酸度不仅降低了很多，而且水位也下降了不少。树干上最高处的水线，现在已经超过他站起时的头顶了。

在河边这一片被密集树干环绕的地方，他从一根原木踏向另一根原木，有时候这些原木下沉的幅度要比他预料中更大。有一根原木在他的脚下发生了转动，差一点让他掉进河里，但他终于站到了森林的边缘。他知道，自己就是看见杰斯从这样的一棵树上爬下来的。但这些树突然之间似乎变得比原先光滑了很多。他最后一次爬树是在什么时候？ 那时他应该还不到十岁。而且那是一棵非常好爬的苹果树，树枝上挂满了甜美的果实。关于那些苹果的回忆让他吃力地咽了一口唾沫，压下腹中的饥饿。不管怎样，想这些是没有用的，他必须爬上去。

微弱而悠远的号角声惊动了塞德里克，他向号声传来的方向转过身，而芮普妲已经抬起头，发出铜号一般的吼声作为响应。那声音仿佛来自四面八方。他拼命地朝四下里张望，甚至抬头看了看树冠，芮普妲则只是盯着上游的方向。塞德里克看到她再一次扬起头，发出铜号般的吼声。

塞德里克连蹦带跳地跑到垃圾浮垫的边缘，向上游努力望去。水光晃花了他的眼睛。一时间，他什么都看不见。然后，仿佛是他最渴望的美梦成真，救援终于出现了。他看见一条小船和船上正在划桨的人。随着那条船向他们驶来，塞德里克开始拼命在头顶挥舞双臂，大声呼喊："嗨！ 这边，这边！"船上的那个人也举起一只手，向他挥了挥。

非常非常缓慢地，那条船和船上的人越来越大。塞德里克的眼睛里流露出泪水，这并非都是因为河水反光对他眼睛的刺激。不等塞德里克看清船上的人，卡森已经先认出了他。"塞德里克！"充满喜悦的喊声从猎人宽大的胸廓中爆发出来，越过水面，然后猎人开始加倍用力划船，但塞德里克觉得自己依旧等待了一段永恒的时间，才跪下去，借助卡森抛给他的绳子。他将小船拽到原木旁边，却又不知道该做些什么，只是脸上带着愚蠢的笑容，因为终于放松下来而全身颤抖。

"感谢莎神，你还活着！ 那头龙也还活着？ 这真是双重的奇迹。她已经在水面上了！ 你是怎么做到的？ 看看你自己！ 这都是河水对你做的，是不是？ 好了，把剩下的事情交给我吧，我会照顾好她。首先，你需要什么？ 水？ 食物？ 我本以为即使能找到你，你也已经是半个死人了！"

塞德里克只能在原地摇晃着，听着卡森不停地说话。没过多久，卡森的小船已经被绑在这片垃圾岛的边缘。不用塞德里克多说，卡森已经将一只水囊递给他。塞德里克贪婪地喝着水，稍稍停下来嘟囔了一声："赞美莎神，感谢你。"然后就又开始痛饮起来。卡森看着他，咧嘴笑着，让白色的牙齿从胡须中露出来。他看上去也很疲惫了，却又满脸都闪耀着胜利的欣喜。

随着塞德里克将水囊递回给卡森，这名猎人又将一片航船饼干递到他的手中。食物的香气让塞德里克感到头晕。也许是看到塞德里克身体摇摆的幅度太大了，卡森一把抓住他的臂肘。“坐下，坐下慢慢吃。你现在没事了。你度过了很糟糕的一段时间，但现在一切都会好起来了。你也会好起来的！”他又向芮普妲说道。那头红铜龙正在大声抗议，塞德里克有东西吃而她却没有。塞德里克非常感激，但突然袭来的饥饿，让他完全无法集中精神倾听卡森的话和芮普妲的抱怨。他掰下一块硬面包，慢慢地咀嚼着。他的下巴还很痛，让他没办法用被殴打过的那一侧牙齿嚼东西。吞咽食物也同样痛苦。他又撕下一块面包，缓慢地吃着。

卡森离开他，走过去和龙说话。他回来的时候，还在钦佩地摇着头。“你做得很好。如果她的身体大幅度挪动，那个木筏也许会散开，但她的确得到了一个比其他龙都要好的休息场所。”

猎人的话慢慢穿透了塞德里克的意识。除了食物和水，他开始想起这个世界上还有其他事情需要考虑。他用自己塞满食物的受伤的嘴说道：“还有谁活下来了？”

“嗯，幸存的人要比失踪的多。我们用了一两天的时间，将大部分人都找到了。现在我又找到了你和红铜龙。失踪的就只剩下拉普斯卡和他的龙以及杰斯了。我们发现可怜的沃肯死了，兰克洛斯受了很重的挫伤，但其他人除了有一些轻伤以外都还不错。你怎么样？ 看上去你受的伤比其他人都要严重。”

塞德里克下意识地摸了摸脸，“还可以。”

卡森轻轻笑了一声。“在我看来，可远不只是‘还可以’。那么，这里就只有你和这头龙，没有别人了？”

“只有我们。”塞德里克有些戒备地回答道。如果卡森知道他和芮普妲杀死了另外那个猎人，又会怎么想？ 塞德里克经常看到他们两个一起乘着小船去上游打猎。现在不能冒险得罪他的救星。只要他不提起杰斯，就没有人会知道发生了什么。

除非芮普妲多嘴。

一阵恐惧的战栗涌过塞德里克全身。龙立刻也有了反应。*危险？吃掉猎人？*

“不，芮普妲，不。没有危险。这位猎人会为你找到食物，但不是马上。”他尽可能修饰芮普妲说出的话，然后他又低声向卡森说道，“在那道大浪之后，她变得有一点更加混乱了。”

“嗯，我想我们全都是这样。而她尤其是有原因的。她必须大吃一顿。一直以来她吃到的食物都不多。看上去，她在这两天更是刚刚经历过严重的消耗。芮普妲？ 我知道龙都喜欢吃鲜肉，不过我在距离这里不远的地方发现了一头麋鹿的身体。我能带你去那里吗？”

“带回来给芮普妲。芮普妲累了。”

“卡森也累了。”猎人嘟囔了一句，不过这只是一句好脾气的抱怨。“我会去用绳子拴住那个发臭的东西，把它拖到这里来。你想要我把水留给你吗？”

“不要走！”这句话不由自主地从塞德里克的嘴里冒了出来。他的救星才刚刚出现，就又要走了。

卡森笑着将一只手轻柔地按在塞德里克的肩膀上。“不用担心，我会回来的。我克服了一切困难才找到你。我不会把你丢在这里。”卡森和塞德里克四目相对，猎人的话仿佛是从他的心里说出来的。塞德里克一时竟不知道该说些什么。

“谢谢，”他的唇间终于迸出这两个字。他转过头，不再看猎人那最诚挚的目光，“我在你眼里一定是一个懦夫，或者是一个软弱无能的白痴。”

“我向你保证，肯定不是。我不会离开很久。我也会把水留给你。这是我们现在所有的水了，所以一定要尽量省着喝。”

“这是我们全部的水了？ 为什么你还要让我喝那么多？”塞德里克惊恐地问道。

“因为你需要它。好了，我要去给芮普妲找到那头漂亮的烂麋鹿。然后我就会回来。也许到时候还能有足够的阳光，让我爬上树去为我们再多找一些食物。”

“杰斯……”塞德里克猛然闭住了嘴。他差一点就要向卡森说，杰斯已经在附近的树上找到了水果。愚蠢，愚蠢，愚蠢。不要提起另一个猎人。

“什么？”

“只是一定要小心。”

“喔，我一直都很小心。我很快就回来。”

河水还在继续下降。河中还有大量死鱼可以吃。它们都不新鲜了，不过也足以填饱肚子。她没有死。至少现在还没有。

辛泰拉挪动了一下自己的身体。她的脚已经因为持续浸泡在水中而开始感到疼痛。现在水中的酸性降低了，但她的爪子还是很软，仿佛它们正在腐烂。到现在为止，她还从没有对自己失去过希望。

她，辛泰拉，本应该统治海洋、天空和大地的巨龙，现在却匍匐在泥塘里，头几乎要垂到脚踵上，就像是被鹰抓住的一只兔子。她颓然地叹了一口气。不，她还不如兔子，她就是一只趴在原木上，等待被淹死的老鼠。“没有巨龙受过我们这样的苦，”她说道，“没有巨龙这样堕落过。”

“事关生存，何谈‘堕落’。”默尔柯否定了她的话。金龙的声音仍然保持着镇定，几乎完全没有受到现实处境的影响，“辛泰拉，你应该将此当作一种辛苦赢得的历练。当你死亡，或被吃掉，甚至当你的后代从茧壳中孵化出来的时候，他们都会拥有你此时的记忆。渡过难关不是损失。这其中有智慧可以学习，是可以赢取某些利益的。”

“但也有你这种令人厌烦的老生常谈。”红龙兰克洛斯嘟囔了一声。这头红龙还在咳嗽，辛泰拉闻到了血腥气。她向兰克洛斯靠近了一些。在群龙中，兰克洛斯的伤是最重的。他在洪水中翻滚的时候，肋骨遭到了重物撞击。辛泰拉能够感觉到红龙每一次呼吸的疼痛。他们全身的鳞甲，为他们提供了很强的保护。赛斯梯坎撞伤了翅膀。现在他每次展翅都会疼痛。维拉斯一直在抱怨喉咙灼痛，因为她吞下了不少酸水。其他一些小伤几乎不值一提，他们是龙，他们会痊愈的。

随着太阳渐渐落下，河水一直在消退。现在他们终于能踩到泥土了。在一道长长的泥滩上，布满了裹缠着死去藤蔓的灌木丛。能够再一次站立起来，甚至能让肚子离开水面，这让辛泰拉松了一口气。但在这种厚厚的淤泥上行走，几乎就像游泳一样消耗力气。

“那么，你想让我说些什么，兰克洛斯？我们已经走了这么久，克服了这样多的艰难险阻，我们现在应该躺下死掉了？”默尔柯步履蹒跚地走向他们。辛泰拉意识到，彼此之间如此靠近不是龙一般的行为，但他们也不是一般的龙。在靠近卡萨里克的那一片面积狭小的河滩上，他们经年累月地挤在一起。这给他们造成了很大的改变。在这样的时候，当他们感到疲惫和犹疑，他们更愿意聚在一起。在兰克洛斯身边躺倒入睡会让辛泰拉感到安慰。但辛泰拉现在不能躺下。这里的淤泥太深了。她今晚只能站立着打盹，在梦中寻找沙漠和干热的沙子。

“不。至少不能是这里。”兰克洛斯疲倦地回答。

巨大的蓝龙赛斯梯坎摇摇晃晃地走过来。他天空颜色的表皮上全都是一道道污泥。“我也同意。明天我们就继续向前走。”

“没什么需要同意的。”默尔柯温和地回答道。金龙张开翅膀，轻轻振动它们。水和泥沙被甩落下来。他身上的孔雀尾羽花纹上也全都是泥巴。自从离开卡萨里克之后，辛泰拉就没有见过他曾经如此肮脏过。

“奇怪，”赛斯梯坎有些刻薄地评论道，“在我听来，我们是决定不要躺下来死在这里了，所以我认为另一个选择应该是继续前进，走向克尔辛拉。”

“克尔辛拉。”芬提说道。在她的口中，这个名字仿佛是一种诅咒。这头小绿龙扬起了她还没有发育完全的鬃毛。如果她能够真正成长起来，那些鬃毛一定会显得很有威胁感。而现在，辛泰拉只是觉得那就像是一根细长茎干上开出的金绿色花朵。

“我也看不出还有什么理由要在这里等待守护者。我们不需要他们。”卡罗也走过来。他一边走，一边伸展开自己蓝黑色的翅膀，抖掉上面的泥土。这双翅膀要比默尔柯的更大。他是不是想要提醒他们，他才是这一群龙中最大、最有力量的雄性？

“你把泥巴都甩到我身上了，停下。”辛泰拉竖起了脖子上的折皱。她相信自己至少会像卡罗一样气势迫人。

“你的身上本来就全都是泥巴，真不知道你在说些什么。”卡罗抱怨着。但他还是收起了自己的翅膀。

辛泰拉的心情没有因为卡罗这么容易就退让而变好。“你也许不需要你的守护者，但我还要用到我的。明天，我会让他们两个为我洗净身子。我也许要站在烂泥里，但这不意味着我必须用泥巴裹住身子。”

“我的守护者从来都不在乎我。他是个懒货，心里只想着自己，又对所有人都感到愤怒。”卡罗的眼睛里转动着怒火和不快。

“他还以为屠宰一头龙并卖掉，就能解决他的问题？”赛斯梯坎则很乐于逗弄卡罗。

一听到这句话，卡罗立刻扬起了头。无论他多少次抱怨格瑞夫特是多么糟糕的守护者，他绝不会容忍其他龙对格瑞夫特的批评。即使在格瑞夫特提出那个可憎的建议之后，卡罗仍然会对敢于指责他的守护者的龙露出凶相。所以现在他张开了自己的大口，向赛斯梯坎发出了响亮的嘶嘶声。

当一团青蓝色的毒雾从他的口中喷出，片刻间弥漫在空气中的时候，卡罗显得和其他龙一样惊讶。辛泰拉落下内眼睑，将头转开。“你在干什么？”芬提愤怒地问道。这头小绿龙快步跑出了毒雾弥漫的范围，结果溅了其他龙一身泥水。赛斯梯坎立刻也张开大嘴，开始吸气。

“停下！”默尔柯命令道，“你们两个都停下！”

默尔柯并不比其他龙更有权力。但不管怎样，这从来不会阻止他发号施令，辛泰拉心中想道。而其他龙也几乎总是会服从默尔柯。默尔柯有一种与众不同之处，让他能够获得群龙的尊敬，甚至是忠诚。现在他涉水走到卡罗面前。那头蓝黑色的大龙站在原地，甚至稍稍抬起了翅膀，仿佛是要挑战默尔柯。但金龙显然不打算和他打斗。他只是专注地盯着这头高大的公龙，黑色的眼睛旋转着，仿佛在凝聚它们周围的幽暗。

“现在，再做一遍。”默尔柯向卡罗说道。但他的口吻不是公龙与公龙之间的挑战。他紧盯着卡罗，仿佛不相信刚才自己所见到的情景。有默尔柯这种心态的，并不只是他一个，其他龙这时也感受到了默尔柯声音中的急迫，纷纷靠近过来。

“一定要在我们的下风处！”赛斯梯坎插口道。

“用心一些。”默尔柯又加了一句。

卡罗以缓慢的速度收叠起翅膀，然后他以同样缓慢的节奏从龙群面前转过身，面朝着他们的下风方向。也许他想要让自己显得并非是服从默尔柯的命令，那么辛泰拉觉得他是失败了。不过辛泰拉只是将这个想法藏在自己心里，因为她也很想看看卡罗是否能喷吐出酸液攻击。他们在钻出茧壳之后就都应该有这样的能力，但至今为止，他们之中没有一个能够稳定有效地使用这种巨龙最基本的武器。卡罗可以吗？ 辛泰拉看到这头公龙的肋骨随着吸入空气而隆起，看到了他启动喉咙中的毒腺，看到他粗壮脖颈上的肌肉一根根绷紧。卡罗扬起头，张大了嘴，猛地将头向前甩去。一片青蓝色的毒雾随着他的咆哮声喷薄而出，化作一团浓云悬浮在水面上。辛泰拉不是唯一发出赞叹喉音的龙。她看着毒雾渐渐消散，听到强酸落在水面上时发出的一阵微弱的声。

不等其他龙有所反应，芬提已经冲进开阔的河面。她全身抖动，大张开翅膀，高高地扬起头，在如同女人尖叫的吼声中喷出毒液。她的一团毒云体积更小，但浓度更高。她一次又一次地尖叫着，喷吐毒液，直到第四次的时候，她面前的空气中没有再出现明显的青蓝色。尽管如此，她还是转向龙群，高声说道：“看清楚了，你们也许都比我高大，但我像你们一样致命。你们要尊重我！”

“与其炫耀你的毒液，倒不如留着用于狩猎，这才更明智，”默尔柯温和地责备她，“你不知道要过多长时间才能让它们复原。如果你现在看见猎物，它就能从你的面前逃走了。”

那头小绿龙猛地转过头。现在她那些不成熟的鬃毛僵硬地竖在脖子周围，如同层层波浪。她抖动了它们一下，那动作更像是长蛇，而不是龙。“不要和我说教什么明智不明智，金龙，也不要谈什么狩猎。我不需要你的建议。现在我又有了毒液，我可不知道是不是还需要你们作伴了。”

“那你还需要守护者吗？”兰克洛斯有些好奇地问。

“这要走着瞧，”芬提强横地说道，“刺青会为我清洁身体，听到他的赞美，我也会感到愉快。我也许可以保留他。但拥有守护者，不意味着我还要跟着你们和其他那些乱七八糟的守护者。我也不需要再听那些狂妄的守护者说什么‘像宰牛一样宰杀一头龙了’。”她一振翅膀，扇起一股强风和无数水滴，“我已经有了我的毒素，很快我就能飞了。到那时，除了我自己，我谁也不需要了。”

“荷比也提到过飞行。”赛斯梯坎低声说道。

“荷比。那甚至不是她真正的名字。她甚至已经记不起自己的真名了。荷比。那是一条狗或者一匹蠢马的名字，不是一头龙的。”

“不要胡说，”默尔柯劝告她，“她的结局也许是我们都可能遇到的。”

“她没有什么结局，因为她根本就没有开始过。”芬提反驳道，“半龙根本就不是龙。”

在内心里，辛泰拉同意芬提的话。那些神智昏暗的龙，至今还在以一种辛泰拉无法解释的方式让她感到苦恼。她不喜欢看到那些拥有龙的形体却没有龙的心智的生物，一直跟在自己身边。有一天晚上，她听见一些守护者在相互讲着一些“鬼”故事，不由得有些好奇人类的鬼是不是就和那些半龙一样。明明就在眼前，却又不在。尽管形体让她感到熟悉，但那熟悉的身体却只是一副空壳。

现在辛泰拉看着那头正吃力地爬进河中的无名银龙，心中就是这样的感觉。那头龙的尾巴早已被治愈了。但他还是僵硬地提起那条尾巴，仿佛那里的皮肤有些太紧。他的身体已经因为长时间行走而隆起了肌肉。自从守护者们将钻进他体内的虫子取出来以后，他的肌肤显然都变得更加健康了。他的腿还是短得可怜，不过现在他张开的翅膀几乎已经是正常的了。所有的龙都静静地看着他小心地举起翅膀，效仿芬提的样子扇动了几下，然后又扬起头。当他张大了嘴，向前甩头的时候，辛泰拉看见他的牙齿有芬提牙齿的两倍大，而且他口中有两排牙齿。从他的喉咙中被吼出的毒云非常浓厚，几乎呈现出紫色。大滴毒液落进河水，发出响亮的声。强烈的酸味和毒气，让辛泰拉不由得转过了头。

“这个半龙，”银龙说道，“能够让你们根本做不了龙。”他转过头等着他们，确认他们都懂得他的威胁，“名字？ 我给自己起了名字。‘喷毒’就是我的名字。我以我的行动为名。芬提，说出我的名字。”

小绿龙从银龙面前转过身，竭力以威严的姿态走开。但龙的身体本就不适合游泳。芬提离开银龙的喷吐范围时，显得又匆忙又笨拙。喷毒大笑起来。芬提转过头向他发出嘶吼，他便向芬提喷出一小团飘浮的毒雾。河风在芬提受到真正伤害之前就将毒雾吹散了。尽管如此，默尔柯还是对此做出反应。

“喷毒，保留你的毒液。我们的一名猎人已经消失了，我们的守护者也损失了数条船只和几乎全部武器，他们无法再像过去那样高效地为我们捕猎了，我们必须更加努力地使用我们自己的技能。保留你的毒液。它们会有更大的用场。”

“也许我可以吃了芬提。”喷毒狠毒地说道。但他还是转过身，游回到了浅水中，走上泥滩，毫不在意地上的肮脏，扑倒就睡。辛泰拉突然很羡慕这头银龙，能够这样趴下睡觉真好。她也想这样睡觉，等她醒来的时候，赛玛拉和艾丽斯能为她清洁身体。她已经很脏了，身上再多一点泥巴也不会有什么区别。现在也该是她们两个向她表达一些感激的时候了，毕竟是她救了她们两个的命。

随着脑海中不停地转动着这样的想法，辛泰拉走到她认为是这片泥土河岸的最高点，卧倒下来。软泥承载着她的身体，一开始还有些冷。不过她只是一动不动地躺着。而这些泥土几乎就像是一张厚实的草垫，逐渐温暖起来。她将头枕在自己的前腿上，确保鼻子离开泥泞，然后她闭上了眼睛。能够躺下实在是太好了。

她听到其他龙也学着她的样子，在她周围纷纷躺下。兰克洛斯还在她身边的老位置上，让她能够享受到这头红龙身体左侧的体温。赛斯梯坎趴到了她的另外一边。

龙群入睡了。

祷月第二十四日

商人联盟独立第六年

来自艾瑞克，缤城信鸽管理人
致黛托茨，崔豪格信鸽管理人

这支小匣里是一封诏谕·芬波克的信，由信鸽从遮玛里亚寄来，被要求以最快速的方式寄至驳船柏油人号，呈给船上的乘客塞德里克·梅尔达和艾丽斯·芬波克。诏谕·芬波克命令他们尽快返回缤城。卡萨里克和崔豪格的贸易商都将从贸易商大堂张贴的告示得知，这两个人在祷月第三十日以后欠下的任何债务，都与芬波克家族没有半点关系。

黛托茨：

看起来有人已经非常不高兴了！ 我承认，我对这件事也开始有兴趣了。她是不是跟着他私奔了？ 但为什么他们要逃到雨野原去？ 这里的人们都说他们两个看上去对各自的生活都很满意，所以这件事让大家全都大吃了一惊。

艾瑞克

第十章　坦白

芮普妲撕扯着麋鹿的尸体，丝毫不抱怨它有多么臭。塞德里克真希望自己也能像她一样，在这股恶臭面前如此从容不迫。此时这头红铜龙时时刻刻都处在他的思维和情感的边缘。麋鹿肉的臭气和更加恶臭的滋味，如同挥之不去的记忆一样存在于他的嘴里。他只能竭力将这股味道推开，不让它污染了卡森采来的香甜水果。

猎人就像他承诺的一样回来了。芮普妲仍然不愿进入水中，于是两个人只好将麋鹿的尸体一直推到木筏的边缘。这具尸体上全都是污泥，还被食腐鸟劫掠过。但芮普妲丝毫不在意，在得到这头麋鹿以后，她唯一的念头就是填满自己的肚皮。

对于那些表皮光滑的大树，塞德里克无可奈何，却难不倒卡森。卡森的身材很高大，动作却格外灵活。他就像一只跑上墙壁的蜘蛛，毫不困难地便爬上了树干。塞德里克也试着想要跟随他，但他被河水烧伤的手太软弱无力，根本抓不住树皮。他刚刚沿着树干爬上两倍于自己的身高就放弃了。而甚至他在下树的时候都感到很困难。当他跳下最后一段高度，重重地摔在地上。现在他的脚踝也没什么力气了。

天色即将全黑的时候，卡森从树上下来了，他的衣服前襟里兜满了水果。除了杰斯采摘过的那种水果，还有另外两种。其中一种是黄色的，很甜；另一种有塞德里克的拳头那么大，又硬又绿。雨野原生长着这么多草木，而塞德里克对它们几乎一无所知。他拿起一颗绿色的果实，用双手转动它，直到卡森一言不发地从他手中拿过那一粒水果，在他们之间的原木上磕了一下，就好像那是一粒水煮蛋。绿色的厚壳被剥下来，露出了里面裹着一层白皮的果肉。“全都吃掉，”卡森对他说，“它没什么味道，但有很多水分。”

卡森不停地说着话。塞德里克在被水浪推动的小船中听着他的各种故事。他们是如何在洪水中救起船长，然后发现了大部分失散的守护者。塞德里克这时才震惊地得知艾丽斯并没有安全地待在船上。听说艾丽斯终于得到了营救，他才松了一口气。他一直都没有说话，只是静静地倾听。这名猎人在讲述中看着塞德里克，看得很认真，不过并没有直瞪着他，而只是从眼角或者透过睫毛觑着他。他将水果在两个人之间平均分配，完全没有提过塞德里克不曾为这份收获出一分力。甚至在将红铜龙喂饱之后，塞德里克还在等待着卡森提出杀掉芮普妲，用她来换取暴利的计划。如果猎人杰斯和船长都参与了这个阴谋，那么卡森理所当然应该也是他们的同伙。如果杰斯已经将塞德里克偷取龙血的事情告诉了卡森，那么卡森和戴夫威频繁走进他的房间也就可以得到解释了。他们两个都知道他把龙血带到了柏油人号上。只要找到那份宝藏，他们就能发大财了。

水果吃完以后，卡森从自己的小船上拿出一只沉重的铁锅，在里面倒了一点油，把它点燃。然后他又从干燥的浮木上砍下一些木块和富有油脂的树枝，全都放进了着火的锅里。锅中冒起带着黑烟的火光，散发出令人舒适的热量，同时赶走了飞虫。两个人坐在火旁，看着河面上夜色渐深。一长条布满星星的带子，开始出现在他们头顶的天空中。

卡森清了清嗓子：“我还以为你不会和龙说话，完全无法理解他们的意思。”

塞德里克没有想到他会提起这件事。他只好让自己的回答尽量接近事实。“我在他们身边待过一段时间之后，就发生了变化。在她救出我、将我带到这里以后，嗯，我们就能更好地理解彼此了。”确实如此。这个回答够真实。塞德里克也很容易记住这个解释。这是最好的一种谎言。他的眼睛一直盯着风平浪静的河面。

“你不太爱说话，是不是？”卡森问道。

“说得不多。”塞德里克谨慎地回答道。然后，他忽然觉得自己这样做很失礼。“但我要感谢你。”他强迫自己转过身，看着卡森真诚的眼睛，“谢谢你来找我们。我根本不知道该怎么做。我没办法爬上树去寻找果实，我也没有任何狩猎和捕鱼的经验。”他又以更加正式的口吻说道，“我欠你很多。”在贸易商中间，这样的话绝不仅仅是礼节性的用词。这是承认一份真正的债务。

“喔，看起来你处理得很好。”卡森慷慨大度地回答道，“不过一个像你这样刚刚渡过难关的人通常都有很多话想要说。洪峰是怎样击中了你，你都做了什么……”卡森的声音低了下去，他在充满希望地等待着。

塞德里克望进黑暗之中。尽可能真实地讲述自己的经历，这样是安全的。“我不记得自己被洪水击中时的情形了。我到了岸上，想要活动一下双腿。当我被洪水卷起来，芮普妲叼住了我，保持我的头部一直在水面上方，就这样带着我随着洪峰向下漂去。我用了很长一段时间说服她，让她明白我们需要靠近这片树林。在到达这里之前，我一直都很担心她会用尽气力，再也游不动了。不过我们还是坚持了下来。”

“是的，我们坚持住了。”龙满口叼着肉高声说道。听到塞德里克讲述自己如何救了他，芮普妲很高兴，对自己的表现感到很满意。

“你忘记那时的事情并不让我感到惊讶。看样子，你的头部受到了重击。”

塞德里克抬手摸了摸他肿胀的脸，低声说道：“是的。”他想要终止这段对话，只想坐在噼啪作响的火堆旁边，享受这宁静的夜色，这样他已经很满意了。尽管他仍然感到饥饿，全身都在疼痛，但他至少不必担心自己第二天该如何活下去。卡森会照顾他，会带他返回柏油人号。现在他的那个充满味道的小房间正在向他发出声声召唤。和毫无遮拦的水面以及饥渴的感觉相比，那里实在是一个美好的庇护所。那里会有干净的衣服，还有热水和剃刀。厨房里有煮好的食物。这些简单的东西在他眼中突然变得无比珍贵。这可不是什么值得钦佩的事情，他心中想。今天早些时候，他还能照顾自己和一头龙。昨天，他能够杀死敌人，存活下来。而现在，他已经准备好抛弃一切能力的伪装，让另一个人去担心所有事情了。

怪不得诏谕这么容易就能抛弃他。

这么多年里，密谋将龙的器官走私到恰斯国，是最接近于他个人计划的一件事。看看现在这个计划变成了什么！就像他最开始建议诏谕娶艾丽斯时一样，那时他还以为这能让他们三个人都快乐。他是在什么时候放弃了自己的人生？什么时候变成了一块浮木，在诏谕这条河中随波逐流，任由他抛掷砍削，最终和其他垃圾一起被冲到了这里？他无聊地看着卡森将一根扭曲的白色树枝扔进火中。是的，这就是他。成为燃料，只为了另一个人的火焰燃烧。

卡森突然叹了口气。他似乎很失望，但还是努力寻找着话题。"嗯，那就说说我们明天的计划吧。我会尽量早起，只要能见度可以，我们就沿河上溯，返回柏油人号。莱福特林船长和我都同意，我向下游搜索的时间不能超过一天。不过我承认，我行经的里程要比我预想的长很多。我也许要很用力地划桨，才能在明天日落之前和船长见面。你的龙能准备好走完这段路吗？"

他的龙。芮普妲现在是他的龙了？

一想到这个问题，红铜龙的知觉立刻找上了他。

是的，你是我的守护者。我明天能够准备好向上游前进，前往克尔辛拉！

"前往克尔辛拉，"塞德里克低声确认，"我们已经准备好要出发了。"

卡森露出笑容。这一抹微笑和火光改变了这个人的脸。塞德里克忽然意识到，这名猎人并不比他年长多少。"克尔辛拉，"卡森表示同意，"彩虹的终点。"

"你不相信我们能到达那里？"

猎人耸耸肩。"谁在乎？如果我们做到了，就能有一个更好的故事。但我也曾经为了平凡得多的目标走过比这更远的路。我会参加这次探险有许多原因，其中一个是为了让戴夫威远离危险。但我认为，我这样做也有着和莱福特林同样的原因。一个人总会想做一些能够在历史中留名的事情。如果我们找到那座城市，甚至如果我们只要找到那座城市曾经所在的地方，我们就足以让雨野原人和缤城人高高竖起他们的耳朵了。一个人能有多少机会做出这样的事？就算这些愿望都没能达成，我们至少扩展了地图。每天晚上，斯沃格都会坐下来完成素描和记录。莱福特林船长会添加好他的注释。杰斯也有着他自己的一份日志。我会在船长的纪录中添加一两处内容，写下我们捕捉到的猎物，在河边发现的树木种类。所有这些信息都会被妥善保存在雨野原贸易商的大堂里。在以后的岁月中，只要有人想要在这里落锚过夜，他们就会认真参考我们的信息。我们的名字因此会被人们记住。‘柏油人号前往克尔辛拉的远征’——那份纪录会有这样一个名字——你知道，这是有价值的。对于其他人，这也是很有价值的。”

在卡森说话的时候，塞德里克一直盯着火盆。他偷偷瞥了猎人一眼，第一次在他的脸上看到了热情的光彩。卡森那双深陷在眼眶里的褐色眼睛，是如此闪闪发亮。他胡须中的嘴唇翘起，露出满足的微笑。有人能这么兴高采烈地谈论如此虚无缥缈的东西，塞德里克从没这样的经验。他见到过诏谕因为完成了一笔利润丰厚的交易而欣喜若狂，也见证过他的父亲酒气熏熏地和商旅伙伴一同庆祝，而所有这些快乐都需要结合财富和金钱，还有随之而来的权势和地位。一个人的价值只能由他在缤城贸易商中的地位来评判。无论在恰斯国，遮玛里亚，还是他曾经访问过的任何文明社会里，这一点都大同小异。所以他只是看着卡森，等待这名猎人的嘴唇扭曲，或者发出苦笑，暴露出他这些话只不过是一番自我嘲讽。

但他等待的事情没有发生。尽管卡森说他参加这次远征的目的和莱福特林一样，但他根本就没有提起要割取龙的器官，以此获得令人垂涎的财富。

“听起来就像是个梦。”塞德里克说道。他之所以这样说，只不过是为了填补他们对话中出现的一段空白，不过他也想试着刺激一下这个猎人，看看他会不会向他坦白一个更加庞大的计划。在返回柏油人号之前，他需要知道莱福特林船长到底有多残忍无情。艾丽斯会不会因为那个人而遭受危险？

“我想是的。每一个人都有一个梦。只不过我一直没有和你说过罢了。你和艾丽斯，你们绘制龙的形貌，请他们讲述关于古灵的回忆。这和我探索无人到达的未知世界也是一样——至少是在这个时代中人们所不知道的世界。”

“做这种事能有钱赚。”塞德里克进一步开始了刺探。

卡森大笑起来。“也许吧。不过我很怀疑。如果这件事真的有利可图，那也很可能是在我进坟墓之后了。喔，有一些守护者也有这种看法。”卡森微笑着摇摇头，“格瑞夫特的心里一直有着他自己的主意。他要成为一个新雨野原聚落的奠基者。守护者们会占有克尔辛拉的财富。巨龙们会帮助他们守卫这笔财富。会有更多船只和工人到上游来。他们会进行贸易，他会变成大富翁。”

“这是格瑞夫特说的？”塞德里克非常惊讶。他敬重格瑞夫特的聪明才智，但那个年轻人似乎总是对他充满敌意，从不向他透露自己的打算。

“当然不是对我说的。不过他会将这种话悄悄讲给其他守护者听。好像他真的以为说出口的话会留在原地不动。我怀疑他的许多想法都来自杰斯。杰斯很喜欢炫耀自己受过良好的教育，拥有过人的智慧。在我看来，他的意思大概是他曾经读过一本书。但他已经在那个男孩的脑子里填满了各种胡话。”卡森俯过身，从一段浮木上掰下一根树枝。他的操作表明他感到非常气愤。

当卡森再度开口的时候，他的声音也平静了一些。“喔，也许最终的结果是我们找到了克尔辛拉，并在那里建立起聚落。不过那很可能不是格瑞夫特所幻想的那种样子。首先，他没有足够多的人口。而且他们之中的女性太少了。那一点人连一个村庄都建立不起来，更不要说是一座城市。我相信你也知道，雨野原人的生育本身就很不容易。他们生出的婴儿有时连一年都活不了。而一个雨野原人到四十岁就算是老人了。”卡森搔了搔自己胡子上方覆盖着鳞片的面颊。“即使真的有一个大发现，能够吸引来一整船的新移民，那些新来的人在数量上也要远远超过他们。到时候新移民就会有更多的发言权。也许格瑞夫特和其他守护者们能够发现宝藏，但你不可能用古灵宝物来填饱肚子。这一点我们不都很清楚吗！只要古灵宝物还留在雨野原，它就对任何人都没有好处。我们必须把它们运到会有很多人愿意购买它们的地方。正因为如此，成为大型贸易中心的才是缤城，而不是崔豪格。如果我们不做贸易，我们就会饿肚子。

即使我们找到了克尔辛拉，即使那里有宝藏，也只有一直从事这一行买卖的贸易商才更加了解它们。那些人会蜂拥而至，他们很懂得如何榨出这场生意中的每一滴油水。格瑞夫特国王只能坐在谈判桌旁，被他们的规矩耍得团团转。不过，等到戴夫威成年的时候，他在克尔辛拉也许会有一个更灿烂的未来。”

卡森清了清嗓子，又将一根干树枝放进火盆里。塞德里克默不作声，只是想象着格瑞夫特或者其他守护者在谈判桌上面对诏谕的样子。诏谕会活吞了他们，再用他们骨头剔牙。

一条银色的大鱼突然从水中跳出来，扑向一群低飞在水面上的虫子。随着一声水响，它又落回到自己的世界里。卡森大笑了一声：“你一直都在听我说话，看我编织各种梦想和故事，就好像我是个吟游歌者。不管怎样，如果克尔辛拉存留了下来，如果我们找到它……”

“如果我们什么都没有找到呢？”

“嗯，我也想过这种情况。如果莱福特林船长突然放弃了，要返回崔豪格，那又会怎么样？说是，我看不出他会这样做。最重要的一点，守护者和龙是不能回去了。崔豪格已经没有了他们的位置。莱福特林必须继续前进，找到一个能让龙生存下去的地方。而如果我们找到了一个这样的地方，这将是一个足以和克尔辛拉相媲美的重大发现。”卡森若有所思地搔了搔胡子，“而且，只要莱福特林一直向前，艾丽斯就会一直留在他身边。当他调转船头的时候，他也就开始了失去她的日子。”他向塞德里克挑起一道眼眉，又说道，“如果我说话有失礼之处，还请原谅，但这就是我所看见的。我听到了莱福特林和斯沃格一天晚上的谈话。莱福特林比大多数船长都更愿意倾听船员们的意见，这也是为什么会有那么多人愿意一直跟着他。他想要知道：是否斯沃格和贝霖已经厌倦了这次漫长的旅程，想要回去了？斯沃格说：‘船长，我们是一体的。那些树林里没有我们的家。而这条河总会有一个源头。我们只要沿着它走足够久，就总能遇到些什么。’莱福特林笑着说：‘我们以前就到过这里。’所以，我认为他们会继续前进，直到发现克尔辛拉，或者直到柏油人号也寸步难行的时候。”

卡森又戳了戳火盆，似乎只是在高兴地观赏着被他拨起来的那一缕如同龙尾的火花。“我会跟着他们。毕竟我在崔豪格也没有什么可留恋的东西和人，在其他地方也没有。”

猎人的这句话仿佛是在以委婉的方式向塞德里克提出同样的问题。塞德里克考虑了一下，然后耸耸肩，回答道：“我已经别无选择了，我有吗？缤城的生活在等我回去。那是一种我很擅长的生活，而我在这里凭自己的力量甚至根本活不下去。但我没办法再回去了。所以我只能跟你一起回柏油人号，无论随后会发生什么，我也只能忍受下去。我被困住了。”

事实就是如此，卡森对此也应该看得一清二楚。但塞德里克还是觉得有些困窘，在卡森的那番慷慨热烈的讲述之后，他的这几句话实在是显得太过平庸渺小了。

卡森的表情变了。他的嘴角低垂下去，眼神也严肃起来。他将一直用来拨火的木棍扔进火盆，身子稍稍挺起，用一双大手将落在脸上的乱发梳回到脑后。当他说话的时候，他的声音中多了一分力量。“你不必非得回去，塞德里克。如果你是那样痛恨这种漂泊的生活，那就不必回去。我有这条船，还有讨生活的基本工具。我能够带你顺流而下。这趟旅程不会很容易，但我可以送你回崔豪格，你可以从那里回家。”

“其他人呢？”塞德里克不情愿地问道。他在努力压抑自己声音中的兴奋。但他很快就想到，事情不会有这么简单。“那么，那头龙呢？”

是的，我该怎么办？芮普妲的声音中充满了睡意。

“喔，对啊，还有龙。”卡森露出遗憾的微笑，“真是奇怪，像龙这样大的一个细节，怎么可能直接从我的脑子里滑走了。估计我还是把你当作了艾丽斯的助手，而不是一名巨龙守护者。”他沉默下来。而提前返回缤城的兴奋心情，也如同泡沫一样，在塞德里克的心中破灭了。

卡森耸耸肩。“我们可以先送她回到龙群里。那以后她就能照顾自己了。不管怎样，我们还是要先回上游去。我不能就这样凭空消失。莱福特林会以为我死了。戴夫威一定会因为恐惧和悲伤发疯的。我不会这样对待我的朋友，更不要说还有一个要依靠我的孩子。我会请求莱福特林让我放弃签订的猎人契约。尽管在这个时候提出这种要求的确很不好。毕竟杰斯已经失踪了。而且，你一定也想和艾丽斯告别，我相信……”他的声音稍稍停顿了一下，“我猜我们都不像我们所以为的那样自由。”他又轻声说了一句，“太糟糕了。”

“太糟糕了。”塞德里克无力地表示同意。他又沉默了片刻，然后说道，“只是在几分钟以前，你还在谈论能够参加这样一场宏大的远征，是一件多么神奇而精彩的事情，那些关于绘制河道地图或是寻找古代城市的种种。为什么你突然又愿意抛弃这一切，只为了送我回崔豪格？”

卡森笑了。他坦率地看着塞德里克的眼睛，“我喜欢你，塞德里克。我真的喜欢你。难道你还没有看出来吗？”

这个人的坦诚让塞德里克大吃了一惊。他盯着这名猎人，看着他胡子上方覆盖鳞片的面颊，他蓬松的乱发，还有他破旧的衣服。他还能和诏谕有更多的不一样吗？

在愣了太久之后，塞德里克才突然意识到，自己应该对这个诚实的告白做出一些反应。而此时卡森已经将目光转开，稍稍耸了一下肩说道：“我知道有人在等你回去。我认为他一定是个白痴，才会让你来这里。当然，我不会忘记我们之间的区别。我知道我是什么人，我在这个世界上有着怎样的位置。在大多数时间里，我对我的生活都很满意。”

塞德里克终于找回了自己的声音。“我也希望能够这样说。”他说出这句话，就知道自己说错了，“我的意思是，我也希望能够对自己的生活满意。只是事实并非如此。”生活的确曾经很让自己满意，塞德里克心中想。他和诏谕曾经拜访过一些比这里更加奇异的城市；一同享受上等美酒，珍奇食物，在华丽的旅店中度过漫长而愉悦的夜晚。这就是让他满意的生活吗？塞德里克突然开始怀疑，或者那些肉体的享乐与饱足，却是对精神的麻痹？在一阵不安中，他感觉到卡森是对的。他们之间的差别太大了。他突然对自己深感羞耻，又有一点愤怒。他是那么喜欢精致的东西，那么享受生活能够提供给他的各种精致，但他本不是这样浅薄的。他并不只是一个只想着享受诏谕金钱的人。卡森的声音将他唤回现实。他能听出来，那声音中带着放弃的意味。

“已经晚了。我们要睡一觉。你可以盖这条毯子。”

“另一条船里也有一条毯子。”塞德里克说。

“另一条船？”卡森问道。

他实在是太不小心了，事实就这样从他的嘴里滑了出去。不过他也不由得想着：自己又能够欺瞒多久呢？难道明天还能继续保持沉默，并丢弃那些在离开崔豪格之后已经变得越来越宝贵的物资装备吗？

“那条船就拴在那根大原木的另一边。”塞德里克朝那个方向一摆头，然后就坐下来，在负罪感中陷入了沉默。卡森则敏捷地站起身，走过一根根晃动的原木，查看塞德里克所说的地方。塞德里克只是盯着尼森。他听见那名大汉轻轻跳进了那条小船。只是片刻之后，卡森的声音从暮色中传过来，“是格瑞夫特的小船和他的装备。他至少有一个优点，那就是很懂得管理自己的物品。如果我是你，我就会小心对待他的东西。他肯定想要回全部这些东西，而且会希望它们全都完好无损。”

片刻之后，卡森回来了，肩头挂着那条毯子。他将毯子丢给塞德里克，动作不重，也不算轻。塞德里克抓住毯子。毯子上还有一些地方是潮湿的。他本打算把毯子铺开在太阳下晾晒，只是忘记了。

“那么，”卡森再一次坐到原木上说道，“格瑞夫特的小船在这里。你打开了捆住那些物品的绳结。完整的故事又是怎样？为什么你不讲给我听？”他的声音中流露出一丝寒意，以及一点愤怒的火星。

塞德里克突然感到非常疲惫，无心再做任何掩饰。他太累了，只想把实情完全说出来。“我和你说过我在洪水暴发时的遭遇。我看见了聚集在这里的原木。芮普妲把我带过来。然后我发现杰斯已经在这里了。他也受到了洪水的冲击，不过他找到了一条船。他比我早到这里。”

“杰斯在这里？”

一个简单的问题，如果诚实回答，卡森又会有怎样的反应？塞德里克无声地看着猎人。现在他想不出任何谎言，又不敢说出实情。他的手指抚摸过脸侧的瘀伤，思考该从哪里开始。卡森深陷在眼眶中的眼睛紧紧地盯着他，眉宇之间已经出现了一道深深的沟壑，嘴角的纹路里充满了怀疑。说吧，说些什么。

“他想要杀死芮普妲，把她的器官带到恰斯国去卖掉。”

片刻之间，卡森什么话都没有说。然后他缓缓地点点头。“这听起来像是杰斯能做出来的事。他大概在鼓动格瑞夫特说服守护者们同意这样做。那么，后来又发生了什么？”

“我们打了起来。我砍了他一斧头。”

“我吃了他。”芮普妲满足地低声咕哝着。

红铜龙将卡森的注意力完全吸引了过去。猎人猛地将头转向她。“你吃了他？ 你吃了杰斯？”他用完全难以置信的语气说道。

“龙就是这么下的。”芮普妲则用为自己辩护的语气回答道。这是塞德里克要说的话，只不过是从龙的嘴里冒出来的。

塞德里克发现自己认为这样做没有错。“杰斯想要我帮他引诱芮普妲，好方便他向芮普妲动手。我没有答应，于是他用鱼枪刺了芮普妲，又来攻击我。卡森，他要杀死她，把她切碎卖掉，而且他根本不在乎是否要为这件事而杀死我。”

猎人又转回头看着塞德里克，脸上全是怀疑的神情。他的目光扫过塞德里克全身，注意到他青肿的脸和几处伤口。这些在他的目光中有了新的意义。在这种注视下，塞德里克感觉自己身上的肌肉绷紧了。他害怕猎人立刻就会判决他有罪，但他发现猎人脸上的怀疑，渐渐变成了惊叹和钦佩。

“杰斯是我曾经与之共事的最凶恶的家伙。他一直都有‘心黑手狠’的名声。打架的时候，就算是别人讨饶了，他也不会停手。你为了一头龙而宁愿对抗他？”他又瞥了芮普妲一眼。那具麋鹿的尸体已经连一根毛都看不见了，全都被她吃进了肚里。

“我只能如此。”塞德里克低声说。

“你还赢了？”

塞德里克看着卡森。“我不确定能不能将这个描述为胜利。”

让塞德里克吃惊的是，他的回答却引来了卡森一阵大笑。芮普妲这时又插嘴说道：

“我吃了他。塞德里克把他喂了我。”那似乎是一段让她感到很美好的回忆。

“严格来说不是这样。”塞德里克急忙表示异议，“我从没有希望会发生这种事。但我承认，在那个时候，我只觉得松了一口气。因为我不知道还有什么办法能阻止他。”

“那么，你的脸，是因为杰斯才变成这样的？”

塞德里克又抬手摸了摸下巴。他的颧骨还是很痛，面颊内部的肿胀总塞在他的牙齿之间。但奇怪的是，他现在却几乎有一点为自己受的伤而感到骄傲。“是的，是杰斯。我以前从没有这样被打过脸。”

卡森又笑着哼了一声。“真希望能这样说的是我！ 我的脸上挨过许多拳头。不过看到你身上发生的事，我真的为你感到伤心。”

猎人几乎有些不忍地伸出一只大手。他粗硬的手指碰到塞德里克的脸时，显得格外温柔。塞德里克感到惊讶，这样轻微的一点碰触，如此强烈的感觉竟然从他的面颊涌向他的全身。卡森的手指轻轻抚过他的眼眶，然后是他的颧骨。他一动不动地坐着，不知道卡森是否会一直这样摸下去，不知道如果他一直这样，自己又该如何反应。但卡森已经放下了手，转开脸，嗓音沙哑地说：“我觉得骨头没有受伤。你应该能痊愈。”片刻之后，他又向火盆里扔了一根木棍。“我们应该早些睡了，明天还要早起。”

“杰斯说莱福特林也有参与。”塞德里克的嘴里突然冒出这样一句。他想要知道卡森的看法。

“参与什么？”

“杀死龙，出卖龙的器官，牙齿、血、鳞片。他说派他来的人告诉他，莱福特林会帮助他。”

卡森阴沉的目光中显露出困扰。“莱福特林的确有参与吗？”

“不。杰斯只是在这样抱怨。他似乎是认为莱福特林骗了他。”

卡森的表情稍稍明朗了一些。“这在我看来是合理的。我认识莱福特林已经有很长时间了。这些年里，他的确有一两次被卷进一些……嗯，我认为有些可疑的事情里。但杀了龙，再卖掉他们的器官？ 不。卖给恰斯人？ 绝不可能。有很多原因让我无法相信他会参与这种事，柏油人就是一个很大的原因。”他盯着火焰，紧皱起眉头，“不过，杰斯为什么会这么想？ 这其中的原因，一定也很有趣。”

猎人摇摇头，然后缓慢地站起身，活动了一下肩膀。像他这样高大魁梧的人，竟然能够拥有如此敏捷的身手，这让塞德里克一直都感到非常惊讶。他从原木上走进自己的小船，每一步都轻松地保持着完美的平衡。他自己的毯子被整齐地叠好，紧贴着坐板朝下的一面，以防止被河水打湿。塞德里克还抓着卡森丢给他的那条潮湿褶皱的毯子。他看着卡森的船。那条船上的每一样东西都摆放得井井有条，丝毫不乱。突然间，他感到很羞愧，觉得自己就像是一个完全不懂生活的小孩子。在另一条船上，还有一把短柄斧可能正在船底的血水中生锈。卡森一到这里就满足了他和龙的一切需求，没有任何一个动作是浪费的。塞德里克甚至不记得摊开晾干自己的毯子。

他不知道卡森是怎样看他的。无能？ 任性？ 被宠坏的富家子？ *我并不真的是这样的，他在心中想，我只是暂时不在我的地方。如果我们回到缤城，他倒要看看我是如何为诏谕的商业谈判做准备，他就会看到真正的我。*在那里，卡森会变成无能又无用的人，而这种想法让塞德里克更觉得自己是个被宠坏的任性孩子，只有小孩子才会这样想要向别人炫耀自己。卡森如何看他又有什么关系？ 他从什么时候开始在意一个无知的雨野原猎人对他的看法了？

他抖开那条有味道的毯子，用它裹住肩膀。在这条毯子的庇护里，他抱紧自己，陷入了思考。

柏油人周围的夜幕已经完全降下来了，莱福特林船长走在自己的甲板上，黑夜中的天空变成了一条遍布星光的带子。在驳船的一边，河水仍然淹没了远处的堤岸，另一边则是黑沉沉的森林，让这艘驳船显得格外渺小。那片森林脚下有一道窄长的泥岸。群龙都睡在那里。在甲板舱室的顶上是熟睡中的守护者，看上去倒像是一些排列整齐的尸体。只有莱福特林无法入睡。

现在值夜的应该是斯沃格，但莱福特林让他也去睡觉了。船员们全都在舱室中睡着了。河面还在下降，柏油人安全地靠在泥岸旁边过夜。他的船员应该好好休息一下。自从遭受洪水袭击之后，这是他们第一次能睡上一整晚。他们全都需要休息。大家都需要睡眠。

就连艾丽斯也不例外，所以她早早就回了房间，她到现在仍然显得疲惫不堪。莱福特林又开始缓步在甲板上转起了圈子，他不需要这样在船上来回走动，现在一切都很安全、很平静，他本来也可以到自己的床上去睡一觉，只让柏油人自己照顾自己。没有人会觉得他这样做有什么错。

他走过艾丽斯的房门口，门缝下面没有灯光透出来。毫无疑问，艾丽斯已经睡了。如果她想要他的陪伴，她就会留在厨房的餐桌旁。她没有那样。在晚餐以后，她立刻就消失了。莱福特林本来希望她会留下来，现在他必须坦诚面对这消逝的希望了。这本来会是他们第一个，可能也是唯一的夜晚，他们可以结伴在他的船上度过，没有塞德里克提醒她是什么人、有什么身份。莱福特林本来希望可以从她的缤城人生中偷出这个夜晚，让这个夜晚只属于他们两个。

但艾丽斯很早就从餐桌旁告退，消失在她自己的房间里。

这意味着什么？

也许艾丽斯要比他聪明很多。莱福特林告诉自己，这一点他一直都知道。聪明的女人怎么会想要把缰绳交给一个比自己愚蠢的男性？ 他的艾丽斯很聪明，他早就知道这一点。不只是受过良好的教育，而且很聪明。

但在这个特别的夜晚，莱福特林还是希望艾丽斯选择不够聪明。

他到底是什么样的男人，竟然会感到塞德里克的离去是一种快慰，而不是损失？ 塞德里克从孩提时代起就是艾丽斯的朋友，这件事莱福特林已经知道了。也许对于莱福特林而言，塞德里克只是一个可笑又令人气恼、被宠坏了的年轻人，但艾丽斯关心他。也许艾丽斯一直在担心他是不是死了，或者身陷绝境，而粗鲁如他，却只想着那个监视他们的人消失了。

莱福特林完成了对船的环行巡查，在柏油人号的宽船头上站了一段时间，俯身在船栏杆上，看着“河岸”。龙正睡在那里的烂泥中，但他看不见他们。在他的视野中，那座森林是一片纯粹的黑暗。于是他开始和自己的船说起了话。

“明天就是另外一天了，柏油人。不管是怎样的一天，卡森都会回来。然后呢？我们继续前进？”

当然。

“你似乎对此很确定。”

我还记得它。

“所以你告诉了我，但那不是它现在的样子。”

不是。确实如此。

“但你认为我们应该继续前进？”

其他龙和人已经没有选择了。我认为至少我们可以为他们做到这个。

莱福特林什么都没有说。他轻轻抚摸船头栏杆，思考着。柏油人是一艘老船，要比这条河上的任何其他活船都更老。他是第一艘用巫木建造的船，并因此而出名。它并没有被设计成任何形式的贸易船只，只是一艘简单的驳船，厚实的船壳完全用唯一能够抵抗雨野原酸性河水的木材榫接而成。依照一个比缤城，甚至比遮玛里亚还要古老的传统，莱福特林的先人在这艘船上画出了两只眼睛。这不仅让这艘船有了睿智的相貌，而且在传说中，这样的驳船将有能力在危险的水路上“亲眼”观察一切。在那个时代，人们对于巫木的了解仅限于它非常坚硬和沉重，能够抵抗酸水的侵蚀。没有人知道，经过数代人在船上生活之后，一艘活船便会生出自我意识。直到第一批有船首像的帆船活过来的时候，人们才发现了这个奇迹。

柏油人没有船首像，但这不意味着他没有自己的心，更不意味着他的船长不知道他的存在，甚至感觉不到他的意识。

莱福特林的船员都知道他们的船有特别之处，尤其是那些在这艘船的甲板上长大的人。他们一生都睡在柏油人号上，在柏油人的甲板上玩耍。他们与这艘驳船和这条河，都有着密切的关系。他们几乎能凭借直觉在这条河上航行，在变化无常的沙洲和森林水路中，他们躲避开隐藏的种种障碍。他们会做奇怪的梦，但他们很少会将这些梦告诉外人，只会与家人分享。出现在这些梦中的，并不只是河流，也不只是穿行于迅捷轻盈的河中。他们还会梦到飞行，有时候会梦到在一片深不见底的蓝色世界里游泳。

柏油人有自己的意识，全部活船最终都会如此，但柏油人没有嘴能够说话，也没有被雕刻出手和人脸。他一直保持着沉默，只有一双眼睛中闪烁着古早且洞悉一切的智慧。

也许莱福特林应该让他继续保持这种样子。他们的生活一直都很好。为什么他还想要让生活变得更好？

那根巫木原木是他的一个意外收获，而他的人生也因此变得复杂起来。

他是那样谨慎地制定了计划：将船员的人数减少到屈指可数，剩下的人都是他可以信任的；他找到能够加工巫木的人，这个人以自己的诚实和高超的木匠技艺而拥有了良好的声誉；他一点一点地收集，保留并收购他所需要的工具。在一切准备就绪之后，他才将这些人带到他找到并收藏那根巫木原木的地方。

他这样做的时候，已经知道那不是原木，更不是木头。

他让柏油人在岸边搁浅，然后用搜集来的缆绳和滑轮，将这艘驳船拉上河岸边一个僻静的地方。他用一整个夏天完成了这项工程，巫木原木必须先被切割成粗木板和相应配件，然后才能被固定在柏油人上。这艘驳船被用石块垫起来，好让工人能够在他的船底进行工作。河边柔软的地面，意味着每天船底的石块垫脚都必须被加固并重新调整平衡。

但在工程完成之后，脱胎换骨的柏油人实现了莱福特林最大的愿望。船壳上增加了四根有蹼足的短腿和一根长尾巴。现在柏油人几乎能去他的船长想要去的任何地方了。

柏油人用了几个星期的时间，才能够灵活自如地运用自己的新肢体。当垫船的石块从船壳下面被移走的时候，莱福特林曾经非常担心自己的计划是否能成功。但柏油人成功地运用了自己的四肢和尾巴，虽然很困难，却还是缓慢地把自己拖回到水中。这艘船在浅水中尝试着来回游动，眼睛里闪烁起满足的光彩。现在他能够在水中游动，也能在浅滩上爬行。他的船员们所谓的工作，往往只是在装装样子，为的是让人们以为柏油人只不过是一艘普通的驳船。

剩下的全部“木料”作为衬垫之用，被收储在柏油人的舱内。莱福特林没有出售任何一片巫木——因为这将是对他的船的背叛。这些巨龙的遗存被用来制造柏油人，他对它们感到尊重。在几个月之后，他就感觉到这艘船已经吸收了新材料的记忆，并将它们和自己融为一体。柏油人的温驯本性发生了变化，它变得更有独立性，更富于冒险精神。有时候，他甚至还会有些恶作剧。莱福特林很喜欢这艘船的变化。仿佛他正看着一个孩子成长为大人。柏油人的眼睛也开始表达出了更多的情绪。他在他的船长面前变得更加健谈了。他作为一艘驳船的效率更是令人吃惊。如果其他贸易商对莱福特林的秘密有所怀疑，他们也不曾就此问过任何问题。几乎每一名贸易商都拥有绝不会向他人泄露的魔法或者技术，过分刺探别人的事务不是贸易商应有的品质。莱福特林一直在河上平安无事地做着买卖，他的利润也在稳步增长。

一切都很顺利，直到为他改造船只的工匠，不小心将这件事透露给一名恰斯贸易商，随后就是那名猎人上船，对他们造成威胁。也许他真的和那个猎人是同一类人。想到此，莱福特林的牙齿咬得咯咯直响。他的手掌能感觉到柏油人正在愤怒，愤怒地将脚踏进淤泥里。*背叛！背叛是不能被容忍的。叛徒必须受到惩罚。*

莱福特林立刻松开船栏杆，让自己的情绪平静下来。活船的船长永远都要束缚住自己黑暗的思想。他的情绪会影响他的船，刺激活船做出危险的事情。柏油人所做出的反应是如此清晰而又强劲，这让莱福特林吃了一惊，他很少会如此直接地将自己的情绪传递给他的船，更没有想到这艘船对于那名猎人的反应是如此强烈。于是，莱福特林又平静地告诉活船，这条河已经帮他们处理了这件事。杰斯失踪了，最大的可能是已经淹死了。

想到此，莱福特林从活船那里感受到了一种冷酷的满足，其中还掺杂着一点嗜血的愉悦。这艘船会不会比他更了解杰斯的命运？ 莱福特林不安地怀疑，但随后又急忙转开自己的意识，不让自己再想这件事。活船有权利保留自己的秘密。如果他见到了杰斯在河水中挣扎，却故意调头离开，那也是这艘船的事，和莱福特林无关。

不要为这件事困扰了。我根本不需要这么残酷。

这艘船话语中有种特别的兴致，莱福特林并没有忽略掉。“嗯，那我为此感到很高兴，柏油人。我很高兴。没错，我也不想去应付这种事。很高兴这件事不必由我来决定。”他感觉到这艘船在无声中对他的赞同，“明天，我们就能看到卡森回来了吧。”

是的，你说得没有错。

有时候，这艘船会比他知道得更多。当卡森第一次找到幸存者的时候，就是柏油人首先听到号角声，并告诉了莱福特林。这位船长早就明白，这艘船知道许多事情，而他是如何知道的，对此不必深问，更不要对任何事刨根问底。如果柏油人想要告诉他什么事，也只会说：有时候这条河会将它的秘密告诉我，但只是有时候，不是一直都如此。比如今晚，莱福特林就只是接收了明天猎人会回来的这个事实，他没有提出更多问题，只是说道：“你觉得我们明天就会向上游出发了吗？ 还是会再停泊一个晚上？”

也许会在这里多留一个晚上。龙还需要休息，这里还有死鱼可以喂饱他们。即使这些食物都已经臭了，他们还是喜欢在有食物的地方休息。

“他们会因为吃臭鱼而生病吗？”

龙不是人类那样的孱弱种族。腐肉的味道不好，吃得太多会肚子痛，但龙能够吃掉他们必须吃掉的东西，当他们只有死鱼的时候，他们就会吃死鱼，吃完后继续前进。

“那我们也会这样。”莱福特林向他确认。

就像我们所达成的协议。驳船提醒他。

“就像我们所达成的协议。”船长表示同意。在这件小事上，他没有完全向艾丽斯说实话。其实在他进入卡萨里克之前，他已经知道了柏油人会护送龙群前往上游。也正因为如此，他才能够那样迅速地载满一切物资，及时随龙群出发。这和艾丽斯的计划衔接得如此紧密，只能说这也许就是他的命运，仿佛他命中注定能够得到艾丽斯的陪伴。看到艾丽斯在那场和贸易商的会议上大放异彩，他只感到惊奇而且高兴。

她没有睡。她在那个鬼鬼祟祟的软脚虾的房间里。

"我觉得我也许可以去看一看，确认她是否难以入睡。"

你以为你能治愈她的失眠症？这艘船饶有兴致地问莱福特林。

"也许能够和一位朋友安静地聊一聊。"莱福特林竭力郑重其事地回答道。

我还不知道你只是将她当作你的"朋友"。你去吧，我会看着这里。

"小心说话！"莱福特林责备他的船。但他只感觉到柏油人看热闹的心情，"你今晚的话还挺多。"他这样说不仅是为了转移这艘船的注意力，还因为他很少会从柏油人那里得到如此清晰的思维。通常他只会做一个有些特别的梦，或者从和这条船的连结中感觉到某种情绪。和柏油人的直接交谈是极不寻常的一件事。他对此感到有些惊讶。

有时候会是这样。船对他的惊讶表示同意，有时候，当河水情况平稳，当龙群就在我身边，思考仿佛也变得更加容易和清晰。沉默了一段时间之后，柏油人又说道，有时候，你也更愿意倾听我的声音。当我们的思想同步的时候，当我们全都想要同一样东西的时候。现在，我们就都知道你想要什么。

莱福特林从栏杆上抬起双手，转身去找艾丽斯。尽管他在口头上责备了他的船，但他的脸上却流露出一点微笑。柏油人太了解他了。

他在塞德里克门外的黑暗中站了一会儿。柏油人是对的。一点非常微弱的光亮从门缝下面透出来。他轻轻敲了敲门，随后便耐心地等待着，四周一片沉寂，然后他听到一点轻微的脚步声，屋门被打开一条缝。艾丽斯从门里望了出来。微弱的烛光照亮了她的脸。

"喔！"她显得有些惊讶。

“我看到有光从门缝下面透出来。我觉得最好还是来查看一下。”

“只有我在这里。”艾丽斯的声音中流露出一种沮丧。

“我知道了。我能进去吗？”

“我……我只穿着睡衣。因为睡不着，我才离开我的房间来到这里。”

莱福特林也能看出这一点。艾丽斯的白色睡袍很长，也很朴素。简单的布料线条，因它们所包裹的身体而变得凹凸有致。她的红发经过梳理，被结成了两根长辫子，让她仿佛年轻了好几岁。她赤裸的小脚从睡袍下面隐约露出来。如果她知道自己现在的样子是多么充满诱惑，她绝对不敢向任何人打开这道门！

但看到她的眼睛和鼻头，莱福特林确定她一定是刚刚哭过。这让他一步就跨进了房间，紧紧在身后关上房门，将艾丽斯抱进怀中。艾丽斯的身子僵硬了一下，但没有抗拒莱福特林将她拉近、吻在她的头顶。她的身上怎么还会散发出鲜花的香气？ 莱福特林闭起眼睛，将她抱在怀里，重重地叹了一口气。“你一定是哭过，”他对她说，“我们还没有放弃希望。你绝不应该哭泣，不应该这样折磨自己。这对任何人都没有好处。”

他拒绝再去想任何事，只是弯下腰去吻她的左眼。她惊呼了一声。

当他吻到她的另一只眼睛时，她抬起手臂，紧紧抱住了他的脖子。他吻上她的双唇。她轻轻张开嘴，让他的心跳一下子就快了起来。她在颤抖，在用双手紧紧按住他。他继续着这个吻，感觉和品尝着她温暖的小嘴。当他直起身，她仍然紧抱着他，不让他中断这个吻。他轻松地将她抱起，她用两条腿环抱住他的腰，没有任何矜持，完全不懂得并起腿来伪装一下。

“艾丽斯。”他喘息着，警告她。

“不要说话！”她激动地响应着，“一个字都不要说！”

于是他没有再说话。

两步跨过这个小房间，他将她放在床上，尽量不要压到她，但她不会放他走，于是他一下子倒在了她的身上。他在她的两腿之间，只有他的帆布裤子和她堆在一起的睡袍挡住了他们。他将自己的身体压住她，这是对她最后的警告，无论他是多么想要她。而她完全不在意他的警告，只是向他挺起自己的身体。他再一次亲吻她，发现她的乳房已经从睡袍下面袒露出来。他握起她软软的胸脯，亲吻它们，找到那成熟的乳头，轻轻逗弄它们。她从喉咙深处发出一点声音，用自己的身体顶住他的手掌。

他的胆子大了起来。他将一只手滑向她的腹部，微微抬起自己的身体，用手指触摸她。她喘息着，全身都开始颤栗，毫无疑问，这是女人到达高潮时的反应。他的心中充满了惊讶和无可抑制的喜悦。他甚至还没有进入她！

但如果他真的以为仅仅是触摸就能满足她，那么他就大错特错了。当她张开眼睛看着他，她的眼神中充满了狂野和饥渴。“不要停。”她警告他。

“艾丽斯，你确定……”

他甚至没有能说完这句话。她已经用自己的双唇阻止了他。她的手摸索着找到了他，明白无疑地显露出她的欲望。

艾丽斯张开自己的另一只手。诏谕的项链盒掉落下去，落在床上，落到地下，它可以一直滚到河里。艾丽斯并不在乎。

祷月第二十五日

商人联盟独立第六年

来自艾瑞克，缤城信鸽管理人

致黛托茨，崔豪格信鸽管理人

封锢在小管中的一份公函，是缤城贸易商议会寄给崔豪格和卡萨里克雨野原贸易商议会。上面公示了缤城贸易商这一年的支出和收入，以及相关的税款分配。每一项账目都会由信鸽寄送三份，由船寄送一份。

黛托茨：

我相信所有人都在焦虑地等待着，想要知道今年我们的税率又会怎样上升！ 缤城里有一些被恰斯人毁坏的公共事业和大市场，至今还在重建，卡萨里克和崔豪格还需要资金来支持采掘工程。我怀疑税率肯定无法降到五年以前的水平。我的父亲终于开始痊愈了，但这场病让他和我的母亲又开始为我感到焦虑，因为我还没有妻子儿女。我可真傻，竟然以为这只是我的事情！

艾瑞克

第十一章　真情

黎明将至的时候，她唤醒了他。“我们应该回到各自的床上了。”她悄声说道。

他遗憾地长叹了一声，然后说道：“再等一分钟。”他说了谎。他轻轻抚过她的头发，将她的一缕卷发缠绕在自己的手指上，又让它们弹回去，看着它们在喜悦中跳动。

“我做了一个梦。”艾丽斯听到自己在说话。

“你？ 我也是。很好的梦。”

艾丽斯看着身边的黑暗，露出微笑。“我梦到了克尔辛拉。莱福特林，那是一个奇怪的梦。我觉得我在梦中是一头龙。因为我看见了那座城市，嗯，它在地面上，显得很小。我正在空中俯视它。我从没有想象过这样看一座城市。所有那些屋顶和尖塔，那些如同树叶脉络的道路，还有那条河就像是一条银色的大道，是下方最宽阔的一条大道。它是那样宽，但那座城市仍然横亘在它的两岸。你知道吗，在我的梦里，仿佛那座城市的设计者，从一开始就要让它成为一片从天空中俯视才能看到的美景……就像是一种奇特的艺术品……”

艾丽斯的声音渐渐变得缥缈。在她身边的床上，莱福特林动了一下身子。这让艾丽斯更加真切地感觉到了他，他身体的碰触，他的气息。艾丽斯不情愿地说：“我想，我们应该回到我们的房间。”

蜡烛早已熄灭。塞德里克的小房间里一片漆黑。莱福特林缓缓坐起身。艾丽斯失去了他温热的肉体，取而代之的只是冰冷的空气。艾丽斯对自己笑了笑。她一直睡在一个赤裸的男人身边。实际上，这个男人一直用手臂环抱着她，她的面颊一直贴在他的胸毛上，他们的腿纠缠在一起。

她以前从没有体验过这样的感觉。

在黑暗中，艾丽斯听到莱福特林找到了裤子和衬衫。帆布长裤摩擦他腿上的皮肤，发出一种有趣的声音。艾丽斯又听到他的肩膀被套进衬衫的声音。随后，莱福特林找到他的鞋子，把它们拿起来。“我会送你到你的门口。”他悄声说道。但她只是对他说：“不。去吧。我不会有事的。”

莱福特林没有问她为什么想要他离开。对此，艾丽斯对他非常感激。听到屋门开启和关闭的声音之后，她起了床。她的睡袍掉在了地上，感觉很凉，而且有些地方还湿了，但她依旧把它从头顶上套下去。她注意到自己的一根辫子松了，便也松开了另一根辫子，然后摸着黑抚平了塞德里克床上被揉皱的毯子。她找到塞德里克的“枕头”，把它放回到原位，又在床褥和地板上摸索了一番，却没有找到那只项链盒。她再次告诉自己，她不在乎那东西。那只是一件毫无价值的装饰品，来自一段与她再无关系的生活。她从塞德里克的房间里溜出去，在背后关好房门。

回到自己的房间，用不了多少时间。她在背后关上门，找到自己的床，钻到毯子下面。这些毯子很平整，也很凉。她的腹股沟在隐隐作痛，她的脸和胸脯也全都被他的胡须刺痛了。她全身都是他的气味。她开始为自己所做的一切感到惊奇。她当然不在乎，但她依然无法闭上眼睛。她的确在乎自己所做的事情，比她此前一生中做出的任何决定都更加在乎。她盯着上方的黑暗，心中没有丝毫后悔，而是努力地回忆着刚才的每一分一秒。他的双手对她的抚摸，他在狂喜中的轻声呼喊，他亲吻她的胸部，他的胡须也在那里轻轻撩拨。

这一切对于她都是这样新鲜。她不知道自己是太过淫荡，还是这才算得上女人的正常反应。他们这样是禽兽的行径吗？ 还是相爱的人们都会这样？ 她觉得自己仿佛是第一次体验到了性爱。

也许这才是她真正的第一次。

她合上眼睛：塞德里克的命运、缤城的诏谕、她的那些正经朋友、她的母亲的尊严——她最终还是会回到那种生活里——这些全都让她感到威胁。

“不。”她开口说道，“不会是在今晚。”

她闭着眼睛，沉沉睡去。

他赤脚站在甲板上，看着河岸。他提着他的鞋。“柏油人，你打算干什么？”他对他的船轻声问道。

船的回应一片朦胧。他没能听清。他觉得这一阵响应穿透了他踩在甲板上的脚，又直接响起在自己的心中。这艘船有着自己的主意。

他又试了一下：“柏油人，我知道那个梦。我还以为那是我的梦。原来是你想让我看见。”

这一次，空气闪烁过一阵赞同。只是瞬间的闪烁，然后又归于平静。

“柏油人？”他继续问道。

但这次连回应都没有了。过了一段时间，柏油人号的船长提着他的鞋子，回去了自己的铺位。

卡森用绳子将两条小船连在一起，这让塞德里克感到有些羞愧，就好像他骑的马要由别人牵着缰绳，但他很感激猎人的细心，没有表示反对，只是拼尽全力尽量让那段绳子不至于太紧。该如何让一条小船避开河中水流最湍急的地方、一直向上游移动？ 他可以承认自己不懂得这点，但他不愿意承认在有人领路的时候，自己连划船的力气都没有。

为了这一点自尊，他正在付出代价，每一次推动船桨都变成了一种负担，他的双手磨出了水泡，水泡又被磨破，流出液体。现在他是在用一双破烂的手紧紧抓住木柄。卡森转过头来对他喊道：“没有多远了！ 看到你带着一头龙和一条船回来，大家都会高兴的！ 你为我们避免了巨大的损失。”

也许损失一个缤城的花花公子，的确比不上损失一头龙和一条船，塞德里克没好气地想道。他知道卡森这样说当然不是要羞辱他，只是在告诉他，他们将以三倍的热情欢迎他，但这些都无法给他带来安慰。在过去的一天一夜中，他已经开始用一种不同的眼光来看待自己了。而这种眼光肯定无法提高他在自己心中的位置。在缤城生意圈里，他是一个有能力又很聪明的人，那里所有的上等酒馆都欢迎他，因为他是一名嗓音优美嘹亮的男高音，以善于咏唱祝酒歌而闻名，红酒店铺都会为他留下最好的美酒，更没有人会质疑他对于丝绸的品味。在他为诏谕制定行程表的时候，他们的每一次旅行都完美无瑕。他清楚地记得所有这一切，但他在这个地方仍然一无是处。

因为这些“才能”，在这里都显得不重要。他曾经完全不在意卡森的看法，只想熬过驳船上的这一段无聊的日子，最终回到缤城过他的正常生活。而此刻在这个远离谈判桌的地方，他发现自己只渴望着能够显示出自己的才能。当然，还有需要远离诏谕卧室的这个念头，仍隐隐出现在他的脑海中。这一次，他开始正视这个想法。诏谕真的足够重视他，将他视为自己的商业伙伴吗？ 还是只为了能够从他身上得到快乐，能够让他在卧室里屈意承欢，才会将他留在身边？

在小船的旁边，红铜龙正走在浅水中。这条河几乎已经回落到先前的水平。芮普妲似乎很高兴能够再次向上游行进。很快，她就能够和其他龙会合。他们没有尽头的远征也将得以继续。她大步向前走着，有时候会从水中高举起尾巴，有时候只是将尾巴拖在身后。她一直轻轻碰触着塞德里克的意识，就像是一个小孩子抓住了母亲的裙摆。塞德里克感知着她，同时也不让她太过深入自己的思维。太阳照在她的背上，她的脚下踩着泥巴，而她刚刚开始感觉到饿了。他们很快就必须帮她寻找食物，否则她就会开始发怒。但暂时，她还拥有着想要从生命中得到的一切，并因此而感到心满意足。她是一头如此随心所欲的生物，几乎要向塞德里克施加魅惑，这让塞德里克意识到： 她完全没有道德礼教的概念。

就像诏谕一样。

这个想法突然闯进塞德里克的脑海，一下子打乱了他划船的节奏。他盯着正前方，竭力想要搞清楚自己是刚刚发现了这两者的相似性，还是只不过再一次沉陷进对诏谕的怒火？ 两条小船之间的绳子绷紧了，小船突然的前冲把他抛回到座位里，也让卡森回过头来看他。那名猎人让河水将自己推回到塞德里克的小船旁边。“你累了吗？ 如果你累了，我们可以在这片树林旁边休息一下。”他褐色的眼睛里充满了同情。他知道塞德里克不习惯这种体力劳动。今天早晨，他就提出让塞德里克坐在他的船里，由他来划这两条船。

塞德里克很想这样做。但这就相当于承认自己很软弱，没有能力在这里生存。“不，我只是搔了搔鼻子。抱歉！”

“好吧，如果你需要休息，就告诉我。”卡森认真地说道。塞德里克想要从他的语气中找到嘲讽的意味，但没有成功。那名猎人再次推动船桨，将他的船向前划去。

塞德里克也向前俯身，推出木柄。卡森已经将目光转回到河面上。塞德里克看着他的背影，竭力模仿他划桨的动作。他宽阔的肩膀和肌肉虬结的手臂稳定地前后移动着，像是一头野兽在轻松地一呼一吸。他一边划船，还一边微微左右摆头以观察水面：树林，龙，然后又是水面。塞德里克突然感觉他就像是一头龙。他很清楚自己在做什么，而且做得很好，这对他来说就足够了。塞德里克一时对这名猎人充满了羡慕。他自己的生活如果也这样简单，该有多好。

他可以吗？

当然不可以。

他自己的生活已经是一团糟了。他来到这里，远离一切他能够取得成功的地方。他偷了一头龙的血，更糟糕的是，他还尝了那血。现在他开始明白自己做的事情和打算做的事情有多么卑劣。他怎么能只是将他们看作普通的动物？就像猪羊一样可以让人随意宰杀？ 他想到自己和那个名叫贝佳斯提的商人签订的契约，不由得打了个冷战。难道他能够出售一个孩子的心脏或者是一个女人的手指吗？

而正是那个邪恶的计划把他带到了这里。他远离了家乡，而且每一天都在走得更远。他本来打算牟取不可想象的财富，让自己和诏谕远离缤城。而此刻，这个如意算盘正变得越来越不可能，越来越应该遭到唾弃。

他试着描摹出他的幻想。他想象自己和诏谕在一个美丽的房间里，坐在摆满美味佳肴的桌子两边，深情对望。在他的梦里，这个房间总是有一道敞开的大门，门外是落日下鲜花绚烂的花园。在他的梦里，诏谕正大吃一惊，正在着急地询问他是如何为他们赢得了这一切，而他只是靠在椅子里，一只手握着酒杯，静静地向诏谕微笑。

他巨细靡遗地想象着这一切：摆满瓷器的侧柜、他手中的美酒、丝绸衬衫，以及黄昏中的花园里，在树丛间飞行鸣叫的小鸟，他能够回忆起自己梦中的每一个碎片，但他没有办法再让这个梦活起来，没有办法再听到诏谕兴致勃勃、急不可耐的提问，没有办法再让自己微笑着摇头、拒绝说出答案。这一切都脱离了他的控制，美梦变成了噩梦。因为他知道诏谕根本不会喝下他的美酒，更会拒绝为他端上的鱼，说那条鱼被煮过头了。当侍从男孩过来为诏谕收拾碗碟时，诏谕还会用淫邪的目光瞥那男孩。真正的诏谕会问他是不是靠在街上出卖肉体而换得了这些钱；真正的诏谕会对塞德里克献给他的一切不屑一顾，会批评酒的味道不好，会嫌弃房间布置太过花哨，会抱怨说食物太过油腻。

在这两年里，现实生活逐渐发生变化的诏谕，已经取代了他梦中的诏谕。这个新的诏谕尖酸刻薄，对他只有冷嘲热讽。他根本就无法取悦这个诏谕。这个专横跋扈的诏谕将塞德里克驱逐到这里，只是因为塞德里克说了一句不合他心意的话。这个诏谕已经习惯于恫吓塞德里克，越来越频繁地提醒塞德里克花销的钱全都是他的，是他供养着塞德里克，让他有漂亮的衣服可以穿，让他晚上有地方可以睡。那么塞德里克自己又有什么打算？ 成为财富的源头，控制住财富，以此让诏谕变回他心目中的那个人？

还是他想要成为诏谕，想要成为掌握一切的人？

塞德里克的船桨深深插进水里。他的后背、脖子、肩膀和手臂全都酸痛难忍。他的两只手在火烧火燎地痛着，但就算是这些疼痛，也无法淹没刺痛他的现实。从一开始，从他们最初在一起的时候，诏谕就在享受控制他的快感。永远都只能是他向塞德里克发号施令，塞德里克只能永远追随他。那个人从不曾给过他温柔，从不曾为他考虑过，从不曾真正对他好过。他会因为自己留在塞德里克身上的瘀伤而发笑。而塞德里克也只能低下头，露出苦涩的笑容，接受他所给的一切，仿佛这才是自己应得的。当然，诏谕从没有做出真正过分的事。只是有一次，当他喝醉的时候，塞德里克帮他登上旅店的楼梯，不知怎么激怒了他。那一次，诏谕真正对塞德里克暴力相向，把他打倒在楼梯上，让他流了血，但只有那一次。喔，还有一次，诏谕相信一个商人有意欺骗了他，而塞德里克对此并不认同，他只认为那一桩交易里出了错误。为了报复塞德里克，诏谕坐着马车离开旅店，却没有带上他。塞德里克不得不跑过某个恰斯城镇中最危险的野蛮之处，只为了能够登上他们搭乘的航船，而那艘船在他登船几分钟之后就启航了。诏谕从没有为这件事道过歉，还将这件事告诉了几个和他一同旅行的伙伴，和他们一同讥笑塞德里克。

塞德里克记得，那几个人中的其中一个，现在正和诏谕在一起。是科普，面色红润的科普。他有着丰满的小嘴和短粗的手指，总是围绕在诏谕身边，附和他说的每一句话。总是说着塞德里克的笑话，渴望从诏谕那里赢得一个微笑。是的，科普现在赢得诏谕了。塞德里克恨恨地想着，希望那个家伙从诏谕那里吃够苦头。也许这样才会让他发现，他梦寐以求的奖励和他的想象完全不同。

赛玛拉一大早就离开了驳船。她向莱福特林船长请求使用小船。今天这位船长的情绪似乎特别好，对任何要求都非常慷慨。他命令戴夫威划船送赛玛拉到岸上，并告诉她：想要回来的时候，只需要从树上喊一声就行。赛玛拉拿了两只背包，说她会尽力多找回一些水果和蔬菜。

她没有告诉刺青自己的行动计划。实际上，她没有将这件事告诉任何人。不过当刺青来帮他们将小船放出船舷的时候，她一点也不感到惊讶。看到刺青爬下绳梯，坐到她身边，她同样也不惊讶。

戴夫威将小船划到岸边需要一段时间。在这段时间，赛玛拉思考着该如何应对刺青的出现。戴夫威友善的交谈已经缠住了刺青。很明显，这个年轻猎人刚刚和莱克特成了朋友，现在正对那名守护者充满了好奇。刺青尽可能回答了他的问题。莱克特对任何人都有一点疏远，他们对于他都不算很了解。赛玛拉为戴夫威感到高兴，她和戴夫威没有打过什么交道，但她早就注意到了这个男孩显得很孤独。她理解莱福特林让船员和守护者保持距离的决定，但戴夫威是柏油人号上唯一的年轻人。这一点难免让赛玛拉有些可怜他。为了他，赛玛拉也希望莱福特林能够将船上的规矩放松一些，让他和莱克特的友谊能够继续下去。

戴夫威尽可能让小船靠近河岸边的突出的树根。赛玛拉和刺青跳上了树根。然后赛玛拉纵身跃向树干，用爪子抠住树皮，就此攀援而上。刺青向戴夫威道了别，然后稍稍有些吃力地跟上赛玛拉。攀上树枝以后，他们就能走得轻松一些了。一段时间里，他们的交谈仅限于："小心，这里很滑，"或者："有咬人的蚂蚁，走快点。"

赛玛拉走在前面，刺青一直跟随着她。他们一直沿着河岸边，朝上游方向行进。同时赛玛拉不断攀上更高的树枝。

"我们要去哪里？"刺青终于向她问道。

"去找水果藤，就是那种和气根长在一起的藤蔓，它们喜欢河岸边的光线。"

"很好，今天我不太想一直爬到树冠上。"

"我也不想，那样会使我们在爬上爬下的时候，浪费掉大部分时间。我想要在今天收集尽可能多的食物。"

"好主意，现在让大家吃饱饭变得更加困难了。我们的大部分捕鱼工具和其他装备都没了。我们的毯子也没了，还丢了很多小刀。"

"确实是更困难了。"赛玛拉表示同意，"但龙已经越来越擅长于捕猎食物。我相信我们能坚持过去。"

刺青沉默了一段时间，只是跟随赛玛拉沿着平行伸展的树枝前进。然后他问道："如果你能返回崔豪格，你会回去吗？"

"什么？"

“昨天晚上，你说你不能回家了。我不知道你是不是真的在这样想。”他又无声地跟随她走了一段，才继续说道，“因为如果你还想回家的话，我会想办法带你回去。”

赛玛拉停下脚步，转回身，看着刺青的眼睛。刺青的目光是那样真诚。而赛玛拉突然觉得自己仿佛有些老了。“刺青。如果我真的想要回家，我会想办法的。我签下了契约，加入这次远征。如果我现在离开……嗯，这一切就都变得没有意义了，不是吗？ 我将只是赛玛拉，偷偷溜回到家里，生活在我父亲的房子里，服从我母亲的管教。”

刺青皱起眉。“‘只是赛玛拉’，我不认为这是一件不好的事情。你想要成为什么？”

这个问题让赛玛拉一时语塞。“我不知道。但我知道，我不想只做父亲的女儿。我想要证明自己。当我的爸爸问我：‘为什么想要参加这次远征？’我就是这样对他说的。这是我的真心话。”他们走到下一棵大树上。赛玛拉开始向上攀爬。一下下将爪子刺入到树干中。正是这四只爪子让她在崔豪格只能算是半个人，在这里却成了她有力的工具。

刺青跟在她后面，速度要比她慢。赛玛拉到达了一根适合落脚的树枝，停下来等待刺青。刺青终于爬了上来。他的脸上已经渗出了汗水。“我还以为只有男孩会有这样的心情。”

“什么样的心情？”

“我们必须证明自己，唯有这样，人们才会知道我们已经是男人，而不再是男孩了。”

“为什么女孩不会有这样的心情？”赛玛拉的眼睛捕捉到一点闪动的黄色。她朝那里一指，刺青点了点头。在这根树枝伸向河面的末端缠绕着几根寄生藤，许多黄色的果实沉甸甸地缀在藤上，压弯了树枝。在那些果实之间，赛玛拉还看见有翅膀在抖动。一些鸟正在那里吃果子。这证明那些果子已经熟了。“我要到那里去。我不知道这根树枝能不能撑住你的重量。”

“我会确认。”刺青说。

“随你。不过不要跟我跟得太近。”

“我会小心的。我从另一根树枝过去。”

刺青说完就开始行动了。赛玛拉沿着她的树枝走出去。刺青去了旁边的一根树枝。赛玛拉俯下身，用爪子紧紧扣住树枝，逐渐向藤蔓靠近。越向前走，树枝就摆动得越厉害。

“这里距离河面很高，而这下面的河水很浅。”刺青提醒她。

“就好像我不知道一样。”赛玛拉嘟囔了一句。她转过头瞥了刺青一眼。刺青正趴伏在他的树枝上，一点点向前挪动。赛玛拉能够看出他很害怕。同时她也知道，刺青不会在她之前回去。

证明自己。

“为什么一个女孩不会想要证明自己？”

“嗯。”刺青哼了一声，继续向前挪动着身体。赛玛拉不得不钦佩他的勇气。他要比赛玛拉更重，而他的树枝已经开始被他的体重压弯了。“一个女孩没有必要证明自己。没有人会对她有这样的期待。要知道，她只需要做一个女孩就好了。”

“结婚，生孩子。”赛玛拉说。

“嗯，就是这样。不一定是马上就要孩子。不过，嗯，我猜没有人会期待一个女孩，嗯……”

“做其他任何事。”赛玛拉替他把话说完。她已经不敢再向前走了，但水果和她还有一步之遥。她伸长手臂，小心地抓住藤蔓上的一片叶子，慢慢把藤蔓向自己拽过来，竭力不要把那片叶子拽掉。等到藤蔓足够靠近她以后，她便用另一只手把藤蔓拽过来，一边小心翼翼地在树枝上向后退去。大多数寄生藤都很粗壮坚韧。她能够将这根藤蔓拽到这里已经很不错了。于是她立刻尽可能地将上面的果实摘下来。

刺青看到她已经拽走了藤蔓。她相信刺青现在最聪明的选择就是停止冒险，立刻从树枝上原路返回。刺青微微叹了口气，看着赛玛拉：“你知道我的意思。”

“我知道。但最早的贸易商们可不是这样的。在那个时代，女性往往是那些新殖民者中最坚强的成员。她们必须坚强，因为她们不仅要养活自己，还要养育她们的孩子。”

“所以也许在那时养育孩子就是女孩证明自己的方法。”刺青刻意指出这一点。他的声音中流露出一点胜利的意味。

“也许，”赛玛拉承认，“在某种程度上可能是这样。但那还是在这里的树上城市被建成以前，崔豪格还没有得到发掘。最开始来到雨野原的人们全都必须为生存而奋斗。他们要找到可以饮用的水，建起能够保持干燥的房子，制造不会被河水腐蚀的船只……”

“现在这些都已经是很明确的事情了。”刺青正在反复摇晃一根小一些的树枝。

“通常是这样，我们的先人想出了很多办法。”

刺青对着赛玛拉笑了笑。这时他已经折断了那根树枝，正在将枝头的叶片全都揪下来。然后，他将手中的树枝伸出去，勾住了另一根藤蔓，又小心地把藤蔓慢慢拽到他伸手可及的地方。赛玛拉一抿嘴唇，也向刺青笑笑，承认了他的聪明。此时的赛玛拉正把口袋张开，有条不紊地将藤蔓上的果实摘下来放进袋子里。“不管怎样，在那个时候，女人必须能够做很多不同的事情，想出许多解决不同问题的办法。”

“那么男人就不需要做这些事了吗？”刺青天真地问道。

赛玛拉看到了那一粒被鸟啄过的果子。她将果子摘下来，向刺青掷过去，然后继续采摘果实。“他们当然要做。但这并不会改变我的观点。”

“什么观点？”刺青也打开自己的袋子，向里面装着果实。

她的观点是什么？“以前，女性贸易商会证明自己和男人一样能够在这里生存下来。”赛玛拉双手的动作慢了下来。她的目光穿过树叶，越过河面，飘向远方。河对岸完全被浸没在一片雾气里。直到现在，赛玛拉才意识到这条河已经蔓延到了那么远的地方。她努力整理着自己纷乱的思绪。刺青问她的问题，也正是她一直在问自己的问题。她不仅要回答刺青，更是要给自己一个答案。

“当我出生的时候，”赛玛拉开了口，她小心地不去看刺青，“我被认为无法活下来。我的父亲救回被丢弃在荒野中的我，但他这样做只是在向他自己做出证明。这其实和我并没有关系。在我长大的过程中，我渐渐能够看出来，人们都不认为我应该活着。”包括她的母亲。她不会向刺青提起这一点。即使是在她自己听来，这也很像是自怨自怜，而且这和她要说的话没有关系。不是吗？“我和我的父亲一起工作。我采集到的食物和他一样多。我做了我应该做的一切事情，但这仍然不足以证明我值得活下来。人们认为我应该做的只有去死。这就是雨野原的女儿应该做的事情。”赛玛拉终于转过头，看着刺青，“我要证明我可以做一个普通人，无论我有着什么样的外表，而现在我所做的一切根本就不够。”

刺青不停地将水果摘下来，放进他的背包里，他的两只手被太阳晒成了褐色，看上去就像两只灵巧的小动物。赛玛拉一直都很喜欢他的手。“为什么这对你来说还不够？”他问她。

这正是令人恼火的地方——赛玛拉自己也不知道。“就是不够，”她生硬地说道，“我想要让他们承认，我就像他们一样优秀，甚至比他们之中的一些人更优秀。”

“然后会发生什么？”

赛玛拉沉默了一段时间。她在思考。她暂时停止采集，吃起了一粒黄色的果实。她的父亲给这种果子起了一个名字，但她已经不记得了。这种水果在崔豪格附近并不多见。它们很甜，也很肥美。在市场上，它们能卖一个好价钱。赛玛拉一直吃到带绒毛的果核，又用牙齿刮下最后一口果肉，才将果核扔掉。“也许会让他们更加恨我。”她承认。然后她微笑着、对自己点点头，又说道，“但至少他们就能有一个恨我的好理由。”

刺青的背包已经装满了。他抽紧了包口的绳子。赛玛拉以前从没有见过这只背包。也许是船上的装备。他又摘下一粒果子，咬了一口，然后问道：“那么，对于你而言，证明自己并不是为了能够打破他们的规矩？能够结婚、生孩子？”

赛玛拉想了一下。“不，并不是。也许只要让他们承认我应该能活下去，这就足够了。”她又转过头说道，“我不认为我真的只是想要‘结婚、生孩子’。规矩就是规矩。”

“格瑞夫特不这么想。”刺青摇摇头。他已经吃完了手中的果子，又将果核放在嘴里嚼了一阵，才把它啐出去。

“格瑞夫特和他的新规矩。”赛玛拉喃喃地说道。

“你从来都不想摆脱他们的规矩？ 只做自己想做的事情？”

“那些规矩对我和对他，是不一样的。”赛玛拉缓缓地说。

“怎么不一样？”

“嗯，他是男人。像我这样的女人……我们生下来的孩子经常活不下来，或者不应该活下来。我们自己就经常没办法活下来。他们的规矩禁止我们拥有丈夫和孩子，我的父亲说这些规矩其实正是对我的保护。”赛玛拉耸了耸一侧的肩膀，“格瑞夫特改变了规矩，这并不需要让他自己冒险，不是吗？ 他不需要在这一片没有助产士的荒野中生下孩子。他不是看着自己的孩子一点点死去的那个人。我相信他根本就没有想过，如果洁珥德死了，孩子却还活着，他要怎么办。”

“你怎么会想这些事？”刺青惊讶地问道。

“你怎么能不想这些事？”赛玛拉反驳道。她放开藤蔓，将口袋背到肩头，抬起头，透过树叶盯着遥远的河对岸。一段时间之后，她用更加低沉的声音说道，“格瑞夫特尽可以大谈特谈他的新规矩。但是他要求我‘必须尽快做出选择’的时候，我真的被惹火了。难道我唯一的选择就只有男人？ 对他而言，这件事可能很简单。这里没有权威能够禁止他做某件事，于是他什么都可以做。他从没有想过一条规矩被制定出来的原因。对于他，规矩只是阻止他为所欲为的障碍。”

赛玛拉转回头看着刺青。“你能明白吗？ 这只不过是他加在我头上的又一条规矩。他规定我必须选择一个伴侣。‘为了所有守护者’，防止男孩子们为我打斗。这又比那些老规矩好在哪里？”

刺青没有回答。赛玛拉的目光回到了河面上。“知道吗，我刚刚发觉一件事。洁珥德和格瑞夫特，他们以为打破规矩就是证明了自己。对于我而言，打破一条旧规矩唯一的意义，就是这条规矩被打破了。我不会因为洁珥德这样做了就认为她更勇敢，或者更强壮，或者更有能力。实际上，现在有一个婴儿正在她的肚子里长大。她变得更加脆弱，更需要依赖我们其余的人，无论这会增加多少困难。所以，洁珥德又凭这个证明了什么？ 那些和她睡觉的男孩又证明了什么？”

赛玛拉一心想要表明自己的想法，却忘记了和自己说话的对象。她忽然看到刺青震惊的表情，不由得闭住了嘴。她想要道歉，想要说她不是这样的意思，但她的舌头找不到谎言。沉默片刻之后，她低声说：“我的袋子已经满了，我们把果子送回到船上吧。”

刺青急忙点头表示同意，却没有再用眼睛看她。她是不是羞辱了他？ 让他生气了？ 突然间，这一切让赛玛拉感到很累。她不想去理解刺青的心情，也不希望刺青理解她。这实在是太麻烦了。孤身一人才容易得多。赛玛拉站起身，首先向回走去。

就在距离小船只剩下三棵树的时候，赛玛拉看见诺泰尔正沿着她所在的大树向她爬上来。赛玛拉停住脚步，在树枝上后退几步，为诺泰尔让出地方。诺泰尔爬得很快。到达赛玛拉所在的树枝以后，他就停下来，看看她，又看看刺青，最终目光回到了赛玛拉身上。因为刚费力地爬着树，他一直在喘着气。“你们去哪里了？”他质问道。这个出乎意外的问题，一下子激怒了赛玛拉。

“去摘水果。”刺青抢在赛玛拉前面说道。

“你认为这样公平吗？”诺泰尔问刺青，“你已经听到格瑞夫特说的话了。我们全都同意了。她要做出她的决定，然后我们全都要接受她的决定。”

“我没有……”刺青开口说道。但赛玛拉突然抬起一只手，止住了他的话头。她看着这两个男孩。“格瑞夫特说的话。”她将诺泰尔的话重复了一遍。很明显，她在要求他们说清楚格瑞夫特到底说了什么。

诺泰尔的目光落在赛玛拉身上，“他说，我们必须公平竞争，不能占你的便宜。”他的目光又转回到刺青身上，“但你正在这么做，对不对？ 利用你们是老朋友，利用她为拉普斯卡伤心。你在利用每一个机会，一直在她身边转圈，不让其他任何人有机会和她说话。”

“我和她去摘水果。我们已经失去了狩猎装备，需要尽可能采集食物。”刺青用刻板的声音说道。他的话很有道理，但他眼睛里的火星却没有半点道理。赛玛拉突然明白了，他们在相互挑战。她看到了诺泰尔隆起的胸膛，看到一丝浅紫色的光芒在他的绿眼睛深处亮起。他让赛玛拉想起了他的龙。赛玛拉一下子明白了自己看到的是什么——一个雄性向所有竞争者挑战，要赢得与她交配的权利。一种怪异的战栗感涌过赛玛拉的全身。她感觉到自己的心跳在加速，自己的皮肤开始发热。

“停下！”赛玛拉低吼一声。她是在对这两个雄性动物喊，也是在对自己喊。不必转头，她就知道刺青正在应对诺泰尔的挑战。“我不在乎格瑞夫特说了什么蠢话。他不能设立规矩，规定谁在什么时候能和我说话。他也不能要我做出什么符合他想法的‘决定’。我不打算选任何人。现在不会，也许永远都不会。”

诺泰尔舔了舔自己的薄嘴唇，用指责的口气对刺青说：“你对她说了些什么，是不是？ 所以她现在才会反对这件事。”

“不，我没有！”

“诺泰尔！ 和我说话，不是和他说话！”

诺泰尔的视线在他们两个之间来回移动。“我正想这样。刺青，离开。赛玛拉想要和我说话。”

“那要看你能不能让我离开。”

“停下！”赛玛拉痛恨自己尖细的声音，让她甚至连话都说不清楚。听起来，她仿佛有些歇斯底里，又有些害怕，但实际上她非常愤怒，“我不想这样。”她竭力让自己的声音恢复平静和理智，“你们这样不会给我留下任何好印象。”

就仿佛她根本没有说话一样。诺泰尔端起肩膀，稍稍将身体歪向一旁，越过赛玛拉瞪着刺青。“我可以让你离开，只要你想这样。”

“那就来试试看。”

赛玛拉突然对他们两个非常厌恶。“你们想的话就打吧。”她宣布道，“无论是对我，还是对其他任何人，这都证明不了什么。这不会改变任何事。”她将袋子紧紧抱在胸前，估量了一下到下方一根树枝的距离，随后纵身跳了下去。那根树枝距离她并不远，她已经伸出爪子，做好了准备。也许是因为袋子让她的重心出现了偏差，她落下的位置稍稍有一点远离树枝的中心。她滑了一下，惊叫一声，突然跌落下去。

她只向下落了大约十几尺远，便伸出双手抓住了另一根树枝。多年树上行走的经验让她紧紧抓住树枝，凌空悠了一圈，一下子落在树枝上面。就在此时，后背突然传来的剧痛让她不得不坐倒在树枝上，紧咬住牙关。刚才她在惶恐中不小心抽动了背上的肌肉，导致背上的伤口感觉像是被撕裂了一样。她的那道伤口一直都很不舒服，但至少已经稳定下来，也许要开始愈合了。但现在，她觉得那道伤口不仅裂开了，而且里面仿佛还塞着什么东西。她小心地伸手向背后摸去，却发现只是这样一个动作，就已经痛得她无法动弹。她甚至没法碰到伤口，看看那里有没有流血。

在她的上方，两个男孩全都惊叫着她的名字，然后又全都指责对方是让她跌下去的人。就让他们去争斗吧。这对于她毫无意义。愚蠢，愚蠢，愚蠢。而更加愚蠢的是，泪水在这时刺痛了赛玛拉的眼睛。

他们什么都没有看见，就先听见了号角声。三次悠长的号声宣布卡森回来了，而且还有所发现。莱福特林看到守护者们聚集在驳船的甲板上，全都努力向下游望去，同时还在不住地窃窃私语，是拉普斯卡和荷比？ 红铜龙？ 杰斯？ 塞德里克？

莱福特林不太相信那会是杰斯。他已经竭尽全力，试图在洪峰来袭的时候，让那位猎人不可能恢复其意识。但如果杰斯活下来了，那又会怎样？ 他会说出什么话？又会对谁说？没过多久，红铜龙进入了众人的视野，在她旁边还有两条小船。守护者们发出一阵宽慰和喜悦的喊声。莱福特林乜斜起眼睛望过去。看到有两条小船时，他稍稍吃了一惊。仔细分辨了第二条小船上正在划船的人，他突然吼道："是塞德里克！他找到了塞德里克！艾丽斯！艾丽斯！卡森找到了塞德里克！他还活着，看上去也没有受伤。"

他听到一阵急促的脚步声。片刻之后，艾丽斯上到甲板船舱顶，来到他身边。"在哪里？他在哪里？"她喘息不定地问道。

"那里，"莱福特林向下游一指，"在第二条小船上划船的那一个。"

"塞德里克划船？"艾丽斯怀疑地说道。但没过多久她便喊道，"是的，就是他。我认得他衬衫的颜色。真不敢相信！他还活着！"

"是的。"莱福特林说道，他悄悄握住了艾丽斯的手。他不想用话语问艾丽斯，但他必须知道，塞德里克的生还是否会改变他们之间的一切？

艾丽斯捏了一下他的手，又将他的手放开。他的心沉了下去。

艾丽斯看着那两条小船渐渐靠近，同时却又在竭力分辨自己心中的情绪。她的朋友塞德里克活下来了，这让她非常高兴。她丈夫的眼线回来了，这让她又心存忐忑。她更是对塞德里克感到愤怒，因为塞德里克藏起诏谕送给她的信物。而看到塞德里克竟然会全力以赴地划船，她又不由得感到惊讶。

群龙向红铜龙发出铜号般的吼声。芮普妲也欢快地予以回应。这一次，这一阵阵龙吼在艾丽斯的耳朵中只是单纯的吼声。她发现只有在龙想要人类听见和理解他们的时候，她才能明白龙在说些什么。虽然无法证实，但她猜测龙之间有着只属于他们自己的联络方式。她认为自己应该在日记中记下这个想法，这让她忽然又感到一阵愧疚。她已经有几天不曾更新过日记、增添对于龙的观察结果了。她明白，这段时间里她都在努力生存下来，还有重新发现自己。但她应该仔细写下自己在水中被巨龙拯救的经历。那么昨天晚上呢？那只属于她一个人，永远都是。

她和莱福特林没有再提起那件事。今天，当他们在餐桌旁相遇，以及随后她在甲板上和他一同漫步的时候，他们又恢复成了原先彬彬有礼的样子。她竭力不让自己脸红，竭力不盯住他的眼睛。他们的沉默要比他们的对话更有意味。她不打算成为守护者们私下谈论的对象，她相信莱福特林也会向他的船员们完全保守这个秘密。现在她只想知道，自己是否能再一次有机会和莱福特林单独在一起，和他相谈这件事之于她的意义。

塞德里克的回归，仿佛意味着她在缤城的过去将完全回来，将彻底吞没她。当塞德里克再度踏上甲板的时候，她就已经不再是简单的艾丽斯。她是艾丽斯·芬波克，诏谕·芬波克的妻子。她的丈夫终有一日会变成贸易商芬波克，掌管缤城贸易商议会中芬波克家族的投票权。根据他们的婚姻条款，她不仅亏欠了对诏谕的忠诚，还未曾实现他对于得到继承人的希望。除此之外，她更是损害了芬波克家族和她自己家族的礼教规范，这是每一个人在那个社会中生存下来的必要条件。

她不希望塞德里克回来。她不想让他死，但如果能用一个愿望，将塞德里克平安地送回缤城，她会立刻就这样做。

祷月第二十六日

商人联盟独立第六年

来自艾瑞克，缤城信鸽管理人
致黛托茨，崔豪格信鸽管理人

一封来自缤城信鸽管理人艾瑞克的信，收信人为崔豪格信鸽管理人黛托茨。在封锢的小管中，是学徒雷亚奥回家参加亲人哀悼的行程安排，以及相关的信鸽费用。二十五只快速信鸽和六只王鸽将由雷亚奥送至崔豪格。此信并致上我们最深挚的同情和最热切的祝愿。

第十二章 项链盒

“我吃了一个人！ 我吃了那个猎人！”芮普妲用铜号般的吼声将这个讯息传达给所有龙。他们还没有真正与她会合，就都知道了这件事。她走出浅水，来到泥岸上，对群龙说，“他威胁我的守护者！ 我们和他战斗，我们吃掉了他！”她随后的话让错愕的群龙更加感到不安，“我的守护者证明了他的价值。他喝了我的血，能够和我说话，现在他是我的了。我要让他成为古灵，第一个新古灵。”

“这还没有经过讨论！”默尔柯表示反对。

“你把你的血给了他？”

“你怎么让他变成古灵？”

“她在说什么？”

“安静！”兰克洛斯向龙群咆哮了一声。当其他龙在震惊中陷入沉默之后，他才转向那头小红铜龙，“你干了什么？”他问芮普妲，“你，智慧还不到一头龙的一半，却把血给了一个人类？ 你开始改变他了？ 那些人只是因为靠近我们就发生了改变，这已经够糟的了。许多世纪以前做出的那个决定，难道你不记得了吗？ 难道你忘记异种了吗？ 你还要让更多异种出现吗？”

“你在说什么？”辛泰拉怒气冲冲地说道，“不要说谜语！ 这对我们有危险吗？ 她到底做了什么？”

“首先，她吃了一个猎人。猎人应该能帮助我们取得食物！”兰克洛斯的声音更加愤怒。

喷毒哼了一声。“我现在能自己狩猎了。不需要猎人和守护者。”

“人类已经连续几天不曾为我们带来任何种类的食物了。”维拉斯平静地指出。

“他们不需要。这里有足够的死鱼让我们吃。”赛斯梯坎说。

现在天色已近黄昏，龙群回到了驳船附近。河水还在继续下降。泥滩上重新出现了灌木和草丛。辛泰拉期待着今晚至少可以睡在一片相对干燥的地方了。等到明天，他们会继续前往上游的旅程。随着红铜龙的回归，群龙都觉得生活似乎已经恢复正常了。

“我们之中的一个应该和她谈谈。我们不能一起说话，否则我们根本得不到任何有价值的信息。”辛泰拉离开其他龙，向红铜龙走过来，双眼紧盯着这头龙。芮普妲的确发生了改变。现在她的一举一动更加笃定，她和其他龙的沟通也更加清晰。她的身上发生了一些事。辛泰拉将注意力集中在小红铜龙身上，向这头最小的雌龙问道：“芮普妲，为什么你要吃掉那个猎人？他已经死了吗？”

芮普妲一边从河水中走出来，登上泥岸，向龙群靠近，一边思考着这个问题。“他没死。但他想要杀死我。于是我的守护者攻击了他。然后，当我看到我的守护者要杀他，我就把他当作了一块肉。那是我很好的一次击杀。”红铜龙向周围扫视了一圈，“这里有鱼？”

“鱼已经被吃掉了。明天我们将继续前进。”辛泰拉要把话题拉回来。她注意到其他龙都在安静地倾听着，“你说你的守护者喝了血，是什么意思？你让谁成了你的守护者？”

芮普妲低下头，用前腿蹭了蹭脸。这给她脸上增添的污泥要比擦掉的更多。“塞德里克，”她说道，“塞德里克现在是我的守护者。他来找到我，取了我的血，喝了下去，为了和我更加亲密。我们现在有共同的思想。现在一切对于我都变得更清晰了。我要让他成为我的古灵。这是我的权利。”

“你要制造一个古灵？”赛斯梯坎显得很困惑。

“我正在搞清楚她的状况！ 安静！”辛泰拉嘶吼道。

“我们不能改变人类，除非我们愿意被他们改变。”默尔柯疲惫地说道。他完全没有在意辛泰拉的命令。而他的话却让辛泰拉身子一僵。这句话有着特殊的含义，某种她应该能记得的含义。

“是不能？ 还是不应该？”赛斯梯坎问。

“我不明白！”芬提甩动着尾巴。

“那么就安静地听着！”辛泰拉向那头比自己小的雌龙张开大口，这个动作带着威胁的意味，辛泰拉随时可以向她喷出毒液。芬提闪到一旁，然后又转回头向她嘶吼了一声。

“停下！”兰克洛斯咆哮道，“你们两个都停下！”

默尔柯哀伤地扫视着他们。金龙的眼睛中，黑色叠加着黑色，缓缓地旋转着。“我们竟然失去了那么多。尽管我们正在变得更加强壮，更接近于真正的龙，但我每天仍然在为我们记忆中的那些空洞而感到恐惧。我知道，我不应该假设你们全都记得我所记得的一切，但我的估计仍然远远不足。芬提，在我看来，芮普妲回忆起了一些你们都已忘记的事情。古灵能够由巨龙刻意制造出来。有时候，人类会仅仅因为和我们进行交流就发生改变，就像我们的守护者一样。在古灵和巨龙共同生活在城市中的时代，古灵由喜爱他们的巨龙塑造出来，就如同人类园丁修剪一棵树。巨龙会谨慎地选择一个对象，从而创造出一名古灵。随着我族离开这个世界，许多雨野原人的身上也都出现了一些古灵的迹象，但他们并没有从中得到任何好处。”

“怎么会这样？”辛泰拉问，“既然没有了巨龙，他们为什么会发生变化？”

“他们还会受到影响，”兰克洛斯用低沉的声音说，“那些将茧中巨龙杀死的人，那些割开和雕凿正在孵化的巨龙的人。那些偷窃和使用古灵魔法物品的人，他们所承受的影响最深。这完全可以理解。他们窃取了不属于他们的东西。他们擅自使用巨龙的骨血。于是他们发生了改变，并将这改变遗传给他们的子孙，让他们的生命缩短，让他们生下死胎。这是他们应得的。”

“这只是你的凭空揣测。”默尔柯提醒他。

“我的推测是有道理的。这并非巧合。那些人类心里很清楚这一点。看看他们给我们挑出来的‘守护者’，那些人的身体都发生了最严重的变异，让他们几乎无法在其他人类中生存。他们有鳞片和利爪，这让他们很难生育。他们的寿命也因此而缩短。如果人类偷窃不属于他们的魔法，就会落得这样的下场。他们在使用我们的血和骨头，所以他们发生了变化。但没有巨龙引导这种变化，他们就变成了怪物。”

“那么异种呢？”默尔柯用他浑厚如同雷鸣的声音问，“他们又该如何解释？ 他们也受到了应得的惩罚吗？”

“也许，”兰克洛斯不假思索地回答道，“就像你说的。巨龙若要改变人类，必须冒险接受人类的改变。这种怀疑很早就有了——与古灵和人类交往太深的龙，也会伤害到自己和他们的后代。龙卵中孵化出不应有的……”

“我们必须要讨论这种秽恶的话题吗？ 难道我们不应为自己留下一些体面吗？”默尔柯和兰克洛斯的交谈唤醒了辛泰拉的记忆。那是沉睡已久的记忆。曾经，她的一位祖先选择了一个人类，为自己塑造出一名古灵——这一过程中肉体的变化，只是比较小的一部分——经过充分准备之后，一名古灵能够大幅度延长自己的寿命。尽管仍然远远比不上巨龙的寿命，但也足以让古灵获得一些最低限度的智能和对世界的洞察。拥有这样一个古灵，不仅是有趣，甚至让她的那位祖先感到非常舒适。古灵对她的颂扬，用美好的绘画和诗歌表现出她的“不朽”，这些都让她感到喜悦。古灵成了巨龙的伴侣，这种关系甚至是其他巨龙无法替代的。古灵不会和巨龙竞争，只会以他们的仰慕来安慰巨龙，以勤劳的梳洗来取悦巨龙，当然，还有向巨龙说出种种鼓舞的话语。

但在这许多享受中却存在着一种危险。一些巨龙用了太多时间和他们的古灵在一起，这让他们自己发生了改变。这不是可以随意谈论的话题。没有巨龙愿意以这种污秽的事情来指责其他巨龙，但这又是无可否认的。和人类共处太长时间的巨龙，皆发生了变化。这种改变并不像在巨龙身边生活太久的人类那样地明显，但也同样不容忽略。有一种猜测，就是两头这样的巨龙交配后所产下的卵孵化出的将不是长蛇，而是异种。

龙族不会向外人承认这件事。甚至不会在自己的族群中讨论这件事。辛泰拉从群龙面前转过身。这种粗鄙的谈话已经激怒了她。默尔柯没有理会她的鄙视，转而以严厉的语气向芮普妲开了口。

“我认为你做了一件蠢事，芮普妲。我不确定你是否能够引导人类进入古灵状态。如果你不够小心，或者不具备充分的技巧，甚至可能只是因为你失去了太多记忆，那个人类都有可能承受巨大的损害，其后果有可能是致命的。这是一个甚至完全没有开始变化的人类。你怎么会想到选择他承受此荣耀？”

“当他第一次出现在我们面前的时候，甚至无法听到我们说话。”辛泰拉插口道，“他以为我们是野兽，是牛一样的畜生。他那时非常傲慢，而且极度无知。还能有比他更不值得接受这种荣耀的人类？ 我无法想象。”

芮普妲警告性地一甩尾巴。“我已经做出了这个决定。这是我的权利。他来找到我，要和我发生关系。当我感觉到他的意识碰触我的意识，我就选中了他。现在，他被我选中了。你们需要知道的只有这个。我不记得创造古灵是需要所有龙共同做出的决定。现在也不是。”

“尽管你处在愤怒的状态，不过你的言语和思维都更清晰了。”默尔柯平静地说道。

“我使用了他的意识。这和你无关。”

“这是你的事。但你有可能会因此而后悔。如果他不愿意和你建立关系呢？ 如果他决定离开，回到他的缤城去呢？”

“他不会的。”芮普妲决绝地说道。

辛泰拉走开了。她的心中充满困扰。这不是她第一次被迫面对自己缺失的记忆。她竭力集中精神，捡拾这次交谈在她脑海中搅起的记忆残片。她的一位祖先曾经主动创造了一名古灵。她能否回忆起她的祖先是怎样做的？

只有一些残片。辛泰拉知道，这个过程中用到了血。是否还需要做一些别的事情，比如给出一个身体标记？ 一片鳞？ 一定需要做些什么。一些捉摸不定的记忆，一直浮游在她的意识边缘。

“辛泰拉。”

她一直陷入沉思之中，甚至没有注意到默尔柯已经来到自己身边。她努力表现出毫不吃惊的样子，转向金龙，“什么事？”

“你知道你的守护者正在发生的变化吗？”

辛泰拉盯着默尔柯，沉默了片刻之后才冷淡地问道，“哪个守护者？”

默尔柯波澜不惊地说：“那个被人类描述为‘严重受到雨野原影响’的，赛玛拉。”

“我没有费力气去注意她的变化，不过她和旅程开始时比，身上的鳞片的确是变多了。”

“那么说，她身上的其他变化不是有意为之的了？它们不是你的礼物？”

什么其他变化？“她不值得我赐给什么礼物。她很傲慢，根本不懂得要服从我，不敬慕我，不赞美我，不渴望我的注意。为什么我会选择她并赐给她礼物？”

“无论是谁的守护者发生了明显的变化，我都会向他提出这个问题。尽管芮普妲公开宣布了她的心仪对象，但如果有其他龙暗中也做出了这种选择，我丝毫不会感到惊讶。”

“他们有吗？”辛泰拉突然有些好奇。

“只有芮普妲为她的守护者提供了改变之血。”

默尔柯的这句话让辛泰拉思考了片刻。然后辛泰拉说道：“当然，还有其他办法能够创造出古灵。”她的语气不像是提问，倒更像是突然有了一个想法。

“是的。通常那些办法更加耗时，而且不是那么激进。对于发生变化的人类，如果龙们不够小心谨慎，那些办法也会同样危险。”

“不小心的是她，不是我。当她将那条锉刀蛇从我身体里拔出去的时候，我的一些血溅到了她的脸上。也许血进入了她的口中或者眼睛里。”

默尔柯沉默了一段时间。“那就是她改变的原因了。一场龙血转变。如果你不引导这种转变，那对她就将是非常危险的。”

辛泰拉再一次从金龙面前转过身。“在我看来，这很奇怪，一头龙竟然需要关照人类的危险。”

“这是很奇怪，”默尔柯承认，“但这就像我告诉你们的，也像芮普妲的新能力所表现出来的，龙不可能只改变人类，同时又不让自己发生改变。”

默尔柯又等待了一段时间。辛泰拉没有看他，也没有做出任何反应，他便走开了。

简单的享受。简单的，人类的享受。热餐和热饮，能够洗涤身体的温水，能够抚慰皮肤伤痛的香膏，干净的衣服。他甚至不用多说话。卡森已经妥善应对了所有的问题，向充满好奇心的听众们绘声绘色地讲述了一个省去了很多事实又增加了不少修饰的故事。塞德里克只是将注意力集中在面前那一大盘冒着热气的炖菜和一大杯热茶上面。此时，连像石头一样坚硬的航船面包，在炖肉汁里被泡软之后，也几乎是一种美味。

莱福特林也在厨房里。艾丽斯看上去愧疚又悔恨。她坐在塞德里克身边。重逢之时，她和塞德里克拥抱在一起，随后就几乎没有说什么话，只是专注地看着他吃东西。饭后，她又为塞德里克准备了温水，甚至将冒着热气的水桶提到了塞德里克的房间门口。听到她敲门，塞德里克将门打开，让她把水提进来。

“很抱歉，现在我们的水很少，没办法洗浴。等到河水再下降一些，我们就应该能挖掘沙井了。现在沙井中的水还很浑浊，我们只能得到一些泥汤。”

“这样很好了，艾丽斯，已经足够了。我只想擦一下身子，给被灼伤的皮肤抹一点油。很高兴看到你平安无事。但我现在已经非常累了。”塞德里克有意忽略了他和艾丽斯的关系。和打发戴夫威的用词相比，他与艾丽斯说的这段话并没什么区别。此刻他不愿同任何人交流。他需要一段独处的时间，需要远离所有人，尤其是艾丽斯。

艾丽斯意识到了塞德里克在他们之间设下的这段距离，她的用词同样彬彬有礼，但她依然想要和塞德里克有所交流：“当然，当然。我不会在这个时候打扰你。先好好休整一下。不过之后……塞德里克，我知道你累了，但我需要和你谈谈。只是在你休息之前和你说几句话。”

“如果你认为有必要的话。”塞德里克疲惫地说，“我们稍后再谈。”

“那，如你所愿。很高兴你还活着，重新回到我们中间。”

随后，艾丽斯就离开了。塞德里克坐倒在自己的床上，让全身放松下来。真奇怪，在经历过这一切之后，这个冰冷发霉的小房间，竟让他感到一种舒适和温馨，甚至连这张有些凌乱的床，也显得非常舒服。

他将自己破烂的脏衣服扔在地板上，然后将全身好好清洗了一下，他的皮肤几乎是一碰就痛。虽然梦想着能有一只盛满热水的浴缸，也想要有擦身的肥皂，他仍然非常庆幸现在的这一点享受。当他洗完身体的时候，这一桶水已经凉了，而且变成了肮脏的褐色。他找出一件干净的睡衣，穿在身上。能够让自己被灼伤的皮肤接触到一些柔软的东西，这种感觉给他带来了不可思议的喜悦。在清洗身体的时候，他才发现自己脸上的大片瘀伤，这是杰斯对他造成的最明显的一处伤害。他的背部和腿上还都有瘀伤，他几乎已经不记得自己是怎样受了这些伤。

用这有限的一点水尽可能洗净身体之后，他将润肤香膏涂抹在被灼伤最严重的地方。这时他不由得皱了皱眉。他的香膏所剩不多了。不过已有人为他洗净了衣服。他穿着干净的衣服，看着地上的脏衣服，才意识到那些衣服几乎已经只是几片破布了。他用脚将那些衣服踢向门口。

这时他听到一点金属撞击地板的声音。他举起蜡烛，走过去仔细观瞧，不知道自己掉落了什么。落在地板上的是他的项链盒。出于习惯，他打开项链盒。在昏暗的烛光中，诏谕正在看着他。

他聘请缤城最优秀的一位微缩肖像画师，为诏谕绘制了这个小画像，那名画师的工作非常出色。诏谕只在他面前坐下过两次，而且两次都很不耐烦。诏谕会接受这个请求，只是因为塞德里克苦苦哀求他，希望用这个作为自己的生日礼物。诏谕则认为这种礼物过于感情用事，而且也很危险。“我警告你，如果有任何人看到你戴上它，我只会说我毫不知情，让你去接受他们的嘲笑。”

“我明白。”塞德里克那时回答道。现在他才明白，即使是在那个时候，他已经开始接受了这个事实——也许他用情要比诏谕更深。现在他看着诏谕那目空一切的笑容，才发现那位画家对于诏谕微微翘起的嘴角捕捉得是多么精确。即使是在别人为他作画的时候，诏谕也不会有丝毫敬重之心，更何况是爱情。

“是我对你有太多的幻想吗？”塞德里克向这幅小画像问道，“你有没有成为过我心目中的那个人？”他用力关上项链盒，将细长的金链堆在自己的手心里，合拢手掌，然后坐到自己的硬床垫上，两只手松松地握成拳头状，并轻按在额角。他闭上眼睛，在自己的记忆中寻找：一个诏谕主动给他的、温柔而不强制的吻，一次纯粹出于关爱的手心的抚触，一句只有赞美或关心、不带丝毫嘲讽的话语。他相信自己的生活中一定存在着这样的时刻，但他就是无法在自己的回忆中找出来。

在不经意间，他忽然想到了卡森抚摸他受伤的脸。真奇怪，猎人的那只生满老茧的手，要比他从高贵的诏谕那里得到的任何抚摸，都更加的温柔。

他从没有遇到过像卡森这样的人。他没有求卡森隐瞒自己杀死杰斯的事实，但是当卡森讲述救援塞德里克的过程时，另外那个猎人的名字完全没有出现在他的口中。卡森也没有提起找到的那条小船，只是让其他人按照他们各自的想象去推测找回小船的过程。在离开那片垃圾浮垫之前，卡森坚持对那条船进行了清洁，洗掉上面的血污，舀去了污水，还清洗了那把斧头，将它插回到鞘里。他自始至终都没有提过一句：这是为了掩盖谋杀的痕迹。

卡森一直在保护他，替他挡住种种问题。但塞德里克觉得这件事迟早都会暴露。芮普妲对于吃掉猎人这件事非常骄傲，肯定不会永远保持沉默，但塞德里克还是很庆幸还不必为这件事而担心。杰斯的死亡和他自己的秘密有着太过密切的关系。他不希望任何人抽丝剥茧，将他想要隐瞒的一切都揭露出来。尽管卡森不相信莱福特林和杰斯有瓜葛，但塞德里克对此仍然没有多少信心。因为唯有这样，才能解释莱福特林的许多反常之处：为什么他愿意参加这样一场荒谬绝伦，又无利可图的冒险？为什么要对艾丽斯大献殷勤？为什么杰斯能如此轻易就成为远征队的一员？ 是的，塞德里克相信莱福特林也藏着一些不可告人的秘密。他很害怕，如果莱福特林认为自己的秘密有被揭穿的可能，也许会采用非常手段。他从一开始就觉得那名船长什么事情都能做出来。发现莱福特林的秘密，只是进一步证实了他的看法。

那么塞德里克对自己又有着怎样的看法？ 他的那些肮脏的小秘密呢？

塞德里克将手放到面前，看着仍然握在手心里的那个关闭的项链盒。

把它扔到河里去。

不。他没办法让自己这样做。现在还不行。但他也不会戴上这根项链，不会再将它放在自己的枕头下面，让它陪伴自己入睡。他决定将这只项链盒收起来，这样他就不会在无意中看到它了。它和其他所有令他感到羞耻的纪念品，他会全部收起来。

他正跪在地上，打算把这些东西都藏进衣箱的时候，一阵敲门声传来。“等一下！”他一边叫喊着，一边急忙坐回到床上，然后才想起要问一句：“是谁？”

“是艾丽斯。”艾丽斯一边说话，一边推开了门。她的手中举着一支蜡烛。没有得到塞德里克的邀请，她已经走进他的房间，将房门在背后关好。然后她在原地站了片刻，仔细端详塞德里克，又突然惊呼道：“我可怜的塞德里克。让你在这里受了这么多苦，我真的感到很抱歉。我真希望能够替你受这些苦。”

“你的样子也不比我好多少。”塞德里克回答道。让他吃惊的是，他说的这句话很诚实。

他看到艾丽斯伸手捂住脸，眼睛里闪过一丝惨痛的光芒。“哎，是的，我的脸和手也像你一样都被烧伤了。这条河的水对我们都不仁慈。如果不是辛泰拉和赛玛拉，我应该已经被淹死了。不过，我们总算都还活着，也没有受什么重伤。”艾丽斯露出抱歉的微笑。

“我本以为你一直安全地待在船上。”塞德里克有些感到奇怪，“看来你也落进那阵洪峰里了。”

“确实。就连莱福特林船长也被洪水冲走了。幸运的是，他的船员很快就找到了他。但赛玛拉和我只比你提前一天回到柏油人号。”

“艾丽斯，我很抱歉，我完全没有想到你都遭遇过什么磨难。我甚至完全没有问过你的经历。现在和我说说吧。”不要再问我都遇到什么事情了。

艾丽斯的微笑变得更加温暖。她坐到塞德里克的床边上。“我没有太多可以说的事情。洪峰击中了我们。辛泰拉将我们从洪水中救出来，背着我们向被洪水淹没的河岸游过去。我们在那里找到了许多守护者。不幸的是，并非全体守护者都在那里。我相信你已经知道，我们失去了沃肯和年少的拉普斯卡，还有他的红龙荷比。不过我们的状况还是非常令人欣慰的。我们大多数人都只是受了一些挫伤和皮外伤。而你看上去好像受了很多的罪。”

塞德里克摸了摸脸侧的瘀伤，耸耸肩，“这点伤已经开始痊愈了。”

“我很高兴。”艾丽斯只用这一句回答轻轻放过了这个话题。塞德里克立刻就明白，她的脑子里还想着别的事情。艾丽斯的眼睛一直在扫视着他的小房间，并且不时会瞥向床旁边的地板，仿佛正在寻找着什么。一股焦虑的心情开始搅动塞德里克的肠胃。他知道，自己不在的时候，艾丽斯来过这里。这个房间曾经被艾丽斯整理过。难道艾丽斯已经找到了他收藏龙器官的暗格？不，这不可能。如果艾丽斯真的怀疑他做出了如此卑鄙的事情，一定会立刻对他进行谴责。一定还有别的原因。他在等待着。当艾丽斯再度开口的时候，她说出的话把塞德里克吓了一跳。

“塞德里克，诏谕爱我吗？”

这个问题实在很古怪，而艾丽斯的口气更像是一个天真的孩子。她的声音中同时带着渴望和畏惧，这一点也和小孩子非常像。塞德里克只能竭力思考：艾丽斯到底想要一个怎样的答案？他稳了稳心神，向艾丽斯说道：“我肯定不是可以回答这个问题的人。他娶了你，不是吗？难道他不是几乎把你要求的一切都给了你吗？包括这次长途旅行。”

“他只是把他必须给我的一切给了我，我们的契约中规定他要给我的一切。我得到了他的名字和与之相符的身份，可以随意使用的金钱，我可以将自己的全部自由时间用于研究古早的卷轴，我有美丽的衣服，优秀的厨师，华美的住宅。按照他的意愿，我会招待他的客人。我做了一切他期待我做的事情。我……我一直在配合他，帮助他从我这里得到继承人……”

直到此时，艾丽斯都严格地控制着自己的嗓音和表情。但突然之间，在她气若游丝地说出最后那句话时，她的面容突然崩溃了。她的鼻子开始泛红，一连串的泪水从她的眼睛里涌出来。这种转变突然得简直令人震惊。在一次心跳的瞬间，向来都镇定自若的艾丽斯，变成了一个塞德里克完全不认识的人。她在塞德里克的床脚弯下腰，用双手捂住脸，毫不顾忌形象地放声哭泣。一种警惕的情绪不由自主地从塞德里克心中生了出来。“艾丽斯，艾丽斯。”他连声恳求。而艾丽斯的啜泣只是变得更加剧烈。她的全身都在颤抖。塞德里克坐直身子，全身的每一根肌肉都感到无比酸痛，但他还是小心地伸出手臂将艾丽斯抱住。艾丽斯转过身，和他拥抱在一起。她的肩膀正因为深深的哀伤而抽搐，塞德里克能清楚地感受。

“这是怎么了？”塞德里克问她。他不知道艾丽斯即将向他说出什么样的秘密，这让他感到非常害怕，“艾丽斯，出什么事了？你为什么会这样？”

他的问题似乎终于让艾丽斯清醒了一些。也许这是因为艾丽斯从他这里得到许可，能够倾诉一直压在她心头的伤痛了。她坐直身体，拿出手绢。她的手绢也已经脏污破旧，更适合遮玛里亚的街头顽童，而不是一位贸易商的妻子。不管怎样，她还是用这块手绢擦去脸上的泪水，没有再看塞德里克一眼，而是深吸一口气，抬起头看着祝台上的蜡烛，开始讲述。

“当诏谕开始追求我的时候，我很怀疑他有着什么样的意图。他是那样一名优秀的单身汉，是缤城女人竞相争夺的锦标。而我呢，一个普通的少女，不够美丽，也没有什么家世，连嫁妆都少得可怜。实际上，他一开始追求我的时候，我甚至有些愤怒。我以为那只是他在和别人打赌，或者是某种残忍的恶作剧。我甚至怨恨他干扰了我的生活和工作。但随着我们共处的时间变长，他向我展现出那样诱人的魅力。于是我说服了自己，让我相信不仅是我迷恋上了他，而且他对我也有着同样的感情。”说到这里，艾丽斯发出一阵干涩的笑声。

“实际上，他将自己的真实意图隐瞒得非常好。在我们这些年的婚姻中，他一直都没有向我表露过真心。他用最聪明的方法曲解各种言辞，用虚伪的恭维让餐桌前的每一个人都向我微笑，而只有我能够感觉到那些话语中的倒刺。对于其他所有人，他都展现出一副美好的面孔。我的朋友和家人都认为他是一位很照顾我，甚至是溺爱我的丈夫。但在我心里……”她突然转过头看着塞德里克，“这是我的问题吗，塞德里克？ 是不是我要求得太多了？ 所有男人都像他一样吗？ 我的父亲有时对我的母亲会很温柔，有时会戏弄她，对她一直都很和善。这只是他在孩子面前演戏吗？ 当他们单独相处的时候，他也会是冷酷、粗野和残忍的吗？”

艾丽斯是如此急迫地想要知道答案，她的困惑是如此真实，以至于塞德里克恍惚间觉得他们回到了少年时代。在那时，艾丽斯偶尔会这样询问他，因为她相信比她年长的塞德里克更有智慧，更懂得这个世界的道理。塞德里克不假思索地握住艾丽斯的手，却又不由得对自己感到惊奇。他怎么会如此真切地感受到艾丽斯的心情？ 他流落到这片蛮荒的土地上，被困在这艘简陋的航船上，现在又和一头心思简单的龙紧紧结合在一起，这些全都是艾丽斯的错。但他怎么又会这样同情艾丽斯？

也许是因为艾丽斯被困在这样一场婚姻里，大部分是他的错。将一生寄托在一位只将她看作是癞皮狗的男人身上，这和被流放到一个蛮荒世界里，是不是一样的？

“诏谕和我们不同。”塞德里克说道。他依稀觉得这是自己这辈子说的最真实的一句话，“我不知道他有没有爱过什么人，不知道他的爱和我们所说的那个词，是不是一样的。他肯定很重视你。他知道，你是他得到继承人的希望。”塞德里克突然觉得自己油滑的口齿一下子都变得干涩无比，“喔，艾丽斯，”他叹了一口气，伸出手臂抱住自己这位朋友的娇小肩膀，“不，他不爱你。你对他只是一个方便结婚的人，一个便利的妻子且容易安置，并能够给他一个继承人。他的父母一直在要求他成为一名受人尊敬的贸易商之子。因为得到了你，他才能显示出那些所谓‘受人尊敬’的质量，同时又不必让自己的生活改变太多。我很抱歉，我的朋友，他不爱你，他从没有爱过你。”

塞德里克打起精神，准备竭尽全力来安慰精神崩溃、痛哭失声的艾丽斯。但让他没有想到的是，艾丽斯突然坐直身子，挺起了肩膀。她深深地叹了一口气，却没有再流出新的泪水。她又抽了两下鼻子，然后平静地说道：“那么，就这样吧。和我想的一样。也许这是我应得的。我和他做了一笔交易。我一直都这样告诉自己。也许现在我只是从你口中听到了事实。我完全可以相信你的话。我也要决定自己该如何对待这件事。”

这些话听起来很危险。“艾丽斯，亲爱的，你对此完全无能为力，只能尽量让自己过得更好一些。回家去，继续过受人尊敬的生活，继续你的研究，将你从这场远征中所知道的一切，扩充至你的研究中，然后生一个孩子，或者多生几个。他们会给你应得的爱。”

“并且我也会爱他们，给他们一个像诏谕那样的父亲？”

塞德里克不知该说什么。他试着去想象诏谕作为父亲的样子，却完全想不出来。孩子和聪明而冰冷的诏谕仿佛完全格格不入。高雅的哭鼻子的小婴儿？一个五岁的孩子带着目空一切的微笑，并且送出一朵花？ 这些想法只会让他不停地打冷战。他慢慢地明白了，艾丽斯是对的。诏谕可能想要一个孩子，需要一个孩子，但这只是为了让他自己能得到继承人的资格。但诏谕是任何孩子都最不需要的那种父亲。孩子不应该得到这样一个父亲。

艾丽斯从泛红的双颊上抹去泪水。“那么，我就没有办法解决我的困境了。我承诺过做他的妻子，和他同床共枕，尽力给他一个孩子。我已经许下诺言。这肯定是一个很坏的开端。但我该怎么做？ 乘船到上游去，永远消失？”

塞德里克几乎从她的问话中听出了期盼，就好像艾丽斯以为他会赞同这个疯狂的想法。

“你不能。”塞德里克直白地说道。艾丽斯想不到的是，塞德里克其实也是在回答自己心中的问题。他几乎像艾丽斯一样想要一走了之。但雨野原不是他们两个能够容身的地方。确实，他们在自己的家乡也会遇到许多难题，但他们毕竟不属于这里。尽管塞德里克现在经常会对自己说，他回不去了，但他更加清楚的是，他不可能留在这里。

艾丽斯抱住头，看着地面，几乎就像是在寻找什么东西。她忽然又抬起眼睛看着塞德里克，一团红晕让她已经受到河水和阳光侵蚀的面颊变得更加阴暗了。“你不在的时候，我走进过你的房间。我那时以为你淹死了，再也不会回来。我想到一直以来对你的忽略，觉得自己非常糟糕。我想象着你遭遇了各种各样恐怖的事情。你死了，或者是受了重伤，躺在某个地方，奄奄一息，又孤立无援。”她的目光扫过塞德里克的脸，停留在那一片青紫色的伤痕上，“所以我为你整理了房间，收拾起你的衣服准备清洗。我想的是如果你能回来，你就会知道我其实很在意你。在我替你整理床铺的时候，我……那是什么？”

塞德里克早已变得心惊胆战。艾丽斯一定是发现了他的秘密橱格，还有收藏在那里的龙鳞和龙血。但现在艾丽斯脸上惊骇的表情反而让他吃了一惊。艾丽斯向他俯过身，抬起一只手。塞德里克下意识地想要躲避艾丽斯。艾丽斯还是碰到了他的侧脸。她的手指滑过塞德里克的面颊，又轻轻抚摸他的下巴。她从没有这样摸过塞德里克，更不曾用这种恐怖的眼神看过他。

“甜美的莎神，怜悯我们吧。”艾丽斯喘息不定地说道，“塞德里克。你生出鳞片了。”

“不！”塞德里克的反应十分强烈。他猛地扬起脸，离开艾丽斯的碰触，自己伸出双手摸索面颊。他的手指在脸上一寸寸地移动着。他摸到了什么？这是什么？“不，这只是皮肤变粗糙了，艾丽斯。河水灼伤了我，然后我又一直被风吹，被太阳晒。这不是鳞片！为什么我会长出鳞片？我又不是雨野原人！不要犯傻了，艾丽斯！不要犯傻了！”

艾丽斯只是愣愣地看着他，脸上的表情又是惊恐，又是怜惜。塞德里克突然从自己的床上站起来，向衣柜走去，拿出自己用来刮脸的小镜子。他回到船上以后还没有刮过脸——艾丽斯看到的只是胡茬和粗皮。他专注地看着镜子，同时尽可能让自己的下巴贴近蜡烛。他那里的皮肤的确很粗糙，只是很粗糙而已。“我需要刮刮胡子，仅此而已。艾丽斯，你把我吓坏了！你的想法太疯狂了。我累了，不过我明天早晨会把胡子刮干净，在脸上涂一点油膏。到时候你就能看清楚了。鳞片，这真是太疯狂了！”

艾丽斯依旧只是盯着他。他看着艾丽斯的眼睛，仿佛是要禁止艾丽斯对他的话提出异议。艾丽斯咬住嘴唇，对自己摇了摇头。

“我很累了，艾丽斯。我相信你一定能理解。”离开我吧，求你了。塞德里克想要更仔细地看看自己的脸，但他不能在艾丽斯面前这样做。

“我知道你一定已经很累了。我很抱歉。其实，我刚才说的那些都不是我来找你的原因。我不知道该如何说出这件事，又能让我们都不感到受伤。塞德里克，在我离开缤城之前，在我们计划这次旅行的时候……诏谕有没有嘱托你将一件信物交给我？一件纪念品？也许你应该在我们的旅程中将那样一件东西交给我？”

塞德里克盯着艾丽斯。这一次他真的是糊涂了。一件诏谕要送给艾丽斯的纪念品？艾丽斯怎么会这样想？诏谕根本不是那种会送给别人礼物以作纪念的人，更不要说是一个刚刚让他大发脾气的人了。塞德里克当然没有这样说。他只是摇了摇头，保持着沉默。艾丽斯眯起眼睛，用怀疑的眼神看着他。这让他不由得有些激动地说道：“不，艾丽斯，他没有给我任何要我转交你的东西。我发誓。”

“塞德里克。”艾丽斯的语气仿佛是要让塞德里克别再伪装下去了，“也许他曾经要求你不能将这件事告诉我，也不能把那东西给我，除非我，喔，我不知道，也许是除非我放弃自我，满足他的期待，或者……我不知道。塞德里克，明白告诉我吧。我知道那枚项链盒。我为你整理床铺的时候找到它了。那枚放有诏谕肖像的项链盒。那枚背面刻着‘永远’二字的项链盒。”

艾丽斯一提起这枚项链盒，塞德里克就觉得自己的心颤抖了一下，随后又狂跳起来。他感到一阵晕眩，无数黑点在他的眼前跳跃。这枚项链盒。他怎么会这样愚蠢，把它丢在能够被别人看到的地方？他刚刚做好这枚项链盒的时候，就向自己承诺会永远将它带在身边，每时每刻都不要让自己忘记，是谁改变了自己的生活。永远。他将这个词雕刻在这只小盒子上。这只黄金小盒子是他自己出钱购买的。这是他送给自己的生日礼物。这是一个多么愚蠢、欠缺思考又可怜的主意啊!

现在，塞德里克保持沉默的时间有些太长了。艾丽斯盯着他，眼眸中现出一种悲哀的、极不情愿的胜利光彩。“塞德里克。”她说道。

“喔，那个项链盒。”一个谎言，他需要一个谎言。某种借口，某种他会拥有这件物品的理由。“实际上，它是我的，是我的。”

这句话是如此容易就被说了出来。它们悬浮在凝滞的空气，毋庸置疑，也无法再改变。一切都安静下来。塞德里克没有看艾丽斯。如果艾丽斯还在呼吸，他也听不见。他自己正在呼吸，是吗？ 又慢又浅的呼吸。有谁能回到片刻之前吗？ 现在他只希望这一刻不曾出现过，只想用自己的沉默，让此刻的一切都消失。

但艾丽斯说话了。她用最斩钉截铁的言辞，证实了塞德里克刚刚的确说出的那句话。“塞德里克，我不明白。”

“你当然不明白，”塞德里克轻松却又冷漠地回答道，仿佛承认这一点对于他来说已经完全不重要了，“大多数人都不会明白。实际上，现在我要承认，我几乎也不太明白自己了。诏谕？ 诏谕和‘永远’被放在同一个项链盒上？ 这种组合有谁能明白？”他大笑起来，但这笑声却变成苦涩的碎片，落在他的周围。为什么会笑，他却说不出来。他把手伸到被他用作枕头的包裹中，拿出那枚项链盒，“给你，如果愿意，你就拿着它吧。但这是我的礼物，不是诏谕的。”

“所以你……我还是不明白，塞德里克。你制作了它？ 你制作了它，打算把它给我？ 但诏谕一定知道这件事吧。他至少要坐下来让人给他画像，对不对？ 这幅画这么像他，一定是画师看着他画出来的!”

塞德里克毫不畏惧地一按机簧，打开了项链盒。诏谕看着他们两个人，仿佛正在冷冷地嘲笑这两个把自己的人生搞得一团糟的家伙，嘲笑他们之间那么多年的友谊，却被他的手指轻轻一搓就碾个粉碎。塞德里克看着诏谕的眼睛说道，“喔，是的，这是他坐在画师面前画出来的。我委托罗雷绘制了这幅肖像。这幅肖像非常昂贵，而诏谕在作画时和观看成品时的态度，也彻底把罗雷激怒了。他本来约定是与罗雷见面六次，每次都在黄昏之后，一个非常僻静的地方。但他只去了两次。罗雷想要将这幅肖像装入项链盒之前，先让他过目，但他根本没有去，只是托我对画家说声谢谢。总之，一切麻烦都被丢给了我。如果说罗雷对我有什么不礼貌的地方，我也无法责怪她。在制作这枚项链盒的全部过程中，诏谕都显得很不高兴，摆出一副高人一等的派头。他告诉罗雷：关于为他作画和这幅肖像的事，如果那位画家聪明一点，就不要告诉任何人。”

塞德里克一边说，一边瞥着艾丽斯。艾丽斯坐在床边，满脸雀斑，一点也不漂亮。在她还带有风吹雨打痕迹的额头和面颊上，她的满头红发显得蓬乱不堪，甚至从别针里脱出来，变成一个个散乱的发卷。艾丽斯的衣服很干净，但已经有了磨损的痕迹。她的罩衫在边缘处甚至出现了毛边。她看上去就像刚刚和诏谕结婚时的样子，一名有教养的缤城女子，但只属于普通的中层阶级。艾丽斯的眼睛里只有困惑，甚至丝毫没有察觉塞德里克话中的真相。

“我不明白，塞德里克，为什么你要付钱让画师给他画像，还要把他的画像放到项链盒里。如果你想要给……”

“艾丽斯，我知道你年纪不算大，但你真的是这么无知吗？ 我明说吧，我爱你的丈夫。我爱他已经有许多年了，甚至在他想到要找人结婚，给自己一个体面的外表之前，我就已经在爱他了。现在你明白了？”

艾丽斯开始明白了。她的脸上渐渐现出粉红色。她的眼睛却在惊骇中瞪大了。塞德里克没有等她问出那个她一定会问的问题。

“是的。他是我的爱人。当我们一同乘船出海，甚至在你们的家里，当你在深夜睡下的时候，我们都会睡到一起。再不会有别人能够打动我，只有诏谕。我以为我们会这样直到永远，所以我愚蠢地给自己做了这个该死的项链盒。拿着它吧，如果愿意，它就是你的了，‘永远’或者无论怎样。我希望我能把诏谕和这个一起给你，但我怀疑他从来就不曾是我的，我无法保留他，更不可能把他交给别人。”

艾丽斯盯着这枚项链盒，仿佛塞德里克掌心盘卷着一条小蛇，而不是一件珠宝。塞德里克手一歪，项链盒滑落在他们之间的床板上。而塞德里克也随之微微打了一个哆嗦。这么多年里，他一直在想象着自己向艾丽斯承认事实的这一刻。他想象过许多种情形，却从没有想过会是这种样子。他和艾丽斯会在这样一个昏暗的小房间里，一同坐在一张窄床上，全都束手无策地陷在自己的苦恼中。他本以为诏谕将说明这件事实，他们会一同告诉艾丽斯，然后艾丽斯的丈夫就会彻底被他偷走。他想象过艾丽斯发出尖叫、威胁地挥舞拳头、抛掷物品、抽他们的嘴巴、歇斯底里、大发雷霆，但艾丽斯只是静静地坐在他身边，体会着这些年的背叛和欺骗，并重新认识塞德里克及自己的人生。她始终一言不发。一段时间之后，她微微晃动了一下，就像是一棵疾风中的树。在那一瞬间，塞德里克非常担心她会晕倒。

"你和诏谕？"艾丽斯终于笨拙地开了口，"你们彼此相爱。他拥抱你，亲吻你，抚摸你。你就是这样的意思？"艾丽斯碰了碰那条盘卷的项链，又抽回手指，仿佛冰冷的金属烫伤了她。她的问题却已经烫伤了塞德里克。

到现在为止，塞德里克都处在一种怪异的平静状态。他将自己人生中最大的秘密告诉了艾丽斯，没有释放出自己的任何情绪。但突然间，泪水涌出他的眼睛。他的喉咙紧缩起来，仿佛有一只手扼住了他。"我爱过他。我觉得他不爱我了，或者他从没有真正地爱过我。"他将脸埋进手掌里，泪水就从手掌间一滴滴落下。他是不是以为自己早已把他最深的秘密告诉艾丽斯了？他错了，藏在他人生最深处的秘密刚刚被他第一次说出了口。他甚至一直在向自己隐瞒着这一份欺骗。

他感觉到艾丽斯站了起来。现在艾丽斯要打他了。艾丽斯会把那样的称呼甩在他的头上，那是他从男孩时起就害怕的事情。他等待着。

但他感觉到艾丽斯的双手有些犹豫地按在他的头上，抚平了他的头发，就像小时候他的妈妈抚摸他时一样。"我好为你感到难过，塞德里克。我很愤怒，感觉受到了伤害，我从没有想到，你能够给我们的友谊带来这样的欺骗和背叛。但我终究只是为我们两个感到难过。尤其是你，你怎么能爱上这样一个男人？ 你怎么会将自己抛掷在一个毫无价值的地方。看看，我们两个人的生活被毁成了什么样子。在诏谕身边，我们都不可能有任何快乐。而且我相信他对此完全不会在乎。”

塞德里克什么都说不出来。他没办法将自己的脸从手上抬起来，甚至没办法向艾丽斯说一声“抱歉”。他感觉艾丽斯走过了房间。艾丽斯带走了她的蜡烛。当她离开的时候，房间中的光消失了一半，屋门被紧紧关上了。

塞德里克颓然坐在自己的床上。好了，一切都结束了。

他刚刚毁掉了自己生活中最后一件美好的事情。他和艾丽斯的友谊不复存在了，被他和诏谕对艾丽斯所做的一切打得粉碎。想到自己竟然曾经建议诏谕接受这样一桩婚姻，塞德里克就感到无比羞愧，即使那时他是喝醉了。而在这件事上对诏谕的纵容和默许，更让他感到惭愧不已。但他又有什么办法阻止这件事发生？ 难道要悄悄告诉艾丽斯，关于诏谕真实的欲望？ 这当然也会向艾丽斯暴露他的取向。而这很可能会让他陷入极为悲惨的境地。毫无疑问地，诏谕会抛弃他，并且会想办法彻底败坏他的信誉。

为什么直到现在，他才会向自己承认那个人是多么残忍无情？ 如果现在他回到诏谕身边一个小时，如果诏谕轻巧地伸出手臂搂住他的肩膀，或者在这个黄昏与他共享美酒佳肴，他会不会忘记诏谕对他做的一切，并且原谅他？ 当诏谕将注意力集中在他身上的时候，当诏谕带着他一起在异国城市中肆意放纵，寻求快乐，做着各种恶作剧的时候，他能让塞德里克感觉自己拥有了整个世界。成为诏谕的伴侣，和他整晚放纵狂欢，享受整个世界的新奇，体验塞德里克从不曾想象过的美妙，这无疑是最令人心醉神迷的事情。即使是现在，在深深的绝望中，回忆起那些夜晚，塞德里克的嘴角仍然会漾起一丝苦涩的微笑。

和诏谕手臂挽着手臂，周围都是衣冠楚楚的朋友，他们大步走过从恰斯国到遮玛里亚的会堂和剧场。只要诏谕愿意，他能运用自身魅力，说服最顽固的酒馆老板通宵开门营业，付钱让酒馆中的艺人们再多表演一个小时。他优雅动人的微笑和塞满钱币的荷包，总是让他能够获得位置最好的桌子，以及戏院包厢中最好的座位、最美味的肉和最香醇的酒。人们在将这些给他的时候总是会笑容可掬。只认识他人前一面的人们，都觉得他充满魅力、和蔼可亲，又机敏睿智。每一个人都想要成为他的伙伴，都想被他选中，都想与他一同举杯痛饮、享受人们的赞美和欢呼。

微笑渐渐从塞德里克的脸上淡去，只留下苦涩。再也不会那样了。他再也不会跟随塞德里克一起接受人们的钦羡了。

他也不必再为此而付出代价，在私底下遭受诏谕的羞辱和轻蔑了。

这个念头本应该让塞德里克感到高兴。他只是想着一个没有诏谕的人生，想着自己返回缤城，却被诏谕赶出门外，被艾丽斯恶语相向。艾丽斯会把他的事情告诉其他人吗？ 恐惧张开大口，要将他吞噬。但这时忽然又有一个残忍的想法给他带来了安慰。艾丽斯不会对别人揭穿他，否则她就会同时让其他人知道自己是如何被骗的，她的婚姻从一开始就是一个谎言。如果她说了，她就会失去一切：她的图书馆，她的研究，她的社会地位。她将不得不回到她父亲的房子里，生活在贫困的边缘，成为被所有认识她的人怜悯或嘲讽的对象。

如果艾丽斯说了，那么同样的命运也会等待着塞德里克。

但即使艾丽斯不说，塞德里克很担心情况也不会好多少。他现在已经非常确信，诏谕是打定主意要将他赶走了。他怀疑自己回去的时候会发现已经有其他人取代了他。他也将不得不带着羞耻回到父亲的家中，希望能够得到一份工作。诏谕那些家世显赫的朋友们曾经都对他很好，现在也不一定会疏远他，至少一开始不会。但他没办法再和他们一样挥霍金钱了。一旦他们发现诏谕彻底冷落了他，他们也就不会再把他当作朋友了。诏谕对他的反感，绝不是失去一位多年老友或熟人那样简单。诏谕有许多张面孔，对于他不喜欢的人，他会露出一张非常丑陋的面孔。以前塞德里克还能对此视而不见。但现在，这将是诏谕对他的唯一一张面孔了。

不。他回不去了。完全回不去了。

塞德里克的心沉了下去。忧郁的阴影将他重重包裹。就连这个房间仿佛也变得更加阴暗了。他闭上眼睛，不知道自己还有多少勇气能够面对这样的结局。他曾经想过自己可以跳进河中淹死，只是这个决定一旦被付诸实施，一切就再也无法挽回了。现在他已经很清楚了，如果自己落进水里，一定会拼命挣扎。不管他是否愿意，他都会大声求救。

我会来救你的。再一次来救你。

随着这个想法侵入他的脑海，一股暖意也在他的体内扩散开来，让他感到舒适和满足，让他觉得自己就像是一只盛满了热茶的陶土杯子。他的精神毫无道理地振作起来。他又挣扎了一下，想要回到刚才那种悲惨的心情中去。但就像是灯芯被点燃，火苗猛地蹿起，他突然开始自问，为什么要紧抓住那种悲惨的心情不放手？ 他再一次抛弃了那些心情。龙的关爱充满了他，让他全身温暖，一下子释放了他长期被挤压的痛苦。

就是这样，明白了吗？ 我们都会好起来，我们两个都会的。

“我的老朋友，我们需要私下里说两句话。”

紧皱双眉盯着咖啡杯的莱福特林抬起头，这是今天用同样的咖啡渣子煮出来的第二壶咖啡了。它的味道又薄又苦。莱福特林想把这杯咖啡倒掉，却又提醒自己，这总要比煮沸的白水好一点。他转向自己的老朋友。“要找一个能够私下里说话的地方可不容易。”他和卡森同时转过身，背靠在船尾的栏杆上，看着柏油人号的甲板。守护者们和船员们正聚在一起闲聊着。哈里金、希尔薇和丝凯莉盘腿坐在甲板船舱顶上。丝凯莉指着天空中的星星，向他们两个说着话。博克斯特和凯斯趴在甲板上，正在掰手腕。埃鲁姆和诺泰尔在给他们当裁判。洁珥德笑着观赏这场杯赛。格瑞夫特站在她身边，面色阴沉。莱福特林看到那个男孩不停地活动着嘴巴，又用手揉搓下颌两侧，仿佛感到那里很痛。他的面孔形状正在发生改变，看上去让人感到很不舒服。

在守护者身后，莱福特林能够看到斯沃格和贝霖的身影。他们靠着栏杆，头凑在一起，正在说话。船长的目光扫过整个甲板，想要找一个安静的地方，却始终都没有找到。

“去我的船舱吧。”莱福特林低声说道。卡森跟在他身后。他一直走进水手舱，点燃一支蜡烛，然后领着卡森向他的小船舱走去。

“那么，你想说什么？”莱福特林在关上舱门以后问道。他将蜡烛插进烛台里，坐到自己的床上。卡森面色凝重，坐到了水图桌旁边的椅子里，重重地喘了一口气。

“杰斯死了。不管我们是否相信，是塞德里克和红铜龙杀了他。塞德里克说他不得不杀死杰斯，因为他打算杀死塞德里克的龙，把龙肉卖到恰斯国去。”

“塞德里克杀死了杰斯？”莱福特林显得格外难以置信。他曾经那样确信是自己杀死了杰斯。那个杂种怎么能从他的手指和洪水中活下来？ 这可真是个奇迹。然后他又被一个缤城小少爷和一头没脑子的龙杀掉了？

“他和龙都是这样说的。”

莱福特林努力整理着思路。“不要误会我，那家伙该杀，无论谁杀死他都是对的。只是塞德里克实在不像能干出这种事的人，更不要说他是为了保护一头龙……”莱福特林没有把话说完。如果是卡森杀死了那个猎人，又不知出于怎样的考虑把这件事按到塞德里克头上，莱福特林希望卡森明白，他完全可以爽快地承认这件事，莱福特林丝毫不会因此而看低他。

“我到那里的时候，事情已经干完了。除了格瑞夫特的小船上还有一点血迹，杰斯什么都没有留下。龙吃了他。”

“嗯，这个结果很合适他。”莱福特林低声说道，同时竭力不让自己露出笑容。他不会告诉卡森，也许他早先与那名猎人的打斗，已经消耗了杰斯的一些实力，所以塞德里克才能成功。这件事已经结束了。他叹了一口气，既是因为宽慰，也是因为惊愕。塞德里克干了他没能干成的事。他欠那个家伙一个感谢。

“这个结果合适他，因为杰斯上船的目的只是为了杀龙并卖掉，对不对？你知道这件事。也许还同意他这么干？”

寂静充满了船舱，就像是冷水充满了一艘沉没的船。莱福特林没有想到卡森会这样说。卡森在沉默中等待着。莱福特林清了清嗓子，做出决定。现在只能说实话。“是这样，卡森，仔细听我说。有人抓住了我的把柄，以为他们能够要挟我这样做。他们说他们会派人参加这场远征。那些人上船的实际目的就是为恰斯大公猎取龙。我没有同意。但事情已经发生了。一开始，我甚至不知道他们派来的人是谁。我甚至以为那可能是你，因为你说过可疑的话。但就在不久以前，杰斯向我挑明了身份，并要求得到我的帮助。”

卡森安静地坐着，倾听莱福特林说的每一句话，缓慢地点着头，让莱福特林有足够的时间思考该如何讲述他的故事。

“就在洪峰袭来之前，我正在岸上，竭尽全力要把杰斯干掉。那时我以为我已经得手了，或者洪水也会把他淹死。所以知道是塞德里克杀死了他的时候，我很惊讶。但我承认，我很高兴这件事已经结束了。”

“所以就是这样？ 你不打算杀掉一头龙，把龙肉卖给恰斯人？”

莱福特林摇摇头，“卡森，我干过很多事，其中有不少事情见不得人。但我从没有这样背叛过雨野原。”

“也不会这样背叛艾丽斯？”卡森看着莱福特林的脸问道。

“不会背叛艾丽斯。”莱福特林表示赞同。

祷月第二十九日

商人联盟独立第六年

来自艾瑞克，缤城信鸽管理人

致黛托茨，崔豪格信鸽管理人

在一个封锢的小管中，存放着一位朋友寄给杰斯·托克夫的信，这封信又被那位朋友的玺戒蜡印封住。它起初被留在青蛙和船桨酒馆，由酒馆老板多斯特寄出。

黛托茨：

请派一只鸽子送信给我，让我知道雷亚奥已经平安到达。如果你愿意，我们可以试试他带过去的那种快速鸽子。我有一个有趣的点子，你是否可以在同一天的黎明放出两只鸽子？一只快速鸽，一只普通鸽子，让它们带上同样的信。我想要尝试：我们耗费心力培养的快速鸽，是否具有速度上的优势。至于说那些王鸽，它们很大也很可爱，但我没能让它们成为信使。它们的身子太重了，不可能飞得很快。而且它们之中有很多似乎对于返回原先的鸽笼不是很感兴趣，恐怕它们只能作为肉鸽饲养了。

艾瑞克

第十三章　选择

再一次启程向上游前进的感觉，实在很怪异，仿佛什么都没有发生过一样。赛玛拉站在柏油人号的甲板上。看着两岸的丛林在眼前缓缓滑过，甚至忘记了手中的工具。当她划着自己的小船逆流而上的时候，她从不曾真正有机会观赏一下岸边的景色，观察河岸在每一个小时中都会发生什么样的变化。她想念自己在小船中的生活，但也几乎很高兴那段生活终于结束了。如果她还要继续划船，那就只能和拉普斯卡以外的人成为搭档。想到这一点，她感到伤心。

包含卡森的小船，现在他们的小船数量已经减少到五条，而且其中只有三条装备完整。柏油人号上有多余的桨可以供所有小船使用，这让赛玛拉松了一口气。即使是这样，守护者们也只能轮流划船前进。不划船的时候，他们就在驳船上做着船长分派的各种工作。

现在这支远征队的一切物资都短缺了，匕首，弓箭，鱼枪和其他捕鱼装备都丢失了，更不要说毯子、换洗的衣服，以及每一名守护者一直带在身边的个人物品。格瑞夫特不停地夸耀自己是如何妥当地保留了自己的装备，这让赛玛拉很想打他一拳。他的小船和那个缤城人被冲到了同一片河岸边，这只能说是他的运气好。否则格瑞夫特也会像他们一样变得一无所有。因为装备还在，格瑞夫特现在成为与卡森一同行动的猎人。他们会在黎明时乘两条小船先行出发。戴夫威是卡森的助手，诺泰尔和格瑞夫特乘一条船。赛玛拉很高兴这样的安排。诺泰尔曾经带着脸上的瘀伤来到她面前，低声嘟囔着向她道歉，说：

“不应该像对待货物一样对待她。”然后便走开了。赛玛拉不知道这句话是他想出来的，还是刺青教他的，也不知道刺青是否希望强迫诺泰尔向她道歉而获得些什么。

这是另一个让赛玛拉感到苦恼的问题。她不愿意去想拉普斯卡的死亡，也不想浪费时间去思考格瑞夫特对于他们的生活所做出的愚蠢安排。

“这样可不算完工。”

刺青的声音将赛玛拉从沉思中唤醒。她看了看自己打算切削成船桨的这片木头。对于木工，她几乎是一无所知，但就算这样，她也能看出自己的作品实在是很糟糕。

“反正也只能凑合一下。”赛玛拉没好气地说，“而且，就算是我能让它被使用，只消几天，河水也就会把它吃掉了。就连我们原先的船桨，边缘也都开始变软和消解掉了。它们还特意做了抗酸处理。”

“即使是这样，”刺青说，“等到现正使用的桨被报废，此刻我们雕刻的船桨，也将成为唯一的替代品，所以我们最好赶快做一些。”他的作品看上去也不比赛玛拉的好多少，不过至少要比赛玛拉的更有些模样了，“有船桨总比没有好，”他一边说着自我安慰的话，一边看着自己的作品，“我用刨子的时候，你能帮我把它撑住吗？”

“当然。”赛玛拉很高兴能放下自己的工具。她的两只手已经又累又酸了。她撑住半完工的船桨，让刺青将它刨平。刺青笨拙地使用着工具，不过还是在木柄上刨出了一个蜷曲的小刨花，突然，刨子在一个木节上滑了一下，弹开了。

“那天的事情，我很抱歉。”刺青低声说道。

那件事发生之后，他们再也没有提起过它。刺青也再没有抱住过赛玛拉，亲吻她。也许他明白了赛玛拉的界线。他的脸上不像诺泰尔那样糟糕，但也还有一只正在慢慢褪色的青眼圈。“我知道。”赛玛拉只回了这三个字。

“我要诺泰尔必须向你道歉。”

“这个我也知道。我想，这意味着你赢了。”

“当然！”赛玛拉半是疑问的语气似乎让刺青感觉受到了侮辱。

他已经一脚踏进了赛玛拉的陷阱。“刺青，你赢的是和诺泰尔的打斗。你没有赢得我。”

“这个我也知道。”刺青已经开始从道歉变成发怒了。

“很好。”赛玛拉的牙齿间又蹦出这么两个字。她再一次拿起了凿子，开始考虑该从自己这块木头上凿哪一块下来。这时，刺青清了清喉咙。

“嗯，我知道你在生我的气。我还想加工一下这支桨，你能继续帮我扶住它吗？”

刺青的这句话并不算是真正在询问她。赛玛拉拿起那支船桨的一端，再把它撑好。“我们是朋友，”她说道，“即使我生你的气，但我并不属于你。”

“好的。”刺青小心地将刨子放在船桨上，沿着木柄拉动它。刺青看着他褐色的双手抓住工具握柄，他小臂肌肉凸起的线条。这一次，他刨出的刨花更长了。“这样把它转一下。”他一边说，一边让船桨转了半个圈，又将刨子贴在木柄上，同时问道，“赛玛拉，我该怎样做才能赢得你？”

赛玛拉从没有想过这个问题。她在沉默中思考的时候，刺青又说道：“因为我很想要赢得你，这个你知道。”

赛玛拉愣了一下。“你连我会提出什么样的要求都不知道，你又能怎样做？”

“因为我了解你，也许我对你的了解要比你以为的更多。听我说，自从离开崔豪格之后，我做了一些蠢事。这个我承认。但……”

“刺青，等等。我不希望让你以为我会给你一张清单，上面列出你必须去完成的任务。我不会的。因为我也不知道那些任务是什么。我们最近遇到了很多事，而你正在要我做出一个很大的决定。我不会等待你去做出什么，或者给我什么，或者是变成什么人。我是在等待我自己。关于这一点，无论你做什么都是无法改变的，格瑞夫特同样也无法改变。”

“我不是格瑞夫特。”刺青立刻又生气了。

“我也不是洁珥德。”赛玛拉回答道。片刻间，他们只是瞪着彼此。赛玛拉眯起眼睛，昂起下巴。刺青两次开口想要说话，却都没有发出声音。终于，他说道："我们先把这支桨做好吧，好不好？"

"很好。"赛玛拉回答。

当塞德里克走出房间的时候，夜色已经降临。白天，他一个人待在房间里，直到天黑，他的最后一根蜡烛烧光了，而他又不想请任何人为他拿新蜡烛来。他也还没有吃任何东西。他本以为戴夫威会捧着一盘食物来敲他的门，但这样的事情没有发生。然后他想起卡森告诉过他，会让那个男孩远离他。这样也好。如果所有人都远远离开我，也是好事，他心中想道。他听出了这个想法中的自怨自艾，不由得又对自己生出一股蔑视。

又饿又渴，精神颓废的他在落日的余晖中走上甲板。他发现驳船的船头指向了一条小溪。雨野原河上有很多这种汇入主流的小溪。有时候，这样的溪水很淡，几乎没有一点酸味。这条小溪看来就是如此。大多数守护者和船员都已经到了岸上。船上几乎空无一人。塞德里克在船栏杆后面驻足观看。男孩子们正在打水仗。溪水又宽又浅，水流在沙质河床上快速地奔淌。赤着上身的守护者男孩们不停地弯下腰，向彼此泼水，呼喊着，大笑着。夏日斜阳最后一缕光辉闪耀在他们铺满鳞片的背上。绿色、蓝色还有朱红色，灿烂夺目。在这短暂的一刻，塞德里克看到了他们身上变异的美丽。

在更远处，他看到贝霖正跪在溪水边，丝凯莉将溪水浇在她打满肥皂的头发上。很好，至少现在他们有足够的清水补给。

龙也在享受着这条溪流。他们耀眼夺目的鳞甲，意味着年轻的守护者们已经好好为他们洗刷一番。芮普妲也在他们之间，闪亮得如同一枚新铸的铜币。塞德里克想知道是谁为她洗净了身子，同时又感到一分愧疚。他应该将芮普妲照顾得更好一些，但他不知道该怎样做，他甚至不知道该如何照顾自己，更不要说是照顾一头龙了。

靠近溪口的河岸并不是很宽阔，但也足够龙群舒适地度过一晚。守护者们建起营火，此时营火还不大，不过塞德里克看见两名守护者抱来了许多常绿树的树枝，扔进了火中。片刻间，塞德里克以为他们是要将营火压灭，不过黑烟很快就从燃烧的松针上冒起来，随之就是突然跃起的火舌。松脂燃烧的香甜气味萦绕在傍晚的空气中。洪水在河岸上留下了许多可供燃烧的树木，所以今晚他们能够建起一堆很大的营火，守护者们会在岸上睡觉。

塞德里克嗅嗅空气，察觉到营火的烟中，还带着烤鱼的香气。他的胃开始咕咕作响。突然间，他变得非常饿，也非常渴。他不知道艾丽斯和莱福特林去了哪里，此刻塞德里克最不想遇到他们。不想见艾丽斯，是因为艾丽斯知道他是什么人；不想见莱福特林，是因为他知道莱福特林是什么人。至今为止，他都还没有和艾丽斯提起过这件事。他根本不想和艾丽斯说话，更不要说是打碎她的梦了。但他不会再背叛艾丽斯了，当艾丽斯受到欺骗的时候，他不会再袖手旁观。

他无声地，几乎是有些偷偷摸摸地走过甲板。在甲板船舱门口，他停下脚步倾听了一下，船舱里非常安静。几乎每一个人都到岸上去了，他们都在忙着洗净身体，享受营火，分享新鲜的热食。他推开门，就像偷窃剩饭的老鼠一样悄悄走进去。如同他希望的一样，一大壶咖啡正放在厨房的小铁炉后面。整个房间里唯一的光源，就是在铁炉中噼啪作响的一点火苗。一只被盖住的锅正发出微弱的咕嘟声，也许是随时供船员取食的热鱼汤。塞德里克一直见到船员们将水、鱼和蔬菜放进那只锅里，却从不记得那只锅曾被倒空或被清洗过。没关系。他离群索居的日子已经让他足够饥饿，饿到可以吃下任何东西。

对于这间小厨房到底有些什么，他并不是很清楚。他小心地在昏暗的光线中移动，找到一些挂在钩子上的杯子，还有竖着插在架子上的碟子。他给自己倒了一杯那种可疑的咖啡，并终于在一只有护栏的架子上找到了一堆碗。他拿下一个碗，盛好了汤，又从麻袋里找出一块航船面包。他没有找到勺子和叉子，便一个人坐到厨房的小餐桌旁，喝了一口咖啡。

味道又薄又苦，但毕竟还是咖啡。他双手捧起汤碗，沿着碗边喝起了汤。汤里有一股浓烈的鱼味和烹煮过度的大蒜味。他喝下汤，感觉暖意和力量沿着喉咙进入了身体。这种感觉很好。这不是什么美味，甚至说不上好吃，但能给他很好的感觉。他突然明白了红铜龙吃烂鱼时的感觉。从一个基本层面上来看，当一个人或者一头龙足够饥饿的时候，任何食物都是好的。

他吃着碗底绵软的鱼肉和蔬菜，用手指舀起它们。当舱门打开的时候，他的身子一僵。他希望无论是谁进来，都会径直向船员舱走去。但她走进了厨房。

艾丽斯看着他在食物后面缩起身子，便一言不发地打开一只碗柜，伸手到一只罐子里，拿出一把勺子，放到他身边的桌子上。

然后，她仍然在沉默中为自己倒了一杯那种恐怖的咖啡，站在厨房里，双手捧着杯子。在一片昏暗中，塞德里克不知道她是不是在盯着自己。然后她叹了一口气，来到桌边，坐到塞德里克的对面。“今天我已经厌恶并鄙视你几个小时了。”她终于还愿意和他说话。

塞德里克点点头，接受了艾丽斯的谴责，同时想着她能不能看见自己在黑暗中的脸。

“不过我已经放下这件事了。”艾丽斯的声音并不温和，只是充满无奈，“塞德里克，我不恨你。我甚至不能责怪你。”

塞德里克也找到了自己的声音：“我希望我也能这样对自己说。”

“这些年里，我已经习惯了你这种诙谐的措辞。”死心了。这就是艾丽斯的声音向他传达的，死心了，“它们不像以前那样有趣了。”

“我是认真的，艾丽斯，我对自己感到羞耻。”

“只是现在而已。”

“听起来，你还是很生气。”

“是的，我还是在生气。我不恨你——这是我的决定。但我的心里有一种以前从没有过的愤怒。我相信，如果我恨你的话，我就能感觉到对你的恨。但我意识到，只有我爱的人能够这样深地伤害我，于是我明白了，我其实并不恨你。而这也是这样生气的原因。”

“我很抱歉，艾丽斯。”

“我知道，这没什么用，但我知道你感到抱歉了。至少现在是这样。”

“我为此感到抱歉已经有很长时间了。几乎从一开始就是。”

艾丽斯伸手捂住塞德里克的嘴，仿佛是要禁止他为自己找理由。然后她吮了一口咖啡，仿佛又在和自己争论着什么。塞德里克等待着。终于，她说话了，以一种几乎可以算是平静的声音。“我必须知道一件事，在我能够继续走下去之前，在我能够做出任何决定之前，我必须知道。你和诏谕，你们是不是曾经拿我取乐？嘲笑我是多么容易被骗，我这么轻易就被蒙在鼓里，甚至没有半点怀疑！诏谕其他的朋友知道吗？我认识的那些人，那些被我当作朋友的人，他们知道我是多么愚蠢吗？我到底被欺骗到了何种程度？”

塞德里克沉默了。他想起了一些小型宴会。那些宴会都是在晚上举办的，宴会地点是在缤城旅店私密的上层房间。而诏谕在家中的时候，晚餐之后经常会在自己的房间里，和他的一些圈里朋友喝几杯白兰地，聊几句天。这些事情，都是艾丽斯敲门向他们道过晚安、回房间去睡觉之后的事了。

“塞德里克，我必须知道。”艾丽斯的话语将塞德里克拉回到这个狭小肮脏的船舱里。她正在看着塞德里克。虽然光线昏暗，塞德里克还是能看到她苍白的面孔。她在等待答案。

塞德里克知道，如果换作自己是艾丽斯，他一样也会需要这个答案。他需要知道自己在人们的眼中到底有多愚蠢，到底有多少人知道了他所不知道的真相。“是的，”塞德里克说道，这个词割痛了他的嘴，“但我从没有笑过，艾丽斯，有时候我会为你说话。”

“有时候你不会。”艾丽斯无情地说道。她叹息一声，将杯子放在桌面上。在安静的船舱里，这一声并不大。她抬起双手，将脸藏在掌心里。塞德里克很担心她会哭泣。如果艾丽斯哭了，他知道自己必须安慰艾丽斯，但若这样做，只会让他觉得自己像是一个骗子。他的确参加过这样羞辱艾丽斯的聚会。他怎么还有资格安慰这样一位朋友？他一动不动地坐在凳子上，沉默不语，只是等待艾丽斯发出声音。

但艾丽斯只是放下捂住脸的双手，重重地叹了口气。然后她拿起杯子，又吮了一口咖啡。“有多少？”艾丽斯平静地说道，“缤城有多少人知道：艾丽斯是个傻瓜？”

“艾丽斯，你不是傻瓜。”

“有多少人，塞德里克？”

“我不知道。”

“超过十个？”艾丽斯不情愿地问。

“是的。”

“超过二十？”

“我认为是的。”

“超过三十？”

“有可能。”塞德里克吸了一口气，“也许吧。”

艾丽斯发出苦苦的笑声，“所以你们说话的时候并不是那么谨慎，对不对？我是不是唯一被蒙在鼓里的人？”

“艾丽斯……你不明白。像我们这样的男人，我们有我们的社交圈子，一个绝大多数缤城人都不知道的社交圈子。我们创造了我们的世界。我们必须如此，因为如果我们不这样，我们不可能被允许……你不是唯一不了解自己丈夫的妻子，也有一些缤城人的妻子知道这件事，也接受了它。我的妹妹相信你就是这样一位妻子，她和我这样说过。另外一些丈夫和父亲，他们的确也爱他们的妻子，以他们自己的方式。这只是……嗯……”

艾丽斯将双手攥成拳头。“苏菲知道？”

“是的，苏菲知道。听她说话的意思，她相信你知道，并且接受了这件事。有一段时间，我真的希望你能够如此。有一天我和诏谕提起了这件事，他却只是笑话我。”

艾丽斯的眉毛拧在一起，她努力思考着这件事。然后她突然问道：“苏菲怎么会知道？你告诉她的？”

“我没有必要告诉她。她是我的妹妹。她就是知道。”塞德里克停顿一下，想了想，又低声说，“她一直都知道。”

艾丽斯轻轻吸了一口气，又将它叹出去，“说实话，我不知道哪一件事更令人羞耻。让你的妹妹认为我是一个被欺骗的傻瓜，还是让她以为我已经和你们达成了协议。”她的目光离开了塞德里克。“至少诏谕没有装作很在意我。回看这些往事，实际上，我觉得他是在以某种怪异的方式向我说实话。我知道他不想要我，他来到我的床上只是因为他必须如此。他要有一个孩子。我以为他有别的女人，我从来都不明白，为什么他不和自己真正喜欢的人结婚。但现在我知道了。他做不到。”

在艾丽斯冰冷的推论中，塞德里克低下了头。

“当我试着去想象你和他在一起，当我想到你拥抱他，亲吻他的嘴，他也将你紧紧抱住……就在我们居住的那栋房子里。在整晚的寻欢作乐之后，你们两个一同下楼来和我吃早餐，你们两个一同谋划……”

塞德里克惊慌地说：“求你不要，艾丽斯。我不想谈论这件事。”

“他对你温柔吗，塞德里克？他有没有说过他爱你，会不会送你小礼物？是不是记得你喜欢什么香气，或者什么样的甜点？”

艾丽斯不会放过他。这是他欠艾丽斯的吗？他必须要承受这些吗？他深吸一口气，承认道：“没有，我对他是这样。但他从来没有这样对过我。”

“那么他是怎样对待你的？”艾丽斯的声音中流露出一点落泪的意味，“他做了什么事情，让你会爱上他？”

塞德里克开始思考这个问题，而这种思考让他感到又一阵伤痛。“他是诏谕。你知道他。要爱上他实在是太容易了。他很英俊，衣着又很华美，在舞池中风度翩翩，浑身上下都散发着魅力。只要他想要这么做，他就能将全部心神放在你的身上，让你成为这个世界上最重要的人。他很强大。我感觉……受到了他的保护。我被他高高举了起来。我无法相信他竟然会想要我，竟然选中了我。他是那样美丽，只要能得到他的注意，我就得到了我能想象的全部礼物。我完全为他所倾倒。他的确给我买过礼物——衣服、烟斗、一匹马。现在我回想过去的事情，发现那些东西并非真的是为我准备的礼物。他给我那些，因为那样我才能变成他需要我变成的样子。只有那样，我才不会因为衣衫粗劣和对马匹毫无品味而让他蒙羞。我就像是……像是一块布，他需要裁剪缝纫，才能把我变成一件合适他的礼服。”

塞德里克一直盯着桌子，盯着自己面前几乎已经空了的碗，还有那只廉价的陶土杯子，那把不曾被用过的勺子。现在他抬起眼睛看着艾丽斯。在昏暗的光线中，艾丽斯的面孔就像是一张白纸做成的面具，上面只切割出两个孔洞，露出她的眼睛。塞德里克觉得她完全一动不动。但实际上并非如此，一切的平静都只是表面上的。在表面以下，艾丽斯的烈火正在奔窜。

“我不会回去。”

塞德里克盯着她，搞不清楚自己所说的话和艾丽斯的回答之间有什么联系。

“我绝对不会回缤城。”艾丽斯更加清晰地做出回答，“我绝不会回到那个人们认识我、知道我是怎样被欺骗、知道我有多么羞耻的地方。这都是因为诏谕对我做的一切，因为他以这样的方式利用了我。但我不会再让他这样对我予取予求，我不会让他对我剪裁缝纫，然后变成他合身的衣服。”

“艾丽斯……”

“他违背了向我立下的誓言。他让我们的契约成为一纸空文。塞德里克，我已经不再受到他的束缚了，我也没有理由再回到他身边。我要留在这里，留在柏油人号上。我要和莱福特林在一起，我知道他会接受我。我不在乎他是不是想和我结婚，我要和他在一起。”

“你不能。你不应该。”现在不是告诉她那件事的时候。塞德里克不想让这两件事在艾丽斯的脑子里混为一谈。但他不能让艾丽斯就这样一无所知地离开餐桌，走出这个房间。他不能让艾丽斯做出无可挽回的事情，不能再让另一个男人欺骗艾丽斯。

“艾丽斯，你不应该信任他。”塞德里克的话语拦住了艾丽斯。此时艾丽斯的手正按在门板上。

“我知道你在想什么，塞德里克。”艾丽斯甚至没有转回头来看他，“我知道你认为他没有受过教育，社会地位比我低，粗俗不知礼仪。你又知道什么？ 他就是这样的人。但他爱我，我也爱他。我已经发现，这一点比你认为至关重要的那些事情，都更重要。”她推开了舱门。

“艾丽斯，他在欺骗你。”

片刻间，艾丽斯站在舱门口，一动不动。然后，她又轻轻将门关上。塞德里克看不见艾丽斯的脸，但他能想象艾丽斯的眼睛里闪烁着怎样忐忑不安的眼神。一个男人已经让她变成了傻瓜。一个她所信任的朋友也欺骗了她许多年。她还能够信任自己的判断吗？ 这样的事情会不会再次发生？

“我不愿意告诉你这件事。”

“你其实很想对我说，”艾丽斯严厉地说道，“你就说吧。他怎么欺骗了我？ 他有什么秘密？ 一个我不知道的妻子？ 巨大的债务？ 他是个杀人犯？ 一个骗子？ 一个贼？ 还是什么？”

赛德雷克咬紧了牙。他不知道自己该如何向艾丽斯说明这件事，又不必暴露自己和杰斯之死的关联。他想要保守这个秘密。龙和卡森知道这件事已经够糟糕的了。他很惊讶地意识到，自己不单想要隐瞒他所做的一切，也同样想要为他的龙进行隐瞒。他不希望其他守护者知道芮普妲杀死并吃掉了一个人。只要和艾丽斯说莱福特林的事情就好了，没有必要说出他是怎样知道的。“你一定知道，恰斯大公生了病。他已经发出公告，任何能够将治愈病痛的巨龙器官带给他的人，都能够得到丰厚的奖赏。所以，现在只要能够将龙的器官送到市场上去，就能卖一个很高的价格。”

“这个我当然知道。我怎么可能研究龙这么多年，却不知晓龙鳞、龙血、龙肝和龙牙一直被认为有药用价值？ 我也相信这种传统认知有一部分是正确的。那又如何？”

该说的就说吧。“莱福特林和一些打算逢迎恰斯大公的人有勾结。他打算收集一些龙的标本出售给恰斯人，或者他可能已经这样做了。”

“他不会的。”艾丽斯刚一开口，又停顿了一下。她在自问这件事有没有可能，“他没有时间，没有机会！”她开始反驳塞德里克，“他需要驾驶这艘船，这耗去他的全部时间。”

“他也曾经去过龙群那里，帮助你们清除锉刀蛇，给龙的伤口涂上柏油。

艾丽斯，他能够这样做。这里拿一两片鳞，那里取一些血。他还在等待机会，看是否能从将死或者死掉的龙身上偷取更多东西。这会是他在这场远征中的巨大收益。如果一头龙死了或者受了伤，他就能收集那头龙的器官，然后他就会抛弃守护者和龙，立刻调头前往恰斯国，以取得一大笔财富。”

“这太疯狂了！ 我不会，也不能相信这种事。”

“这是真的。”

“你怎么知道的？”

“我不能说。”

“喔。”艾丽斯将对整个世界的厌恶都丢弃在这一个字里。“坊间传闻，流言蜚语。好吧，塞德里克，我会结束这一切。我只需要问问他就好了。”

“你不应该这样做，艾丽斯。我非常相信你不了解他，不知道他都能做出什么事。杰斯，猎人杰斯，是他告诉我的。好了，现在你知道了。杰斯告诉我，他会和莱福特林合作取得巨龙器官。他告诉我，他们有计划，只要拿到他们所需要的东西，就会在雨野原河口与恰斯人的船会合。但他们发生了内讧，结果引发了一场斗殴。”

“为什么杰斯会和你说这些事？ 竟然会这样信任你？”塞德里克听出艾丽斯的脑海里正在冒出各种怀疑。也许能够用一些细节说服她。

“不管你是否相信，他认为我能够帮助他接近那些龙。因为我曾与你一起和那些龙打过交道。他知道你将那片红色的龙鳞交给我，要我将那片鳞画在纸上。我生病的时候，他将那片鳞从我的房间里偷走了。他说只是那一片鳞就已经能换取一笔小财富了。他认为，如果我们能够从龙身上得到一片鳞，也许我们就能得到更多东西，足够让我们全都变成富人。”

艾丽斯在一片幽暗中盯着塞德里克。塞德里克能够听见她呼吸的声音。“莱福特林不会参与这种卑劣的勾当。”

“他有。我恐怕他有。我恐怕如果你和他明说这件事，他会向你施加暴力，或者想办法把我们两个都除掉。艾丽斯，我和你说的都是实话。你必须问问你自己，你是否真的了解他？ 对于他，你还有什么是不知道的？”

“我认为我了解他。我对他的了解，要比你所想的更多。”

艾丽斯将这一番话甩到塞德里克的脸上。塞德里克立刻明白了。他所承受的巨大打击让他自己也吃了一惊。艾丽斯和这个男人上床了。这位河上男人是如此满身酒气且愚昧无知，但她竟然和他上床了。艾丽斯，他从小就认识的那个甜美的小女孩，那位受人尊敬的缤城女士，上了这样一个男人的床。片刻间，强烈的沮丧和惶恐让塞德里克无言以对。然后他知道，自己必须采取行动。他要采用他最终的武器来对抗这种盲目的迷恋。

“艾丽斯，你以为你了解他。但你也曾经以为了解我，还有诏谕。我们都欺骗了你很多年，你却从没有怀疑过。对此我感到很抱歉，真的很抱歉。也正是因为这样，我才会竭尽全力阻止你再一次成为这种骗局的俘虏。莱福特林配不上你，艾丽斯。你一定要离他远一些。”

在这间厨房微弱的光线里，塞德里克能看见艾丽斯肩膀的一起一落。她正在努力压抑自己的抽噎。她屏住了呼吸，但因为过于紧绷的喉咙，她的声音还是变得非常尖细，“我有没有说过我不恨你，塞德里克？ 我认为我错了。”

“那么，就恨我吧。”塞德里克回答道，“这也许是我应得的。我会接受它作为我必须付出的代价，我骗了你这么多年，这是我欠你的。但不要把自己浪费在那个笨伯的身上，艾丽斯。你应该得到更好的生活。”

艾丽斯没有回答，只是走出房间，重重关上了门。

塞德里克久久地坐在房间里，一个人沉陷在黑暗中。他下意识地拿起杯子，喝光了最后一口冰冷苦涩的咖啡。当他站起身准备离开的时候，又看了一眼桌上的杯碗。他应该整理好这些物品，不要再做人们口中的那个缤城懒鬼。也许等到明天吧。今晚就算了。和艾丽斯的争论已经让他身心俱疲。颓败的精神重重地压在他的身上，由此而生的疲惫感，是睡眠和休息无法缓解的。他只希望自己能够让一切都停下来，哪怕只是暂时的停顿也好。他叹了口气，搔搔面颊。明天，船上就能有更多盥洗用水。他就能用热水刮一下胡子。他以前从没有留过胡子，更不曾意识到胡须会让他这么痒。他又搔了一下，这一次更加用力。

毛发随着他的指甲脱落下来。他甩甩手，掉落的毛发在窗口射进来的月光中闪烁了一下。这是什么？ 他以前从没有掉过毛发！ 他又搔了搔头顶，把手放到眼前，发现几根长发就挂在他的指甲上。

这全都是因为过于担忧，心情太过压抑——他这样告诉自己，一定是酸性河水的作用。就是这样。他沿着自己的下巴更加缓慢地搔了两下。他的指甲刮到了什么东西，将那东西掀了起来。不。他小心地移动自己的手指，找到下一片鳞的边缘。他揪住那片鳞，把它拉起来，直到皮肤感到疼痛。不是一片污泥，不是干皮，是生长在他脸上的鳞。他的下巴上出现了一排鳞片。他一下子感觉到头晕又恶心。

他的手指抚过后颈，感觉到鳞片沿着脊骨生长出来，形成一条细线。现在它们还很细小扁平，就像是一条鳟鱼的鳞。他的头皮上也生长出了细鳞，让他的头发脱落。显然它们会将头发取代掉。他又用手指摸了摸自己皲裂的嘴唇。这里还没有什么异样。他的呼吸变快了。很快他的嘴唇也要保不住了。他下巴上，额头上和颈后的鳞片会逐渐变厚，生出棱线和凸角，会像马蹄一样硬。

你不高兴吗?

塞德里克用力关闭了自己的意识，芮普妲的困惑漂浮在他的脑海边缘，而他选择完全不予以理会。他的心跳在震动着他的耳鼓。这会是真的吗？ 这真是一个可怕的梦。他鼓足勇气，轻轻用双手搔搔头，又突然狂暴地搔了起来。当他放下双手，看到手指上全是一簇簇头发。他甩掉那些头发，匆忙离开了厨房，将门重重地摔在门框上。

他向自己的房间跑去，却又在半路上突然止住脚步。他打算去干什么？钻进他那个美其名曰“居所”的板条箱里？ 蜷缩在窄床的一堆破布里悄悄哭泣？ 难道最近这样的事情他做得还少吗？ 难道他还不明白，这样做根本于事无补？

此刻，船头正指向溪流的三角洲沙滩。从这里，塞德里克能看到营火和龙，还有正聚在一起吃饭聊天的守护者们。他转身向船尾走去。在这里，他能看到闪动着粼粼波光的河水快速地从船边流过。头顶上方，闪烁群星中的月亮已经接近饱满。塞德里克眼前看不到任何人类活动的迹象。守护者们充满生活气息的声音从身后传来，不断进入他的耳朵。今晚他们很快活，有大量的清水和烤鱼。在他们简单的世界里，一切都很好。但对他则不然。

“我已经一无所有了。”塞德里克对着黑夜说道。他点数了一下自己的损失。没有了诏谕，没有了缤城的家，没有了财富，他和艾丽斯的友谊也瓦解冰消，他甚至连脸都没有了。如果他回到缤城，人们一定会厌恶地对他唯恐避之不及，因为诏谕抛弃了他，更因为他的美丽已经荡然无存。在他的小圈子里，和与诏谕反目的人交朋友是非常危险的。没有了体面的身份，没有了生活的前途。那么他还有些什么？

没有了。他面前只有空无一物的人生。

在呼吸三次之后，他考虑了一下艾丽斯的方案。留在雨野原，永远不要回家。但有人愿意接纳并照顾艾丽斯。这里却没有人愿意接纳塞德里克，只除了一头龙以外。一头对他一心一意的龙。但这种情形又能持续多久？ 如果芮普妲发现了他最初来到雨野原的动机呢？ 这件事他不敢想得太多，唯恐芮普妲会发现他的想法。他不明白，芮普妲怎么会记不住他在深夜里溜到她身边，拔下她的鳞片，用瓶子装满她的血。她真的不记得了？ 如果她知道了这件事，还能继续这样喜欢他吗？

总有一天，芮普妲会知道。

塞德里克开始思考这意味着什么。当芮普妲的思想碰触到他的时候，他在人生中第一次真正感觉到了另一个生物对他的爱。每一天，芮普妲的意识都在发展。她的想法变得越来越清晰和强壮。当她明白了塞德里克去找她的目的，她会怎样看待塞德里克？ 不再是一位朋友，而是一名屠夫？

她会不会将这种感觉也分享给塞德里克？ 就像分享对他的爱？ 体验她对自己的憎恨和厌恶，又会是怎样的感觉？

一阵战栗涌过塞德里克全身。塞德里克突然意识到，他还没有失去一切。他还拥有一头单纯生物的爱和关怀。但他找不到办法能够让自己不必失去这一切，更无法想象自己该如何承受这样的后果。他的心中生出一种充满恶寒的笃定感，该如何解决所有这些问题，他看到了唯一的通道。

不要想他打算做什么，不要让龙发觉他的想法，要阻止他。但塞德里克对自己的警告，已经引来了龙的注意。塞德里克想要和她道别，告诉她：这不是她的错。这当然不是她的错。芮普妲为他竭尽了全力，一次又一次地拯救了他。想到这样会伤害那头龙，塞德里克惊讶地感觉到自己的心被深深的歉意刺痛了。他一时冲动地想要脱下靴子和外衣。这个想法有多么傻？这又会有什么区别？

塞德里克？塞德里克？

现在不行，亲爱的。

你的身上有鳞片了？有什么东西要猎杀你？有什么东西要来伤害你？

不。没有，我很好。一切都很正常。

不，你很害怕。哀伤。发生了很糟糕的事。

塞德里克尽可能轻柔地将芮普妲从自己的意识里推开。现在不能浪费时间。他能够感觉到红铜龙在他的墙壁外面焦急地喊嚷，并已心生警惕。该结束这一切了，不要等到芮普妲搞清楚他想要做什么。塞德里克仔细审视了一番环绕船尾的水面，选了一个能够看到河水流动的地方。他爬上船尾栏杆，又仔细看了看下方发亮的黑色水面。这里的水够深吗？流速够快吗？应该用不了多少时间。他从来都不是很会游泳。跳下去，只要跳下去，不再挣扎，一切就都结束了。他有意呼出一口气，弯下身，向下一跳。

他重重地落了下去，肋侧被狠狠撞了一下。随后他的头也撞上了什么东西，让他眼前全是金星。他以为自己已经把气吐干净了，但重压在他身上的东西又从他的肺里挤出了一口气。没有水。这不合理……“不能……呼吸了……”他吃力地说道。

那个重量滚开了。塞德里克终于吸进一口气。在随后的短暂时间里，他只感到头晕眼花，无从分辨自己在哪里，刚刚发生了什么事。他凝聚起目光，才发现自己正面对面地躺在猎人卡森的身边，他们是在柏油人号的甲板上。

“我早就知道你会做出蠢事。”卡森喘着气在他耳边说，“你离开厨房的时候，我就已经从你的眼神里看出来了。我告诉了你的龙，想要知道她是不是在为你担忧。她果然非常担心。”卡森吸了一口气，“我不得不从营火旁一路跑过来。你很幸运，我及时赶到了。”

塞德里克的身体需要空气。现在他能做的只有不停地喘息。真滑稽，他是那么想要死，但是当他的身体想要空气的时候，却丝毫不在意他的心境。在得到足够的空气之前，他的一切思考都停止了。在狠狠地吸了三口气之后，他苦涩地问道：“幸运？”

“正是。我也很幸运。我及时抓住了你，不必为了救你而把全身打湿了。”卡森露出了很淡的微笑。他的深褐色眼睛凝视着塞德里克的脸，“为什么你要淹死自己？”

“我的人生完了。我还是死了比较好。”

“怎么会这样？”

“你应该放我走。我想要死。我已经失去了一切。”

“一切？”

“一切。诏谕和我的关系完了。现在我完全看清了这件事。所以他才会派我来跟着艾丽斯。我把一切都向她承认了。她现在非常恨我。或者她是非常生我的气，具体是哪种情绪，她也还不明白。我一直都没能保护她。作为她的朋友，我背叛了她，而现在她又犯下了一个可怕的错误。她已经不相信我了，所以我对她的警告根本没有用处。如果我回到缤城，我也只会是一个没有工作的穷光蛋。诏谕会让我们圈子里的每一个人都鄙视我。所以我回不去了。”塞德里克的话语越来越不连贯。他觉得自己非常孩子气，竟然这样语无伦次地向卡森倾诉自己的苦难。直到他差一点说出关于龙的事情时，他才及时咬住了舌头。他毕竟还有一点机会将这个秘密带进坟墓里。他面前的大汉只是带着似笑非笑的表情，用那双深褐色的眼睛看着他，这当然不会让他的心情有丝毫改善。他试着想要坐起来，想要离开卡森，但卡森抱住他的手臂突然变得沉重起来，将他压倒下去。

“别着急，让呼吸平静下来。还有事情在困扰你，是什么事？”猎人深沉的目光穿透了他，要求他的响应。

这个简单的问题，仿佛具有塞德里克无法抵抗的魅力。他听见自己结结巴巴地说出了心中最后的秘密，“那头龙在我的脑子里。我们连结在一起了。我无法摆脱她。她……她爱我。但这只能让我的感觉更糟，因为我不配得到这份爱。她是一个好心的小生物……”

“小？”卡森难以置信地问道。

“那么，可以说是很年轻。作为一头龙，她是那样年轻、天真。她一直都在惦记着我，尤其是当我想到她的时候。”泪水从塞德里克的眼睛里滑落出来。他为自己的眼泪感到羞耻。他哭泣的时候，诏谕总是会嘲笑他。他从卡森面前转开脸，抬起头看着天空。他已经能感觉到那头龙了。芮普妲向他送来温暖。她正在努力用自己的温暖将他包裹住，希望他能安心，但他只是将自己紧紧裹在用强烈的悲苦做成的茧壳中，把芮普妲挡在外面。他感觉到一只手摸到了自己的下巴，不由得打了个哆嗦。

“放松，”卡森说道，“没有人会伤害你。”猎人轻轻将他的脸转回来。“我不认为有人爱你会是这样可怕的事情，即使她是一头龙。那么，到底是什么事将你逼到了这步境地？什么是你真正无法逾越的、可怕的灾难？”

塞德里克咽了一口唾沫。卡森的手没有离开他的脸。他的食指小心地抹去了塞德里克脸颊上的一颗泪珠。上一次有人带着这样单纯的善意触摸他，是什么时候？

“我的身上生出了鳞片。”这句话从他绷紧的喉咙里冒出来，显得格外高亢。他无法避免自己声音中的恐慌，“沿着我的下巴，还有我的脖子后面。”

“成年人的身上并不常出现这种情况。让我看看。”卡森用臂肘支撑身子，仔细观察塞德里克的下颌，并用手指抚过那里，“嗯，你是对的。这里的确有一些小鳞片。”他露出一丝淡淡的微笑，“你的胡须软得就像小狗的毛。我再看一下你的头后。”他伸手触摸塞德里克的头颅后面，让他的手指抚过他颈后的一道纹路，“你的确是有了，”他轻声说，“鳞片。”

他深吸一口气，继续轻声说道：“越来越好了。”他的声音中流露出喜悦，不知为什么，塞德里克却感到很受伤。为什么卡森会因为他的厄运而高兴？ 就在这时，猎人的一只手还环绕着塞德里克的脖颈，同时缓缓向塞德里克俯下身，亲吻了他。塞德里克惊愕得完全无法动弹。卡森的嘴唇很轻柔，但绝不退缩。结束了这个吻之后，塞德里克发现卡森将他抱在了怀中，用力量支撑起他的身体，却没有半点残忍。就这样被拥抱着，塞德里克的心中有某种东西破碎了。他将脸埋在卡森的粗布衬衫上，哭泣起来。哭声从他的喉头发出，彻底打垮了他。为了所有那些他以为自己拥有、却从不曾得到过的东西，为了他任由诏谕对自己所做的一切，为了自己对艾丽斯的欺骗，为了对芮普妲的伤害而痛哭不止，他哭了。他会流泪，是因为他突然觉得自己安全了。猎人什么都没有说。他只是将猎人拉得更近。当最后一滴泪水终于离开塞德里克的时候，他感觉到龙的关爱正在环绕着他。

我知道你取了我的血。即使是这样，你也没有想过要杀我。你喝下我的血，让我和你的意识有了连结，也清理了我的思维。这样很好，塞德里克。我不会把这件事说出去。没有人需要知道这件事。

这种简单的接纳和原谅，如同洪水一般，正冲刷涤荡着塞德里克，让他倾覆，将他淹没，这又是任何浪涛无法做到的。他无法抵抗，却又发现自己根本不愿抵抗。无意识的暖流再次涌过他的全身，带走了他的一切忧愁和思虑，冲走了绝望，只留下安慰。

他感觉到自己全身放松下来。

卡森用两根手指撑住他的下巴，抬起他的脸，再一次亲吻他。

一段时间之后，猎人将嘴唇移开，用沙哑的声音说道："如果你改变了想法，不打算再杀死自己，我已经想到今晚你还有一些别的事情可以做。"

塞德里克竭力寻找自己的思绪，想要重新拾起那些让他充满绝望的事情。卡森一定已经从他的表情中看出了这一点。

"不要，"猎人轻声说道，"不要这样。现在不要。也不要质疑，不要犹豫。"他离开紧贴自己的塞德里克，站起身，然后又俯身向塞德里克伸出一只手。塞德里克握住那只手，感觉到猎人满是老茧的粗硬手心，然后任由卡森将自己拉起来。

“我带你回房间吧。”卡森低声说。

“好的。”

赛玛拉从营火旁走开，进入到黑夜之中。夜色很柔和，这应该是一个美好的夜晚。她的肚子里装满了鱼肉和溪水中的绿色青苔。今天下午，她终于能够好好洗一下身子和头发，而且想喝多少水就喝多少水。她将辛泰拉擦洗得干干净净，在夏日晴空之下，那头傲慢的巨龙女王全身闪耀起夺目的蓝色光彩。她从没有用语言赞美过辛泰拉。而辛泰拉却对她说道：“你心中所想的，一点也没有错。这里没有任何龙能够和我相比。”这反而让赛玛拉的心中感到一阵气恼。

辛泰拉从没有因为赛玛拉努力为她清洁身体而感谢过她，赛玛拉早已因此而怒火中烧，但她一直保持着沉默。洗干净辛泰拉的身体之后，她就离开那头蓝龙。在下午剩余的时间里，她帮助刺青、哈里金和希尔薇洗净了那些没有守护者的龙。这对他们无疑是一场挑战。

巴力佩尔一直孤僻地待在一旁，很不配合守护者们的擦洗。他还在哀悼逝去的沃肯。喷毒则完全是另一个极端。现在他变得冒失莽撞，很有攻击性。这头小银龙享受着几名守护者共同的关注，不想让任何人离开他。当刚刚洗过澡，头发还湿漉漉的艾丽斯过来帮助他们时，喷毒的注意力完全被她吸引了，赛玛拉才总算是松了一口气。可怜的芮普妲顺从地让他们清洁身体，但她的眼睛一直盯着柏油人号。她显然是在思念塞德里克。看着芮普妲的样子，赛玛拉感到非常气愤。“什么样的人，在被龙救了以后，又对这个可怜的生物完全视而不见？”她问艾丽斯。让她吃惊的是，艾丽斯竟然会为塞德里克辩护，她说道：“我并不惊讶。他现在还有他自己的问题得应对。最好不要现在去打扰他。”

红铜龙的反应则要比艾丽斯更直接，“我的守护者！”她向赛玛拉嘶声说道。尽管她喷出的口气中没有毒液，赛玛拉还是立刻停止了对塞德里克的抱怨。

暮色低垂的时候，他们聚集在营火周围，享受着火焰的热量，一同吃着晚餐。其他人都在从各种损失中恢复过来，赛玛拉她为他们感到高兴。所有人都很想念杰斯讲述的那些故事。当戴夫威拿出笛子开始吹奏时，那乐声也变得单薄孤寂了。就在这时，让所有人惊讶的是，贝霖从柏油人号上下来，还带来了她的笛子。她一句话都没有说，直接坐到戴夫威身边，和着男孩的旋律吹了起来，用一种和谐的伴音，衬托出戴夫威优美的笛声。丰沛动听的乐曲立刻充满了营火周围的夜晚。沉默寡言的斯沃格面色比他的妻子更加红润，显然是在为他妻子的才艺而感到骄傲。这一段笛声的合奏，真是美妙极了。

但就在这时，赛玛拉悄悄离开了营火。她转向拉普斯卡，想要与他分享自己的惊讶和愉悦时，拉普斯卡却已经不在了。

她觉得自己残忍又罪恶。她竟然忘记了拉普斯卡，尽管只是在很短的一段时间里。拉普斯卡死了，永远离开了他们。她觉得自己背叛了他们的友谊。突然间，美好的音乐只能狠狠地刺痛她，让她不得不离开那些坐在营火旁嬉闹欢庆的人们。她迈着迟钝的脚步走进黑暗里，直到溪流挡住她的步伐。于是她坐在一根倒下的树干上，倾听溪水的呢喃。在她身后，营火的光芒和温暖，还有那动人的音乐，仿佛都来自另一个世界。赛玛拉不知道自己是否还属于那个世界。

寂静的森林在她的耳朵里一点也不平静。水在流动，昆虫在树皮和青苔中鸣叫。在她的头顶上方，某种有爪子的小东西正在树枝间散步，也许是一只小树猫，正在寻找因为夜晚的寒冷而停止了动作的蜥蜴。赛玛拉专注地倾听着所有这些声音，最终听到一下扑击的声音和一点尖叫声，然后是那头小捕食兽发出了短促而满足的呜呜声。紧接着，它又销声匿迹了。也许是它要用自己的技巧悄悄回到一个安全的地方，享受刚刚到手的猎物。

“如果我留在这里又会怎样？”赛玛拉向着平静的夜晚问道，“这里有洁净的水，有我见到过的最坚固的陆地。这条溪流底下是沙子，而不是淤泥。这应该是一个很适合狩猎的地方，我又有什么东西是这里无法给我的？”

“陪伴？”刺青在黑暗中说道。赛玛拉转过身，看见他就像是橙色火光中的一片剪影，“或者你的人已经够了？ 介意我加入吗？”

赛玛拉没有回答，只是在原木上挪了挪身子。她不知道该怎样回答。

“现在他已经让所有人都跳起舞来了。”刺青对着黑暗说道。

赛玛拉无声地点点头。刺青走过来，握住她的手。她没有反对。刺青就这样坐在黑暗中，让自己的拇指抚过她的手掌，数着她的手指。他的指甲轻轻划过赛玛拉的爪子，“还记得你以为这些是坏东西的时候吗？”他平静地问道。

赛玛拉忽然觉得有些难为情，她抽回手，放在自己的膝盖上。“我可不知道自己有没有真的这样想过。它们一直都对我很有用。我只知道：有一些人因为它们而轻视我，而我曾经不得不和他们生活在一起。”

“是的，其实，在这次远征中，我不止一次希望能有你这样的爪子。”刺青的语气很认真，他重新捉住赛玛拉的手，用自己的一双手掌捂热它。这种感觉很好，赛玛拉甚至没有察觉到自己的手一直感到酸痛。刺青温柔地揉搓着她的手，让那种酸痛的感觉和缓下来。赛玛拉的身体也不再感到那样紧张了。刺青稍稍向她靠近了一点，对她说：“把你的另一只手给我。”赛玛拉没有多想就听从了他。刺青用自己的双手握着她的双手，轻轻为她按摩。

一段时间里，他们都沉默不语。营火旁的各种声音飘进他们耳中。一头龙发出警惕的鼻音，仿佛是有什么特别的发现，但那不是辛泰拉，所以赛玛拉也没有理会那声音。当刺青伸出手臂搂住她，将她拉进怀里的时候，赛玛拉只是任由他这样做。刺青将面颊贴在她的头发上。当他低下头来亲吻自己的时候，赛玛拉一点也不惊讶。让他这样做很容易，让扩散的暖流赶走脑海中的全部思虑，也很容易。

刺青的手第二次抚过她的胸脯时，她知道了这并非偶然。她想要这样吗？是的。这样做也许会导致一些事情，一些她还没有准备好容许刺青去做的事，但她拒绝思考。如果有这样的事情发生，她总是可以拒绝的。现在她还不必拒绝什么。

刺青亲吻了她的脖颈、她的喉头。她仰起身，纵容刺青这样做。刺青的嘴唇向下滑去。突然间一个声音说道："看样子，一个决定已经做出来了。"

两个人立刻分开。刺青跳起身转向格瑞夫特，两只手已经攥成拳头。"你这个偷窥的小人！"他嘶声叫道。

格瑞夫特笑了。"你一直都需要公平竞争。问问赛玛拉好了。"他转过身，完全不理会刺青的挑战，"我会替你去告诉其他人，我认为他们有权知道。"然后他就走开了。

"什么都没有决定，没有！"赛玛拉冲朝着格瑞夫特的后背喊道。

格瑞夫特发出嘲讽的笑声，继续向营火走去。他走路的时候不停地摸着一侧的屁股。赛玛拉心中自私地希望格瑞夫特的雨野原变化，能够让他感到非常疼痛。

"这个杂种。"刺青气恼地说道。然后他转向赛玛拉，一歪头，向她问道："没有？"

"这……这还不是一个决定。"赛玛拉说，"我们只是在接吻。"

在黑暗中，他们没有任何碰触。刺青仿佛距离她非常遥远。"只是接吻？"他问赛玛拉，"或者只是调情？"他将双臂抱在胸前。赛玛拉在黑夜里几乎无法看见他。

"我没有调情。"赛玛拉为自己辩护。然后她又用更低的声音说："我没有想过我们要做什么。"

片刻之间，刺青只是保持着沉默。赛玛拉的身体仍然渴望着他的碰触。她觉得自己可以靠近他，让他继续刚才被中断的事情。也许刺青也有着同样的想法。但他突然说："赛玛拉，是或者不是？"

赛玛拉对此不必多想。她强迫自己在能够改变主意之前快速说道："不，刺青，现在仍然不是。"

刺青转过身，向营火走去，只留赛玛拉一个人在黑暗中。

金月第三日

商人联盟独立第六年

来自黛托茨，崔豪格信鸽管理人

致艾瑞克，缤城信鸽管理人

被封锢在小管中的，是发给全体雨野原贸易商和缤城贸易商的正式邀请函，他们受邀前往崔豪格的雨野原贸易商大堂，参加即将到来的收获节舞会。这份邀请函要广为张贴，并复制多份，一定要送到函中贸易商名录所标明的每一位贸易商手中。

艾瑞克：

依照你的要求，在今天的黎明，我放飞了四只信鸽。它们离巢的时刻完全一样，并且皆带着确认雷亚奥已经安全到家的信。其中两只是雷亚奥两天以前带来的快速鸽，两只是标准信鸽。我延迟了两天才让它们出发，是为了让快速鸽有时间从旅途劳顿中恢复过来，并在飞行鸽笼中充分活动它们的翅膀。这四只鸽子在被放飞的一刻，都立刻腾空而去。不得不承认，当我看着它们远去的时候，心中也生出了一丝嫉妒。真希望我也能如此轻松自在地开始前往缤城之旅。请将实验的结果告诉我。我很想知道它们会用多少天完成这次旅行。还有快速鸽是否比我们的标准信鸽速度更快。我已经将王鸽放入了孵育笼中，每次只允许一对鸽子中的一只出笼飞行。至今为止，它们似乎都很适应这里的生活，并且全都选定了筑巢箱。关于这一项目的进展情况，我也会不断地告知你。如果它在小范围内获得了成功，我就能确保普通家庭也能够有财力购买这种肉食。很高兴听到你的父亲恢复健康。你并不是唯一被家族要求寻找伴侣，过上固定生活的人。无论是谁听到我的妈妈唠叨着说我需要赶快找一个丈夫的时候，肯定都会认为她早已经为我准备好了筑巢箱！

黛托茨

第十四章　分歧

两天连绵不断的降雨之后，天气突然发生了变化。明亮的蓝色天空虚伪地承诺着夏天又回来了。水雾和乌云都消失了，让人们能够清楚地看到河岸发生的变化。河道也在逐渐改变着。距离他们较远的那一边河岸，正重新向他们靠近过来。也许——莱福特林心中想道——他们终于走过了群龙所说的那一片宽阔湖泊。但这只是一种可能。他对斯沃格说：“这里已经和他们记忆中完全不一样了。他们向我们描述的一切都有可能毫无用处，甚至会误导我们。如果我们只听信他们的话，而不依从我们的行船直觉，那我们就有可能犯错，会一头撞进各种麻烦里。”

斯沃格严肃地点点头，但什么话都没有说。他一直都是这样。莱福特林从不曾以为自己能够真正和他进行一场交谈，尽管他每一次都希望这位老舵手能够不只是向他点一下头。最近，莱福特林感觉到自己常常被一个人留在自己的思绪里。艾丽斯连续几天都很安静，几乎是在回避他。喔，她还会对他微笑，有那么一两次，她还会握住他的手，所以他觉得艾丽斯并没有因为他们的那一次激情而感到后悔，但艾丽斯也没有表现出再与他一同点燃激情火焰的欲望。有一天晚上，他看到艾丽斯的房间里没有亮光，便轻轻敲了敲房门，但艾丽斯没有回答。在焦急地闲逛了一阵之后，他不由得开始咒骂自己就像是一个愚蠢的男孩。如果艾丽斯想要，自然会对他有所表露。这一点她已经表现得很清楚了。当她不想要的时候，他不必在她的门口晃荡。

有一次，莱福特林发现艾丽斯在沉默中孤独地凝视着船头。他大起胆子问艾丽斯是否有什么与他相关的麻烦事。艾丽斯用力摇摇头，甚至让泪水滚落在面颊上。“求你，”她说道，“请不要问我这个。现在不行。莱福特林，我只能自己想清楚这件事。如果我觉得能够告诉你了，我会告诉你。但此刻我只能独自面对。”

随后，她仍然是那种样子。

莱福特林怀疑这和塞德里克有关。那个人仍然常常只是待在自己的房间里。离开房间的时候，他总是会站在船头，看着他的龙吃力而迟缓地在水中行走。最近塞德里克每晚都会到岸上探看红铜龙。每一天，他都努力为那头龙擦洗干净身体。他似乎也正在思考着某个难题。莱福特林觉得他很像是大病初愈之后正在恢复体力的人，似乎已经不是很在意自己的靴子会不会沾上污泥，或者会在意头发有没有被梳理整齐了。莱福特林曾经惊讶地看到贝霖和塞德里克一同坐在厨房里，在餐桌旁啜饮咖啡。更让他吃惊的，戴夫威还会教塞德里克如何将鱼钩固定在绳子上，然后在夜里钓河底的鱼。有一次，莱福特林还看见卡森和塞德里克一同靠在船栏杆上。他不知道他们之间新出现的这种关系，是否是艾丽斯不高兴的原因。卡森最近也很古怪，总是保持着那种猎人紧盯猎物时纹丝不动的姿态。他的心中也有事情，但他同样没有向莱福特林吐露分毫。如果这个“事情”是他和塞德里克的关系，那么柏油人号的船长决定对此保持礼貌的无视。他还有很多事情要担心，现在他的脑子已经没有空闲在意其他人的问题了。

这场远征发生了变化，到现在为止还没有人因为这些变化而感到高兴。他们没有足够的小船和船桨让守护者们能够追随他们的龙，因此每天都有一些守护者不得不留在船上。当他们游手好闲地在船上待了一天之后，莱福特林就认识到这其中的危险，为他们所有人都找了工作。只要有时间，他就会监督他们为剩余的小船制造新的船桨，以及干其他各种杂活。柏油人不是一艘大船。有时候很难找到足够的工作让他们全都忙碌起来。但不管怎样，莱福特林和轩尼诗还是尽量让这些年轻人有事可做。以他的经验，一艘船上无事可做的手，只会制造麻烦。

实际上，他已经看到了麻烦出现的迹象。贝霖来找过他。这名水手显得不安又惭愧。她告诉莱福特林，她和丝凯莉谈过关于埃鲁姆的事。“他们都没有恶意，但他们的确彼此相互吸引。他们都很年轻，又每天都能相见。我已经提醒过她了。你最好和那个男孩谈谈，不要等到他们有太多希望或者伤害已经造成的时候。”

莱福特林痛恨这个任务。但这件事只能由他来做。他是船长，也是丝凯莉的叔叔。丝凯莉最近几天里一直在躲着他。埃鲁姆显得有些骄傲，但也非常尊重他，从那时起，他就会在每天早晨坐着格瑞夫特的小船离开柏油人号。格瑞夫特很感谢埃鲁姆的帮忙，但这名年纪稍长的守护者不是莱福特林愿意为埃鲁姆选择的伙伴。他已经越来越清楚，格瑞夫特不尊重他的权威，并且愿意煽动一场哗变。不过现在只能这样。格瑞夫特重新占有了卡森和塞德里克带回来的小船。守护者们让格瑞夫特占有小船，莱福特林觉得是一件很短视的行为。他们刚刚出发的时候，全部小船都是他们共有的。但莱福特林不会介入守护者的事务，他自己的事情已经够他忙了。格瑞夫特代替杰斯成为猎人，大家似乎都很愿意让他去干那个活。

柏油人已经让莱福特林提前知道：即将有一条大支流出现。河上的一切变化，都逃不过这艘船的知觉。今天很早的时候，柏油人就感觉到了它。那时柏油人尝到河水的改变，立刻就告诉了莱福特林。柏油人总是喜欢选择更浅的河道。随着河水开始加深，他再一次紧贴在东岸上。在他们到达那条支流的河口前数个小时、莱福特林还完全没有看见它的时候，他就已经从柏油人的知觉里听到和感觉到它。当他们最终到达两条支流的交汇点时，他们清楚地看到是哪一条支流给雨野原河带来了强烈的酸性和之前差一点摧毁他们的洪涛。西侧的支流显得非常宽阔，两岸布满了洪水留下的碎片垃圾。致命的洪峰就是从那里过来，沿途摧毁了无数草木植被，把它们变成各种碎屑断枝，又扔在河岸边。阳光照亮了灰色的河水，而它们流淌的河道又直又宽，看上去很利于行船。

一座生满了郁郁葱葱的高大芦苇和灯芯草的三角洲，将浑浊的西侧支流和更加安静的东侧支流分隔开。东侧的支流显得迂回曲折，水浅了很多，河两岸悬垂着许多藤蔓，又覆满了粗大的草叶和灌木。龙群贴着河岸，毫不犹豫地向宽阔的水道走去。像以往一样，他们活动于离驳船很远的前方。不过平直的河道让莱福特林能够清楚地看见他们。在开阔的水面上，太阳照得那些龙闪闪发光。金色的默尔柯走在最前面，随后便是高大的卡罗。其他龙，绿色、红色、紫色、橙色和蓝色，纷纷尾随在黑龙卡罗身后，形成了一片五彩斑斓的壮丽景色。红铜龙芮普妲和自称为喷毒的小龙走在整支队伍的队尾处。灿烂的阳光下，宽阔的河道仿佛正在邀请柏油人号进入，继续向前行驶应该是很容易的。莱福特林突然有了一种感觉，克尔辛拉似乎已经不再那样遥远了。如果这里有一座古灵城市，那么它一定坐落在阳光灿烂的河道旁。

他期待他们会有一整个下午轻松的旅程，但他脚下突然一晃，柏油人在三角洲前开始转向，踏着河底跑动起来。莱福特林踉跄一步，抓住船栏杆，以免自己会掉下去。一连串惊讶的喊声从船上每一个人的喉咙里迸发出来。“该死，斯沃格！”莱福特林高声喊道。舵手也向他叫喊：“不是我！”斯沃格的声音中流露出一点气恼。

莱福特林俯身在船栏杆上向下望去。两条河交汇的地方几乎总会有一道沙坝——这是三角洲的延伸。如同每一名河上水手，柏油人也知道这一点，而且柏油人从不会跑过这样的沙坝。许多年以来一直都是如此，莱福特林甚至没有机会提醒他不要做这种事。但现在，他们却撞在沙坝上，牢牢地嵌进泥中。而这艘船丝毫没有要让自己解脱出来的意思。这太没有道理了。

莱福特林倚在栏杆上，在喉咙中低声吼道：“柏油人，你要干什么？”

他没有从这艘船得到任何能够理解的响应。他只知道，他的船完全被淤泥吸住了。

“船长？”说话的是轩尼诗。他的脸上全都是困惑。

“我不知道。”莱福特林低声回答了大副没有问出口的问题。他恼恨地叹了一口气，“拿出多余的船篙。守护者们今天也许能为自己挣得一些荣誉了。我们把船从泥巴里撑出来，继续前进。”

“是，船长。”轩尼诗响应一声，立刻喊起了召集号令。莱福特林捏了一下船栏杆，低声向他承诺：“我们要把你从泥里救出来，很快我们就能继续上路了。”但他刚一将手从船栏杆上抬起来，就开始寻思：他的船刚刚给他的回应，到底是赞许还是打趣?

守护者们聚集在前甲板上。在听到轩尼斯的喊声之后，他们都跑了过来。赛玛拉一直在厨房工作，努力擦拭这艘船的锅子底部那些经年累月的油灰。船突然倾侧的时候，她一下子撞到了餐桌上。随后她就急忙跑出厨房，想要看看外面出了什么事。结果她震惊地发现他们被卡住了，这样的事情在以前从没有发生过。他们早就经过了无数条汇入雨野原河的小支流，有一些只是在树林间蜿蜒曲折的小溪，直接流入雨野原河，与主河道相比没有任何存在感，也有一些是足够宽阔的大河，在森林中留下了许多岸边沼泽，河口规模也能够与主河道相匹敌，从而形成分隔两条河的三角洲和延伸沙坝。柏油人从没有在这样的三角洲前卡住过。这一次真是出乎意料。

赛玛拉的左边是一条宽阔笔直的大河。很显然，最近那场洪水就是从这条河上冲过来的。被损坏的树木挂着残枝断叶和满是泥泞的垃圾碎片，遍布在河的两岸。河水的色泽要比在与另一条河交汇被稀释之后更加白浊。差一点杀死他们并且让雨野原河变白的祸源，就在那条河的上游。这条河和河两岸的森林，一直向远方延伸到无法想象的距离之外。在更加遥远的地平线，一道青蓝色的阴影映衬在天空之下。那可能是一片山峰，或者也可能只是赛玛拉的想象。正在向上游前进的龙，已变成了靠近地平线的一片彩色的影子。

在赛玛拉的注视中，一群尾巴上带有黄色条纹的鸟从树林中飞起，越过一段距离，又落回到树上，随后林中就传出一阵狩猎的猫发出的恼怒吼声。赛玛拉微微一笑，这片从不曾被人类碰触过的繁茂森林，已经深深地吸引着她，她相信在这里狩猎和采集都会很容易。她希望他们能留在这里过夜，若能如此，她就能在森林里进行一番探索。但没有了狩猎和捕鱼的工具，她能够为同伴们提供的也只能是水果和蔬菜。她很想借用一下格瑞夫特的装备，但格瑞夫特从没有将他的东西借给过任何人，而赛玛拉也不会向格瑞夫特提出任何请求。

赛玛拉很快就跑到船头，在船头栏杆后面找到一个地方，让她能够清楚地看到这片两河交汇的三角洲。现在她转回头，看到聚集在前甲板上，纷纷伸头观望的伙伴们。轩尼诗和斯沃格正在拿出多余的船篙，将它们分发给身体强壮的守护者。刺青笑着接过一根船篙。赛玛拉突然觉得，刺青肯定早就想要找机会试试撑船的活计。

片刻之间，赛玛拉觉得眼前的伙伴仿佛全都变成了陌生人。他们一开始有十三个人，现在只剩下了十一个。和之前相比，现在的他们全都是衣衫褴褛，满面风霜。男孩们都成长了许多，身上几乎全都凸起了男人的肌肉曲线。如今他们的一举一动，也都和赛玛拉最初见到他们的时候不一样了，变得更像是在水上和陆地上工作的人，而不是树上居民。赛玛拉发现希尔薇也长大了，拥有了女人的曲线。哈里金仍然如影随形地跟着她。尽管年龄很不相称，但他们似乎很满意彼此的陪伴。赛玛拉从不曾鼓起勇气问一下希尔薇，她是否知道他们的关系是格瑞夫特安排的。在过去几天里，赛玛拉开始认为这并不重要。他们似乎很适合彼此。那么这段关系是由谁安排的，又有什么关系？

洁珥德站在一旁，看着忙乱的人群。她的面色显得很苍白。尽管洁珥德经常会拍拍肚子，并表现出与众不同的样子，但她怀孕的身体特征还不是很明显。变化巨大的只有她的脾气。最近，她对所有人都很不高兴。她几乎每天早晨都会犯恶心，不停地抱怨船上的气味、食物和不断晃动的甲板。赛玛拉觉得应该对她保持同情的态度，这也会让赛玛拉自己好过一些。洁珥德总要每个人放下自己的心事，转而去关心她的抱怨——赛玛拉希望她不要那么坚持，如果怀孕的人都是这种样子，赛玛拉可不想要小孩。现在就连格瑞夫特也开始厌倦了洁珥德对他连续不断的尖刻话语。格瑞夫特曾粗暴地回应洁珥德，赛玛拉就听到过两次，每一次洁珥德都显得非常激动，流泪不止。有一次，格瑞夫特几乎是狂野地问洁珥德，是不是她以为只有她一个人在承受身体变化的痛苦。埃鲁姆站了出来。赛玛拉以为他会阻止格瑞夫特。但还没有等埃鲁姆开口，洁珥德已经哭着跑开了。她躲在厨房里一直哭个不停。而格瑞夫特则愤恨地高声说，他宁可去对付鹈鹗，也不愿意伺候“那种女孩”。

船员的变化几乎就像守护者们一样大。赛玛拉已经与丝凯莉和戴夫威熟识起来。显而易见的是，他们也很想和守护者有所交流，毕竟他们和大多数守护者年纪相当。莱福特林船长一直努力维持着船员和守护者之间的界线，不过这道边界已经开始渐渐出现了缺口。现在赛玛拉知道，埃鲁姆已经迷上了丝凯莉，而他们两个之间非同一般的关系，已遭受船长的斥责。戴夫威和莱克特之间有着一种默默的情谊，这一点似乎大家都还没有发现。这让赛玛拉觉得有些不对劲。不过想到这件事的时候，赛玛拉也只会在嘴角边露出一丝坏笑，毕竟莱福特林船长很少会向她寻求关于管理这艘船的意见。

艾丽斯来到了甲板上。她站到了甲板船舱顶上，手中拿着她的写生簿子，似乎是要将这一幕情景描绘下来。赛玛拉看着这位来自缤城的女士，觉得自己几乎已经不认识她了。和她们在卡萨里克的第一次见面相比，现在的艾丽斯摘掉了宽檐帽，头发上闪亮的光泽完全不见了。太阳和风让她的肤色变深，雀斑倍增。她的衣服上明显出现了过度磨损的痕迹。在她裤子的膝盖处还有了补丁。裤脚更是全都被磨毛了。她的衬衫袖口都被卷了起来，两只手和手臂也都被太阳晒成了褐色，所有这些改变让她显得比原先更真实、更有活力，甚至在她静默和哀伤时也不例外。塞德里克则让赛玛拉想起了正在褪毛的漂亮小鸟，他那些可爱的色彩和优雅的举止全都从他身上脱落了。他现在很少会和艾丽斯说话，却带着一种笨拙的真诚努力照顾刚刚属于他的龙——这甚至让赛玛拉有些感动。在他的关照下，那头红铜小龙变得活泼起来，甚至开始变成了一只话匣子。只要塞德里克不在她身边，她就会唠叨个不停。现在红铜龙的语言和思维都变得越来越清晰了，身上的寄生虫也明显在减少，身体也开始迅速长大，唯一阻碍她的，只是每天还不够充足的食物。

红铜龙不是在洪水过后唯一发生变化的。现在自称为喷毒的银龙几乎已经有些危险了，他的脾气很暴躁，总是充满恶意，他已经在无意中伤到了博克斯特，而博克斯特并没有做任何刺激他的事情，只是当喷毒向其他龙发怒的时候，刚好从他的地盘上走过。当时默尔柯迅速冲过来，向喷毒大声咆哮。博克斯特很幸运，他只是稍稍接触到了酸雾，没有直接遭受龙毒的喷吐。他的手臂被烧伤了，不过他迅速脱下衬衫，避免了更严重的伤害。随后，他竭尽全力阻止了自己的龙去找喷毒的麻烦。一切纷争平息之后，其他守护者才为他处理并包扎了手臂处的伤口。如果不是博克斯特的手臂上已经覆盖了鳞片，他受到的伤害会更加严重得多。

一些龙已经对这种长途旅行感到不满和厌倦了，另一些龙则依然像远征刚开始时那样坚定。他们对于这次远行的态度和他们对于守护者的态度，同样发生着变化。一些龙和他们的守护者关系变得非常密切。默尔柯和希尔薇总是让赛玛拉想到共同度过了漫长岁月的老夫妇。他们彼此了解，喜欢对方的陪伴。赛玛拉和辛泰拉仍然无法弥合她们的分歧。每一天，赛玛拉都在怀疑她们是否能够真正成为美好的伴侣。蓝龙女王似乎在生她的气，但赛玛拉不知道她生气的原因到底是什么。辛泰拉仍然对她颐指气使，命令她清理自己的身体并去除眼睛周围的寄生虫。赛玛拉忠实地履行着自己的契约，悉心照顾这头蓝龙。尽管辛泰拉总是对她怒气难消，但她感觉到她们之间的连结越来越强了。她现在非常清楚辛泰拉的需求。辛泰拉对她说话的时候，似乎不需要言辞就能表达自己的意思，有某种比好感或关爱更加强大也更深沉的力量，将她们彼此连结在一起。对于她们俩而言，这种连结并不总是很舒服，但它是真实存在的。而它为什么存在，对于赛玛拉而言依旧是一个未解之谜。艾丽斯还会经常来拜访辛泰拉，但辛泰拉对于艾丽斯的关注却越来越少了。奇怪的是，艾丽斯似乎也不是很在意。有时候赛玛拉会觉得有某种东西让艾丽斯分了心，不再像以前那样关心巨龙了。不过这很可能只是因为艾丽斯终于察觉：对于龙来说，自己并非是那样重要。

没有了沃肯，巴力佩尔变得格外孤单。守护者们轮流为他清洁身体，但他很少和他们说话，对于人类也没有了什么兴趣。另外一些龙似乎懂得他的哀伤，但也有一些龙似乎只注意到他正在变得软弱。洁珥德的维拉斯很不喜欢她的守护者对她缺乏关注，并且她会毫不在意地让别人知道自己的这种心情。格瑞夫特还在照顾卡罗，不过他做得非常敷衍。卡罗在最近一个星期里脾气开始变得非常糟糕。赛玛拉感觉到有些事情正在龙群中酝酿，一些他们不会告诉守护者的事情。她开始为此感到担心。当她心神游荡的时候，她的脑子里就开始冒出各种可能——龙会抛弃他们，龙会吃掉他们。白天的时候，这种想象似乎都很愚蠢，但在死寂的夜晚，它们就会变得很真实。

“你！ 赛玛拉！ 你以为你是装饰品吗？ 这里还有一根船篙。抓住它。”

轩尼诗的命令将赛玛拉从胡思乱想中惊醒过来。赛玛拉脸上一红，急忙跑过去拿起最后一根船篙。洁珥德还站在一旁，一只手捂在肚子上。希尔薇站在她身边，抱着手臂，不以为然地噘着嘴。很明显，尽管身材娇小，她也很想能够和别人一起撑篙。

轩尼诗还在高声喝喊着：“我知道你们还不懂得该怎么做，但我希望你们能够帮上忙。这很简单。把船篙杵进泥里。听我的号令，所有人都用力推船篙。我们需要很大的力气才能把船推出来。离开淤泥之后，就把你们的船篙收回来。不要和别人的船篙相碰。剩下的事情交给船员来做。准备好了吗？”

赛玛拉在丝凯莉身边找到一个位置。水手女孩冲她一笑。“不必担心，姐妹，这其实很简单。等到船出来，你就能回厨房去继续擦锅子了。”

“喔，是的，我正渴望着去继续那份工作呢。”赛玛拉也给了丝凯莉一个笑容。她看着丝凯莉的双手，模仿丝凯莉的样子抓住船篙，又仿效丝凯莉的姿势站稳双脚。水手女孩赞许地向她点了点头。

“现在，推！”轩尼诗喊道。他们全都用上了十足的力气。

驳船晃动一下，重心开始移动，又晃动一下。所有人都咬着牙，绷紧了肌肉。

柏油人号陷得更深了。

漫长的下午，时间显得非常缓慢。

船员和守护者们都在努力推动自己的船篙。他们撑起船篙的时候，驳船会微微移动，然后再次扎进泥里。很长一段时间之后，莱福特林开始相信，是柏油人在反抗解救他的努力，无论船上人怎样全力以赴地工作，这艘船都在顽固地和他们作对。先是轩尼诗将他叫到一旁，然后是斯沃格和贝霖一起来找他。丝凯莉知道他的心情，没有来麻烦他。对于每一个问题，他的回答都很简洁。是的，他能看出驳船是故意要陷在泥里。是的，他知道这不是意外。不，他不想停下来。不，他不知道这艘船在为什么事而感到不安。

在柏油人的所有家族故事里，莱福特林从没有听说过这艘船会直接拒绝船长的意志，因此他到现在还不太能相信会发生这种事。“船，是什么事在让你烦恼？”他抓住船栏杆，喃喃地说道。但现在他周围有太多声音。聚集在一起，议论纷纷的守护者们，焦急的船员们，还有莱福特林自己的沮丧情绪，全都遮蔽了他和船沟通的能力。他只知道，当人们努力想要移动柏油人的时候，这艘船不单在淤泥里越扎越深，还传达着一阵阵激动的情绪。

莱福特林已经不止一次将双手按在船栏杆上，竭力想要搞清楚到底是什么在困扰这柏油人。他一遍遍问柏油人，到底有什么不对，而柏油人只是一遍又一遍地对他说：这样不对。

终于，船长充满挫败感地大吼了一声：“到底是怎么不对了？”

所有人都转过头看着他。丝凯莉更是惊骇地张大了嘴。他从柏油人那里得到的响应仍然毫无道理可言：水不对，河不对。这种回答没有任何意义。莱福特林将脚跟牢牢地扎在甲板上，就像柏油人的爪子牢牢抓住了沙坝，船员和守护者们无论怎样忙碌，都没办法把它推出来。驳船两次发生大幅度的摆动，几乎马上就要离开沙坝了，但船的另一端却突然又陷进沙坝里。莱福特林的船感觉到了人们的辛苦努力，却仿佛只是觉得他们白费力气的样子非常有趣，对于船长挫败恼怒的情绪，这当然无异于火上浇油。

莱福特林命令大家稍事休息的时候，斯沃格和轩尼诗一同来到他面前。“船长，我们认为这可能和这艘船新的……呃……和船壳的设计有关。”

说话的是斯沃格。轩尼诗又补充说：“如果是这样，我们也许最好先搞清楚，到底是什么让柏油人这样倔强，再考虑解决问题的办法。”

莱福特林还在思考该如何回答这两位船员的时候。有人喊道：“守护者的小船回来了，猎人们也回来了。还有龙群也正回头向我们走来。”

莱福特林瞥了一眼天空，然后又看看慢慢靠近的小船和龙。那些龙和划船的人们也许终于发现驳船没有跟上他们。他们在这里耽搁了大半天的时间，而他们的给养储备已经不多了。这无法让莱福特林感到高兴。他的目光扫过他的船员们。这可能是驳船被改造以来他们经过的最艰难的一天。每一名船员都已经精疲力竭，而且忧心忡忡。守护者们看上去也很疲惫。他终于放弃了。

“把船篙收起来。就算我们今晚能离开淤泥，我们也只能找一个好地方过夜了。所以，我们先留在这里。守护者们，你们可以到岸上去，看看能不能找到一些木柴，建一堆营火。我们全都休息一下。等到明天早晨，我希望看到一切都焕然一新。”他转过身，在众人困惑的目光中走开了。柏油人如愿了，莱福特林感觉到他满意的心情，当然，这不会使船长的心情变得比较好。

艾丽斯看见赛玛拉爬过船栏杆，便急忙向她喊道：“我能和你一起吗？”

赛玛拉停下来，显得有些吃惊。她的肩膀上挂着一只大口袋。她的头发也刚刚被重新梳成几根黑色的长辫子，一起在脑后结成一个圆髻。“我已经查看过辛泰拉了。现在我要趁着还有些阳光的时候，去查看另外那条支流。”

“和我想的一样。我能和你一起去吗？求你。”艾丽斯在说到最后的时候刻意加强了语气。她已经看出这个女孩有些不愿意了。

“如果你想的话。”赛玛拉的语气听起来更像是无奈，而不是欢迎。艾丽斯知道，她仍然很想念她的朋友。

艾丽斯跟随这个雨野原女孩来到船栏杆旁边，和她一起下到泥岸上。龙群准备在两条河之间的三角洲上过夜，他们正迅速地踏平那里的一切植物，虽然需要耗费一番力气，但这片三角洲无疑是他们这段时间里最舒适的一处安睡之地了。在这片几乎可以说是干燥的土地上，零星生长着几棵表皮如同白纸的树。更远处是一片让艾丽斯几乎感到有些熟悉的树林——一些普通的小树，其间还有几片空地。

但赛玛拉并没有向那里前进，而是朝另一条河走去。一段时间里，艾丽斯只是安静地跟着她，决定不能让自己拖慢女孩的速度。赛玛拉走得很快。艾丽斯对此绝不抱怨。但是当他们到达那条水流更加平缓的河边，开始向它的岸上走去时，赛玛拉放慢了脚步，皱起眉头观察四周的树木、苔藓和青草。

“这里竟然这么不一样。”她最终说道。

“这里更像是森林，”艾丽斯点头表示同意，“至少在我看来是如此。”

“这里的水这么清。”

在艾丽斯眼里，这里的水不算很清澈。但她立刻就明白了赛玛拉的意思。“水里没有白色。没有一点酸性，或者至少是非常非常弱的酸性。”

“我从没有见过这样一条河。”赛玛拉沿着被苔藓覆盖的河岸继续向前走去，忽然又俯下身。经过片刻犹豫之后，她将手指探入水中，又让水滴落在自己的舌头上。“我从没有尝过这样的水。就好像这水是有生命的。”

艾丽斯没有笑。“在我看来，这很像是普通的河水。不过我在进入雨野原以后，的确没有再见过这样的河水了。喔，我们沿途也经过了一些清水溪流，但就像你说的，这样的水，从没有过。”

“嘘。”

艾丽斯立刻闭住嘴，顺着赛玛拉的视线望过去。在河对岸，一群鹿正在喝水。一头生有大角的公鹿，两头小角公鹿，还有几头母鹿。只有其中一头注意到了这两个人。大公鹿抬起头，鼻尖上还有水滴滚落。他盯着这两个人类，其他鹿这时纷纷走过来，开始喝水。

“我没有弓。”赛玛拉叹了口气。

公鹿的大耳朵前后抖动了两下，从喉咙里发出一阵低沉的吼声。他的同伴们立刻都抬起头。他没有做出任何艾丽斯能够识别的动作，但鹿群立刻退进了树林深处。大公鹿直到最后才转身离开。艾丽斯在心中有些高兴赛玛拉没有武器。她不愿意看到那头雄伟的鹿死去，更不愿意帮忙屠宰那头鹿。

“如果愚蠢的格瑞夫特不那么自私，愿意把弓箭借给我。我们今晚就能有新鲜的鹿肉吃了。”

“也许猎人们今天能带回些食物来。”

“也许不会。”赛玛拉没好气地回了一句。她继续沿河岸向前走。艾丽斯跟在她身后。“为什么你想要和我一起？”赛玛拉突然问道。她的语气中只有困惑，没有敌意。

“想要看看你会做些什么，是怎样做的。想和你一起度过一段时间。”

赛玛拉回头瞥了她一眼，女孩显得很惊讶。“我？”

“有时候，能够和另一个女人作伴，是很让人高兴的事情。贝霖对我很好，但斯沃格能满足她的一切所需。当我和她在一起的时候，我知道她是在有意用她的时间来陪着我。丝凯莉很忙碌，她在意的是那艘船。希尔薇是一个甜心，但她太小了。洁珥德……”

“洁珥德是一条坏脾气的母狗。”在艾丽斯寻找适切词汇的时候，赛玛拉替她说完了这句话。

“的确，”艾丽斯表示同意，又有些愧疚地笑笑，“至少现在是这样。在她怀孕之前，她的兴趣全在那些男孩身上，也没有心思和我说话。而现在，她的生活全都集中在了她的肚子上。可怜的女人，现在她的环境实在不太好。”

“也许她在落得这般境地之前就应该仔细想一想。”赛玛拉说。

“我相信她的确应该有所考虑。但现在，嗯，她已经这样了，现在我们都应该对她好一些。”

“为什么？”赛玛拉一边问，一边爬过一段原木，然后停下脚步等待艾丽斯过来，“你认为，如果易位相处，她会好好地对待你，或是好好地对待我吗？”

艾丽斯想了一下。“也许不会。但我们不能因为这样就做出不正确的事。”但艾丽斯自己也觉得这番话有一点太过自以为是了。她偷偷看了赛玛拉一眼，想要确认一下女孩的反应。但这名雨野原女孩只是仰起头向树上看去。

“你有没有闻到什么？”

艾丽斯什么都没有闻到。她努力吸了吸鼻子，然后谨慎地说道：“好像……某种甜味？几乎有些腐烂？”

赛玛拉点点头。“你介意我把你留在这里，然后我到树上去吗？我认为那里也许有水果藤。”

艾丽斯看着树干，突然意识到赛玛拉可能正是因为她，才只在地面上行走。“不介意，当然不介意，去吧。我在这里不会有事的。”

“我很快就回来。”赛玛拉向艾丽斯做出保证。然后她选了身边的一棵树，将爪子插进树皮中，爬了上去。艾丽斯站在地上，看着雨野原女孩飞快地爬到了自己绝不可能到达的高度。她的脸上带着微笑，但她的心悄悄沉了下去。

我在想什么？随着赛玛拉消失在树冠里，艾丽斯叹息着问自己，那样的女孩会愿意和我做朋友，会体察我的心事吗？就算我们年龄没有差这么多，我们也太不相似了。她在树旁边走了几步，想要看看赛玛拉的世界。而这只是让她越发感到希望渺茫。我看到的是鹿，她看到的是肉。我在地上，她在树梢。我怜悯洁珥德，她认为她的事情应该自己负责。艾丽斯又看看周围的森林。这片森林和雨野原的丛林完全不一样，显得更加友善。艾丽斯又用了一点时间才察觉到这里的气味也不一样。她在旅途中已经习惯的那种酸性气息，在这里淡了很多。当她抬起头向树冠望去的时候，她觉得树枝上有更多鸟雀和野生动物。一个更加温和的地方，她心中想道。

赛玛拉说过马上就会回来。这是否意味着她应该稍微等待赛玛拉？她跟着这名雨野原女孩，本以为和她共处几个小时，能够帮助自己审视自己的人生，而现在她只是一个人在这里等待女孩回来。

她摇摇头，意识到也许自己现在已经对人生有了新的看法——赛玛拉在做事，而艾丽斯只是在等待事情的发生。难道过去这几天里，她不就是这个样子？为了莱福特林和塞德里克所说的话而苦恼，为了诏谕对她做的一切而苦恼、思考、想象，并且忐忑不安，那她又能做些什么？她能够采取什么行动让事情发生？一个行动立刻出现在她的脑海中。她摇摇头。她很惊讶自己会这么有兴趣！跑到莱福特林的床上，绝不是能够解决任何问题的真正办法。

她开始建议自己沿河岸继续走下去——仿佛这将会是一个意义深远的决定。她不会等待那个女孩。赛玛拉下来的时候，她或者会沿河前进，或者会回到船上去。艾丽斯知道自己在哪里。在她和赛玛拉会合之前，如果天已经开始黑了，她只需要沿着河岸返回驳船就好。她不会迷路的。

至少，她已经不可能比现在更迷失了。她已经没有家了。

自从塞德里克泄露了他的秘密之后，艾丽斯就感觉自己和缤城的过往已经一刀两断。她回不去了。很简单，她没办法回去。无论这次远征中发生了什么，她也不会回到缤城的家里去见诏谕。她绝对不会再与他和他的朋友们见面。她绝对不会带着愚蠢的微笑环顾餐桌旁的宾客，在心中猜测到底有多少人知道她有名无实的婚姻。她更不会看着诏谕冰冷的微笑，任由他享受对自己的欺骗和束缚。是的，她不会再接受束缚了。在缤城，一场婚姻终究只是一项贸易商的合约。她能够轻易证明诏谕没有遵守契约的条款。在性生活上，诏谕从没有对她忠诚过，从没有意图让她成为他的生命伴侣。诏谕已经违背了誓言，这一桩婚姻合约也就无法再以誓言来约束艾丽斯。她不必对诏谕忠诚。她可以自由地去找莱福特林。

但塞德里克又将另外的谣言丢给了她——这个谣言，让她再一次开始怀疑自己的判断力是否可以信任。塞德里克对这个谣言坚信不疑，但他所知道的一切，全部来自那个消失的猎人杰斯。从那时起，艾丽斯就有了一种无能为力的感觉，仿佛她没办法再朝任何方向前进了。她想要莱福特林，她的一生中从没有这样想要过什么东西或什么人。但一想到莱福特林可能并不是她所相信的那个人，也许真正的莱福特林和她想象中的爱人截然不同，她就感到全身都僵硬了。她见到了莱福特林眼中的困惑和耐心。莱福特林没有责备过她，也没有给过她任何压力。她很清楚，尽管他们共度了那个夜晚，但那个男人并不认为自己有权利占有她。她应该认真思考这其中的意义，难道不是吗？

或者这只代表她对他并不像他对她那样重要？ 她只是他萍水相逢的一时快乐？ 只是一样他能够轻易忘记的东西？ 艾丽斯意识中的一个角落，以一种残忍的方式回顾了那一晚。那时她很主动，甚至很有侵略性。那么这件事之所以发生，是不是只因为她让它发生了？

“诅咒你，塞德里克。你夺走了我的一切，我的尊严，我对自己判断力的信任，还有能够让我生活下去的假象——一直以来，我都以为缤城没有人真正了解我羞耻的婚姻。你要把这个也从我这里夺走吗？ 你要夺走我对莱福特林的信任吗？”

对他的信任一旦被夺走，还有可能再恢复吗？ 或者她的一切都已经毁了。她的怀疑变成了杯子的裂缝。这只杯子还能再容纳快乐吗？

一条小溪出现在她的面前。她跳过小溪，继续向前走去。慢慢地，她发觉自己正走在一条野兽小径上。她低头钻过一片树枝，意识到脚下的路是实在的土壤。不是泥泞。土壤，这片土地正变得越来越牢固。这片森林仍然很密集，无法让龙这样巨大的生物自由行动和狩猎。但人类能够在这里来去自如。她停下脚步，好奇地向周围张望。一片牢固的土地，在雨野原。

莱福特林带着疲惫的身体和伤痛的心躺到自己的床上。他的船怎么能这样对他？

刚刚上床的时候，他还能听到守护者和猎人们在营火旁的说话声。龙今天在路上遇到了一群睡觉的水野猪，所以都填饱了肚子。卡森也猎到了一头猪。他将猎物一直拖回到柏油人号，与船员和守护者们共享。烤猪肉成为晚宴中最受欢迎的一道菜。艾丽斯和赛玛拉带着满口袋的水果回来，并告诉大家另一条支流有牢固的土地。在柏油人搁浅在三角洲之处，哈里金和希尔薇找到了一片淡水蛤蚌的栖息地。不管怎样，大家有了一顿丰盛的晚餐，可以弥补他们这一天的劳顿和白白浪费的时间。他们的水桶也再一次被装满了。尽管驳船耽搁了行程，但守护者和船员们的兴致都很高。如果这艘船不是那么顽固，这应该是一个好日子。

莱福特林在天刚一擦黑的时候就上了床，艾丽斯依旧和他保持着距离，柏油人的不合作更是让他气恼又担心。所有守护者似乎都相信明天他们将按计划继续行进，他们全都认为船长能够解决眼前的问题。他的船员们则没有这样乐观。轩尼诗和斯沃格对于柏油人古怪而又坚决的行为，全都感到忧心忡忡。他们没有再和莱福特林讨论这件事，但船员们的眼神和窃窃私语已经让他知道，他们像他一样有些不知所措。这完全不像是他们所认识和心爱的那艘船。难道这就是将更多巫木加在他的船壳上的结果？ 如果是这样，那么这件事最终又会有怎样的结果？

和其他所有活船都不一样，柏油人没有能够向船长和船员们说话的船首像。他只有一对刚刚超过水面的眼睛。那对眼睛很大，有很丰富的感情，但它们不能表达他的每一个想法。柏油人的许多思绪都只藏在他的心里，将来也依然会是这样。当莱福特林将双手放在柏油人的栏杆上时，他能够感觉到这艘船的一些愿望。这位船长知道，自己也正是因此想到了要将偶然发现的巫木用在柏油人的身体上，让柏油人拥有了更多一点独立的人格。船长突然觉得有些奇怪，柏油人从没有向他要求过得到一具船首像，或者是一双手臂。不，这艘老驳船只想让自己能够有更加独立的行动力。

他有一百种方式能够解释自己对他的船做出的决定。那一晚，他在脑子里思考着所有这些决定。在岸上的喧哗声消失之后很久，在他的船舱顶棚上营火的光亮隐没之后很久，他还在想着那些事。

不知什么时候，他睡着了。

他们一同走在克尔辛拉的街道上，彼此手挽着手。艾丽斯的另一只手提着篮子。那只篮子随着他们的脚步一下又一下地晃动着。她已经为这一天做好了计划，现在正一点点地把要做的事情告诉他，但他没有听。他不需要听艾丽斯的计划，他只是享受着她的声音，还有照在肩头的温暖阳光。他将帽子推到脑后，悠闲地散着步。艾丽斯的手默契地放在他的臂弯里。这条街道上，人来人往，他们经过用带有银色纹路的黑石头建造的雄伟建筑。在宽大的十字路口上，喷泉跳跃舞蹈，演奏着一曲永远都在变化，又永远都很动听的旋律。乐声和集市的气息飘荡在空气中。也许那里就是她要带他去的地方。他们是要去购买丝绸、香料和肉食，还是那只篮子里放着用布盖住的野餐，对他来说都不重要。他们在一起。她的声音在他耳中很甜美，她的手在他的臂弯里很温暖，一切都很好。在克尔辛拉，一切都很好。

莱福特林在黑暗和寂静中醒来。梦中那种温暖和笃定的感觉骤然消失了。

他的心在渴望着那些东西。在醒来的世界里，它们对于他是那样难得。“克尔辛拉。”他在安静的房间中悄声说道。在这一瞬间，他像龙一样确信，只要他们到达那个传说中的城市，一切都会好起来。真的吗？ 他们到达那里的时候，真的会是那样吗？ 在他的梦里，那座城市中有众多的居民，他和艾丽斯一直都住在那里，他们一直都属于那个地方，没有人能够将他们分开。但他知道，这些都只是梦。

一个比格里格斯比的抓搔声更轻的声音，从门口传来。“猫？”他有些疑惑地问。

“不。”她在黑暗中说道。艾丽斯轻轻推开屋门，她的白色睡袍被从窗户里照进来的一点月光照亮了。莱福特林屏住了呼吸。她将门关上的声音比他的心跳声还要小。她悄无声息地来到他的床边。他仍然一动不动地躺着，不知道自己的梦是不是还没有结束，唯恐只要自己动一下就会醒来。她没有在床边坐下，而是直接掀起他的毯子，让身子滑到他身边。他的手臂轻轻搂住了她。她将一双冰凉的小脚放在他的脚踝上，胸脯抵住了他的胸膛，柔软的腹部贴在他的腰间，和他躺在一只枕头上，面对着面。

“这么好，”他喃喃地说，“是梦吗？”

“也许。”她说道。她的气息落在他的脸上。这真是一种奇妙的感觉，这样温柔，却又如此令人振奋。“我和你一起走在克尔辛拉。我突然知道，只要我们到了那里，一切都会变得很美好。如果一切都会很好，那么其实就是一切都已经很好了。至少我认为是这样。”

一种奇怪的宁静充满了他，从他的心中涌出来。他向那种感觉扑过去。是的，他也认为是这样。“我们一起走在克尔辛拉。你的手里提着一只篮子。我们是要去购物，还是去野餐？”

一点紧张的战栗撩动着她的身体。她在他的嘴边说道：“那只篮子很重。那里有新鲜面包，一瓶葡萄酒，还有一小罐软奶酪。”她小小地吸了一口气，“我喜欢你那样戴着帽子。”

“把帽子掀起来，这样阳光就能照到我的脸上。”

“是的。”她的身体再一次开始颤抖，他将她搂得更紧。她觉得他们几乎已经不能贴得更紧了，“我们怎么会做同样的梦？”

“我们怎么不能？”他不假思索地说道。然后他吸了一口气，又说道，“我的船喜欢你。你知道柏油人是一艘活船，对不对？”

“当然，但……”

他打断了她。“我知道，没有船首像，但活船都是一样的。”他叹息一声，感觉到自己的气息温暖了他们之间的空隙，“一艘活船会知道他的家人。相信你一定也知道这一点。柏油人不能说话，但他有其他办法和我们交流。”

一段时间里，她没有回话。她将自己的身体又向他贴近一点，这是她交流的方式。然后她问了一个问题。“我第一次梦到在克尔辛拉上空飞翔，俯视大地，那是来自柏油人的巨龙之梦？”

“这个问题只有他能回答，但我相信是这样。”

“他记得克尔辛拉。他让我看到了我无法想象的壮丽景观，但那景色与我所知道的克尔辛拉非常契合。现在我已经无法以别的方式来看待那座城市了。我的心里只有他给我的风景。”艾丽斯犹豫一下，又问道，“为什么他会对我说话？”

“他在向我们两个倾诉。他给了你我共同的讯息。”

“那是什么样的讯息？”她在他的唇边悄声说道。

他亲吻了她。她的嘴唇顺从地和他依偎在一起。很长的一段时间里，他们都忘记了那个他无法回答的问题。

那一晚，她没有回到自己的床上去。天色还很早的时候，他唤醒她，觉得自己有必要维护她的名誉。“艾丽斯，天就要亮了。很快船员们就要起来了。”

他不需要再多说什么。她一直背靠在他的怀里，她的头就在他的下巴下面。他的手臂一直环抱着她，让她感觉安全又温暖。她没有从枕头上抬起头。“我不在乎有谁知道。你呢？”

他想了一下。唯一会对这件事有忌讳的可能是丝凯莉。如果他们的关系一直持续下去，丝凯莉也许会失去继承人的位置。现在想到这件事也让他觉得有些奇怪。他自己的孩子？ 他不知道丝凯莉是否会因为这件事而不高兴，甚至感到愤怒。也许吧。无论怎样，他都不会放弃艾丽斯，丝凯莉知道得越早越好。

“我没有问题，塞德里克呢？”

“我有没有问过他这些天都在和谁睡觉？”

看来她是知道塞德里克和卡森的事了。嗯，这两个家伙一开始还挺谨慎的，但现在也许已经不够谨慎了。艾丽斯的问话中明显流露出一滴苦涩。这里有一些事情，一些他现在不想，也许永远都不想知道的事情，所以他没有回答。他亲吻她的头发，爬过她的身子，摘下墙钩上的衣服，一边穿着衣服一边问道：“我会生起厨房里的火，煮上咖啡。你想要吃什么早餐？”

“嗯，也许我会多睡一会儿。”

看样子，她真的不在乎有谁知道他们的事情，甚至不在乎他们的事情被传得人尽皆知。他努力思考这样可能导致的问题，然后再一次决定，这不会改变他的主意。难道他不是这艘船的船长吗？ 迟早他都要去应对任何人的任何问题。她已经再次闭上眼睛，将他的毯子拉到了下巴上。他久久地看着她，看到她的红发披散在枕头上，她在床上显露出的美妙曲线。然后他登上靴子，离开了房间，轻轻将房门在身后关好。

他还没有走到厨房就嗅到了新鲜的咖啡香味。丝凯莉已经在他之前坐到了餐桌旁，面前放着一只盛满了浓咖啡的白色杯子。她抬起头看着莱福特林走进来。莱福特林躲开她的目光。他很担心在侄女的眼睛里看到谴责的神色。懦夫。他给自己倒了一杯丝凯莉刚刚煮好的咖啡，坐到她的对面。“你用了许多咖啡。难道我没有告诉你，我们必须小心使用剩余的给养？”

丝凯莉向他昂起头。“也许我像你一样，也许我认为应该尽情享受现在的一切，而不是一点点地只得到零星的快乐。”她的脸上掠过一点狡猾的微笑，然后她大胆地问道，“你同意吗？”

莱福特林看着侄女的眼睛。“是的。”罐子里的糖蜜不多了。他舀了一大勺，放进自己的杯子里，然后用寻常的口气问道：“你怎么知道的？”

“我看到你走在克尔辛拉的街道上。我被人潮挡住了，但我很想追上你们。我喊了你的名字。你却没有听见。”

“我们的柏油人昨晚一定很忙。”莱福特林吮了一口咖啡，让自己的心思沉淀了一下，“如果我只是你的叔叔，不是你的船长，你会对我说什么？”

丝凯莉低头看着自己的杯子，“我为你感到高兴，高兴你能够和你选中的人在一起。”

真是一击中的。“我没有给过其他任何人承诺。”

“她结婚了。”

“她曾经结婚了。”

“那么她现在不再有婚姻了？”

莱福特林想了一下，“我相信她已经知道自己摆脱了什么。”

丝凯莉也想了想，然后缓慢地点了一下头。莱福特林努力让自己说出的话，能够保持绝对公平：“你要知道，这会改变你的许多的事，许许多多的。如果我们有了一个孩子。”

丝凯莉的笑容变得更加灿烂了。“我知道。”

“你有没有想过这意味着什么？”

“天亮以前就想过。”

“然后呢？”

“崔豪格的那个男孩？ 得到我父母的允诺，会和我结婚的人？ 他认为那样就能让他成为柏油人号的继承人。如果他发现事实可能并非如此，他也许会寻找一个更有前景的新娘。”

的确是这样。莱福特林第一次想到自己的决定，可能产生多么广泛的影响。

丝凯莉还没有说完。“在我看来，这艘船就是我的人生。这是我了解的地方，我对于其他地方的任何人都没什么价值。叔叔，我这样说不是因为冷酷，但即使是你明天就有了孩子，我还是很有可能许多年内都做柏油人号的船长。

这就是我想要的。我不是要拥有它，没有人能够拥有他，但我有机会成为他的船长。也许我也有机会和我选的人在一起。”她啜了一口咖啡，笑着看向莱福特林，“看样子你也会同意。”

“不要这么厚脸皮，女孩。”莱福特林努力压抑住要在他的脸上迸发出来的微笑。

“说话的是船长还是叔叔？”

“船长。”

“是，船长。”丝凯莉立刻抹去了脸上的笑容。这让莱福特林不由得有些好奇，她的侄女这样做过多少次，才让表情变化得这么自然。但现在他还有别的事情要关心。

“那么说，柏油人昨天让你做了一点梦，是吗？”

“是的。克尔辛拉。就像我见到过的其他城市一样清晰。是一个好地方。真的让我很想到那里去。”

“我也是。”

丝凯莉的声音变得更加犹豫了一些。“我认为柏油人记得那里。这也许就是他想让我们知道的。”

“所以昨天到底是怎么回事？”

“我不知道。但我打赌，我们今天一定能知道。”

金月第四日

商人联盟独立第六年

来自艾瑞克，缤城信鸽管理人

致黛托茨，崔豪格信鸽管理人

被封锢在小管中的信件带有官方印章，其内容为缤城贸易商议会之建造委员会公布的木材竞标方案，其中详细标注了所需木材质量和类型。这一批木材将被用于建造位于缤城的缤城贸易商大堂副馆。必须注意的是，一切竞标必须在雨月第一日之前递交。全部木料要在更月第一日之前送达缤城，竞标方要能保证这点。

黛托茨：

他们竟然和我们说，我们没有足够的资金完成主市场前面环形街的修复了，同时他们却又拿出了这个扩展贸易商大堂的详细方案！ 在花钱这件事上，我相信崔豪格议会一定能有更精确的能力！

艾瑞克

第十五章　柏油人

黎明后没多久，赛玛拉便醒了过来。现在她已经在一根绳子上串了两条银光闪烁的鱼。它们都很肥美，而且还在不断挣扎。辛泰拉对鱼没有什么好感。她在这一生里已经吃过太多鱼。不过，它们毕竟是食物，而且很新鲜。

“我自己做了长矛，为你捕到的这些。”赛玛拉一边说，一边将穿过鱼鳃的绳子抽出来，“我没有矛尖，但我在火里烧硬了木头，看样子，这样做很有效。”

“值得称赞。”辛泰拉说道。她在等待着。

赛玛拉将第一条鱼举起来，又突然问道：“你对我做了什么？”

“我在等着你的鱼。”龙尖刻地向赛玛拉指出。

赛玛拉没有把鱼给她：“我一辈子都没有这么快地发生过变化。我的皮肤瘙痒，鳞片迅速在上面生长出来。我的后背一直都很痛。就连我的牙齿似乎也变得更尖利了。这都是你对我做的？”

“那条鱼。”辛泰拉坚持道。赛玛拉扔出了第一条鱼。辛泰拉用嘴接住它，又仰头将鱼抛起，让它再次落到嘴里，滑进她的喉咙。

“你也在改变。你长大了，比原先更大、更强壮，而且你不再只是单调的蓝色。你的身上闪耀着蓝宝石和天空的光彩，还有每一种不同的蓝色。你的尾巴更长了。昨天，我看见你从翅膀上甩掉水珠。那双翅膀正变得越来越美丽。它们的表面流动着一层银色的罗网，仿佛是精美的刺绣，它们也比以前更加宽大了。”

“如果我吃得更多，说得更少，我就能长得更快。”辛泰拉打断了赛玛拉的话，但她的声音中也流露出了难以抑制的喜悦。蓝宝石和蓝天。她不得不承认，人类还是很懂得使用形容词的，“钴蓝，天蓝，靛蓝。”她又说道。这时赛玛拉正解下第二条鱼。

女孩抬起头。“是的，还有所有这些颜色。”

“还有黑色和银色，如果你仔细看就能发现。”

“是的，你张开翅膀的时候，上面还有绿色，就像是蕾丝花纹覆盖在银丝上。我注意到你的各种花纹也变得更加清晰了。”

“鱼。”辛泰拉提醒她。赛玛拉叹了口气，服从了命令。

“是你对我做了什么？ 还是这种事自然就发生了？”赛玛拉向正在忙着吞咽的龙问道。

辛泰拉也不是很确定。她回答：“人类在龙身边生活久了，肯定会发生变化。接受它们吧。”

“龙在人身边生活久了，同样也会发生变化。”默尔柯走过来插入她们的交谈之中。也许他是想要来看看还有没有鱼剩下。鱼已经没有了，所以辛泰拉对于他的打扰不是很介意。不过默尔柯随后做的事情严重冒犯了辛泰拉——金龙低垂下头，小心地嗅了嗅辛泰拉的守护者，又低声问道：“你感到疼痛吗，女孩？”

“有一点。”赛玛拉转过身。金龙对她的注意，让她感到有些不舒服。

金龙将目光转向辛泰拉。他的眼睛中黑色叠加在一起，旋转着显露出指责的意味。“你不能忽略这样的事情，”他警告辛泰拉，“连结是双向的。一方受到的影响，最终会让双方都受影响。你会在守护者中造成极大的不满。”

“他是什么意思？”赛玛拉焦急地问。

“龙的事情就是龙的事情。”辛泰拉武断地说道。

默尔柯也没有回答女孩的问题。“就像是你的名字，辛泰拉，”他冷冷地说道，“我一开始不会管你，但我终究还是会插手，为了对你负责。也许我也会插手，为你的守护者而负责。”

辛泰拉张开翅膀，伸长脖子。她终于能感觉到自己脖颈上的折皱长刺立了起来。但即使是这样，默尔柯仍旧比她更加庞大。金龙黑色的眼睛里闪烁出一丝感到有趣的光亮，这当然只会让辛泰拉更加愤怒。“你绝对不能带走我的守护者。”蓝龙嘶吼道。随着她的话语，最赤裸裸的毒液威胁也浮现出来，“我的只能由我来管。”赛玛拉抬起手臂遮住脸和眼睛，后退了几步。

“注意自己所做的事情，”默尔柯友好地回答道，“为你的守护者负起应负的责任，你就没有什么可以生气的，小女王。”

金龙的这种轻蔑态度，让辛泰拉失去了理智。她张大嘴，猛地伸长脖子。默尔柯一转身，巨大的金色翅膀狠狠打在辛泰拉的肋骨接头处。辛泰拉也挥出小一些的翅膀，但她的脚步一个踉跄，翅膀打在金龙的身上几乎没有什么力道。赛玛拉发出尖叫。在他们周围的泥泞三角洲上，群龙纷纷抬起头，张开翅膀，注视着这场争执。守护者们也像被捅破蚁巢的蚂蚁们一样冲过来，发出一阵阵叫喊。

“你需要帮助吗，辛泰拉？”赛斯梯坎问道。这头蓝色的大龙向冲突中的两头龙迈出一步，高举起翅膀，脖子上的折皱也挑战般地完全张开了。

“不！赛斯梯坎。”莱克特喊道。但赛斯梯坎根本没有理会他的守护者。他旋转的眼睛只是紧紧盯住默尔柯。这两头龙全都张开翅膀，左右摆头，气势汹汹地对峙起来。

“我是女王！我不需要谁的帮助，”辛泰拉高傲地回答道，“守护者！我想要去那条清水河中洗干净身体。拿上你的工具，跟我来。”

这不是撤退。辛泰拉一边昂首阔步地向前走着，一边愤怒地想道。对于他们会做的事情或者会说的话，她只是不感兴趣。她不会允许公龙在地面上为她而战，这种被束缚在泥土中的战斗不能证明任何事，更不可能赢得她的好感。不，等到那个时刻到来的时候，她会在天空中翱翔，所有公龙，他们之中的每一个，都会为了赢得她的注视而争斗得鲜血淋漓。当他们只剩下一个的时候，她更是会在天空中远远超过他，只给他丢下无尽的蔑视。默尔柯绝对控制不了她。

“也许你可以和他讲讲道理。”

莱福特林等着丝凯莉。女孩抿起嘴唇，将头转开。莱福特林并不是对她生气，但是和柏油人讲道理这种事，只会让他平添气恼。他在今天早晨走上甲板的时候，发现他的船比昨天晚上在泥里陷得更深了。莱福特林已经聚集了他能找到的全部人手，试图将这艘船从岸边推开。已耗去半个上午，驳船故意和他作对的行为，肯定不可能继续视而不见了。每一名船员都很清楚这一点，困惑和忧虑的情绪在他们的眼睛里显露无遗。

守护者们也都开始被不安的情绪感染了。现在他们一定都已经知道了柏油人是一艘活船，但他们却似乎仍然无法完全理解活船到底是什么。想到这一点，莱福特林总会觉得有些怪异。他们似乎都已经忘记了，从内心来讲，柏油人正是巨龙的亲族，他也同样会发脾气，甚至很危险。

莱福特林瞥了丝凯莉一眼。丝凯莉没有看他，只是将手中的船篙再次插到沙坝上，准备按照船长的号令用力推船。莱福特林压低声音，只让她一个人听到。“我会试一试。你跟我来。”

“帮我拿着这个好吗？”丝凯莉将自己的船篙交给贝霖，然后就跟到船长身后，“他让我们看到了克尔辛拉，”女孩悄声说道，“为什么他又要这样做？为什么要卡在这里的泥泞中？ 为什么他又让我们想去那里，又拒绝前进？”

“我不知道，但我知道，我们正在浪费白天的时间。再过不久，龙就会准备出发了。我们必须做好跟随他们的准备，而不是这样被泥巴困住。”

“今天早晨龙群发生了什么事？”

“不知道，大概是某种争斗。我觉得不是很严重，因为它结束得非常快。也许只是为了彼此较量，看究竟是谁更强。任何生物群落中都会有这样的事情发生，无论是动物还是人，龙也不会例外。”

莱福特林听到自己的话语，意识到自己以前没有思考过的一个事实。对他而言，龙不是鹿和鸟那样的动物，但他们也不是人类。突然间，莱福特林觉得这是一个非常重要的事实。当他还是一个正在长大的男孩时，他就已经学会将生物分成两类：动物和人。而现在，他的生活中出现了龙。他不由得开始回想自己是在什么时候建立起这种区别性的认知。当他们开始这场远征的时候，龙对于他来说只是动物。是会说话的，奇怪的智慧动物。但现在，他们是龙，不是动物，也不是人。

那么，柏油人又是什么？

他来到船头，却没有将手放在船栏杆上。皮肤接触木头，他总是用这种方式感受和倾听柏油人。但现在他只是将双臂抱在胸前，重新梳理自己的想法，思考着自己到底想让这艘船知道些什么。柏油人显然能够轻而易举地进入他的梦中。那么他每天的想法，到底又有多少能够被这艘船觉察？

丝凯莉已经将双手放在了船栏杆上。“克尔辛拉很美，”她低声说道，“那是我能够想象的最美好的地方。我想要到那里去。我现在就想走在克尔辛拉的街道上。所以，柏油人，老朋友，为什么我们要陷在这堆淤泥里？到底出了什么问题？”

她不认为自己的问题会得到直接回答。莱福特林也不这样认为。直接给出答案是不符合龙的本性的。莱福特林突然明白，这正是自己现在要解决的问题。实际上，他就像那些年轻人一样，也是一名巨龙守护者。只是他的龙拥有一艘驳船的形体。他伸出双臂，将手掌按在船栏杆上，而柏油人也在这时做出了回答。整艘船晃了一下，莱福特林在惊讶中骂了一句脏话，急忙抓紧了船栏杆。他就这样随驳船晃动，听到船员们和船上的守护者们发出慌乱的喊声。此时驳船又晃了一下，随后又是一下。船身扬起，又落下，扬起，又落下。那些粗壮的巫木腿和带鳍的四足推动、撑起船身的样子，莱福特林是能够想象的，这和一只蟾蜍在泥淖中挪动身子没有什么区别。但在每一次大幅度摆动中，柏油人船头的指向都会发生变化。

“出什么事了？”格瑞夫特抓着船栏杆，踉踉跄跄地走了过来。他薄薄的银色嘴唇撅起，露出了牙齿，显得很是痛苦。

“不知道。抓紧。”莱福特林厉声说道。他的船正在做着某件事，他只想把注意力集中在柏油人上，不想因某个自大的年轻人而浪费唾沫。

也许格瑞夫特领会了船长的意思，也许丝凯莉对他的瞪视让他闭住了嘴。他满面阴沉地抓紧栏杆。柏油人则继续剧烈地上下颠簸。当驳船终于稳定下来的时候，莱福特林又等了几分钟。现在这艘船的船尾已经自由地漂在水中了。只需要船篙轻轻一点，就足以让它的船头离开泥岸。

但此时最重要的改变是柏油人号的船头离开主河道，指向了清水支流。片刻间，莱福特林思考了一下自己眼前的情景，随后他就做出结论，并对他们船表示完全同意。

"没有什么问题了！"他向仍然在大呼小叫，议论纷纷的船员和守护者们喊道。众人都被他的喊声吓了一跳，闭住嘴巴。他便在一片安静中清楚地说道："我们之前走错了路。就是这样。克尔辛拉在这条河的上游，而不是那一条河。"

"你怎么可能知道？"格瑞夫特质问道。

莱福特林给了他一个冷冷的微笑。"我的活船刚刚这样告诉我。"

格瑞夫特向聚集在岸边的龙群一指，暗藏着嘲讽的语气问道："他们会同意吗？"一头龙突然发出咆哮，打破了河面上的平静。

"你们看到了吗？"

赛玛拉看到了。她刚刚用清凉的河水为辛泰拉匆匆洗刷，才正要返回驳船。现在她全身湿透，感到非常寒冷。她不相信蓝龙想要洗澡，或者是喜欢这样被冲洗身体。她怀疑辛泰拉只是将此作为借口，好避开那些凶横的公龙和他们狂野的争斗。在赛玛拉为她进行清洗的整个过程中，她都很少和自己的守护者说话。赛玛拉也只是将问题藏在自己的心里。赛玛拉相信希尔薇将是她最好情报来源。她有一种不安的感觉，她身体的变化绝不仅仅是鳞片增多这么简单。哈里金曾在无意中提起他的鳞片和他的龙有关系，但是当赛玛拉想要知道具体有什么样的关系时，他又陷入了沉默。而辛泰拉在这件事上完全帮不了她。

这么冷，这么湿，心中惴惴不安，背上的疼痛又越来越强烈。赛玛拉快步向驳船跑去，她希望能够赶快回到船上，在今天的行程开始之前，能先在厨房的炉火前烤烤身子。今天该轮到她划一条剩下的守护者小船。在那之前，她想让自己先暖和起来。

突然间，她看到驳船开始晃动，仿佛有一道波浪从下面将它托了起来。船上传来一阵阵喊声。听到这个声音，所有龙都转向了那里。她听到默尔柯铜号般的惊讶吼声。兰克洛斯环顾周围，一声声地咆哮着，寻找可能的危险来源。那艘船突然又稳定下来，只是从舷侧挤出了一点小波浪。

赛玛拉在塞德里克身边停了下来。她没有发现这个缤城人也上岸了。塞德里克问她："你看见了吗？"现在他潮湿的袖子挽到了臂肘，手中拿着一只船上的桶和一把刷子。赛玛拉知道他是要去为他的红铜龙洗刷身子，不过她怀疑塞德里克借这两样东西的时候，并没有求得许可，她只希望莱福特林船长不会因此而生他的气。

"看到了。"赛玛拉回答道。这时，这艘船又被抬高，发生晃动，然后又稳定下来。"有一头龙在后面推那艘船吗？"

"不。"默尔柯听到了赛玛拉的问题。金龙来到她身边，"柏油人是一艘活船，而且是最非同寻常的一艘。他能够自己移动。"

"怎么会？"赛玛拉问道。但只是在下一个瞬间，她就亲眼看到了她的答案。这艘船从三角洲的一侧移动到另一侧，以巨大的力量撑起了自己。片刻之间，赛玛拉瞥到了蹲伏的前腿。那双前腿弯曲下去的时候，驳船也再一次在浅水和泥泞中落稳。赛玛拉惊愕地盯着那艘船，目光无意间扫过那艘船的眼睛。她一直都觉得那双眼睛很和善。而现在，她只觉得柏油人的眼神异常坚定。驳船最后一次晃动的时候，河水泼到了那对眼睛上。赛玛拉盯着它们，心中暗自开始怀疑，自己是否真的只是在看着用油漆描绘出的图画。

片刻之后，这艘船凝聚起力量，再次抬升，移动，落下。毫无疑问，他在调转自己的船头。

"他要让自己离开淤泥了，"塞德里克有些颤抖地猜测，"应该是这样。"

“我觉得不是这么简单。”赛玛拉盯着那艘船，低声嘟囔着。

“我也觉得不那么简单。”默尔柯附和道。

兰克洛斯也走近过来。这一次，当驳船抬升时，他掀动鼻翼，突然张开了脖子上的肉穗。“我嗅到了龙！”他高声宣布。然后他又微微张开双翼，低垂下头。

“你嗅到的是那艘船。你嗅到了柏油人。”默尔柯纠正了他。

兰克洛斯低下头，伸长脖子，再加上他张开的双翼，这头龙让赛玛拉想到了求欢的鸟雀。他一步步向活船靠过去，鼻翼仍然在不停地掀动着。

默尔柯用一种仿佛是对傻瓜们感到无奈的语气，说道：“兰克洛斯，柏油人是活船。他的船壳是用龙茧做成的，再也不会孵化的龙茧。”他停顿一下，看着那艘船再次扬起身子，移动方向，然后低伏下去，“但他旧日的龙茧最近又被覆盖了新茧。他的一部分来自和我们一同上溯雨野原河的一条长蛇。柏油人属于他那一类，同时又是我们的一员。”

“属于他那一类？‘属于’他那一‘类’？这是什么意思，默尔柯？一个幽灵被困在奴隶的躯壳中吗？”兰克洛斯的银色眼睛闪耀着光芒，这头红龙高高扬起头，甚至短暂地抬起前腿，人立起来。亚布克发出铜号般的尖利吼叫；芬提甩动着尾巴，发出低沉的咆哮声。

巴力佩尔说道：“他完全不对。他的气味不对，他的存在不对。让人类骑在任何形式的龙身上都是不对的，更不要说让他们奴役一头龙的灵魂。我们应该将他撕碎，吃掉他。如此一来，束缚在他的‘木头’里的记忆，就会回到我们身上。它们本就属于我们。”他猛地张开自己猩红色的翅膀，也扬起头和前爪，显示出意欲攻击的样子。

“我不认同。”这声音来自卡罗。这头最高大的蓝黑色巨龙穿过聚集的龙群，走上前，迫使小个子的龙纷纷向左右退让。巴力佩尔没有让路，卡罗粗暴地用肩膀将他顶到一旁，让他一下子撞到芬提身上。绿色的小母龙愤怒地尖叫一声，攻击了巴力佩尔，在他的肩膀上留下了一些轻微的齿痕。那头红龙用翅膀抽打芬提，把小母龙打倒在泥泞里。芬提遭到威胁时，赛玛拉听到刺青发出一声愤怒的吼声。刺青正站在柏油人号的甲板上，望着几乎要把整个龙群卷进来的冲突，瞪大的眼睛里净是惶恐。

“停下！”默尔柯喊道。但没有一头龙理会金龙的喊声。

“停下，否则我杀死你们！”卡罗放声怒吼。

所有龙都陷入寂静。巨大的黑龙缓缓转动头颅，审视着这些挤在一起的龙。有几名守护者站在龙群中间。塞德里克靠近了赛玛拉。希尔薇蜷缩在默尔柯的一条前腿旁边。

芬提开始站起身。

“不要！”卡罗警告她。黑龙张开大口，向所有龙展示出喉咙里鲜艳的绿色毒腺。那些毒腺都已经完全鼓胀起来，随着他的愤怒脉动着，“我不是喷毒，不需要炫耀我的力量。无论是谁反对我，我都会让你感受到我的毒液。”

群龙一动不动。卡罗闭住嘴，但他喉咙上的尖刺依然直立着。他缓缓说道：“我无法回忆一头龙应该记得的一切，却记得很多龙不应该记得的事情。我曾是克拉罗，墨金长蛇群的一员。我跟随着墨金，一条伟大的黄金长蛇，我从不怀疑他。”他的银色眼睛突然盯住了默尔柯。片刻之间，金龙似乎有些困惑，但他很快就低垂下头，表示赞同，“我曾是克拉罗，塞苏利亚是我的同伴。”他的目光转向柏油人，“我更强壮，但有时候，他更睿智。”黑龙的目光再次扫过龙群，“如果我们将那智慧撕成碎片，各自分食一份，那么我们还能拥有那完整的智慧吗？我们之中是否能有谁知道柏油人所知道的事情？龙们，张开你们的嘴和你们的鼻孔，龙和长蛇进行交流的方法，并非只有一个。”

赛玛拉惊讶地发现自己抱住了塞德里克的手臂，而且抱得还很紧。这里发生了一些事，一些让她感到害怕的事。驳船上传来尖叫和呼喊。那艘船正再一次抬高身体。有那么一瞬间，赛玛拉清楚地看到那双强有力的前腿蹲踞下去，又瞥到了在水中收起又蹬出的后腿。一阵臭气传来，将赛玛拉包裹住。那很像是龙从茧壳中孵化时散发出的气味。赛玛拉感觉到眼睛刺痛，不由得用袖子掩住了口鼻，吃力地喘息着。就在这时，驳船彻底调过了头。柏油人的船头落到了河面上。随后他强有力的后腿就将他从三角洲旁推开，一片浑水随之涌到了岸上。

驳船进入到河中。他的船头不再指向水流湍急、开阔笔直的酸水河道，而是进入了赛玛拉昨天探索过的那条绿色的清水河道。赛玛拉和塞德里克同时意识到发生什么事。

“柏油人要丢下我们了！”

“等等！”希尔薇发出一声狂乱的尖叫。赛玛拉朝她那里瞥了一眼，却无法判断希尔薇叫喊的对象是驳船还是默尔柯。龙群也开始行动了。巨龙们纷纷追随驳船而去。柏油人正驶入河道的深水处。船上没有人撑篙，但活船还是抵抗着水流，坚定地向上游驶去。赛玛拉看到船尾处现出一道道乱流。她猜测那是一条摆动的尾巴。

“我们要被丢下了。快！”赛玛拉本来一直抓着塞德里克的手臂。现在塞德里克却甩脱了她，反而抓住她的手。她的另一只手抓住了还在发愣的希尔薇。“跑！”塞德里克对她们说，“快！”

他们冲下三角洲，向岸边跑去。柏油人的甲板上充满了气恼和慌乱的喊声。这让赛玛拉知道，船员和守护者们都没办法让这艘船停下来。赛玛拉忽然想到了那些猎人们。依照习惯，猎人会在天亮之前就出发去寻找猎物。他们肯定已经驶入了流淌酸水的主河道。他们要过多久才能发现驳船和龙都已经沿着另一条河走掉了？

他们不是唯一被丢在岸边的守护者。现在他们只能乘坐还留在岸边的三条小船了。凯斯和博克斯特坐上了格瑞夫特的小船。不过他们都还站在船上，想看看是否还要多带一个守护者。埃鲁姆在另一条船上。赛玛拉看到他正在和哈里金说话。第三条小船还空着。“你们走吧！”赛玛拉向身边的两个人喊道，“我们坐那条船。”

“好！”埃鲁姆用喊声回应她。然后他们的小船很快就驶离了岸边。驳船正毫不迟疑地沿河道快速前进。龙群分开，绕过这三条小船，在靠近河岸的地方涉水跟着驳船。他们很快就会超过驳船了。凯斯和博克斯特也拿起船桨，让小船开始进入河中。

当赛玛拉、希尔薇和塞德里克到达最后一条小船前面的时候，河岸边只剩下了他们三个。赛玛拉回头向营地瞥了一眼。不，那里已经什么都没有剩下了。潮湿的泥地上还有一点余烬在燃烧，除此之外，也只剩下满地的脚印和袅袅升起的青烟，能证明他们曾经来过这里。

“这条船能容下三个人吗？”塞德里克不无担心地问。

“不会很舒服，但我们都上去应该没问题。而且我们也没有别的选择了。你能够将你的桶倒扣在船底，坐在上面。我怀疑我们要再过很久才能追上柏油人。到那时，我们就能让他们把你接上船，如果你愿意的话。”赛玛拉转头看着希尔薇。她对这个女孩沉默不语的态度感到奇怪，现在希尔薇的脸上更是一副深受打击的样子，“怎么了？”

希尔薇缓慢地摇摇头。“他就那样和其他龙一起走了。默尔柯甚至没有看一下我是不是能跟上，他就那样走了。”女孩眨眨眼睛，一滴粉红色的泪水落在她的面颊上。

“喔，希尔薇。”赛玛拉为她感到难过，但也难以压抑心中的急躁。现在不是放纵情绪的时候。他们必须先追上驳船。

“默尔柯并不傻。他知道岸边就有小船，而且你一直以来都能很好地照顾自己。他必须率领龙群踏上征程，以免他们之中还有谁会三心二意。他没有抛弃过你，他只是认为你很有能力。让我们证明他的看法是对的。”塞德里克匆忙地说道。他要消解掉即将发生的纷争。他已经厌倦了一切冲突。

他将桶倒扣在船底正中，坐到了上面，这让他有了一个稍微高一点的位置，能够以一个不同的角度来观察这条河。赛玛拉将小船推入河中。希尔薇一直在努力推着船桨。两个女孩全力以赴，想让小船走得更快一些。船上没有人说话，大家都知道，现在争取时间才是最重要的。

这是塞德里克第一次有机会从这个角度观察这条河和周围的森林。上一次他坐在小船中的时候，只是忙着追赶卡森，根本没有时间环顾周围。现在他出神地望着自己平生仅见的最茂密葱翠的森林。针叶树和阔叶树在此混杂而生，粗大的树枝一直延伸到水面上。藤蔓从一些枝头垂挂下来。树下的植被也很繁盛。芦苇和灯芯草在青苔覆盖的河岸上随处可见。

“这里的生命力真旺盛。”希尔薇用充满惊奇的声音说道。

塞德里克还没有想到这里和酸水河两岸的区别。

“甚至这里的气味都不一样。这里，嗯，到处都是绿色。艾丽斯和我昨天在这里稍微走了一下，我们那时就注意到了。这里的水中没有酸性，看不见一点白浊。这里的生命也要丰富很多。昨天我看见青蛙在水里游泳。就在我们身边的水里。”

“青蛙经常会在水里游泳。”塞德里克说。

“也许在靠近缤城的地方是那样。但在雨野原，我们只能在树上找到青蛙。河里是没有的。”

塞德里克想了一下。每次当他自以为理解了自己的生活发生了多么巨大的变化时，都会有新的状况在他的周围发生。他无声地点点头。

这条支流和主河道完全不同。它轻缓地流过森林。树木都向河道倾斜过来，寻找阳光，也遮蔽了上游的景色。一段时间里，他们只是追逐着龙群和驳船。但随着河道转过一个弯，他们的视野中就只剩下另外两条小船了。他们一直缀在队尾。如果现在他们的小船倾覆了，或者他们在河岸边遇到一群鹬鳄……片刻间，塞德里克感到自己的肠子仿佛被揪住了，但一个奇怪的想法，随即出现在他的脑海中。

无论他遭遇什么事，卡森都会来找他。

卡森。

一抹微笑让他的脸放松下来。他知道，自己的想法没有错。卡森会来找他。

直到现在，他还在努力让那个人和他对生活的概念融合在一起。他从没有遇到过一个像卡森那样的男人，从来不知道有谁能够如此温柔地使用自己的力量。卡森没有受过教育，也没有什么礼仪概念。对于红酒，他一无所知，甚至从没有离开过雨野原。他一辈子只读过不到十几本书。卡森的生活不存在支持塞德里克自尊的一切框架，卡森对那些事都不感兴趣。那么他怎么会欣赏塞德里克？ 为什么这名猎人会喜欢他？ 这对他一直都是一个谜。

只有丛林和水的世界支撑了卡森的人生。他知道这里动物的生存方式，会带着充满亲切感和敬意的语气谈论它们，但他也会杀死它们。塞德里克曾经看见过他屠宰动物，看到他砍开野兽的胯部关节，用双手将股骨从髋关节里拽出来。“一旦你知道动物是如何构成的，要将它拆解开就容易多了。”卡森一边完成了手中鲜血淋漓的工作，让肉成为可供烹调的食材，一边这样向塞德里克解释。

塞德里克一直看着他工作的双手。他手腕上的血，他指甲缝里的碎肉，同时想着这双强壮的手抚摸自己身体的样子。一阵战栗掠过他的脊背，让他恐惧，又勾起他的欲望，让他无比兴奋。在塞德里克的身体上，卡森是温柔的，几乎时时刻刻都是那样小心翼翼。有几次，塞德里克反而成了主动的那一方。控制的感觉让他兴奋，也让他感受到一种自由。在他昏暗的小房间里，他看到卡森的眼睛和嘴，在猎人的脸上看不到丝毫恐惧和怨恨，而掌控一切的是塞德里克。有时他也会想到诏谕对这样的事情有过怎样的反应。“不要和我说你想要什么，”诏谕曾经轻蔑地命令他，“你能得到什么，我自然会告诉你。”

他已经越来越少地想到诏谕了。在最近这几天里，当他将那个过去的爱人与卡森作比较的时候，诏谕似乎就像一个渐渐褪色的幽影。想到诏谕，会让塞德里克感到悔恨，但就连这种情绪也不再强烈了。塞德里克并不遗憾失去了诏谕，让他懊悔的是曾经和诏谕在一起。

这两个女孩划船时很有节奏。小船走得又轻又快，但还是无法拉近和龙群与驳船的距离，甚至也追不上另外两条守护者的小船。他们经过一根低垂的树枝时，一群橙红色鹦鹉突然飞起，吓了他们一跳。这些鸟尖叫着突然从枝头跃起，散开，又落在一棵更高的树上，重新聚集起来。他们三个惊讶地看着那些鸟，突然爆发出一阵笑声。笑声打破了塞德里克一直没有注意到的沉寂。突然间，塞德里克不想再一个人迷失在自己的思绪里了。

“我很想替你划一阵船。”他主动说道。

“我没事。”希尔薇转回头给了塞德里克一个微笑。阳光在那一瞬间闪过她的眼睛，让塞德里克看到一抹浅蓝色的光晕。当希尔薇再度低下头的时候，塞德里克不禁注意到阳光照亮了她头皮上粉红色鳞甲。希尔薇的头发比他们出发时更少了。她的衬衫在肩膀的接缝处也有一点破损。每当她划桨的时候，那一点破口中就会闪过一线鳞片的光芒。

“再过一阵，也许你可以顶替我。”赛玛拉承认。这让塞德里克吃了一惊。他一直以为赛玛拉是两个女孩中比较强壮的一个。

希尔薇转过头，看着河面说道：“你的后背还很难受吗？ 你是在哪里受的伤？”

赛玛拉沉默了一段时间，然后又不情愿地承认道：“是的，它一直都没能愈合。后来我在洪水中被浸泡过之后，它就更严重了。”

小船继续前行。靠近河岸边有一片平静的水面，上面漂着许多平坦的叶片和橙色的花朵。塞德里克闻到一股馥郁到接近于腐烂的香气。

希尔薇说道：“你有没有问过你的龙？”她的声音有些犹豫，但最终还是显得很坚决。

“关于什么？”赛玛拉仿佛也同样下定了决心。

“你的后背，还有你越来越多的鳞片。”

沉默如同一块石头砸在小船上，将小船彻底充满。塞德里克觉得自己在这种沉重的气氛中几乎无法呼吸了。

当赛玛拉再度开口的时候，她已经无法掩饰自己的谎言了。“我不觉得我的背和我的鳞片有什么关系。”

希尔薇继续划着船。她没有回头去看另一个女孩。她说话的时候，仿佛倾听她的只有河面。“你忘记了。我看见过它。我知道现在它是什么样子。”

“因为你也在发生同样的变化。”赛玛拉将这句话掷回给希尔薇。

塞德里克感觉自己被卡在了她们两个中间。希尔薇到底为什么会提起这个话题？ 这种隐私的事情，应该只在守护者之间讨论，而现在他还在这条小船上！

就在这时，一种恐惧的感觉落在塞德里克的胃里。

赛玛拉不是希尔薇说话的对象。他才是。他的手按在自己的脖子后面。覆盖在那里的一线鳞片正在沿着他的脊椎向下延伸。卡森曾经向他保证过，它们还不是很明显。他说过它们甚至还没有颜色，和希尔薇的粉色鳞片以及卡森自己的银色鳞片都不一样。塞德里克仍然一语不发。

“我正在改变，”希尔薇承认，“但我可以选择。这是我选择的。我信任默尔柯。”

“但他今天丢下了你。”赛玛拉向她指出。塞德里克不知道赛玛拉这样说，是出于残酷，还是只不过是不够明智。

“这一点我想过了。塞德里克也说过。如果今晚，我不在集合地点，默尔柯就会回来找我。这个我知道。但我会到达那里，我会以自己的力量到达那里。他相信我能做到。我不是宠物，也不是孩子。他相信我不仅能照顾好自己，还值得一头龙的关注。即使没有龙在身边，我也能生存下来。”

赛玛拉继续提问的时候，仿佛她的喉咙被哽住了。“为什么他会相信你？你是怎样让他信服的？”

希尔薇回头瞥了他们一眼，一抹与常人不同的微笑闪过她的面庞。“我不知道。但他给了我机会，我把握住了机会。我还不是古灵。但我很快就会成为古灵了。”

“什么？”赛玛拉和塞德里克同声问道。

然后赛玛拉又多问了一句：“怎么成为古灵？”

“一点点血。”希尔薇用接近于耳语的声音说道。塞德里克全身都凉了。一点点血？ 一点点是多少？ 他竭力回忆自己在那一晚碰了多少血，真正流进他体内的又有多少？

“默尔柯把他的血给了你？”赛玛拉难以置信地问，“你是怎么接受的？”

希尔薇的声音很低，仿佛她在讲述某件很神圣，或者非常恐怖的事情。“他要我从他的脸上摘下一小片鳞。我照做了。一两滴血涌了出来。他要我用那片鳞抹上那一点血，然后将鳞片吃掉。”女孩屏住了呼吸，划桨的节律也停止了。“那……很美味。不，那并不美味。那是一种感觉……是魔法。它改变了我。”

随着两下有力的划桨，赛玛拉将他们带出水流，让船进入浅滩。她伸手抓住一根树枝，把船拽停。

“为什么？”这一句话从赛玛拉的口中爆发出来，就好像她在质疑宇宙的真理，仿佛是她在对不公的命运发出了绝望的呐喊。但回答她的是希尔薇。

“赛玛拉，你知道我们是什么。你知道为什么我们之中的一些人在出生时就被抛弃，也知道为什么我们如果变化得太多太快，就会被禁止结婚生子。如果人们在我们出生时就发现我们的特征，我们就不会有任何未来。这是因为我们的改变会让我们成为怪物，会让我们死亡，甚至让我们生出无法存活的怪物。这些改变会发生在一切长期生活在龙身边的人类身上，默尔柯是相信这点的。”

“这根本没有道理！ 第一代在这里定居的雨野原人就已经发生了变化。那时龙还远远没有回到这个世界上。孩子们的身上生出鳞片，那时怀孕的女人已经会生出怪物了！”

“那的确是远在龙回归世界以前，但我们一直居住在他们所生活的地方，扎根在古灵旧日的家园。我们在洗劫他们的财富，穿戴他们的珠宝，用龙茧做成木材。也许我们中间没有巨龙存在，但我们一直存在于他们的世界里。”

在一阵沉默中，赛玛拉消化着这些话语。河水流过他们的小舟。塞德里克仍然感到寒意彻骨。血。一头龙身上的血改变了希尔薇。一小片鳞上的两滴血就足够了。他又喝下了多少？ 他引发了自身怎样的改变？ 她们刚才一直说到怪物。生命短促的怪物，没有未来的怪物。塞德里克感觉体内的一些东西开始被勒紧，发生扭曲，扭曲到让他疼痛难忍。他微微向前弯下腰。不过两个女孩似乎都没有注意到。

“但他给你的血，会让你发生更多改变？”

“因为他的血，他说他将塑造我的变化。他警告我，这样并非总是会成功，他也并不全都记得一头龙该如何操纵这种变化。但他说：古灵并非是凭空出现的，每一名古灵都曾经是一头龙的同伴。嗯，几乎每一名都是如此。有时候，人类也会发生变化，甚至没有经过龙的引导，而这种变化也没有杀死那个人。他们注意到照料巨龙结茧和见证巨龙孵化的人身上，也会有这种变化。一些人因此而变得美丽并拥有漫长的寿命，但大多数没有这种运气。不过，凡是被巨龙选中、拥有足够价值，并经过精心引导的人类，都会变得超凡脱俗，寿命更是可以跨越许多个世代。”

赛玛拉一时却感到无言以对。

“我不明白。”

“是‘艺术’，赛玛拉。古灵是巨龙在那个时代塑造的艺术品。他们找到有潜力的人类，让他们充分发展。所以巨龙非常珍视古灵。每一个人都会珍视他们创造的艺术品。每一头巨龙也是如此。”

“那么我的变化呢？ 我出生时就带有很老的女人身上才会有的变化。自从我们离开崔豪格之后，我还在不停地发生改变。这些变化的速度甚至越来越快了。”

“我已经注意到了。所以我问过默尔柯，辛泰拉是否改变了你。默尔柯说他会去问问辛泰拉。”

“我已经问过辛泰拉了。”赛玛拉承认，“我也怀疑她对我做了些什么。我听哈里金提起过。他的龙是不是也在改变他？”

“是的。辛泰拉正在改变你。”

又是一阵沉默。然后赛玛拉承认说：“不。她说她没有。默尔柯说如果他不控制我的变化，那么他就会插手。”

“什么？”

希尔薇难以置信的口气中还夹杂着什么？ 一点嫉妒？ 还是带有怀疑？

赛玛拉似乎也听出了女孩语气的异常。她忧郁地回答道：“不必担心。他不会的。辛泰拉说她绝对不会允许任何人夺走她的守护者。我注定是属于她的，即使她不想要我。我也注定会改变，无论这改变是好是坏。”她深吸了一口气，“我们最好继续划船，我甚至已经看不到那两条小船了。”

“你想要我划一段时间吗？”塞德里克问。

“不。谢谢你。”赛玛拉又低声说，“我认为我还想继续工作。”

塞德里克清了清嗓子，强迫自己说出了最困难的一句话：“我也在变。”

三个人都沉默了。最后希尔薇委婉地说：“是的，我们注意到了。”

随后一句话该怎么说，塞德里克想了十几种办法。最终他找到了一种可以避免谈及龙血和他饮下龙血的对话方式：“有时，我担心芮普妲不知道该如何控制这种变化。”

“我认为，我们对此都会有一点害怕。”希尔薇同情地说道。塞德里克想不出该怎样回应。

赛玛拉用力推桨，让他们离开河岸。他们向前行进着，对抗着迟缓的水流。

金月第九日

商人联盟独立第六年

来自艾瑞克，缤城信鸽管理人

致黛托茨，崔豪格信鸽管理人

一份来自诏谕 · 芬波克的法律告示，致崔豪格和卡萨里克的全体商人，客栈和给养供应者。此告示将公开张贴并免费发放。请注意，从金月第一日起，诏谕 · 芬波克将不再为塞德里克 · 梅尔达和艾丽斯 · 金卡罗恩的一切债务负责。

黛托茨：

快速信鸽比起常规信鸽，提前一天半到达。多雨的天气对它们都造成了妨碍，而快速信鸽的速度甚至超出了我的预料。很明显，这次繁育计划成功了，而且是大获成功。我会为这些信鸽仔细设计出一个鸟类环志系统，以供我们区分其中速度最快的个体，这样我们就有可能更加精准地培养这一特性。

艾瑞克

金月第十日

商人联盟独立第六年

来自艾瑞克，缤城信鸽管理人
致黛托茨，崔豪格信鸽管理人

封锢在小管中的是一份贸易商梅尔达家族和贸易商金卡罗恩家族的告示。这两个家族愿意给出一笔丰厚的奖金。任何人只要能够告知塞德里克·梅尔达和艾丽斯·金卡罗恩·芬波克所在地点和当前状况，就能获得这笔奖金。这份告示将被公开张贴并免费发放，其中一份抄本应被迅速寄给卡萨里克信鸽管理人，相关服务的一切费用，都已事先结清。

黛托茨：

想要像我们的鸽子一样、飞快地走过我们这两座城市之间遥远路程的人，并非只有你一个。我用了许多个小时的时间，研究该在这些快速信鸽的环志系统上添加什么样的标记。我相信，如果我们能够用一个下午的时间共同研究，我们就一定能够设计出一套优秀的标记系统。我也一直很好奇，你在雨野原那样的危险地方，是如何管理你的鸽舍和鸽群的，我相信，如果我能够访问并研究一下你的鸽群管理，对于所有信鸽管理人都将会很有益处。只要雷亚奥能够回来接管我的事务，我就打算暂时告假离开缤城。只希望我前往雨野原的拜访，不会让你感到非常不便。

艾瑞克

金月第十二日

商人联盟独立第六年

来自艾瑞克，缤城信鸽管理人
致黛托茨，崔豪格信鸽管理人

寄自苏菲·梅尔达·洛克逊，在封锢的小管中是一封钱款授权信，供塞德里克·梅尔达和艾丽斯·金卡罗恩使用，以备他们不时之需。此授权信将为他们保留在崔豪格贸易商大堂，关于它寄到的通知，将被寄往卡萨里克贸易商大堂。

黛托茨：

我很担心，我寄给你的上一封短信中的用词，有些也许过于激进。我的意思只是我知道我们对我们的鸽子都有很大的兴趣，而我们之间的会面将对我们的鸽群大有裨益。当然，只有在你认为方便并且有意如此的前提下，这样的会面才得以实现。

艾瑞克

第十六章　芦苇

随着暮色降临，河水两侧仍然没有可以辨识的河岸。莱福特林站在驳船的船头，看着宽阔的河面。他的左右都是高高的芦苇和茂密到不可思议的香蒲。真正的河道很浅，宽度只有驳船宽的三倍。龙群在前方缓慢地涉水前进，显得忧郁沉闷。目力所及的地方，找不到一点陆地的影子。这很可能将是他们连续第二个晚上站在水中过夜了。黑暗正从他们的头顶压下来，一颗明亮的星星出现在深蓝色的天空中。很快，猎人和守护者们就会将小船划回来，然后在驳船上歇宿。在如此平静的水面上，站在柏油人号的甲板上，抬头仰望无比宽阔的天空，这种感觉非常奇怪。很远的地平线，能够看到森林环绕着他的船。但生满水草的宽阔浅水让他无法到达那里。头顶上方，成群的水鸟和小鸟正在盘旋飞舞。很快他们也会落下来准备过夜。水鸟经过一阵滑行之后，纷纷落到水面上。小鸟就栖息在水生植物的穗子上。小鱼，青蛙，还有一些像是水中蜥蜴一样的生物，在这些浅水中到处可见。群龙很不喜欢费力去吃这些小东西，但他们至少不会饿肚子。昨天他们遇到了非常巨大的一群长腿水鸟，那些大鸟至少有一人高，身体非常肥大。它们绚烂夺目的羽翼更是令人惊叹，那些羽毛呈现出所有种类的蓝色。不等莱福特林一饱眼福，龙群就已经冲了过去。大多数鸟都逃走了。在它们全速飞起之前，它们几乎能够在水面上奔跑一段，跑不及的就成了龙的美餐。莱福特林让戴夫威从水面上收集了几片漂浮的蓝羽，以供艾丽斯记录和收藏。这条河上充满了生命，其丰富的种类更是莱福特林从未见过，甚至从没有想象过的。

“至少这里都是淡水，没有一点酸味。”艾丽斯一边走过来一边说道，“这是一点非常值得感激的小小幸运。不过，龙肯定不会因为整夜站在水里而感到高兴的。”她站到船长身边。莱福特林看着她将双手轻轻放在船头栏杆上。她这样做已经有多久了？ 莱福特林心中想着这个问题，却没有问出口。柏油人接受了她的碰触，甚至会主动欢迎她。她用手抚摸着栏杆，就像格里格斯比在认可她之后跳到她的膝头时，她轻轻抚摸那只小猫。这是一种用指尖的轻抚。艾丽斯明白，这艘船只属于他自己，她能够触碰这艘船，却绝不会拥有他。

是的。莱福特林所知道的柏油人就是这样，甚至在这艘船被改造之前也一直都是如此。自从他们进入清水支流以后，这艘船就开始了一种顽固的快速行进。莱福特林熟悉他的这种航行方式，但从没有见他如此专注而执着过。船长从他的船那里感到一种笃定，无论守护者和龙都体会不到这种感觉。这种感觉也弥漫到他晚上的睡梦里。现在唯有这件事，能让他在早晨醒来之后，以乐观的态度面对崭新的每一天。

艾丽斯将手放在了他的手上。

是啊，也许让他高兴的并不只是那一件事。当每天晚上都有这样一位女子，用极尽温柔又充满激情的身体拥抱着他，他又怎么可能感到气馁呢？ 她唤醒了莱福特林从不知道自己所拥有的欲望，又让他的欲望得到了无比的满足。船员和守护者们几乎是立刻就接受了他们的新关系，这一点莱福特林比艾丽斯更感到惊讶。他本以为至少塞德里克会对他们予以阻挠。尽管艾丽斯通常还是会与他分宿两处，但她已经开始公开进出船长舱室，并对此既没有道歉，也没有解释。塞德里克则一直保持着沉默。莱福特林等待了两天、三天，然后他问艾丽斯是不是应该和塞德里克挑明这件事。

“他知道，”艾丽斯毫不避讳地说，“他不赞成这样。他认为你在占我的便宜，他更认为我总有一天会因为对你的信任而后悔不已。”艾丽斯这样说的时候，眼睛一直看着莱福特林，仿佛要看到他的灵魂，“对于这件事，我想了一段时间。最终我决定，如果你欺骗了我，至少是我的选择。”一点奇怪的微笑出现在她的嘴角，“而且我非常享受这样的欺骗，无论它能持续多久。”

莱福特林将她抱进自己的怀里。“这不是欺骗，”他向她允诺，“我们会一直这样下去。也许有一天，你会对我感到失望。也许你最终会厌倦我，去找一个更加聪明或者更加富有的人。但现在，甜美的夏天女士，我打算全心全意享受和你在一起的日子。”他们站在他的船舱里，面对着面。当他说出最后这番话的时候，他俯身抱起她，将她放到床上。她在被拦腰抱起的时候微微惊呼了一声，然后，随着自己的身体安稳地落在床上，她从喉咙里发出一阵咯咯的笑声，让他的脸上泛起了喜悦的红晕。这位缤城女士的身上有一点放荡的味道，这个发现让他觉得很有趣。他怀疑艾丽斯也是刚刚发现这一点。

现在，他们并肩站立，看着水面，周围一片静瑟。许久之后，艾丽斯才轻柔地提出一个问题：“你认为柏油人带我们走的这条路，是正确的吗？”

莱福特林从船栏杆上抬起手，握住了她的手。就算没有他的疑虑，现在这艘船也已经相当敏感了。“我就像他一样有信心。”说完这一句，他又压低声音说道，“我们还有什么路可以走，艾丽斯？ 如果龙群强烈地感觉到应该走另一条路，我相信他们一定会提出反对的。”

“我只是想，嗯，那边看上去应该更适宜通航。我觉得一座像克尔辛拉那样的大城市，一定应该建造在一条适宜通航的大河旁边。”

“这话有道理。”莱福特林也不止一次有过这样的想法。他很想和艾丽斯探讨这个问题，就像和自己探讨一样，“但和古灵时代相比，一切都已经改变了。那时，这也许是一片很深的湖泊，或者也许是一条两岸有许多农田的大河。这个我们已经无从知晓。相信柏油人，走这条路，这也许和选择另外那条路，一样是有道理的。”

“那就是说，我们有一半的机会能找到克尔辛拉。”

莱福特林挠了挠自己的胡须。“走两条路的机会都是一半。艾丽斯，在许多天以前，我们可能就经过了那座城市沉没的废墟，或者这条支流会将我们带往一座在百年以前就已经被泥沙和植物淹没的城市。我们不知道。你想要放弃这次远征，现在就回家吗？”

艾丽斯思考了很长时间，然后低声说：“我永远都不想回去。”

“那么我们就继续向前。”莱福特林一边说，一边向远处斜睨了一眼，“看那边，你觉得那片芦苇是不是有什么不正常？”

艾丽斯向前探头，将身体压在莱福特林的手臂上。莱福特林喜悦地感觉到她柔软的身体，他知道这很傻，很孩子气，但还是禁不住会如此。随后艾丽斯的举动把他吓了一跳。艾丽斯抓住船栏杆，高声说道：“柏油人，我们要去那里看看！ 走吧！”

莱福特林不知道是应该大笑，还是感觉船长的权威受到了冒犯——他感觉到自己的船真的按照艾丽斯的话调转了方向。

“那是一块完美的长方形。看看那里，又有一块，只是更小一些。”尽管艾丽斯努力让自己保持平静，但她还是露出了激动的笑容，就连声音都在颤抖。她坐在小船上，将身子远远探出到船舷外，向水中望去。莱福特林不得不向小船的另一边倾斜身子，并伸手抓住艾丽斯的衬衫背襟。“我不会掉下去的。”艾丽斯只对莱福特林说了这样一句，同时完全没有直起身子的意思。

“你认为它们是沉没的屋顶吗？”

“我想有可能，但它们太平坦了，与古灵时代流传下来的织锦和绘画都不一样。我知道，古灵很少会建造没有装饰的平顶房子。有一些城市，比如位于崔豪格的那一座沉没城市中建筑物，往往是一个相互连通的整体，而不是我们的城市中那种一幢幢独立的房屋。发掘卡萨里克的难点之一，就在于那里的建筑物不像在崔豪格的那样连接在一起。为什么不同的古灵，其城市建造风格会有如此大的差别？ 这一点我们还不知道。”艾丽斯抬起眼睛，扫视这一片浅水。这里的河面上有着极为繁盛的植物，平坦的睡莲叶片在和缓的水流中几乎纹风不动。一丛丛芦苇扬起它们的缨穗。莱福特林握着船桨，让小船停住不动。在他们周围的一片完美的长方形范围之内，水草都很短。这种整齐的样子显然不是天然形成的。艾丽斯又看了一眼船下的浅水，便说道：“我要到船外去。”

“艾丽斯！”不等莱福特林开口，塞德里克已经出声反对。但艾丽斯已经脱下鞋子，卷起了裤管。

“不记得吗？ 这里的水很干净。而且这里这么浅，就连芦苇都无法扎根长高。莱福特林首先注意到的不就是这一点？ 不必担心。”艾丽斯跨出小船，同时庆幸自己的动作没有让小船倾翻。河水拍打到她的大腿上，她的两只脚陷进了泥地里。

“那么水蛭呢？ 会不会有锉刀蛇？”

“我不会有事的。”艾丽斯重复道，但她也希望塞德里克不要提到那些东西。塞德里克坚持要和他们一起坐小船来探索这些生长在方块中的矮小芦苇，她不知道这是为什么，而现在她只能咬紧牙，用她的赤脚拨开淤泥，想要知道泥下面是什么。沉积物漂浮起来，遮住了她的视线。她卷起袖子，将双手探入水中。这座沉没建筑上的水很浅，差不多只到她的膝盖。但把手伸下去的时候，她的脸也几乎贴到了水面上。她挖开淤泥和盘结的芦苇跟，用手指抚摸暴露出来的东西。然后她站起身，身上滴着水，脸上带着笑容。“是泥灰和石块。那些石头摸起来很方正，应该是经过加工之后被拼合在一起的。”

“那么这到底是什么？ 我们找到了什么？”

莱福特林让柏油人号停下，然后划着小船来到这片芦苇进行探索的时候，龙群也停下脚步，又返回来看看人类在做什么。默尔柯和另外两头龙正探过头来进行调查。默尔柯抬起一只脚，踩了踩这片方形的矮草地，然后直接登上这座建筑物，站到艾丽斯身边。“小心，”艾丽斯警惕地喊道，“也许它会被踩塌。”

“不会，”默尔柯回答道，“它就是为了能够乘载龙的重量而建造的。”他走到长方形的另一边，又走回来，一边嘟囔着：“应该在这里。啊，是这里。”

然后他用拽走抓住一样东西，用力一拉，又嘟囔了一声：“卡住了。”

“那是什么？”艾丽斯问。莱福特林也问道：“你在做什么？”。而此时金龙发出一声吃力的咆哮，拖动了水下的一样东西。

默尔柯的行动立刻就有了结果。艾丽斯发出一声畏惧的喊叫。她脚下的泥和水突然变得温暖起来。一种蓝色的光芒开始在长方形上以不均匀的方式弥散开。一些地方的水变得清澈如同玻璃，不过还是有一些地方完全被草根遮住。艾丽斯急忙向小船退去。她感到自己周围的水在迅速变热。她抓住小船边缘，莱福特林完全不顾及她的端庄，伸出手抓住她的衣领和裤腰，把她直接从水里拽了出来。“把船向后划！”他向塞德里克喊道。两个男人迅速用船桨将小船从那个发出光亮和嗡鸣声的长方形旁边推开了。

“默尔柯，默尔柯，小心！”艾丽斯向金龙喊道。但那头龙只是平静地躺倒在水中。兰克洛斯和赛斯梯坎也都来到了他身边。其他龙全都在缓慢地向他们移动。

默尔柯抬起头，仿佛做梦一样说道：“它们不应该在水下。它们曾经位于湖滨最好的一些地方。它们是为龙建造的，为了欢迎来至此地的巨龙。在清冷的黄昏或者雨天里，它们可以为龙提供温暖舒适的休憩场所。”

“为龙准备的客床。”艾丽斯有些虚弱地说。

“嗯，可以这样说。让我们感到愉悦的温暖。即使是现在，这种热度还是很好。”

在艾丽斯眼前，赛斯梯坎也躺倒在水中，重重地叹了口气，伸展开四肢。龙群周围的河水全都开始散发出热量。卡罗也登上这片长方形，为自己找到足够多的地方，同样躺倒下去。其他龙也都纷纷靠近过来，羡慕地看着平台上的三头龙，并且尽量靠近温暖的平台。水面上这时开始冒起了热气和泡泡。

“那么你们是否知道我们在哪里？ 我们靠近克尔辛拉了吗？ 这里是不是克尔辛拉的一部分？”艾丽斯向充满喜悦的龙们大声喊出她的问题。

在她身边，塞德里克突然打了一个呵欠。“你不会从他们那里得到答案。”他低声说，“他们一直都在寻求这种温暖。现在他们已经都沉醉在其中了。”

的确，这些挤在一起的龙，艾丽斯觉得更像是一群牛，他们彼此倚靠着环绕在长方平台周围。塞德里克的呼吸此时也变得迟缓沉重起来。艾丽斯盯着他，感到惊骇又奇异。塞德里克的眼皮正一点点坠下来。

“这是怎么回事……”莱福特林说道。不过艾丽斯按住他的手臂，止住了他的话头。然后艾丽斯靠近到塞德里克身边问：“芮普妲记得这个地方吗？”

塞德里克叹了口气。“有很多地方都和这里一样。各地的古灵想要为巨龙准备舒适的休憩场所。他们在为了争得巨龙的宠爱而竞争，尤其是那些最强大的巨龙。富有的古灵们都不遗余力地款待他们巨大的客人。”

“所以这里应该有很多巨龙卧床？”

塞德里克又用了更长的时间才回答道：“城市中反而不会有这样的卧床。克尔辛拉有一整片能够保持温热的广场。只是在有古灵生活的乡村庄园，或者是北方群岛和更偏北的古灵聚落，才有这种特意要让巨龙感到舒适的建筑。”他睁开眼睛，竭力让视线恢复聚焦，然后深吸了一口气，让自己清醒起来，他的声音也稍微发生了变化。“崔豪格有一些房子的顶棚是玻璃的。那些高大的房屋足以让巨龙在其中活动。当巨龙来访时，这样的房屋会一直保持温暖。古灵会在其中种植美丽的植物，并安放喷泉。”

“原来是这样。”艾丽斯低声说道。她回忆起人们在崔豪格挖掘出的、被称为“加冕者殿堂”的大型房屋，“婷黛莉雅孵化的地方，是一个有着高大门楣和厚重玻璃幕墙的房间。那里一年四季都会有阳光射入，却又能遮挡冬季的雨水。据推测，在一场巨大的地震或者其他灾难之后，一些龙茧被放入那个房间。这样做本来是为了保护他们。但在那座城市被埋葬的时候，那些龙也一同被埋入泥土了。”

“所以。”莱福特林皱起眉头，“我们在这里能找到什么？ 被埋葬的城市废墟？ 克尔辛拉？”

“不。”艾丽斯坚定地说。她的身子激动得打颤。她知道，她真切地知道，“群龙用于取暖的这座平台位于水下。显然是水位上涨将它淹没了，但这也表明水位并没有上涨很多。如果我们在这里停泊，进行搜索，我敢说，我们一定能找到其他古灵生活的遗迹——古代的石雕喷泉，也许还有更多为巨龙提供温暖的平台。但这里不是城市。克尔辛拉拥有许多巨型石砌殿堂、喷泉、广场和高塔。如果这里是克尔辛拉，甚至只是克尔辛拉的郊外，我们也一定能看到那些建筑的遗迹。毕竟就连这些供龙取暖的平台，都只是刚刚被水淹没。不，莱福特林，我们只是找到了一处古灵聚落，但这不是克尔辛拉。塞德里克！ 醒醒。我们要进行测量和记录。在天黑之前，我们需要尽可能勘察这一地区。”

“也会做好关于这里的水文笔记。”莱福特林说道。他们看着彼此，脸上都露出了笑容。这时卡森乘着另一条小船向他们靠近过来。猎人的脸上全都是兴奋之情。

“这里还有一处废墟。我进入到了芦苇荡里，在周围找了找。它就在更靠下游的地方。那里有一座延伸很长的建筑，也许是一座石砌码头，本来是位于河边或者湖岸上的。现在它也沉没在水下了。但我们还能看到它大致的形态。很令人兴奋吧，对不对？”

让艾丽斯吃惊的是，塞德里克这时首先笑着做出了回应：“这就是你想要参加这次探险的原因，对不对？ 找寻这样的遗迹？”

“这只是一个开始，”猎人回答道，“不过我们现在已经有收获了。在我看来，找到克尔辛拉的可能是更加真实了。”他又向正在变黑的天空瞥了一眼，艾丽斯也随着他的视线向远处望去。

越来越多的星星出现在天空中。闪烁着微光的河水散发出一股温热的气味。那种奇异的蓝光照亮了群龙，改变了他们的色彩。他们全都闭着眼睛，耷拉着头，看上去更像一座座雕像，而不是真正的生物。“他们要整晚在这里被水煮吗？”艾丽斯不由得出声说道。

“喔，是的，”塞德里克回答道，“我认为这是芮普妲体验过的最温暖的时刻了。一直以来，她感到多么地寒冷，而我从来没有真正意识到这点。”塞德里克停顿一下又说道，“明天想让他们继续前进，也许会很难。”

“也许我们也可以在这里停留一天。”艾丽斯说，“记录我们的发现，再进行一点探索。”

这时，默尔柯睁开眼睛，抬起了头，让所有人都吃了一惊。金龙说道："不，我们走得太慢，耽搁得太频繁。明天我们会继续上路。夏天已经离开了。当秋雨落下的时候，河水会上涨，我们需要在大雨再次落下前，抵达克尔辛拉。"

赛玛拉屏住呼吸，刺青的手也在同一时刻停下来。"不。"赛玛拉对他说道。这个字中蕴含的决心，要远比她对他的渴望更加坚定。赛玛拉不情愿地叹息一声，从刺青面前退开。而刺青的声音还要更加沮丧得多。

现在天色已经很晚了。他们两个正站在驳船的船尾。黑暗里，甲板上空无一人。其他守护者都睡了。有一些睡在船舱顶上，另一些睡在厨房里或者前甲板上。赛玛拉同意和刺青在这里见面"说话"。她知道，他们两个真正想要的都不是说话。让刺青抚摸她，这几乎成了对他们两个共同的折磨，她试着想让自己为此而后悔，但刺青的亲吻和抚摸已经唤醒了她体内的热血，至今它们还在她的体内奔淌不息，要制止自己比要拒绝他更难。现在他们的每一次共处总是会依循同样的模式。会彼此交谈，然后其中一方会先陷入冲动，紧接着他们就会接吻，会相互抚摸。但最终却也总是一样。

"为什么？"刺青突兀地问道，"为什么你会让我碰你，却又中途让我停止？ 你认为这很有趣吗？"

"不。我只是……"刺青声音中的愤怒和受伤的感觉，让赛玛拉感到慌乱不安。她吸了一口气，决定向刺青说实话，"我喜欢这种感觉。我知道我完全不应该让你碰我，但……"

"你喜欢这样？"

"我当然喜欢。但……"

"那就让我和你在一起。赛玛拉，求你。我是这么想要你。我知道你也想要我。"

"我只是害怕……"

"我会很温柔，我向你保证。你可以相信我。"

“让我说话。你一直在打断我！”

刺青稍稍后退，却没有放开她。“那好，那你来说。”他的语气显得有些粗鲁，但他依然没有将赛玛拉从怀中放开。他们的大腿还紧贴在一起。赛玛拉能够感觉到刺青的血液在急促地涌动。她主动将自己和刺青分开，后退了一步。

“刺青，我不害怕你，也不害怕和你在一起。我只是害怕怀孕。看看洁珥德。她现在有多么悲惨，每天早晨都要呕吐。现在她还总是哭鼻子，或者发火，或者又哭又发火。她几乎已经不再做任何分内的事情了。我听到了她的龙在抱怨。前天是希尔薇为维拉斯做了清洁，去除了她眼睛周围的寄生虫。我不想变得和洁珥德一样。”

“你不想要孩子？”刺青的话几乎带有指责的意味。

对刺青的反应，赛玛拉有些难以置信，她不由得生气了。“什么？现在？当然不！你想要吗？”

刺青动了动一侧的肩膀。“这不会有那么糟糕的。”

“也许对你不会！但即使我很容易就能怀孕，我也无法想象现在有一个孩子。我们还在寻找克尔辛拉。你真的对你刚才说的话认真思考过吗？哺育一个孩子，找到适切的东西为他做尿布，你能找到他可以用的毯子吗？孩子出生以后，洁珥德要睡在哪里？格瑞夫特仍然愿意管她，但是自从她不再和他睡觉以后，格瑞夫特在她身上花的时间也越来越少了。喔，不要这样看着我。这不是秘密！她现在睡得很早，而且几乎吃不下东西。她怎么还可能对他有性欲？”

刺青向一旁侧过身子。“我们不一样。我在意你。如果我让你怀了孕，我不会抛弃你的。”

赛玛拉突然非常坚定地说道：“你这样说，只是因为你知道我是多么不可能怀孕。你只是心存侥幸。”

“的确，当洁珥德怀上孩子时，所有人都很吃惊。我早就听人们说过，这是多么不可能的事。”

“是啊，如果你和女孩们聊过这件事，就会知道这是多么令人惊讶。”赛玛拉摇摇头，突然做出一个决定，“刺青，我不会和你做爱。只要我们还在这样的探险途中。我……”她想要告诉刺青，她仍然希望能够和他接吻，能够抚摸他，被他抚摸，但这似乎很不公平。这时刺青说话了。

“那么我不知道我们该如何继续下去。”他的声音显得很受伤，但也带有一点威胁的影子，这激怒了赛玛拉。

“喔，我明白了。”赛玛拉咬着牙说道，“如果我让你上了我，为你怀上孩子，你就会在乎我，会留在我身边，陪我经历各种难关。但很明显，如果我不愿意把身子给你，你就不会在乎我，不愿意陪着我！ 这就是你的意思？”

刺青保持着沉默，这让赛玛拉很不舒服。然后，他突然说道：“是的。是这样，因为这意味着你也在乎我，就像我在乎你一样。现在，我们所做的事情就像是对我的戏弄。当你突然要我停下来，拒绝我，我觉得自己就像是一个傻瓜，像一个从你那里要不到糖的小孩子。当人们彼此相爱的时候，是不会拒绝对方的。”

刺青不容置疑的口吻，让赛玛拉几乎连呼吸都停止了。“就算是结了婚的人们，也会彼此拒绝的！”她想到了总是吵架的父母，却又忽然停下来，不知道婚姻是否真的就像自己所说的一样。她的父亲和母亲的确经常会发生争执，但其他一同度过漫长岁月的夫妻也都是这样吗？

“我已经厌倦了你拿我当傻瓜，赛玛拉。”刺青在她面前转过身。

“我没有拿你当傻瓜，”赛玛拉声音嘶哑地向背对着他的刺青说道，“我只是不想怀孕！ 难道你不明白吗？”

“我明白你不在乎我，甚至不愿意和我试一试。我们全都知道，我和你有孩子的可能性很小。这样一点风险，你都不愿意冒险！”

赛玛拉吸了一口气，还想要说话，但她突然发现自己不知道应该说些什么。刺青说的是实话，他是对的。赛玛拉喜欢刺青，甚至有一点爱他。他的抚摸会让赛玛拉心跳加速，全身每一寸皮肤都变得温暖。但是当她权衡这种喜悦和怀孕的风险时，她全身的血液总是会立刻冷却下来，她的肚子也会因为恐惧而抽紧——现在的她就是这样。她竭力想找一些话来说，找一个能够让刺青明白她的感受的方法。

就在这时，一头龙愤怒的咆哮撕裂了夜空。赛玛拉感觉到整艘船都在自己的脚下颤抖。她听到人们被从睡梦中惊醒时的气恼喊叫声。

紧随在那一声咆哮之后，是一位男人恐惧的尖叫声。

赛玛拉听到舱门被撞开，莱福特林喊道："轩尼诗！斯沃格！埃德尔！把灯点亮！外面出什么事了？"

又是一声龙吼。这一次，赛玛拉认出了那头龙的声音。是卡罗。她听到一阵高亢的叫声在夜空中抖动。在距离驳船不远的地方，传来水浪拍击的声音。卡罗怒不可遏的言辞，震撼着赛玛拉的每一根神经。"你不是我的守护者，格瑞夫特！我再也不会同你说话！你再也不能碰触我！"

"有人落水了！"丝凯莉喊道。

"我去救他！"是埃鲁姆的声音。这两个声音全都是从驳船中部传来的。赛玛拉猛地向那里转过头。现在肯定所有人都像她一样很想知道这些事为什么会在半夜里的同一时间发生。赛玛拉听到又一阵溅水声，是埃鲁姆跳下河了。片刻之后，数盏油灯同时出现在驳船一侧。赛玛拉和刺青也快步跑过去，加入到聚集在那里的旁观人群中。

斯沃格高举着油灯，照亮了水中的埃鲁姆。现在那个男孩正快速向一个漂在水上的人游去。赛玛拉看到他将那个人翻过来，又听到埃鲁姆喘息着说："是格瑞夫特！扔绳梯下来。"

当埃鲁姆把格瑞夫特绵软的身体拖到驳船旁边的时候，斯沃格已经沿着绳梯爬了下去，正等着他过来。他们一同将格瑞夫特抬上了船。"把他抬到厨房去！"莱福特林喊道。刺青走上前，抬起格瑞夫特的双脚。他们刚刚走出几步，格瑞夫特就已经开始挣扎起来。他们让格瑞夫特站起身，格瑞夫特走到船栏杆后面，咳嗽着吐出河水。斯沃格举起油灯，耐心地等待着。格瑞夫特的衬衫碎成几片，挂在身上。赛玛拉在他的胸前瞥到两道长长的划痕，在他的背上瞥到了另一道划痕。

“我没事。”格瑞夫特突兀地说道，“我不需要帮忙。我很好。”

“你在流血。”赛玛拉对他说。

格瑞夫特转向赛玛拉，满脸都是狂暴的怒气。他对着赛玛拉吼道：“我很好。我说了，不要管我！”

莱福特林伸手拍在格瑞夫特的肩头，猛地把他转过来，然后又放开他。格瑞夫特差一点摔倒。莱福特林却毫不在意地向格瑞夫特高声喝喊：“你很好，而我是船长，这意味着你必须告诉我，刚刚发生了什么事。”

“这和你没关系。这没有发生在你的船上。”

莱福特林一动不动地站在格瑞夫特面前，如同一根石柱。赛玛拉不知道他是不是因为格瑞夫特的话而感到震惊，是不是以前从没有人这样对他说过话。但不等船长眨一下眼，大埃德尔已经抓住了格瑞夫特的肩膀，将他提起来，向船舷走去，毫不费力地把他举到船栏杆外面。格瑞夫特发出无声的怒吼，但也只能紧紧抓住这名大汉粗壮的手腕。赛玛拉注意到格瑞夫特没有挣扎。现在无论是谁都能看出来，埃德尔只要一松手，就能把那家伙丢进河里。或者是格瑞夫特刚刚遭受了太沉重的打击，连抵抗的力气都没有了。

莱福特林稍稍吸了一口气，平静地说道：“你现在不在我的船上了。我想，现在无论发生什么都和我无关了。”

“我去查看我的龙。他向我发火，把我叼起来，扔了出去。我不再是卡罗的守护者了！”他朝着夜空喊出最后那句话，充满了挑衅的意味。作为响应，黑龙发出一声怒吼。其他龙也纷纷应和。随后龙群中又传来一阵咕咕哝哝的低吼声，好像他们正在低声交谈。

“这顶多只是一半的事实。到底发生了什么？”莱福特林继续问道。

赛玛拉从没有见到船长如此愤怒。艾丽斯出现在甲板上，穿着莱福特林送给她的古灵长袍，头发松散地披在肩膀上，眼神显得很是畏惧。其他守护者和船员早就聚集了过来，让甲板上显得非常拥挤。

“我去看我的龙。”格瑞夫特很顽固。他的双手紧紧抓住埃德尔的手腕。赛玛拉不知道那名一直伸着手臂的大汉会不会感到疲惫。

“在半夜里吗？”莱福特林质问道。

“是的。”格瑞夫特冷冷地回答。

“为什么？”莱福特林没有放过他。

格瑞夫特摸了一下胸前的伤痕，看看自己手指上的血迹，突然，他承认说：“向他要血。”

“血？ 为什么？”莱福特林感到震惊。

“因为我想要成为像其他人一样的古灵！”恼恨和嫉妒的话语从格瑞夫特的口中爆发出来，“我听到他们的悄声议论了。我知道其他龙都将血给了他们的守护者，帮助他们产生改变，其他龙正在让他们的守护者成为古灵。昨天，我去找了卡罗，问他什么时候会把血给我，什么时候要开始控制我的变化。”

船长的眼睛里闪烁着犀利的光芒。他低声说道：“埃德尔，把他放到船上来。”

埃德尔就像一台起重机一样，转过身，将格瑞夫特扔在甲板上。格瑞夫特踉跄了两步，然后才直起身子，带着挑衅的神情向周围瞪了一眼。

希尔薇突然从人群中走出来。“那时我和默尔柯在一起。我听到你向卡罗要血。我听到卡罗拒绝了。”

女孩面色苍白，全身颤抖。赛玛拉第一次看到了希尔薇是多么畏惧格瑞夫特。赛玛拉不想去探究这其中的原因。哈里金如影随形地跟随在女孩身后，将双手轻轻放到她的肩膀上，安慰地说：“这样没有什么问题。”

“不，有问题。”希尔薇的声音在颤抖，但她仍然直视着格瑞夫特，“我听到卡罗说的话了。他说他不会把血给你，因为他已经不再信任你了。你也许并不是想用血来变化自己，而只是为了将血卖掉。”希尔薇的手猛然抓住了格瑞夫特衬衫被撕裂的前襟，一扯他的衣袋。一只小玻璃瓶掉落下来，在甲板上滚了一圈。瓶子是空的。希尔薇指着瓶子说道：“改变一个人，不需要用到一瓶血，只要一滴就可以。那么，格瑞夫特，这又是做什么的？ 我们之中出现叛徒了吗？”

赛玛拉猛吸了一口冷气。就在希尔薇说话的时候，默尔柯突然出现在驳船旁边。巨龙的声音和想法同时响应着他的守护者："我们之中出现叛徒了吗？"

格瑞夫特疯狂地扫视着周围的人群。所有人都在惊讶中一言不发。赛玛拉看到塞德里克将脸转向一旁，那张脸已经因为恐惧而变得异常苍白。艾丽斯的面孔如同石雕一般冰冷。莱福特林的目光变得越来越严厉。他们都在等待着。

"我不是唯一的！"格瑞夫特喊道，"你们这些骗子！ 你们都是骗子！杰斯告诉我了，他把一切都告诉我了。他对我说，这次探险只不过是为了让龙群远远离开崔豪格，让人们不知道对这些龙的宰杀，让买家能够方便下手。他告诉我，莱福特林也知道这件事，他只是假意签下了契约！ 雨野原贸易商议会，甚至是卡萨里克的那个小议会都知道！ 否则你们以为他们为什么会同意发起这次探险？ 这只是一场闹剧！ 就连那个从缤城来的'专家'和他的助手，也都有份。根本没有什么克尔辛拉，我们的远征根本没有最终的目的地。这个计划就是要让龙离开崔豪格，然后把这些龙杀死，让满载龙尸的驳船前往恰斯国，将这些龙全都卖给恰斯大公。"

他用挑衅的目光瞪着所有人。在他这番吼叫之后，船上只剩下了惊骇中的沉默。他向所有人露出了充满恶意的、嘲讽的微笑。"难道你们不明白吗？ 傻瓜们，你们以为议会为什么会选中你们？ 就是为了甩掉你们！ 你们就算全完蛋了也不会有人在乎。只要你们带着龙在河上走得足够远，就再没有人需要你们了。龙都是要被杀死的，然后驳船才能装满龙的各种器官前往恰斯国。到时候所有人都会很高兴。雨野原人不必再喂养龙群了，崔豪格除掉了一群不被人们接受的怪物，恰斯大公会恢复健康，并与雨野原结盟，许多人会变得非常非常富有，而且一切都会做得悄无声息！ 你们这群骗子！ 不要这样看我！ 你们知道，我说的是实话！ 为什么你们全都要继续伪装下去？"

博克斯特挤开人群，走到前面。泪水已经从他的眼睛里滚落下来。"但你说过……你说过许多事情！ 我们会有我们自己的城市，建立新的规则，还有所有那一切！"现在这名守护者就像是一个遇到巨大谜题的男孩。片刻间，赛玛拉想到了拉普斯卡和他各种天真的问题，心中一下子充满了哀伤。但博克斯特不是拉普斯卡，怒火已经开始在他的脸上燃烧，让他变得格外凶恶。“你这个骗子！ 你对我们说，不要去打扰那些女孩。然后你却去找上她们！ 你说什么要订立分享一切的规则，却把最好的都留给了你自己。我们知道你干了什么。凯斯和我，我们不是傻瓜。”

“你们不是？”格瑞夫特冷笑一声。博克斯特挥起拳头。格瑞夫特急忙向后一闪，但博克斯特的拳头还是擦到了他的下巴，让他的牙齿撞在一起。

“够了！”莱福特林喊道。斯沃格突然抱住了博克斯特的双臂。

一道细长的血迹从格瑞夫特的嘴角流下来。他没有理会自己受的伤，只是用轻蔑的目光扫过一个又一个人。当他发现所有人都对他充满敌意的时候，他吸了一口气。“一开始，我还相信我们所做的事情。是杰斯让我明白的。”他看着莱福特林，眼睛里全是指控的神色。“杰斯遇到了什么事，莱福特林船长？ 他告诉我，你想要反悔和他的交易，他说你想要让那个女人上你的床，如果你杀了他，你就能够把龙血给那个女人，换得你想要的。是不是这样？”他又将指控的瞪视转向艾丽斯，“美丽的缤城女士，为了龙血，你当了娼妓？”

“莱福特林！”艾丽斯惊呼一声，但船长的拳头已经结实地砸在格瑞夫特的嘴上。强猛的力量，让格瑞夫特的脊背猛然撞上了甲板船舱，脑袋在脖子上晃了两下。但他终于还是站直了身子。他瞪着所有旁观者，然后故意将血啐在柏油人的甲板上。丝凯莉恐慌地高喊了一声，跳过去用袖子擦去那片血污。格瑞夫特故意向莱福特林探过头。艾丽斯抓住船长的手臂，竭力要拉住他。但赛玛拉知道，是船长的意志克制了自己的拳头。这位船长腮边和胸前的肌肉，此时全都展现出一根根刚硬的棱线。

“我已经厌倦了伪装！”格瑞夫特说道。他的声音中流露出那样强烈的幻灭和破败的感觉，甚至让赛玛拉一时间觉得他很可怜，“我本以为议会终于给了我们一个机会。我以为我在这里会有未来。所以我才报了名。”他环顾人群，眼睛里净是指责的意味。

“我想要让你们全都看清我们的未来。我想要让你们明白我们能够改变所有这一切。但你们之中的一些人，就是不想有任何改变。”他瞪着赛玛拉，

“你们之中的一些人，只想让别人为你们思考，只想要别人告诉你们该做什么！”他指责的目光又回到博克斯特身上。凯斯站到了他堂亲的身边，一只手按在博克斯特的肩膀上。不过斯沃格依然没有放开博克斯特。

“莎神啊，我真是累了！”格瑞夫特向天空中喊出这一句。然后他再一次瞪视着所有人，“但你们根本就不听我的话。是杰斯告诉了我为什么。他告诉我，这一整桩事情是怎样一张谎言的罗网。是的，现在他死了，不存在了，我可不认为这是一桩意外。我早就听说有龙在改变他们的守护者，将自己的血给了守护者。但卡罗不这样做。不。他不给格瑞夫特，什么都不给格瑞夫特。我费力照顾那个怪物。我为他狩猎，给他喂食，擦洗他的身体，除去他身上的污物。但他有没有给我一滴血，一片鳞？不！他不会用一滴血来改变我，不会让我的身体变得正常，不会给我任何能够让我卖掉、换回一个新人生的东西。”他继续扫视着众人，愤愤不平，怒气冲冲。血从他的伤口中渗出来。赛玛拉猜测，卡罗一定是咬住他，把他甩了出去，才会在他身上造成这样的伤口。让她感到惊讶的是，龙竟然没有将他咬成两段，也没有吃掉他。

格瑞夫特的声音突然平静下来。“我早就知道，我不可能得到别人应该得到的许多东西，不可能被尊重，甚至不可能有正常的寿命。像我这样，像我们这样的人，我们会在年纪轻轻的时候就死掉。除非有一头龙接纳我们，纠正我们身体的错误。现在我知道了这些。我听到希尔薇和哈里金在晚上的谈话。他们说现在尽可以等待，因为他们也许能够在一起度过数百年的光阴，因为他们的龙改变了他们。但格瑞夫特没有，我没有。所以我今晚去取应该属于我的东西。我一直都在擦洗他，喂养他。他当然应该给我一片鳞，几滴血。但没有，没有！”

格瑞夫特从鼻孔中弹出一口气，看着包围他的人们，缓慢地摇摇头，仿佛无法相信自己的厄运，无法相信命运对他竟然如此严苛，执意要将他毁掉。

“我很快就要死了。”他最后说道。听他的口气，仿佛这全都是他们的错，“我身体的情况正变得越来越糟糕。我能感觉到。我饥饿的时候会感到胃痛，当我吃东西的时候，我的胃会痛得更厉害。我的嘴巴正在变形，让我无法咀嚼，甚至闭上嘴也不舒服。我的眼睛很干涩，但我没办法完全合拢眼皮。一切本来很简单的事情，都变得不再简单了。我没办法用鼻子呼吸，我用嘴呼吸的时候，我的喉咙就会干到让我咳血。”他又看了他们一眼，这一次他的目光落在了赛玛拉的身上。“这就是我的生活，”他低声说，“或者是我的死亡，一个改变者的死亡，只因为没有龙引导他的改变。因为出生时就受到雨野原的影响，我甚至没办法活到中年，更不要说是老年了。”

突然间，他在人群中显得格外孤独，没有人愿意碰他。当他走出人群的时候，人们一语不发地为他让开道路。艾丽斯俯下身，拿起那只掉在地板上的小玻璃瓶，看着这只瓶子，然后又向惊慌失措的塞德里克瞥了一眼。“这看起来像是一只墨水瓶。”她说道。

塞德里克耸耸肩，紧紧抿住嘴唇，面色苍白，看上去好像生了病。卡森靠近到他身边。艾丽斯又缓缓地将目光转向莱福特林。“这不是真的，对不对？猎人对那个男孩说了谎，对不对？”

莱福特林看着她，沉默了很长时间，然后又看了一眼围观的守护者们。“有人以为能够强迫我做这样的事情。因为他们知道柏油人，知道他的身上有多少巫木。但我从没有同意过，艾丽斯。我从没有接受过他们的逼迫，也从没有打算过做这种事。”

一点皱纹出现在艾丽斯的双眼之间。“所以那一天他才会那样说话，对不对？ 就是那一天杰斯在厨房里？ 他以为塞德里克和我是来帮你的？”

“他有许多特别的想法。但他已经不复存在了，艾丽斯，我对你说的都是真的。我从没有同意过走私龙血或者龙的器官。”他看着艾丽斯，又用很低的声音说道，“我以柏油人发誓。我以我的活船发誓。”

随后的一段时间里，艾丽斯站在船长面前，脸上的神情犹豫不决。赛玛拉注视着艾丽斯，又让自己的目光扫过莱福特林及塞德里克，最终又回到艾丽斯身上。这时，艾丽斯伸手挽住莱福特林的手臂，眼睛只看着他。“我相信你，”她说道，仿佛她已经做出了一个决定，“我相信你，莱福特林。”

金月第十二日

商人联盟独立第六年

来自黛托茨，崔豪格信鸽管理人
致艾瑞克，缤城信鸽管理人

此密封信函由崔豪格雨野原贸易商议会寄往缤城之贸易商议会，其内容为重建崔豪格公有码头的全部费用统计。在此次重建中，缤城贸易商应当分担的费用都已详细标明。像以往一样，如果能迅速得到款项拨付，雨野原人将不胜感激。

艾瑞克：

两天后的金月十四日，雷亚奥将乘船出发以返回缤城。我们的家族非常感谢所有信鸽管理人的帮助，让他能够有时间回家参加我们的哀悼。我尤其感谢你的理解，也感谢你在这些年向我们的家族所展示的善意。我会让雷亚奥带去两只雏鸟，相信它们一定会让你高兴的。它们的父母是我的鸽群中色彩最艳丽的，它们的羽毛边缘都闪烁着真正的蓝色。它们很健康。尽管飞行速度不算最快，但它们能够毫无差失地返回家乡的鸽笼。我相信你一定会喜欢它们。

黛托茨

第十七章 变化

塞德里克赤脚在甲板上来回踱步，又站定脚步看看周围。东方黎明的天空中，显露出一些晨曦的条纹。头顶上方，宽广的天空净是一片灰蓝，只有远方挂着一些涟漪般的洁白云絮。他从没有见到过这样广阔无边的天空，一切都是这样宁静安详。落锚的船外，水面平稳得如同池塘。更远一些的地方，龙群还在打盹。发热的平台将一缕缕蒸汽送入半空。塞德里克的目光刚落在群龙身上，他就感觉到芮普妲因为他的关注而抖动了一下。他轻轻收回自己的目光。就让她尽量在热水中多睡一会儿吧。很快，他们就又要上路了。

塞德里克摸了摸后脑袋，他的手指循着一线鳞片一直滑落到脖颈。“是红铜色。”卡森昨晚告诉他，“就像闪闪发光的铜罐。塞德里克，我认为这已经回答了你的问题。她一定在引导你的变化，或者至少是在尝试引导你，否则我相信你的鳞片绝不会变成这种颜色。我的鳞片就几乎是无色的。”

“我注意到了。”塞德里克说道，“卡森……”他还想要说话，但猎人摇摇头。当猎人说话的时候，他的呼吸轻轻拂过了塞德里克的颈后。“不要再问了，”他轻轻地说着，轻轻亲吻塞德里克颈根处的骨节，“我不愿思索你会如何变成一个古灵，我不想考虑你会比我更高、比我活得更久。现在不想。”

那个吻的回忆让一阵战栗掠过塞德里克的脊背。片刻之后，一双手臂从后面将他抱紧。“冷吗？”卡森在他的耳边问道。

“不，并不很冷。”塞德里克回答。但他还是用双手按住卡森的手臂，让它们更紧地抱住自己，仿佛是披上了一件外衣。片刻间，他们就这样拥抱着。然后塞德里克叹息一声，放开自己的手，轻柔地摆脱了卡森的手臂。“大家很快就要醒了。”他用抱歉的口气说道。

“我可不觉得有谁会在乎，”卡森说。他的声音是如此深沉，塞德里克必须仔细去听才能分辨他说的每一个字，“你也知道，戴夫威和莱克特就不会这么遮遮掩掩的。我已经和戴夫威说过两次，让他不要太过张扬。”

“我也注意到了。”塞德里克说道，但他没有靠回到卡森的怀抱中，却只是问道，“我们变成了什么？”

“我不知道。嗯，知道一点。我相信你将会变成古灵，在你的身上已经有一些改变。塞德里克，你的鳞片生长速度变快了。你的双手和双脚也似乎比以前更长、更纤细了。你有没有直接问过芮普妲，她是否引导着你的改变？”

“具体细节，还没问过。”塞德里克承认。他不想和芮普妲谈及这个话题。芮普妲是否完全回忆起了那一晚他是怎样取走了她的血？ 有时候，她似乎就像是个甜美的、头脑简单的孩子，会原谅一个她并不完全明白的错误。但最近，她已经有那么一两次清楚地向塞德里克显示出她是一头龙，不能被糊弄。塞德里克在喝下她的血的时候，会不会也让她的记忆开始逐渐苏醒？ 那时芮普妲是否察觉到了他？ 是不是曾经诱使他品尝她的血？ 还是当她回忆起那一天真正的情形时，会转而成为他的仇敌？

“我把一切事情都搞得一团糟。”塞德里克说道。

“你和我是‘一团糟’吗？”卡森轻柔地问。

“不。”

“塞德里克，你尽可以对我说实话。我知道我只是一个很普通的人。我知道我没有受过教育，更不懂得人情世故。我知道我不是……”

“重要的是你是什么，而并非你不是什么。”塞德里克转向他，又向周围瞥了一眼。就在卡森对他的谨慎露出笑容的时候，他已经转回头，亲吻了那名猎人的嘴唇。这让卡森又吃惊，又欢喜。但是当猎人要再次拥抱他的时候，塞德里克摇着头向后退去。“你是我一生中极少的几件没有被我搞糟的事情之一。我过去不值得被你拥有，即使是现在也配不上你。也许这是我的不幸，但我搞糟的大部分事情，都是我咎由自取。”

“比如？”卡森放弃了对他的拥抱，在清晨的寒意中用双臂抱住胸膛。

“我相信艾丽斯在生我的气。她认为我向她指控莱福特林，是对她说谎。”

“我认为你说的，的确可能不是实情。”卡森用关爱的话语向他指出。

“我只是在重复杰斯告诉过我的事情，我有充分的理由相信那是真的。”

“也许如果你先和我谈谈，我就能帮你将这件事想清楚。”

“那时我才刚认识你。”

“塞德里克，亲爱的，你现在也才刚刚认识我。”

“看，龙群已经醒了。”

“你要改变话题了。”

“是的，正是如此。”塞德里克丝毫不介意承认这一点。他已经搞砸了太多事情，而且他绝不想和卡森讨论这些事。就让卡森认为他是一个好人吧。他知道自己不是，他更知道卡森应该得到一个更好的人，但他没办法放弃卡森。现在还不行。很快他就能看清楚了，但现在还不行。于是他转移了注意力，“甜美的莎神啊，看看他们的色彩。那些温暖的水的确对他们产生了作用。”

那些龙让塞德里克想到了一群鹅或者天鹅。他们之中有几头刚刚醒来，另外一些已经在伸展肢体，用力振动翅膀。水滴从翅膀上四散纷飞。热水中升腾的蒸汽，他们看上去仿佛来自梦境。今天，所有这些龙仿佛都变大了。他们的翅膀变得更长且更强劲。塞德里克感觉到芮普妲在悄声赞同他的想法。热量让我们成长，热量让我们强壮。

突然间，芮普妲从龙群中钻出来。她要比闪亮的铜币更加耀眼，全身都散发着温暖的光芒。

你觉得我很美丽。她赞扬塞德里克。她张开翅膀，让塞德里克能够好好欣赏它们。在前一个晚上，这双翅膀生出了一系列黑色的花纹。那图案让塞德里克想起冬季窗玻璃上的冰花。突然间，芮普妲用力扇动翅膀。她的身体没有离开水面，但她的确靠水的浮力“飞行”过来，落在驳船边上，抬起头看着塞德里克。

“我是这么美丽！”

“喔，真的呢，我可爱的龙。”

“你在梦中感到害怕。不必害怕，我会让你像我一样美丽。”

塞德里克俯身到船栏杆外面，当他这样做的时候，他真切地感觉到柏油人在顶他的肚子。“原来你知道如何塑造古灵。”

芮普妲注视着自己翅膀上如同羽毛一般的鳞片。“这不会很难。”对塞德里克的担忧，她全然不以为意。然后她又回过头向龙群望去。“默尔柯来了，还有卡罗。卡罗很伤心。今天会有变化发生。不必害怕，我会保护你。”

这不是龙的行为，辛泰拉心中想。每一头龙总会有自己的主张。他们不会委屈自己与别人相处，让自己意志受到压抑。

但龙的确也会这样做。比如当他们对待古灵的时候。一点记忆在辛泰拉的脑海中展开，他们的确达成过协议，关于取食牲畜的规则，关于在田地里打滚的规则。必要的规则对大家都有好处，龙群聚集在一起所创造的规则。这个想法让辛泰拉感到惊讶，也让她不由得怀念起过去那些美好的时光。

她在温暖平台的边缘占据了一个位置，一整晚都顽固地拒绝移动，哪怕只是稍稍移动一下，靠在平台上让她感觉很舒服，带有疗愈能力的暖意扩展到她的全身。热量和阳光对于龙非常重要，就像新鲜的肉和洁净的水一样重要。自从他们进入这条支流以后，她的生命就发生了变化。她不必再去喝从河岸边的小坑里渗出来的那种充满沙粒的泥汤。清凉甜美的水，她想喝多少就有多少。她能够随意打滚洗浴，不必再担心自己的眼睛和鼻孔受伤。她感觉到自己的身体中充满了净水。

还有食物。这条河里的食物很小，但很充足，只不过需要一些力气才能捉到。她必须有犀利的目光，才能叼到河中的鱼，或者是低垂藤蔓上的猴子。不过吞下新鲜而温暖的肉会带来很好的感觉，而成功击杀猎物还会给她带来充分的满足感。这条清水河流正在改变她。

昨天晚上的温暖则给她带来了最大的改变，随着热水的抚慰，辛泰拉感觉到自己的身体内发生了一些事情，尤其是她的翅膀。在体内扩散的热量给她一种特殊的感觉，就好像她是一株吸收了水分的植物，在长久的干枯之后终于能够挺直茎干，伸展枝叶。她张开翅膀，在阳光下欣赏它们，仔细观察点点光芒在蓝色的鳞片上跃动。现在她能够看见血液强劲地在皮翼中流动。她扇动翅膀，一次，两次，三次。她的身体随之离开水面，而她的心中也涌出一股升腾的精神。现在这双翅膀还没办法将她带上晴空，但看起来，它们总有一天能够实现这个使命。

她不想离开舒适的温暖，但在昨天那个漫长的夜晚，他们全都同意在清晨到来时，就去见他们的守护者。格瑞夫特所做的事情是无法接受的。*卡罗应该杀了他*，辛泰拉再一次想道，*如果卡罗杀了他，将他吃掉，就不会再有这种事了*。一名人类竟敢趁夜晚来到他们之间，且不是侍奉他们，而是偷窃，想盗取他们的血和鳞甲，就好像他们是产奶的母牛或者要被剪毛的羊。卡罗和他的守护者之间出现了严重的问题。他应该结束这个问题，一了百了。

他们离开崔豪格的时候，一共有十三条龙。辛泰拉那时并没有将芮普妲和喷毒当作龙看待。现在，他们损失了荷比，但还有十四头龙聚在一起。十四头龙，全都要比离开崔豪格的时候更强壮，更有能力。这十四头生物再也不会被视为弱小的龙了。

随着天色渐明，他们从容不迫地涉水向驳船走去。辛泰拉嗅到了烟气。有人在船上生起了煮食的火焰。卡森和塞德里克正在甲板上看着他们。那个缤城人在向他美丽的龙微笑，他的心直接映照在他的眼睛里。至少这个人类对于巨龙的态度还是正确的。

“醒来，来见我们！”默尔柯铜号般的吼声震碎了清晨的寂静。一群水鸟受到惊吓，从芦苇中飞起，“嘎嘎”叫着逃往上游。卡罗将肩膀抵住驳船，突然推了一下。“醒来！”黑龙高声咆哮。船中人类的尖叫声比鸭子的叫声更大。甲板上的两个人全都恐惧地抓紧了栏杆。

“耐心，卡罗，”默尔柯低声劝告自己的同伴，“你的莽撞会吓到他们，那样我们就无法与他们进行交流，让他们满足我们的意愿了。”

辛泰拉觉得默尔柯的警告发出得太晚了。这时人类已经从船内部窜了出来，就像白蚁逃出被压塌的蚁巢。他们发出的不同声音给辛泰拉留下了深刻的印象。有些人在咒骂，有一个人在哭泣，还有几个在叫喊。那个船长跑了出来，吼叫着，向所有敢于攻击柏油人的生物发出威胁。艾丽斯在他的身边，也和他一样愤怒。她的伴侣和这艘船所释放出的无言的忧虑情绪一阵阵涌过她的全身。不，辛泰拉心中想，艾丽斯不合适。在这件事上她没有看错。尽管艾丽斯对于巨龙的态度是端正的，但她不是一名合格的守护者，也不是能够成为古灵的材料。她这么快就将自己的全部忠诚，转向了一个人类配偶和一艘活船。辛泰拉看着那个曾经对她崇敬有加的女人，她正用双手抚摸密布银丝的船栏杆，就好像是在安抚一只受到惊吓的猫。

“安静！”莱福特林向他的船上的人类发出咆哮。然后他俯身在船栏杆上，瞪视着默尔柯。“如果你们和我或者我的任何船员有问题，那就直接和我说，让我来负责。如果你们之中有谁再碰一下我的船，小心我用鱼叉对付你们。”

“你有鱼叉？”默尔柯问话的口气显得非常好奇，辛泰拉甚至听到有人——也许是赛玛拉——不小心发出一点紧张的笑声，又急忙把那笑声压抑下去。

船长没有回答他的问题。“龙，你们有什么不平？”

“昨天晚上，你们的一个人来到我们中间，趁我们睡觉的时候要伤害卡罗。不只是伤害，而是要盗取他的血和鳞，去卖给其他人类。”

莱福特林并不怀疑龙说的是事实。“这不是我和我的船员所做的。”

“格瑞夫特不再是我的守护者了！”卡罗怒吼一声。辛泰拉为他感到羞愧。他根本不懂得压抑自己的愤怒和受伤的感觉。真是羞耻啊，竟然承认人类的忠诚对他是那么重要。

“很好。”这名船长的愤怒却能够帮助他保持镇定。辛泰拉几乎已经能看到怒火在他的身上燃烧了，“格瑞夫特不再是你的守护者。对此我毫无异议。只是你撞击我的船，这就是问题了！”

卡罗张开大口。片刻间，辛泰拉有些害怕他会喷出一团毒雾。最近所有的这些巨大爬虫都获得了足以造成危害的毒液，而卡罗是他们之中最大的，脾气也总是很糟糕。他也许会喷出剧毒，杀死柏油人号上的每一个人，同时也对这艘活船造成严重的伤害。在甲板上，一些守护者都已经惊慌地退散开去。莱福特林将双臂抱在胸前，劈开腿站立在栏杆后面。在他的身边，艾丽斯握住莱福特林的手臂，分开的嘴唇间露出了紧咬的牙齿。当守护者们向船尾退过去的时候，船员们则纷纷站到了他们船长的两侧。就连柏油人也知道自己过于笨重，不可能逃避这样的攻击。辛泰拉感觉到活船那根隐藏的尾巴甩了一下，让它固定在原地，面对着卡罗。

就在辛泰拉绷紧肌肉，准备将卡罗撞到一旁，阻止他发动攻击的时候。卡罗头低垂到了胸口。辛泰拉打了个寒战，想象着卡罗肿胀的毒腺中喷出的液体会造成多么强烈的烧灼，但卡罗并没有放开毒腺。他缓缓抬起头，厉声说道：“我要求得到一名新的守护者。一名由我挑选的守护者。”

大多数守护者都已经鼓起勇气，重新走上前，看着这场龙与人的对话。辛泰拉看见赛玛拉走在守护者的最前面。走在她身边的希尔薇则显得格外苦恼。她一直都在盯着默尔柯，用眼神恳求金龙不要逼迫她在巨龙和她的人类伙伴中间做出选择。愚蠢，愚蠢的女孩。如果她不站在巨龙这一边，她就注定要失去一切了。

赛玛拉则完全没有这种不知所措的迹象。她看着辛泰拉，嘴唇抿成一条细线。辛泰拉认为这一点并不出乎自己的预料。她看着那个女孩，看着她挑衅的瞪视，感觉这样很有趣。是的。赛玛拉早就明白她是什么，早就清楚巨龙就应该像巨龙那样做事。

莱福特林回头瞥了一眼聚集在自己身后甲板上的守护者们。“这是守护者的事情，”他冷冷地说，“这和我的船和船员都没有关系。你们要和守护者讨论这件事。”

“所有守护者都已经被占有了。”卡罗说道，“他们的人数一直都不够。”

“我没有守护者！”银龙突然吼道，“我不是一头龙吗？侍奉我的人在哪里？”

“安静！”卡罗向他吼了一声，“这是我的时间，废物！”

喷毒立刻昂起了头。辛泰拉知道下一刻会发生什么，而且她能清楚地看到，喷毒的毒液不仅会击中卡罗，更会飘散到整艘船和守护者的人群中。赛玛拉伸手按住船栏杆，正惊恐地盯着那头龙。

辛泰拉和默尔柯同时从两侧击中了喷毒，将小银龙按进水中。辛泰拉一直担心河水不够深。但他们两个的力量成功地按倒银龙，让他完全沉到了河面以下。银灰色的毒液完全融入了河水。在他们周围，群龙纷纷发出铜号般愤怒或者惊慌的吼声，匆忙躲开扩散的毒液。这里的水流速度不够快。当毒液进一步扩散的时候，柏油人也用自己粗壮的四肢站起来，避开了毒液流动的方向。他的船锚还被一直拖在屁股后面。在船上，守护者和船员们都在慌乱和恐惧中大呼小叫，只有莱福特林船长咆哮着要对喷毒进行报复。各种喧哗和骚乱持续了很长一段时间。喷毒挣扎着站起来。默尔柯一口咬住这头小龙的喉咙，将他拽起，同时透过牙齿缝说道：“我们说话的时候，你是打算保持和平，还是我现在就杀了你？”

喷毒飞快地转动着眼睛。像默尔柯散发出这样的威胁，以前还没有过先例。他没有权力这样做，毕竟这不是为了争夺配偶而战，况且其他龙都没有对喷毒给予任何支持。即使这样，喷毒也没有做出让步。他被扼住喉咙，无法发出铜号般的吼声，但他的意念已经强烈地被释放出来：“我有权利得到守护者！我比卡罗更有权利！他没有教会他的守护者懂得尊敬，现在他丢弃了那个守护者，又要求一个新的。而我从来都不曾拥有一个！这公平吗？这应该吗？”

默尔柯没有放松自己的双颚。恰恰相反，他将头抬得更高，完全拉直了喷毒银色的喉咙。小龙发出一阵声音，那声音里有痛苦，却绝没有投降。默尔柯从牙齿缝里咆哮一声：“你没有被忽视。我的守护者在你身上花了许多时间，其他守护者也是。他们为你洁净身体并为你带来肉食，而那时你比一头水野猪好不了多少。没有谁欠你的。我现在放开你。在卡罗的事情结束之前，你要保持安静。然后你可以说出你的话。但如果你再喷毒，或者又想如此，我会杀了你，吃掉你的记忆。”

然后金龙就轻蔑地把小龙甩到一旁。喷毒倒在浅水中，急忙站稳身子，跑开一段距离，又转回头看着龙和人，收紧了头和脖子。这是一个威胁的姿势，仿佛他正在充满自己的毒囊。当默尔柯缓缓地转过头盯着他的时候，这头小龙咕哝了几声，但还是抬起了头。他旋转的银色眼睛里显露出愤怒的红光。有几滴血沿着他的脖子流下来，把他的鳞片也染成了猩红色。

卡罗缓慢地靠近柏油人号。这头蓝黑色的大龙在离开崔豪格之后，便不停地成长。现在他站到驳船旁边，俯视着这艘船和船上的人们。“我需要一名守护者。”他平静地说道。

莱福特林稳稳地站在甲板上。“所有守护者都有职属了，除非你想要让格瑞夫特重新为你服务。”

船尾处传来格瑞夫特愤恨的喊声，“我不会侍奉任何龙！”

洁珥德一直站在他身边。她看了格瑞夫特一眼。那个眼神中有许多辛泰拉无从解读的情绪。然后她便从格瑞夫特身边走开，加入到那些站在船栏杆后面，焦虑地看着各自巨龙的守护者之中。

让辛泰拉感到惊骇的是，赛玛拉竟然在这时举起了手。“卡罗！ 我会侍奉你。只要这样能够让船和船上的人不受伤害。辛泰拉早已不止一次表明她对我很不满意，不过我还是会一直在为她狩猎，为她清洁身体，只要她向我提出要求。我也会为你做这些事，只要这样能带来和平。”

“那我呢？”不等卡罗开口，喷毒便激动地问道。同时有数头龙都转向他，发出威胁的声音。

卡罗仍然没有来得及说话，辛泰拉已经冲了上去。她抬起头，紧紧盯住赛玛拉。“我没有允许你离开我，人类。”然后她转回头瞪着卡罗。黑龙显然对那个女孩很感兴趣。“你不能选这个女孩。她有了我的血，正在被我塑造。她不是你的。”

“你的血！”赛玛拉气愤地高声说道，“你从没有把你的血给过我，更不要说塑造我了。”

“不管怎样，你已经有了我的血，我一直在感知着你的塑造。我不需要和你说这些，一切都是我的选择！ 这一个是我的，卡罗。我拥有她。另选一个吧。”

“我已经告诉过你们，没有别人了！”莱福特林竭力让自己的声音更加洪亮，但还是失败了。卡罗的头悬在驳船上方，仔细打量着守护者们，仿佛是要从一群惶恐不安的羊群中挑出一头母羊。早先的回忆清晰地出现在辛泰拉的脑海中。它们都来自那些美好的时代。巨龙在克尔辛拉郊外，轻松地在牧场上捕食。那里肥美的牛羊都是为他们准备的。从大片丰饶的农田中收获来的燕麦，成为这些牲畜最好的饲料。在高高的山坡上，众多丘陵和群山中还有鲜美的山羊和各种猎物。片刻间，辛泰拉的心绪和生活全都飘向了另一段时光。那时的她是一头受到精心照料，拥有丰富食物的巨龙。侍奉她的不是一个渺小的人类，而是一座古灵城市和众多为古灵服务的人类。

在沉迷于这些遐思的同时，辛泰拉看见卡罗低垂下头，看见那些守护者缩头耸肩，就像羊群拥挤在巨龙的面前。但卡罗的目光扫过他们，转向了莱福特林的船员和站在船舱顶上的猎人。他用自己的长吻推了一下一个男孩，差一点让他从甲板船舱上掉下去。“我要这个。”

“不。”卡森喊道。但不等那名猎人再说一个字，那个男孩已经喊道，“好的！”戴夫威转向卡森，迅速而清楚地说道，“我想要这样，叔叔。”他低头瞥了一眼聚集在一起的守护者，与他们之中的一个人四目相对，露出笑容。然后他又转向卡森，“我会成为卡罗的守护者。”

“为什么他会选择你，戴夫威？”卡森问道。

黑龙在男孩之前做出回答：“我见到他在我们之中行走。他很会狩猎。他从没有显示出恐惧。我就要他。”

“这样很好。”戴夫威回应道，“你会明白的，叔叔。我认为在这个世界里，这才是我一直在寻找的地方。在这里会有我的朋友。”

“你宁可留在龙和你的朋友们中间，也不愿跟随我？”

戴夫威看着卡森。“叔叔，我了解你。你也会留下来的。”

“那么他就能成为我的守护者！”这一声呐喊是喷毒发出的，“如果卡罗可以要一个猎人，那我也能要一个猎人。我要猎人卡森成为我的守护者，他要照料我，依照我的要求，且被我改变。好了，就是这样。”

“什么都没好！”莱福特林再一次咆哮起来。这一次，他的声音真的是够大了，“我们不是你们的牲畜！”

“莱福特林，这样很好。”

听到卡森答应了喷毒的要求，辛泰拉不由得吃了一惊。是因为这个男孩吗？她看到这名猎人瞥了男孩一眼，又瞥了身边的那个男人两眼——塞德里克。为什么现在会有一名守护者和猎人站在一起？为什么他不和其他守护者在一起？这很让她感到好奇，不过她不觉得自己有必要去搞清楚这种事。毕竟，人类只是人类。他们的智力因为短促的生命周期而变得非常有限。也许正是因为如此，卡森才会愿意侍奉喷毒。那头银龙几乎肯定会将他塑造成为古灵。现在这名人类已经发生了幅度不小的变化，而且他也不像其他守护者那样年轻了。如果喷毒想要在足够长久的岁月中拥有一名仆人，那么他就必须改变这个人，以增加他的寿命。

就像她必须改变赛玛拉一样。辛泰拉转过头盯着她的守护者。是的，对于喷毒来说，合理的事情对于她也是合理的，她必须注意那个女孩的变化，以免那些变化导致女孩死亡。如果她要让那个女孩活得比短命的普通人类更长久，那么她也就要让她在有用的同时，还要拥有摄人心魄的魅力。辛泰拉以这些日子以来都不曾有过的认真，细致地观察赛玛拉，结果几乎大吃了一惊。是的，这很不同寻常，尤其是对于未加导引的变化而言。辛泰拉搜索自己的记忆，却完全没有找到这种特殊发展的先例。是的，变化已经开始了。她能够改变它们，却无法消除它们。这个女孩可能活下来，也可能死去，当然，人类一直都是这样。这时赛玛拉也在看着她。辛泰拉发现女孩的眼神也很没有自信，就像辛泰拉此时的心情。这几乎让辛泰拉对女孩生出一股暖意。这个人类不想完全依附于她，躲藏在她的阴影里。这样很好。辛泰拉也不想因为这样而被拖累。

“默尔柯！”莱福特林再次开了口，但龙群已经不再理睬他了。事情已经结束了。无论那个小人类再说些什么，都已经不重要了。

“该出发了。”默尔柯宣布道。

辛泰拉不是唯一向那片温暖之地投去依恋目光的龙，但在感觉到巨龙离开之后，那个平台就不再放射出暖意。现在那里只是一片芦苇荡中的水面。辛泰拉抬起头，扫视这个地方，希望能够将这里对应上自己记忆中的古灵聚落，但她实在是不记得自己的祖先是否来过这里。或者这里已经发生了巨大的变化，和从前已经没有半点不同了。一点小小的恐惧出现在她的心中。如果克尔辛拉也发生了同样的巨变呢？ 如果那座神奇壮丽的城市和环绕它的那些富饶土地，都已经不复存在了呢？

默尔柯似乎感觉到了她的担忧。“水总是从高处流向低处。如果我们继续逆流而上，我们一定会到达更高的地方。在这个世界上，一定有属于龙的家园。我们会找到它。”

卡罗发出响亮的铜号吼声，开始迈步向前。龙群跟随在他身后。他们都没有再回头看一眼驳船是否会跟上来。它会跟上来的。它必须跟上来。

金月第十九日

商人联盟独立第六年

来自黛托茨，崔豪格信鸽管理人
致艾瑞克，缤城信鸽管理人

封錮在小管中的，是寄给崔豪格信鸽管理人艾瑞克的一封邀请函。发出邀请函的是杜珊克贸易商家族。艾瑞克如果方便，请前来访问我们位于崔豪格的家。

艾瑞克：

请千万不要让我的父亲和母亲知道我在他们的正式邀请函外面，还写了这个纸条。我的父母坚持说这件事必须“堂堂正正”，于是我的父亲便自行决定寄出这封邀请函！ 他要表明他和我的母亲是正式邀请你前来崔豪格，邀请你来访问我们家。我希望你不会认为他们行事风格很自大。请忽略他们暗示你和我相见的目的，并不止于看看我的鸽笼和鸽子（写到这里，我不禁都要感到脸红）。我很担心我的父母会让我们两个感到尴尬。我们必须非常坚定地让他们明白你此次访问的目的。我还要预先告诉你，我的父亲为我们的飞行鸽笼，发明了一种他认为是非常聪明的笼门。这种门能够让鸽子在白天自由出入，但到了晚上，我的父亲会调节笼门，让鸽子只能进入，却无法再出去。他对于这个发明非常骄傲。请尽可能早一些回复我。在我们从你那里得到确切答复之前，我怀疑他们每个小时都会问我一遍：“艾瑞克会不会来？”

黛托茨

金月第二十二日

商人联盟独立第六年

来自黛托茨，崔豪格信鸽管理人
致艾瑞克，缤城信鸽管理人

雨野原贸易商艾尔斯宾寄给缤城贸易商克维思的封缄信函。信中内容为要求立即支付若干笔过期款项。此信为最后通牒。随后我将向缤城贸易商议会提起正式控告，要求偿付欠款得到强制执行。

艾瑞克：

请不要误会。你一定已经收到我的前一封信了。你一定要知道，如果你能来访问，我们所有人都将是多么高兴。我希望你能够做好安排，尽可能在我们这里待久一些。这样我就能带你参观整个崔豪格了！

黛托茨

第十八章　迷路

赛玛拉眨眨眼，又用力将眼睛闭上。她仍然感到一阵头晕。她一直坐在柏油人的船头上，将双腿耷拉在船舷外，心中想着这个世界是多么广大。过去几天里，始终遮蔽了天空的浓密云层和持续不断的雨水终于消散了。现在她的头顶上方是布满繁星的广阔穹窿，从一侧的地平线一直延伸到另一侧的地平线。她盯着那些星星看了太长时间，突然感觉自己仿佛要从甲板上一直掉落到那无尽的星空里。她只好闭上眼睛，重新睁开眼睛的时候，她将目光转向了水面。

森林已经不见了。随着柏油人向上游前进，河两岸的树木不断向远方退去，此刻几乎和远方的地平线融合在一起。柏油人仿佛迷失在了密布的芦苇和灯芯草丛中，偶尔能见到一些由气根支撑的矮小乔木和灌木形成的小片树林。他们知道，这种自然环境，不单意味着这里的水很浅，而且还是鹬鳄享受阳光的理想地点。龙不怕鹬鳄，他们反而会将这种猛兽当作多肉的猎物。但体型庞大的鹬鳄显然对于乘坐在小船上的守护者也有着同样的兴趣。守护者们都会留在后面，让龙先吃掉埋伏在灌木气根中的鹬鳄，然后再靠近那些小树林。龙喜欢在小树林的旁边过夜。他们早已厌倦了站立在水中，但至少树林旁边的水会浅一些。莱福特林船长一直跟随着这些龙。但赛玛拉知道，船长很担心会让柏油人号进入到太浅的水中，陷进这艘活船也无法摆脱的淤泥里。

不断后退的森林，也带走了一切赛玛拉熟悉的食物资源。现在守护者们只能在夜里张网捕鱼，拔出芦苇和灯芯草，将它们肥大的淀粉质根茎作为食物。

几天以前，卡森的渔网很幸运地缠住了一群水鸟。这些鸟为他们提供了一顿鲜肉，但他们也为此花费了很多时间修补破烂的渔网。赛玛拉不喜欢这种单调的食物，更不喜欢自己毫无用处的感觉。她的狩猎工具在洪水中丢失了，现在她能做的只有采集食物，而她能够采集的只有含淀粉的草根和高草穗子里的种子。

不过，至少辛泰拉对她的关注更多了，虽然这些关注中并没有多少友善。现在那头龙每晚都要求赛玛拉为她清洁身体。因为没有可以站立的地面，她不得不允许赛玛拉爬到她的背上和脖子上。用芦苇草叶做成的简陋刷子，除掉了巨龙身上的虫子，擦亮了巨龙的鳞甲。但这种刷子也会磨损人类的双手，对于那些手上没有那么多鳞片的人，赛玛拉为他们感到难过。

尽管清洁工作变得很困难，辛泰拉还是坚持要赛玛拉将这件事做到一丝不苟。赛玛拉傍晚的大部分时间都要被用在清扫龙翼上。尽管对这头龙颇有微词，但赛玛拉还是很喜欢做这件事。现在当辛泰拉张开翅膀的时候，那些骨骼和软骨上精致的花纹以及绚烂的色彩，让赛玛拉觉得自己仿佛正在打扫巨大的彩绘玻璃窗。翅膀边缘排列成锯齿形状的鳞片，让赛玛拉想到了透明的羽毛。巨龙的翅膀非常宽大，覆盖在上面的皮膜则又轻又薄，皮膜上是一层几乎无法单独分开的致密鳞片。这双翅膀在折叠起来的时候又会变得非常紧凑，让人很难想象那么巨大的两片鳞甲皮翼，怎么能如此贴合地折叠在龙背上。如果有小虫子爬进那些翅膀的褶皱里，就会是一件很烦恼的事情，况且河水的潮气也让翅膀很容易发生溃疡。毫无疑问，辛泰拉的翅膀需要每天进行严格的护理，但这头不断在水中跋涉的巨龙，是很难做到这点的。即使如此，赛玛拉还是看到辛泰拉在这双翅膀上花费了难以计数的时间。另外辛泰拉还一遍又一遍地要求赛玛拉赞美她日益丰富的色彩和身体花纹。赛玛拉也由此更真切地注意到了巨龙翅膀精细的构造和强大的力量，还有两侧翅骨上那两只细小的倒钩利爪。

正因为如此，尽管赛玛拉今天白天是在驳船上度过的，并没有划小船，她仍然感到很是疲惫。疲惫感一直渗透进她的骨头里，让全身每一根骨头都在感到酸痛。她的手也很痛，还有她背上那道永远都不会愈合的伤口。她已经逐渐习惯那里的疼痛，很少会去想它，除非它偶尔被碰到，引起令人难以忍受的剧痛。她经常会偷偷回头去看自己的后背。当她确定周围没有人的时候，就会将手探到衬衫下面，小心地触摸肩胛中间的那片地方。那里很热，而且已经高高肿起，沿着脊椎还有一道感觉很肮脏的结痂沟壑，让她感到恶心。刺青现在不经常找她说话了，更没有再和她接吻或是抚摸她。这几乎让她松了一口气。对于赛玛拉而言，让刺青那双手远离自己的后背几乎是一种挑战，而且也总是让刺青感到迷惑。赛玛拉觉得自己真应该让他碰一下那里，这样就能迅速结束自己对他的热情了。

赛玛拉叹了口气。拉普斯卡又出现在她的脑海中。这已经不是她第一次这样强烈地想念那位朋友了。如果拉普斯卡还活着，今晚就一定能坐在她身边，和她聊一些空洞又乐观的话题，让空气中充满欢快的气氛。他是她的朋友，对她没有任何要求和企图。赛玛拉不需要努力让他喜欢自己，而他也一直都相信赛玛拉应该喜欢他。他让友谊变得这么简单，这样让赛玛拉思念。今天，赛玛拉格外渴望着这样的友谊。

赛玛拉转过头向甲板上望去。所有守护者都已经回到了船上。他们之中的一些人正坐在甲板船舱顶上玩着骰子，直到天色太黑，骰子上的点数也看不清了。现在博克斯特正在讲述着他的妈妈经常会做给他吃的香料卷饼，为每一位听众都带来了无尽的折磨。希尔薇、凯斯和埃鲁姆围坐在一堆灯芯草根旁，将草根坚硬的外壳剥去，把里面的块茎交给贝霖。贝霖会把它们切成小块，为明天的早餐做准备。赛玛拉知道自己应该过去帮忙。

“格瑞夫特，能和你说句话吗？”

赛玛拉听出这是刺青的声音。他和哈里金正站在格瑞夫特身后。赛玛拉没有注意到格瑞夫特正靠在离她不远的船栏杆上。最近格瑞夫特变得非常安静而且孤僻，对其他守护者都充满了敌意。对他敬而远之才是聪明的做法。赛玛拉相信，刺青一定是有重要的原因才会去招惹他。

“你已经说了一句话了。”格瑞夫特语带讽刺地回答道。现在他的咬字变得很不清晰。赛玛拉不知道这是不是因为他的嘴唇正在变得僵硬。她听说过，这种事会发生在一些鳞甲厚重的人身上。莱福特林打他已经是几天前的事情。现在他的嘴应该愈合了。

“我们注意到你今天没有乘小船出去。”

“我感觉不好。”

“嗯，是的，我也觉得是这样。所以哈里金和我明天想要划船出去，看看能不能捕到一些鱼或者我们在这里看见的水豚。哪怕如果能抓到一只鹬鸵也好。龙似乎认为鹬鸵很好吃。守护者和船员们都需要吃一些鲜肉。”

赛玛拉注意到刺青没有向格瑞夫特询问是否愿意把小船借给他。他只是告诉格瑞夫特他们会乘船出去捕猎。哈里金没有说话，但一直站在刺青身边。格瑞夫特的目光不断在他们两个人之间移动。他说话的时候，声音低沉而又严肃。“我不喜欢把我的东西借给别人，不。”

“那些都是守护者的装备。”刺青说。

“也是守护者的小船。”哈里金说道。

格瑞夫特盯着他们两个。“装备是发给我的。我一直在照管、保存它们，所以我现在拥有它们。”赛玛拉注意到格瑞夫特只会说出必要的词句。她怀疑说话会让格瑞夫特感到痛苦，或者是吃力。

“好运气，”刺青坚持说，“只是好运气，格瑞夫特。你不是唯一用心保管装备的守护者。只是因为运气好，你的小船被洪水冲走以后，又被找到了，仅此而已。你把它们私藏起来，不给大家使用，这不公平。”

“它们是我的。”

刺青稍稍压低了声音。“我似乎还记得，你曾经站在一头被赛玛拉猎杀的麋鹿旁边，用另一种腔调说过：一切物品都应该由大家共享。”

柏油人号不算是一艘很大的船。刺青的话让甲板上立时安静下来。甲板船舱顶上的交谈也戛然而止。大家全都把头转了过来。

“这不一样。”格瑞夫特努力清了清喉咙，俯身向船外啐了一口。但他的痰液没有完全从口中被啐掉。他用破烂的袖子抹了一下嘴，盯着刺青和哈里金。“不然，来打架啊。”

刺青和哈里金交换了一个眼神。刺青再次开口。“格瑞夫特，我们不打架。我知道你不是一个健康的人。我也不想冒犯莱福特林，不想在他的船上打人。我来找你不是为了打你，我是要让你知道，明天我们会在天亮的时候坐小船，带上狩猎工具出发，正经进行一些狩猎和捕鱼。没有人想要让你蒙羞，但你也不能再私藏那些工具了。为了我们所有人，哈里金和我才会站出来。我们需要使用那条小船和那些装备。”

格瑞夫特在他们面前转过身，看着水面。“不。”他的语调平静但很认真。他是故意露出后背，刺激刺青攻击他吗？ 如果是这样，刺青没有上当。

“我只是说明我们要做什么。”刺青低声说道。他瞥了一眼哈里金。后者点点头。随后他们就转身离开了。他们走远之后，黑暗中的悄声耳语变成了低声议论。赛玛拉还坐在船边上，她转回头，望着黑暗的水面。她丝毫不在乎格瑞夫特会怎么想，她只是为今天发生的这件事感到痛心。

格瑞夫特仿佛感觉到了赛玛拉刚才对自己的关注。“你觉得有趣吗？”他的声音显得格外严厉。

“不，”赛玛拉简单地回答道，“一个悲剧。我为你变成现在这种样子感到难过，格瑞夫特。这不值得，我只是在可怜你。”

格瑞夫特转过身看着赛玛拉，一双蓝色的眼睛闪耀着怒火。“把你的可怜收起来吧。没用的、愚蠢的妓女。”

这个侮辱让赛玛拉感到震惊。她感觉到了格瑞夫特声音中的愤怒和憎恨，更对格瑞夫特的用词感到大惑不解。没用？ 愚蠢？ 妓女？ 格瑞夫特转身走开了。赛玛拉这才意识到，这个人的辱骂根本没有任何意义，只是为了伤害她。实际上，格瑞夫特真心以为：赛玛拉因为他的厄运而感到幸灾乐祸。“你根本就不了解我。”赛玛拉对走远的格瑞夫特说道。她又向其他守护者们瞥了一眼，“没有人了解我。”

其他守护者都继续做起了各自正在做的事情。埃鲁姆在试着给博克斯特修剪头发。凯斯和莱克特在向他提出各种建议。戴夫威在一旁看着，笑个不停。刺青和哈里金坐在一起。希尔薇靠在哈里金身边。他们三个正低声谈论着某件事。“我想念你，拉普斯卡，”黑夜里，赛玛拉说着，“我想要有一个朋友。”

一个意料之外的声音忽然回荡在她的心中。*别犯傻了。你有一头龙。你不再需要人类同伴了。去睡觉吧。*

“晚安，辛泰拉。”赛玛拉嘟囔了一声，接受了巨龙的建议。

河道不复存在了。现在已经到了必须承认这一点的时候。莱福特林不确定该如何称呼他脚下的这片水体。或者这根本就不能算是一种水体。连续三天时间，柏油人都只能以令人痛苦的缓慢速度向前挪动。他们跟随着龙群，但莱福特林怀疑那些龙也不知道自己正在走向何处。他们是沿着主河道前进吗？ 这里有所谓的主河道吗？ 这里的水流已经很难察觉。黎明时，他看着日出阳光倒映在静止不动的水面上，只有当晨风吹过芦苇和灯芯草丛，水面才会泛起微弱的涟漪。

曾经遮住整个世界的森林墙壁，完全退开了。站在柏油人号的甲板上，目力所及之处，只有拥挤着水生植物的无尽泥沼。即使从甲板船舱的顶上向远处望去，莱福特林仍然看不到这片泥沼有任何尽头。也许这里曾经是支流密布的河流体系，或者是一片湖泊。而现在莱福特林只是好奇，这里的水为什么扩散到了如此辽远的范围，却又没有干涸？ 现在船底的水深几乎已经不到一人高了。*就像是一只平底盘子*，他心中想道。当连续不断的大雨真正到来时，这里又会怎样？ 如果洪水泛滥、水面上涨，那么龙群将无处可逃——他竭力不去思考这件事，索性摇摇头，将这种无意义的担忧从脑海中甩掉。默尔柯肯定早就想到了这种事。现在那头金龙每天都在率领龙群前进。他们究竟是前往克尔辛拉，还是死亡？ 他们早晚能够知道这趟旅程的终点。

莱福特林努力向远方弧形的地平线眺望，却看不到任何陆地的痕迹。他的心中生出一种前所未有的感觉，仿佛自己只是一颗小小的火花，随着一根树枝在汪洋中飘荡。头顶上，灰色的云层高高飘浮在辽远的天空中。莱福特林开始想念他一生都不曾远离的那片丛林密布的河岸。这里无处可以躲避白天强烈的阳光，而在晴朗的夜晚，繁星铺缀成的毯子，让他更显得格外渺小。

远方有一只猛禽正在狩猎，也许是苍鹰或者鱼鹰。它发出一声悠远孤寂的鸣叫。刺青的龙正在打盹，听到这一声鹰啸，她立起身子，抬起了头，发出一声询问的吼叫。没有得到任何响应，她便再次将头收在了翅膀下面。现在龙群都聚集在一起，就像是一群疲惫不堪的水鸟，将头垂在胸前，或者是枕在旁边的龙背上。这样的睡眠绝不可能让他们放松身体。他们只能站着睡觉，就像值夜太久的水手。莱福特林很可怜他们，却无法为他们做任何事。

现在小虫子变得越来越多了。但至少这条河到了晚上会飞出来许多蝙蝠。白天又会有无数只燕子在半空中穿梭，大口吞噬蚊子和各种飞虫。莱福特林还是会经常被这些蚊虫叮咬，但看到它们也变成了其他生物口中的食粮，他也就能感到满意了。

出于习惯，他还是会从外衣口袋中掏出烟斗，但现在他只能看一眼手中的烟斗，将它转动两下，再塞回到衣兜里。船上就连一片烟草也找不到了。这不是唯一一种被他们耗尽的给养。船上的糖和咖啡都没有了。剩下的茶也只是一些粉末，几乎看不到茶叶。航船面包还有两桶。等到它们被吃光，他们就只能依靠狩猎和采集维生了。莱福特林皱了皱眉，决定全部甩掉这些令人忧心的事情。

有清水的地方，就一定会有食物，他提醒自己。这里有很多鱼，一些灯芯草会生出肥大的淀粉根茎。过去几个晚上，卡森一直在张网捕捉水鸟。他的运气不算太好，但他们的菜单上偶尔还是会出现烤鸭——或者还是煮的比较好，莱福特林提醒自己，这样可以少用一些木柴。最近大块的木头已经非常罕见了。他们贪婪地打捞着一切浮木。每天傍晚，所有守护者都要收集尽可能多的干燥芦苇。芦苇烧得很快，所以每天晚上，守护者们都要将那些收集来的芦苇秆拧扎成捆，让它们能烧得慢一些。感谢莎神，至今为止，晚上的气温都还不算很低。

所有人的衣服，都已经显露出过度磨损，以及在雨野原河的酸水中被长久侵蚀的痕迹。许多地方连纤维都被磨光了。长裤变成了短裤，因为裤腿都被做成了膝盖上的补丁。艾丽斯将她存量丰富的衣服都分给了女性守护者们。其实没有等那些女孩子提出要求，她就已经把那些衣服都拿了出来。塞德里克也依照她的榜样贡献出了自己的衣服。看到那些小伙子，他们穿着色彩鲜艳的亚麻和丝绸衬衫去完成各种日常劳作，实在给人一种很奇怪的感觉。莱福特林知道，这也只是在拖延必将会出现的结果。暂时他们还能应付眼前的状况，但最终的结局迟早会到来。

艾丽斯来到他身边，手中端着两只冒着热气的杯子。她在船栏杆上靠稳身子，将一只杯子递给莱福特林，“茶？”莱福特林问她。

“是的。应该是最后的茶水了，其实没什么茶味。”

“不过很热。”莱福特林说道。他们举起热气腾腾的杯子，向彼此露出微笑。

两个人一同眺望地平线。过了一段时间，艾丽斯说出了他们心中共同的想法。“水每天都在变浅，我不太相信龙们知道他们要去哪里。在柏油人显现给我的记忆中，克尔辛拉在一条大河的河岸边，而不是这样的一片湖上。”

她没有再说话。两个人吮着茶水，想着心事，思考着他们是否选错了支流，如果水浅到无法乘载柏油人号该怎么办。然后艾丽斯伸手按住莱福特林的肩膀。莱福特林侧过头，用肩膀和面颊夹住她的手。“我爱你。”他低声说道。他还没有对艾丽斯说过这句话，没有想到过要将它说出口。

“我也爱你。”这句话轻松自然地离开艾丽斯的唇间，仿佛她已经说过了一千遍。这让莱福特林感到喜悦。艾丽斯不认为这样说会有任何难以启齿，她已经完全接受了他们的感情。

莱福特林微笑着搂住艾丽斯，将她拉进自己的怀中。在这种一切都无法确定的日子里，能够有一件让他确定无疑的事情，这种感觉真的很好。“看上去，那边的云层开始消散了。也许我们又能享受一个晴天。”艾丽斯看着天空说道。

“那样你就会有更多雀斑了！”莱福特林高声说道。艾丽斯嘲弄地皱起眉，摇了摇头。

“真不明白，为什么你会喜欢它们！ 我在一生中曾用了许多年时间竭力避免它们生出来，甚至用柠檬汁和脱脂牛奶，努力地想要去除它们。”

“那时亲你一定非常美味。”

“愚蠢的男人。那时可没有人亲我。”艾丽斯露出狡猾的微笑。

“在我看来，缤城男人都是一些蠢货。”

艾丽斯依旧微笑着，不过她的眼睛蒙上了一层淡淡的阴影。莱福特林知道自己让她想起了诏谕，还有那些遭受欺骗的耻辱日子。这让莱福特林感到难过，无论他多么努力，也无法从艾丽斯的心中抹除掉那些不愉快的回忆。他知道，这些回忆也还在影响着艾丽斯和塞德里克的关系。他们两个至今为止都在礼貌地躲避着对方，维持着表面的和善，却丝毫没有忘记曾经对彼此的严重伤害。莱福特林为他们两个感到难过。艾丽斯和他说过很多关于塞德里克的事，他知道他们的友谊，要比和诏谕的那场灾难性的婚姻更加长久。他希望艾丽斯仍然能够得到塞德里克的看护和敬重。失去了这份友谊，导致艾丽斯对自己的印象也变得充满裂痕。莱福特林希望自己对艾丽斯的敬重，能让艾丽斯重新看到自己的价值，而他也明白这个愿望是多么自私。他不可能是艾丽斯全部的世界。艾丽斯需要修补自己和昔日故友之间的桥梁，只有这样才能让她变得完整。而且莱福特林希望这件事能尽快发生。柏油人号是一个太小的世界，容不得任何摩擦与冲突。

更何况现在光是一个格瑞夫特已经快无法被这艘船容纳了。那个人整天在船上走来走去，他既不是守护者，也不是船员，更被龙群唾弃，是一个失败的领袖，一个身体状况日渐糟糕的人。莱福特林本来也会可怜他。但格瑞夫特不接受别人的怜悯。莱福特林从没有见过这样一个心怀恶意，脾气暴躁的家伙。有许多次，莱福特林只希望卡罗能够在那天晚上把他吃掉。

“你不说话了。你在想什么？”

“格瑞夫特。”莱福特林简短地回答道。艾丽斯点点头。

“问题已经开始变得棘手了，对不对？”

“昨天晚上，你上床之后甲板上发生了一点争执。格瑞夫特昨天整晚留在了甲板上。我不知道他是不是因为身体的变化而难以移动，还是只不过没有勇气走进船舱。刺青去找了他，告诉他如果他今天不去狩猎，刺青和哈里金就会取走装备和小船，运用它们去‘把事情做对’。”莱福特林吮了一口茶，摇摇头，“他似乎只是在说小船和装备的事，但我认为他所指的不止是这些。”

“然后出了什么事？”

“没有什么事，只是说了几句狠话。格瑞夫特似乎很想打一架，但刺青说他不会打一个病人，然后就走开了。我希望这件事能就此结束。”莱福特林又长长地吮了一口已经开始变凉的茶，“刺青和哈里金告诉他，他们今天早晨会乘小船，带着装备去狩猎。我希望格瑞夫特放聪明一些，不要在他们划走小船的时候闹事。否则他难免会挨揍，而我就必须要介入了。”

“也许他们已经走了。”艾丽斯充满希望地说。

“也许，但我还不确定。亲爱的，想陪我去看看吗？”

“感谢你的邀请，好心的船长。”艾丽斯一边揶揄地说着，一边向莱福特林行了一个屈膝礼。然后将自己变粗糙的手放到莱福特林郑重其事向她伸出的手臂上，按住已经有些破烂的衣袖。两个人漫步走过甲板，艾丽斯想象着自己现在的样子，嘴角不由得露出了微笑。现在她找不到一件衣服上面没有酸水侵蚀和太阳曝晒的痕迹，唯一的例外就是莱福特林送给她的那件古灵长袍，但那件长袍并不很适合驳船上的生活。她的头发变得散乱蜷曲。就连缤城街上小贩的头发也会比她的更好些。她赤裸的双脚已经有多天没有碰过鞋子了。现在她要省下仅有的靴子，等到需要上岸的时候再穿。但她以前从没有感觉自己像现在这样美丽过。

更不曾像现在这样充满魅力。她瞥了莱福特林一眼。莱福特林的眼睛立刻转向了她。他们四目对望的时候，莱福特林露出了微笑，眼睛里闪烁起高昂的兴致。是的，在这艘船的甲板上，她是他的世界中最美丽的女人。这真是一种奇妙的感受。

“小船不见了。”艾丽斯提醒莱福特林，让船长想起自己的责任。

“看样子，麻烦已经被避免了。”莱福特林也很高兴。

这时，刺青在他们身后说道："小船在哪里？"

格瑞夫特偷走了小船，还有全部狩猎和捕鱼的装备。没有人知道他是什么时候溜走的。贝霖记得在其他人都去睡觉以后，见到他走进了厨房。塞拉玛对此丝毫不感到惊讶。格瑞夫特身体的变化让他很难入睡。他早就和他们说过，他吃东西也变得很困难。对给养储备进行过迅速清点之后，他们发现所剩不多的航船面包和一只小锅子都不见了。这清楚地表明，格瑞夫特不是去狩猎或者捕鱼。他离开驳船，逃走了。

其他守护者的反应让赛玛拉感到吃惊。一些守护者发现小船不见之后感到愤怒，所有人都感到很惊讶，但没有一个人关心格瑞夫特的安危。博克斯特和凯斯顽固地保持着沉默。格瑞夫特的自私行为，让洁珥德感到深深的苦涩："他明知道现在我只能咽得下船上的面包了。"

"就好像一切都要以她为中心一样。"希尔薇站在赛玛拉的身边，悄声评价洁珥德。但她的声音还不够小。洁珥德恶狠狠地瞪了她们一眼，又哀伤地说："你们就不想想，是他抛弃了我，而我还怀着他的孩子。"

赛玛拉想要说，如果格瑞夫特能够确定孩子是他的，也许他会对洁珥德有多一些关心，但她终于还没有把这话说出口。她从守护者的人群中退开，站到了正在讨论这件事的莱福特林和轩尼诗身旁。"如果只是小船和装备没了，我可以说这是守护者的事情，尽管捕鱼和狩猎工具的损失会影响到我们每一个人。自从杰斯自寻死路之后，卡森一直在很辛苦地让我们的桌上还能有一些肉。幸好现在龙主要都靠自己捕食，否则情况只能更糟。但格瑞夫特还偷走了船上的面包。这就是这艘船的事情了。我作为船长不能不管。这就是我的看法。所以，必须有人去追他，把他带回来。现在我们的确没有余力做这种事，但如果我们对此视而不见，那就相当于敞开了大门。下一个逃走的守护者，会随便带走他想要的任何东西。"

"的确不能就这样放任不管。"轩尼诗表示同意，"但你打算派谁去？"

"卡森。"莱福特林做出决定，"他是我的人，不是守护者，即使已经有龙宣布占有了他。我不能派船员去干这件事。我今天就想要继续前进，不能坐在这里空等。”

“卡森，然后呢？ 他一个人？”

“我会让他选择是否想要同伴。这真是一件该死的烂差事。”

“为什么是我？”塞德里克低声问道。

卡森回头瞥了他一眼，脸上露出困惑的微笑。“我以为你应该已经明白，我喜欢和你在一起。”

尽管心中感到忧虑，塞德里克还是发现自己在用微笑响应卡森。这个响应对于猎人来说似乎已经足够了。他向前转回头，再次把船桨插进水里。塞德里克学着他的样子，尽量保持和他的动作同步。自从和猎人在一起之后，他发现自己的体力有了令人惊讶的增长。卡森也不止一次赞扬过他手臂和胸口日渐丰满的肌肉。

塞德里克回头瞥了一眼，有一点不安地看到驳船在他们身后越来越小。现在那艘船已经成为他生命中唯一的安全地点。离开驳船，踏进这艘小船里，这违背了塞德里克的一切直觉，就算有卡森的引领，他依然无法让自己的心安定下来。这时他的眼睛捕捉到了一道银光。“我觉得你的龙在跟着我们。”

卡森抬起头。他并没有回头去看，只是用力点了一下头。“是他。”

“为什么？”

“谁知道龙会怎么做？”卡森喃喃地说道。不过他的声音中的确流露出一丝愉悦。喷毒是一头很难相处的龙，不单脾气糟糕，有时候还非常迟钝，甚至可以说是愚蠢。即使知道卡森为什么愿意成为喷毒的守护者，塞德里克还是会对此感到惊讶。他和卡森并没有对彼此做出任何承诺。卡森似乎还不认为这是有必要的。但他对塞德里克没有任何保留。他只说过一次塞德里克可能比他“更高，活得更久”，塞德里克只是将这句话当作他们之间闲聊的情话。但当这名猎人有机会随塞德里克一起接受人类所无法控制的变化时，他没有丝毫犹豫，自愿成了喷毒的守护者。为了和塞德里克在一起，他情愿改变自己的全部人生。塞德里克从没有想象过会有人愿意为他做出这样的努力，这也让他不无惭愧地想到自己为了和诏谕在一起，是多么迅速地抛弃了旧日生活，毫不留情地甩脱了与家人的羁绊。他相信，比起那个丢掉了整个世界、扑入爱人怀中的塞德里克，卡森更明白自己在做什么。但卡森没有一次提起自己的牺牲，这个人以一颗敞开的心给予了塞德里克一切。塞德里克看着面前的这个男人，看到他在划桨时肌肉曲线的流动，不禁有些好奇，在一年或者十年以后，他又会变成什么样子。

喷毒还没有把血给卡森，但塞德里克毫不怀疑银龙将会这样做。这名猎人不仅对这头喜怒无常的小龙全心全意，更因为他对野兽的习性和身体的了解，而将这头小龙照顾得很好。在成为喷毒守护者的第一天，卡森就对他进行了全身检查，没有放过和他的健康有关的每一个细节。甚至其他守护者也都依照方式仔细检查了自己的龙。

但他们还是没办法做到像卡森那样大胆。卡森用了超过一个小时的时间将头探进喷毒的嘴里，清理出一团缠绕在一颗剪齿上的肉筋。喷毒正是因为这团烂肉而一直感到牙痛。“这可不是浪费时间，”后来卡森温柔地责备塞德里克，“的确，这团肉迟早都会烂掉，离开他的牙齿。但现在把它清除掉，我就让他又多了一个理由感激我，又少了一个狂躁不安的原因。”

“我们找到格瑞夫特以后该怎么办？”又划了一段时间船，塞德里克这样问卡森。这是一个很明显的问题，是一个他们离开驳船时，塞德里克没有时间询问的众多问题之一。

“我们将他和小船都带回到驳船上。这就是我们的任务。”

“如果他反抗呢？”

卡森以非常小的动作耸耸肩。“不管怎样，我们都要带他回去。莱福特林不能放任这种偷窃行径。至今为止，尽管一切东西都开始短缺了，但还没有人偷窃和私自囤积。采集和狩猎得来的食物都会由大家分享。你和艾丽斯将你们的衣服分给大家，为我们树立了榜样。你根本想象不到，当你们这样做的时候，莱福特林感到多么宽慰。他根本没有想到你们会这样做。不过我告诉他，我对此一点也不惊讶。”他又转过头，对着塞德里克一笑，塞德里克看到他咧开红润的嘴唇，露出牙齿。谁会这样笑？ 肯定不是那些老于世故、彬彬有礼的贸易商——塞德里克的同伴曾经全都是这种人。他们全都懂得深藏不露，永远不会放声大笑，就算是微笑也会姿态优美地用手捂住口齿。喜怒不形于色，面色冰冷才是时髦的表现。为什么他也曾经以为那样才是有魅力、有礼仪的表现？ 诏谕冷笑的样子，如同幽灵一样飘进他的脑海中。他将那个幽灵赶走，现在这样做要比一个月以前容易多了。

“我喜欢你的微笑。”塞德里克高声说出他最诚实的赞美。这让他觉得自己很傻，又有些不知所措。他从来都不敢向诏谕说出这样简单的事实。那一定会让那个人笑话他一个月。他看到卡森无声地又划了两次桨，然后小心地把船桨放好。当猎人在座位上转过身，慢慢走过小船的时候，小船也随着他的脚步轻轻摇摆。最后，猎人在塞德里克面前蹲下身，用一只手捧起塞德里克的头，长久地深吻塞德里克。

当他说话的时候，他的声音显得有些沙哑。“我从没有在小船上这样做过。这可能会有些危险。”

“危险的感觉挺好。”塞德里克喘息不定地回应道。

“出事了。”洁珥德的声音紧张而又惶恐。她死死抓住赛玛拉的上臂，把赛玛拉都抓痛了。赛玛拉本来正坐在甲板上，将一根有许多鱼钩的长鱼线理顺。洁珥德突然就找到了她。

“怎么了？”赛玛拉问道。她竭力想要从洁珥德手中把胳膊拽出来。洁珥德在她身边弯下腰，距离她太近，让她很不舒服。而那种充满恐惧的话语更让她感到不安。

“我在流血。只流了一点。我一直觉得……喔。”她突然靠在赛玛拉身上，一只手捂住了肚子。在赛玛拉恐惧的注视下，几滴血色的液体落在了甲板上。

“喔，不！”赛玛拉惊呼一声。所有人都知道，绝不能让血落在活船的甲板上。赛玛拉感觉到柏油人的意识突然变得强烈起来。片刻之后，她听到莱福特林高声呼喊："斯沃格，出什么问题了？"

"我没看到，船长！"舵手大声回答。

"快，蹲下来，让我用你的睡衣底襟把血擦掉。"

"这太脏了。"洁珥德穿着一件艾丽斯的睡袍，这件宽松的衣服刚好能遮住她隆起的肚子。

赛玛拉觉得洁珥德的痉挛一定已经过去了。她不由得鄙视地皱了皱眉。这明明是洁珥德做的错事，洁珥德自己却不愿承担。赛玛拉俯下身，用自己破烂的衬衫袖子擦去了甲板上的血渍。但一些血水已经渗进了甲板。这很不好。"我觉得你要躺倒床上去。洁珥德，为什么你来找我？为什么你不和贝霖谈谈？"

"她很凶。她不喜欢我。"

"她不是对你凶。她只是一个多年来都想要一个孩子的女人。而你却在刚开始做爱之后的几个月，就有了孩子，甚至还不是你有意要的。她当然会对你有一点看法。来吧，跟我走。"

洁珥德将身子重重地倚在赛玛拉身上。尽管她刚刚对赛玛拉说话的时候声音一直都很小，走路的脚步也很轻，但赛玛拉觉得她们在缓步走进甲板船舱的时候，她很高兴能受到人们的关注。戴夫威和莱克特正在厨房里。"求你们，快去找贝霖来。"赛玛拉说道。她的语气让两个男孩立刻照她的话跑了出去。

"还有希尔薇，"洁珥德虚弱地喊道，"我需要有人照顾。"

赛玛拉紧咬住牙，没有对她做出严厉的评论。洁珥德很喜欢现在这种戏剧性的场面。但赛玛拉有一种感觉，马上就要有不好的事情发生了。她帮助洁珥德坐到了一张下层船铺上。

贝霖来了，跟她一起来的不仅有希尔薇，还有丝凯莉。贝霖的声音很严厉，但其中绝不缺少同情："我感觉到柏油人的甲板上有血。你要失去你的孩子了？"

"什么？"洁珥德惊骇地问。

赛玛拉和希尔薇交换了一个难以置信的眼神。但两个女孩什么话都没有说。丝凯莉的脸上净是慌乱的神情。

贝霖语调沉重地说："如果你开始流血，肚子痉挛，你就是要流产了。孩子很可能已经死在你的体内。你的身体正在将他推出来，或者那个可怜的小东西会因为过度早产而夭折。如果这种情况暂时停下来，情况只能更糟。因为我可以凭经验告诉你，这只是刚刚开始。也许之后一天，或者一个星期，甚至可能是一两个月，你都会以为一切平安，但你已经感觉不到孩子在动了。"

"不！"洁珥德尖叫一声，立刻嚎啕大哭起来。贝霖转过身背对着她。一开始，赛玛拉觉得这名水手的态度太过严厉了。但她发现一滴泪水从这个女人饱经风霜的面颊上滚落下来。

艾丽斯突然出现在水手船舱的门口。"出什么事了？"她警惕地问。

"洁珥德没有能把孩子保住。"贝霖说道。赛玛拉突然知道，这个女人刻板的声音只是因为她在努力控制自己的情绪。"请把门关上。丝凯莉，去找干净的布来。船上还有一点木头。用它们烧些热水。她随后需要洗一个澡。"

丝凯莉跑去做贝霖吩咐的事情。希尔薇用胳膊肘推了推赛玛拉，向门口一歪头。她们就要走到舱门口的时候，贝霖站到了她们面前。"不，"水手的口气格外严厉，"我要你们两个留在这里。你们要看看自己做的事情会有什么样的后果。"

"我什么都没有做！"赛玛拉的话冲口而出，随后她才意识到自己这样说到底意味着什么。所有人都在盯着她。

贝霖语气沉重地说道："也许你还没有做，女孩。但你会的。这里的这个女孩，她做了她想做的，和她在那时想要的人。这就成了她的事情。你们也许听到过，她也曾经为了这件事和我争吵过。但我们现在前途未卜，出了这样的事情，又该由谁来负责？你们有在这个房间里看到男孩或者男人吗？你们是否看见有人在门外来回踱步，向莎神祈祷，请求神明给予这个小生命一次机会？我没有。这就是你们要得到的教训，女孩们。如果你们没有一个愿意为你们付出一切、愿意奉献身体里最后一滴血的伴侣，那么，你们在把两条腿分开的时候，就是个彻头彻尾的傻瓜。就是这样，你们看到的，要比我说的更加明白。”

赛玛拉从没有听到过如此直白严厉的话语。她和希尔薇一下子都愣住了。

“这不……公平。”洁珥德喘息着说道。然后她又小小地尖叫了一声，弓起身子，不停地喘着气。赛玛拉听到一点液体流动的声音，那是从洁珥德的身体里流出来的。

“这的确不公平，”贝霖表示同意，“这件事从不曾公平过，女孩。所以你们在这个严酷而且不公平的世界里，能做的事情就是确保你们为自己和你们的孩子争取到一个最好的机会，这样你们才能得到自己想要的生活。找到一个真正的伴侣，一个有胆识、有胸怀的人，否则就不要怀上孩子。事情就是这么简单。”

丝凯莉捧着一摞干净的布回来了。贝霖取了两块，开始擦拭洁珥德双腿之间的血污。她的嘴唇抿成了一条细线。赛玛拉转过头，因为自己是一个女人而感到羞辱。她的目光正好和艾丽斯遇到一起。那名缤城女子背靠在门上，面色苍白。她是否在思考，如果她发现自己突然怀孕了，她会变成什么样子？是的，她有莱福特林。那位船长看上去是一个可靠的人。

洁珥德躺在床上，重重地喘着气。贝霖继续说着无情的话语。“当这一切都结束的时候，可能一两个星期以后，那些男孩又会找上你。已经和你有过经验的男人们，会以为你还会愿意接受他们。那些还没有和你好过的男人也都想要得到一个机会。如果你够聪明，这次你就应该懂得拒绝，而不是又开始让他们为所欲为。”

“我不是……娼妓。”洁珥德气愤地反驳道。

“对，你不是。”贝霖平静地回答。她将几块用过的布巾放进水桶里，又拿起一块新的。“娼妓都知道给出一些东西就要换回一些东西——金钱或者礼物。她可以用这些东西照顾自己。女孩，你只是在给予。如果你想要在你的里面塞上一团蜡，让你不会怀孕，那也可以。那样冒险的就只是你自己。液体有可能渗过去，你也可能会得上疥疮。但现在，你用来冒险的不仅是你自己，还有可怜的小孩子。他有可能就在这样险恶的环境下降生。而这也意味着你在让我们陷入冒险的处境。如果你在生下孩子的时候死掉，那谁要去寻找可以给他吃的东西？ 谁要放弃自己的人生，悉心竭力地照顾他？ 或者谁要看着他一点点死去，然后将他抛到船外让龙吃掉？ 最有可能做这些事的人是我。我现在告诉你，你不能这样对我。如果你生下孩子并活下来，为你和孩子寻找食物的工作仍然要由我们来做。只是怀孕的时候，你就已经放弃了你的工作。如果你有了孩子，你就会成为我们所有人的负担。如果我真的要为一个孩子付出这些，那也是斯沃格的孩子，不是你的。如果他给我一个孩子，我知道他和我都会用我们的最后一息，以确保那孩子能好好地活下去。所以，我要让你们知道，你们如果没有愿意站出来承担起全部责任的伴侣，就把你们的腿并紧些。如果这艘船上有人的肚子里有了孩子，那么也只能是我。或者是艾丽斯。我们的背后有男人在支持我们。你们没有。”

艾丽斯看上去是那样惊骇，以至于赛玛拉甚至开始怀疑：这名缤城女子从没有想过自己会怀孕这件事。

“你没资格对我说我能……啊！”洁珥德挑衅的话语说到一半就变成了嘶哑的哀嚎。她先是屏住呼吸，然后又开始喘息，接着又重重地哼了一声。最终，她长长地叹了一口气。贝霖朝洁珥德撑起的双腿之间探头望去，表情因为哀伤而变得阴暗。她一只手抖开一块布，盖了下去。丝凯莉如同幽灵一般，无声地递给贝霖一根绳子和一把匕首。贝霖用布片遮住，双手迅速割断脐带并绑紧，然后她用那块布抱住了那个小东西。当她将死去的孩子从窄床上捧起来的时候，她的眼睛里闪烁着一种奇异的温柔。

“即使你足月生产，她也活不下来。如果你想的话，可以看看她。她没有腿，只有一根不成形的尾巴，就像海蛇一样。”

洁珥德面色苍白，一言不发，只是盯着贝霖。

贝霖正视着洁珥德。“你想要在你的女儿离开之前，看看她吗？”

“我……不。不，我不想。”洁珥德又发出了哭声。

贝霖看着她。片刻之后，这位水手微微一摇头。“你不会有事的。躺在这里，等到胎盘出来。我会留在这里陪你。丝凯莉。拿走这个孩子。你以前帮过我。你知道要做什么。”

“是，夫人。”丝凯莉的脸也同样白得可怕，但她没有丝毫犹豫，走上前，就像要抱起一个活着的孩子一样轻柔地向贝霖伸出手。贝霖将那个小布包放进她的手中。不等丝凯莉转过身，贝霖忽然抓住她的手腕。“你要记得，”她粗声粗气地对丝凯莉说道，但从她面颊上滚落的泪水，揭破了她伪装的冷酷，“你要记得，当你以为我们对你很残忍的时候，这是因为规则的存在自有其原因。正是这些规则保护了你，让你不至于伤害自己。每一个女孩都以为自己比规则更聪明，以为能够打破规则、随心所欲。但你们不能，我也不能。所以你们要记住，下一次你们溜出去和男孩亲吻，让他们抚摸你们的时候。规则会提醒你们。规则只是要让每一个人所蒙受的不公稍微少一些。”

贝霖的眼睛转向赛玛拉和希尔薇。不知何时，赛玛拉已经紧紧握住了希尔薇的手。希尔薇也同样和赛玛拉双手紧握。在这位年长女性犀利的目光中，赛玛拉觉得自己就像是一个只有六岁大的孩子。“你们两个去帮丝凯莉。你们要认真想想我说的话。要明白这些话的意思。如果我发现你们在这艘船上向男孩张开了腿，你们一定会受到惩罚和羞辱，因为就算是那样，也要比今天我们所经历的一切好得多。”

赛玛拉僵硬地点点头。丝凯莉侧身走过了拥挤的水手舱。赛玛拉和希尔薇也跟随在丝凯莉身后，走出舱门、来到甲板上，她们不自觉地组成了一支队伍。丝凯莉走在最前面，手中托着小布包。她们从轩尼诗和埃德尔面前走过。大副哀伤地摇摇头。大埃德尔将目光转向一旁。当她们靠近船尾的时候，一群守护者男孩站起身，四散走开，仿佛突然消失了一样。没有人对她们说话，或问问她们要做什么，但赛玛拉相信每一个人都知道。她不由得开始猜测，他们之中有多少人知道自己有可能是这个孩子的父亲。或者当格瑞夫特声称愿意负责的时候，这些人的脑子里就已经不再有这样的想法了？

贝霖的话语给赛玛拉带来一阵阵刺痛。她想到格瑞夫特所说的那些建立新家园和新规则的胡言乱语。他有没有认真想过规则为什么会存在？ 这些规则又是在保护谁？

女孩们来到船栏杆旁边。让赛玛拉感到惊讶的是，洁珥德的龙维拉斯正在这里。就像所有龙一样，她也变大了，色彩变得更加鲜艳。她没有对她们说一个字，但她们全都知道她为什么会在这里。一点战栗掠过赛玛拉的脊骨。然后她接受了这个事实。洁珥德死去的孩子将被她的龙吃掉。让这具小身躯掉入水中被鱼吃掉，还有什么会比这更坏的事情呢？

斯沃格站在船舵旁。他抬起头看着她们，面色严肃，眼神哀伤。赛玛拉知道这不是他第一次见到死去的孩子被丢出船外。舵手低垂下目光，嘴唇翕动，也许是在无声地祈祷。丝凯莉伸出手，将布包递到船栏杆以外。维拉斯抬起头。

"等等。"希尔薇突然说道，"我想要看看……她。我想要看看这个孩子，在她永远离开之前。至少我们之中的一个人应该看到她。"

"你确定？"丝凯莉问。

"是的。"希尔薇回答。赛玛拉找不出合适的话语，只能僵硬地点了一下头。

希尔薇将这个小身躯放在船栏杆上，打开包紧的布片。赛玛拉发现自己看到了一个她合拢双手就能握住的小生物。一颗圆圆的小脑袋收在胸前，一双细小的手臂紧紧抱住胸口。就像贝霖说的，她没有腿，只有一根带鳍的尾巴。她的背上还有一片不成形的鳍。"她不可能活下来。"希尔薇说道。赛玛拉点点头。

维拉斯伸长脖子。希尔薇伸出手，尽可能轻柔地将这个孩子放进巨龙的嘴里。维拉斯合起双颚，立刻就转头向远处走去。结束了。

卡森认为格瑞夫特应该是调头返回了崔豪格。"否则他还能去哪里？"他问塞德里克，"他孤身一人，健康情况越来越糟。他没有什么选择。他的选择之一是和我们在一起。但他放弃了这个选择。他一定是觉得我们对他有太多敌意，让他无法承受。其实我觉得他也没有理由返回崔豪格。他在那里同样不会受欢迎。就算他能够一个人走过这段漫长而艰难的旅程，面对那些一开始就抛弃了他的人们，他也只会死在那些人之间。”

塞德里克无声地点点头。对于格瑞夫特的逃走，他有自己的推测，而这种推测涉及了一桩隐藏在他心中的罪孽。他只希望自己是错的。

他们在浅水中穿过来时所经过的芦苇荡。卡森认得路，但塞德里克就不认得。这些天里，塞德里克只觉得他们一直在没有任何变化的寂静浅水中行进。卡森会不时对他说："看，龙在走过这里的时候，把芦苇全部踩平了。"或者："还记得这片有三个乌鸫鸟巢的灯芯草吗？ 我们昨天下午刚经过这里。"

他们来到一片生长在气根上的矮小灌木中。这里完全没有泥土地面，但微弱的水流会将或粗或细的树枝和杂草推到这些气根周围，形成被水浸透的草木垫子。鹬鳄很喜欢栖息在这样的地方。那种带有利齿的巨型蜥蜴会成群聚集在这里打瞌睡。在它们苍白的身体上往往带有鲜艳的蓝色和红色条纹。这种皮肤潮湿的生物，对于龙尤其缺乏反抗能力。大多数生物只要碰到他们的皮肤就会死亡，龙则能够轻松地吃掉它们。

塞德里克清楚地记得这个地方。昨天龙就是从这里经过，吃掉了不少鹬鳄，并把剩下的鹬鳄都赶跑了。但今天，这些打盹的怪物没有逃跑。它们纷纷抬起头看着这艘小船，眼睛里充满了对食物的兴趣。塞德里克向周围瞥了一眼，想要找到喷毒，却发现银龙恰恰选择在这个时候落后了。"卡森？"他低声向猎人发出警告。此时两头鹬鳄忽然没入水中，从塞德里克的视野里完全消失了。

"我看见他们了，"卡森低声回答道。他从水中抬起船桨。塞德里克也依样照做，"抓紧小船。它们也许会想要把小船推翻。这些船可不是那么容易翻过来的。"他回头看了一眼落后的喷毒，气恼地摇了摇头，"那个小杂种把我们当作诱饵了。他要把鹬鳄从藏身的地方引出来。很不错，喷毒，真的干得不错。"他缓慢地吸了一口气，稳定住神经，"在座位上坐稳，不要向船边靠，绝不要把身体探出船外。尽可能不要做任何动作。我们最好尽量显得更迟钝，显得更容易被咬到。"

塞德里克迅速抓紧了座位。鹬鳄还在等待。然后开始有鹬鳄试探着撞击船底。塞德里克牢牢地抓住座位，感觉到自己的指甲都抠进了硬木中。卡森从自己的座位上转过身看着他，脸上露出一点紧张的笑容。现在猎人的手中握住了一根短鱼枪。塞德里克舔舔嘴唇，又感觉到一次有力的撞击。随之小船侧面又被推了一下。卡森用唇语对他说："不要动。"做到这个一点也不难。塞德里克早已被吓得不会动了。

随后的一次撞击将塞德里克这一端的小船顶离了水面。当小船重重地砸入水中的时候，一头鹬鳄又从侧面撞上了小船。小船严重倾斜，甚至让一些水流了进来，不过它终究还是恢复了平衡。一头鹬鳄从舷侧冲过来，却无法将自己粗大的头颈探进船中。卡森扬起手，怒喝一声，将鱼枪刺进怪物的脖子。那头鹬鳄含混地叫了一声，跌回到水中。在船上留下了一道散发恶臭的黏液。

"抓紧！"卡森的警告非常及时。就在塞德里克抓紧座位的时候，小船侧面又遭到撞击。塞德里克的身体随着这次撞击而猛烈摆动，差一点碰到了前一头鹬鳄抹在船上的毒性黏液。就在这时，一股强劲的气流击中了他们，同时溅起大量河水，让塞德里克全身湿透，也把更多的水泼进了小船里。

塞德里克又过了几秒时间，才明白是喷毒过来了。这头小银龙真的在天空中飞行了一小段距离，才一头撞进小船旁边的接近于泥沼的树丛里。冷水将塞德里克肺里的空气都挤了出来。他还在不停地颤抖和喘息着，而喷毒已经咬住一头不断挣扎的鹬鳄，把猎物从水中举起来，高兴地把它一嚼两半。随着两段鹬鳄的尸体掉落下去，银龙又将头埋进水里，叼起了第二头鹬鳄。这一头鹬鳄被咬住了头，身子还在拼命摆动，将水和毒液甩得到处都是。卡森和塞德里克全都蜷缩在船里，遮住面孔，直到喷毒合拢双颚，直到那个怪物的身子垮下来，再也不会动弹一下。

两个人小心地坐直身子，看见喷毒正在将嘴里的鹬鳄吞进肚子，然后又探头入水，叼出了被咬成两半的第一头鹬鳄，高高兴兴地吃了起来。

"尽情享受吧，"卡森带着挖苦的语气说道，"我总是很喜欢成为鱼钩上的诱饵。"不过，尽管卡森口中这样说着，但塞德里克能看出来，猎人觉得龙的策略很有趣，也因此而对这头龙产生了敬意。当喷毒还在摇头晃脑地享用着美食的时候，卡森忽然压低声音说道：“喔，甜美的莎神啊，不，我可不想发现他变成这种样子。”

塞德里克看着卡森，然后又顺着卡森的目光向远处望去。格瑞夫特的小船也在这里。那只船没有倾覆，但也只是斜靠在一丛灌木旁边。他们急忙划起船桨，离开了闷头大嚼的喷毒。

格瑞夫特还在船里。他将自己的身子卡在船上。鹬鳄没有能将他晃下小船。但鹬鳄的毒性皮肤碰到了他。他的手臂担在胸前，已经严重地肿胀起来。塞德里克判断他是想要挡开一头鹬鳄的攻击，结果让自己的皮肤沾到了毒液。

卡森小心地抓住那条小船，将它扶正，低声说道：“就这样死了吗？”

随着小船的晃动，格瑞夫特的眼睛缓缓睁开，向他们转过来。看上去，他就像是正在与一种可怕的昏睡进行抗争。他眼睛周围也全都肿了起来，让他只能从厚重的眼皮下面看着他们。

在塞德里克惊恐的注视下，格瑞夫特的嘴唇开始翕动，从那里传出含混不清的话语。“拿……到了。”那支肿胀的手臂微微移动，仿佛是要指向什么东西，“都……没有……了。再……没有人……换来……财富了。”

“没事了，格瑞夫特，没有事了。”塞德里克努力不去看格瑞夫特的脸。

“格瑞夫特，你想要喝些水吗？”卡森打开水囊。喷毒出现在两条小船旁边。塞德里克不知道这头龙是在寻找鹬鳄，还是想要吃掉格瑞夫特的尸体。

卡森的问题让格瑞夫特考虑了很长时间。然后他努力说了一声：“是。”卡森俯身到另一条小船上，朝格瑞夫特的嘴里倒了一点水。格瑞夫特将那一点水吸进嘴里，然后就像一片落叶一样，他的头轻轻歪向了一旁。他的眼睛没有闭上，但卡森已经收回了水囊，将塞子塞好，小心地放回到小船里。“他死了。鹬鳄的毒液会导致麻痹。也许要再过一段时间，他的身体机能才会完全停止，但这是不可避免的。一种很恐怖的死法。”

“很恐怖。”塞德里克无力地表示同意。

“那么，该是清理一下的时候了。”卡森严肃地说。

他将两条小船拉到一起，向船舷上洒水，尽可能洗掉黏在上面的鹬鳄黏液。又走进另一条小船，双腿跨立在格瑞夫特的尸体上，冷静地拍了拍格瑞夫特的衣袋，将这名前守护者的腰带接下来，连同上面的带鞘匕首一同收起。此外格瑞夫特身上就再没有猎人认为值得保留的东西了。“帮我抬一下尸体。”猎人说道，塞德里克一言不发地抬起格瑞夫特的脚。卡森抬着肩膀。随着小艇在脚下晃动，塞德里克咬紧了牙关，和卡森一起将格瑞夫特从船上抬起来。塞德里克希望鹬鳄都被喷毒赶走了，但他还是不想一头栽进这片水里。

他们甚至没有机会将格瑞夫特挪到船舷边上。喷毒已经探过头，用大嘴衔住尸体，转身向远处大步走去。片刻间，塞德里克看着那头龙在浅水中一步步行进。格瑞夫特的头和脚从龙嘴两边低垂下来。银龙每走一步，格瑞夫特的头都会晃动一下，几乎就像是在点头向他们告别。

塞德里克回过头，看到卡森正俯身在格瑞夫特的小船底部。就像他们的船一样，这艘小船也进了一些水。卡森正在将水舀出去。而散落在船底的物品也随之显现出来。卡森把它们一样样拿起，放到座位上晾干。格瑞夫特的鱼枪断了。卡森看着半截枪柄，懊丧地叹了口气，“也许枪头已经在河底的一头鹬鳄肚子里了。”

需要整理的东西并不多。格瑞夫特是一个很精细的人。正是他认真整理和保管物品的习惯才让他的装备没有被洪水冲走，保留至今。卡森打开他的帆布背包，向里面瞥了一眼，然后说道：“船上的面包在这里，基本上是干的。”

在小船底部有一只很结实的布口袋，已经被水浸湿了。当卡森将它起来的时候，口袋里传出玻璃相互撞击的声音。“这是什么？”卡森喃喃地说道。他解开口袋系绳。塞德里克的心沉了下去。格瑞夫特的声音还清晰地回荡在他的耳朵里。他立刻就知道了格瑞夫特要说的是什么——我拿到了这些东西。现在它们都没有了。再也没有人能用它们换来财富了。他已经有许多天没有查看过自己偷得的赃物。他完全不想去看那些龙血和龙鳞。他本希望格瑞夫特最后那些话的意思，是已经把这些东西丢到了船外，或者是因为其他原因丢失了。但随着卡森将玻璃墨水瓶和标本罐从布袋中取出来，排列在座位上，塞德里克才明白格瑞夫特的意思。那些容器都空了。盛有龙血的玻璃瓶只是在瓶底上还有一片猩红色的旋涡。当卡森将那只瓶子翻过来的时候，那片漩涡开始转动，那是残存的液体。“这是什么？”卡森自言自语地问道。

塞德里克一动不动地坐着。他觉得自己像一只兔子一样蜷缩在小船里，只希望不会被鹰看到。只是不知道卡森有没有看出他不正常的样子。塞德里克看着那些空瓶子。他是最后一个了解这些东西的人。如果他不说，卡森也绝对没有必要知道他曾经是怎样一个骗子。没有人需要知道他是如何欺骗了信任他的人，欺骗了那些爱他的人。

但如果他不说出口，他就仍然是那个骗子。他还会继续欺骗相信他、爱他的人。包括卡森在内。

他开口的时候，声音仿佛生了锈一样。“这些是我的，卡森。格瑞夫特将它们从我的房间里偷走了。”他清了清嗓子，竭力想要说话，却无法发出声音，但最终，他还是吐出了低沉沙哑的话语，“它们都曾经是龙的一部分。赛玛拉为银龙包扎伤口时割下的一点腐肉、几片鳞。其中一只瓶子盛的是龙血。”他感到有些窒息。他的喉咙在羞愧中绷紧了。他没有去看卡森的脸。“我本打算和艾丽斯一同参加这次旅行，取得龙的身体器官，然后我就返回缤城去把它们卖掉。我要把它们卖给恰斯大公。然后我就能拥有大笔财富，再带着那些钱去找诏谕。这样我们就可以过上我们喜欢的生活了。”

将这番话说出口之后，塞德里克依旧只是坐定在小船里，盯着那些小瓶子。他感觉自己仿佛是吐出了某种脏东西。那些脏东西横亘在他们中间，散发出灼热的臭气。他看到卡森的手碰到一只玻璃容器，又猛地缩回去。卡森的声音一直都很深沉，有时候，当他抱塞德里克的手臂，同他说话的时候，塞德里克会觉得那些话就在自己的体内震动，从猎人的胸腔到自己的胸腔，就像他用耳朵听到的一样真切。但塞德里克从没有听到过他像现在这样深沉的声音，而这声音中还带着困惑的重担。

“我不明白……难道这不是你对莱福特林的指控吗？利用艾丽斯，偷取龙肉？还有杰斯……喔。”随着两次平静的呼吸，卡森想通了，“现在我明白了。正因为如此，杰斯才以为你会帮助他杀死芮普妲，对不对？ 他知道。他以为你和他可以一同屠宰芮普妲，再乘着那条小船返回崔豪格，前往恰斯国。那么，你们有没有串通过？”

“甜美的莎神啊，没有！ 从没有过！”塞德里克看着卡森的脸。而他所见到的几乎要把他的心劈成两片。卡森的面容变得冰冷，双眼中的神情无从解读。他在等待着，等待听到自己是如何受到了欺骗，如何被当作傻瓜一样玩弄。他在怀疑塞德里克现在又有什么样的计划。塞德里克只好低垂下目光。“杰斯知道我所做的一切。他那天晚上看到了我返回驳船，看到了我将染血的衣服丢掉。但我……我不知道是为什么，我从不知道是为什么。我在那个晚上喝了一点芮普妲的血。你以为我是中毒了。我没有，但那的确对我造成了影响。我也许和中了毒也差不多。”

他回想起那些日子。现在那些日子已经变得非常遥远、非常不真实。“有几次，我醒过来的时候，发现杰斯就在我的房间里。我以为他是来查看我的身体状况，就像戴夫威一样，但现在我知道了，他只是来搜查我的房间。他知道我有这些东西。那一天，我……我杀死他的那一天，他给我看了从拉普斯卡的龙身上取下的红色鳞片。艾丽斯本来将那片鳞交给我，是要让我将它画下来，加入到艾丽斯的日记里，但后来艾丽斯把这件事忘记了。我便留下了它。杰斯知道有这片鳞，找到了这片鳞。他说他没有找到其他东西。但我认为他把这件事告诉了格瑞夫特。格瑞夫特找到了杰斯没有找到的东西。我相信这才是格瑞夫特昨晚乘小船逃走的原因。他不是要返回崔豪格，甚至不是要带这些东西去恰斯国卖掉。而是要用它们治愈自己，修正他体内发生错误的部位。”

随后是一阵长久的沉默，卡森说话的时候，他的声音缓慢而谨慎，仿佛是在慢慢建造什么。每一次他只说一个词。“但这对他没有效果。他喝下了龙血，吃掉了龙鳞，但他并没有被治愈。”

“也许只有在龙的引导下，这些才会有用。抱歉，我一开始就没有将全部的事实告诉你。”

“你那时还不了解我。”卡森说。他的话语中流露出原谅的意味，但他和塞德里克之间的墙壁并没有消除。

“不仅如此，”塞德里克顽固地说，“我对艾丽斯做的事情，其实和我对莱福特林的指控完全一样。我利用她接近龙群，偷取我想要的东西，一切都只为了我的利益。但我却以完全不同的两种眼光看待我自己和莱福特林。我以为我可以这样利用她，同时向她隐瞒一切，这样她就绝对不会受到伤害。而在我的心里，我以为莱福特林会毫不在意地对她做这种事。”

他抬头瞥了卡森一眼。卡森的面孔依然保持着冷漠。“我很愚蠢，卡森。你知道我一开始根本听不见龙说话。我还以为他们就像是……嗯……像是聪明的牛。为什么我不能将他们之中的一头宰掉，出售他的肉？我们一直都在屠宰牛羊。直到我喝了芮普妲的血，能够听到她的声音，我才明白她是什么，明白他们都是什么。如果我从一开始就知道，如果我能够明白，我就会立刻放弃这个计划。”

“艾丽斯。”

“她怎么了？”

“你有没有想过，在你带上诏谕逃走之后，她又该怎样？”卡森语气沉重地说道。他的一双手强壮灵巧，生满老茧。在他们对话的时候，那双手还在一刻不停地整理着小船。他整齐地收起船桨，清查了格瑞夫特的全部装备。只有那些小玻璃瓶还排列在座位上，仿佛正在对塞德里克发出指责。

“想过一点，”塞德里克承认，“不是很多。我想到也许我们能够让别人以为我们是落海遇难了，这样她就会成为诏谕的未亡人。诏谕的一部分钱财和产业都将归她所有。这足够她舒适地度过一生了。”他叹了口气，感觉到由衷的羞愧，“我甚至曾经想象过，如果她在我离开的时候怀了孕，那么对于所有人都将是最好的结局。她可以有一个孩子作伴，成为芬波克家的继承人，她将一直控制那个孩子要继承的财产，直到那个孩子成年。”

卡森已经在另一条小船上做完了所有该做的工作。他蹲在小船里，一双深褐色的眼睛在浓眉之下扫视着周围。那是一双猎人的眼睛，一直都在寻找，一直都充满了警惕。周围又出现了几头鹬鳄，正在觑着他们。但这些怪物更多的注意力都在喷毒身上。银龙已经吃完了尸体，正在用水清洗自己，同时看着那些鹬鳄。毕竟两头鹬鳄和一个人类还无法填满他的肚子。现在银龙发出的噪音成了这里唯一的声音。

塞德里克发现自己正在凝视着卡森的眼睛。这名猎人谨慎地说道："我知道你已经将你和诏谕的事情告诉了艾丽斯。你有没有将这件事也告诉她？关于你来到这里是为了取得龙肉以卖去恰斯国？"

"不，我没有。"塞德里克努力不让自己移开目光，"我没有这个勇气。"

卡森用鼻子深吸了一口气，又缓缓把这口气呼出来。他将那些小瓶子拢在手里，递给塞德里克。塞德里克伸双手接过它们。卡森坐到了划船横档上，解开绑住两条船的绳子，又拿起一支船桨。"除非你将过去的一切予以结束，否则你不可能有真正全新的开始，塞德里克。"

他将船桨插入水中，让小船离开塞德里克的小船。喷毒感觉到他们要返回驳船了，便最后一次向鹬鳄群冲过去，却没有任何收获。鹬鳄全都躲进了密集的灯心草根里。龙没办法钻到那里去。喷毒沮丧地咆哮一声，放弃捕猎，跟上了卡森的小船。塞德里克看着他们远去。猎人和龙都没有回头看他一眼。

塞德里克将小瓶子放到船底。它们漂浮在没有被舀出去的积水中。塞德里克用脚将它们踢到一旁，然后在座位上坐稳，推动船桨跟上了卡森。雨水开始落下来了。

金月第二十七日

商人联盟独立第六年

来自艾瑞克，缤城信鸽管理人
致黛托茨，崔豪格信鸽管理人

缤城贸易商议会致崔豪格及卡萨里克雨野原贸易商议会，此为梅尔达和金卡罗恩家族提出之正式要求，我们需要知道柏油人号远征的具体情况，尤其是塞德里克·梅尔达和艾丽斯·金卡罗恩是否安好。

黛托茨：

很高兴得到你家人的邀请，我会迅速安排好随后一段时间的工作，请另一位管理人在我出行期间代管我的业务。相信你一定已经知道，你的家人欢迎我“停留到任何时候，只要你愿意”，但我想就此事征询你的意见。现在这里的天气出奇地温暖且晴好，但我们全都知道，这种天气不可能永远持续下去！我知道雨季很快就会笼罩在我们头顶。我想要趁着天气还好的时候去拜访你，是不是我有些太过急切了？你想要我在什么时间来访呢？

艾瑞克

第十九章　泥泞和翅膀

大概是过了半个上午的时间之后，柏油人不再前进了。莱福特林对此一点也不奇怪。他早就预料到会有这样的事情发生。昨天一整天，柏油人的脚都牢牢地扎在淤泥河床上，有几名守护者都因为柏油人的行走动作而晕船了。随着水面一天天变浅，莱福特林早就开始感到担忧。他已经吹响号角，将所有小船都召集到驳船旁边，又派遣他们驶往不同的方向，想要找到水位更深的航路。

小船在傍晚纷纷返回。没有人带来任何好讯息。大家都没有发现明显的河流走向。水面似乎在所有方向上都一样浅。将一根草叶扔到船旁边，它的确会漂走，但几乎马上就会消失在距离驳船越来越近的芦苇丛中。而遥远地平线那一点隐约可见的青蓝色山丘，耸立于低沉的灰色云层下面，同样是那样遥不可及。

驳船自己停了下来。有一段时间，莱福特林觉得这艘船站在水中努力思考。柏油人的意识向他延伸过来，也许是想要从莱福特林这里找到一个主意。只是莱福特林的大脑也是一片空白。然后，柏油人轻轻晃动了一下，收起四条腿，倒卧在淤泥中。他背负的整艘驳船就这样漂浮在水上。一阵哀伤和无奈飘入莱福特林的胸膛，环绕着他的心。他们终于到达了无法前进的终点。但这里不是克尔辛拉。

“船长？”说话的是船舵旁边的斯沃格。许多个星期以来，已经没有人还以为这艘船需要用船篙推进了。柏油人通常都很感谢人类用船篙为他加速，但在这样的浅水里，船篙只会拖慢他的步伐。

“休息一下，斯沃格。”莱福特林向他确认。然后这位船长从喉咙深处发出一声低吼，紧紧抓住了船头的栏杆。他感觉到的不仅是艾丽斯走上甲板，来到他身边。艾丽斯也和他一起将双手放在船栏杆上。女士的眼睛眺望着他们前方的水面。

这里没有河道，只有芦苇、灯芯草，还有这些植物所喜爱的沼泽包围着他们。鳞甲光艳的巨龙行走在他们完全不喜欢的泥泞里。直到昨天，龙群依然装模作样地引领着方向。到了今天早晨，他们在大部分时间里只是缓慢而犹疑地迈着步子。他们越来越深入这片无边无际的湿地。没有人因此而感到高兴。但他们又没有其他地方可去，只除了……

“我们要回去吗？”艾丽斯轻声问。

莱福特林没有回答。两只红色的蜻蜓从他们身边飞过。蜻蜓的翅膀发出微弱的振动声。它们在附近的芦苇丛中飞舞几下，叠在一起落到一只芦苇穗上。更远处，莱福特林听到一阵非常微弱的鹰啸声。他抬起头瞥了一眼，但阴云让他看不到一丝天空。龙凄凉地围绕着驳船来回走动。莱福特林怀疑他们是不是在寻找一些猎物。青蛙？小鱼？随着水面变浅，食物也变得越来越稀少，越来越不容易捕捉了。大家全都很饿。守护者们在自己饿肚子之余，还会感觉到龙的饥饿。

“去哪里？”莱福特林问。

“也许去另外一条支流？”艾丽斯小心地提出这个建议。

“我不知道。”莱福特林承认，“我希望柏油人能够更清楚地告诉我。我不认为另外一条支流会是正确的答案，但我毕竟什么都不知道。”

“那么……我们该怎么做？”

莱福特林不高兴地摇摇头。他有的全是问题，却没一个答案。他所在意的每一个生命，都迫切地需要他给出答案，或者至少做一个合理的猜测。现在他对自己已经没有了半点信心。他们进入这条支流的时候，他是不是猜错了？但他其实没有做任何猜测，他只是听从了自己的活船。柏油人号似乎对此充满了信心。但现在，他们被困在了这里。河流没有了。他们还有足够的水，但水淹没了所有土地。他根本猜不出这些水是从哪里来的。也许有一百万条小溪汇聚到了这里。也许它们只是淤积在这个巨大的浅盆地中。这些对他们而言，其实都无所谓。

另外，在过去数天中，远征队成员的情绪也越来越糟。也许他们在一起的时间实在是太久了。也许是那场洪水的袭击及其损失，严重摧毁了他们的士气，让他们无法再振作起精神。也许全都是因为现在这种阴沉的天气。莱福特林不知道他们的情绪到底受到了哪些因素的影响，但无论是守护者还是船员，全都生活在极度压抑的气氛中。从卡森和塞德里克带回小船和格瑞夫特的死讯之后，莱福特林觉得这种情况就开始了。卡森将讯息告知众人的时候，他们正坐在甲板上，吃着数量可怜的配给食物。卡森冷冷地讲述了事情的经过，对于将尸体喂给自己的龙，他没有道歉，也没有解释。没有人对此向他提出质疑。也许对于守护者们，这是一种理所当然的结局。塞德里克看上去意志消沉，仿佛深受打击。也许他终于看到了太多惨剧。也许是他的缤城人躯壳碎裂了，从里面流露出了一些真正的人性。卡森做完报告之后，郑重地将被偷走的航船面包还给莱福特林，然后宣布他要去睡一下。但莱福特林感觉他的老友脸上的倦意，并非是睡眠可以缓解的。

莱福特林看着卡森倦怠的面孔，还有塞德里克充满愧疚的表情。心中仿佛忽然明白了什么。天哪，真是该死，这个缤城花花公子和卡森完了。而他的猎人因此受到了很沉重的打击。卡森不应该有这样的命运。

但他们又有谁应该落得这步田地呢？

格瑞夫特的死讯压抑了所有人的精神。守护者们，甚至是刺青和哈里金都没有任何高兴的表情。刺青看上去仿佛觉得自己是一个罪人。而洁珥德整晚坐在左舷的船栏杆后面，无声地哭泣。一段时间之后，诺泰尔走过去，坐到她身边，低声和她说话，直到洁珥德将头靠在了他的肩膀上，接受了他的抚慰。

这是另一件莱福特林不得不思考的事情。贝霖早就和斯沃格说过，她要和那些女孩们谈谈。斯沃格也将贝霖的话转述给了莱福特林，莱福特林则希望贝霖这样做。那个女孩在流产和失去孩子的哀痛之后能够安然无恙，他感到很宽慰。他甚至拒绝猜测这对于贝霖和斯沃格又是一种多么严重的打击。他已经忘记贝霖曾经有多少次怀孕了，但贝霖至今为止都没能生下一个孩子。

格瑞夫特的小船在柏油人号的甲板上空放了两天之后，莱福特林才明确地命令博克斯特和凯斯分发狩猎装备，使用他们。这不是他的权责所在，但他们都服从了他的命令，能够让一些守护者出去狩猎，至少要比让一整队人无聊地待在甲板上好得多。

“我们已经失去了进取之心，”艾丽斯似乎在回答他的想法，“我们所有人都是。”

“就连龙也是？”

“龙已经改变了。至少我看到他们发生了改变。在从那场洪水中生存下来以后，他们变得更加独立。也许这是因为我们大多数人能够活过那场洪水全都是被他们所救。发生那一次角色的反转以后，他们似乎就不再那样依赖我们的侍奉了。他们之中有一些变得更加傲慢，另一些几乎对自己的守护者视而不见。当然，最令人惊叹的改变，还是发生在芮普妲和喷毒身上。”

“我们必须承认，他们从需要守护者每天催赶的笨拙野兽，已经成为最确定无疑的龙。那个叫喷毒的小杂种，自从发现自己能够喷出毒素以后，对于他自己和他身边的每一个人都变得非常危险。他的理智总是被欲望所压倒，而且无论是谁想要纠正他，都只会承受他的凶恶脾气。我宁愿他还和以前一样。我很感谢卡森愿意站出来为他负责，如果有谁能够胜任这份工作，那就只能是他，但就算是他，也没办法永远按住这口喷出蒸汽的热锅。喷毒迟早会伤害到别人。”

一只鹰正在远处盘旋。有几头龙向那里望去。莱福特林不知道他们是不是羡慕那只能飞上高空的鸟，也不知道自己是否应该调转船头，去寻找更深的水域。如果那样，龙群会跟随他吗？或者他们会继续在这片泥沼中行走，寻找一条通向干燥土地的道路？他又向天空瞥了一眼，不知道自己是否应该希望大雨落下。充足的雨水能够将驳船抬升起来，这样他们就可以继续前进了。但那样也会抬高淹没龙群的水位。在没有干燥土地可以休息的情况下，他们还能支持多久？ 莱福特林将心中的忧虑和恐惧尽数推开。“明天早晨，我会做出决定。”他对艾丽斯说。

“要到那时候？”艾丽斯抬起头看着他的脸。莱福特林看到了自己对这个女人的改变。那不是她变粗糙的头发，也不是她脸上更多更深的雀斑。莱福特林看到的是她的那双眼睛。现在那双眼睛里有疑问，但没有恐惧。一点都没有。

“直到那时，亲爱的，我们会平安无事的。”

赛玛拉坐在艾丽斯昏暗的房间里。她问过艾丽斯是否愿意将这个房间借给她一个小时。艾丽斯欣然应允。她以为赛玛拉是想自己一个人洗个热水澡。但这不是赛玛拉要做的事情。她反而是求希尔薇和她一起来到这个房间。

“我不知道能帮什么忙，赛玛拉。这里几乎就像黑夜一样黑。”

“我们已经完全没有蜡烛了。贝霖说，如果猎人能带回有油脂的野兽，她就能用灯芯草做一盏油灯。但在那以前……”赛玛拉听到了自己的声音。为什么她说话的速度这么快，嗓音这么尖。希尔薇可能也会听出她的恐惧了。

“那就让我看看你的后背，赛玛拉，看看它的情况如何。我知道你不喜欢人们因为你的事大惊小怪，但如果那里真的感染了，而且感染了这么长时间，嗯，你的确需要有人帮你打开伤口进行清洗。你不能让它一直这样恶化下去。”

希尔薇不停地说着话。赛玛拉此时已经脱掉衬衫，又解开了自己缠在胸口上的布。经验告诉她，撕掉贴住伤口的绷带越快越好。她深吸一口气，然后猛地把那块布扯下去，同时又不由得尖叫了一声。从她背上的伤口渗出的液体仿佛从不曾停止过。绷带当然也因此被紧紧黏在了伤口上。希尔薇同情地惊呼了一声，然后就切中实际地问道：“你是怎样处理伤口的？”

“我尽量每两天清洗一次伤口。但有时候很难找到私密的地方。”

“你用的是热水，还是就站在河里？”

“通常只是站在河里。我会洗净缠伤口的布，然后用一点水擦擦伤口，再把绷带系好。”

“我在这边什么都看不见。转一个方向，让小窗户里的光线能照到它……喔。”希尔薇有些冰凉的双手按在赛玛拉赤裸的肩膀上，让她在艾丽斯狭小的房间里转过身。

希尔薇先是沉默了一段时间，然后突然又惊呼了一声。这让赛玛拉更感到不寒而栗了。“情况有多糟糕？”赛玛拉着急地问道，“快告诉我。”

“嗯。”希尔薇颤抖着吸了一口气，“这不是伤口，赛玛拉。也许这一开始是伤口，但它现在不是了。它是一种变化。默尔柯曾经和我说过，当人类的皮肤和血肉敞开的时候，龙的影响就会变得更加强烈，甚至要超过龙本身的用意。他会和我说这件事，是因为我有一天割破了手。当我那天去照顾他的时候，他说我应该远离他一两天。”

赛玛拉竭力让自己的呼吸平稳下来，却又做不到。“什么样的变化？”

“严格来说，我也不知道。我要碰一碰你的伤口了。我不希望让你感到痛，但我必须这样做。”

“做吧，我们总要知道，希尔薇。”赛玛拉竭力表现出听天由命的样子，但她的声音中还是难免流露出一丝怒意。

希尔薇并没有因为她的反应而慌乱。“我知道你不是在生我的气。站直不要动。”

赛玛拉感觉到希尔薇的一只带着鳞片的清凉小手从她的颈后滑下来，沿着她的脊椎一直落到她的后背中间。

“这样不疼吗？ 很好。看样子这里全都是完好的皮肉，不过这里的鳞片也很多，而且……我不知道……这里和人类后背的样子不同，好像这里出现了更多的肌肉或别的某种组织。现在，我要碰它的两边了……”当希尔薇把手拿开的时候，赛玛拉吸了一口气，身子剧烈地哆嗦了一下，“嗯，这里有两道，唔，疤痕。它们是对称的。每一道有我的手掌这么长，全部都凸起在你的背上。还有……请再次站直。”

赛玛拉又感觉到了希尔薇清凉的双手。当希尔薇捏住了什么东西，赛玛拉突然叫喊一声，向前弯下身子，紧咬住牙，用力闭起了眼睛。一种火烧火燎的剧痛从希尔薇碰到的地方扩散开来。希尔薇说话的时候，仿佛她也是咬紧了牙关。“抱歉，赛玛拉。非常抱歉。我不应该这样做，看起来，你有一点流血了。但这里……你的这两道疤痕里好像有东西。”

“有什么？脏东西吗？腐烂了吗？”

希尔薇深吸一口气。“不，是某种正在生长的东西，好像有骨头，嗯，有一些像是手指。赛玛拉，你应该去找贝霖或者艾丽斯，甚至可以去找找默尔柯。他们都比我知道得多。他们有可能会告诉你该怎么做。这情况很糟，真的很糟。”

赛玛拉没有再缠上绷带。她直接将衬衫套在头上，拽下来遮住身子，完全不在乎这种大幅度的动作会给自己造成怎样的痛苦。“不要告诉别人！”她嗓音沙哑地对希尔薇说，“求你，希尔薇，不要告诉别人。不要告诉任何人。先让我好好想一想。”*再和那头该死的龙谈一谈。*“答应我，你不会告诉任何人。”

“赛玛拉，你终究要让别人知道你的状况。我们必须对你采取措施。”

“不要说，希尔薇，求你，不要说。”

希尔薇咬住了牙。“好吧。我不会说的。”

但就在赛玛拉松了一口气的时候，希尔薇又说道：“我暂时不会说。我会等一天。只有一天。然后我就去找贝霖。你不能对你的问题视而不见，赛玛拉。它是不会自行消失的。”

“我不会视而不见的，我答应你。只要给我一天，希尔薇，只要给我一天。”

“艾丽斯，我必须和你谈谈。你有时间吗？”

塞德里克的态度显得非常郑重其事，这让艾丽斯不由得感觉有些奇怪，正坐在厨房餐桌旁的她从自己的笔记上抬起头。此刻她还要顾着另一件事——早晨，博克斯特用网捉住了好几只小鸭子，艾丽斯已经将大部分鸭子都收拾好，放进了锅里，现在锅里的水已经开始微微沸腾了。只有最后两只鸭子，一公一母，被艾丽斯小心地放到桌子上。她正在为它们画素描，并记录下它们的大小，色泽和自己从这些鸭子的胃里发现的食物种类。艾丽斯还从没有见过这样的鸭子。公鸭子头顶生着亮蓝色的羽冠。现在艾丽斯的彩色墨水几乎都已经用光了，所以她只能在自己的素描旁边记录下这种特别的羽毛色彩。塞德里克的问话让她带着疑问神情抬起头。塞德里克突然又说道："我会为你画图。你只要和我说一声就好。"

"嗯。有时候，开口求人要比自己做事更困难。"艾丽斯的话音有些生硬。她看着塞德里克，非常希望能看到她那位旧日的老友。不知多少次，艾丽斯已经忘记了他。又不知多少次，艾丽斯在深夜醒来，或者在忙碌的工作中偶有停顿的时候，回想起过去的一些事情，再加上塞德里克告诉她的事实真相，她都会不由自主地咬紧牙齿。

现在艾丽斯才知道诏谕的真相，而她的熟人和朋友们对此都早有了解。他们不仅清楚诏谕是什么人，肯定还都知道诏谕和塞德里克的关系——这一点实在是太过明显了。而这些曾经只有艾丽斯懵然不知的秘密，现在全部成了扎在她心头的倒刺。现在艾丽斯明白了，自己在原先的生活中是多么被人轻视。她曾记得贸易商年轻的妻子同情地向她询问怀孕的事情时，菲尔顿被酒呛到的样子。艾丽斯本以为那是因为菲尔顿为妻子的问题感到尴尬。现在她才明白，菲尔顿当时是在努力压抑自己的笑意——因为想到艾丽斯竟然会和诏谕同床，他一定觉得很滑稽。这段记忆和它刚刚显露出来的真相，轰击着看向塞德里克的艾丽斯。当时塞德里克也在那场宴会上，而且就坐在诏谕的左手边。

面对艾丽斯的目光，塞德里克仿佛感觉到和艾丽斯心中同样的寒意。他抿起嘴唇，许久没有说话，然后他摇了摇头，像是要否认什么事情。"艾丽斯，我需要和你谈谈。"他又将刚才的话重复了一遍。

艾丽斯叹了口气，将手中的铅笔放下。"我在听。"

塞德里克看着那两只僵硬的小鸭子尸体，鼻子抽动了一下。艾丽斯听到外面响起一点声音。开始下雨了。无数雨滴落在了船周围的水面上。塞德里克走到厨房门前，将门用力关紧。然后他坐到了餐桌对面，将一只破旧的帆布袋放到桌子上，将双手叠放在一起，认真地说道："等我说完之后，你对我的印象将变得更加恶劣。但你也能够得到关于我的行为的一切解释，这本就是你应该知道的。我向你隐瞒的一切，你都将知晓，我将再没有需要向你道歉的事情，再没有害怕你会发现的秘密。"

艾丽斯将两只手握在一起。"在开始交谈时听到这样一番话，不会让人感到安心。"她的心中已经生出了恐惧。

"的确不会。听我说，艾丽斯，当诏谕命令我必须陪同你到这里来的时候，我非常气恼，感觉受到了伤害，因为他这样做只是为了惩罚我替你说话。我曾经向他坚称，只有允许你前来雨野原河，才是公平的做法。我提醒他，他不止一次同意将这一点作为你们婚姻协议的一部分。"说到此，塞德里克停顿了很短一点时间，艾丽斯并没有因为他的这番话显示出任何情绪的波动，于是塞德里克继续说道，"当我知道，我已经无可逃避，只能跟你来看你那些'该死的龙'时，我想起数个月之前一名恰斯商人曾经来找过诏谕和我。他非常谨慎地向诏谕建议，可以联络雨野原贸易商，获取巨龙的器官。"塞德里克抬起头，看着艾丽斯的眼睛，"你知道，恰斯大公现在年老多病，他一直在寻找能够延长寿命、恢复健康的灵药。"

艾丽斯平静地说道："我很清楚他愿意出大价钱购买这种东西。"

塞德里克又低下头。"我联络了那个恰斯商人，告诉他我要去哪里。他向我提供了我所需要的物品。盛放和保存标本的瓶子。一份最急需的巨龙器官清单。"塞德里克突然昂起下巴，坚定地说道，"我陪同你进行这次远行，其实是决意要取得那些器官。我打算用它们挣一笔大钱，然后说服诏谕离开你，和我一起走。"

艾丽斯一动不动地坐着，等待塞德里克说下去。

"我指控莱福特林要实行的阴谋，实际上我都做了。我利用你接近龙群，取得鳞片和龙血，甚至在赛玛拉清理银龙的伤口时，我还趁机偷得了小块的龙肉。我将它们都藏在了我的房间里。”塞德里克一边说，一边将手伸进帆布口袋，拿出几只小玻璃瓶，放在桌子上。其中一只瓶子上还能看到红色的血渍。“我打算把它们带回缤城，和那名恰斯商人见面，换取财富。”

说到这里，他停住了。

片刻之后，艾丽斯意识到塞德里克是在等待自己的响应。她拿起一只空瓶子，在手中转动。“你用它们做了什么？”

“是格瑞夫特从我这里偷走了它们，带着它们乘小船逃走。现在这些东西都没有了。”塞德里克指了指空玻璃瓶。艾丽斯压抑下一阵颤抖，将手中的瓶子放回到桌面上，发出“笃”的一声轻响。

“你为什么要现在告诉我这件事？”

塞德里克停顿一下，才不情愿地说道：“是因为卡森。他说我需要结束过去，才能有一个新的开始。这也是我过去的一部分。”

“你要和我做个了结。”

“不。不，绝不是这样。我不想失去你，艾丽斯。我知道这也许不可能，但我想要重新成为你少年时那样的朋友。我要做回那样的人。希望你能明白我的意思，即使你对我已经没有了原先那样的情谊。因为各种原因，我从你的朋友变成了欺骗你的人，甚至为了接近龙而利用了你。我不想再做那种人了。我将一切事实告诉你，其目的就是为了摧毁那个人。如果是原先的塞德里克，他一定会把那个人的种种罪行都告诉你，那样的他才是你真正的朋友。”

“你所指的是：被诏谕找上之前的那个塞德里克，在诏谕找上我们两个之前的塞德里克。”艾丽斯抬起手揉搓着额头。这让她能够暂时遮住自己的眼睛，暂时让自己的世界里只剩下自己一个人。将一切罪责都推到诏谕头上，并不公平。真的不公平吗？ 她和塞德里克都曾经拥有自己的人生，直到诏谕以那样一种怪异的方式加入进来。艾丽斯试着去回忆自己曾经对塞德里克的想象。在许多年以前，他们还过着各自的生活时，艾丽斯常常会亲切地想起塞德里克，微笑着将自己少女的眷恋依附在他的身上。每当她在市场上，在拜访共同的友人时偶尔见到他，她总是会感觉到喜悦在心中跳动，也总是会热情地向他问好。

艾丽斯慢慢地意识到，塞德里克的存在，曾经是她和诏谕的婚姻中唯一能让她感到高兴的事情。她试着去想象过去几年中，如果没有塞德里克会是什么样子。如果她孤身一人在那场婚姻中面对诏谕，如果塞德里克不曾居住在他们的房子里，如果没有了他的体贴呵护和在饭桌上的闲聊，那么艾丽斯又会是什么样子？ 艾丽斯记得每次都是塞德里克向诏谕提出建议，该为她选择怎样的礼物。是塞德里克帮助她取得了那些卷轴和书籍，用以慰藉她沉闷的生活。从某种角度来说，艾丽斯和塞德里克是两只落进同一个陷阱的动物。如果说塞德里克要为艾丽斯落入诏谕的手心负责任，那么他至少一直在尽心竭力减少艾丽斯所承受的苦闷。

而且正是塞德里克帮助艾丽斯赢得了这次雨野原之旅的机会。他也为此付出了可怕的代价。

正是这一连串的事件，让艾丽斯找到了莱福特林，让她同时找到了自己的爱情和人生。

艾丽斯用指尖碰了碰那只被染成红色的瓶子。然后她一皱眉头，向前俯过身，拿起了旁边的一只瓶子。这只瓶子要比其他玻璃瓶都大一些。那里面似乎有什么东西闪烁了一下。艾丽斯将它举到厨房窗口的阳光中仔细观察，又将它晃动了一下。瓶子好像是空的。但艾丽斯确信，那里面一定有东西。

艾丽斯随后的动作把塞德里克吓了一跳。她将瓶子用力砸在餐桌上。玻璃碎片四散纷飞。塞德里克下意识地用双手遮住面孔。“抱歉。”艾丽斯喃喃地说道。她也被自己的冲动吓到了。她小心地用手指拨开碎玻璃，露出瓶底，拈起黏在瓶底的一小片边缘呈红铜色的鳞片，将它举到阳光下。这片鳞几乎是透明的。

“一片鳞。”塞德里克说。

“是的。”

艾丽斯用一块抹布将碎玻璃聚拢起来，扫进装有水鸟肚肠和羽毛的垃圾桶里，然后又从裤子口袋里拿出那枚项链盒。

“你还留着它？”塞德里克很是吃惊。

“是的。我不知道是为什么。也许是为了提醒我，自己曾经有多么愚蠢。”艾丽斯从低垂的睫毛下面向塞德里克瞥了一眼，“但也许你比我更需要这种提醒。”

她打开项链盒。诏谕看着他们两个人。那种目空一切的微笑，在他们的眼中已经无所谓英俊，只是流露出冰冷的嘲讽。艾丽斯将那一束用丝线系住的黑发拿出来，像放置她从水鸟肚子里清理出的肠子一样放到一旁。然后她又抽出刚才用来割开水鸟肚子的小刀，插到诏谕的小肖像下面，撬起那幅画像，也把它拿出来，再将红铜色边缘的鳞片放入项链盒中，把盒子关上。永远——项链盒上雕刻着这两个字。艾丽斯把它托起来，递给塞德里克，同时向塞德里克说道：“永远。”

犹豫片刻之后，塞德里克从艾丽斯手中接过项链盒，把它托在手心里。然后他戴上了这条项链，把项链盒放到衬衫里面，也说了一声：“永远。”

艾丽斯站起身，这样塞德里克就不会看到她眼睛里的泪水了。结束自己的过去，干干净净地有一个全新的开始，真的是那么简单吗？她揭开煮鸭子的锅盖，搅了一下鸭汤。汤几乎没怎么沸腾。艾丽斯不得不请守护者们不断出去，将一切能当作燃料的东西给她带回来，否则他们今晚就不会有煮熟的肉可以吃了。艾丽斯又打开小火炉，皱起眉看着里面即将熄灭的灰烬。“我们需要燃料。”她下意识地说道。

“这里有一些可烧的东西。”塞德里克将那一张小肖像画扔进火中。之前他将那张画捡起来，看着它——这些艾丽斯都没有发现。现在那一小张画落进火灰里，腾起一点火苗，迅速地蜷曲，而后变黑。“还有。”随着塞德里克的话音，诏谕那一小卷黑色的头发也落进炉膛里，开始变成焦黑色。烟气从炉子里窜出来，艾丽斯急忙关上了炉门。

“喔，这可真臭！”艾丽斯喊道。

塞德里克嗅了嗅，“他就是这样，不是吗？”

艾丽斯捂住口鼻，忽然在手掌后面大笑起来。让她惊讶的是，塞德里克也开始和她同声大笑。突然之间，他们的笑声充满了整个厨房。莎神知道，他们已经多久没有这样过了。笑着笑着，塞德里克一下子又哭了起来。艾丽斯的手臂环抱住塞德里克，她发现自己也在哭泣。“一切都会好起来的，”她对塞德里克说，“一切都会好起来的。我已经得回了你，我的朋友。我们都会好起来。”

希尔薇走出房间之后，赛玛拉又在黑暗的房间里哭了一会儿。哭泣很愚蠢，也没有任何用处，但她还是哭了。当她确信自己的眼泪都已经流光，自己的哀伤都被愤怒遮蔽好之后，她离开艾丽斯的小房间，去寻找辛泰拉。

她来到船头栏杆后面，看到了那些龙。他们都在距离驳船不远的地方。一些龙趴伏着挤在一起，把头放在身边龙的背上。现在他们看上去很友好，很平和，但赛玛拉知道真相是什么。这些龙只有这样才能使四足得以休息，同时不会在睡觉的时候让头没入水中。辛泰拉还没有睡着。她正在一片芦苇当中缓步移动，不住地观察水面。也许她是希望能发现一只青蛙或者一条鱼，或者任何有肉的东西。最近的降雨将龙的身子都冲洗得很干净。下午的阳光穿透乌云，照得辛泰拉闪闪发亮。尽管心中还燃烧着怒火，但赛玛拉禁不住还是会为这头龙的美丽感到惊叹。

光线在辛泰拉蓝色的鳞片上跳动着。她转动头颅的时候，她的身上就会荡漾起一道道优雅而又危险的肌肉条纹。虽然体型巨大，她在水中移动的时候却没有半点声音，就仿佛她也是水做的一样。美丽的杀手，赛玛拉心中想。巨龙自然而然地散发出强大的美丽，涌过赛玛拉全身。现在赛玛拉对这种感觉已经很熟悉了。这头蓝龙真是赛玛拉见过的最可爱的生物。

赛玛拉拼命地寻找并抓住自我，这更让她感到愤怒。是的，辛泰拉是这个世界上最美丽的生物，却也是最无情，最自私，最残酷的生物！赛玛拉让自己摆脱巨龙的魅惑，然后才抓紧柏油人的栏杆，翻到船外。

守护者的小船就绑在柏油人的绳梯下面。但赛玛拉没有登上小船。柏油人号实际上已经搁浅了。这里的水面最高也只到赛玛拉的腰间，浅的地方才到她的膝盖。这么点水，不多不少，刚好把我们困在这个悲惨的地方，赛玛拉心中想道。她直接跳进了水里，结果双脚立刻陷入比她预想中更深的淤泥中。这让她的心中感到一阵慌乱。但水面毕竟连她的腰都没有碰到。于是她又将这一点恐惧也放进自己的怒火之中。她不打算呜咽哭诉。这次不会。也许再也不会了。

赛玛拉抬起头望过去，看到辛泰拉还在狩猎。于是她径直向蓝龙走去，到了那片芦苇旁边，她丝毫没有放慢脚步，完全不在乎自己搅浑了水，吓跑了饥饿的龙正努力寻找的猎物。辛泰拉有没有想过她身上的变化？赛玛拉对此表示怀疑，辛泰拉根本不曾认真考虑过自己的所作所为，对她和其他人类会有什么样的影响。

“不要捣乱！”巨龙向逼近的赛玛拉低声说道。

赛玛拉故意搅乱水面，直到她站在这头被激怒的龙的正前方。辛泰拉高昂起头，俯视这个女孩，微微张开翅膀。“你到底是出了什么问题？这里本来就没有什么值得狩猎的东西，你把这里的鱼和青蛙都赶走了！”

“我的问题都是你造成的！你到底对我做了什么？”

“我？我什么都没有对你做！”

“那么这是什么？我身上的这处变化是怎么回事？”赛玛拉愤怒地掀起衬衫，将后背向辛泰拉露出来。

“这些，喔，这个还没有完成。”

“什么没有完成？希尔薇说我好像是在背上的疤痕中生出了手指！”

“手指！”龙铜号一般的话语声中充满了兴致，“手指？不，是翅膀。过来，让我看看。”

赛玛拉震惊得一步都迈不动。翅膀。翅膀。这个词突然变得让她完全无法理解，对她没有任何意义。翅膀。她的背上有翅膀。“但我是一个人类。”她愚蠢地说。她能感觉到龙的呼吸喷在了自己赤裸的肌肤上。

“现在你还是人类。但是当你完成了变化，你就会成为古灵。拥有翅膀的古灵。如果我的记忆没有错，你将是第一个。现在这对翅膀还不成熟，不过……你能活动它们吗？ 你有没有试过活动它们？”

“活动它们？ 我甚至不知道我长出了它们！”赛玛拉刚才哭了很长时间，她为自己的丑陋流干了每一滴哀伤的泪水。但那些哭泣又算是什么？ 她马上就要变成一个畸形的怪物了。她将永远不敢向任何男人，不，是不敢向任何人露出自己的后背。她的背上长出了手指。但那不是手指。它们是翅膀。这头愚蠢的龙让它们生长出来，甚至没有求得她的许可。而现在这头龙只是在想着它们会不会动！

泪水再一次向她的眼睛里涌过来。她不知道那泪水是为了什么。恐惧？ 愤怒？ 她的心在狠狠地撞击着肋骨。

“试着动一动它们。”辛泰拉坚持说着。蓝龙女王的声音里没有半点关怀，只是充满了好奇。赛玛拉感觉到自己赤裸的背上拂过一阵气流，不由得颤抖了一下。突然间，她能感觉到有什么东西正在自己的背上抽搐。

“那是什么？”她高声喊道。她感觉正有什么东西从自己的身体里面挣扎出来。她的脊背很痛，就好像扭到了腰，或者是扭伤了手指关节。有一些连在她脊柱上的东西正在痉挛，受到痛苦的挤压。她拼命扭动身子，惊恐地感觉到一股温热的液体从背上滑落下来。很快的，她的背出现了一整片沉重的潮湿感。

“到底出了什么事？”赛玛拉叫喊着。现在她一下也不敢动，但她不能这样一动不动地站着。她伸手到肩膀后面，摸到了某种东西——那就像是被包裹在湿衣服里面的几根小棍子。“不！”在她凄厉的喊声中，她的身体因为惊骇而剧烈地抽搐。她感觉到另一侧的翅膀也从身体里挣脱出来。“不！”这一次，她的声音变得虚弱了。她想要用双手捂住脸，却发现自己正盯着被染上一层淡淡血迹的手指。她的身体在不停地颤抖着。这是一个错误。她背上的东西正在不停地抽搐、抖动。它们是她的一部分，无论多么奇异诡谲，都是她的一部分。她能够透过它们感觉到夏日的风，感觉到辛泰拉兴致勃勃的鼻息。这时蓝龙女王说道：“嗯，我本来预料还会更好一些。”

“我根本什么都没有预料到！”赛玛拉向蓝龙喊道，“你怎么能这样对我？为什么你要对我这么做？”

“这不是我想要的！”龙承认了。这一刻，她几乎显得有些慌乱。然后愤怒又占据了她的话语，“如果你一定要知道的话，这是你自己做的。你很不小心。当你将锉刀蛇从我身体里拔出去的时候，我的血溅到了你身上。一定有一些血进了你的嘴里。从那时起，我就能够更加强烈地感觉到你。而你对我的感觉一定也变得更清晰了！你怎么可能对此毫无察觉？”

“我还以为那只是……只是守护者和龙之间的感觉。但你为什么又要对我做这种事？”

“我没有。我那时还不想改变你。我还没有那样的打算。通常一头龙在选择接受古灵的时候，都会非常挑剔。这种改变是一种巨大的荣誉，只应该赐予那些最忠诚、最热忱和最聪明的人类。在古代，人类会为了得到一头龙的眷顾而奋力竞争。他们可不会将照顾一头龙当作是卑微繁重的工作！”

“那么为什么你要这样做？为什么？”泪水从赛玛拉的脸上滚落下来。他们的声音传到了很远。赛玛拉听见守护者杂乱的喊声，听见了龙群低沉的吼声。她不在乎，她完全不在乎其他人是不是正站在柏油人号的甲板上看着他们，不在乎其他龙是不是受到了打扰，都靠近过来要看看到底她们在争吵什么。这是她和辛泰拉之间的事情，她打算今天就把这件事讲清楚，彻底讲清楚。

“是你开始了你的改变！你做梦都想要飞行，在这件事上，你的愿望比我还要强烈！我甚至没有想过要改变你。当默尔柯向我指出你正持续发生变化的时候，我对你有了怜惜。就是这样。你应该感谢我！当这双翅膀最终成形的时候，它们会非常美丽，几乎就像你的身体一样美丽。而我，我将得到第一个拥有翅膀的古灵！其他任何龙都不曾创造过这样的生物。”

赛玛拉扭过脖子，想要看到自己肩膀后面的样子。龙的语气显得非常喜悦。这双翅膀真的很美丽吗？她是否应该感到荣幸，而不是将自己看作怪物？无论她怎样努力地扭头，她也只能看到一点潮湿的翅膀尖端——那让她想起了被雨水浸透的阳伞。她小心翼翼地将双手探到背后。翅膀。她感觉到紧绷在骨头和软骨上的皮肤。但最奇怪的还是当她抚摸那双翅膀的时候，她能感觉到她自己，就像她在摸自己的手一样。

她鼓起勇气抓住它们，想要将它们从身体里拽出来。不，不，这就像是以错误的方式扳动手指。她抽动肩膀，下意识地将自己的双翼紧紧收叠在背后。是的，它们紧贴在她的背上，不过不再像原来那样被封闭在皮肤里面了。它们覆盖在背上的感觉很服贴，就像辛泰拉或者是鸟雀收在背上的翅膀。“它们……它们还会再长大吗？”赛玛拉大着胆子问道，“我将来能够飞行吗？”

“飞行？ 不要犯傻了。不。它们太小了。不过它们会变得很可爱，就像我的一样可爱。所有人都会羡慕你的。”

“为什么它们不能长大？ 为什么它们不能大到足以让我飞起来？ 我想要飞行！”

“为什么你竟敢索取没有被赐予的东西？”刚刚为自己的造物感到惊异的龙，现在又开始愤怒了。但赛玛拉觉得她在质问中流露出了自己真正的想法，“当我还不会飞的时候，你却能飞？”

“也许因为只有这样，才能证明你对我的改变是有用的！”

“你会很漂亮！ 让其他龙感兴趣。这对于古灵而言都已经足够了，更不要说是人类了！”

“对你而言，也许‘漂亮’的翅膀是足够了，但如果我必须承担这份重量和有东西从脊椎骨中生长出来所造成的不便，生长出来的这些东西，最好能有实际的用处。我从来都不理解，为什么你甚至不曾尝试用一下你的翅膀。我看到了其他龙一直在伸展和扇动他们的翅膀。我看到了银龙几乎用翅膀将自己从水中提起来。他的身体比你更笨拙得多，翅膀也要比你的小！ 你甚至连试都不试一下！ 我不断清洁你的翅膀，保持它们洁净无瑕。它们变得越来越大，越来越强壮，你完全可以努力一试。但你没有。你所做的只是向我炫耀它们有多么美丽。它们也许是很美丽，但你难道从没有考虑过要让它们发挥出真正的用途吗？”

赛玛拉能够看到怒火正在这头蓝龙女王的胸中聚集。她的胆子真是大，竟然这样批评了巨龙女王。辛泰拉绝不可能容忍这样的批评，她甚至不会允许别人有任何一点暗示说她懒惰，或者自怨自艾，或者是……“愚蠢！”

赛玛拉大声说出这个词。她根本不知道自己为什么要这样说。也许赛玛拉只是想让辛泰拉知道，她已经太过分了，她的守护者不会再接受她的恐吓了。辛泰拉怎么敢将翅膀放在她的背上？就连辛泰拉自己现在都还没办法掌握她与生俱来的翅膀！

驳船上嘈杂的议论声变得更响了。赛玛拉甚至拒绝向那里瞥上一眼。她站立在泥水中，后背凸起的衬衫紧紧勒住了胸部。她的龙正瞪视着她，一双眼睛疯狂地转动着。怒火熊熊的辛泰拉，显得无比威严壮丽。她高高地抬起头，张开大嘴，显示出喉咙中色彩鲜艳的毒腺。她的翅膀也完全张开了，如同两扇巨大而绚烂的彩绘玻璃窗。她完全展示出了自己的体型和力量，就如同在向另外一头龙挑战一样。片刻间，赛玛拉因为这头巨龙的辉煌与魅力而感到晕眩。她差一点就跪倒在她的龙面前。

但她终于努力控制住了自己，在辛泰拉向自己放射出的魅力中站稳脚跟。“是的。它们很美丽！”她向辛泰拉喊道，“美丽却又无用！就像你一样，美丽却又无用！”一阵战栗涌过赛玛拉全身。她的身子突然有些晃动。这时她才察觉到自己做了什么。作为对于辛泰拉的一种奇异的响应，赛玛拉张开了自己的翅膀。船上的守护者们不约而同地发出一阵惊叹的呼声。

辛泰拉在吸气。她的下巴依旧张得很大。赛玛拉牢牢地站在她面前，看着她的毒囊迅速肿胀。如果这头龙决定要将毒液喷吐在她的身上，那么她将无可逃避。她只是站在巨龙面前，在恐惧和盛怒中一动也不能动。

“辛泰拉！”吼声来自默尔柯，“闭上你的嘴，收起你的翅膀！不要因为你的守护者说出了实话就伤害她！”

“打啊！打啊！打啊！”喷毒发出喜悦的吼叫。

“安静，害虫！”兰克洛斯向他咆哮道。

“不要在这里喷吐毒液！毒雾会伤到我！辛泰拉，如果你愿意，尽可以烧毁你的守护者，但如果你把毒液喷到我身上，我发誓会把你的翅膀烧出一堆窟窿，让它们变成两片破布！”这吼声是绿色小龙芬提喊出来的。那头龙用后腿将身体立起来，挑战般地张开了自己的翅膀。

“不要这么疯狂！”默尔柯再次吼道。“辛泰拉，不要伤害你的守护者！”

“她是我的，我想怎样做就怎样做！”辛泰拉的怒吼如同凄厉的号角。

在这凶猛的吼声中，赛玛拉终于忍不住用双手捂住了耳朵。恐惧让她变得不顾一切。“我不在乎你对我做了什么！ 看看你已经干的事！ 你想要杀死我吗？ 来吧，你这条愚蠢的蜥蜴。还会有人可以清理你眼睛中的虫子，从你那无用的、美丽的翅膀上摘除水蛭的。来吧，杀了我！”

辛泰拉扬起头，展开翅膀，那是耀眼夺目又极端致命的巨兽。在支撑她翅膀的肱骨顶端伸出了闪光的利爪。那利爪上会渗出毒液，能够在天空的激战中砍开对手的身体。在短暂的一瞬间，赛玛拉有些惊奇自己怎么会突然知道这种事。然后辛泰拉发出如同风暴的狂吼。她合起翅膀，当这双翅膀再度张开的时候，她稍稍一侧身。翅膀击中赛玛拉，把她打飞了出去。

水面狠狠撞击着赛玛拉的后背。赛玛拉感觉到一阵剧痛。她的新翅膀吸收了这股冲击的力量。她沉入水中，鼻子呛了水。但她的双脚很快就找到地面。她站起身，咳嗽着，喘息着，一双眼睛中流出泥水和泪水。她听到驳船上的叫喊声。刺青的声音深沉、沙哑而又愤怒：“赛玛拉！ 赛玛拉！ 龙，你这该死的！ 你这该死的龙！”

刺青的咒骂无法阻止辛泰拉。她大步向赛玛拉走过来，低垂在身前的头不住地晃动着。“这就是你想要的、毫无价值的女孩？ 我还要让你飞起来吗？”

“我警告你，辛泰拉！”默尔柯向她逼近。金龙也展开自己的翅膀，阳光在那双翅膀上跳跃，让它们变得仿佛比太阳更加明亮。翅膀上那些如同孔雀尾羽的眼状花纹，仿佛全都瞪着辛泰拉。

赛玛拉还在不停地咳嗽着，同时努力顶开积水的阻力，向后退去。愤怒的蓝龙女王还在向她一步步逼近，旋转的眼睛里，燃烧着绝不宽恕的怒火。

头顶上方，一只鹰发出嘹亮的鸣叫，然后又叫了一声。群龙纷纷向天空抬起头。那只鹰收起翅膀，急速穿过空气，猛然向他们扑来。

“婷黛莉雅？”默尔柯惊奇地说出巨龙女王的名字。

“她是红色的！”另一头龙喊道。

群龙一动不动地望着天空。赛玛拉抓住漂在水上的衬衫，抹去眼睛里的泥沙，也向上望去。一只鸟冲破浮云。红色的鹰变得越来越大，越来越大。

“荷比！”赛玛拉突然尖叫道，“拉普斯卡！”

红龙发出铜号般胜利的吼声。她收起的翅膀突然打开，止住了迅疾的下落。然后她以不可思议的灵巧，在目瞪口呆的龙群和搁浅驳船的上方，盘旋了很小的三圈，随后又拍动几下翅膀，稍稍调转方向，继续绕着柏油人号和兴奋的龙群转着更大的圈子。她的红色翅膀就像船帆一样宽大。随后，她逐渐减慢速度，以优雅的身姿向下降落，翅膀尖端扫过了高高的芦苇和灯芯草。在她的背上，一个身材纤瘦、满身朱红色的人，正发出喜悦的笑声。

“终于找到你们了！”那个人喊道。那正是拉普斯卡的声音，只是变得更加浑厚些，那种狂野的乐观精神丝毫没有减少，“终于找到你们了。荷比找到了克尔辛拉！ 来吧。跟着我们！ 克尔辛拉就在不远的地方！ 只要向东飞行不过半天。跟着我们！ 我们一起去克尔辛拉！”

褐月第十日

商人联盟独立第六年

来自艾瑞克，缤城信鸽管理人
致黛托茨，崔豪格信鸽管理人

缤城信鸽管理人艾瑞克·顿瓦罗的父母寄给黛托茨·杜珊克父母的信，上有蜡封，蜡封上盖着贸易商顿瓦罗家族的徽印。

黛托茨：

在你将这只蜡封卷轴交给你的父母之前，一定要将这张纸条销毁掉。恐怕我知道卷轴里都写了些什么，也许我太多次向我的家人提起过你了。他们也从你的侄子雷亚奥那里听到了许多关于你的故事。他们的提议是完全可以被猜出来的。尽管我们甚至还没有见过面，但作为我们家族的贸易商，我的父亲仍然能够全权发起这种商谈。我害怕这样也许会冒犯你和你的父母。实际上，这是我曾经希望由我来亲自提出来的一项请求，而此刻我更担心这只会让你拒绝这个私人的请求。我本来希望能够在你有机会遇到我、对我有更多了解之后，再提起这件事。

我的旅行已经安排好了。在月亮完成下一次循环之前，我就能最终与你相见了。在我有机会能亲口向你述说之前，我恳求你：请不要拒绝我父母不合时宜的提议。请记住，你永远都能够拒绝我。但在这样做以前，请至少让我能亲自向你提出请求。

艾瑞克

第二十章　克尔辛拉

“那么，为什么你要把这些都写下来？”

艾丽斯觉得，拉普斯卡在某些方面完全没有变。他仍然像是个多动的男孩，总是坐立不安，着急地想要去做些什么事情。但在另一些方面，艾丽斯很难将眼前这个身材修长纤细的红色生物，与那个守护者男孩看作是一个人。要从他的口中获得连贯的信息，就像是和龙交谈，或者是和一个缺乏耐心的小孩子交谈。

艾丽斯坐在一栋房子的门口。这栋房子很像是牧羊人的小屋。在他们下方，一片连绵起伏的辽阔草原一直延伸到大河岸边。艾丽斯刚开始慢慢适应这个事实——他们终于到达了目的地。坐在这样一片山坡上，眺望青翠的原野和奔淌的河流，艾丽斯感到非常怪异。而当她的目光越过河水，落到远方克尔辛拉的古早建筑上时，她觉得眼前的一切都是这么不真实。

现在证明了，原来“飞行半天的路程”，需要让这艘驳船缓慢行驶超过六天。这其中的每一天都不容易。第一天，荷比不时会出现在他们的头顶上方，在驳船上空盘旋，又飞向远方，为他们指明前进的方向。不幸的是，这条线路让他们不得不进入更浅的水域。龙群在前方的积水和淤泥中辛苦跋涉。柏油人在后面一步一晃地跟随着，船上的人也只能不停地随之来回摆动。

第二天，大雨又开始毫不停顿地落下。雨滴持续不断地击打着泥沼水面，激起的涟漪相互重叠，越来越大。雨停之后，又升起了浓重的雾气，将整个世界覆盖成一片灰色。浓雾凝聚不散，直到大雨再次落下，最终变成了暴雨。龙和船全都被密集的雨滴遮住视线，只能在一片水云中摸索前行。驳船上的生活变得越来越困苦，守护者们挤在厨房和船员舱室中躲避雨水。潮湿侵入了船上的每一道裂缝，他们能够吃到的食物都是冰冷的，也找不到干燥的燃料，没办法在船上的炉子里生上哪怕仅有一点小火。尽管人群中没有爆发冲突，但沮丧和恼恨的气氛弥漫在整艘船上，人们谈论的唯一话题只有克尔辛拉，还有拉普斯卡和荷比去了哪里，他们为什么不到船上来，为什么不回来。各种猜测，各种毫无逻辑的理论，却没有一个能让任何人满意。

“这种情况会持续多久？”艾丽斯在第三天早晨醒来时，看着窗外的雨问莱福特林。莱福特林则用有些奇怪的眼光看着艾丽斯。

“艾丽斯，你难道从没有想过为什么这个地方被称作雨野原吗？ 正是我们这里冬季的天气让它有了这个名字。这场雨来得有些早。我们还有可能再迎来一段时间阳光灿烂的日子，不过这只是可能。这件事好的一面是抬升的水面也托起了驳船，但它也有不好的一面。”

艾丽斯立刻明白了莱福特林的意思。“越来越深的水，也许会让柏油人易于行动，却对龙造成了困难。”

莱福特林严肃地点点头。“龙需要离开积水，但我们甚至连一片泥滩都看不见。”他从他们的床上翻身坐起，透过小窗口向天空望去，“我认为正是因为这场大雨，昨天我们才没有看见荷比和拉普斯卡。即使他们能够穿过雨云，我也怀疑他们根本就找不到我们。”

这场雨又下了一整夜和第二天一天。有一次，艾丽斯觉得她听到了荷比在天空中的吼叫。那声音就像是远方的鹰叫声。但是当她来到甲板上，盘旋的雨雾中什么都看不见。龙走在驳船两旁，只是一个个模糊的身影。柏油人一路爬行，向荷比飞去的大致方向前进。在雨雾中确定方向实在是一件很难的事。驳船和龙都感觉到水正在缓慢地变深。但这只是因为大雨的关系，还是他们找到了一条隐秘的航道？ 艾丽斯无法确定是柏油人在跟随龙，还是龙在柏油人旁边、跟随着他前行。仿佛永远不会停止的落雨和强烈的不确定感，艾丽斯觉得自己仿佛要发疯了。

到了第四天晚上，艾丽斯醒过来，发现莱福特林不见了。她急忙起身，在黑暗中摸索她的古灵长袍。一阵急迫和兴奋的感觉让她浑身战栗，但她却说不清这是为什么。她走出船舱，发现厨房餐桌的一只小碟子上正燃烧着一根灯芯草。贝霖刚刚将它点亮，站在这一盏小油灯旁，还在眨动着惺忪的睡眼。“你知道发生什么事了吗？”艾丽斯问她。

贝霖摇摇头，低声说：“是柏油人把我叫醒的，我不知道是为什么。”

艾丽斯推开被风顶住的舱门。大雨立刻向她凶猛地砸过来。强烈的寒意差一点把她逼退回厨房里。但贝霖就在她身后，她不应该在贝霖的面前丢脸。她将双臂抱在胸前，低下头冲进雨水里，摸索甲板船舱外壁向前走，最终站到了船头。莱福特林就在她的面前，手中提着的一盏油灯里燃烧着他们最后一点宝贵的油脂。斯沃格靠在船长旁边的船栏杆上，向黑暗和大雨中窥望着。那个紧紧抱住身体，正不停地打着哆嗦的纤细身影应该是丝凯莉。艾丽斯刚一加入到他们之中，莱福特林就伸出手臂护住了她。他的手臂挡不住雨水，但能够分享他身体的温暖，让艾丽斯感到很高兴。

“出什么事了？”艾丽斯问道，“为什么柏油人会唤醒我们？”

莱福特林将她抱进怀中，让她感到一阵幸福。“我们遇到了一段河流，一段确切无疑的河流，我们又开始向上游前进了。现在水流正不断变得更深、更急，这肯定不只是因为下雨的关系。我们已经进入了另一条水路。”

“龙群呢？”

“他们正和我们一起走。”

“在黑暗中？”

“我们别无选择。以现在涨水的速度，我们需要尽快找到河岸。这样我们才能有所倚仗。如果我们站在原地不动，很可能会被冲走。”

艾丽斯听出了莱福特林没有说出口的话。如果水涨得太快，龙群很可能遭遇不测。兴奋和紧张的情绪在这支队伍中飞快地跳跃着。不等天色亮起。守护者们已经纷纷来到船员们身边。他们聚集在船头，任凭风吹雨淋，只是一心望着前方黑暗中的未来。

太阳不知从什么地方升了起来。巨龙们逐渐露出了模糊的影子。随着雨水减弱，雾气重新弥漫，艾丽斯只能隐约看到他们正在驳船周围移动。当大雨终于止住的时候，艾丽斯才终于能看到船下流动的水。到处都是水。这让艾丽斯感到非常担忧。如果他们找不到河岸该怎么办？ 如果他们并不是在向河岸边走，而是在走向河中心呢？

当莱福特林严肃地命令船员们拿起船篙时，守护者们全都不满地嘟囔着，让到一旁。艾丽斯的心沉了下去。太阳已经升得更高，更多阳光穿透了迷雾。龙只是不同颜色的一些影子，迈着威严的脚步走在驳船两侧和后面。很明显，柏油人成了领路者。艾丽斯退到甲板船舱顶上。她知道，无论自己现在多么希望能待在莱福特林身边，都不能打扰船长的工作。现在这艘船需要他的船长全部的注意力。一些守护者退到了厨房和船员舱室，以躲避室外的寒冷。但赛玛拉只是盘腿坐在船舱顶上，盯着前方。而不停打着哆嗦的希尔薇，则焦急不安地望着自己的龙。巨龙们正在用微弱的吼声彼此联络，偶尔会喷出一声沉重的鼻息。

雾气慢慢从河面上升起。毫无疑问，现在他们所处的又是一条河了。这里的水流已经非常明显，艾丽斯能够看到水面上有落叶和枯枝从船边快速滑过。以河边的芦苇丛做对照，艾丽斯能清楚地看到水在不断涨高。突然间，最后一点芦苇尖也从她的眼前消失了。她能听到身边赛玛拉的喘息声——女孩的每一次呼吸都伴随着焦急的颤抖。头顶上的乌云一定是散开了。一道阳光射入浓雾之中。又呼吸了六次之后，他们进入到一个银光闪烁的世界里。河水强烈的反光遮住了艾丽斯的眼睛，让她几乎无法看到水中的巨龙。

“树！”默尔柯发出铜号般的胜利呼声，“向左！ 我又看到树了。”

赛玛拉努力睁大眼睛，想要让自己的目光穿过迷雾。她很冷。她在肩头裹了一条毯子，但每当她的翅膀伸到身体以外的时候，她都会感到寒意彻骨。她用毯子把身体裹紧，却只是觉得让那双冰冷的翅膀更贴近了身子。她能够适应它们吗？将它们视作她自己的一部分，而不是辛泰拉强行插在她身上的东西？她无法确定。

听到默尔柯宣布远方出现了树，赛玛拉立刻站了起来，一言不发地和其他人一起注视远方，心中充满了期待。她感觉到驳船改变了方向，一种奇异的振动传遍了整艘船，也让赛玛拉感到一阵恐慌。她的心脏飞快地跳动着，但她的脑子很清楚发生了什么。柏油人的爪子在打滑，他没办法再抓住河底了。整艘驳船开始大幅度转向。不等莱福特林呼喊斯沃格，这名舵手已经喊道："我尽力了，船长！"到处都是响亮的波浪撞击声。驳船突然猛地一晃。维拉斯从船边飞奔而过，扑向了不远处的浅水。柏油人的爪子终于再次抓住河底，船立刻猛力前冲，让艾丽斯重重地坐倒在赛玛拉身边。赛玛拉也在船舱顶上蹲下身。缤城女子没有惊慌呼喊，只是抓住了赛玛拉的手臂，让自己没有从船舱上掉下去。而赛玛拉的手臂也被她拽得很痛。一瞬间之后，这艘船又突然稳定下来。

雾气消失了，就好像从不曾存在过一样。一片风景出现在他们周围。这个地方是如此陌生奇异，以至于赛玛拉还在怀疑他们是不是经过了一种神秘的通道、到达了另一个世界。他们的右手边是湍流不息的大河，河面上漂浮着许多枯枝败叶。在一个小时之前，赛玛拉还看到同样枝叶漂浮在停滞的泥沼水面上，而这里的河水却显得无比欢腾喧闹。在他们的左边是一道狭窄的河床，柏油人正迅速向河岸边靠近。现在龙群的移动速度已经很快了。溯流而上的巨龙们，就像是一条光芒闪烁的彩带。

但真正让赛玛拉大吃一惊的，是这里的河岸。这片河岸完全高出了水面。它并非完全被高耸的大树所覆盖。赛玛拉以前从没有见过这样的地面。她曾经听说过连绵起伏的丘陵和雄伟险峻的高山。她觉得现在自己所见到的应该就是那些传说中的风景。在她眼前，一座座山丘向远处绵延，越来越高，一直高到她几乎无法理解的程度。"干燥的陆地！"艾丽斯在她身边喘息着说道，"今晚，我们就能在干燥的陆地上扎营了。我们能建起营火，在地面上行走，脚上又不会沾染泥巴！喔，赛玛拉，你有没有见到过这么美丽的景色？"

“我从没有看见过如此奇怪的东西。”赛玛拉敬畏地悄声说道。

一阵狂热的欢呼从船上每一个人的喉咙中爆发出来。赛玛拉抬起头向天空望去，荷比在云层裂隙中的蓝色天空里张开朱红色的翅膀。她正在向地面俯冲，迅速缩短和他们的距离。拉普斯卡细瘦的身影很快就映入了他们的眼帘。“这边！ 这边！”

“我从没有见过如此美丽的景色。”赛玛拉悄声说道。艾丽斯紧紧地抱住她。

“我们就要到了。我们就要到家了。”艾丽斯喃喃地说着。赛玛拉听着她这样说，一点也不感到奇怪。

一天至少六次，拉普斯卡和荷比飞临到他们的头顶上方，催促他们尽快前进，不停地向他们高喊：“距离已经很近了！ 真可惜，你们不会飞！”这句话让他们全都感到又急又气。当然，拉普斯卡还向他们提供了不少有用的讯息。

越往前走，河两岸的土地就越发牢固。芦苇慢慢变成了蕨草和青草。泥沼变成了起伏不定的低矮草原，远方则是覆盖着森林的丘陵。河水也变得更加宽阔，水流越来越强，周围高地上不断有溪水汇入其中。这些仅存于古老传说中的绿色风景和远方的山峰，年轻的雨野原人都无不惊奇地注视着，当岩石崖壁在远方出现的时候，他们都不由得连声惊叹，然后他们又看到了沙子和岩石铺成的河岸。一种完全不同的森林正逐渐向河边靠近——其中主要是一种小阔叶树，偶尔会夹杂一片片小针叶林。当阳光变得明亮时，他们能看到远方那一连串各自兀立的山峰。那天下午，他们到达了克尔辛拉的周边。

莱福特林调转柏油人号的船头，让他停在一片沙滩上。驳船趴伏在那里，半截在岸上，半截在水中，显得精疲力竭。龙群从浅水中一直走上河岸，不停地向四周张望，仿佛还无法相信自己的好运气。大多数龙立刻就找到日照充足的地方，伸展开身体，开始休息。默尔柯则没有停下脚步，一直攀登上青草山坡。希尔薇在他身后奔跑着，只能勉强跟得上金龙的脚步。其他守护者都有些犹豫地下了驳船，眺望这片完全陌生的土地。在他们身后高高的山坡上，默尔柯突然扬起前腿，人立起来，发出铜号般胜利的吼声。在他下方的河岸边，群龙纷纷抬起头，尽管疲惫不堪，却仍然响应着他的吼声。艾丽斯望着这一幕，心中既有胜利的骄傲，又有着一丝哀伤。让她伤心的是那片高大壮丽的克尔辛拉废墟……

正在湍急的大河另一边。

“我记录下这些是为了让子孙后代知道这段历史，就像我们能够从前人的日记和信件中知道崔豪格是如何建立的。总有一天，我的日记将告诉我们的后辈，克尔辛拉是如何重新被我们发现的。这是你和荷比的功劳。你一定希望你的子孙后裔知道这件事，不是吗？”

艾丽斯用了一个晚上又半个白天的时间，才从自己最初的失望中恢复过来。那座城市就在不远处，莱福特林尽可以带她渡河到达那里。不过现在这位船长还需要为他的船、他的船员和守护者们担负起责任，而艾丽斯也有自己的责任。实际上，她是把拉普斯卡从其他守护者中间硬拉出来的。她坚持要这样。“这些必须被记录下来，而且要趁这些记忆在你的脑子里还很新鲜的时候。有很多事情，我们自以为能够清楚地记住，或者我们以为所有人‘一直’都会知道。但拉普斯卡，我向你保证，任何事情都不会在记忆中存留太长时间。我们的后人需要知道关于你的事迹。”

现在，艾丽斯开始了耐心的等待。这个男孩烦躁不安地坐在她面前，努力整理自己的思绪。他改变了这么多，另一些地方却又几乎毫无变化。他的皮肤完全变成了红色，覆盖着鲑鱼一样的细小鳞片。他的个子也长高了，身材变得更加细瘦，拥有了更强劲的肌肉，不过他似乎完全不在意自己几乎无法遮蔽身体的破烂衣衫。

拉普斯卡抬起眼睛，看着飞翔的荷比。那头龙正在河对面的山丘和悬崖边狩猎。艾丽斯也顺着他的目光望过去。而艾丽斯的眼神里更多了一分渴望的激情。

“嗯，我猜，我已经把一切都告诉你了，对吧？”拉普斯卡又站起了身。

现在他又望向了山丘下方的守护者们。那些守护者或者正沿着河岸行走，或者在探索那座用石块建造的村镇遗迹。这一侧的河岸边分布着数百个房屋地基，其中甚至还有不少没有倒塌的房屋，足以让守护者们在夜间住宿。莱福特林爬上山丘，发现了这座完整的牧羊人小屋，坚持说这很适合他和艾丽斯居住。艾丽斯也倾向于同意他的看法。这是他们到现在为止所拥有的最私密的住宅了。在这里的第一个晚上，莱福特林在这幢小房子里的旧火炉中点起了“噼啪”作响的炉火。在除掉炉子里的一只旧鸟巢之后，他发现这座火炉的烟囱完全是通畅的。金黄色的火光充满了这幢简单的小屋。他们将被褥铺在火炉前的地面上，又在门口挂起一条毯子。艾丽斯平生第一次感觉到自己真正成了一个小家的主妇。第二天早晨，她便将她的日记和各种纪录从船上带到了这里。现在她就坐在这幢小房子的门槛上，眺望她的家园。从这里，她能够清楚地看到这条大河的一道转弯和莱福特林的船。古老的克尔辛拉，正在远处向她释放出强烈的诱惑。

她将自己的思绪拉回到眼前。她仅存的四张白纸都放在她已经有些残破的便携写字台上。“你还没有告诉我任何事情，拉普斯卡。”

拉普斯卡吸了一口气，挺起自己细瘦的肩膀，向艾丽斯露出微笑。他白色的牙齿和被红色鳞片覆盖的脸形成了一种怪异的对比。“嗯，那时是这样。我正在和刺青说话，他非常生我的气，因为我告诉了赛玛拉，我想要和她做洁珥德教我做过的那种事……为什么你不写？”

“因为，嗯，这一部分并不重要。”艾丽斯回答道。她能听出自己口中那种缤城式的拘谨言辞，而她的脸已经开始发热变红了。

“嗯，在那之后，洪水就冲过来了。我一下子被冲走了。”

“是的，就从这里开始说。”

“然后我努力游泳，同时感觉到荷比就在我身边。于是我向她呼喊，她向我游过来。我们一起游了一段时间。然后有一大堆浮木漂了过来。也许那是营火堆的一部分，我不知道。不过它撞上了我们，把我们缠上了。实际上，我没有被缠上，我一直爬到了那堆木头的最顶上。但荷比被缠住了。她没有溺水，但也没办法挣脱出来。于是我对她说：‘不要挣扎，让她带着你走。’我们就这样漂了一整夜。第二天早晨，我们发现我们漂在大河中间，几乎看不到河岸。我觉得我们不可能游到岸边，于是我决定，嗯，就留在浮木堆上，直到能看见河岸的时候。那段时间对我们两个都很糟糕，因为荷比被卡住了，我们一直被河水带向下游。我们两个都没有食物。”

“这段时间持续了有多久？”

“不记得了，肯定比两天更久。”拉普斯卡的爪子是黑色的。他搔了搔下巴，快乐地耸耸肩，又坐稳身子。“渐渐地，河水将我们冲到了一片低洼的大草地旁边。那里一定是在我们跟随柏油人号前进的河对岸了，因为我完全不记得之前经过了那样的地方。河水到了我们错误的一边——希望你能明白我的意思。嗯，我在那里总算能帮助荷比挣脱出浮木堆，我们一起上了岸。我们身边没有什么东西，不过我还有我的生火工具，因为我总是把它们装在这只小口袋里。看。”

“我看到了。”艾丽斯回答道。她手中的笔流畅地在纸面上移动着。不过当拉普斯卡提起挂在脖子上的小口袋时，她还是抬头瞥了一眼。

“于是我生起一堆营火，让我的龙暖和一下，同时也希望有人能看到火和烟，找到我们，但没有人来找我们。不过那片草地是一个打猎的好地方，那里有山羊，或者我觉得可能是绵羊，就像我爸爸和我说过的那样。不管怎样，它们不是鹿，也不是水野猪。它们的速度不是很快，一开始甚至一点也不害怕我们。到了第二或者第三天，它们才开始在看见我们的时候逃跑，因为它们发现荷比很喜欢把它们杀死并吃掉，我们就一直以它们为食物。后来我们又在那里的树林中发现了一个地方。那里有一片能够发热的地面，荷比知道怎么让它热起来。那里还有一幢石头房子，它的大部分都已经坍塌了，只剩下了两个房间还有完整的屋顶。不过那对我们来说也足够大了。荷比就在那里尽情地狩猎，拼命地吃。我也吃了很多。有时候我们会睡在发热的地面上，有时候我们睡在那幢老房子里。荷比开始成长，身上的颜色越来越鲜艳，翅膀、尾巴，甚至牙齿都在变大！我们一直在坚持着她的飞行练习。你知道的，你也见到过我们的飞行练习，对不对？”

“是的，我经常看见你努力要让她飞起来。”

“是的，嗯，她的翅膀变得越来越大，越来越强壮。有一天，她飞了起来，只飞起了一点点。第二天，她能飞得更高了。她就这样越飞越高。她那时还没办法飞行很长时间，没办法飞一整天。不过她已经能飞得很远。这样她猎食的时候就更容易了。她是我的女孩，她想做的只有捕猎，进食和睡在发热的地面上，然后继续捕猎，继续睡觉。她就这样变得越来越大，越来越强壮。”

拉普斯卡摇摇头，露出宠溺的微笑。然后他又站起身，带着渴望的眼神朝河岸边眺望。一些守护者和他们的龙正在相互泼水，大笑大叫。刺青和芬提在河岸边，刺青似乎正在用沙子磨洗那头绿龙的鳞甲。那头龙看上去有些笨笨的，但又显得很高兴。艾丽斯看了看自己面前的纸上已经写满了文字，便在上面洒了一些沙子，吸干墨水。等待片刻之后，她将沙子抖掉。拿出一张新纸。“然后呢？”

拉普斯卡来回踱步，就像是一只被绳子拴住，躁动不安的小狗。“喔，你都知道了。吃得更多，睡得更多，变得更大。但我们很孤独。有一天，荷比说：‘好了，我们去克尔辛拉吧。’我说：‘你能找到那里吗？’她说她觉得她可以。我说：‘你能飞那么远吗？’她说她觉得她可以，只要她能找到地方降落，在晚上休息。她不能降落在河面上，因为她知道自己没办法从水中飞起来。在被浮木缠住，在水里连续浸泡了几天以后，她现在非常痛恨那河水。于是我说：‘嗯，那么，我们走吧。’我们就出发了。我们找到了克尔辛拉，但那里没有人。我那时非常伤心，以为你们全都死了。但荷比说：‘不，我能够感觉到一些龙，只是他们听不到我的声音。’于是我们便开始每天沿着周围飞行，不停地寻找，不停地呼唤。有一天，我们听到了铜号一样的龙吼声，那声音就像是有一场大战要开始了。于是我们急忙飞过去，发现是辛泰拉正在发火，同时我们也找到了你们全都在那片泥巴里，于是我就告诉你们到这里来，然后我们就到了这里。”

接着拉普斯卡就闭住了嘴巴，直到艾丽斯手中的笔停下。这时，拉普斯卡有点不耐烦地问道："那么，这样就好了吧？ 子孙后代都会知道了。"

"的确，拉普斯卡。你的名字和荷比的名字将会被铭记，会被一代又一代人歌颂。"

听到艾丽斯这样说，拉普斯卡似乎愣了一下。他看着艾丽斯，露出微笑。"好吧，那么，这真的很好。荷比一定会喜欢这样的。她一开始还不太清楚自己的名字是什么。也许我应该为她想一个更长、更庄严的名字，不过我以前也没有给龙起过名字。"他稍稍耸了一下一侧的肩膀，"她已经习惯这个名字了。现在她很喜欢她的名字。"

"是的，她将被许多许多人知道，正是她将克尔辛拉和这座城市的历史交还给了我们。"艾丽斯再一次注视那座湍急河流另一边的辉煌城市，"这种可望而不可及的感觉真是一种折磨。我已经等不及想要走在那些街道上，进入那些建筑，寻找那里的种种遗存。真希望我能在哪里找到它的历史记录，找到一些卷轴，甚至是一座图书馆……"

"实际上，那里已经没什么东西了。"拉普斯卡一耸肩，打碎了艾丽斯的梦，"那里的绝大部分木头都腐烂了。我在我睡觉的地方，没有看到任何卷轴或者图书。荷比和我已经在那里逛了两天了，只是一座空城。"

"你们已经去了那里了？"为什么艾丽斯以前没有想到过这件事？ 拉普斯卡和他的龙根本不会被什么湍急危险的河流挡住。他们当然会首先进入那座古灵城市最主要的部分。"拉普斯卡，等等，回来。坐下。我需要知道你在那里都看见了什么。"

拉普斯卡转过身，不耐烦地扭动着身子，让他完全变成了一个男孩。"求你，艾丽斯，好女士，现在不行！ 今天晚些时候吧，等到荷比完成狩猎，吃够了，再睡足了。她醒过来以后，我会求她带你过去。然后你就能亲眼看看那里，把那里记下来，或者画下来，或者随便做什么。但我已经太久没有见到我的朋友了，我一直都很孤独。"

"什么？"

"我一个人已经很长时间了！ 我真的很想念和大家聊天……"

“不。不，不是这个！荷比会带我去克尔辛拉？她会带我飞到那里去？”

拉普斯卡歪过头看着艾丽斯。“嗯，是啊。你知道，她不擅长游泳，所以她只能带你飞过去。她已经完全不喜欢游泳了，我们在河里泡了那么久以后，她连涉水都不喜欢了。”

“不，不，她当然不会喜欢！这又有谁能怪她呢？不过……不过她会让我骑在她的背上吗？我能够骑在龙背上飞行？”

“是的，背着你飞到克尔辛拉。然后你就能自己看那里，想写什么就写什么。我现在要下去了。我要去找我的朋友。如果你不介意的话，好女士。”

“喔，当然不介意。谢谢你，拉普斯卡。非常感谢你。”

“很愿意为你效劳，女士，对此我非常肯定。”

仿佛是害怕艾丽斯又会叫住他，拉普斯卡转身就跑。艾丽斯看着他渐渐远去，看到他那一双布满鳞片的长腿在阳光下熠熠生辉。现在他身上的衣服显得格外荒谬。对于古灵的双腿而言，那条破烂裤子实在是太短了，挂在上半身的破衬衫也早已没有了扣子，随着他的奔跑一路飘动着。他飞快地向守护者们跑去，并高喊着朋友们的名字。守护者们纷纷转过身，用喊声响应他，招手让他快一点过去。

“嗯，他改变了。”莱福特林一边说，一边看着正冲下青草山坡、跑向河边的拉普斯卡。

“也许他的变化没有你想的那么多。”艾丽斯向莱福特林转过头。她的脸上带着微笑，丝毫没有察觉到鼻翼上的墨水。莱福特林向她走过来，捧起她的脸，亲吻了她，然后想用大拇指抹去那一点墨水，却只是把墨水渍抹到了她的面颊上。于是他大笑着让艾丽斯看到他手指上的墨水。

“喔，不！”艾丽斯喊了一声，从衣袋里掏出破旧的手绢，擦了擦脸，“现在还有吗？”

“基本看不到了。”莱福特林对她说着，握住她的手。她仍然是那样纤细的一位女士，竟然会为了脸上的一点墨水担心成这个样子。他爱她的这种样子。“我看到你的笔记又多了一些。现在你得到他的完整经历了吗？”

“对于他的遭遇，以及他是如何找到我们的，我有了一个大概的了解。”艾丽斯微笑着，带着惊奇的神情摇摇头，“这个年轻人已经有了这么多神奇的经历，他发现了一片有羊群乱跑的草场和一座古代的古灵宅邸，但他不觉得是什么值得惊奇的事情了。他甚至不曾认真想过他找到的那片土地意味着什么，适合放牧牲畜的干燥土地，就在雨野原河岸边。你知道这对于崔豪格和卡萨里克意味着什么吗？ 他们有可能在那里养殖牲畜！ 甚至可以收获羊毛。而那个男孩完全没有想到这些。他感兴趣的只有一片能够‘发热’的地面，可以让他的龙在那上面好好睡觉。”

“是的，我同意这是一个大发现，一个很可能会被我们错过、然后继续长久隐藏下去的发现。”

“等到龙开始飞翔的时候，就不再是了。”艾丽斯说道，然后她突然扑向莱福特林，紧紧抱住他，把莱福特林吓了一跳，“莱福特林，你绝对猜不到拉普斯卡和我说了什么！ 他说他会求荷比带我去克尔辛拉城。这样我就能随意在那里的街道中行走了！”

艾丽斯的兴奋几乎让莱福特林感到有一点受伤。“但我和你说过了，我会带你去那里！ 现在我们还没有找到柏油人能够在对岸安全停靠的地方。不过也许等到明天，驳船能够带我们先靠近对岸，然后我们可以乘小船上岸。下午的时候，柏油人可以把我们接回来。他只是没办法在那里停留。尽管他能够在水流缓慢的浅水中移动自如，但对他而言，对面那种湍急的深水，就有一些难以行动了。”

“明天！ 我们明天就能过去了？ 一起过去？”

艾丽斯到底有没有听到他说了些什么？ “是的，亲爱的。我们当然能过去。只是一艘驳船无法安全地在那边停靠。等到将来，那里的码头恢复以后，这就不会是一个问题了。”

艾丽斯低头看看自己所剩不多的白纸，又拿起自己的最后一瓶墨水，朝着阳光照了照。“喔，莱福特林，我真是个傻瓜！ 我记下了这一路上的每一件小事，现在我们到了克尔辛拉，面对着这样一座宏伟壮丽的古灵城市，我却只剩下几页纸和几滴墨水了！”

莱福特林亲昵地向艾丽斯摇摇头。“是啊，等我们回到崔豪格，我会为你买一箱纸和一大桶墨水。”他伸过手，开玩笑地扯了扯艾丽斯用手指捏着的那条被过分使用的手绢，“也许还有一些这样的东西。”

“什么？”艾丽斯问道。一切生命的光彩，一切欢愉的情绪都突然间从她的脸上消失了，“崔豪格？ 回崔豪格去？”

莱福特林向她侧过头，笑着说道：“是啊，我认为我们必须在冬天到来之前回去一趟，否则我们就要让守护者们一无所有地在这里过冬了。尽管猎物、鱼和青草都很好，但我个人已经开始想念航船面包了，而且我们还缺乏十几样必要的物资。”

艾丽斯只是盯着他。“返回崔豪格？”

“嗯，当然。你一定也清楚，我们迟早都要回去。”

“我，呃，不。我没有想过这种事。我不想回去，不想去崔豪格，不想去缤城。”

莱福特林看到了艾丽斯脸上的苦涩。他小心地将艾丽斯抱进怀中。“艾丽斯，艾丽斯。你不会以为我要让你离开我吧？ 是的，我们要返回崔豪格。我们也会一起回来，就像我们现在一起来到了这里。柏油人会让你看到他的能耐。我们顺流而下，直到我们的目的地，也没有在水中跋涉的龙拖慢我们的脚步。我们会直到卡萨里克，完成我们的契约。你向那里的议会做出报告。我得到我的酬金。是的，你还要向古灵麦尔妲做报告。”

艾丽斯抬起头看着莱福特林。生命力回到了她的脸上。她的眼睛开始发光。莱福特林不得不继续向她讲述他们的行程。

“然后，我们前往崔豪格，采购各种物资。在冬天最寒冷的日子到来之前，我们会赶回这里，并会带回毯子、小刀、茶叶、咖啡、面包和这里的一切所需。现在我还没有在这里看到羊群和苹果树，但就我所知，我相信它们能够很好地在这里生长，所以我们还要给崔豪格人留下订货清单。等到明年春天，我们会再前往那里，收取我们所订购的一切——种子、牲畜和各种来自缤城甚至更远地方的货物。艾丽斯，看看我们周围，你看到了远方古早的城市。我相信这里会变成一个非常好的地方。而且我在这里看到了一样雨野原人从不曾拥有的东西——可以耕种的土地。在经历过这么多世代之后，雨野原人是否终于能够养活自己，而不必只依靠挖掘古灵宝物来维持生活了？”

“我们要改变一切，艾丽斯，一切。”

红铜龙和银龙闪闪发光，并排趴在河边的沙滩上，惬意地晒着太阳。塞德里克感觉后背酸痛，双手都因为磨洗红铜龙的鳞甲而传来一阵阵刺痛，但芮普妲就像新铸的铜币一样光彩夺目。她又长大了，对此塞德里克非常确定。她的脖子和尾巴都变得更长、更加优美，翅膀更是越来越强壮。在她身边，喷毒的肋骨缓慢地隆起又收缩，显示出他悠长的呼吸。塞德里克瞥了一眼远处在天空中盘旋的荷比，恰好看到那头红龙将翅膀在身侧收紧，向什么东西扑了下去。塞德里克心中升起一股最纯粹的嫉妒。然后他转头看着芮普妲，一切不好的心绪都消失了。用不了多久，阳光就会照亮一双在天空中展开的红铜色翅膀。而现在，酣然大睡的芮普妲已经足够让他满意了。

“当她全身干干净净的时候，我从没有见过像她这样美丽的生物。她的光芒是独一无二的。”

塞德里克正坐在河岸边。距离他不远的水边，卡森慢慢站起身，甩掉手上和胳膊上的河水。他们两个都用了大半个下午的时间洗刷他们的龙。卡森在黎明时分去狩猎，带回了一只鹿。两头龙很不高兴要分享一只猎物，但猎人坚持要这样。进食时，两头龙把血溅得到处都是。塞德里克坚持要为他们好好清洗一下身子。等到这个任务完成，卡森脱掉了衬衫，在河水中洗净了自己的双手和手臂。

他一边用衬衫擦干手臂，一边向塞德里克走来。现在他的手臂上生满了银色的鳞片，还有一些闪亮的水滴挂在他前臂和胸口的黑色毛发上。猎人笑着说：“喔，我觉得我还看到了一两样像她一样漂亮的东西，红铜人。”他将衬衫扔到地上，坐在塞德里克身边的沙滩上，伸出一根手指划过塞德里克赤裸胸口上的鳞片纹路。塞德里克喜悦地颤抖了一下，卡森伸出手臂抱住他，让他靠在自己身上，将下巴放到塞德里克的头顶，低声说："他们睡觉的时候，我们也可以稍稍睡一下。等我们醒过来，我就带你去打猎。"

"我不知道该怎么狩猎。"塞德里克承认。

"所以我才要教你，"卡森告诉他。当猎人说话的时候，塞德里克感觉到他的每一个字都滚落在自己的心口上。

"听起来很辛苦，"塞德里克用有些抱怨的语气说，"而且感觉很脏、很血腥。如果我不想学呢？"

"喔，懒惰的缤城男孩们。"卡森哀叹了一声。他躺在被阳光晒热的沙子上，将塞德里克抱在怀中，又用另一只手臂遮住眼睛。他的手指找到塞德里克脑后的头发，将它们轻轻绕在指尖上。然后他叹了口气，"我猜，我只能想些别的事情教你了。"

塞德里克也叹了口气。他握住猎人的手，把他放在自己的嘴唇上，亲吻他的手心。"我也许更喜欢这样。"他表示同意。

赛玛拉坐在草地与河水相接的地方。这个地方很奇特。在她的身后是一片开阔和缓的山坡，干燥的土壤上覆盖着茂盛的绿草。随后草场突然消失，向下的坡度又突然加大，地面上只剩下细沙和岩石堤岸，再向前就是河水了。赛玛拉以前从不曾想象过还会有这样的地方。她非常高兴能够坐在这片青草世界的边缘，悠荡着双腿。阳光照在她的身上，让她觉得很温暖。温暖。光明和温暖感觉是这么好。她知道，光明和温暖会加速她的鞭痕。她甚至能够感觉到自己的变化，就像她小时候感觉到自己在长牙，这是一种令人喜悦的疼痛。她活动了一下肩膀，感觉到收叠起来的翅膀摩擦着束缚住它们的衬衫。希尔薇帮助她在衬衫背襟上割开了两条缝隙，但赛玛拉还是觉得让翅膀裸露在外面有些奇怪。在大部分时间里，她都将翅膀隐藏在衣服里。她告诉自己，现在大家全都已经知道她有翅膀了。这让她有时候又觉得自己这种遮遮掩掩的样子很傻。

不过，她又想道，所有人也都知道她有胸脯。她不是也会遮住它们？ 想到这种对比，她微微一笑。那些男孩子们似乎对她这两样东西都很有兴趣。

她听到草叶簌簌作响，转眼间，他已经坐到了她身边。

“你在笑什么？”

“其实没什么。”她睁开眼睛，看着刺青，“你去干什么了？”

“帮助戴夫威学习如何照顾卡罗。那可是一头大龙。”

“芬提介意你为卡罗清洗身子吗？”

刺青露出一点苦涩的微笑。“她比莱克特好多了。最后我不得不将莱特克拽到一边，明白告诉他不需要有任何嫉妒。我只是帮助戴夫威照顾他的龙。我对戴夫威本人没有半点兴趣。”

赛玛拉发现自己也在对刺青微笑。最近，他们之间的关系缓和了许多。赛玛拉觉得他们几乎已经回到了在崔豪格还是好朋友的关系。她端详着刺青，毫不害羞地欣赏着他正在生长的鳞片。“芬提改变你的速度很快。”她说道。那头龙没有将自己的绿色赋予刺青，而是选择了青铜色和黑色。刺青的鳞片很细密，几乎难以察觉。芬提同样用黑色和青铜色描绘出刺青的眼线。另外，她还保留了刺青的头发和眉毛。赛玛拉发觉自己正在点头。她很赞赏那头绿龙的选择。现在其他龙大多将他们的守护者变得和他们一样。芬提却选择保留了刺青原本的相貌，甚至用色彩描绘了他脸上正在淡去的奴隶刺青花纹。

“她说这是因为这里温暖明亮的阳光。你怎么样？ 辛泰拉有没有继续改变你？”

“我一直在变化。”赛玛拉只是这样简单地回答了一句。尽管他们那天在河上大吵了一架，但什么问题都没有解决。有时候，赛玛拉觉得这简直是让她最感到惊讶的事情。其他守护者绝对不会和他们的龙争吵。他们的龙也很少会向他们说任何严厉的话语，因为本就不必如此。守护者们知道自己都受到了龙的魅惑，但对此也毫不在意。而她和辛泰拉就完全不一样了。她们会将各自的想法告诉彼此，赛玛拉发现这其实并不会让辛泰拉感到不快。在她们上一次的争执之后，她们的关系很快又恢复到了从前的样子。赛玛拉照顾辛泰拉，在狩猎有收获的时候就会给她带回食物。她喜欢美丽的辛泰拉，就像她喜欢住在漂亮的房子里，就像她很久以前非常喜欢住在蟋蟀笼的邻居的音乐。她不会将辛泰拉的美丽和辛泰拉混为一谈。

“你很安静。”刺青小心地说。

“我在思考。仅此而已。”

“你最近经常会思考。”

“的确。我不认为这是一件坏事。”

“我不是这个意思。”

“我知道。”

刺青不高兴地挪动了一下身子，叹了口气。“赛玛拉。我有没有把我们之间的一切都搞糟了？”

赛玛拉转过身看着他，给了他一个真诚的微笑。“没有。你当然没有。你只是，嗯，实际上，我们只是到了一个点上，也就是说，我们必须谈一谈随后会发生的事情。到达这个点并不是坏事。”

“但随后还什么都没有发生。”刺青轻声嘟囔了一句，将目光从赛玛拉身上转开。

这让赛玛拉不由得笑了起来。“喔，的确有事情发生啦。只不过和你预料的不太一样。我说不，我是认真的。我现在也还是这样认为的，刺青。但这与你无关。是我必须应对我的变化，一次我只能对付一种变化。”

刺青偷偷瞥了赛玛拉一眼。他的睫毛很长，很浓密，就像以前一样。“那就是说……我们不会……永远这样。这只是一个暂时的决定。”

“刺青。”赛玛拉刚想要继续说下去，却看到拉普斯卡一下子冲到面前。赛玛拉吓了一跳。她还不太适应拉普斯卡回来。不过，一抹微笑已经出现在她的脸上。能够得回这位朋友实在是太好了。刺青从喉咙深处发出一点声音，他脸上友谊的微笑是绝对真挚的。

“好了，让我看看它们！”拉普斯卡对着赛玛拉喊道。

“看什么？”

“当然是你的翅膀！ 其他人都已经看到了，只有我还没见过。把它们亮出来。我想要看它们。”

“拉普斯卡，它们不是，嗯，它们还没有长成。”赛玛拉不知道还能说些什么好。她甚至不知道该如何表达自己的意思，终于，她找到了合适的说辞，“我还没有准备好让人们看到它们。”

拉普斯卡一歪头。阳光照在他下巴的鳞甲上。赛玛拉不得不压抑住用手指去抚摸那些鳞片的冲动。拉普斯卡困惑地一耸肩。“但人们都见过它们了啊。就在那一天的河上。就连我都看见它们了。只是我们很快就飞走了。所以，我现在应该看到它们，这样才公平。因为其他所有人都有机会仔细看过它们了。”

“你这么说没道理。”

“求你嘛。”

赛玛拉竭力回忆拉普斯卡以前有没有求过她。如果他有过，肯定也没有这么低声下气的。赛玛拉没有回答，只是把手伸到衬衫背后的开口里，去摸索翅膀尖。

“好啊，我来帮忙。”拉普斯卡自告奋勇。赛玛拉还来不及拒绝，就已经感觉到男孩的手指摸到她的翼尖上，轻轻将两片翅膀逐一从衬衫开口处拉出来。拉普斯卡轻柔的碰触让一阵战栗掠过赛玛拉的脊背。在她身体颤抖的时候，她感觉自己的翅膀也突然开始抖动，仿佛是在回应那种碰触。

“喔喔，”拉普斯卡说，“张开它们。让我看看上面的花纹。”

赛玛拉向拉普斯卡瞥了一眼。拉普斯卡完全是一副全神贯注的表情，赛玛拉有些害羞地看看刺青，刺青也在盯着她的翅膀，仿佛正在努力理解它们是她身体的一部分。“我还在学习如何活动它们。”赛玛拉低声说。突然间，她很希望这两个人看到她的翅膀。她闭上眼睛，将感觉集中到这两片洒满阳光的翅膀上。她忽然明白，希尔薇是对的。它们就像手指从她的背上伸展开来。手指，手掌上长长的手指……她睁开眼睛，低头看着自己的双手，合拢手指，再非常缓慢地张开，感觉手部的每一根肌肉、每一点动作。她张开了翅膀。

赛玛拉知道自己的翅膀在动。她也听到拉普斯卡屏住呼吸说道："天呐，它们真可爱。我能碰碰它们吗？"

"拉普斯卡，我不认为……"赛玛拉开口说道。但拉普斯卡完全没有听。

"它们就像是最开始时荷比的翅膀。皮肤就像纸一样薄，光线能够直接穿透过来，照出里面的色彩。我要把它们完全打开了。这样我就能好好看看它们。"拉普斯卡俯身在赛玛拉身后。赛玛拉感觉到他用双手捏住了自己的翼尖，然后非常小心地把这对翅膀完全拉开，就仿佛这是一对蝴蝶的翅膀。赛玛拉的翅膀立刻有了不同的感觉。阳光，温暖的阳光正在抚摸它们。热量在它们里面扩散开来，就像水流一样。

"颜色变得更加鲜艳了。"刺青低声说。

"你每天都应该这样做，"拉普斯卡用不容置疑的口吻说道，"你还应该练习扇动它们，让它们变得更强壮，帮助它们生长。否则，你永远也没办法飞起来。"

"喔，她不可能用它们飞起来，"刺青立刻就说道，似乎他很担心拉普斯卡这样说会让赛玛拉伤心，"我听到辛泰拉说，她只应该庆幸自己有这样一双美丽的翅膀，但没办法用它们飞行。"

拉普斯卡欢快地笑了起来。"哈，以前所有人都是这样说荷比的。别傻了。她当然能飞。她只需要每天练习。"然后拉普斯卡又俯身到赛玛拉的耳边说，"别担心，赛玛拉。我每天都会帮你练习，就像我帮荷比一样。你一定能飞起来。"

辛泰拉已经走到了很远的山坡上。从这里，她能俯瞰面前这片宽阔的青草原野。克尔辛拉，他们回来了。高耸的地图塔和那些闪闪发光的石砌屋顶，都在向她发出召唤。现在她和它们只隔着一条水深浪急的河流。

今天早些时候，她一直在看着荷比狩猎，一直在看着那头红龙张开翅膀，几乎毫不费力地御风而行。荷比先是在地面上用力扇动翅膀，然后就迎着从河面吹来的风跃入空中。没过多少时间，她就已经变得只有一头牛那么大，然后又变成了天空中的一只猎鹰。荷比在克尔辛拉的上空高高盘旋。辛泰拉看着她，回忆起高飞在天上的感觉，却只能让自己平添愤懑。她明明也很懂得如何用翅膀去捕捉上升的暖气流，如何抿起翅膀并切开强风，从天空中如利箭般滑跃而下。

她记得。她知道。她是一头龙，三界的统治者，大地、天空和海洋的女王。克尔辛拉有着充满甜美白银的深井。那些就在河对岸。一头真正的龙，只需要张开翅膀就能飞过去。

她已经张开了翅膀，感觉到照射在上面的阳光，感觉到光芒的亲吻让它们温暖。她轻轻扇动翅膀，感觉到它们鼓起的风流。她还记得赛玛拉是如何嘲讽她、鄙视她，称她懒惰，甚至是愚蠢。她还记得荷比最初练习飞行时那种笨拙的样子。而现在，她的样子是多么愚蠢、多么笨重。她一次又一次想要飞起来，却全都失败了。她再没有任何自豪可言，没有任何高贵可言。

她听到远方传来的鸣叫。那是狩猎的龙发出的嘹亮吼声。她敏锐的眼睛能清楚地看到荷比收拢翅膀，向猎物扑去。她突然间确定：那一定是很大的猎物。又胖大，又多肉，还充满了热气腾腾的鲜血。

她向夏日的阳光张开翅膀。面前的这片翠绿山坡非常宽阔，在河对岸就是克尔辛拉，古灵与巨龙之城。

她跑了几步，才有勇气扇动起翅膀。她的双脚短暂离开了地面，又重重碰到地面，但她没有就此停止。她的翅膀张开了，宽阔的皮翼被空气撑住，没有让她的肚子撞在地上。

“辛泰拉！”她听到有人发出敬畏的呼喊，“看啊，辛泰拉！”

又跑了几步，这一次，她的翅膀扇动得更加缓慢，更加有力。

当她纵身跃起的时候，她将地面彻底抛在身后。

雨月第十七日

商人联盟独立第六年

来自黛托茨，崔豪格信鸽管理人
致雷亚奥，缤城信鸽代管人

在封锢的小管中是崔豪格的雨野原贸易商杜珊克家族的正式声明，它将公开张贴在缤城贸易商大堂。声明内容为雨野原贸易商杜珊克家族将接受贸易商顿瓦罗家族的联姻邀请，这两个家族的子嗣将正式成婚。

雷亚奥：

你是第一个知道这份正式声明内容的人！

艾瑞克和黛托茨

图书在版编目（CIP）数据

雨野原传奇 . II，巨龙隐地 /（美）罗宾 • 霍布著；李镭译. —上海：上海社会科学院出版社，2018

书名原文：THE RAIN WILDS CHRONICLES II：Dragon Haven

ISBN 978 - 7 - 5520 - 2419 - 7

I. ①雨… II. ①罗…②李… III. ①长篇小说—美国—现代 IV. ①I712. 45

中国版本图书馆 CIP 数据核字（2018）第 179978 号

雨野原传奇 II：巨龙隐地

著　　者：[美] 罗宾 • 霍布
译　　者：李　镭
责任编辑：杨　潇
封面设计：周清华
出版发行：上海社会科学院出版社
　　　　　上海顺昌路 622 号　邮编 200025
　　　　　电话总机 021 - 63315900　销售热线 021 - 53063735
　　　　　http：//www. sassp. org. cn　E-mail：sassp@sass. org. cn
照　　排：南京前锦排版服务有限公司
印　　刷：上海颛辉印刷厂
开　　本：890×1240 毫米　1/32 开
印　　张：15. 5
字　　数：453 千字
版　　次：2018 年 11 月第 1 版　　2018 年 11 月第 1 次印刷

ISBN 978 - 7 - 5520 - 2419 - 7/I • 292　　定价：60. 00 元
